谨以此书献给中华人民共和国成立70周年

编委会

新华社记者看宁夏

張錦題

XINHUASHE JIZHE
KANNINGXIA

上卷

王 磊 陈晓虎◎主编

黄河出版传媒集团
宁夏人民出版社

图书在版编目（CIP）数据

新华社记者看宁夏：上下卷 / 王磊，陈晓虎主编．—银川：宁夏人民出版社，2019.11
ISBN 978-7-227-07114-3

Ⅰ．①新… Ⅱ．①王… ②陈… Ⅲ．①新闻报道—作品集—中国—当代 ②宁夏—概况—图集 Ⅳ．① I253 ② K924.3-64

中国版本图书馆 CIP 数据核字（2019）第 245349 号

新华社记者看宁夏（上下卷） 王 磊 陈晓虎 主编

责任编辑 陈 晶 管世献
责任校对 闫金萍
封面设计 沈家菡
责任印制 肖 艳

黄河出版传媒集团
宁夏人民出版社 出版发行

出 版 人 薛文斌
地 址 宁夏银川市北京东路 139 号出版大厦（750001）
网 址 http://www.yrpubm.com
网上书店 http://www.hh-book.com
电子信箱 nxrmcbs@126.com
邮购电话 0951-5052104 5052106
经 销 全国新华书店
印刷装订 宁夏凤鸣彩印广告有限公司
印刷委托书号 （宁）0015601

开 本 880 mm × 1230 mm 1/16
印 张 37.5 字数 700 千字
版 次 2019 年 11 月第 1 版
印 次 2019 年 11 月第 1 次印刷
书 号 ISBN 978-7-227-07114-3
定 价 360.00 元（上下卷）

前　言 Preface

新华社宁夏分社紧紧围绕自治区党委、政府中心工作，紧抓十九大、宁夏回族自治区成立60周年、中阿博览会、中华人民共和国成立70周年等重大报道节点，结合“一带一路”、自治区“三大战略”等重大主题，安排记者深入宁夏山川，进村入户、下矿蹲企，访民情听民声，增强脚力、眼力、脑力、笔力，以文字、图片、电视、网络以及全媒融合报道手段，全方位、创新性、深层次报道塞上大地的新变化、新发展和新亮点，提升宁夏在全国乃至国际上的知名度和美誉度。

特别是2018年宁夏回族自治区成立60周年之际，新华社对内对外共播发各类大庆稿件近1200条（张），其中对内文字稿210余条、对外文字稿110余条、图片稿730余张、音视频稿70余条、新媒体稿40余条，对宁夏回族自治区成立60年来，特别是党的十八大以来宁夏经济社会发展取得的巨大成就和历史性变化，进行了全景式呈现和细节化展示。采写、拍摄的国内通稿被中央媒体、各省党报、主要新闻网站广泛采用，对外报道被国内各大外宣媒体和海外主流媒体采用，并在海外社交媒体平台上引发积极反响。新华网对庆祝大会进行了现场直播，取得了良好传播效果。

近年来，宁夏确立了创新驱动、脱贫富民、生态立区“三大战略”，提出建设西部地区转型发展先行区、西部地区生态文明建设先行区“两个先行区”，建设全国民族团结进步示范区、全国脱贫攻坚示范区“两个示范区”，这些重大部署的具体实践在新华社记者的笔下、镜头下得以生动展现。

《中国扶贫的西海固答卷——宁夏奋进60年巡礼之脱贫攻坚篇》《山海为证，携手共圆全面小康梦——闽宁对口扶贫协作20年启示录》《挥手告别贫困——西海固地区首个摘帽贫困县见闻》《旱天岭盼来脱贫“及时雨”》等稿件，以历史视角审视宁夏扶贫工作取得的巨大成就，用细腻的笔触记录了宁夏脱贫攻坚的点滴变化。

《繁荣发展的制度优势——解码民族区域自治制度的宁夏实践》《守望相助一甲子 同心共筑中国梦——宁夏奋进60年巡礼之民族团结篇》《团结的花儿开宁夏》《塞上沃土黄河育 美好生活共创建——宁夏回族自治区民族团结工作一瞥》等稿件，通过一个个有情、有梦、有收获的故事，展现了各族群众像石榴籽一样紧紧抱在一起，携手共创美好生活的生动景象。

《“对症下药”谋未来 新经济初露芳容——宁夏供给侧改革新观察》《创新创出“中国芯”——全球单套规模最大煤制油项目技术创新纪实》《宁夏：引领民营企业迈开创新的脚步》等稿件，聚焦了小省区的创新驱动和发展亮点，展现了宁夏在高质量发展方面的有益探索。

《且看塞上“绿肥黄瘦”——宁夏奋进60年巡礼之生态文明篇》《荒漠化治理的“中国智慧”》《绿染西海固——宁夏西海固生态建设及修复见闻》《六盘山下听雨声》《人与沙：进退之间的爱恨情仇》等稿件，全景式呈现了宁夏人进沙退的历史巨变、绿染西海固的喜人情景。

《宁夏回族自治区庆祝60周岁生日》《“洋记者”深入中国西北贫穷小村庄，发现了什么？》《“洋记者”再访宁夏:“生命总能顽强地找到出路”》《写意宁夏》等稿件，小切口大视角，体现人文关怀，用国外受众喜闻乐见的方式讲述中国故事、宁夏故事。

《动漫新闻：数说宁夏》《沙画视频：确认过眼神 这是你未get到的宁夏》《身边的新时代故事|社区里的“话剧版”党课》《空中之眼瞰宁夏》等融合报道，创意策划，创新表达，新媒体传播，网言网语间收获成百上千万点击量。

建设美丽新宁夏，共圆伟大中国梦。适逢中华人民共和国成立70周年之际，在自治区党委宣传部的大力支持下，新华社宁夏分社特别集纳了一批重点报道和经典照片，分上下卷公开出版，记录宁夏大地发生的沧海桑田变迁，描绘塞上儿女乐享美好生活的动人场景，勾勒各族群众共建美丽新宁夏的美好心愿。

目录 上卷

CONTENTS

综合篇

脱贫攻坚篇

民族团结篇

高质量发展篇

民生保障篇

生态文明篇

对外开放篇

乡村振兴篇

国际传播篇

新媒体篇

综合篇

ZONGHE PIAN

情满塞上　奋进逐梦

——以习近平同志为核心的党中央关心宁夏发展纪实

新华社记者　孙波　陈晓虎　荣启涵　曹健

从贺兰山岩画的沧桑厚重，到西部云基地渐成规模；从西海固的“苦瘠甲天下”，到“塞上江南”的粮果丰饶；从中国第一个县级民族自治政府的成立，到各族儿女携手奋进逐梦……古老与新生在这里交汇，贫苦与甘饴在这里并存，多元与一体在这里交融。

这里，是6.64万平方公里的宁夏回族自治区，虽幅员不大，却始终是党中央情之所系、心之所牵。特别是党的十八大以来，在以习近平同志为核心的党中央坚强领导下，宁夏各项事业蓬勃发展，塞上大地进入了新时代。

一甲子沧海桑田。天高云淡的秋日里，宁夏回族自治区迎来成立60周年大庆。

六盘山云海　■ 新华社记者　王鹏 / 摄

今日长缨在手，何时缚住苍龙

对宁夏来说，民生工作重中之重是打赢脱贫攻坚战。——习近平

宁夏西南，六盘山连绵起伏，峻拔叠翠。

提到它，最为人熟知的诗词应是“六盘山上高峰，红旗漫卷西风。今日长缨在手，何时缚住苍龙”。

就在这豪迈的六盘山下，有一片千沟万壑的西海固。战争的烽烟早已散去，但这里的人们依然年年岁岁同干旱和贫瘠“鏖战”。

长缨何处？贫困的苍龙，何时被缚住？

西海固，囊括了原州区、西吉县、隆德县、彭阳县等9个贫困县区。由于雨水奇缺，流水切割及千百年来的盲目垦殖，这里生存条件极差，素有“苦瘠甲天下”之称，1972年被联合国粮食开发署确定为最不适宜人类生存的地区之一。

1996年，党中央、国务院作出开展东西部扶贫协作的重大战略部署。10月，由时任福建省委副书记习近平为组长的“福建省对口帮扶宁夏领导小组”正式成立。

5个月后，习近平同志率团来到宁夏，开始为期6天的对口扶贫考察，并在银川召开了闽宁对口扶贫协作第二次联席会议。正是在这次会议上，双方决定共同建设作为扶贫协作示范窗口的闽宁村。

1997年7月15日，由习近平同志亲自命名的闽宁村在银川市永宁县的一片戈壁滩上破土动工。

2016年7月，时隔近20年后再到固原，习近平总书记触景生情地回忆：1997年我来到西海固，被当地的贫困状态震撼了。看了以后，我就下决心贯彻党中央决策部署，推动福建和宁夏开展对口帮扶。

坡地改梯田、打井窖、吊庄移民……习近平同志当年主导的那些扶贫措施，改变了无数西海固贫困家庭的命运。

今年64岁的谢兴昌，就是其中一户。

在永宁县闽宁镇自家新修的小院里，谢兴昌坐在枣树下回忆：闽宁村奠基那天，习近平同志代表对口帮扶领导小组发来贺信。我就站在台下听人读那信，听着听着就哭了，虽然那时闽宁还是一片荒凉，但我知道搬出山沟沟就一定会有希望……

“我到附近农场掰了4个玉米棒子、4个高粱穗子，拿着回西吉老家宣传，让大伙知道搬来这儿有水能种活粮食。”谢兴昌说。

20多年过去了，谢兴昌当年流泪憧憬的都已成真。

作为第一批走出西海固的移民，谢兴昌经历了闽宁镇从几百人到如今6万多人的变化，农民人均年收入从不足500元跃升到2017年的12341元，昔日的“干沙滩”变成了今天的“金沙滩”。

2016年7月，当习近平总书记再次来到闽宁镇，漫天风沙的荒滩已变成宽敞的柏油路、鳞次栉比的红瓦白墙小楼。

永宁县委一位当时在场的同志回忆说：“总书记一路都在问老百姓的收入、上学、就医，问村里基础设施配套。他说：‘闽宁合作探索出了一条康庄大道，这个宝贵经验可以向全国推广，做一个示范，实现共同富裕。’”

对宁夏的脱贫攻坚，习近平总书记关怀备至。

——“对宁夏来说，民生工作重中之重是打赢脱贫攻坚战。”

60年前，宁夏回族自治区刚成立时连粮食都需要国家大量返销；

60年后，在党中央亲切关怀下，宁夏见证了我国有计划、有组织、大规模扶贫开发的生动实践。

2017年，全区地区生产总值达3453.9亿元，分别是1978年和1958年的266倍和1053倍；人均地区生产总值50917元，分别是1978年和1958年的136倍和290倍。

——60年来，宁夏累计减贫330万人，其中近5年减贫71.9万人，贫困发生率下降16.9个百分点。

——20世纪80年代起，宁夏组织开展了吊庄移民、生态移民、劳务移民、教育移民、插花移民等，先后实施了6次大规模移民搬迁，累计移民130多万人。

——35年来，国家投向宁夏的扶贫资金达430余亿元，能源、交通、通信等基础设施和产业大发展，打通了贫困地区“内通外联”通道。

——22年来，闽宁合作务实推进，福建仅向固原市就提供资金及实物8.63亿元，115家闽商企业在固原市建厂兴业。

绿意盎然的贺兰山　■ 新华社记者　王鹏/摄

绝好荆关图卷在，绿云天外白云家

宁夏作为西北地区重要的生态安全屏障，承担着维护西北乃至全国生态安全的重要使命。——习近平

宁夏西北，贺兰山层峦叠嶂，山下一马平川。

贺兰山素有宁夏“父亲山”之名。正是因为有它，才阻挡了沙漠及西北寒冷气流东侵，成就了宁夏平原“贺兰山下果园成，塞北江南旧有名”的景象。

早年间，贺兰山北部发现一种可燃烧的“石头”，这便是著名的优质“太西煤”。中华人民共和国成立前，仅贺兰山汝箕沟一带就有小煤窑近百个。多年过量开采和露天式开采作业，对贺兰山生态功能造成巨大破坏。

2014年9月，习近平总书记专门就腾格里沙漠遭企业污染一事作出批示；2016年7月来宁考察时，总书记再次强调“对破坏生态环境的行为，必须扭住不放、一抓到底，直到彻底解决问题”……

时间走到2017年，一纸通告，宁夏贺兰山区域自清代开始的煤炭开采史就此终结。

通告说，自2017年6月20日起，宁夏贺兰山国家级自然保护区范围内所有煤炭、砂石等工矿企业关停退出，并进行环境整治和生态修复，保护区内矿产资源开采和建设项目审批停止。

在一时增长与长远发展之间，宁夏果断选择了后者，坚定转变发展理念，大力实施“生态立区”战略。

对宁夏生态的重要性，习近平总书记思虑深远。

——“宁夏生态环境有其脆弱的一面，生态环境保护建设要持之以恒。”

——“宁夏作为西北地区重要的生态安全屏障，承担着维护西北乃至全国生态安全的重要使命。”

遵循习近平总书记重要指示精神，宁夏推进生态环境保护的步伐愈走愈坚实。

把山水林田湖草作为一个生命共同体，统筹实施一体化生态保护和修复，全面提升自然生态系统稳定性和生态服务功能。构筑以贺兰山、六盘山、罗山自然保护区为重点的“三山”生态安全屏障，形成体系完整、功能完善的绿色生态廊道。

因西、北、东三面分别毗邻腾格里沙漠、乌兰布和沙漠和毛乌素沙地，很长一段时间里，宁夏人的记忆都是“一年一场风，从春刮到冬；风吹沙子走，抬脚不见踪”。

黄沙漫卷，岁月漫漫。

1958年8月，宁夏回族自治区成立前夕，中国首条沙漠铁路——包兰铁路全线通车。整条线路贯穿腾格里沙漠边缘，曾有国外专家预言：包兰铁路“存活”不了30年就会被沙漠湮没。

如今，从宁夏沙坡头旅游区空中俯瞰，包兰铁路列车依旧宛若钢铁巨龙，蜿蜒盘旋着穿越沙海……

经历一次次试验，宁夏治沙人最终找到了缚住“黄龙”的成功措施——扎麦草方格。仅此还不够，防沙固沙继续摸索出卵石防火带、灌溉造林带、草障植物带、前沿阻沙带、封沙育草带“五带一体”的治沙防护体系，实施三北防护林、退耕还林等生态工程，人与沙逐渐开始和谐共处。

在毛乌素沙地边缘，灵武白芨滩国家级自然保护区里一片生机勃发。白杨、青松、花棒……治沙英雄王有德和数百名职工坚持治沙30多年，筑起了一道东西长47公里、南北宽38公里的绿色屏障。2008年，时任国家副主席的习近平同志来到这里，面对一望无际的麦草方格，他紧紧握住王有德的手说，我是来向你学习的。你们在这里做出了很大贡献，非常了不起。

习近平同志随王有德走上沙丘。“这是一项平凡而伟大的事业，也坚定了我们治沙的决心。对你们的事业，我们会全力支持。”习近平同志对围拢过来的治沙人说。

如今，宁夏沙化土地面积已缩减到1686万亩，荒漠化土地面积也由20世纪末的4811万亩减少到4184万亩，实现了沙漠化逆转，沙化、荒漠化土地连续20年“双缩减”。

当黄沙遇上黄河，会是怎样一番景象？

在宁夏中卫，浩瀚无垠的腾格里大沙漠与一泻千里的黄河相会，成就了王维的千古名句“大漠孤

烟直，长河落日圆”。

“沿岸各省区都要自觉承担起保护黄河的重要责任，坚决杜绝污染黄河行为，让母亲河永远健康。”习近平总书记对黄河保护格外关注，考察时特别对宁夏的黄河保护工作提出要求。

在习近平总书记殷殷关怀下，宁夏充分认识到“唯黄河而存在、依黄河而发展、靠黄河而兴盛”的道理，打响了新时代黄河保卫战，坚持岸上岸下共同治理，全面推行河长制，让河清水洁、岸绿鱼游的“升级版”生态画卷渐次铺展。

宁夏宁东能源化工基地　■ 新华社记者　王鹏 / 摄

2016年4月18日，中央全面深化改革领导小组第二十三次会议批准宁夏开展空间规划试点，宁夏成为党中央确定的第二个省级空间规划试点省区。

空间规划将宁夏全域划定为生态、农业、城镇三类空间，划定生态红线，也划出了保障和维护生态安全的底线。

以“生态立区”为战略的宁夏，正在承担起维护西北乃至全国生态安全的重要使命。“绝好荆关图卷在，绿云天外白云家”的景致，可期可待。

凡益之道，与时偕行

越是欠发达地区，越需要实施创新驱动发展战略。——习近平

戈壁滩飞沙走石，年复一年，不见生机。

2003年的一天，这原本寂静千年的荒原上忽然热闹了起来——宁夏“一号工程”宁东能源化工基地在这里开工建设。

地处西部，发展不足仍是宁夏最大的实际，经济倚重倚能特征明显，推进供给侧结构性改革，是宁夏可持续发展的动力之源。

2007年3月，国家《西部大开发“十一五”规划》，将宁东基地列入其中，明确提出利用宁东地区水、煤、电、石油、天然气资源丰富的优势，加快建设国家重要的能源工业开发接续基地和重要能源化工产品加工基地。

2008年，时任国家副主席的习近平同志第一次踏上宁东基地，考察神华宁煤年产25万吨甲醇项目。彼时的工厂还很小，但蕴藏的活力已清晰可见。

习近平同志对这个基地建设给予肯定。他说，要推进经济结构调整，着力转变经济发展方式，逐步实现由低附加值向高附加值、价格竞争优势向技术竞争优势、成本竞争优势向品牌竞争优势的转变。

8年后，2016年7月19日下午，习近平总书记再次走进宁东基地。此时，3500多平方公里的基地一望无垠。巨大的烟囱、脚手架、作业平台展示着生生不息的活力。正在建设的400万吨煤制油项目，是全球单体规模最大的煤制油项目，也是保障国家能源安全的战略项目。

站在热火朝天的工厂，习近平总书记即兴讲话，声音充满了力量：“我的心情也很激动，看到了社会主义的大厦在一砖一瓦地建起来。在场的工人兄弟姐妹们，我对你们充满了敬意。社会主义是干出来的，就是靠着我们工人阶级的拼搏精神，埋头苦干、真抓实干，我们才能够实现一个又一个的伟大目标，取得一个又一个的丰硕成果。”

每每回忆当时的场景，神华宁煤煤制油分公司总工程师黄斌的振奋心情溢于言表：“总书记十分关心项目进度、技术创新和设备的国产化率，叮嘱我们要科技创新。”

此前，神华宁煤烯烃项目的气化装置采用的是

外国进口设备，因存在煤粉输送不稳定等多项技术难题，整个系统难以持续正常运转。德国顶级气化专家来了，问题还是无法彻底解决。

“我们真的等不起，时间来不及、资金耗不起。”黄斌说，“我们自己改造！”

“做梦！”德国专家只说了两个字。

“我们就要做这个梦，我们必须做成这个梦！”黄斌和团队在两年多的技术攻关中，对气化的关键路径和环节进行了5000多次革新，问题被一一破解。

2016年12月21日，塞上冰冷刺骨，宁东基地里人们既紧张又热血沸腾。

第一次试车就成功，神华宁夏煤业集团400万吨/年煤炭间接液化项目油品A线打通全流程，产出合格油品。

出油的瞬间，中控室百余工作人员流下了激动的泪水。靠卖煤为生的神华宁煤人，实现了煤炭“由黑变白”、资源由重变轻的转变，产业成功转型升级。

几天后，让研发团队喜出望外的是，习近平总书记专门对项目建成投产作出重要指示，称赞“这一重大项目建成投产，对我国增强能源自主保障能力、推动煤炭清洁高效利用、促进民族地区发展具有重大意义，是对能源安全高效清洁低碳发展方式的有益探索，是实施创新驱动发展战略的重要成果”。

在这片见证历史、饱经沧桑的荒原戈壁上，宁夏人民用实际行动践行着习近平总书记的殷殷嘱托：越是欠发达地区，越需要实施创新驱动发展战略；越是供给侧结构性问题突出的领域，越需要推进科技创新，在创新驱动上积极作为。

尽管不沿边、不靠海，宁夏作为古丝绸之路东段北线的商埠重镇，照样具备开放的条件。国家批准宁夏承办中阿博览会、建设内陆开放型经济试验区，使宁夏更好融入对外开放的发展进程。

两年一届“中国—阿拉伯国家博览会”，习近平总书记格外重视，举办三届以来，每一届都收到了总书记发来的贺信。一个更加开放、务实、创新的宁夏，正按照总书记“更加注重推进高水平双向开放”的要求走向世界。

党的十八大以来，宁夏发挥向西开放独特优势，积极融入国家“一带一路”建设。

——架构陆路、空中、网上丝绸之路，多层次立体化建设开放通道。2016年1月15日，宁夏开通首趟国际货运班列。两年多来，开往中亚、西亚的国际货运班列共110列，出口货物19.3万吨、价值约1.3亿美元。

——加快建设内陆开放型经济试验区和银川综合保税区。各类开放平台政策优势不断凸显，石嘴山精细化工和银川羊绒制品等出口基地成为国家级外贸转型升级示范基地……

——坚持内外并举双轮驱动，积极主动走出去，建设贸易口岸和境外产业园区。由宁夏主导建设的中国—沙特（吉赞）产业园、中国—阿曼（杜库姆）产业园被列入国家发改委20个产能合作示范区、商务部16个重点推进境外经贸合作区。

涓滴情意汇江海，春风化雨聚人心

要全面贯彻党的民族宗教政策，进一步落实《民族区域自治法》和《宗教事务条例》。——习近平

古朴巍峨的同心清真大寺，距今已有600多年历史。

它是中国现存的十大古老清真寺之一，也是党的历史上第一个回族自治政权“豫海县回民自治政府”的诞生地，见证了中国共产党民族区域自治政策的最初实践。

2008年4月，时任国家副主席的习近平同志来到这里看望回族宗教界人士。习近平同志说，要全面贯彻党的民族宗教政策，进一步落实《民族区域自治法》和《宗教事务条例》，不断巩固和发展党同宗教界的爱国统一战线，着力维护和加强民族团结，充分发挥各族干部在改革发展稳定中的骨干和表率作用。

殷殷嘱托促前行。宁夏是我国最大的回族聚居区，有回、满、蒙古、壮等40多个少数民族，总人口681.79万人，其中回族人口247.57万人，占36.31%。

重视少数民族干部培养教育，是我们党一直以来的传统。2016年在宁夏考察时，习近平总书记再次强调，无论是少数民族干部还是汉族干部，都要以党和国家的事业为重、以造福各族人民为念，齐心协力做好工作。

“总书记嘱托大家要做好民族团结的使者，我是一名基层少数民族干部，只有把自身优势发挥出来，让老百姓把国家的好政策充分利用起来，搭起回汉民族团结的连心桥，才能不负总书记的嘱托。”宁夏回族自治区贺兰县立岗镇副镇长秦文博说。

以发展促团结，以团结聚人心。立岗镇15个村有7个是纯回族村。

2015年9月，习近平总书记在人民大会堂亲切会见了秦文博等13名基层民族团结优秀代表。聆听总书记讲话后，“80后”回族小伙秦文博更觉责任重大、使命光荣。

2016年7月，习近平总书记来宁夏考察时，在银川新城清真寺同自治区伊斯兰教界代表人士亲切交谈。

“我国宗教无论是本土宗教还是外来宗教，都深深嵌入拥有5000多年历史的中华文明，深深融入我们的社会生活。”习近平总书记对宁夏宗教工作寄予殷切期望，强调要积极引导宗教与社会主义社会相适应，支持我国宗教坚持中国化方向。

在建党纪念日、国庆节以及古尔邦节等重要节日，自发组织信教群众开展奏国歌、升国旗仪式……如今，这样的场景越来越多。宁夏已有2000多个宗教活动场所设立了国旗台，信教群众自发开展升国旗仪式。

六盘山，红军长征翻越的最后一座高山。翻过这座山后不久，1936年10月，红军三大主力胜利会师，标志二万五千里长征结束。

2016年7月，习近平总书记来宁夏考察，第一站便来到将台堡红军会师纪念馆，在雨中向英烈敬献花篮。

“我们这一代人要走好我们这一代人的长征路。”在纪念馆里，习近平总书记的讲话振奋人心。

自治区成立60周年大庆在即，将台堡红军会师纪念馆土墙上，一排排红旗迎风招展。

见证过胜利的六盘山，还将继续见证——在以习近平同志为核心的党中央坚强领导下，宁夏各族儿女奋进逐梦，不断续写新长征路上的壮丽篇章。

（此稿被《新华每日电讯》《人民日报》《光明日报》等429家媒体采用）

壮美宁夏川　逐梦谱新篇

——宁夏回族自治区成立60周年庆祝大会侧记

新华社记者　罗争光　郁琼源　邹欣媛

最动情的“花儿”漫上了六盘山，最火红的枸杞映红了宁夏川。

在丰收的季节，塞上江南迎来了欢庆的时刻：2018年9月20日，宁夏回族自治区成立60周年庆祝大会在银川隆重举行。

祥云漫卷，红旗招展，盛装的各族群众从四面八方而来，午后的贺兰山体育场成了一片欢乐的海洋，长长的看台上处处笑语欢声。

以中共中央政治局常委、全国政协主席汪洋为团长的中央代表团，带着党中央和全国人民的深情厚谊出席大会，与2万多名塞上儿女一同见证这激动人心的时刻。

下午3时许，庆祝大会开始，全场肃静。随着主持人一声“请全体起立，升国旗、唱国歌”，所有人的目光齐齐投向体育场的中央。雄壮的乐声响起，现场干部群众高唱国歌，鲜艳的五星红旗徐徐上升，迎风舒展。

望着场内巨大的“1958”“2018”字样，参加庆祝大会的“60年感动宁夏人物”王兰花激动万分：“历经60个风雨春秋，在党中央亲切关怀下，宁夏实现了从忧患温饱到家给人足的历史转变，进入了红红火火奔小康的发展新阶段。”

68岁的王兰花有理由激动和自豪：60年前，宁夏回族自治区刚成立时，八成群众生活贫困，连粮食都需要国家大量返销；60年后，宁夏人均生产总值已是当年的数百倍，贫困人口大幅减少，沙地上建起了绿色屏障，荒漠中铺就了铁路巨龙，戈壁滩上煤疙瘩变成了涌动的油……

60年砥砺前行，60载心心相依。

中共中央、全国人大常委会、国务院、全国政协、中央军委发来贺电：

“宁夏回族自治区60年的辉煌成就来之不易，经验弥足珍贵。这是党中央、国务院正确领导的结果，是自治区历届党委和政府团结带领全区各族干部群众同心苦干的结果，是全国各族人民大力支援的结果。”

下午3时17分许，汪洋发表饱含深情的讲话。

“回首过去，宁夏走过了不平凡的光辉历程。展望未来，宁夏的改革发展之路将越走越宽广。”

话语激昂，掌声回荡。场内的人们热情欢呼，不断挥舞着手中的红旗。

在群众代表发言环节，国家能源宁夏煤业集团公司梅花井煤矿综采一队队长马会勤，作为少数民族和生产一线的代表走上发言席。

“此时此刻，我最想说的是，幸福生活是奋斗出来的。”他说，自己在煤矿干了30年，见证了煤矿工人的面貌发生巨变，“大家的工资待遇、社会地位、生活质量跟国家、宁夏、企业的发展一样，芝麻开花节节高，一年更比一年好。”

从山大沟深的西海固搬迁到银川市永宁县闽宁镇的谢兴昌，在家中观看了庆祝大会电视直播。他说，20多年闽宁对口扶贫协作，把原来的“干沙滩”变成了“金沙滩”，“在这片希望的田野上，我和乡亲们一定会找到更多脱贫致富的门路，让闽宁镇的发展更上一层楼。”

下午4时10分许，一场《花儿朵朵向太阳》的大型歌舞表演，将现场氛围推向又一个高潮，也拉开了庆祝大会群众文艺表演的序幕。

看！神圣庄严的国旗方队齐步入场，300名青年高高举起一面巨大的五星红旗通过主席台，“伟大祖国，繁荣昌盛”的口号响彻云霄。

看！整齐划一的国徽方队簇拥着鲜艳的巨型国徽稳步向前，立体的国徽模型上金黄色的五星格外耀眼，“政通人和、国泰民安”的口号凝聚着信念与希望。

看！高擎着“1958—2018”巨大字样的年号方队、围绕着“社会主义是干出来的”巨幅标语的宣传方队、手持五彩气球的群众方队，一个接一个走来。“不忘初心、牢记使命”“振奋精神、实干兴宁”“艰苦奋斗、砥砺前行”的口号，是坚定的信念，是深沉的呼唤，更是铿锵的足音。

5个仪仗方队后，自治区5个地市方队也以极

庆祝大会上的群众文艺表演

■ 新华社记者　刘卫兵/摄

庆祝大会上的群众文艺表演　■ 新华社记者　王鹏 / 摄

具特色的形式展示各自的风采与自豪：

银川市方队用队形变换出凤凰展翼的造型，炫彩辉煌；

石嘴山市方队以热烈的红色为意向，活力飞扬；

吴忠市方队凸显黄河之滨、鱼米之乡特色，水韵浓郁；

固原市方队营造六盘山、红军长征等壮美画面，大气磅礴；

中卫市方队以沙坡头为核心场景，奇幻多姿。

精彩纷呈的地市方队让现场的人们意犹未尽，隽永恢宏的主题表演又开始将塞上江南的历史与今天深情诉说：

“黄河魂魄·精神传承”，讲述的是中华民族母亲河的纵横澎湃、生生不息；“丝路欢歌·开放发展”，展示的是宁夏昔日古丝绸之路的千年沧桑和今天融入“一带一路”建设的全方位开放；“闽宁协作·八方支援”，带领大家深切感受闽宁协作22年的水乳交融；“塞上江南·美丽宁夏”，展示着大力实施生态立区战略下宁夏绿水青山、如梦如幻的景象；“民族团结·幸福家园”，用演员们拼成的巨幅石榴图案展现“回汉一家亲”的世代优良传统；“奋进新时代·共筑中国梦”，由演员组成展开的双翅造型，寓意跨入新时代的宁夏展翼腾飞、凌空翱翔。

愉快的歌儿唱不尽，欢快的舞蹈跳不完，回汉各族儿女心连心、手挽手，流连忘返。

“在党中央的领导下，宁夏各族群众坚定不移跟党走，坚信‘社会主义是干出来的’，带着对更加美好的幸福生活的向往，我们一定会苦干实干加巧干、撸起袖子加油干。”参加庆祝大会的北方民族大学教师王哲言语中透出激动。

“建设美丽新宁夏　共圆伟大中国梦”，宁夏各族儿女正牢记习近平总书记的嘱托，“以发展促团结、以团结聚人心”，意气风发，接续奋进，让塞上明珠变得更加辉煌璀璨。

六盘山上松声阵阵，黄河两岸稻浪滚滚。（此稿被新华网、环球网等180多家媒体采用）

一甲子沧海桑田　新时代再谱新篇

——庆祝宁夏回族自治区成立60周年文艺晚会侧记

新华社记者　谭谟晓　任玮　于瑶

60年岁月如歌，每一段旋律都激荡飞扬。

60年同心筑梦，每一段征程都写满辉煌。

19日晚，装点一新的“塞上湖城”银川成了欢乐的海洋，庆祝宁夏回族自治区成立60周年文艺晚会在宁夏人民剧院举行。

以中共中央政治局常委、全国政协主席汪洋为团长的中央代表团全体成员和宁夏各族各界干部群众共约1400人欢聚在一起，观看这台名为《绽放新时代》的晚会，共同庆祝喜庆节日。

“我想对你说，万众心相连，老百姓跟党走，饮水永思源……”伴着热情洋溢的舞蹈和澎湃激昂的歌声，晚会在歌舞《我想对你说》中拉开大幕。

奋斗篇、团结篇、幸福篇、追梦篇，全场晚会共分四个篇章。来自全国各地的各族儿女，用委婉动听的宁夏民歌、大气磅礴的原生态舞蹈、精妙绝伦的情景音画，展现宁夏60年来波澜壮阔的巨大变迁和各族群众心手相牵的逐梦之路。

这一份激情，是欢腾大地的鲜活缩影——

汽笛响起，一列“绿皮火车”呼啸驶入舞台，情景音画《激情岁月》把人们的思绪拉回到宁夏回族自治区成立之初。响应国家号召，来自五湖四海的青年才俊汇聚宁夏支援西北建设，他们用如火豪情点燃了这片土地，用青春年华谱写了最美的奋斗之歌。

“在横风肆虐的腾格里沙漠，建设者冲破沙海，种树、铺轨、修路，在铁路建成后拥抱欢呼，热泪盈眶。”作为领舞者，“90后”演员赵家熠虽未亲历当年修建中国首条沙漠铁路——包兰铁路时的艰辛和挫折，但在查阅资料、反复排练过程中，被建设者们与沙海搏斗的精神深深感动。

精彩的演出，震撼的力量，赢得热烈的掌声。

这一方舞台，是守望相助的生动呈现——

在现场最打动人心的，莫过于真实再现“先富帮后富，东西相联手”对口协作伟大创新的情景音画《情系闽宁》，这一节目以闽宁镇为切入口，生动讲述了闽宁两省区携手合力奔小康的决心和攻坚克难创造美好生活的执着信念。

20多年前，在党中央作出东西部结对帮扶的战略部署下，福建省和宁夏回族自治区建立起对口协作关系。

20多年来，远隔千山万水的闽宁两省区跨越时空、跨越山海，开创出一条具有示范意义的扶贫协作道路，创造了“干沙滩”变成“金沙滩”的奇迹，体现了中国特色社会主义制度的巨大优越性。

如潮的掌声再次响起，这是感恩的掌声，也是自豪的掌声。

“就像当年五湖四海的人支援宁夏建设一样，今天来自东南西北的创作、演职人员相聚银川，用心演绎中华民族的守望相助和宁夏的沧海桑田。”晚会总导演邢时苗说。

这曲曲欢歌，是60年辉煌的丰富诠释——

“秃岭长成花果山，荒野变成大画廊；绿水环抱小村寨，一条新路通远方。”一曲《都说变了样》勾勒出今日宁夏蓬勃发展的靓丽景观，描绘出一幕幕塞上儿女乐享美好生活的动人场景。

“紫色梦想在阳光下斑斓，那贺兰山东麓有辉煌的明天。”歌曲《美酒飘香贺兰山》是国家一级作曲家温中甲歌颂第二故乡宁夏的感怀之作。作为本场晚会多首新老歌曲的作曲者，在宁夏十年的知青生活让他对这片土地充满了深情厚谊。

“我们那时候在艰苦的西海固，见证了人们生活的艰辛，看到60年来宁夏发生的翻天覆地变化，真是深受感动。”温中甲说，歌里唱的是贺兰山葡萄园里硕果累累的丰收景象，更是幸福生活万年长的美好愿景。

“何须折柳忆江南，塞上有我好家园”。交响戏

庆祝宁夏回族自治区成立60周年文艺晚会 ■ 新华社记者 邢广利/摄

曲《塞上江南》由宁夏七位中国戏剧梅花奖获得者联袂演出，唱出了宁夏各族人民“建设好家园，再踏征程红旗漫卷”的豪情壮志。

歌声嘹亮，舞步飞旋。每一支舞蹈，都是一首缅怀往昔峥嵘岁月的诗篇；每一首歌曲，都是一支新时代催人奋进的号角。

《宁夏川，我可爱的家乡》《心手相牵》《沙湖恋歌》《母亲河》……欢乐的舞台上，身着盛装的演员们上演了中华民族大团结的节日盛歌，展现出塞上儿女对美好家园的满怀深情和对幸福未来的无限向往。

晚会在歌舞《绽放新时代》中进入尾声。“新的时代把信仰再次擦亮，新的征程洒满理想的阳光。你的目光，引领着复兴的航程，思想的旗帜飘扬在东方！”雄壮的歌声久久回荡，表达了各族儿女同心同向追寻中国梦的坚定信念。

塞上一甲子，恰是风华正茂。祝福宁夏大地民族团结之花常开长盛、红遍塞上，汇聚起携手奋进新时代的磅礴伟力。（此稿被新华网、中国网等180多家媒体采用）

团结奋进筑同心　塞上大地谱新篇

——热烈庆祝宁夏回族自治区成立60周年

新华社评论员

宁夏大地，改革发展呈现新气象；塞上江南，团结奋进谱写新篇章。金秋时节，宁夏回族自治区迎来成立60周年的喜庆日子。

60年峥嵘岁月，一甲子沧海桑田。宁夏各族人民在党中央团结带领下，艰苦奋斗、真抓实干，彻底改变了贫穷落后的面貌。60年来，宁夏地区生产总值增长1000多倍，建立起现代工业体系和立体交通体系，累计减贫330万人，人民生活水平不断提高……宁夏的巨大发展成就，是我国民族区域自治制度成功实践的深刻反映，是少数民族地区在党的领导下实现跨越式发展的生动缩影。

党的十八大以来，以习近平同志为核心的党中央十分关心宁夏的发展。2016年7月，习近平总书记到宁夏考察工作并发表重要讲话，深刻阐明事关宁夏发展全局的一系列方向性、战略性、根本性问题，为宁夏把握历史机遇、实现可持续发展指明方向和路径。宁夏这片充满生机活力的黄土地，正在新的历史起点上砥砺前行。

宁夏自然条件差、底子薄，发展是道考题，更是个难题。1996年，党中央、国务院作出开展东西部扶贫协作的重大战略部署。20多年过去，昔日“干沙滩”变成“金沙滩”，无数贫困家庭的命运得到了改变。在社会主义大家庭中，中央和各地各部门大力支持宁夏发展，一批批来自全国各地的干部、知识分子、技术骨干支援宁夏、扎根宁夏，为一方发展源源不断地注入动力。实践深刻昭示，充分发挥社会主义制度的优越性，是民族地区赶上发展潮流、实现跨越式发展的重要保障。

发展是解决民族地区各种问题的总钥匙。推动发展，需要正确理念引领。宁夏立足区情、从实际出发，以新发展理念为指导，走出了一条全面协调可持续的发展道路。大力实施创新驱动战略，初步形成具有宁夏特色和区域竞争力的现代化产业体系；坚持精准扶贫精准脱贫，脱贫攻坚取得明显成效；坚守生态底线和红线，可持续发展能力明显增强；推进多层次宽领域全方位对外开放，积极参与“一带一路”建设，着力打造丝绸之路经济带战略支点；补民生短板、强保障弱项，人民群众获得感显著增强。始终坚持以人民为中心的发展思想，全面实施创新驱动、脱贫富民、生态立区“三大战略”，着力推动高质量发展，宁夏发展的道路必将越走越宽、越走越好。

“以发展促团结、以团结聚人心”，维护民族团结和国家统一，是各民族的最高利益，也是民族地区发展进步的基石。无论是有效保护各民族历史文化遗产，还是持续开展党的民族政策“百场万人”大宣讲活动；无论是“民族团结月”活动30多年不中断，还是通过表彰示范让“两个共同”“三个离不开”在各族群众心中牢牢扎根，宁夏坚守民族团结的生命线，始终坚持巩固和发展平等、团结、互助、和谐的民族关系，为经济社会发展强基固本、汇聚力量。让民族团结之花在塞上大地常开长盛，促进各族人民像石榴籽一样紧紧抱在一起，宁夏的未来充满希望。

贺兰山、黄河水，哺育了黄土地上生生不息的各族人民，见证着共创美好生活的不懈奋斗。在以习近平同志为核心的党中央坚强领导下，宁夏各族群众携手共进、迈向未来，塞上大地繁荣发展的新时代画卷必将更加精彩壮美！（此稿被《新华每日电讯》等356家媒体采用）

砥砺奋进一甲子　塞上江南谱新篇

新华社记者　何晨阳　杨稳玺

秋高气爽，塞上大地一派丰收景象，宁夏回族自治区即将迎来成立60周年的喜庆日子。

从贺兰山麓到六盘山下，可谓处处旧貌换新颜：2017年宁夏地区生产总值达3453.9亿元、人均地区生产总值5.09万元，分别是1958年的1053倍和289倍；累计减贫330万人，贫困发生率下降16.9个百分点；沙化、荒漠化土地连续20年“双缩减”……

60年来，特别是党的十八大以来，宁夏经济社会快速发展的局面，充分展示出党的民族政策和民族区域自治制度的巨大优越性。

全面贯彻党的民族政策，高举各民族大团结旗帜，各族群众对伟大祖国、中华民族、中华文化、中国共产党、中国特色社会主义的认同不断增强……历史和现实的实践充分证明：党的领导从根本上保证了680多万宁夏各族群众在中华民族大家庭里共同团结进步、共同繁荣发展。

团结促发展，发展筑团结。在中国共产党领导下，多举措加快民族地区发展，确保没有贫困群众在小康路上掉队。宁夏各族群众正向着全面建成小康社会的目标奋进。

万众一心的共同梦想、守望相助的交融汇聚，让“像爱护自己的眼睛一样爱护民族团结，像珍视自己的生命一样珍视民族团结”的理念，融入宁夏各族群众血脉，使宁夏的民族团结工作走在全国前列。

今日的宁夏，“三个离不开”“五个认同”思想深入人心，中华民族共同体意识更加牢固，各族群众交流交往交融、共居共学共事共乐，形成了民族团结一家亲、同心共筑中国梦的融洽氛围。

砥砺奋进一甲子，同心筑梦六十年。宁夏大地各族群众同心同德、共同奋斗，合力绘就民族团结壮美画卷。民族团结之花常开长盛、红遍塞上，汇聚起携手奋进新时代的磅礴伟力。

蓄势扬帆再远航，塞上江南谱新篇。在习近平新时代中国特色社会主义思想指引下，宁夏各族人民必将团结一心，艰苦奋斗，续写辉煌！（此稿被《中国改革报》《宁夏日报》等38家媒体采用）

专访宁夏回族自治区党委书记、人大常委会主任石泰峰：建设经济繁荣民族团结环境优美人民富裕的新宁夏

新华社记者　孙波　陈晓虎　曹健

走过一甲子的宁夏，如今全区上下心齐、气顺、劲足，振奋精神、实干兴宁，正意气风发地决战决胜全面建成小康社会，沿着中国特色社会主义道路阔步前进。

2018年是宁夏回族自治区成立60周年，在中国共产党的领导下，经过60年的建设发展，一个生机勃勃的新宁夏展现在世人面前，正向着习近平总书记提出的经济繁荣、民族团结、环境优美、人民富裕，确保与全国同步建成全面小康社会的目标奋进。

《瞭望》新闻周刊记者专访了宁夏回族自治区党委书记、人大常委会主任石泰峰。

六十载实现历史性跨越

《瞭望》：在宁夏回族自治区成立60周年大庆之际，您有哪些感受？

石泰峰：1958年10月宁夏回族自治区成立，开启了发展的新阶段。改革开放40年来，宁夏各项事业发生历史性变革。尤其是党的十八大以来，在以习近平同志为核心的党中央坚强领导下，宁夏取得历史性成就。

60年来，宁夏经济总量增长了1050倍，财政收入增长了720倍，城乡居民收入分别增长了135倍、104倍，综合实力显著提升，公共基础设施大幅改善，城乡面貌焕然一新，人民生活发生了巨大变化，实现了从温饱不足到总体小康的历史性跨越，正向着全面建成小康社会的目标奋进。

60年来，宁夏各族人民守望相助、团结奋斗，像珍视自己的生命一样珍视民族团结，在交往交流交融中和睦相处、和衷共济、和谐发展，共居共学、共事共乐，中华民族共同体意识深深融入血液，“三个离不开”思想深深扎根心底，宁夏各族人民大团结成为我国各族人民大团结的集中缩影，生动展现了中华民族强大的凝聚力、向心力。实践证明，民族团结是各民族的生命线，党的民族政策是各族人民幸福安康的好政策，党的民族区域自治制度是解决民族问题的正确道路。

回顾这60年，党的坚强领导为宁夏各项事业发展提供了根本保证。党中央对宁夏给予了高度重视、特殊关怀，在方向上指引、在政策上倾斜、在人财物上帮扶，党的组织、党的工作覆盖了各条战线，党的思想领导、政治领导、组织领导落实到了宁夏经济社会发展各个方面，确保了各项事业正确政治方向。长期以来，宁夏各族人民在党的阳光沐浴下，感党恩、听党话、跟党走，深知没有共产党就没有今日之宁夏、就没有今天的好日子，“共产党亲、黄河水甜”是宁夏老百姓对党的恩情的真情表达。

回顾这60年，全国各族人民对宁夏给予了无私帮助，中央机关和国家部委、各兄弟省区市、中央企业和社会各界对宁夏给予了大力支持，一批批来自全国各地的干部、知识分子、技术骨干扎根宁夏、奉献宁夏，让宁夏各族人民充分感受到了社会主义大家庭的温暖，感受到了社会主义制度的巨大

宁夏固原市隆德县观庄乡前庄村盛开的油菜花与苍翠峭拔的六盘山相映成辉 ■ 新华社记者 王鹏 / 摄

优越性。

最让宁夏人民铭记在心、感恩于怀的是习近平总书记始终牵挂着宁夏、关心着宁夏的发展和贫困群众的生产生活。我们提高政治站位，牢固树立“四个意识”，自觉做到“两个坚决维护”，2017年6月自治区第十二次党代会以习近平总书记视察宁夏时的重要讲话精神为指导，把“努力实现经济繁荣、民族团结、环境优美、人民富裕，确保与全国同步建成全面小康社会”的目标要求，作为宁夏今后一个时期的奋斗目标和工作主题，提出实施创新驱动、脱贫富民、生态立区“三大战略”，明确了今后发展的重点任务。

当前，宁夏全区上下心齐、气顺、劲足，振奋精神、实干兴宁，正意气风发地决战决胜全面建成小康社会，沿着中国特色社会主义道路阔步前进。

推动高质量发展初见成效

《瞭望》：宁夏虽是西部欠发达省区，但在推动高质量发展上不遗余力。在这方面，自治区有哪些考虑和举措？

石泰峰：党的十九大作出我国经济已由高速增长阶段转向高质量发展阶段的重大判断。宁夏地处西部，过去粗放式发展、高速增长积累的矛盾风险开始大量显现，发展不平衡不充分的问题越来越突出，这些本质上都是发展质量不高的集中表现。因此，宁夏更要牢固树立新发展理念，更要重视高质量发展，更要注重解决经济发展的深层次问题，这是我们这一届党委必须扛起的发展责任和政治责任。

理念决定思路、思路决定出路。实现从“有没有”向“好不好”的重大转变，关键是推进供给侧结构性改革。我们坚持质量第一、效益优先，立足实体经济，围绕“三去一降一补”，重点实施传统产业提升、特色产业品牌、新兴产业提速、现代服务业提档“四大工程”，一手培育发展先进增量，一手淘汰退出落后存量，狠抓高质量投资，激发民间投资活力，加快推进工业园区整合发展，发展壮大“四新”经济。2016年以来，共淘汰落后产能560多万吨，这虽然对经济增长有一定影响，但我们顶住压力、坚定不移地抓下去。

自治区第十二次党代会鲜明提出“实施创新驱动战略”，并作为“三大战略”之首。我们坚持走特色创新、开放创新之路，以沿黄科技创新改革试验区建设为载体，探索推进“科技支宁”东西部合作，让企业在创新大潮中当主力、唱主角，重点在引进消化吸收再创新、实用技术创新、创新成果转化应用上下功夫，加快新旧动能接续转换。去年宁夏与24个东部省市、科研院所、高校实施科技合作项目400多个，搭建了一批创新平台，引进了一批人才团队，有力地助推了宁夏创新发展、高质量发展。

有信心缚住贫困的“苍龙”

《瞭望》：过去一提到宁夏，人们就会想到“苦瘠甲天下”的西海固地区。如今，宁夏脱贫攻坚战推进得如何？

石泰峰：脱贫攻坚战是党的十九大确定的决胜全面建成小康社会必须打赢的三大攻坚战之一。我们坚持以人民为中心的发展思想，提出并实施脱贫富民战略，在实施好富民工程的同时，把脱贫攻坚作为最大的民生工作、作为全面建成小康社会的底线任务来抓，举全区之力推进精准扶贫、精准脱贫，确保小康路上一户不少、一人不落。

西海固地区山大沟深、十年九旱，一方水土养活不了一方人。习近平总书记对宁夏的扶贫开发倾注了大量心血，早在1996年担任福建省委副书记时就亲自主导和推动闽宁对口扶贫协作，1997年、2008年两次到宁夏视察指导工作、看望慰问困难群众，2016年视察宁夏的第一站就是西海固地区。经过这些年前后几轮的扶贫开发，西海固地区的面貌发生了翻天覆地的变化，群众的生产生活条件大幅改善，许多贫困群众过上了过去想也不敢想的好日子。

但宁夏脱贫攻坚的任务依然繁重艰巨，全区还有23.9万贫困人口，都是贫中之贫、困中之困、难中之难。因此，我们重点从三个方面入手来打这场攻坚战：

一是全面对标党中央确定的脱贫时间、脱贫目标、脱贫标准，坚持精准为要、质量为先，压紧压实脱贫责任，主要领导不脱贫不脱钩，基层干部不脱贫不离村，不急不躁、稳扎稳打，在精准稳定可持续上下功夫，确保脱真贫、真脱贫。

二是聚焦"五县一片"170个深度贫困村，集中优势兵力啃最硬的骨头，出台专门的实施方案，实施产业提质增效、易地扶贫搬迁等10项工程，在政策、项目、资金等方面向深度贫困地区倾斜。最近，我们启动了打赢脱贫攻坚战三年行动，进一步优化政策供给、完善保障体系，力求贫困地区稳定脱贫。

三是不断深化闽宁对口扶贫协作，大力实施"携手奔小康"行动，重点在结对帮扶、产业合作、互派干部等方面创新拓展、巩固提高，带动中央单位定点扶贫，动员社会力量参与扶贫，努力结出更多硕果。2018年6月宁夏与福建省召开了第22次联席会议，落实了一批扶贫协作项目。

我们有信心缚住贫困的"苍龙"，让贫困群众如期脱贫，过上全面小康生活。

大力实施生态立区战略

《瞭望》：2017年以来宁夏抓生态环境治理的决心大、措施硬、力度强。为什么要下这么大力气抓这件事？

石泰峰：我们主要是基于两个方面的考虑：一方面是责任使然。党的十九大明确提出，要打好污染防治攻坚战，建设美丽中国。这是对宁夏生态安全特殊地位的基本定位，赋予了宁夏重大使命。因此，必须从讲政治、顾大局的高度来认识和看待这个问题，主动服务和融入国家发展战略。

另一方面是问题使然。宁夏三面环沙、干旱少雨、缺林少绿，自然条件先天不足、生态环境十分脆弱。同时，近些年来一些地方重发展、轻环保，依赖资源能源开发搞建设，甚至不顾生态环境承载力上项目，环境约束日益趋紧，雾霾天气、药企异味、城市黑臭水体等问题群众反映十分强烈，中央环保督察组也反馈和曝光了一些突出问题，环保形势十分严峻。

因此，我们要牢固树立"绿水青山就是金山银山"的理念，把生态环境保护放在优先位置，大力实施生态立区战略，坚决打好污染防治攻坚战，以壮士断腕的决心、背水一战的勇气爬坡过坎。我们重点抓了3个方面工作：

宁夏彭阳县金鸡坪梯田公园　■ 新华社记者　王鹏/摄

一是源头治理。大力推进生态空间管控，划定并严守“三条红线”，12个县区被纳入国家重点生态功能区，占全区国土面积的56.9%。实行最严格的生态环境保护制度，加快建设沿黄生态经济带，严格落实节能减排约束指标，倒逼企业绿色发展、转型发展，对不合格、不达标的企业坚决关停整顿。统筹山水林田湖草综合治理，持续推进重大生态工程建设，集中开展贺兰山自然保护区生态环境综合整治，努力还自然以宁静、和谐、美丽。

二是铁腕治污。聚焦群众反映强烈的突出环保问题、中央环保督察反馈的问题，紧盯重点流域、重点区域、重点行业，深入推进蓝天、碧水、净土“三大保卫战”，坚决打好大气污染防治攻坚战、新时代黄河保卫战，一些地方生态环境恶化的不利局面得到扭转。

三是落实责任。压紧压实党政同责、一岗双责，对重大生态环境事件实行“一票否决”，动真碰硬、顶格问责，2016年以来共问责党政干部782人次，特别是对中央环保督察组移交的问题线索逐一调查核实，严肃追责问责125人。最近，我们严肃查处了永宁县泰瑞制药擅自恢复生产问题，严肃追究了相关责任人责任，在党员干部中引起了强烈反响，明确释放出生态环保责任越来越严的信号。（此稿刊登于《瞭望》新闻周刊）

宁夏回族自治区主席咸辉：宁夏要快步走进“高铁时代”

新华网记者　王萍

在此前国家发布的《中长期铁路规划》的八纵八横铁路网中，有两横一纵通过银川，未来宁夏高速铁路将如何建设，以尽快实现宁夏人的高铁梦？3月7日，宁夏代表团媒体开放日上，全国人大代表、宁夏回族自治区主席咸辉表示，宁夏的高速铁路建设将从对外联络通道和区域城际轨道交通两个层面发展。

咸辉说，宁夏人民有一个高铁梦，渴望尽快融入全国高速铁路网，目前宁夏是全国除西藏以外，第二个没有高铁的省份。铁路里程短、复线率低、技术水平和运输能力都有待提高，没有高铁是制约宁夏经济发展的重要瓶颈之一。

咸辉表示，宁夏的高速铁路建设分对外联络通道和区域城际轨道交通两个层面。对外联络通道中，正在建设和即将开工建设的高铁有四条：

银西高铁马坊沟特大桥连续梁合龙现场

■ 新华社记者　郭绪雷／摄

一是银川至西安高铁。全长617公里，总投资771亿元。其中宁夏段约183公里，已完成投资30.65亿元，占总投资的14.1%，计划2020年全线建成通车。

二是中卫至兰州高铁。全长218公里，总投资298亿元，其中宁夏段48公里，投资42亿元，计划2017年上半年开工，力争“十三五”末建成通车。

三是包头至银川高铁。全长508公里，总投资约536亿元，其中宁夏段114公里，投资127亿元。目前，铁路总公司已经列入2017年开工计划，计划年底前开工，争取在“十三五”末建成通车。另外，银川至巴彦浩特高速铁路与银包高铁打包建设，全长90公里，其中宁夏段52公里，计划按照双线每小时200公里技术标准设计，预留每小时250公里的提速条件。

四是太中银铁路定边至银川段扩能改造。计划在“十三五”内完成，实现青银通道贯通。

咸辉表示，这四条高铁道路建成通车后，宁夏的高速铁路将实现与全国高铁网的全面接轨，向东联系长三角经济区方向，向南联系川渝以及珠三角经济区方向，向西联系兰白经济区，向北联系京津冀经济区方向。届时，从银川到兰州只需两个小时，到西安三个小时，到太原3.6个小时，到北京、重庆、成都各5个小时，到上海7个小时，到广州10个小时。

咸辉说，在区内城际轨道交通中，计划在“十三五”内构建起以银川为核心、五市同城化的城际快速轨道网络。一是银川至吴忠城际铁路。属于银西高铁一段，计划在2018年建成运营。二是吴忠至中卫城际铁路。全长135公里，投资估算136亿元。2015年开工建设，目前已完成投资50.95亿元，占总投资的37.5%，计划在2018年建成通车。三是宝中铁路固原至中宁段扩能改造。自治区已与铁路总公司进行了充分沟通，初步达成了共识，形成了设计方案，计划“十三五”末建成通车。

咸辉强调，“十三五”是宁夏高铁建设的关键时期。我们将进一步加强与国家有关部委和周边省区的协调沟通，尽快将这些项目落到实处。我们坚信，有党中央、国务院和国家部委以及兄弟省区的大力支持，有全区上下的共同努力，高铁动车一定能在宁夏大地上跑起来，推动宁夏铁路事业再上新台阶，促进宁夏经济社会发展开辟新天地。（此稿刊登于新华网）

一张蓝图激活发展潜能
——空间规划改革的宁夏探索

新华社记者　陈晓虎　何晨阳

宁夏贺兰山国家级自然保护区等14个自然保护区全部被列为禁止勘查开采区，已开采五六十年的煤矿、乱挖二三十年的砂厂、运行多年的风电设备等全部停产退出并进行环境整治和生态修复……中央批准宁夏回族自治区开展空间规划改革（多规合一）试点以来，自治区党委、政府破难题、闯难关，从山到水、从湖到河、从城镇到乡村，用全域空间规划一张蓝图，标明生态红线，划定发展底线，铁腕治污重塑绿水青山。现在，宁夏大地，正被好山好水好生态激活发展新潜能。

勇于碰硬破梗阻，刀刃向内解痛点

“空间规划改革，不同于以往简单制定一纸规划，而是把省域作为一个整体，打破部门壁垒和区划分割，优化空间布局和资源配置，建立统一的规划体系、统一的信息平台，用生态红线限定开发边界，把社会发展规划、土地利用规划、生态环保规划等多规合一，绘就一张蓝图。”宁夏回族自治区规划管理委员会办公室主任李晓龙说。

打破部门壁垒并非易事。“十二五”期间宁夏全区编制各类规划达1300多项。在产业发展规划方面，仅贺兰山东麓葡萄酒产业带的相关规划就有40多个。而且不少规划对建设用地需求过多，与城市功能和人口布局存在供需矛盾。

一张蓝图，是破解规划“碎片化同质化”的“利器”。2016年4月18日，中央全面深化改革领导小组批准宁夏开展空间规划试点。宁夏回族自治区党委、政府按照中央要求整合各类空间性规划，着力解决空间规划各自为政、相互打架等问题。

空间规划改革试点是一项利长远的探索。

试点伊始，宁夏成立了由自治区党委书记任组长、自治区主席任第一副组长的领导小组。新成立的规划管理委员会及其办公室，独立行使空间规划编制和管理职能，统筹各职能部门和各地级市与空间规划相关事务。

针对规划不科学问题，宁夏用两个多月开展全区资源环境承载能力和开发适宜性“双评价”，深入进行人口、产业和资源环境等专题研究。针对“规划打架”问题，宁夏坚持“生态优先、总量控制”等原则，解决耕地、林地、牧草地等用地冲突1.27万平方公里。

科学界定“三区三线”，“四上四下”细化落实

宁夏回族自治区政府负责人说，多规合一最后统一到什么底图上，是空间规划编制的重中之重。通过与各相关部门和市县认真研究，大家一致认为要把划定生态、农业、城镇空间和生态保护红线、永久基本农田、城镇开发边界“三区三线”作为底图，有机叠加其他各类规划。

为探索省市县空间规划协同经验，宁夏选取5个地级市和3个县作为试点，由自治区在基础数据、空间布局、指标管控等方面提出要求，市县结合本地实际对落实管控指标和要求做出具体空间规划编制。

省级空间规划和市县空间规划编制深度不同，内容各有侧重，为确保规划落地，必须进行相互衔接与校核。宁夏采取“四下四上”的工作方式，在资源环境承载能力评价及空间开发适宜性评价等方面，实行省级与市县相互校核，以有助于省级规划与市县规划的无缝对接，使规划真正具有可操作性。

空间规划涉及大量数据分析、比对和整合，必须依靠现代信息技术手段才能完成。宁夏结合规划管理体制、行政审批制度改革，形成了“1+6+1”的信息平台，即1个数据中心、6个应用系统、1个门户网站，将各类规划数据统一入库，与市县信息平台实现信息共享，市县项目选址、审批和监测等可实现全流程在线办理。

筑空间治理体系，助生态文明建设

编制空间规划最终目的是加强空间治理。只有空间规划和空间治理两个“轮子”一起转，才能使优化国土空间布局的要求落地。

在编制空间规划的同时，宁夏将原来的《宁夏回族自治区空间发展战略条例》修订为《宁夏回族自治区空间规划条例》，明确执行规划的法律责任。通过建立生态保护补偿和干部差异化考核、问责机制，把空间治理与党政领导干部政绩考核紧密结合。

“空间规划、多规合一，与每个人生活密切相关。比如最多跑一次改革，只有一图管控，一表申请、并联审批等审批服务模式才能顺畅推行。”宁夏回族自治区机构编制委员会办公室体改处副处长谢方说，空间规划这张蓝图绘就后，宁夏行政审批流程将进一步优化，时限将大大缩短。

划定生态红线，方能守牢绿色底线。在编制空间规划基础上，2018年6月底，宁夏对外公布划定的1.28万平方公里生态保护红线，占国土总面积的24.76%。

持续强劲的发展脉搏，在“绿水青山”和“金山银山”的辩证选择中勃勃跳动。近年来，山水生态正成为宁夏全域旅游的金字招牌。2018年上半年，宁夏全区旅游接待1699.51万人次，旅游收入138.69亿元，同比增幅均超过10%，预计全年将实现接待游客3400万人次，旅游收入达到300亿元。

宁夏回族自治区党委负责人说，空间规划试点工作是宁夏全面深化改革的一件大事，将通过空间规划推动经济转型发展，推动城乡区域协调发展，把实施空间规划作为生态文明建设的重要抓手，全面实施创新驱动、脱贫富民和生态立区战略，实现经济社会发展与生态环境保护共赢。（此稿被《新华每日电讯》《中国改革报》等40家媒体采用）

“塞上湖城”波光滟

新华社记者　任玮

盛夏时节，鸣翠湖碧叶连天，百亩荷塘艳压群芳；雨后初晴，阅海湖晨雾缭绕，烟波浩渺仿若仙境；夕阳西下，北塔湖波光粼粼，水光湖影中倒映万家灯火……

地处西北的宁夏银川市，经过近20年的“塞上湖城”恢复重塑，沿着生态立市、人水和谐之路护水、治水、用水，谱绘出一幅“城在湖中城愈美，湖在城中湖更秀”的塞上新景。

如诗如画　一城湖光半城景

7月，位于银川市兴庆区的黄沙古渡国家湿地公园，游人如织。泛舟湖上，碧波荡漾，鸥鸟啼啭。错落的芦苇丛不时挡住视线，转个弯绕过去，一幅山水画卷就在眼前缓缓展开。

“原本想来看看沙漠风光，没想到这里还有这么多湖泊、湿地，这景色哪像大西北？”来自辽宁的游客沈维文感叹，眼前所见改变了他心目中的印象。

很多初到银川的人，都会发出“想不到”的惊叹。银川平原得黄河灌溉之利，自古沟渠纵横、湖泊棋布，历史上更有“七十二连湖”之说。古诗词中，“月湖夕照”“汉渠春涨”“连湖渔歌”“南塘雨霁”等景观，总能引发文人墨客的创作冲动。

银川市阅海公园一景　　■ 新华社记者　王鹏／摄

“如果用一种颜色来画，银川应该是蓝色的。”在宁夏书画院院长周一新眼中，每年五月至十月是银川最美时节，碧空如洗，水天一色景无边；百水绕城，波光湖影入画来。

宁夏摄影家陶克图说，过去几十年间，镜头下的银川变化明显，以前拍风景多是拍地面上的，而如今水中倒影也成了摄影爱好者“新宠”。“我原本不太喜欢拍风光，可看到满城湖光总是禁不住按下快门，觉得不拍就可惜了。”

银川市鸣翠湖国家湿地公园一景　■ 新华社记者　王鹏/摄

“塞上湖城”有多少湖？根据最新普查结果，目前银川市有湿地面积5.3万公顷，其中湖泊湿地近1万公顷、河流湿地约2.2万公顷。全市有自然湖泊、沼泽湿地近200个，其中面积在100公顷以上的湖泊有20多个。

如今的银川，一城湖光半城景，“晒湖”成了不少市民的日常习惯。翻翻“朋友圈”，《塞上湖城新雨后　艾依河畔醉斜阳》《湖城百水流　夜航灯如昼》《湖连湖　塞上珠》《大美阅海　韵律湖城》等图文，不仅记录了市民家门口的四季秀美风光，也不时溢出老百姓诗情画意背后的获得感、自豪感。湖韵，成了银川人为之骄傲的一张亮丽名片。

治水护水　湖光重滟鸟复鸣

今天的银川河清水畅、湖泊增多，然而，“塞上湖城”曾经一度也面临“湖枯水臭城失色”的困境。

“举例说，21世纪初，银川城内外1000亩左右的天然湖泊只剩十来个，彼此相隔甚远，水源枯竭，生态退化。”银川市水务局副局长张国庆说，由于围湖造田、填湖盖楼、工业污染等因素，曾经的湖泊群日渐萎缩。

痛定思痛，渐失湖光水色的银川，致力寻找“失而复得”的途径。2000年以来，银川以重塑“塞上湖城”为目标，逐渐探索出一条生态立市、人水和谐的水生态环境建设之路。

过去十多年间，银川坚持生态修复和景观提升并重，通过连通扩整河湖水系，修复保护湿地生态，治理“龙须沟”和黑臭水体，提升水系岸线景观等举措，建设绿色空间相隔、湖泊水系相通、公园绿地环拥的城市水系。目前，银川水系水域面积占城市建成区面积的10%，在西北地区位居前列。

宁夏回族自治区党委副书记、银川市委书记姜志刚表示，银川水资源丰富、湖泊湿地较多，要保护好、利用好、开发好；要把湖泊、河流、湿地全部纳入生态红线，面积只能增、不能减，只能扩、不能缩，只能退、不能占。

事实上，近年来，银川市人大先后出台了《关于加强鸣翠湖等31处湖泊湿地保护的决定》等5个决定，为依法保护水资源和水生态环境提供制度保障。

湖光重滟鸟复鸣，生态环境的变化连远方的“客人”也已感知。近几年，从昆明北迁至西伯利亚的红嘴鸥每年春天如约而至，将银川作为漫长迁徙路上的中转站。湿地的芦苇荡里，黑鹳、中华秋沙鸭、白尾海雕、大天鹅等国家Ⅰ级、Ⅱ级保护动物的身影也越来越多。

共生共荣　以水为镜鉴和谐

从湖泊棋布、鱼跃鸟鸣，到水枯湖干、生态恶化，再到如今“舟行碧波上，人在画中游”，银川在人与水寻和谐、城与湖谋共生中，交出了一份水生态文明建设的高分答卷。

"'塞上湖城'的水是自然赋予我们的一面镜子，以水为鉴，映射出的不仅是波光湖影、万家灯火，更是人与自然的和谐统一。"陶克图说，人水和谐、共生共荣是生态文明的最好体现。

优美的生态环境是最公平的公共产品，是最普惠的民生福祉。目前，银川国家级、自治区级、市级湿地公园分别达到5处、6处、8处，因水而美的"塞上湖城"先后获得了全国文明城市、国家园林城市、中国人居环境奖等多项荣誉。目前，作为国内六个候选城市之一，银川正向"国际湿地城市"这一极具含金量的新目标冲刺。

进一步擦亮"塞上湖城"金字招牌，水环境污染、水资源利用率不高、城乡水环境治理不均衡等问题，是银川亟待补齐的短板。

绿水青山就是金山银山。结合自治区生态立区战略，银川市委、政府明确提出，实行最严格的水生态保护和水污染防治措施，打好水污染防治攻坚战，为子孙后代留下一城清水。

产业园区、工业集聚区污水集中处理实现全覆盖；全面消除城市黑臭水体；年内关闭所有入黄直排口，确保到年底入黄水质稳定达到Ⅳ类；实施沟渠田林路湖及庄点的综合整治，让乡村百姓也能赏湖观景、亲水近水……银川市水生态文明建设的目标清晰。

以水为镜鉴和谐，随着银川市生态立市战略的逐步落实，一个绿色、高端、和谐、宜居的银川正渐行渐近，"塞上湖城"的明天将更加绚丽夺目。（此稿被《新华每日电讯》、中国政府网等47家媒体采用）

宁夏石嘴山：以创新、转型实现"自我造血"

新华社记者　孙波　马俊　何晨阳

绿色生态的宁夏石嘴山　■ 新华社记者　王鹏／摄

位于贺兰山麓的宁夏石嘴山市是个典型的因煤而立、因煤而兴的资源型枯竭型城市。为避免陷入"矿竭城衰"困境，近年来，石嘴山市实施创新驱动战略，在新旧动能转换中逐步实现"自我造血"，同时以生态转型为抓手，走出一条产业逐步优化、环境日益优美、民生持续改善的转型发展之路。

传统产业焕发生机，新动能逐步崛起

石嘴山市曾出产过宁夏的第一吨煤、第一度电，相当一部分企业、产业工人都集聚在煤、电、钢的重工业产业链上，涉煤产业比重曾一度高达90%，转型势在必行。

在位于石嘴山市的宁夏维尔铸造有限责任公司，工人在加工铸件 ■ 新华社记者 王鹏／摄

位于大武口区的宁夏维尔铸造有限公司，曾是一家煤机铸件生产商，前些年，煤机铸件销售额逐年下降，市场日益萎缩。董事长王小宁介绍，近年来，企业通过不断攻关实现传统铸造业“变身”，其提供的精密定制服务不仅打破了国外技术封锁，还拥有了不少国际客户。过去，每吨3000元左右的原料加工成煤机铸件，售价不过1万元，加工成液力缓速器关键部件后，折合每吨售价10万元。

近日，这家企业与相关科研院所共同研制的“中国标准高速动车组铝合金枕梁”顺利通过检测，这种能使高速动车车身轻量化的产品，对实现高速列车关键部件国产化具有重要意义。

“作为资源枯竭型城市，产业转型是关键，早转走新路。”石嘴山市委书记彭友东介绍，当地始终坚持一手抓传统产业改造升级，不断做优存量；一手抓新兴产业培育壮大，不断做大增量。

新经济、新业态，如雨后春笋般在当地成长。石嘴山市大武口区网络经济产业园，近1万平方米的园区被分为B2B、跨境电商、数据外包等功能区；在石嘴山科技金融创客空间，目前已有18家科技金融企业入驻，预计到2020年，科技金融广场将实现年交易额200亿元以上，税收超过1亿元。

2018年第一季度，石嘴山以8.2%的增速再次领跑宁夏。

甩掉污染“黑帽”，崛起生态之城

“黑”和“灰”，曾是石嘴山的城市底色，也因此上过全国污染城市“黑榜”。

彭友东说，彻底甩掉“黑帽子”，城市才会有明天。近年来，石嘴山市以壮士断腕的勇气强力推进贺兰山自然保护区综合治理、水环境治理等重大生态治理工程，相关企业全部关停。

同时，石嘴山市成立企业亩产效益综合评价工作领导小组，构建以亩均税收贡献率、亩均经济密度、单位能耗工业总产值等为主要指标的企业亩产效益综合评价体系。并借助分类分档、公开排序、动态管理的企业综合评价机制，通过综合评价排名对企业在政策享受、用地、用电、信贷等资源要素配置上实施差别化措施，倒逼企业树立生态发展理念。

宁夏日盛高新产业股份有限公司，曾因环保问题被媒体曝光，于2017年底彻底关停了旧生产线。“环保是底线，循环式的绿色发展让企业‘变废为宝’。”公司副总经理徐健说。工艺改进、循环产业链形成后，目前每年可以从废水废气中回收制成产值达6亿元的相关产品。

最近5年来，石嘴山市累计完成造林面积12.5万亩，人均公共绿地面积增至24.12平方米，有了“国家园林城市”新名片。2017年11月，又荣获第五届全国文明城市称号。

暖心工程聚民心，广纳才俊创未来

作为老工业基地，石嘴山棚户区面积占比大。石嘴山市把棚户区改造作为全市最大的民生工程和民心工程，一任接着一任干，目前累计投入165亿元，建成安置房8.1万套，20多万群众告别了棚户区。仅集中安置区就新建10所中小学、8所幼儿园、2所医院、20个社区活动中心，安置居民充分享受到了就医、就学等公共服务。

青年，是城市希望之所在。转型中的石嘴山市，在走出去引才的同时，为留住年轻人，还积极出台高校毕业生就业创业、住房补贴等一揽子政策。

2018 年 3 月，26 岁的马蕊辞掉了银川的工作，回到家乡就职于一家互联网金融企业。“五险一金都有，每月到手近 3000 元，工资还会根据业绩增长。”马蕊说，公司像她这样的年轻人有 180 多个。

创新迸发新活力，生态强健软实力，民生温暖群众心。今日的石嘴山，“煤城”逐步成为一个历史符号。随着石嘴山转型步伐的加快，一座创新之城、生态之城、现代旅游之城正崛起在贺兰山麓。

（此稿被《新华每日电讯》等 30 家媒体采用）

“好生态也能当饭吃”

——解码宁夏吴忠市的“绿色发展账本”

新华社记者　艾福梅　马丽娟

宁夏吴忠市引黄灌区万亩良田　■ 新华社记者　王鹏 / 摄

位于黄河之滨的吴忠市集富饶与荒凉于一体：既拥有宁夏引黄灌区的菁华之地，自古享有“塞上江南·鱼米之乡”美誉；同时被腾格里沙漠和毛乌素沙地夹在中间，大部分土地和人口集中在干旱带，自然条件恶劣。

经历荒凉，方知绿色可贵。

造绿、护绿，始终贯穿着吴忠市的发展脉络。特别是党的十八大以来，吴忠市进一步确定了“生态立市”发展战略，勇做加法，植树造林，修复生态；敢做减法，淘汰落后产能，拒引高耗能、高污染企业。今日的吴忠，好山好水好生态成为宝贵的发展资源，“绿色经济”正在崛起。

生态修复：让绿色成为发展底色

盛夏夜晚，明珠公园里，吴忠市民吴女士信步走在塑胶健步道上，望着绿荫环绕的湖面感叹道：“这两年城里蜻蜓明显多了。”

蜻蜓喜湿，一只只轻轻扇动翅膀的蜻蜓，折射出吴忠生态环境的可喜变化。

10 年前，吴忠绿化水平在自治区 5 个地级市中排名靠后，而如今，全市森林覆盖率达到 16.02%，较“十二五”前提升了 3.7 个百分点；城市建成区绿地率、绿化覆盖率、人均公园绿地面积分别提高至 40.7%、41.9% 和 20.1 平方米。随着绿增景添，吴忠先后斩获“国家园林城市”“中国十佳绿色城市”等荣誉。

绿色却得之不易。仅植树造林和城市绿化，吴忠每年投入超过 10 亿元；地处毛乌素沙地边缘的盐池县，几代人艰辛努力方锁住黄龙；戈壁荒滩上建成的红寺堡区，每开垦一块土地都得先在四周植起防护林……过去 7 年，全市累计造林 177.27 万亩。为让市民走进绿色、享受绿色，当前吴忠市区正全力推进“城市双修”绿化改造工程，争取城区“300 米见绿、500 米见园”。

绿若是底色，水则是城市“灵动之魂”。

因城而兴、穿城而过的清水沟和南干沟，是吴忠重要的入黄排水沟。近年来，两条沟的水质一直备受诟病。“最厉害时呈现劣五类，常年黑臭。”吴忠市环保局规划环评科科长杨瑞说。

2017年起，吴忠投入10亿元，采取排污口取缔、污水处理厂建设提标、面源生态修复等措施，向两沟污染“亮剑”。

目前，两沟水质稳定保持在IV类水，黄河过境水质也达II类。记者走访看到，清水沟的水已恢复成自然的沙黄色，不时有飞鸟掠过水面，一些市民在岸边撑竿垂钓，水沟两岸树影婆娑，人行步道和自行车慢道掩映其间。昔日黑臭水体令人掩鼻而过，如今绿树清水吸引着市民纷至沓来。

“根本性治污，方能还人与自然和谐共处。”吴忠市水务局副局长马志明说。

产业转型：不要“发臭”的GDP

吴忠市市长喜清江说，近年来，尽管经济下行压力很大，吴忠却始终坚持发展与生态“两条底线”一起守，GDP与GEP“两个成果”一起要。

牛首山下，吴忠市金积工业园区中，一根高耸的烟囱静静矗立，似乎在娓娓述说着“曾经辉煌与如今落寞”的故事。

这根烟囱曾见证吴忠造纸业最后的辉煌。20世纪八九十年代，吴忠作为西北造纸重镇，集聚了大大小小二三十家造纸企业。但麦草制浆造纸污染重，群众意见大。2000年后，很多造纸企业因环保不达标被强制关停。

“当时环保没现在严，很多造纸厂老板不理解，关停难度大，但政府还是顶着压力推进。”吴忠市工信局节能监察中心主任杨志勇认为，没有前些年的“壮士断腕”，吴忠现在的绿色发展将难很多。

这样的减法延续至今。从2011年至2017年，累计淘汰落后产能317.56万吨，万元GDP综合能耗累计下降56.4%，麦草制浆造纸、合成氨等高污染企业彻底退出吴忠；摈弃“拣进篮子都是菜”的思维，仅2016年就把13个投资额35亿元的污染项目拒之门外……系列数据突显着吴忠绿色发展的决心与力度。

工业是发展的油门，而环保是发展的刹车。杨志勇说，作为西北小城，吴忠拒绝的底气不足，拒绝的压力很大，但环保的硬杠杠不敢碰，现在招商引资都得让环保部门评估把关。

那根烟囱所属的宁夏昊盛纸业有限公司，在环保和市场倒逼下已从“排污”转身“治污”。曾拥有600多名员工的企业于2012年全面停产，如今主要运营一家污水处理厂，集中处理周边企业排放的废水。

“企业环保意识明显强了，现在两三方废水也用小罐车拉过来处理。”昊盛纸业总经理叶刚说。

3+X：绿色渐成发展新引擎

在转型中寻找发展契机。吴忠市以经济绿色化、绿色产业化为内核，构建“3+X”产业体系，健康食品、高端装备、现代纺织三大主导产业已规模初具，一些新产业、新业态渐次兴起。

2013年引进的宁夏恒丰纺织集团，开启了吴

宁夏吴忠市同心县同德村村民在采摘枸杞 ■ 新华社记者 王鹏/摄

忠现代纺织产业的发展序幕。5年来，企业迅速发展，并示范引领10家纺织企业落户吴忠，形成纺纱、织布、成衣加工全产业链。2017年全市纺织产业产值达42亿元。

如果说恒丰纺织是吴忠工业"新星"的话，吴忠仪表有限责任公司则代表重放异彩的"老牌明星"。创始于1959年的吴忠仪表，曾经历近10年的低迷期。近年来，企业每年科技投入约8000万元，研发的24项控制阀被评为国家级重点新产品。靠着技术创新与大胆变革，吴忠仪表不仅起死回生，而且实现了从"制造"到"智造"的蜕变。

绿色工业提质扩量，绿色农业也在提档增效。借势好山好水好生态，利通区的高端乳品、青铜峡市的富硒大米、盐池县的滩羊、红寺堡区的葡萄酒、同心县的枸杞……一批吴忠产农产品享誉四方，成为推动农业现代化、促进脱贫增收的"金钥匙"。

1992年成立于吴忠市的宁夏夏进乳业集团股份有限公司，目前在宁夏市场占有率高达70%，并将市场开拓到陕甘豫等省，2017年实现销售收入13亿元。"吴忠奶源好，根本在于生态环境好，规模化养殖率高。"夏进乳业企管部部长田飞鹏说，目前企业正借助优质奶源研发特色、高端奶制品。

好奶源推动本土品牌走出去，也吸引外地企业走进来。2015年，伊利乳业在吴忠投产，金典系列、安慕希等高端乳品从这里走向全国，进一步擦亮"吴忠奶业"的名片。

"生态脆弱、资源富集的西部欠发达地区更应该走绿色发展之路，我们有信心、有决心在绿色发展中作出应有的贡献，交出一份满意的绿色答卷！"吴忠市委书记沈左权说。（此稿被《经济参考报》《陕西日报》等50家媒体采用）

六盘山下听雨声

新华社记者　陈晓虎　张亮　杨稳玺

山大沟深，植被稀少，十年九旱，固原——六盘山下的这方水土，被谓为"苦瘠甲天下"，联合国粮食计划署称其"不适宜人类居住"。然而，正是这片背负着太多历史标签和发展欠账的黄土地上的人们，在宁夏回族自治区成立的60年里，尤其是党的十八大以来，在中央各种政策的沐浴下，凝心聚力，苦干实干。如今，生态改善，"好雨知时节"；产业精准，"小雨润如酥"；民族团结，"风景雨来佳"，这里正以全新的面貌告别过往的苦难。

宁夏固原市彭阳县的梯田　■ 新华社记者　王鹏／摄

坚持生态优先　"雨水越来越听话"

7月的一个清晨，斜风细雨，记者驱车行驶在固原

宁夏固原市泾源县大湾乡杨岭村　■ 新华社记者　王鹏/摄

市彭阳县盘山公路上，两侧满目苍绿，不时姹紫嫣红，常有野兔、山鸡蹦出。难以置信，这里曾是全国重点水土流失区，一度“山像和尚头，有沟无水流”。当地干部群众几十年坚持荒山植绿，当地森林覆盖率已由1983年建县初的3%提高到现在的27.5%。

彭阳只是“生态固原”的一个缩影。曾经的固原，每平方公里土地理论上最多承载22人，却要养活142人，当地农民为饱口腹只能乱垦滥伐，以竭泽而渔的方式向生态要粮食；加上干旱少雨的自然环境，让这片土地逐渐山穷水尽、满目焦黄。

35年的贫困人口易地搬迁，18年的退耕还林还草，15年的封山禁牧等，中央和自治区党委政府在这里实施一系列重大生态工程。2000年，固原市森林覆盖率为12.8%，目前，森林覆盖率达25.1%，林草覆盖度达73%。

现在的固原承担着陕甘宁三省区13县180万人的水源供给，是西部重要的生态屏障。固原市委书记张柱说：“固原全面实施全域绿化、碧水蓝天、生态富民‘三大行动’，坚持人与自然和谐共生，守护好这一片青山绿水是我们重大的使命和责任。”

好山好水方相宜。修建水库、疏通河道、关停沿河污染企业，2016年起固原市对境内水系实施综合治理工程，既解决了老百姓吃水、用水问题，也促进了生态建设。六盘山脚下的隆德县，不大点县城竟然有8处公园，山水林湖田，人行其间，一片祥和。在西吉县，曾经断流多年的葫芦河，如今重现生机，沿河前行，水涟漪，草蔓生，水鸟竞飞。

生态改善和小区域气候的改良形成了良性循环。气象数据显示，2009年开始，固原市的降雨开始逐年增多，2012年以后这一趋势更加明显，目前固原年均降雨量达到450毫米。2018年上半年，固原市降雨量更是达到近十年来同期峰值。

找准产业路径　“下雨就是下GDP”

年近六旬的泾源县大湾乡杨岭村村民殷万平一辈子以养牛、种地为生，但回忆起20世纪70年代的苦日子时直摇头：“说不成，说不成。”现在，他家的牛托管到村里的养牛场，空闲房入股农家乐，每年仅这两项旱涝保收1万多元。

一样地种地，一样地养牛，为何前后变化这么大？因“闽宁协作”来固原的福建农林科学院专家林戎斌说，固原穷就穷在“生产方式”上。种玉米种土豆永远只能糊口，难以致富。改变产业发展路径才是固原脱贫的关键。

其实，改革开放以来，从“三西”扶贫到“闽宁协作”，固原一直在孜孜不倦地寻找产业路径。但在脱贫和发展的压力下，固原曾迷惘过，也想走“工业兴市”老路，但当地脆弱的生态经不起“高耗能、高污染”的折腾。

走过一些弯路，固原最终还是回到了生态优先、绿色发展道路上。多年积累的生态红利催生了一批绿色产业。原州区的冷凉蔬菜，西吉县的土豆、艾草，彭阳县的山杏、菌业，泾源县的苗木、草畜，隆德县的中药材，让在大山受穷的群众充满希望。

水蜜桃已经挂果，巨菌草肆意生长，万寿菊迎风盛开……许多前所未有的植物正在这片大地上茁壮成长。张柱说：“在生态建设基础上，固原依托当地优势农业产业，在延链、增链上下功夫。比如我们正在推进‘一棵树、一株苗、一棵草、一枝花’的‘四个一’工程，引进选育适合固原气候的经济作物，力求在种出风景的同时种出产业。”

艾草，过去只是野长在山间，如今已经成为西吉县山绿民富的新“利器”。走进泽艾堂生物科技公司车间，一股浓郁的艾香扑鼻而来，艾草已变成艾贴、艾条、艾饼、艾枕、足浴包甚至艾草香烟等产品。“产品在网上卖得很好，公司仅2018年上半年就实现产值600万元，农民种一亩艾草能收入2000元，我们计划在西吉县推广10万亩艾草订单种植。”企业负责人林玉清说。

回汉守望相助　春风化雨一家亲

“六盘山松柏一排排，回汉乡亲亲手栽。好政策呀人人夸，各族人民是一家。”这是一首流传在六盘山区的回族“花儿”。固原市是少数民族聚居区，回族人口占比达46.3%。民族团结始终是固原市各项事业发展的生命线。

回族老人拜富贵义务讲解“红军三过单家集”的民族团结故事直至生命停止，回族阿訇马崇礼为“和谐宗教”树立楷模，回族女税官丁晓莲“慈爱似母”连续资助160余名各族贫困学生读书，汉族大学生“村官”李浩全票当选回族村支书带领百姓奔小康……60年来一批批民族团结的典范涌现在六盘山下。

党的十八大以来，固原市紧抓精准脱贫这把总钥匙，以社区邻里节、文艺汇演、农村讲习所、脱贫主战场等为载体，春风化雨，在各行各业开展民族团结进步创建“细胞工程”，固原回汉各族群众在脱贫致富奔小康的道路上守望相助，你追我赶。

西吉县马莲乡张堡源村回族村民马存录是个远近闻名的致富大户。2006年，他看到本村汉族村民苟富贵因家庭贫困，一家人挤在一间不足20平方米的老旧土坯房生活，主动掏钱租下一间门面房无偿提供给苟富贵，并提供5万元的物资供他开办农资商店。经过十多年的打拼，苟富贵在马存录的帮助下成为当地小有名气的“农资代理大户”，个人资产已过百万元。

回汉各族群众不分彼此、水乳相融，民族团结已经融入固原市各族群众生活日常。“经常到回族村民家走访，有些回族老人拄着拐也要送我到门口，村里一位回族青年在外打工得了急病，首先给我打电话寻求帮助。”自治区水利厅派驻隆德县杨河村第一书记徐耀林谈起他和回族群众的日常交往，自豪又幸福地说道。（此稿被《新华每日电讯》、人民网等60多家媒体采用）

沙漠小城弄潮“云端”

新华社记者　赵倩

地处腾格里沙漠南缘的中卫市，是宁夏回族自治区最年轻的地级市。60年前，我国首条沙漠铁路——包兰铁路从这里穿越茫茫沙海正式通车，由此创造出的麦草方格治沙模式享誉世界。如今，为冲破资源和环境约束，中卫市抢抓信息技术变革带来的机遇，对标美国凤凰城，在沙漠边建设国际领先的“云计算信息高速公路”。

随着一座座现代化数据中心落成，一家家国内外知名云计算企业入驻，一批批云计算专业大学生走出校园，云计算产业让中卫尝到了高质量发展的甜头，也正成为世界重新认识这座沙漠城市的新名片。

对标国际，云计算引领产业突围

“中国首条沙漠铁路”“麦草方格治沙奇迹”“垄断性沙漠旅游资源”……中卫多数的荣誉和名片都因沙而起。

黄沙的威胁虽渐远去，但仍局限着中卫的发展。作为一个撤县建市仅10来年的西部欠发达城市，产业结构调整、生态环境保护、脱贫攻坚等矛盾和压力，在这里更显突出。比如，全市钢铁、冶金、电解铝等重工业曾占比高达80%。

中卫市市长万新恒说，沙漠城市的转型发展，在世界范围内都是难题。中卫市产业基础薄弱，但同时经济体量小、人口规模小，船小好调头，只要选准产业，做专做精，就能做大做强、点上突破。

资源禀赋越是有限，产业发展越要另辟蹊径。对标被称为“沙漠硅谷”的美国凤凰城，参照国家发改委发布的产业目录——宁夏适合发展“大型或超大型数据中心建设及运营”类产业，中卫市找到了现实路径和政策指引，将目光瞄准了云计算这个千亿美元级“大蛋糕”。

抢滩云计算产业，中卫的决定开始并不为外界所认可，甚至被认为痴人说梦。“5年前，我刚来时，圈内朋友都笑我，老田是去中卫放羊吗？”宽带资本兼宁夏西部云基地科技有限公司董事长田溯宁说。

包兰铁路在宁夏中卫市境内穿越沙海

■ 新华社记者　王鹏／摄

田溯宁等人实际上早已胸有成竹。年平均气温8.8℃，发生7级以上地震的概率几乎为零，电力供应稳定且价格较低，到全国各大城市的距离均在2000公里以内……原先“隐藏”的优势被逐一挖掘，成为发展云计算的产业优势。

据测算，在中卫建设数据中心的综合运营成本同比要比北上广低45%。“因此，仿照当前国际上流行的‘前店后厂’的云计算基础设施建设和服务方式，我们自觉地将中卫定位为‘后厂’。”万新恒说。

资本是最为敏锐的。2013年，宁夏与北京市合作建设宁夏中关村科技产业园的协议签订。2014年，亚马逊AWS最终决定将其在全球布局的第十个数据中心落户中卫。

变跟着东部走为与东部一起走，变承接东部产业转移为与东部同时创新起步，中卫市用敏锐的产业嗅觉，弥补了经济基础和自然禀赋上的先天差距，也为西部欠发达城市转型蹚出了新路。

如今，谈起云计算，中卫已成为绕不开的城市。“一座座现代化数据中心正在曾经的戈壁滩上拔地而起，中卫也将通过‘云’与世界连接。”田溯宁说。

产业集聚，“后厂”价值不断释放

走进中冶美利云产业投资股份有限公司数据中心的机房，一排排两米多高的高密机柜整齐矗立，里面摆放着正在运行的服务器。

正是这些“机器大脑”，让一家“僵尸企业”起死回生。美利云的前身中冶美利纸业股份有限公司，是当地一家濒临破产的传统造纸国企。2014年，该企业利用上市平台吸收战略投资者，建设20万台服务器发展云计算产业，之后一度成为宁夏市值最大的上市公司。

美利云一跃“云端”，实现华丽转型。而“一雁领头，众雁齐飞”，云计算产业在中卫快速聚集。数据显示，5年来，中卫市已累计完成厂房、服务器及各类基础设施建设投资35亿元。美国ZT、德国世图兹、中国移动数据中心、奇虎360数据中心、美团云……一批世界、全国知名大企业因“云”而来。

“前几年中卫市财政收入有限，近5年却连续保持每年2亿元的增速。”万新恒骄傲地告诉记者。

云计算，不仅增强了中卫发展的“硬指标”，也通过一批应用项目悄然提升着城市的“软实力”。

环卫工作关乎民生，然而在不少城市，却仍处于“谈起来重要，管起来粗放”的状态。而在中卫，道路浮尘每平方米不超过5克，垃圾停留时间不超过5分钟，“以克论净”严苛标准的背后是云计算、大数据的“智慧”支撑。

据中卫市城市公用事业管理所副所长万玲介绍，中卫市自2016年开始运行智慧环卫云管理系统，融合GIS、物联网、大数据等相关技术，能够实现智能考勤、查岗监督、一键求助等9项功能，环卫管理效率提高40%以上。

逐梦“云端”，“服务器农场”加速形成

一年前，家住宁夏西吉县的李尧还对云计算、大数据完全没概念，而现在，作为宁夏大学中卫校区软件工程专业大数据方向的大一学生，他已可以轻松听懂来自印度国家信息学院（NIIT）外教老师的专业课。

“刚开始觉得很难，但现在越来越喜欢大数据这个专业了，一方面是老师们很有水平，另一方面就业前景也不错。”他说。

在西部发展产业，人才往往是最大的瓶颈。而中卫在云计算产业起步之初，就开始一手抓企业落地，一手抓人才培养。这直接催生了云计算与高等教育在中卫“联姻”。

2014年，宁夏大学中卫校区筹建并招生，中卫市第一所高等院校就此诞生。“中卫校区办学目标很明确，侧重培养云计算、大数据方向应用型人才，学校还与亚马逊、NIIT联合办学，使学生能接触到最前沿的云计算知识。”宁夏大学中卫校区管理办公室主任杨振东说。

如今，每年有140名左右学生来到中卫，走进大数据的课堂。他们中的很多人将逐梦大数据，成为信息化时代的“弄潮儿”。

在前不久举办的首届“云天大会”上，中卫又向外抛出了要打造“投资成本最小”“网络条件最好”“建设速度最快”等“六最”云生态产业链。

“中卫云计算产业已经进入了加速发展期，未来还会不断吸引大量投资创业者。”田溯宁说。对他来说，选择中卫，既是投资自己的梦想，也是延续父母对这座城市的情感。因为在20世纪六七十年代，他曾多次跟随从事沙漠化研究的母亲来到中卫。

“那个年代中卫县城风沙很大，我印象最深的一幕就是穿着破烂的棉袄，坐在沙漠里吃着烤馒头，而如今，我的目标是要在这里建设国内首屈一指的服务器农场。”田溯宁一边回忆，一边展望。（此稿被《新华每日电讯》等50家媒体采用）

揭开神秘，叫响神奇
——宁夏“精雕细琢”全域旅游资源

新华社记者　赵倩

“一年四季沙弥漫，骑着骆驼去上班”，这是外界一度对宁夏乃至西北的误传。30多年来，伴随着经济社会的发展和交通条件的改善，宁夏逐步破除旅游业起步晚、底子薄的短板，将独特的自然生态、人文历史资源雕琢成极具区域特质的旅游产品。当前，宁夏正按照“全景、全业、全时、全民”的模式，奋力创建全域旅游示范区，叫响“塞上江南·神奇宁夏”的旅游品牌。

“精雕细琢”扮靓塞上旅游品牌

古代先民在这里刻下记录生产生活的岩画，“塞上江南”美名在这里延续千年，九曲黄河在这里与沙漠相依……地处我国西北的宁夏回族自治区，面积仅有6.64万平方公里，但自然生态和历史人文资源得天独厚，呈现出多样性、全域性特征，被称为“旅游微缩盆景”。

过去由于经济发展水平落后、交通不便等因素，这些或神秘，或神奇的风景一直“深藏闺中人未识”。直到1986年，自治区旅游局成立，旅游业在宁夏才“蹒跚起步”。

尽管起步晚、底子薄，但宁夏在景区建设方面从未缺少精品意识。随着沙湖从一个农场的小渔湖，沙坡头从一片荒凉的沙漠，水洞沟从一个荒野戈壁，西部影视城从一个被称为“羊圈”的荒凉古堡，一跃成为颇具知名度的5A级景区，“塞上江南·神奇宁夏”旅游品牌日渐受到认可。

与水共生的沙漠景区，既是宁夏旅游的重要卖点，也是许多人眼中的神奇之处。在沙坡头，黄河拐了一个S形大弯，大漠、黄河、绿洲巧妙融为一体，具西北风光之雄奇，兼江南景色之秀美。

“沙坡头有水有绿，这种极为强烈的反差对游客形成了强大的吸引力。”宁夏沙坡头旅游产业集团董事长王福中说。

文化是旅游的灵魂，旅游是文化的载体。深入挖掘地方文化特色，推动旅游文艺作品创作，已成为宁夏提升旅游内涵的重要方式。如今，《北疆天歌》《沙坡头盛典》《悦游银川》等不同形式的旅游演艺作品，已成为一座城市或一个景区的旅游文化特产。

支柱产业助力乡村富民增收

旅游业既是一个地方去“标签化”的重要方式，也是带动经济增长的生力军。30多年来，宁夏旅游业从无到有，从小到大，已跻身自治区战略性支柱产业行列。

数据显示，2017年，宁夏接待游客达3103万人次，旅游总收入达278亿元。全区财政性旅游投资4.6亿元，撬动社会投资170亿元，休闲度假、葡萄酒庄体验、自驾车房车营地、乡村旅游等成为社会资本的热点投向。

旅游业产业链长，对于扩大就业、增加收入，推动贫困地区脱贫致富，作用不容小觑。近几年，宁夏一直把旅游精准扶贫作为脱贫攻坚的重要抓手，大力组织实施乡村旅游扶贫工程。

初秋时节，鲜艳的格桑花、百日草、万寿菊盛开在固原市西吉县吉强镇龙王坝村的层层梯田上，村里硬化路两旁错落分布着白墙灰瓦的民房。返乡创业青年焦建鹏花了7年时间，通过发展休闲农业和乡村旅游，将贫穷落后的山村打造成了“中国最美乡村”，直接、间接带动全村200多名村民就业。

“发展乡村旅游可以将闲置的乡村资源利用起来，提高农产品附加值，真正将绿水青山变成金山银山。”焦建鹏说。

半沙半湖的宁夏石嘴山市平罗县沙湖景区 ■ 新华社记者 郭绪雷/摄

“全域模式”构建宁夏旅游新格局

当前，我国旅游产业正从景点旅游模式走向全域旅游模式。2016年，宁夏成为继海南省后全国第二个全域旅游示范省级创建单位，这是对宁夏旅游发展成绩的肯定，也成为宁夏旅游业转型升级的重要契机。

为了更好地将全域旅游理念融入经济社会发展全局，自治区党委、政府已先后出台了《全域旅游发展三年行动方案》《“十三五”全域旅游发展规划》《关于加快全域旅游发展的意见》等文件，明确了全域旅游发展的时间表、路线图，并提出在保护好生态环境的前提下，按照“全景、全业、全时、全民”的全域旅游发展模式，把宁夏整体打造成一个宜居宜游的大景区和休闲度假地。

自全域旅游模式开启以来，宁夏旅游产业带来的联动发展、融合发展不断加强。宁夏旅游业已成为全国旅游人次同比增长较快的省份之一，在稳增长、调结构、扩内需、惠民生等方面发挥了更加重要的作用。

同时，全域旅游发展所形成的“主客共享”的环境，也让游客在收获美好旅游体验的同时，提升了城乡居民的生活品质。作为国家全域旅游示范县创建单位，六盘山脚下的固原市泾源县于2017年修建了一条从县城至老龙潭景区的20公里旅游服务带，两边种满了金鸡菊、萱草、鸢尾等特色花卉，这不仅吸引游人驻足，也为周边百姓的生活环境增添了色彩。

“要围绕宁夏地域特色文化旅游资源优势，推动旅游与特色文化、优势产业、新生活方式的融合发展，真正让游客望得见贺兰山、看得见黄河水、记得住塞上江南风情。”自治区旅游发展委员会主任徐晓平说。（此稿被《农民日报》等40家媒体采用）

将青春写在塞上大地

——记五湖四海“支宁人”

新华社记者　曹健　艾福梅　马丽娟

他们是来自五湖四海的“支宁人”。

随着汽笛鸣响、卡车轰隆，20世纪50年代至80年代，数十万来自全国各地的支宁人员汇聚宁夏。他们数十年如一日，奋斗在各行各业，扎根宁夏，奉献宁夏，用宝贵的年华谱写了最美的青春之歌，在悄然改变着塞上大地一草一木的同时，也留下了一笔笔珍贵的精神财富。

家国情怀：哪里艰苦哪安家

1954年，18岁的戈敢响应国家“支援大西北”的号召，放弃留在江苏南通农业学校当辅导员的机会，从江南水乡千里迢迢来到干旱少雨的西北。

“当时因为生病，学校没给我报名。我一听坚决不同意，强烈要求到宁夏去。”戈敢回忆说，在那个炽热的年代，“到祖国最需要的地方去”绝不是一句口号，而是青年人的至高理想。

解放初的宁夏十分落后，众多领域尚属空白，各方面亟待建设，人才极度紧缺。而从北京、天津、上海、浙江等经济相对发达地区来到宁夏的一批批干部、科教文卫人员、大学生、工人等则犹如“甘霖”，解了宁夏初建时期的“人才之渴”。

火车一路向西，故土渐渐远去，青山绿水渐变戈壁荒漠，几日几夜颠簸后，终于抵达宁夏。

尽管有心理准备，宁夏的落后还是远超出支援建设者的想象。1952年从中国医科大学毕业的陈树兰，先被分配到西安的一家医院，后听闻宁夏急缺医疗人员，她果断放弃了在大城市工作的机会，来到银川。

“当时根本不像城市，比县城还小。”这是陈树兰对银川的最初印象。“除了两座古楼，都是低矮的土坯房。随便揭开一个破旧的门帘，里面可能是邮局或商店，且物资匮乏，很多东西都得从外地带。我穿一件普通的针织毛衣，也有很多人围着看。”陈树兰说，但她并不计较环境，哪里有病人就去哪里。

银川尚且如此，更多“支宁人”去往的是更为艰苦的固原、石嘴山等地，有些地方偏远，不通公路，还得换乘马车、驴车才能到达。

来自浙江嘉兴的梅曙光，年仅6岁时父亲因抗日牺牲，懵懂的他只知自己成了孤儿。“长大后，我才逐渐明白了父辈的家国情怀，那是一种‘义无反顾’的情感。”十几年后，梅曙光也做出了自己的抉择。1959年从北京林业学院毕业后，他来到了“进了林区却不见林子”的六盘山区。

艰苦奋斗：在荒滩上创奇迹

“支宁人”迅速充实到各行各业，凭着战天斗地的精神，排除万难，为宁夏发展注入了新鲜血液。

民以食为本，可当时的银川平原，多是冬春白茫茫、夏秋水汪汪的盐碱滩。“种子挖出来尝一口，又咸又硬。”戈敢说。被称为“土壤癌症”的白僵土是最难改良的土地，曾被外国专家断言“改良这种土地不是我们这代人能办到的事”。

包括戈敢在内的科研人员没有退却，迎难而上。从1962年开始，戈敢与农业研究所的同事，先后赴河北唐山、辽宁盘锦考察。他们反复试验，大胆提出“挖沟排水”和“种稻洗盐”的方法，开启了三十年轰轰烈烈的盐碱地改良工作。参与改良的还有大量垦荒的支宁青年，他们或住在四处漏风的土坯房中，或挤在冬冷夏潮的地窨子里，烈日当空挥镰割麦，披星戴月蹚水背稻。

在支宁青年和各族群众不舍昼夜的努力下，寸草不生的盐碱地变成了稻菽浪涌的万顷良田，“银川”变成“米粮川”。

在火热的“三线建设”中，中色（宁夏）东方集团有限公司无疑是典型代表。这家企业的前身是1965年从北京有色金属研究院迁建到宁夏石嘴山市的905厂，随之而来的还有大量科研人员。“一家企业拥有四五百名科研人员，这在当时的西北是非常难得的，更难得的是他们来自全国70多所高校。”中国工程院院士何季麟回忆说。他于1970年分配到这里，在国外企业严格封锁相关技术的情况下，他和其他科技人员不断攻关，终于使钽铌铍材料加工达到世界级水平。

“科研人员执着认真，厂区绿化栽树都是用尺子量、用线拉，这正是科研攻关所必需的。”何季麟说。正是凭着对科研的热爱，艰苦奋斗，无悔奉献，才奠定了企业在钽铌铍加工方面的“国家队”地位。

陈树兰成为宁夏内科学奠基人，李范文成为神秘西夏文字的破解者，谢守栋为布鲁氏菌病防疫作出重要贡献……在宁夏，贡献突出的“支宁人”不胜枚举，更有大量“支宁人”不为名、不为利，为荒滩上创奇迹贡献着自己的力量。

“艰苦奋斗是时代赋予我们的精神财富，也是我们的信念和动力。”谢守栋说。

融入传承：宁夏有“天下人”

“风还是塞北风，雨已变江南雨。”有网友如此诗意描述“支宁人”给宁夏带来的变化。岁月悠然，自治区六十一甲子，“支宁人”的标签逐渐淡去，“宁夏人”的符号日益变浓，他们的融入无疑增强了宁夏开放包容的气质。

在银川，人们习惯用普通话而非方言交流；原本不吃鱼的本地人爱上了鱼宴……“这座城接纳了这些人，这些人也融入这座城。”今日，“宁夏有‘天下人’”依然广为流传。

当年生龙活虎的青春早已不在，但一批批“支宁人”秉持的不畏艰辛、艰苦奋斗、无私奉献等精神，却永远在塞上大地薪火相传。

陈树兰的学生，很多成了活跃在宁夏医疗战线的栋梁之材。“有很多次机会走，但我安心留在了宁夏，这里的病人需要我。”陈树兰将这一过程说得风轻云淡。她从医66年，如今已87岁高龄，华发满头，但还坚持每周一次专家门诊、五次查房，身体力行继续为宁夏培养医学人才。

82岁的谢守栋早已退休，受他影响，女儿成了宁夏大学生命科学学院畜牧兽医专业的教授，儿子在疾病预防中心继续从事布鲁氏菌病预防。“他们都已是宁夏人了，会包饺子，爱上了吃羊肉。”

梅曙光当初参与在西吉县火石寨乡种下的千亩树苗，如今正郁郁葱葱。他说：“人活百岁，树才长成。留下一片林子造福后人，我的使命已完成。”

宁夏没有忘记他们。在刚刚揭晓的“自治区60年感动宁夏人物”中，不少支宁建设的典型人物赫然在列。

山川没有忘记他们。银川平原的稻浪滚滚，六盘山区的松声阵阵，城市乡村的一街一路、一砖一瓦，无不在诉说和彰显着“支宁人”流芳的精神。（此稿被《新华每日电讯》《农民日报》等132家媒体采用）

宁夏六十年巨变展现民族区域自治制度优势

新华社记者　艾福梅　刘明洋　夏晓　赵倩

44岁的北村村民王彦虎正忙着建新房，两个儿子在离家不远的乡镇中学上初中。面对曾经难住一代代宁夏农民的两件大事——建住房、供娃上学，王彦虎觉得压力不大，靠着50余亩水浇地和闲时打工，家里每年能有10万元左右的收入。

“镇上初中教育质量好，娃儿考高中还享受少数民族政策，只盼着他们能考上好学校呢。”他说。

北村位于宁夏回族自治区同心县王团镇，全村2800多人几乎全是回族。历史上，北村又叫北堡子，它见证了中国革命历史上第一个回族自治政权的诞生，也见证了中国共产党民族区域自治政策的最初实践。

1936年6月，西征红军到达宁夏豫旺县（今同心县），解放豫旺全境后，中共中央决定建立豫海县回民自治政府。同年10月，陕甘宁省豫海县回民自治政府成立大会召开，而自治政府的办公地点就设在北堡子。

长期研究这段红色历史的党史专家杨文元说，豫海县回民自治政府虽然存在时间很短，但它开创了在中国共产党领导下实行民族区域自治的先河，为后来在更大范围内实行民族区域自治制度积累了经验。

22年后的1958年，宁夏回族自治区宣告成立，开启了宁夏各族人民为创造美好生活而不断努力的新征途。60年来，宁夏不断坚持和完善民族区域自治制度，平等保障各民族的合法权益。从最初的一穷二白到现在的欣欣向荣，宁夏社会经济发生沧桑巨变。

“这充分展现了民族区域自治制度的优越性和生命力。”杨文元说。

王彦虎告诉记者，这些年村里变化很大，沙子路变成水泥路，小轿车替代自行车。据了解，2017年，北村人均纯收入约9700元，全村有100多辆小轿车、60多辆跑长途运输的大货车。

北村人的生活变迁是宁夏60年巨变的鲜活注脚。自治区成立之时，宁夏的地区生产总值仅为3.28亿元，可以说是“穷得叮当响”；到2017年底，宁夏地区生产总值为3453.93亿元，是1958年的1000多倍。60年来，从176元到50917元，宁夏人均生产总值增长了288倍；同期累计减贫330万人，其中近5年减贫71.9万人，贫困发生率下降16.9个百分点。

专家表示，发展是解决民族地区各种问题的总钥匙，也是民族自治地方各族群众共同团结奋斗的坚实物质保证。宁夏社会经济的快速发展、百姓生活水平的跃升，离不开国家对民族地区发展的扶持及优惠政策。

在自治区成立之初，北京、浙江等地数十万干部职工和技术人才响应号召到宁夏支援建设，一批事关国计民生的企业、工厂迁入宁夏；改革开放后，宁夏布局建设了一大批涉及产业、民生和公共服务的重大工程；自治区成立50年时，中央政府专门出台了《国务院关于进一步促进宁夏经济社会发展的若干意见》；2012年，国务院批准宁夏建设内陆开放型经济试验区，设立银川综合保税区……

“以同心县为例，农业靠天吃饭，发展工业又没有太多资源，想要和全国人民一起步入全面小康社会，如果没有政策倾斜，这是很难办到的。”杨文元说。

宁夏是中国最大的回族聚居区，有回、满、蒙古、壮等40多个少数民族，总人口681.79万人，其中回族人口占36.31%。依法治理民族事务是落实民族区域自治的重点。自1984年中国颁布实施民族区域自治法以来，宁夏不断完善民族区域自治配套法律法规，先后颁布实施了民族教育、清真食品管理等方面地方性法规和政府规章162件，全面保障了各族群众在各领域的合法权益。

多年来，宁夏还高度重视培养使用少数民族干部，保障少数民族群众当家做主、参政议政、管理本民族本地区内部事务的权利。截至2017年底，宁夏各级各类公务员共4.33万人，其中少数民族1.29万人，占到近三成。

宁夏固原市原州区河川乡党委书记马彦东是一名回族干部，当地汉族群众王余金把他称作“兄弟”。“自从我俩认识，他每年都会来我家一趟，看我家过得怎么样，有没有遇到困难。”王余金说。

“我们通过不断搭建创建活动平台和工作载体，把民族团结教育融入我们的社区、学校、企业、机关，让民族团结之花在宁夏常开长盛。”自治区党委常委、统战部部长白尚成说。

地处西部，发展不足仍是当前宁夏最大的实际，经济“倚重（重工业）倚能（能源）”特征明显，全区还有23.9万贫困人口尚待脱贫。为此，宁夏正大力实施“创新驱动、脱贫富民、生态立区”三大战略，推进供给侧结构性改革，带动全区全面发展。

宁夏区委党校政治学教研部副教授马晓梅认为，宁夏回族自治区成立以来的60年，是维护国家统一和民族团结，促进宁夏各族群众共同繁荣发展的60年，向世界展现了中国特色解决民族问题的正确道路。（此稿被《宁夏日报》、新华社客户端等17家媒体采用）

宁夏“五宝”之变

新华社记者　靳赫　任玮

在宁夏，红、黄、蓝、白、黑5种颜色被用来指代5种极具地方特色的产品，分别为枸杞、甘草、贺兰石、二毛皮和太西煤，并称宁夏“五宝”。近年来，由于生态环境保护、产业发展等原因，宁夏“五宝”发生了内涵性变化。

过去，“五宝”之一的“黑宝”是指发菜，这种生长于荒漠等贫瘠土壤上的可食用藻类植物，因色黑且细长，像人的发丝而得名。因谐音“发财”并且具有一定营养价值，发菜曾一度备受餐饮业欢迎，经济价值凸显。然而，20年前，当地群众大规模采集发菜造成植被大面积破坏，使本就十分脆弱的生态环境进一步恶化。2000年起，发菜采集和销售被全面禁止，宁夏另一特产太西煤逐渐成为新“黑宝”。

近些年，伴随着种植结构调整、农业产业发展，宁夏拿得出、叫得响的特色产品早已不止5种。葡萄酒、硒砂瓜、冷凉蔬菜、黄花菜等“色彩缤纷”的特色产业纷纷崛起，“宝”家族逐渐壮大。

夏末秋初，宁夏贺兰山东麓的葡萄熟了，工人们将一串串酿酒葡萄小心剪下装筐，送去酒庄酿美酒。这里是业界公认的全球最适合种植酿酒葡萄和生产高端葡萄酒的黄金地带之一，产出的500多款葡萄酒在国际大赛中获得奖项。

宁夏葡萄酒产业起步于1984年，并于近5年内快速发展。目前，宁夏酿酒葡萄种植面积已达57万亩，占全国总种植面积的近四分之一，年产葡萄酒近10万吨（1.2亿瓶），年综合产值超过200亿元。葡萄酒产业已成为宁夏的一张“紫色名片”，业内人称之为“紫宝”，名副其实。

如今提起宁夏“白宝”，人们想到的也不仅仅是二毛皮，还有洁白莹润的宁夏大米。2017年8月，宁夏正式发布首批农产品区域公用品牌，居首位的就是宁夏大米。

“宁夏平原沟渠纵横、稻香鱼肥，素有‘塞上江南’之称。”宁夏农牧厅种植业管理局高级农艺师王继涛说，得益于品种改良、农技推广、品牌塑造等系列措施，近年来宁夏大米产业异军突起，先后获得“中国十大大米区域公用品牌”等荣誉。

宁夏新“宝”层出不穷的同时，老“五宝”也通过产业转型升级、产品更新换代，上演一场“变形记”。

有“红宝”之称的宁夏枸杞因品质优异而远近闻名，然而长久以来，由于缺少必要的加工技术，当地企业无法生产像压片糖果这样的深加工产品，枸杞主要以干果形式出售，产业链条短、产品附加值低。

为破解这一问题，宁夏引导支持枸杞加工企业进行技术创新，并引进高科技企业，对接科研院所，构建科研开发平台，目前一批新技术获得专利，枸杞面膜、糖肽、精酿啤酒、泡腾片等数十种精深加工产品相继面市。“红宝”枸杞正以种种颠覆传统认知的形象出现在消费者面前，产品附加值也成倍提升。

“五宝”之变，正是近年来宁夏特色产业蓬勃发展的一个缩影。如今，宁夏之“宝”越来越丰富，产品种类增加、价值日益提高，塞上大地渐成“聚宝之地”。（此稿被《工人日报》、环球网等52家媒体采用）

“拇指作家”马慧娟：让黄土地长出文化“庄稼”

新华社记者　任玮　于瑶

最近几天，公众号“马慧娟的农闲笔记”停止了更新，留言栏里不少读者催稿。马慧娟回复说：“忙完手头重要的工作就更新”。这个普通农家妇女有啥重要工作？上北京参加全国两会！

1980年出生的全国人大代表马慧娟，是宁夏吴忠市红寺堡区红寺堡镇玉池村村民。过去七年间，她在种地、打工之余，坚持用手机写作，在网上发表了近百万字的散文、随笔。媒体报道了她的“拇指文学”故事，她也因此成为当地有名的“拇指作家”。

“我写的就是我观察到的农村，普通农民的日子，还有西北农村妇女的酸甜苦辣。”马慧娟说，她用写作记录了农村史无前例的发展变化。

1999年起，像马慧娟一样的23万群众从山大沟深、土地贫瘠、干旱少雨的宁夏南部山区搬迁至红寺堡区，这里成了全国最大的易地生态移民扶贫集中区。

“天上无飞鸟，地上沙石跑”是彼时红寺堡的真实写照。“起风时面对面都看不清人，吃饭时碗里经常刮来沙子，留在汤底。”马慧娟说，直到现在她都有吃饭不喝汤的习惯。

经过近20年移民开发和生态治理，在黄河水的滋养下，如今的红寺堡沙丘起高楼、荒漠变绿洲，田野里绿的庄稼、紫的葡萄、红的枸杞、黄的肉牛、白的绵羊，一片繁荣兴旺景象，移民生活随之发生了翻天覆地变化。

马慧娟在工地打工间歇用手机写作

■ 新华社记者　王鹏 / 摄

文化的春风也吹向了这片曾经荒芜的黄土地。“刚搬迁来时，这里只有一家书店，想从谁家借本书比借钱还难，更别提有什么文化活动了。”马慧娟说，乡村振兴需要振兴乡村文化，没有文化，只长庄稼的土地终究是贫瘠的。

2017 年，红寺堡区整合 2740 万元资金，建成 64 个村综合文化服务中心，在宁夏率先实现了综合文化服务中心村全覆盖。每个村都有乡村大舞台、文化活动室、图书阅览室以及成套的文化器材、广播影视器材和体育健身设施。

“乡村文化活动越来越丰富，打球锻炼、跳舞排戏，村里自发组织的社火也舞了起来，今年我们那儿的元宵节社火展演在朋友圈都刷了屏。”马慧娟说。

2017 年底，被聘为红寺堡镇文化站站长的马慧娟在走访调研中发现，文化活动阵地搭建起来了，但农民的文化自觉、自信还是“缺点劲儿”。

文化站启动了首届农民阅读节，开展知识竞赛、朗诵比赛，鼓励大家写移民故事。一开始响应者并不多，“乡亲们说，写字、朗诵那是文化人干的事儿，跟农民有啥关系？连普通话都不会说的农民还能上台朗诵？”马慧娟说，在乡亲们心里，文化离农民还有点远。

在她的朋友圈，记者看到了她动员大家的一段话：“常识知识竞赛题，会的我们自己答，不会的问问家里念书的娃。重在参与和了解学习，不试你咋知道自己不会，不试你不知道你也可以是文化人。”

乡村文化传承和发扬缺乏专业人才，需要挖掘培养村里的文化带头人，打造一支田间地头的文化先锋队；民间优秀传统文化正面临后继乏人的困境，要进行挖掘、保护，还要发展文化产业带来经济收入，让农民吃上“文化饭”……2018 年“两会”，为了更好履行代表职责，马慧娟的调研本上写得密密麻麻。

“我希望大家不仅关注到农村物质脱贫，也关注到精神脱贫。振兴乡村文化，让黄土地里也能长出文化‘庄稼’。”她说。（此稿被人民网、宁夏新闻网等 35 家媒体采用）

马慧娟（左二）在红寺堡镇光彩村调研乡村文化建设情况

■ 新华社记者　王鹏 / 摄

超越血缘的母爱

新华社记者　卢鹰　曹江涛　唐亚蒙　刘飞

清晨6点半，刘淑琴起床。

打扫房间，做好早饭，叫醒女儿，送去上课……一整天她都在忙碌中度过。

她的生活，因这些孩子而变得不同。

我有12个孩子！

“来，妈妈教你系扣子。看，把这个对上，好，这个手抓着扣子，穿过这个眼。”

刘淑琴已经手把手教了3年，7岁的小女儿小颖（化名）还是不会系扣子。

“妈妈看看漂亮了没，眼睛看着镜子，自己照一个，看看漂亮了没？”

一边给大女儿小丁（化名）梳头，一边试着跟她交流，而18岁的小丁只能低声吃力地说出三个字——漂亮了。

孩子们的回应很微弱，刘淑琴却已经很欣慰很满足了。

这是两个特殊的孩子，小颖是唐氏综合征患者，小丁精神发育迟滞，理解和沟通能力很差。

“这些孩子先天发育不好，反应比较迟钝，要反反复复给她讲，小女儿7岁了还是不会用筷子。”刘淑琴说。

因为患有先天疾病，小丁和小颖一出生就被亲生父母遗弃，后来被收养在宁夏儿童福利院，受益于家庭寄养这种新型孤残儿童养育模式，两个孩子先后来到了宁夏银川市永宁县惠丰村的刘淑琴家。

刘淑琴从2003年开始成为寄养妈妈，那一年，3岁的小丁来到了她的身边，当时她自己的儿子15岁、闺女13岁。

“她来的时候皮肤白白的，因为自己孩子大了，现在来了个小孩，所以家里人都特别喜欢，我老公就抱着她串门子，邻里都说，得了个小女儿，高兴得很啊。”刘淑琴回忆道。

养大了自己的两个孩子，照顾小孩算是很有经验了，但这次却超出了她的想象。

刘淑琴说，小丁刚来的时候呆呆傻傻的，动不动就尿了，大便拉裤子里了，照顾起来很费劲。

“每天都是忙忙碌碌的，早晨吃完饭就带着两个孩子来家庭寄养工作服务站，大的在手工室学刺绣、穿珠，小的在特教室进行康复训练，上午下午，一直坚持来。”刘淑琴不仅要当孩子的母亲，还要当她们的老师、陪读和康复训练师。

从38岁到53岁，这些和她没有血缘关系的孩子，占据了她人生整整15年宝贵的时光。

“我自己有2个孩子，在我家前前后后寄养了10个孩子，等于说我有12个孩子了。有时候别人也问我嫌弃不，我说自己也是母亲，也有孩子，我把这些娃娃也都当成自己的孩子，谁会嫌弃自己的孩子呢！”刘淑琴说。

她会叫我妈妈了！

陪伴这些孩子长大是艰辛的，也是幸福的。

2014年，刘淑琴因腰部受伤住院治疗，回家后，只能卧床静养。

一天，家中只有刘淑琴和小丁母女两人，当时14岁的小丁主动给她端来一杯水。

寄养妈妈刘淑琴（右）和大女儿小丁（化名）陪小女儿小颖（化名）骑自行车 ■ 新华社记者 卢鹰 / 摄

对于普通孩子来说，这个年纪早该懂事，照顾生病的妈妈也并不稀奇，但刘淑琴却深知对于小丁这样的孩子是多么不易。

“哎哟，我当时可感动了，觉得这么多年的付出没有白费。孩子虽然不善表达，但她心里知道妈妈生病不能下地了，需要有人照顾。”刘淑琴说。

十多年朝夕相处的母女情，那一刻凝聚在一杯简单的白开水中。

浓浓的亲情不仅仅在两个孩子与刘淑琴之间。

刘淑琴的儿子平时在外工作，回家后第一件事就是抱抱小颖，还经常给她带礼物。

“有时候儿子一段时间不回来，她也想哥哥，但不会说，就自己跑到哥哥房间躺一会儿”。刘淑琴说小颖有她独特的方式表达对哥哥的想念。

小颖 4 岁时来到家里，刘淑琴每天都教她叫妈妈，一年多过去了，却迟迟不开口，这让刘淑琴有些着急。

2016 年秋天的一个早上，小颖突然开口叫了两声妈妈。

“我当时高兴得不知道说什么好了，赶紧让她再叫我几声。”刘淑琴有些激动。

宁夏儿童福利院永宁家庭寄养中心主任王津说：“有的孩子好久了才会叫妈妈，好多家长一听，赶紧给我打电话，说我的孩子会叫我妈妈了，我太高兴了！”

根据每个孩子送来时的身体状况，福利院会给他们推算一个生日。

2018 年 5 月 12 日是小丁 18 岁的生日。按照规定，成年后小丁将被转送到社会福利院，离开自己生活了 15 年的家。

5 月 13 日，是小丁在家陪伴妈妈度过的最后一个母亲节。

刘淑琴在不舍的同时，加紧教小丁一些手工技能，希望女儿以后找到一份简单的工作。

相对于普通孩子，小丁的未来有太多的未知。

“担心她能不能工作？能不能自立？能不能成个家有人照顾？哎，有时候这个事，不敢想啊。”刘淑琴对孩子的担忧和千千万万的母亲一样。

孩子总有离开家的那一天，但是这些孤残儿童在寄养家庭中的生活经历，将会影响他们一生。

27 岁的小凯（化名）曾在寄养家庭生活过，如今，他已步入社会，走上了工作岗位。“在寄养家庭能感受到家的温馨，有爸爸妈妈的关怀和兄弟姐妹的陪伴，除了生活上的照顾外，最重要的是心理上的慰藉和满足，如果我没在家里生活过，这辈子就可能是一个没有父母的孩子。”对于这段生活，小凯甚是感念。

宁夏儿童福利院院长杜勇说，我们曾做过对比研究，与在儿童福利机构长大的孩子相比，生活在寄养家庭的孩子情感更充沛，因为他们拥有过完整的家庭关系和亲子关系，这是他们一生的财富。

不能让他们被二次遗弃！

在银川市永宁县惠丰村，目前有 100 个孤残儿童生活在 57 户人家，在过去的 17 年中，共有 328 个孩子在 102 个家庭里生活过。

但起步并不容易。2001 年，当宁夏儿童福利院在永宁县开展家庭寄养工作之初，当时的惠丰村妇女主任王书敏带着王津在村子里走访，给村民们做普及宣传。因为需要寄养的都是孤残儿童，很多村民都不愿意。

“你说得这么好，你自己咋不带一个？”面对王书敏的游说，村民郝耀光当众质疑。没过几天，王书敏就接收了一名孤儿，成了一位寄养妈妈。

在少数人的带动下，这份爱心被不断传递，越来越多的惠丰村村民加入了家庭寄养工作的行列。这里也渐渐成了宁夏孤残儿童家庭寄养第一村。

2004年，郝耀光和爱人也先后接纳了两个孩子。

政府对寄养家庭有一定的经费补贴，刚开始一个孩子每月不到300元，目前增加到1000元，这也算是对寄养家庭的一种激励。

刘淑琴说，最初自己刚好闲着，加上还有些补贴，所以就试着带带这些孩子。现在家里有钱了，但是这份情感却割舍不掉了。我愿意把这件事做到底，因为这是一种爱的传递，也是受人尊重的，现在像我一样的寄养妈妈越来越多了。

40岁的李红勃当过幼教、做过生意，2012年她回到惠丰村后，被周围寄养家庭的爱心所感染。

“当时我家楼上就有一个爱心家庭，我看她每天带着孩子去做康复运动，在小区楼下玩，很有感触。我特别喜欢孩子，自己也做过幼教，觉得带孩子一定不比别人差。”2015年，她家迎来了两个患唐氏综合征的孩子。

孤残儿童在宁夏儿童福利院永宁家庭寄养中心手工室学习刺绣、串珠等技能 ■ 新华社记者 卢鹰/摄

周围年纪大一些的寄养户也有人问过李红勃：“我们年纪大了，只能带带孩子，你这么年轻，怎么不出去打工多挣点钱？”

但是在李红勃看来，两个原本陌生的孩子叫她“妈妈”时的幸福感，是无法用金钱来衡量的。

“刚开始做家庭寄养工作时，惠丰村还是农村，可现在因为城市扩建，村里人都成了拆迁户，家家都有几套房。如果说起初还有些经济刺激的话，那么现在这些寄养妈妈已经把这当成了一份事业来做，她们真的很伟大。”杜勇说。

如今在村民们眼中，寄养的孩子和自己的娃娃一样，都是村子的一部分。

对一些自理能力强一些的孩子，福利院会送他们去幼儿园和学校接受正常的教育，也会对部分孩子进行一些工作技能的培训，期望他们以后能够自立自强。

“作为和我们一样的人，这些孩子有愿望，也有资格生活在家庭里，感受家庭的温暖。他们已经被亲生父母遗弃过一次，但社会不能让他们被二次遗弃。”王津说。

用15个春秋去爱10个没有血缘关系的孩子，正是因为有了许许多多的刘淑琴，才让这些孩子被亲生父母遗弃后，能够再次体会家庭的温暖。

虽非亲骨肉，依然父母心。

爱，可以超越血缘。（此稿被《新华每日电讯》《中国妇女报》等59家媒体采用）

宁夏60周年大庆：幸福的花儿唱起来

新华社记者 唐亚蒙 刘海 卢鹰

［节目导视］昔日寻水而来，逐梦奋进（同期：当初这里的情况其实也不太好，用咱们老百姓的一句话说就是“风吹沙子跑，天上无飞鸟”，就这样一种状况）；

如今家门口工作，憧憬未来（同期：有了稳定的工作收入，干活心情特别好。）

敬请关注本期节目——《宁夏60周年大庆：幸福的花儿唱起来》。

［解说］砥砺奋进六十年，塞上江南展新颜。今年是宁夏回族自治区成立60周年，60年来，宁夏各项事业蓬勃发展，塞上大地进入了新时代。黄河两岸，六盘山间，幸福的花儿久久回荡。

［记者出镜］新华社记者刘海："这里是宁夏固原市泾源县。泾源县位于宁夏的最南端，因为泾河发源于此而得名。大家透过我们的镜头可以看到，眼前满目苍翠的景色让人很难把它与昔日'十年九旱、生态焦黄'的西海固地区联系在一起，然而，这的确是西海固地区的9个贫困县区之一。"

［解说］漫步六盘山脚下的泾河源镇冶家村，一排排错落有致的农家小院，在青山绿水环绕中透露出桃花源般的清幽，每年吸引几十万游客纷至沓来。村里300多户乡亲，超过三分之一都开办了农家乐，走上了致富之路。

［同期］宁夏泾源县泾河源镇冶家村村支书兰胜利："我们农家乐现在发展的规模，从原来最早的40户发展到现在的127户，已经投入实体营业的有110户。从原来的3500多元人均纯收入现在达到7600多元，整整翻了一番，这个数字是非常（可观的），可以说是翻天覆地的变化。"

［解说］宁夏西海固，苦瘠甲天下，曾被联合国粮食计划署认定为世界上最不适宜人类居住的地区之一。这片背负着太多历史标签和发展欠账的黄土地，如今，已脱胎换骨，成为"旱塬绿洲"，六盘山下农家乐的兴起正是环境改变带来的红利。

［同期］宁夏固原市林业局造林科科长刘登甲："我们主要实施了退耕还林还草、封山禁牧，以及国家和自治区的一系列（生态工程），像三北防护林工程、400毫米降水线工程等一系列的生态工程。2000年的时候，固原市的森林覆盖率为12.8%，目前已经增加到25.1%，林草覆盖度增加到73%。年平均降水量基本达到450毫米。"

［解说］在生态建设的基础上，固原依托当地优势农业产业推进"一棵树、一株苗、一棵草、一枝花"的"四个一"工程，引进选育适合当地气候的经济作物，培育山绿与民富的种子，力求在"种"出风景的同时"种"出产业。

凭借当地自然生态、丝绸之路遗迹等特色旅游资源，固原市着力发展旅游业，红色旅游、山水生态游、民俗游、乡村文化游等已形成亮点。

如今，在西海固，绿水青山逐渐成为一方百姓的金山银山，绿色产业链正在发挥出巨大的经济和社会效益。

［同期］宁夏泾源县泾河源镇冶家村村民冶银龙："现在就是翻天覆地的变化，就是靠这个旅游业带动我们的农家乐，挺好的。"

［解说］绿水青山就是金山银山，这一理念在自然环境恶劣、生态脆弱的宁夏西海固地区得到了生动实践，一幅山川秀美、百姓富裕的美丽图景正在这片原本贫瘠的土地上徐徐展开。宁夏多年来实施的移民政策是西海固地区生态好转的重要原因，35年来，共有100多万人搬出祖祖辈辈生活的大山。

［同期］宁夏固原市林业局造林科科长刘登甲："从20世纪80年代起，宁夏先后实施吊庄移民、生态移民等移民工程。"

［解说］移民政策一方面使山区群众搬迁到近水、沿路、靠城的区域。另一方面也减轻了山区承载的环境压力，土地得以休养生息，生态得以恢复。

从这里搬迁出去的老百姓现在过得怎么样呢？距离宁夏首府银川市50公里的永宁县闽宁镇，同时享受到了党和国家移民搬迁、东西部扶贫协作等政策。1996年，福建和宁夏两省区开展对口扶贫协作。20多年来，闽宁镇在扶贫开发中充分利用东部资源，以产业发展带动当地农民快速脱贫致富，创造了"干沙滩"变成"金沙滩"的奇迹。

54岁的王升是闽宁镇原隆村党支部书记，也是闽宁镇的第一批移民。1997年，在政府的组织下，他和乡亲们告别了祖祖辈辈生活的大山，在300多公里外的闽宁安家落户。

［同期］宁夏永宁县闽宁镇原隆村党支部书记王升："当初这里的情况其实也不太好，用咱们老

百姓的一句话说就是‘风吹沙子跑，天上无飞鸟’，就这样一种状况。其实就是奔着黄河水来的，这里是一片平原，心中真的是充满一片好奇吧。”

［解说］搬出大山的移民白手起家，怀揣着对美好生活的向往，开始在这片土地上创造奇迹。

［同期］宁夏永宁县闽宁镇原隆村党支部书记王升：“1996年以后，咱们建立东西部协作扶贫机制以来，我记得最清楚的就是福建省派的扶贫工作队指导农民开展蘑菇种植，他们的技术人员整天就奔波在咱们的村上，奔波在蘑菇棚之间，可以说是手把手地来教。”

［解说］东西对口扶贫协作不仅为闽宁镇带来了项目资金、先进的生产技术、管理理念和开拓进取的精神，更带来了创新帮扶机制、发展成果共享等前瞻性思想。

走进位于原隆村的光伏农业科技示范园，只见一座座大棚上覆盖光伏板，这一“混搭”的风格很有特点，也是因地制宜的一种创新模式。2014年，青岛昌盛日电太阳能科技股份有限公司在这里启动了产业扶贫项目，建设光伏产业园区，发展特色种养殖业，吸纳当地村民就业。

［同期］华盛绿能宁夏农业科技有限公司的总经理赵永亮：“最直观的一个实惠就是，我们在建这个园区的时候流转了村民的土地，土地流转是第一笔村民的收益；第二笔就是我们建设了这么大一个农业园区，它每年能提供很多的就业岗位，这样的话每年我们的村民还可以获得劳务务工的这么一个收益。”

［解说］39岁的刘小耐是原隆村村民，2014年8月和丈夫带着一双儿女从固原市隆德县搬迁到这里。次年3月，她通过招工的方式进入园区，经过专业技术及生产经营等方面的培训后，成为园区的一名产业工人。

［同期］宁夏永宁县闽宁镇原隆村村民刘小耐：“现在这些都是高科技管理法，都不是人工的，都是全自动化电脑操作的，你像现在这个阴阳棚里，打这些帘子啥的我手机就可以操作了。”

［解说］随着园区产业不断扩大，刘小耐凭借爱学习、能吃苦、管理经验丰富而得到认可，受聘成为光伏园区十几位用工管理员中的一位，她的家庭收入也从原来不足万元提高到10万元。

［同期］宁夏永宁县闽宁镇原隆村村民刘小耐：“生活得特别充实，比在老家充实多了，有了稳定的工作收入，干活心情特别好。（记者：那对未来有什么打算吗？）对未来特别有那么一种憧憬，我必须得学好技术，原先是靠体力干活挣钱，现在我要靠脑力挣钱，所以得学技术。”

［解说］受益于多层次、多形式、宽领域、全方位的东西部扶贫协作，闽宁镇目前已形成种植、养殖、劳务、光伏、旅游五大产业，百姓收入由建设初期的不到500元跃升到2017年的约1.2万元，人口由当初的8000多人发展到6万多人，构筑起了移民生态绿色新家园。

宁夏群众热议宁夏60年沧桑巨变

新华社记者　卢鹰　刘海　唐亚蒙　刘飞　蔡志坚　刘畅

［解说］2018年9月20日下午，宁夏回族自治区成立60周年庆祝大会在银川隆重举行，2万余名宁夏各族群众共同见证了这激动人心的时刻。塞上江南一甲子，60年里，宁夏在经济、政治、文化、社会、生态建设等方面取得的辉煌成就引发市民强烈反响。

［同期］银川市民殷丽娟：“（宁夏）发生了翻天覆地的变化，从政治、经济、文化、人民生活都

发生了很大的变化，我们作为宁夏人，我们感到非常地骄傲。”

［同期］银川市民高树龙：“十八大以来的宁夏发展变化是巨大的，尤其是表现在各个层面的变化。从我本人来讲，能看到从政治建设，从文化建设特别是我们从事的粮食口这个变化都是巨大的，我们的感触是（这样的）。可以说是一句话来讲：建设美丽新宁夏，共圆伟大中国梦，作为宁夏人，（这是）最大的一个心愿。”

［同期］银川市民马雪荣：“（我在宁夏住了）23年，然后我觉得我能够感受到的变化就是首先，手机信号变得更好了，网速更快了，交通更便利了，城市也越建越漂亮了。”

［同期］银川市民唐国延：“发展变化确实太大了，自治区成立60年来，变化确实比1958年大多了，现在你到外面出去，看一看再回来，你出去一个月回来，变化和走之前都不一样。特别是在改革开放以后，宁夏变化很大，反正我也是在宁夏生活了60多年了，所以和50年代一比，确实变化很大。”

人与沙：中国经验（上）

新华社记者　孙波　陈晓虎　曹健　马俊　卢鹰　唐亚蒙　刘海

［节目导视］中国荒漠化治理初见成效（同期：我们过去治沙单项技术，把沙地固定住，发展到现在实际上是综合治理技术）；

全球问题需各国共同努力（同期：我们觉得沙漠要利用好的话，它会带来很大的社会效益和经济效益，这一点我们所有沙漠周边的国家都有同感）；

面对荒漠化这个世界难题，中国与其他国家通过哪些形式进行交流与合作？又取得了哪些成效呢？《新华视点》与您共同探析。

［演播室主持人］《新华视点》带您走向新闻制高点。大家好，我是张大鑫。中国和很多阿拉伯国家是世界上荒漠化程度最高、形势最严峻的地方，因此，近年来双方在荒漠化治理方面的合作日益频繁紧密。许多阿拉伯国家的业内人士更是不远万里来到中国，学习治理和利用沙漠的先进做法和有效尝试。

［解说］防治土地荒漠化是世界性难题，也是我国最为严重的生态问题之一。据统计，我国荒漠化土地占国土总面积的27%，全国共有18个省区市受到荒漠化的危害，每年造成的直接经济损失达1200多亿元，受影响的人口超过全国总人口的三分之一。

［同期］兰州铁路局宁夏中卫固沙林场原场长张克智：“人在这里居住条件那是相当的恶劣。睡上一晚上觉，早上起来屋子里面，每天都是如此，桌子上就是一层沙子。”

［解说］从20世纪50年代开始到现在，我国先后实施了“三北防护林”“退耕还林”等一批重点生态建设和保护工程，带动普通农民参与治沙，逐步改善生态，消除贫困。

［同期］宁夏农林科学院荒漠化治理研究所所长蒋齐：“咱们因为沙化区域生活着好多老百姓，也要生活下去，生活水平还要不断提高，所以在这上面可能就是，我们过去（采用）治沙单项技术，把沙地固定住，发展到现在实际上是综合治理技术，咱们说系统工程，就把农业的、林业的、草地畜牧业的，每一个上面很多综合技术配套使它形成一个区域性完整的治沙模式。”

［解说］进入21世纪以来，中国政府更加高度重视防治荒漠化工作，每年拿出数十亿美元的资金用于防治土地荒漠化，持续的投入和工作，使得20世纪90年代沙化土地面积每年扩展3436平方公里

的局面得以逆转，如今每年消灭1400多平方公里沙化土地。

通过多年的探索和实践，摸索出了一条生态建设与经济发展并重、治沙与治穷共赢的中国特色的荒漠化防治道路，不仅初步遏制住了荒漠化持续扩展的趋势，实现了全国荒漠化土地面积和荒漠化程度持续多年的“双坚守”，还培育出一大批各具特色的防沙治沙的新产业，实现了沙区农牧民收入和企业经济效益的双增长。

［同期］宁夏回族自治区林业厅厅长马金元：“在防沙治沙方面，我们一开始就提出，如何让防沙治沙与助推地方经济发展和助推农民增收致富结合起来，所以我们就提出‘生态产业化，产业生态化’的这么一条思路。这么多年来，我们在沙区大力发展沙产业，可以说取得了非常好的效果。目前我们宁夏沙区沙产业的面积已经超过200多万亩，产值超过了35亿元。”

［解说］作为世界上荒漠化较大，危害较为严重的国家之一，中国在致力于自身荒漠化防治的同时，积极开展国际合作，并与其他发展中国家一道探讨水土保持与荒漠化治理的技术和管理。2006年，中国商务部委托宁夏农林科学院开展针对阿拉伯国家的防沙治沙培训课程，至今共有220多名阿拉伯国家的技术人才参加培训，通过专题讲座、座谈交流、参观考察、文化体验等形式，学习中国在荒漠化防治方面的技术和经验。

［同期］宁夏农林科学院荒漠化治理研究所所长蒋齐：“当时我们的初衷就是把中国一些好的治沙技术能够传播、输送到国外，支援阿拉伯国家和发展中国家的生态建设。在传输的过程中，我们也开展对接交流，把他们那些做法和经验，我们也能够吸纳进来，有助于我们在相关的治沙建设、水土保持和荒漠化治理中借鉴人家的经验。”

［解说］47岁的马尔拉夫·贝尔卡西姆来自阿尔及利亚，不久前，他第一次来到万里之外的中国，参加正在这里举办的阿拉伯国家水土保持与荒漠化治理技术管理研修班，系统学习中国的防沙治沙技术。

［现场］马尔拉夫和同学们在沙漠地区考察。

［解说］在宁夏与内蒙古交界的腾格里沙漠边缘，改良过的沙地里，西红柿、秋葵、葡萄等蔬果长势喜人。马尔拉夫不时向当地技术人员咨询，还频频拿出手机拍照。

马尔拉夫是阿尔及利亚谢里夫省水利研究所所长。他的国家地处广袤的撒哈拉沙漠，是世界上荒漠化比例最高的国家，形势极为严峻。

［同期］阿尔及利亚谢里夫省水利研究所所长马尔拉夫·贝尔卡西姆：“阿尔及利亚从上世纪60年代就开始从事治沙工作，治沙也得到了相关国家的一些支持，但是阿尔及利亚的气候条件和水利条件非常有限，所以在治沙方面取得的成果不是非常突出。”

［解说］地处西北内陆的宁夏是中国荒漠化程度较高的省区之一。通过连续多年的防沙治沙，实施退耕还林、天然林保护等生态工程，宁夏在全国率先实现了从“沙逼人退”向“人进沙退”的历史性转变。总结出来的防沙治沙经验和技术，对同处沙漠边缘的阿拉伯国家有诸多借鉴意义。

［同期］阿尔及利亚谢里夫省水利研究所所长马尔拉夫·贝尔卡西姆：“比如说，中国在治沙和固沙领域的一些方法就值得我们借鉴和学习。中国在固沙方面给我们用‘草方格’治沙，还有种植一些抗干旱、抗寒冷的植物，通过种植这些植物，使原来流动的沙丘固定下来，然后这些植被通过繁殖出一些把沙丘完全固定住、覆盖起来的植被，这些都是值得我们学习和借鉴的，可以用在我们国家治沙和固沙方面。”

［同期］宁夏防沙治沙学院副校长丁学利：“在这个国际合作交流过程当中，我们也有一些想法，我们以紧跟‘一带一路’发展步伐，以我们学院自己平台，和中（东）阿（拉伯）国家开展人才培养、学术交流活动。”

［解说］为期20天的中国“求学之旅”，让马尔拉夫深深感受到中国政府在防沙治沙以及保护生态环境方面的信心和作为。他说，回国后他会及时传达学到的防沙治沙技术和有益经验，让更多人了解荒漠化防治中的“中国力量”。

［同期］阿尔及利亚谢里夫省水利研究所所长

马尔拉夫·贝尔卡西姆:“我们通过这次学习，感到中国政府在治沙方面投入的人力和财力是非常大的。我想我们将好好学习和实践这些有益的经验和治沙的方法。”

［解说］千百年来，许多阿拉伯人不远万里来到中国，求学取经，传递友谊，架起了中阿友好往来的桥梁。如今，中阿双方在荒漠化治理方面又找到了共鸣。

［同期］约旦学员叶哈雅·阿卜杜·噶迪勒:“前年我的三位同事来到了宁夏，接受过这方面的培训，他们已经很好地把我们这边培训的有利经验和技术传播到我们国家，而且据我所知我们有很多农业和荒漠化治理专家，来过中国其他省份进行过同样的培训，他们都在我国荒漠化治理方面作出了杰出贡献。”

［解说］萨米娅·穆罕默德是苏丹农业部首席工程师，对于本国的荒漠化形势，她有着切身体会。

［同期］苏丹农业部首席工程师萨米娅·穆罕默德:“我想说的是苏丹荒漠化的严重程度是要付出几代人的努力才能改变，但是由于苏丹的经济条件限制，在这方面投入不多，虽然得到了联合国以及一些国际组织的帮助和援助，但还是远远不够。”

［同期］宁夏回族自治区林业厅厅长马金元:“我们创造了经验，我们要毫不吝啬地把我们的技术输出去，贡献给世界各地，大家共享。因为防沙治沙是我们人类共同的话题，也是世界各国人民共同面对的一个难题，只要我们各国人民，生活在沙区的人民，不畏艰难，科学治沙，互相学习，我想未来的世界一定很美好。”

人与沙：中国经验（下）

新华社记者　孙波　陈晓虎　曹健　马俊　卢鹰　唐亚蒙　刘海

［演播室主持人］如今，每年都会有数十位阿拉伯国家学员来到宁夏，探寻在这片遥远的沙漠中发生的故事，见证“荒漠变绿洲”的奇迹以及中国人民的智慧和精神。他们在中国学习荒漠化治理的科学技术和创新经验，回国后运用到自己国家的治理工作当中，为本国的荒漠化治理作出自己的贡献。

随着时代的变迁和科学技术的发展，荒漠化治理并不能一味地苦干和蛮干，借助现代科技会达到事半功倍的效果。这就需要更多有知识、懂技术的人才参与其中。在宁夏有一所专门培养治沙人才的学校，从这里毕业的学生已经开始在治沙领域发挥着他们的作用。

［现场］王岩检查滴灌设备。

［解说］这是盛夏八月的一天，正午，火辣辣的太阳炙烤着大地。在毛乌素沙地西南边缘，23岁的王岩正在认真查看滴灌设备和树木灌水情况。大沙梁的刺槐出现旱情，侧柏的滴管不在位，他都逐一做好记录。

王岩的家乡在宁夏灵武市崇兴镇台子村，一个沙漠边缘的小村庄。也许是从小饱尝村庄遭受沙漠侵袭之苦，也许是家里好几位亲人都走上了治沙路，王岩从学生时代起就对治沙产生了浓厚的兴趣。

［同期］宁夏灵武白芨滩国家级自然保护区工作人员王岩:“平时走到哪看到稀奇古怪的树种都想问一下，就想了解一下这个树叫啥名字之类的，然后就慢慢地接触到这个治沙。”

［解说］2011年，王岩考入宁夏葡萄酒与防沙治沙职业技术学院，成为防沙治沙工程系的一名新生。这所前身为宁夏林业学校的学校有着30年的办学历史，也是目前国内唯一一所以培养防沙治沙

人才为己任的职业技术学院。在这里，学生们系统学习防沙治沙专业技术，并在一次次的实践中提升动手能力。

［同期］宁夏葡萄酒与防沙治沙职业技术学院教师黄肖勇：“比如说我们每年都会带学生去白芨滩林场、哈巴湖等等，这就是我们固定实训的，校外实训基地，完全按照企业的工作流程，让学生们进行动手的操作，以此来提高他们学习的主动性、积极性，提高他们的动手能力和实践能力。”

［解说］王岩至今仍然清晰记得第一次来到白芨滩实训时的情景，那时候，他还没有想到自己此后会成为其中一员，但彼时的震撼在他的脑海中已留下深深的印记。

［同期］宁夏灵武白芨滩国家级自然保护区职工王岩：“因为从一个寸草不生、寸草不长的沙漠里，然后把沙漠植绿了我觉得挺伟大的。”

［解说］第一次来到白芨滩，带给王岩的不仅有震撼，还有遗憾。因为人生中第一次“追星”却并没有成功。

［同期］宁夏灵武白芨滩国家级自然保护区职工王岩：“当时是王有德局长，全国劳动模范，我们班同学刚来的时候都特别想见他，因为他工作繁忙，结果也没有见上。”

［解说］全国劳模王有德曾被授予“全国治沙英雄”称号，在白芨滩，他曾经带领干部职工营造防风固沙林 40 多万亩，在毛乌素沙地西南端筑起了一道东西长 45 公里、南北宽 10 公里的绿色屏障，有效阻止了毛乌素沙地的南侵。昔日黄沙满天、条件恶劣的白芨滩，如今已是物种丰富、生态优良的国家级自然保护区。王有德是王岩心中的偶像，也是他在治沙路上前行的精神动力。

［同期］宁夏灵武白芨滩国家级自然保护区职工王岩：“我觉得我们的义务就是必须把这个劳模精神传承下去，传承劳模这种吃苦耐劳（精神）。”

［解说］2014 年，王岩圆满完成学业，如愿加盟白芨滩国家级自然保护区管理局，成为一名光荣的治沙人。喜上加喜的是，他终于见到了心目中的偶像，而且有机会一起工作。

［同期］宁夏灵武白芨滩国家级自然保护区职工王岩：“我刚来厂里的时候劳模还没有退休，因为我还亲眼见过劳模工作，大热天的，五十多岁、六十岁的人还拿着锹在地里干活。因为劳模那种带头作用特别强烈，让我们这些年轻人都感觉，就是无地自容那种感觉，自己要不亲手动真是不好意思的那种。”

［解说］劳模精神的感召，加上前所未有的使命感，让王岩像一只铆足了劲儿的陀螺，在忙碌的工作中找到了另一个自己。然而，治沙远比想象中辛苦，若非亲力亲为，很难想象个中艰辛。

［同期］宁夏灵武白芨滩国家级自然保护区职工王岩：“到 7 月份的时候治沙就到一线沙区去，然后去的第二天我的胳膊上一层皮就掉了。到第二年开春的时候，站在远处看那个山绿了，特别有成就感，因为特别不容易。”

［解说］在白芨滩，像王岩这样的年轻人还有很多，他们大多是追随父辈甚至祖辈脚步走上治沙路的“白芨滩二代、三代”，在日复一日的努力工作中，成就着心中的理想。

［同期］宁夏灵武市白芨滩国家级自然保护区管理局局长王兴东：“与老职工相比他们是富有活力、有知识也有学历的一代。那么他们在推动治沙技术的提升，还有速度的提升、治沙成效的取得方面，发挥了他们年轻人有知识一代的作用，也为我们这几年治沙工作的快速发展起到了很大的推动作用。他们是有知识的一代，也是继承了白芨滩精神的一代。”

［解说］工作三年，王岩最深的体会就是，林业工作不仅要能吃苦，更要多一份责任，沙窝里的每一棵草、每一棵树，都是治沙人用汗水浇灌出来的。其实，在宁夏，还有千千万万个年轻的“王岩”，他们，用崇高的理想与坚韧的付出成就着祖辈变不毛之地为青山绿水的嘱托。

［演播室主持人］在人类社会的发展过程中，荒漠化是大自然向世界各国共同抛出的一道难题，如何应答？需要相关国家紧密合作，共同规划。“十年树木，百年树人”，科学治理，合理利用，沙漠变绿洲指日可待。好的，感谢关注本期《新华视点》，再见。

36 km

新华社记者 唐亚蒙 杨植森（实习）

［现场］罗亚坤、苟发伟在铁路旁注视列车驶过。

［出字幕］36km

［现场］罗亚坤在办公室办公、苟发伟在家给妻子准备酸汤饺子。

［画外音］媳妇不是要吃饺子嘛，酸汤饺子，这是牛肉萝卜馅的。给（她）包一点，算是一点儿安慰吧。

［画外音］2012 年确立恋爱关系了，一直一路到现在。

［画外音］相处的时间长了，已经过了七年之痒了。

［现场］苟发伟在巡线、做记录；罗亚坤在办公室办公、对着镜子整理警帽。

［画外音］我们的工作就是要压减列车突停的数量，保证列车的正常运行。

［画外音］到后来分配的时候，我就来到了李旺（所），然后她在同心（所），间隔有 24 公里。

［出字幕］苟发伟要跨越 24 公里，罗亚坤要跨越 12 公里，夫妻二人才能在两个派出所辖区交界的地方相会。

［现场］罗亚坤在站台执行公务。

［同期］注意安全啊，老人家慢点。

［现场］罗亚坤帮助老人上车。

［画外音］春运特别忙，她忙的时候我也不敢打扰她。

［现场］罗亚坤帮助小孩下车；苟发伟在巡线。

［画外音］车辆上感觉 24 公里其实挺近的，但是真正到工作这一块的话，其实特别远，很难见一面。

［现场］罗亚坤、苟发伟整理衣帽，佩戴执法记录仪，走出办公室。

［出字幕］36000m

［现场］两辆巡逻警车驶出同心所和李旺所。

［出字幕特效］36000km–24000km 计数器

［现场］苟发伟和同事驾车。

［同期声］顺便过去到老王家我们去回访一下。老王家啊。361 那儿。

［现场］苟发伟和同事在老王家回访。

［同期声］烧点玉米秆子都得看一下，还有放羊的这些，现在也春运了。

［现场］罗亚坤和同事巡线。

［画外音］我们就是铁路公安，就是这一行，各管一边，各管一段。这要是为了跟你老公团圆，你不值班，那不可能的。大家都是这样过的。

［现场］苟发伟巡线。

［画外音］一到春运这段关键时期，我就说：“要不就咱们还是照那样，照以前的老方法，在老接头的地点。我做点什么酸汤这些，给你带过去。”

［现场］罗亚坤和同事劝导群众远离铁轨。

［现场］苟发伟、罗亚坤分别在警车上。

［出字幕特效］12000–200m 计数器

［画外音］我们李旺所和他们同心所的交界，就是八里沟桥。那里有一条两百米长的桥，下面特别深，那就是我们交界的地方。

［出字幕］200m

［现场］苟发伟、罗亚坤在八里沟桥相见。

［出字幕特效］200–0m 计数器

[现场] 苟发伟、罗亚坤在警车里吃酸汤饺子。

[现场] 苟发伟、罗亚坤所乘坐的警车

[出字幕特效] 0m

[现场] 苟发伟、罗亚坤沿着铁轨，反向而行。

[出字幕特效] 0–500m 计数器

[出字幕] 漫长的春运线上，有数不清的“36公里”，远离人们视野的铁轨旁，无数位苟发伟和罗亚坤默默坚守岗位，守护着千千万万人回家的路。

脱贫攻坚篇

TUOPIN
GONGJIAN PIAN

中国扶贫的西海固答卷

——宁夏奋进 60 年巡礼之脱贫攻坚篇

新华社记者　孙波　陈晓虎　马俊　邹欣媛

云雾缭绕的宁夏彭阳县金鸡坪梯田公园　■ 新华社记者　王鹏 / 摄

曾经很长一段时期，“盲目开垦——生态破坏——干旱少雨——贫困落后”的恶性循环，让宁夏西海固地区一度被称为“不适宜人类生存的地方”，并成为贫困的代名词。

西海固如何彻底摆脱贫困？这是一份宁夏回族自治区成立 60 年来的高难度考卷。40 年改革开放的实践证明，唯有走“生态优先、绿色发展”之路，西海固的人口、土地、环境、经济才能迈入良性循环。

从苍凉走向美丽，从贫困走向富裕，一个降水量明显增加、“生态长城”日益稳固、贫困人口大幅减少、精神富足不甘落后的新西海固呼之欲出。随着最后 19 万多贫困人口的脱贫，这里即将交出一份中国“脱贫奇迹”的西海固答卷。

聚力攻坚

西海固囊括了固原市原州区、西吉县、隆德县、彭阳县、泾源县、中卫市海原县以及吴忠市同心县、盐池县、红寺堡区等 9 个贫困县区，宁夏现有的 23.89 万贫困人口中有 19.28 万人集中于此。

走进泾源县大湾乡杨岭村，村口一片花田花海，硬化村道两边庭院错落，绿树红瓦，近处的休闲小广场周围建有农家茶馆、农家乐，远处翻过一座小山便是村里的牧草试验场和生态养牛场，当地村民、施工人员、外地游客，进进出出、欢声笑语，一派欣欣向荣的景象。

“脱贫光荣户”马克俊带领记者来到杨岭村史馆，指着一张张历史照片，声情并茂地讲述杨岭村几十年来如何摆脱衣不蔽体、食不果腹的苦难，成为草畜、苗木、养殖产业壮大的美丽村庄故事。

杨岭村的变化，是西海固脱贫攻坚的一个缩影。

这里的山川连着中南海，这里的贫困牵动党中央。1982 年，中央决定实施“三西”（宁夏西海固和甘肃定西、河西）扶贫开发计划，西海固首开有计划、有组织、大规模“开发式”扶贫的先河。

——1983 年以来，国家投向宁夏的扶贫资金达430余亿元，能源、交通、通信等基础设施和产业大发展，打通了贫困地区“内通外联”通道。目前，固原市5个县区全部由高速公路连接，823个行政村全部通沥青水泥公路，六盘山机场开通的航班越来越多，西海固人走出大山、踏上经济“高速路”不再是梦想。

——福建省22年来向宁夏伸出援手，仅向固原市就提供资金及实物8.63亿元，115家闽商企业在固原市建厂兴业，他们带来了新理念、新技术，大数据灾备中心、制衣、人造花、供港蔬菜、油用牡丹等一批产业项目纷纷落地，带动1.8万名贫困农民就业脱贫。

——中国铁路总公司、华润、中航油、中国商飞、中国建材等央企响应精准扶贫号召，发挥各自产业优势“造血”，在原州区帮扶建设农产品批发市场，在西吉县援建标准化厂房，在盐池县提供资金支持发展滩羊、援建通用机场，在海原县创造“华润扶贫模式”发展高端肉牛产业，在红寺堡区建设包装材料工厂……

此外，从中央到地方持续推动易地扶贫搬迁，减轻了西海固的人口压力。35年来，宁夏探索实施吊庄移民、生态移民、劳务移民、插花移民，6次大规模移民累计从西海固地区移民120余万人。特别是“十二五”以来，投入105亿元实施35万生态移民工程，大大减轻了西海固的人口、资源矛盾，移民得以在近水、沿路、靠城的区域拔掉穷根。据统计，贫困核心区域固原市的贫困人口减少到2017年底的9.55万人，农民人均可支配收入突破8500元。

西海固人脱贫致富的内生动力也不断被激发。“当年红军翻越六盘山播撒的红色基因，鼓舞西海固人不甘于向命运低头，不懈追寻‘何时缚住贫困苍龙’的答案。”固原市委常委、宣传部部长王正儒说。

如今，这种精神正在源源不断地释放出强大的能量，西海固人挺起了脊梁、撸起了袖子。一批又一批农民主动在退出建档立卡贫困户登记申请书上签字，向昔日的“世界级贫困”挥手告别。

56岁的张富德是隆德县张楼村讲习所的讲习员，他十分热衷给村里人讲课“提神”。“原来日子过得不像样，赶上精准扶贫政策好，家里脱了贫。现在我经常在讲习所分享‘种好菜、养好牛、脱贫致富不用愁’的经验。”张富德说。

青年返乡创业带来新风，搅热了贫困农民的心。看到西海固山乡巨变，很多年轻人选择回乡创业。红军长征会师地——西吉县将台堡是谢宏义的家乡，原本在浙江开公司的他，回来打造“红军寨”红色文化生态旅游区，建设2.5公里浓缩景观，再现当年红军长征情景，带领当地百姓走上休闲农业＋红色旅游之路。

宁夏回族自治区负责人说，党的十八大以来，在党中央、国务院的亲切关怀下，各种优质要素资源快速向西海固集聚，更加精准发力、攻克难中之难，形成集中精力抓脱贫、齐心协力奔小康的生动局面。

破解水困

西吉县将台乡火家集村种植大户火彦红家的100亩西芹碧绿水嫩，外地客商纷纷前来订购，每亩收入过万元。“好菜需好水！2018年，断流30

经过治理后的宁夏固原市西吉县葫芦河　■ 新华社记者　王鹏／摄

多年的葫芦河通水了，用河水浇灌芹菜，可比原来的机井水强多了。”火彦红说。

火彦红念叨的葫芦河是西吉县的“母亲河”。站在河边，水面开阔，清流潺潺，芦苇、香蒲环绕，水鸟竞飞，让人心旷神怡。很难想象，一年前，葫芦河还是远近闻名的臭水沟，淀粉加工厂直排黑臭水，采砂场滥采滥挖，垃圾随处可见……

一切改变归功于当地重新审视水资源、消除水污染的决心。2017年，西吉县投入2.52亿元启动葫芦河综合治理工程，填筑防洪堤、疏浚河道、修复植被，拆除河道内78家企业，还两岸14.2万群众一河清水。

不仅葫芦河，固原市从2017年起整合资金32亿元启动清水河、葫芦河、渝河、泾河、茹河“五河共治”。固原市水务局副局长龚国栋介绍说，通过探索截污治污、恢复自净、修复生态、涵养水源等创造性治水模式，如今，五河岸边污水处理设施拔地而起，大型人工湿地初具规模，绿化面积大幅提高，水体生态全面恢复。

“五河共治”是固原市治水的一次重大突破，也是干旱地区刷新资源观、追寻新发展理念的重要探索。

固原市地表水资源量仅5.67亿立方米，每年从黄河引水1100万立方米，水资源总体短缺的现状短期内无法彻底改变。昔日肆虐的旱魔给西海固人留下深深的心理阴影：十年九旱、广种薄收、食不果腹……

如何破解水困，破解世纪干旱难题？是摆在当地干部群众面前的重大课题。

“西海固治理，水为大政。只有破解水困，才能破解贫困，否则投入再多人力、物力，也会深陷‘卡脖子旱’。”宁夏回族自治区水利厅厅长白耀华说，现在治水方略是南引泾河水、北调黄河水、用好当地水，在不断增加水资源的同时，通过高效节水手段，提高水资源利用效率，让水循着价值规律流动，把每一滴水用到极致。

宁夏中南部城乡饮水安全水源及连通工程解决了113.53万人的安全饮水，农村自来水入户率达到94.5%，圆了老百姓的安全饮水梦。西海固人从此拧开水龙头就能喝上甘甜的泾河水，上锁的水窖、驮水的毛驴、难咽的苦咸水都已成为历史。有了自来水，装了太阳能热水器，曾经惜水如油的西海固人有了洗澡的习惯，脸上有了舒展的笑容。

固海扬水、宁夏扶贫扬黄灌溉等工程的实施，给西海固引来了黄河水，为发展现代高效农业提供了基础性条件。有了黄河水，盐池县发展黄花菜产业，红寺堡区种植酿酒葡萄，同心县推广文冠果……

水多了，农民的头脑活了，兴起安格斯肉牛、黑毛驴、万寿菊、中蜂等很多新产业。未来，宁夏将继续扩大引黄规模，通过200多公里管道输送，再为山区增加7000万立方米水支持发展特色产业。

绿色发展

8月的一个清晨，俯瞰彭阳县金鸡坪梯田公园，依山傍沟、层层叠叠、如链似带，在曙光中腾云驾雾，宛如一枚枚“绿色指纹”印刻在黄土高原。

彭阳县曾是西海固生态最脆弱的地方之一，1983年建县之初提出“生态立县”，顶着“天寒地凉条件差，植树造林搞绿化，瞎子点灯白费蜡”的质疑，几十年一张蓝图绘到底，为造林整地挖的沟连起来可绕地球三圈半。青山葱郁、群岭叠翠，如今的彭阳已走出荒山秃岭的困厄。

18年的退耕还林还草，15年的封山禁牧，特别是党的十八大以来，中央和自治区党委政府在西海固原有重大生态工程基础上，又进一步实施移民迁出区生态修复、六盘山重点生态功能区造林绿化等工程，这里的生态系统开始良性循环，仅固原市的森林覆盖率由2000年的12.8%提升至25.1%，林草覆盖度达73%。

“固原年平均降水量由1982年282.1毫米、2012年449.6毫米，提高到现在504.6毫米，远远高于银川市，气候变湿润了。”固原市气象局局长杜鑫说。

西海固山绿了、水清了、天蓝了，但苦于缺乏致富产业，腰包并未鼓起来。固原市在生态重建过程中也彷徨过，在“无工不富”理念影响下，也曾

云雾缭绕的宁夏彭阳县金鸡坪梯田公园 ■ 新华社记者 王鹏/摄

提出走“工业强市”之路，但是当地缺水、生态脆弱，此路不通。

绿水青山如何变成金山银山，这是对西海固的重大考验。“原来就生态抓生态，柠条、沙棘、山桃、山杏虽然绿了荒山，但经济效益低。现阶段的生态重建必须高质量，实现生态美、百姓富的统一。”固原市副市长周文贵说。

格桑花怒放、月季香阵阵，苹果、酥梨压弯了枝，迎客松伸展臂膀欢迎远道而来的客人……六盘山下1000亩“四个一”林草产业示范园俨然成了一座“花果山”。为了寻找耐寒、耐旱的新品种，解决经果林品种少、规模小、产值低的问题，2018年以来固原市科学试验，建设38个“一棵树、一株苗、一枝花、一棵草”试验示范园，在2万亩土地上试种269个品种。

“经过试验，我们发现以往没种过的大果榛子、美国红枫、蜜脆苹果、红树莓等长势不错，再进一步观察、筛选，我们有信心发现更多适合高寒地区、经济效益更好的新品种。”固原绿峰园林绿化有限公司总经理王勇说。

如今，“四个一”科学试验代替了拍脑袋决策，固原市采取政府引导、科技支撑、市场运作、企业主体、农户参与的方式，走上生态建设与脱贫攻坚结合的“绿色+”之路。

新起点，再出发。近期，宁夏回族自治区负责人在调研脱贫攻坚工作时说，宁夏坚持精准扶贫精准脱贫基本方略，把脱贫攻坚同实施乡村振兴战略有机结合起来，坚持目标标准不变，补齐发展短板，做强扶贫产业。特别是在西海固，要统筹抓好产业扶贫、教育扶贫、就业扶贫，因地制宜、因村因户因人施策，激发内生动力，以“绣花”功夫提升脱贫质量，拓宽群众脱贫路径，坚决打赢脱贫攻坚战。（此稿被《新华每日电讯》、人民网等70多家媒体采用）

山海为证，携手共圆全面小康梦

——闽宁对口扶贫协作20年启示录

新华社记者 孙波 张旭东 马俊 邹欣媛

20年的奋进，标识着历史变迁的刻度。

20年的跨越，彰显了攻坚克难的执着。

这是中国特色扶贫开发事业的伟大创新，也是中国共产党“两个大局”战略构想的成功实践——

20年前，在党中央作出东西部结对帮扶的战略部署下，福建省和宁夏回族自治区建立起对口协作关系。从此，武夷山与六盘山肩并肩，闽江和黄河相辉映，远隔千山万水的两省区有了不解之缘，携手向贫困发起挑战。

志合者，不以山海为远。

在党中央的指导下，闽宁两省区20年来守望相助奔小康，从单向扶贫到产业对接，从经济援助到社会事业多领域深度合作，形成了独具特色的“闽宁模式”，开创出一条具有示范意义的扶贫协作道路，集中展现了中国特色社会主义制度的巨大优越性。

一种使命担当穿越时空——立下愚公移山志，一张蓝图干到底，20年来闽宁对口协作结出丰硕成果

62岁的谢兴昌惬意地坐在宽敞整洁的小院里，看着青枣挂满枝头，门前的村道正在翻新。他的家，坐落在福建和宁夏牵手扶贫的起点——宁夏永宁县闽宁镇。

自20年前从西海固老家搬迁到这里，谢兴昌一家已换了4次房：从地窨子到土坯房到砖瓦房，再到有小庭院的水泥平房。

1997年7月15日，这是一个改变谢兴昌命运的日子——闽宁村正式奠基，时任福建省委副书记的习近平同志代表福建对口帮扶宁夏领导小组专门发来贺信，祝贺闽宁对口协作的这项重要成果。

如今，闽宁村升格成了闽宁镇，人均年收入由当初的500元增加到10360元，这个当初被谢兴昌形容为“天上无飞鸟，地上不长草，风吹沙石跑”的地方已经变成了一方绿洲，成为远近闻名的特色小镇。

这一切巨变，正源于闽宁对口扶贫协作“二十年如一日”的久久为功。

“善为国者，遇民如父母之爱子，兄之爱弟，闻其饥寒为之哀，见其劳苦为之悲。”消除贫困，让改革发展成果更多更公平惠及人民，逐步实现共同富裕，这是中国共产党人矢志不渝的奋斗目标。

这是一个重大战略部署的开启——

秉承20世纪80年代邓小平同志提的“两个大局”的重要战略构想（沿海地区先发展起来，内地要顾全这个大局；发展到一定时候，沿海帮助内地也是个大局），在中国进入“八七”扶贫攻坚的重要阶段，1996年9月召开的中央扶贫开发工作会议作出了推进东西对口协作的战略新部署，其中确定福建对口帮扶宁夏。

斗转星移，初心不忘。沿海的八闽大地与西北的戈壁旱塬，自此有了跨越时空的心手相连。

1996年10月，由时任福建省委副书记习近平为组长的“福建省对口帮扶宁夏领导小组”正式成立；闽宁第一次对口扶贫协作联席会议随即在福州市举行，并选出沿海的8个经济实力较强的县（市、区）对口帮扶宁夏的8个贫困县。

5个月后，习近平同志率团来到宁夏，开始为期6天的对口扶贫考察，并在银川召开了闽宁对口扶贫协作第二次联席会议。

以“不到长城非好汉”的豪迈气概，同宁夏各族人民一起全力以赴、扎实有效地做好对口扶贫协作工作，为实现我们党向全世界作出的20世纪末在全国消除绝对贫困的庄严承诺，为21世纪使中华民族屹立于世界民族强者之林，做出无愧于历史的突出贡献！——习近平同志在联席会议上的讲话掷地有声；也正是在这次会议上，双方决定共同建设作为扶贫协作示范窗口的闽宁村。

扶贫誓言，山海为证。

两省区对口扶贫协作拉开帷幕，一干就是20年，持之以恒、风雨同舟。

宁夏人民不会忘记——

习近平同志倡议两省区强化顶层设计，建立联席会议制度，每年轮流举办一次，党委、政府主要负责同志出席商定协作帮扶方向和重点。20年来，闽宁联席会议从未间断，承诺的协作事项逐一兑现跟踪落实。

习近平同志先后5次出席闽宁对口扶贫协作联席会议，在会议上发表重要讲话。他倡导的“优势互补、互惠互利、长期协作、共同发展”的指导原则，他提出的“创新帮扶机制，拓宽合作领域”“加大企业和社会力量扶贫协作规模和力度”等前瞻性思想，成为两省区共谋发展的行动指南。

宁夏人民更不会忘记——

习近平同志两次来宁夏调研指导扶贫工作。

1997 年 4 月在银川召开第二次联席会议后，他先后来到同心县、海原县、西吉县、隆德县等宁夏最贫困的地方，考察扶贫项目，慰问贫困家庭。

2008 年 4 月 7 日至 9 日，时任中共中央政治局常委、中央书记处书记、国家副主席习近平在宁夏考察工作，深入银川、吴忠、固原、中卫等地农村、企业、社区和工业园区。他指出，要以改善民生为重点，进一步加大扶贫开发力度，继续大力开展就业指导、城乡医疗救助、困难家庭学生助学、农村五保户供养、教育救助、司法援助等工作，把党和政府的关怀送到千家万户。

“就坐在我旁边，拉着我的手，问家里收入如何，平时去哪里看病？”固原市开城镇深沟村回族老汉金学文回忆起8年前习近平同志看望他的情景，仍十分激动。“现在村里有了新的卫生室，我的老屋也翻新了，今年还打算去‘浪一浪’（游玩），想到首都北京旅游。”

20 年弹指一挥间。闽宁两省区对口扶贫协作结出了累累硕果——

福建累计无偿援助资金 13.43 亿元，先后拿出 30 多个条件最好的县（市、区）轮流与 9 个宁夏贫困县（区）结对，引入项目、技能培训、产业配套等帮扶内容不断拓展，做到“宁夏所需、福建所能”；

两省区持续推动经济协作和产业对接，有 5600 多家福建企业、商户入驻宁夏，总投资达 800 亿元，每年解决 3 万多人就业，4 万多名贫困山区农民稳定在福建各地从事劳务，年均获得收入超过 10 亿元；

素有“苦瘠甲天下”之称的西海固，GDP 增长 21.3 倍，地方财政收入增长 67 倍，农民人均纯收入增长 11 倍，成为宁夏增长最快的地区……

一种实践探索汇聚合力——合作机制开拓创新，“政府、企业、社会”深度协作，造就“闽宁模式”的成功范例

20 年携手战贫困，20 载共同奔小康。

闽宁生态移民示范村、闽宁学校、闽宁儿童福利院、闽宁敬老院、闽宁扶贫产业园……“闽宁”二字，如今在宁夏 6.64 万平方公里的大地处处镌刻下印记，两省区同心战贫困的成果俯拾即是。

在习近平同志当年提出的“优势互补、互惠互利、长期协作、共同发展”方针指引下，闽宁两省区在坚持召开高层联席会议的同时，持续探索完善工作思路、机制，创造出东西扶贫协作的“闽宁模式”。

点对点、一对一，结对帮扶机制实现从纵向到横向的深度延伸——

早在闽宁对口扶贫协作第一次联席会议上，两省区就确定了结对帮扶的方式。

纵向看，结对帮扶已由县区如今延伸到乡镇和行政村，两省区 64 个乡镇、34 个村结对帮扶，精准帮扶力度更大，在全国开创了先河；

横向看，两省区在教育、医疗、文化等领域推进对口协作，组织、统战、民政、司法教科文卫等几十个部门和社会团体建立起帮扶关系。

“这些结对的地方和部门就像一枚硬币的两面，建立了亲密的协作关系，成为两地携手合作取得实质成效的强有力保障。”宁夏回族自治区扶贫办主任董玲说。

福建先后选派 9 批 140 名干部到宁夏挂职，宁夏也选派 15 批 244 名干部到福建挂职。“不到长城非好汉”的六盘山精神和“敢拼会赢”的福建精神融合成两省区共同的精神财富。

经济协作、市场对接，产业带动机制产生“磁石效应”——

“这里的各行各业都处于亟待发展的阶段，是再发展、再投资的首选之地。”福建企业家陈舒 2000 年来到宁夏时，发现了这里蕴藏的商机。他创办的宁夏新思路房地产公司在银川拓展新城区中不断壮大，并打造出具有闽宁合作标志的“福宁城”等项目。

20 年来，闽宁扶贫协作由过去两省区党委政府主导逐渐转变为牵线搭桥，企业按照市场原则投资兴业，实现了由给钱给物的“输血”式扶贫，向以发展产业为重点的“造血”式扶贫的根本转变。

如今，在宁夏有 8 万多福建人在经商从业。“2000 年闽商投资还不到 10 亿元，现在上升到

800多亿元，可谓是爆炸式增长。”担任宁夏福建企业家协会会长的陈舒说，“我们以商招商，吸引着更多闽商来宁发展。”

社会扶贫、民生优先，社会参与机制不断深化协作的内涵——

2016年7月，宁夏泾源县中山医院在全县十多处开展义诊，受到了群众的欢迎。这家由闽商投资、在2015年底投入运营的民营综合性全科医院，大大缓解了当地老百姓看病难的问题。

来自福建南安市的潘文贤（中）于2011年在隆德县创办隆德人造花工艺有限公司 ■ 新华社记者 王鹏/摄

扶贫先扶智，治贫先治愚。20年来，闽宁两地不断拓展扶贫协作领域，由单一的经济合作发展为教育、医疗、文化等多领域推进合作，各项社会事业不断推进，当地老百姓获得更多实惠。

这是一组让宁夏人铭记的数字：

福建先后援建学校236所、医疗卫生院（所）323个，选派1328名教师和医疗技术人员到宁夏帮助工作；帮助建设闽宁示范村160个；打水窖1.5万眼，解决了30万人、10万余头大牲畜饮水难题……

取长补短、优势互惠，协作共赢的机制奠定可持续发展的基石——

“宁夏和福建所处的地理位置和自然环境有着明显的不同，彼此协作具有较强的互补性”“广泛深入地开展多种形式的扶贫协作，促进闽宁双方共同发展。”在1997年闽宁对口扶贫协作第二次联席会议记录中，可以清晰地看到习近平同志这样定位闽宁两省区的携手扶贫发展战略。

相比宁夏，福建有生态、海洋、民营经济等方面的优势，但也面临人多地少、资源匮乏、要素成本上升等挑战。“尤其是在当前经济发展进入新常态下，福建有产业结构调整的需求，企业可以到宁夏去找市场、搞开发，寻找发展的新机遇。”第9批福建援宁工作队队长陈星说。

目前，宁夏永宁县、隆德县、西吉县等地相继建成闽宁产业园，福建一批装备制造、建材等传统产业也转移到此，实现了转型升级、接续发展。宁夏哈纳斯集团也抓住福建建设21世纪海上丝绸之路核心区的机遇，在莆田市筹建投资约110亿元的国家级天然气战略储备基地项目，成为闽宁双向互助转变的一个标志。

先富帮后富，东西相联手。

20年来，闽宁两地人民绘就一幅奔向全面小康的时代蓝图，也成为中国贫困地区通过对口协作实现共同发展的成功范例。

“加大先富帮后富力度，汇集扶贫攻坚强大合力，这是打好脱贫攻坚战的重要举措。”国务院扶贫办主任刘永富说，不断焕发新活力的“闽宁模式”，为全国脱贫攻坚探索出了新路。

一种扶贫精神历久弥新——怀揣造福一方的梦想，以“不到长城非好汉”的气概，缚住贫困苍龙

“你从八闽大地走来，带着海风，带着温暖；几回回梦里回到六盘山，闽宁情谊割不断……”这曲流传在宁夏的新“花儿”，道出了当地老乡对援宁各界人士的朴实感激之情。

20年来，一股又一股挑战贫困的力量从八闽大地向六盘山汇集，他们帮助大山深处、饱受干旱折磨的回汉群众努力摆脱贫困，书写幸福生活的新篇章。

广大援宁干部大力弘扬“接力攀登”精神，一

任接着一任干，誓将戈壁换新颜。

西海固，曾被联合国专家评价为“不具备人类生存的基本条件”的贫困地区。20年来，一批批挂职干部来到这里，以燕子垒窝的恒劲、水滴石穿的韧劲、老牛爬坡的拼劲，将扶贫接力棒一棒一棒传下去，以“咬定青山不放松”的毅力拔掉这个穷根。

福建闽宁办原常务副主任林月婵先后40多次来到宁夏，为闽宁对口扶贫协作“修路架桥”，是名副其实的“闽宁使者”，是宁夏干部群众念念不忘的“林大姐”。

“福建帮扶宁夏，是一个铜板掰成两半用的手足情谊。”退休后林月婵仍然在为两地贡献力量。

连续9批福建挂职干部时刻不忘习近平同志的嘱托和叮咛，在贫瘠的土地上砥砺品质。来到海拔约2000米的西海固，不少干部都有流鼻血、失眠、高血压等高原反应，但从没有一人因此而掉队。

挂职固原市副市长的陈星两年来跑遍了全区9个贫困县区62个乡镇，他说：“干部是扶贫的第一推手，我们要站在前任的肩膀上再攀登。”

一批又一批的挂职干部、支教支医人员以“敢于牺牲”的精神，铸就感人至深的“闽宁情缘”。

20年来，1400余名援宁干部、支教支医团员自愿报名，舍小家顾大家。他们默默奉献青春，有些甚至献出了生命。他们的故事如珍珠一样撒落于沟沟坎坎，像火种一样闪烁在西海固大地。

厦门市优秀检察官林国荣2000年来到固原市检察院挂职，他吃苦耐劳，善于研判复杂案件，传授福建的先进经验。就在圆满完成挂职任务之时，他从固原赶往银川机场的归途中遭遇交通事故因公牺牲，再也踏不回福建故土。

宁夏检察院为林国荣追记一等功并给予慰问金1万元，但他的妻子秉承丈夫挂职初衷，又把这笔钱捐给六盘山区的“希望工程”，扶贫助困之心永驻西海固。

福州市十八中女教师李丹，2006年来到隆德县二中支教，回到福建后罹患白血病，但她依然牵挂资助的贫困学生的学习和生活。

“她一年走访学生家庭35人次，先后资助6名贫困学生，还积极奔走筹措，为学校募捐2万多元。”隆德县二中校长许志谋说。

“把剩余的医药费捐给贫困地区的孩子吧。”这是李丹在病床上最后深情而永恒的馈赠。年仅27岁的李丹走了，但更多的“李丹”来了。福建支教团每年都向隆德县派出支教老师，为提升贫困地区教育水平不懈努力……

一批又一批的闽商弘扬“敢拼会赢”的精神，把戈壁变成绿洲，带动当地脱贫致富。

2007年，原本来宁投资房地产的福建籍侨商陈德启，看上了摊开地图上一个巴掌大的“空白”——贺兰山东麓这块10万亩的荒滩地。他带上一把土去法国鉴定，结果让他欣喜若狂：这里是世界上种植酿酒葡萄的最佳之地！

陈德启在戈壁滩上搭起彩钢板简易房，一住就是8年多，哪怕大风掀翻了屋顶。他投资15亿元平整5万亩土地，栽种500万株防护林，种植2万亩有机酿酒葡萄，把戈壁变成了绿洲。“别人说我傻，但我的梦想却是让中国葡萄酒走向世界！”

在“拓荒英雄”陈德启的葡萄园里，有两三千名村民在打工致富；而贺兰山东麓的荒滩地也飞速升值，大大小小的酒庄遍布，百万亩葡萄长廊芳容初露，有望形成千亿元产业。

贺兰山东麓葡萄紫，西海固万亩蔬菜绿。

65岁的“蔬菜女状元”林水英来到西吉县也满8年了，她在这里投资3亿元建设2万亩蔬菜基地，错峰生产冷凉蔬菜。

尽管基地刚建时受到泥石流灾害影响，林水英一下损失几百万元，但她没有泄气，每年一半时间待在西吉县，继续追加投入，终于使六盘山下的这个蔬菜基地叫响全国。附近的村民也因此获益，林水英为老乡们每年开出的工资就高达3000多万元。

“闽商不能给福建人丢脸，更不能给宁夏人丢脸。我干不动了，儿子接着干。”坐在基地里简陋木板床上，林水英这样告诉记者。

感激的种子一旦种入山区人的心田，感恩和怀念就成了永远。

每当福建挂职人员期满回乡，朴实的西海固老乡们都给他们系上大红花，送了一程又一程；许多福建企业家和老乡们同吃同劳动，把自己当成宁夏人，甚至把家都安在了西海固……

一种脱贫决心昭示未来——新起点上再出发，建立精准帮扶机制，助推宁夏打赢脱贫攻坚战

绿色山梁、新盖红色砖瓦房、开满紫花的成片胡麻、孩子们在村广场上玩耍……当记者来到固原市隆德县赵楼村，欣欣向荣的气息扑面而来。

1996年，习近平同志曾率福建代表团到此考察。在74岁老支书赵效杰的记忆里，当年村里景象是这样的：路也没有，桥也没有，十年九旱，喝着碱水，到处是土坯房……

如今赵楼村已发生了巨变，村里有了3家农民产业合作社、自来水入户、互联网进村，这个六盘山下的老村子将在全县率先脱贫销号。“原来忙活一年手里也难有活钱，现在人均收入达6700元。”赵效杰自豪地说。

赵楼村旧貌换新颜，正是多年来闽宁扶贫协作成果的一个生动写照。

宁夏如今正在向昔日的“世界级贫困”告别：贫困地区基本公共服务均等化已达到全国中等水平，建档立卡贫困人口从5年前的101.5万人减少到58万人，贫困发生率由25.6%下降到14.5%。

新起点，再出发——

党的十八大以来，习近平总书记对新时期的扶贫工作始终关切在心，强调“健全东西部协作、党政机关定点扶贫机制，广泛调动社会各界参与扶贫开发积极性。”“在扶贫的路上，不能落下一个贫困家庭，丢下一个贫困群众。”

确保到2020年所有贫困地区和贫困人口一道迈入全面小康社会——2015年底召开的中央扶贫开发工作会议，吹响了坚决打赢脱贫攻坚战的进军号！

宁夏回族自治区党委、政府2016年1月举行誓师大会，承诺按照三年集中攻坚、两年巩固提高的要求，使贫困地区农民人均可支配收入增幅高于全区平均水平，到2020年达到1万元以上。

自治区党委书记李建华说：“我们将举全区之力坚决打赢脱贫攻坚战，进一步深化闽宁对口扶贫协作，推进精准扶贫、精准脱贫，进一步推动闽宁两省区双向互助，实现从扶贫走向共赢的转变，把对口扶贫协作提升到一个新的水平。”

在新的起点上发挥互补优势，实现全方位合作共赢成为两省区高度一致的共识，并已付诸实施。全新的对口协作蓝图正在铺展——

通过创新帮扶机制，向乡镇和行政村拓展，向建档立卡贫困户延伸，使每一个贫困群众都能得到结对帮扶；

建立精准对接机制，把福建的帮扶资金和项目精准引入贫困村、贫困户，形成扶贫攻坚的强大合力；

拓展协作空间，借助“一带一路”建设，以福建自贸区和宁夏内陆开放型经济试验区建设为契机，共同开拓中亚、中东等国际市场；

……

新高度，再攀登——

7月3日，我国海拔2000米以上高原地区最长高速公路隧道——近10公里的六盘山隧道正式通车，以往车辆经过六盘山要一个多小时，如今仅需10余分钟。

继2009年厦航开通银川—福州航线、实现了两地空中直航之后，如今两地正在洽谈厦航开通固原的航线。

“西海固脱贫攻坚已经到了转型升级的历史关口，也应向世界敞开大门！”厦门援助宁夏泾源县挂职干部叶捷频说，“西海固地区风景优美，我们抓住这里设有高原机场的优势，积极和厦航沟通，目前航线开通事宜已处于准备阶段。”

“六盘山上高峰，红旗漫卷西风。”

位于固原的六盘山，是红军当年长征翻越的最后一座大山，从此中国革命从胜利走向胜利。

如今，“闽宁模式”正掀开全新一页，福建宁夏两省区对口协作不断汇聚新的智慧与力量，在六盘山下奏响脱贫攻坚的澎湃乐章。（此稿被《新华每日电讯》《工人日报》等40多家媒体采用）

向“苦甲天下”告别
——来自宁夏西海固地区的产业扶贫报告

新华社记者　孙波　史湘洲　邹欣媛　于瑶

徜徉在八月流金的宁夏西海固地区，勃勃生机伴随着田野中的阵阵笑声扑面而来：一粒粒鲜艳欲滴的红枸杞，连续5年获得欧盟有机认证，进入欧洲餐桌；一片片万寿菊花瓣中提取出叶黄素，加入饲料中，让欧洲、北美的三文鱼肉色更加靓丽；一颗颗口感绵软滑润的马铃薯，沿“丝绸之路”漂洋过海，成为中东国家餐桌上不可或缺的食材……

展现眼前的情景如果不是亲见亲历，很难想象，曾经“苦瘠甲天下”的西海固伴随着当地一个个产业兴起，走出封闭的山门，渐渐融入全球经济发展链条，获得脱贫致富的新机遇、新动力。

产业释放贫困区活力

同心县菊花台村47岁的建档立卡贫困户马维兰，坐在炕上捏着一把摘枸杞挣来的百元大钞喜不自禁。

她的收入来自离家2里远、占地2万亩的润德庄园，一排排油绿的枸杞树缀满娇艳的红色果粒，在道路两侧绵延排开。采摘高峰期，从早至晚各色头巾攒动，周围村庄四五千名妇女摘果入篮，一天即有现金收入20余万元……

西海固地区沟壑纵横、生态脆弱，连绵不断的黄土高坡构成伟人笔下豪迈壮观的“原驰蜡象”。这里是宁夏脱贫攻坚的主战场，囊括西吉、海原、同心等自治区最为贫困的9个县区，占宁夏人口近三分之一，建档立卡贫困人口占全区41.8万建档立卡贫困人口的85.6%。

固原市委书记张柱说，近年来，西海固正在改变“土里刨食”的生产模式，把脱贫与产业紧密结合，紧盯市场打基础、扩规模、提标准，产业从无到有、从小到大，并向高端延伸。

“到2020年，各项惠及贫困群众的产业，保守估计产出将达39亿元。”同心县委书记马洪海在机器轰鸣的项目工地，底气十足地给记者算账：种植业上，20万亩枸杞即将进入盛果期，一亩地老百姓纯收入5000元，年增收10亿元；8万亩圆枣、50万亩玉米、35万亩中药材产值6.5亿元。养殖业上，一年出栏30万头牛，一头牛纯收入按最低2000元算，贫困群众可增收6亿元；羊、驴等产业还能再增收3亿元。此外各种劳务收入总计不少于13亿元。

马洪海说，以上只计算了有持续稳定收入的产业，仅这部分匡算，同心县到2020年贫困人口人均纯收入可跨过万元大关。

在西海固，一批批面朝黄土背朝天的贫困农民开始向生态要效益，青山绿水已经成为他们的金山银山，绿色产业链的效益不可估量。彭阳县委书记赵晓东说，退耕还林后，保护生态成为干部群众的一种自觉行动，以往因农药污染一度绝迹的“中华蜜蜂”复归。

“贫困群众养一箱蜂年收入1500元左右，相当于他们过去种15亩地的收入。”彭阳县还划定保护区助农养蜂，2017年又扩大种植蜜源植物荞麦3万亩，目前全县养蜂已有8000箱，一个贫困村即可增收700万元。

“现在，农户自觉禁用化肥农药保护蜂群，养蜂业也保障了贫困农户增收。”孟塬乡党委书记郭耀武兴奋地说。

产业对标供给侧寻增值

固原市市长马汉成认为，脱贫可以靠资金扶持，致富则要靠产业、靠市场，保证脱贫致富的长期效果必须要对标供给侧结构性改革，向产业化要财富，向市场竞争力要脱贫持续性。

从养牛到养驴，贫困县也要向“上游”产业寻求增值。马洪海说，近5年，驴肉价格的复合增长率为18%，市场前景广阔，致富效应明显。为了“挖来”这一高端养殖产业，2013年起，他们连续3年拜访东阿阿胶股份有限公司30多次，以诚感人，终于在2016年5月促成合作。由宁夏德泽农业产业投资开发有限公司投资，在同心下马关镇建设了标准化、规模化的万头黑毛驴繁育基地，2016年9月首批自东阿阿胶引进的黑毛驴入园，到2017年底存栏量将达1万头。

“从去年到今年，驴和驴驹的价格翻了一倍。驴浑身都是宝，仅东阿阿胶一年就需要200万张驴皮，驴奶的营养成分接近人乳，目前驴奶冻干粉市场价格1公斤卖7000元，血、尿等经过精深加工可以提炼成生物药品，直接进入高端市场。”马洪海如数家珍。

农民种1亩万寿菊的收入比种1亩玉米高3至5倍，让土地生金，让产品增值。赵晓东指着脚下一片片橘红色万寿菊花告诉记者，2017年彭阳县种植万寿菊2.3万亩，用于提取叶黄素。叶黄素是高档食品添加剂，目前市场在稳步扩大。彭阳引入的一家龙头企业直接向欧洲、北美等市场供应叶黄素。“与这样的企业合作，农民种植产品可以对接国际市场。”

对标供给侧改革，实现贫困户、贫困村收益增值，离不开创新。同心县把“扶贫车间”设在村头，企业每招收1名建档立卡贫困户就业，就可以获得10万元扶贫贷款额度。企业获得了授信额度、降低了财务成本，贫困户获得稳定就业。“招商引资政策，全国都差不多。”马洪海说，“我们发挥金融资金的引导和协同作用，把国家给贫困地区的优惠政策，打造成脱贫致富的产业竞争力。”

产业激励拔“精神穷根”

稳定脱贫的一个根本是要激发群众摆脱贫困的强大内生动力。针对“靠着墙根晒太阳、等着别人送小康”的现象，当地政府和干部探索多样化的“产业激励”机制，扶贫先扶志，摆脱精神贫困。

“过去政府白给白送，贫困群众拿到扶贫款还旧账、出人情、修危房，钱不一定能花在刀刃上。”泾源县委书记张立君说，现在不同，财政资金、银行贷款都跟着草畜、苗木、中蜂养殖等产业走，“干一项活补贴一笔钱，干的项目越多补贴越多。”政府不再大包大揽，老百姓“动手见钱”，脱贫积极性大大提高。

以养殖安格斯牛为例，泾源县坚持“政府+银行+贫困户”的办法，即买进1头安格斯基础母牛需1.55万元，政府补贴2500元，银行贷款提供1万元，但贫困户自己必须要掏3000元。钱虽不多，但可以激发贫困户的责任感，自己花了钱，就会把牛当宝贝精心饲养。

固原市还专门出台政策，要求农户贷款后先归还银行利息，完成“信用评估”后，政府再将利息全额补贴给农户。“发展产业时激励起农户的信用意识，能让他们未来更好地适应市场经济”。原州区区委书记杨文说。

“即便劳动力弱的兜底户，也可以靠自身努力有产业、有余钱。”张立君介绍说，对于因残因病等致贫的兜底户，可以养殖中蜂。全县成立中蜂养殖中心让兜底户边寄养边学，掌握技术后领回中蜂，“养10箱蜂年收入1.5万元，就能彻底摆脱贫困。”

在同心县扶贫产业园，生产羊绒、服饰、八宝茶等33家企业进驻，激活了2000多名村民的干劲，让贫困百姓在家门口变成了产业工人。原来只会干农活的石狮镇余家梁村贫困户李霞，在园区一家服饰公司已工作两个月，像她一样的78名妇女已可熟练地操作缝纫机，撑起“半边天”，她们对改变家庭穷困生活深信不疑。

路走对了，就不怕遥远。西海固，在决胜脱贫攻坚的历史时刻，一条通向繁荣富裕之路在不断延伸。（此稿被《新华每日电讯》《人民政协报》等51家媒体采用）

宁夏：走好脱贫“新长征”路

新华社记者　陈晓虎　张亮

从长征会师地，到扶贫主战场，2016年7月18日至20日，习近平总书记深入宁夏山川考察。在将台堡红军长征会师纪念园，总书记瞻仰红军长征会师纪念碑并敬献花篮。他说：“推进中国特色社会主义事业的新长征要持续接力、长期进行，我们每代人都要走好自己的长征路。”在西海固农户家和田间地头，总书记与贫困户一起算脱贫账。在福建和宁夏共建的生态移民点，总书记和移民共话“干沙滩变金沙滩”的奇迹。

《瞭望》新闻周刊记者近期沿着习近平总书记考察宁夏回族自治区的路线回访发现，近一年时间里，当地农村正在变美，农民正在逐渐变富，农业正在向现代爬坡。

“进城的农民都想着回来呢”

5月的六盘山天高云淡，山脚下的杨岭村被一片新抽芽的绿色环绕。2016年总书记在西海固考察时，提出要到比较艰苦的农村看一看。固原市泾源县大湾乡杨岭村是条件比较差的村庄，成了总书记在宁夏考察的第一个贫困村。当《瞭望》新闻周刊记者再次走进这个六盘山下的村落时发现，这里已有了可喜的变化。

还未进村，轰隆隆的机械声就传了过来。在杨岭村的主干道上，施工队正在铺设地下排污管道。

总书记在这个村考察时说，农村不能比城市差，基本公共服务要一样，一样的路，一样的房，一样的学校，要朝着这个方向努力。

大湾乡党委书记唐力说：“在新农村建设方面，我们按照总书记的要求，村里的基础设施和公共服务向城市看齐。”

眼下，杨岭村的农户正在进行自家厕所、厨房、围墙和大门的“三改一整”工作。厕所和厨房的改造资金政府补贴70%，围墙和大门改造资金政府补贴80%。

村民马克毕家的旱厕改水厕已经完成。走进他家正屋，地板砖整齐明亮，推拉门在屋子最里边隔开了一个5平方米左右的卫生间，蹲式马桶、太阳能热水器一应俱全。“真是没想到，这辈子咱农村也能在屋里上厕所了。”马克毕说。

杨岭村对农村基础设施的改造强调，不做“面子工程”，而要为发展产业积蓄力量。风景秀丽，气候宜人，可过去千百年靠天吃饭，杨岭村一直没有摆脱贫困。“总书记实地考察杨岭村，对扶贫工作提出了要求，也为杨岭村的发展指明了方向。我们将杨岭村作为旅游乡村来规划建设，列入全区十大特色产业示范村，以点带面，探索脱贫攻坚的有效路径。”固原市副市长周文贵介绍道。

在村部外的一片地上，几十名村民正在忙着种百合花。“这里规划建设一个占地1000亩左右的花田花海。花种起来后，还要发展养蜂产业，整体设想是把农业和观光业结合起来。”唐力说。

“整个旅游空间分为山林观光区、田园景观观光区、生态牧场观光区、民俗风情体验区、乡愁体验区、花田花海区等功能区。项目建设采用PPP模式，引进无锡文旅集团、天山牧业等多家企业，总投资超过1.8亿元。今年7月，这些功能区就能陆续建成。到那时，杨岭村会是现代观光农业的样板。”泾源县委常委、宣传部部长马红英担任杨岭村建设指挥部的总指挥，说起杨岭村的规划来如数家珍。

村子的规划和变化，让村民们看在眼里，喜在心里，一股回乡创业之潮在杨岭村涌动。马凤梅在杨岭村种了半辈子地，依然和贫穷纠缠在一起。十多年前，穷够了的马凤梅和丈夫走出杨岭村，在离家数百公里外的灵武市开了一家小饭馆，生意越来越好。但看到家乡最近发生的新变化，马凤梅心动了，最终决定回到家乡开一家农家乐。

“以前的杨岭村又穷又破，村民们大都是有走心、没守心。现在感到会越来越有奔头，进了城的许多村民都打算回来发展呢。”马凤梅说。

唐力告诉记者，结合杨岭村的规划，已有30多户村民有开农家乐的计划，政府部门在摸底后会有针对性地组织开展技能培训、配套基础设施。

科技与信息服务为脱贫保驾

西海固地处六盘山集中连片特困地区，山大沟深，极度干旱。脱贫实践中，当地干部群众巧妙挖掘六盘山的海拔优势，通过发展种植高海拔冷凉蔬菜探索出一条脱贫之路。

2016年7月18日，习近平总书记来到固原市原州区彭堡镇姚磨村冷凉蔬菜基地，肯定了这里的村党组织带头人和致富带头人实施“双带”工程、帮助群众脱贫致富的做法。

彭堡镇副镇长、姚磨村党支部书记姚选是村党组织带头人，也是姚磨村周边的致富带头人。他创办的瑞丰蔬菜合作社，土地规模已达3万亩，不仅因地制宜种植冷凉蔬菜，还配套发展蛋鸡、蜂蜜产业，吸引了1500多农户就近打工。在龙头合作社的带动下，姚磨村目前已经培育了12家蔬菜合作社，带动周边10个村组户均增收5000元以上。

“总书记在这里了解到菜农们对市场信息和科技服务需求迫切，叮嘱政府要搞好科技服务、信息服务，科技工作者要更好地服务脱贫事业。2017年以来我们重点做好这方面工作。”原州区区长房正纶说。

在姚磨村蔬菜基地，《瞭望》新闻周刊记者看

在固原市原州区彭堡镇姚磨村，村民在蔬菜基地收获蔬菜　■ 新华社记者　王鹏/摄

到瑞丰蔬菜合作社投资的智能化育苗温室正在火热施工中，即将建成投入使用。“这样的育苗温室一个占地5000平方米，共有6个，总投资3000多万元，采用智能化育苗方式，为周边数万亩蔬菜基地提供种苗。算下来一个温室一年纯利润能有50万元左右。”姚选说。

在姚磨村旁的闫堡村，一个国家级农业科技园区正在建设中。原州区委常委、副区长刘世贤说，现在老百姓种普通蔬菜都没问题，但要发展绿色蔬菜、有机蔬菜，就需要强有力的科技支撑和示范作用。

固原国家农业科技园区规划了70栋高科技日光温室，2017年7月将有10栋交付使用。这些温室可实现立体化种植、全流程追溯、智能化控制。“面对高科技的硬件，技术团队是最大短板。我们引进了一家浙江技术团队入驻科技园，他们的研发成果将直接向周边农户推广。”原州区农牧局副局长李春琴说。

2016年，姚磨村冷凉蔬菜产业创收2000万元，全村人均纯收入12000元。可菜价的巨大波动，始终是菜农们担心的事情。“行情好了，一亩净收入6000元不在话下，行情不好的时候，菜烂在地里都没人要。”姚磨村村民姚学伟有20亩地，虽早已脱贫，但蔬菜行情阴晴不定始终让他对未来发展信心不足。

固原市委常委、原州区委书记杨文说，习总书记要求政府做好信息服务，我们2017年一个重点工作就是积极对接市场信息，提高菜农的市场应变

能力。在姚磨村万亩蔬菜基地，政府贴息扶持蔬菜合作社，新建了15000平方米的蔬菜冷库和分拣精包装加工项目。加上政府有关部门及时提供信息服务，这样一来，蔬菜存储周期长了，商品化程度高了，应对市场变化的能力将大幅提升。

东西部协作助力　移民搬迁扶贫“点金有术”

1997年，时任中共福建省委副书记的习近平赴宁夏银川，参加闽宁第二次对口扶贫协作联席会议。会上，习近平提议由福建和宁夏共同建设生态移民点，闽宁村因此而诞生。

20年后，习近平在宁夏考察期间再次来到闽宁村。这里已从过去只有8000人的贫困移民村，发展成了有6万多人的闽宁镇，当年的“干沙滩”变成了如今的“金沙滩”。

习总书记在闽宁镇考察时指出，移民搬迁是脱贫攻坚的一种有效方式，20年前搞移民吊庄、建设闽宁镇，这个路子确实走通了，探索出了一条可持续发展的康庄大道。当地企业在加快自身发展的同时，也要在产业扶贫过程中发挥好推动作用，先富帮后富，实现共同富裕。

银川市委常委、永宁县委书记钱克孝深有感触地说，20年来，我们依托闽宁协作，坚持走产业带动激发内生动力的“造血式扶贫”之路。在脱贫后奔向全面小康的路上，我们将时刻牢记总书记的要求，继续充分发挥产业带动作用。

2016年7月，闽宁镇原隆村回族老人海国保在他宽敞明亮的移民安置房里接待了习总书记。“总书记考察后这近一年时间里，我们家的收入增加了一倍多。”海国保甚是兴奋。

海国保老两口与大儿子一家一起住。他给《瞭望》新闻周刊记者细算了一笔收入账：“2016年以来，村子里办了不少培训班。大儿子考了驾照，给村子旁的立兰酒庄开拖拉机，一个月工资4000多元。大儿媳妇参加了移民就业培训班后，到壹泰牧业帮厨，一个月收入2500多元。我的感觉是，我们这些移民要致富还是要靠企业。”海国保说。

2012年5月，西海固地区的10515名贫困生态移民到闽宁镇原隆村。仅仅5年时间，原隆村就实现了整村脱贫。根据移民安置政策，迁入地政府为移民提供人均0.6亩土地，那么移民脱贫是如何实现的？

原隆村党支部书记王升说，移民完全靠土地脱贫并不现实，产业扶贫才是关键。5年来，原隆村形成了以劳务输出、葡萄种植、光伏农业、肉牛养殖、红树莓种植、光伏发电为主的六个产业增收渠道。依靠这六个产业，原隆村农民人均可支配收入达到7000元。

2014年，永宁县引进青岛昌盛日电太阳能科技股份有限公司的光伏农业项目入驻闽宁镇原隆村。永宁县委副书记杨宝文说，项目从三方面增加了村民收入。首先，政府组织村民将土地统一流转给昌盛公司，公司给予农户连续30年的土地流转费用；其次，政府整合扶贫资金，与企业合作建设光伏大棚并交由公司经营，公司则连续三年给予70户贫困户每户每年1万元的经营分红；另外，公司负责农产品销售，提供技能培训、劳动岗位，贫困群众每人每年可增加打工收入2万元左右，当其掌握生产技能后还可承包大棚。

俯瞰宁夏银川市永宁县闽宁镇原隆村　■ 新华社记者　王鹏/摄

原隆村村民万军红2014

年开始在青岛昌盛蘑菇种植光伏大棚里打工，2016年9月，已掌握香菇种植技术的万军红直接将一个大棚承包下来自己种。“根据近几个月的种植情况看，今年预计收入4万元不成问题。”万军红说。（此稿刊登于《瞭望》新闻周刊）

精准路径拔“穷根”
——宁夏脱贫攻坚核心区见闻

新华社记者　陈晓虎　邹欣媛

干部包户帮扶，施工队整修村道，电商扫码“土蜂蜜”，忙碌景象随处入眼。不唱“独角戏”，实现“整体推”；少了“等靠要”，多了“我要富”。宁夏西海固贫困村的喜人变化，让当地精准扶贫奔小康进一步提速。

“多渠道进水”　主动帮扶出新招

西海固地区是革命老区、贫困山区和少数民族聚居区，是国家确定的14个集中连片特困地区之一，是宁夏脱贫攻坚的主战场和核心区，包括固原市原州区、西吉县、隆德县、泾源县、彭阳县，中卫市海原县，以及吴忠市同心县、盐池县、红寺堡区，人口206.3万，占宁夏人口近三分之一，其中建档立卡贫困人口占宁夏38.8万建档立卡贫困人口的81.7%。

三月初春，空气清新，红色瓦房格外醒目，水泥小道入户，孩子们在修葺一新的村广场上玩耍嬉闹。隆德县联财镇赵楼村74岁老支书赵效杰告诉记者，现在的村貌，跟上世纪90年代末，村里全是土坯房、人畜吃水都困难的情形相比，真是想也不敢想。

随着近两年中央精准扶贫政策的实施，日前赵楼村有了3家农业合作社，自来水入户，互联网进村，好事接踵而来。“原来忙活一年也难有活钱，现在人均收入达7000多元。”赵效杰说。

缘何赵楼村有此巨变？自治区党委常委、固原市委书记纪峥说，我们在实施精准扶贫政策时，一改过去“撒胡椒面”的做法，将各种扶贫项目与资金打包投放，尝试“多个渠道进水、一个池子蓄水”，组合出拳，精准发力。

“打包8个部门的1700多万元资金，统一由乡镇负责投入到赵楼村。”联财镇党委副书记袁亚亚清晰地算起账来，扶贫办500多万，城建局90万，文化局300万，水利局100万，村民院墙砌护等500万……

自治区扶贫办主任梁积裕告诉记者，西海固正努力将扶贫开发、金融支持、产业发展、教育文化、社会保障和城乡一体化政策等捆绑聚焦贫困乡村，仅固原市2016年村均投入达1000万元以上，实现整村推进与区域发展互促互进。

“好政策要用好，贫困群众才有实实在在的获得感。”固原市扶贫办主任陈宇青说。市、县、乡、村以及各部门形成“扶贫智囊团”，一批中青年党员干部也驻扎在贫困村帮助人们脱贫致富。

记者走进海原县西安镇园河村，驻村第一书记、大学生村官、镇专职扶贫干部和村两委，正聚在一起讨论新一年的脱贫规划。

“以前脑子没想法，即使有点想法还没干就打退堂鼓了。”村支书何文海说。现在村里来了“扶贫智囊团”，还有了“村支部＋合作社＋基地＋农户”的发展模式，10名党组织带头人和16名致富带头人冲在前面，带领贫困户订单种植小茴香、加入种养合作社，村里奔小康的劲头越来越足了。

修“产业内力” 授之以渔强带动

冷凉蔬菜、土蜂养殖、乡村旅游、苦水枸杞、油用牡丹……多元富民产业正在西海固铺开，让人眼前一亮。

在西吉县向丰家庭农场，高6米的现代化牛棚，养殖着千余头安格斯牛，牛粪通过装置加工成有机肥，既自用又外售，附近贫困户还能托管代养母牛。

盐池县惠安堡大坝村贫困户张德礼自身残疾，妻子常年患病。在精准帮扶下，他放弃种玉米试种黄花菜：“种玉米1亩纯收入只落一二百元，3年以上的黄花1亩能挣四五千元。”

要让迈出第一步的贫困户不退步、不走偏，少不了引导和保护。盐池县委书记滑志敏说，黄花种植前3年收益少，全县按比例分三年给建档立卡贫困户每亩900元补贴；还鼓励他们前两年套种黑豆、黄豆，补贴滴灌改造，保产节水；去年更是推出黄花种植保险，只需每亩出资12元，就能减少因灾造成的损失。

在海原县关桥乡，沿路两侧甜瓜、硒砂瓜棚并行。这个覆盖周边2.5万亩的瓜产业，让贫困户在家门口端起了“铁饭碗”。“因为产业对路、品牌效应，我们不愁卖，一个棚能赚3000多元。”贫困户贺连明现有8个瓜棚，靠卖瓜就能养活全家。

少了“等靠要” 奋力奔小康

“两场酒、一场麻将、一身新衣，扶贫款就花光了！白给的不心疼，今年花明年有！”盐池县曾记畔村村支书朱玉国对过去一些老百姓“等靠要”的心态记忆犹新。“扶贫的下蛋鸡吃肉了”“帮扶的羊给卖了”一度成为西海固地区越帮越穷的真实写照。

现在“干了才帮，不干不给”，精准扶贫政策让政府的一头热变成群众想要富。同心县委书记马洪海说，比如在一些适合养羊的乡镇，我们要求有养殖意愿的贫困户建好羊圈、羊补栏，干部验收后，才分次发放扶贫款补贴，目的就是引导群众，“扶贫不扶懒，扶贫要扶志。”

“政府把我们从窑山深处扶贫移民搬迁到县城附近的惠安村，乡亲们现在比着发展，发展慢了会觉得脸上无光。”同心县60岁的马全华除了养牛，还坚持就近打工。记者看到，他家宽敞的客厅带着淋浴间，厨房和餐厅分区，整体橱柜、电器齐备，与城里人的生活并无两样。

一些扶贫干部告诉记者，现在贫困户总是找他们要干这干那，他们生怕自己学习不够，每天都在研究扶贫政策，想方设法找脱贫路子。

在贫困村采访时，有些贫困户对精准扶贫的好政策扳着指头数，比如危房改造每户补贴2.2万元，苗木种植每亩补贴300元，新建牛棚每平方米补贴80元等；有些领着记者看存栏的牛羊，育好的苗木，政府补贴新建的房子；有些还希望记者给他们的“土蜂蜜”、冷凉蔬菜、高原土豆等绿色农业多做宣传。

精准扶贫的“造血”功能，让西海固“等靠要”的少了。脱贫，脱掉的不仅仅是贫困户物质方面的匮乏，更为重要的是激发了他们奔小康、有想法的精神之变。（此稿被《新华每日电讯》、人民网等27家媒体采用）

勠力攻坚 同心脱贫

——宁夏同心县“多彩产业”扶贫观察

新华社记者 陈晓虎 侯雪静 邹欣媛

“同心”，一个富有力量的名字，在宁夏回族自治区，却是“干旱、贫瘠、落后”的代名词。同心县是国家级贫困县，伴着中央脱贫攻坚的号角声，同心县勠力同心，调结构，补短板，找准了“旱塬披绿、产业多彩、农民增收”路子，共奔小康指日可待。

植“绿”结“红”，旱塬也能长出GDP

80多公里盘山公路，从沟到坡，杨树、灌木、青草层层叠叠，绿色连绵。记者近日驱车从同心县城驶向张家塬乡，不禁感叹：生态立县，同心绿了！

实际上，同心县年降水量不足200毫米，过去，沟壑纵横间，黄土大多裸露，俨然“火星地貌”，不适宜生存。至今，同心还有35个贫困村，近2万贫困人口。

一片绿荫就是脱贫的希望。李新财正在自家的67亩文冠果林里除草。在张家塬村，文冠果树被称为“抗旱神树”，果实可做健康食品，一斤能卖40元左右。

老李给记者算账：旱塬上的山地是靠天吃饭，雨水好，一亩小麦收个百十斤，除去种子、化肥开销，到手只剩二三十元，遇干旱，连种子费都收不回。而一棵文冠果树就算结一斤果，往低估一斤卖20元，一亩74棵，3年盛果期后，一年能挣1400元以上。

种树收入好，旱塬自然变林海。同心县林业局局长马吉芳说，赶上国家新一轮退耕还林政策，老百姓种一亩文冠果3年可享受1500元补贴。全县文冠果到2020年要达到60万亩，那将是地绿、雨多、民富的新景象。

继续南行至大山深处的白阳洼村，记者眼前突现一湾碧水，原来是即将建成的马高庄水库。不远处，今年初春刚刚采取滴灌技术种植的300亩枸杞已有1米多高，不少挂了红红的小果。

据了解，再过3年，全县20万亩枸杞进入盛果期，一亩枸杞老百姓纯收入5000多元，年增收10亿多元。

同心县委书记马洪海说，近年来，同心县走出“越穷越垦，越垦越旱”的生态恶圈，强力推进有机枸杞、酿酒葡萄、文冠果等绿色产业，脱贫攻坚逐渐驶入绿色通道。

增“黑”补“黄”，养殖走上产业化

同心县长丁炜告诉记者，进入脱贫攻坚期，从政府、企业、农村合作社，到各级干部、老百姓，都在探索精准脱贫的新方式。

养黑毛驴，市场前景好、销路不用愁。经过调研，同心县将这一养殖产业培育起来。去年5月，同心县与东阿阿胶股份有限公司达成合作，在下马关镇建设万头黑毛驴繁育基地，到今年底存栏量将达1万头。

投资方宁夏德泽农业产业投资开发有限公司常务副总经理牟元平说，下马关镇480户建档立卡户

在政府、企业担保下，通过合作社户均贷款5万元投入黑毛驴繁育基地，每年年底户均分红4000元。

同心县一直有养黄牛的传统。在韦州镇，辐射6个村带动462户贫困户脱贫的荣振肉牛养殖联合合作社，今年在打造品牌牛肉上迈出一步，“同心富硒”牛肉品牌在北上广市场很认可。

黄牛也成了河西镇旱天岭村脱贫的一大后劲。3年时间，全村牛存栏量从6头增长到1000多头，村支书丁建华盘算着推进“全村富民新计划”：“脱贫不怕苦，牛要养到3000头。”

添“蓝”点“白”，扶贫车间人气旺

如今，俯瞰同心县城和一些乡镇，在产业扶贫引领下，以蓝色为主调的产业园区厂房一片片；走进企业生产车间，以白色为主调的机器一排排。

一些建筑工人正在下马关镇搭建“扶贫车间”。走进一栋已经建好的7000多平方米的厂房，多条流水线有序运转，几十名女工熟练地缝纫衣服。

得知“扶贫车间”招工，40岁的苏桂梅从田园村赶来报名。宁夏亿金民族服饰有限公司车间负责人吴东询问登记后，决定先让她上流水线试试。

从踩踏板到换针，第一次用电动缝纫机的苏桂梅，小心地跟着技师边学边练。她告诉记者，“以前在青海、内蒙古干粗活，一年到头回不了家。现在下班回家就能给娃娃做饭吃。”

借助政策红利，吸引一些企业把“扶贫车间”建在镇上，贫困户在家门口成了产业工人，这是同心县近两年推行的一种新型劳务脱贫方式。“我们招2000多人，已报名600多人，一半是建档立卡户，每人一月至少能挣3000元。”吴东说。

一些企业则集中在县城产业园区，共助脱贫。“这是一个低成本园区，政府打包各种优惠政策，一方面孵化企业扩大规模，另一方面以企业带动贫困户就地打工脱贫。”同心县同德慈善产业园区副主任马俊杰说，企业进驻前3年免费使用厂房，每招收一名建档立卡户，政府补贴1500元。

为了让企业稳定用工、员工安心打工，同心县在园区建设了1400套保障性住房。2016年，489户建档立卡户每户花2万多元就入住园区，在企业连续干5年以上便可办理房屋产权。

24岁的马小兵是大兵民族毛毡制品有限公司的负责人，他利用园区羊绒企业的“边角料”规模化生产毛毡，去年产值达到1亿元。他说：“有30多名建档立卡户在厂子当工人，一年下来，他们脱贫不成问题。”（此稿被《新华每日电讯》、人民网等48家媒体采用）

西海固众创脱贫“快车道”

新华社记者　陈晓虎　邹欣媛　许晋豫

宁夏西海固地区，是中国工农红军伟大长征胜利的会师地和陕北革命根据地的核心地区，也是革命老区、贫困山区和少数民族聚居区，是国家确定的14个集中连片特困地区之一，人口200多万，约占宁夏回族自治区人口三分之一。

7月18日，在西海固核心区——固原市泾源县大湾乡杨岭村，习近平总书记视察当地脱贫工作时指出，“要因地制宜，把培育产业作为推动脱贫攻坚的根本出路。”

日前，《瞭望》新闻周刊记者在西海固地区追踪蹲点调研发现，多年来，当地党委、政府以产业扶贫为核心，通过多次“回头看”，摸清贫困户的底子，因地制宜选择产业，精准施策发展产业，激发贫困群众发展动力，为2020年如期脱贫打下坚

实基础。

精准摸底才能因地制宜

摸清贫困户的底子，锁定真正的贫困户是实施精准扶贫的基础。《瞭望》新闻周刊记者了解到，固原市通过市、县、乡、村四级逐村逐户检查，全面摸清扶贫对象底数。吴忠市盐池县更是先后开展4次“回头看”，严把核查关，做到应扶尽扶。

本刊记者现场看到，西海固贫困户家的外墙上都贴有一张“信息卡”，虽然名称不尽相同，但这张卡片包含户主身份信息、致贫原因、产业扶持等各类信息，贫困户的“底子”一览无余。

摸清贫困户底子解决了“扶”谁的问题，而如何“扶”则需摸清当地产业的底子。固原市委副书记王刚告诉本刊记者，“发展产业一定要坚持因地制宜、因户施策，根据各地资源禀赋及贫困户经营能力和脱贫需求，大力发展多元富民产业。”目前，固原市结合自身优势，着力发展草畜产业、林下经济和全域旅游，各县区还结合实际发展特色产业。

在西海固20多天的调研中，一批新兴产业让本刊记者眼前一亮：如彭阳县和泾源县的蜂产业、同心县的苦水枸杞和油用牡丹产业、原州区的冷凉蔬菜、西吉县的乡村旅游、海原县的硒砂瓜产业等。

由于生态好转，彭阳县大小山丘草木葱翠，花草遍野。彭阳县孟塬乡小石沟村公路旁，合抱粗的杨树上一块用红漆写着“土蜂蜜”的黑板十分惹眼。陈泽恩去年大学毕业后返乡发展蜂产业，仅去年的100多箱蜜蜂就为他带来了十几万元收入。他自信地说：“我用‘互联网+’把‘土蜂蜜’卖到了全国各地。”

同心县的12万亩枸杞成为当地群众的增收新渠道，当地的有机枸杞更是直销海外，吴忠市委常委、同心县委书记马洪海向本刊记者介绍说：“产业是农民稳定脱贫的造血干细胞，采摘高峰期，同心每天的枸杞采摘工就有1.5万人，每天可为当地农民带来150万元的收入。”

精准施策需要模式创新

《瞭望》新闻周刊记者调研发现，西海固创造性地根据县、乡、村特点精准施策，以万众创新的精气神，通过金融扶贫、龙头企业带动、“双带工程”、合作社经营模式等路径扎实推动产业脱贫模式创新。

金融扶贫的“盐池模式”。为解决贫困户发展产业的资金难题，去年以来，盐池县针对建档立卡贫困户在全区率先建立评级授信系统，根据贷款授信级别确定贷款额度，还配套推出信贷产品“富农卡”。盐池县副县长吴科为本刊记者介绍说，盐池县2016年还通过放宽农民贷款年龄、重新甄别非恶意“黑名单”、建立多家金融机构共享的征信体系等措施，进一步解决贫困户发展产业的资金难题。

龙头企业带动的“华润模式”。央企华润集团作为海原县的定点帮扶企业，为农户提供每头西门塔尔基础母牛6000元的3年无息借款。并与农户签订协议，高于市场价回购赊销品种母牛所生的全部公牛犊，解决了销路问题。在“华润模式”下，海原县西安镇园河村村民胡生权今年只掏了3700元就购回一头近万元的基础母牛，“我因风湿性关节炎无法外出打工，养牛是一条好出路，等扶贫贷款下来打算多养几头，不怕脱不了贫。”

内部帮扶的“双带工程”。固原市创造性地提出“双带工程”，即在贫困村培养基层党组织带头人和致富带头人。马万武是原州区头营镇石羊村致富带头人，他成立的肉牛养殖合作社有效地带动了本村贫困户。马万武说：“两个月前，我将自家的牛便宜赊给贫困户马德孝，马德孝是文盲，没养过牛，我把饲养方法写在纸上交给他女儿。之后更是隔三岔五就去看，手把手地教，现在他牛养得很好。”

抵御市场风险的“公司（合作社）模式”。近年来，西海固涌现出滩羊合作社、肉牛合作社、农业公司等一批经营主体，抱团取暖，合作共赢。西吉县黑珍珠农牧业综合开发有限公司在充分考察市场需求的基础上，去年向1500多户贫困家庭发放12万只鸡苗，企业将鸡和鸡蛋回收、屠宰、包装后销往“北上广”，实现企业与贫困户双赢。西吉县县长武维东说，“产销对接是贫困人口脱贫的一大短板，西吉县将致富能人、合作社和贫困户结成利益共同体，搭建脱贫产业链，有效抵御了市场风险。”

精准技能培训“拔穷根”

“西海固坚持扶贫先扶智，依托职业院校，以技能型培训为主，将有劳动能力、有转移就业意愿的贫困户，全部纳入职业技能培训和实用技术培训，帮助他们掌握实用技术、增强致富本领。”

固原市教育局局长虎玉赟告诉《瞭望》新闻周刊记者，为阻隔贫困代际传递，固原市将初中毕业未被高中录取、高中毕业未被大学录取的“两后生”全部纳入职业教育和技能培训。并对贫困户学生实行“订单式”全程培养，优先推荐安排就业直至获得稳定收入，增强贫困家庭的就业创业能力。

西吉县硝河乡红泉村贫困户苏克忠缺资金、缺技术，以前虽养牛，但只是一两头。今年苏克忠贷了5万元扶贫贷款，还参加了种养殖业技术培训，养殖规模扩大到7头，“政府给贫困户贷款不要利息、不要抵押，还给我们免费培训，政策这么好，我们再不动弹脱穷致富，不就成死人了吗？”

激发内生动力，还需要向贫困群众“施压”。盐池县委书记滑志敏向本刊记者介绍说：“政府要由包办代替向引领带动转变。现在政府给贫困户提供贴息贷款，但贴息也不能贴干净，得让他们承担一定的责任，激发内生动力。”

本刊记者了解到，西海固贫困户如果不发展产业则无法贷款，贫困户必须把牛棚羊圈建起来后才能协调贷款补栏，通过验收才可获得项目资金，银行贷款一旦拖欠不还会被列入黑名单。这就倒逼贫困群众为收回成本、偿还贷款而努力发展产业，激发内生动力。

彭阳县草庙乡新洼村村支书焦世有对此感触颇深，“过去的扶贫都是救急式的，国家给点啥，老百姓拿点啥，每年扶一茬，每年送一点。速度是快，但效果不好。现在的扶贫到村、到户、到人，村干部要盯着贫困户发展产业，帮他们贷款，督促他们按时还款，最终把人的精气神扶起来。”（此稿刊登于《瞭望》新闻周刊）

金融扶贫：如何让银行敢贷，农民能还

新华社记者　马俊　张亮　许晋豫

近年来，宁夏吴忠市盐池县在“信用+产业+金融”的基础上，不断融合行政、金融和市场资源，形成产业支撑、信用评级、财政引导、担保跟进、保险护航的普惠金融新探索。

评级授信培养诚信农民

“我今年64岁，儿子有病不能干活了，我得继续干下去，不能让这个家一穷到底。”盐池县冯记沟乡平台村贫困户薛虎说。他的特长是养殖滩羊，但是由于缺资金，他家的羊群一直不到20只，只能养家糊口。

2014年，薛虎被纳入建档立卡贫困户。针对薛虎这样有劳动能力、发展意愿的“超龄”贫困户，盐池县大力实施普惠金融创新，开展评级授信“D级模式”，将60岁～70岁的贫困户纳入评级授信范畴，给予2万元以下的贷款额度。贷款年息4.35%，由县财政承担。

靠着农村信用社的2万元贷款，薛虎专心养殖滩羊，羊群很快从20只扩大到70只，年纯收入超过1.7万元，去年成功“摘帽”。

让薛虎受益的“D级模式”是盐池县评级授信系统的一部分。2015年以来，对建档立卡贫困户，盐池县组成了由政府牵头，扶贫部门、乡镇、村和金融机构共同参与的授信小组，按照精神文明、信用情况、家庭资产等，以诚信度为主要指标，将贫困农户评为四个贷款授信级别。该评级被各金融机构共同认可，等级越高，授信额度就越高。

目前，盐池县已完成对2.32万农户的信用评定，11228户建档立卡贫困户全部完成评级授信，8600户建档立卡贫困户贷款余额5.4亿元，户均6.6万元，目前贷款无一笔逾期不还。

这样的成就，是多年诚信意识培育的结果。“盐池县从2006年开始实施互助资金试点项目，10年间互助资金培养了一批信用农民。”盐池县委书记滑志敏说，这也是盐池县建立评级授信系统的底气所在。

打好基础培育壮大产业

盐池县是“滩羊之乡”。滩羊产业作为当地的特色优势产业，饲养量达300万只，对农民收入的贡献率超过70%。针对近年来滩羊价格低迷，去年盐池县投入大量资金打造滩羊品牌，通过制定标准、建立质量追溯体系，走高端路线，盐池滩羊被端上了G20峰会餐桌。在品牌带动下，去年盐池滩羊60%以上外销，单价达每公斤90元。

筑牢产业基础，金融才能最大限度发挥作用。2016年盐池县王乐井乡曾记畔村649户村民共贷款4827.5万元，其中2000多万元贷款用于发展滩羊产业。“2010年以前我们村滩羊存栏量只有4000只，现在已达1.3万只。”曾记畔村村支部书记朱玉国说。这样的成绩不是天上掉下来的，是金融扶持的结果。

在产业的带动下，2016年盐池县农村居民人均可支配收入达8532元，同比增长11.2%，增长速度居全区首位，滩羊等特色产业增收超过3000元，减贫4234户12618人。

“有壮大的产业，农民才能脱贫，银行才能获利，不然银行就没有积极性。”盐池县副县长吴科说。银行重点支持农户发展滩羊、甘草、黄花菜等产业，盐池基本形成了以金融创新带动产业发展、以产业发展带动农民增收的良性循环。

开发新险种撑起脱贫“保护伞”

针对滩羊肉价格波动大、因灾因病致贫返贫比重大、贫困群众可持续发展能力不强等问题，2016年盐池县筹资2200万元为贫困户“量身定做”人身健康保、农业风险保、养殖基础保等12个种类的扶贫保险，采取“个人参保+政府补贴+商业保险”方式，推行“2+X”菜单式扶贫模式，建立起政府、银行、保险三方合作机制，实现了建档立卡贫困户扶贫保全覆盖，为银行放贷、农民发展撑起“保护伞”。

2014年，曾记畔村村民鲁永胜被纳入建档立卡贫困户，随后他以基准利率贷款5万元发展滩羊养殖，养殖基础保让他吃上了定心丸。“去年上半年滩羊价格较低，保险公司按每斤20元的价格补齐差价，把800多元直接打到我的银行卡。”鲁永胜说，“下半年羊肉价格上涨我卖了80只滩羊，一下就脱贫了。”

为消除银行的后顾之忧，除出资5000万元成立担保公司，盐池县还推出金融信贷保，破解因意外伤害事故致残导致还款难的问题。

2015年12月，盐池县杨某因意外去世。杨某生前在盐池县信用联社办理贷款业务时购买了7000元的金融信贷险，投保金额为280万元。中国人寿宁夏分公司调查后，直接将280万元作为杨某贷款本金还款交付给盐池县信用联社。这也是宁夏单笔金额最大的个人人身保险理赔。

中国人寿盐池支公司总经理赵建成说：“金融信贷保起了兜底作用，既能防止农户因意外返贫，也能让银行安心放贷，农户和银行都踏实。”

普惠金融须在实践中不断升级

在发展的过程中，农户多头贷款、重农户轻企业等不良苗头也开始显现，亟待引起重视。

业内人士建议，首先，政府的角色定位应从主导转向引导。一些受访基层干部认为，发展普惠金融前期需政府介入，扫清一系列障碍，但是随着进一步发展，政府要逐步退出，降低各项补贴力度，由金融机构来主导，让农民自我发展。

其次，金融机构要通力合作，避免多头贷引发金融风险。人民银行盐池支行副行长刘廷君、工商银行盐池支行行长王金红等人认为，银行多头授信、农户过度贷款会导致短期“虚胖”，最后影响脱贫致富；可尝试将乡镇、村按片区划分给各银行，或探索不同银行授信额度逐步递减的方式，避免农户多头贷。

再次，不能只顾农户不顾农业企业，影响产业链做大。盐池县农牧局副局长马良宝等人认为，大户、合作社、龙头企业是农业产业发展的重要环节，银行应有针对性地创新信贷产品，更多向中小企业发力。

最后，应建立风险共担机制，由政府和保险公司共同承担赔付风险。（此稿刊登于《半月谈》）

年关时节的扶贫牵挂

新华社记者　陈晓虎　靳赫　杨稳玺

“昨天在银川开会时，我帮扶的一个建档立卡贫困户打来电话，说家里一头待产母猪死了，赶紧去看看。”宁夏盐池县的清晨寒风凛冽，前来采访的记者见到县委宣传部干部卢星明时，他正火急火燎地赶往王乐井乡边记洼村。

一头母猪病死为何让干部这么焦急？带着疑惑，记者跟随卢星明来到边记洼村村部。“这家贫困户户主叫孙忠姚，妻子先天残疾，孩子才11岁，养猪是家里主要收入来源，再过几天母猪就要下崽了，结果出了这事。”边记洼村村委会主任郭政张给记者算了一笔账，一头母猪一次大约能下10头猪崽，一头能卖500元左右，加上母猪本身，这家损失将近万元。

年关将近，干部们担心孙忠姚家因为这事过不好年，也怕他们家正常脱贫致富的步调被打乱。除了卢星明、郭政张，挂职村支部书记的乡干部牛娜和驻村第一书记、吴忠市粮食局干部郭存正等人也往孙忠姚家跑了好几趟，帮着出主意、想办法。

记者随扶贫干部来到孙忠姚家，两口子心情有些低落，自始至终话不多，干部们劝慰一番后，避开夫妇俩商量起来。

“我们已经找了乡上，看能不能给补一点钱，村里也在想办法，我自己也准备掏点儿，让他家尽可能减少损失。”卢星明想了想又说，“我自己掏的钱最好以村上的名义给，不能让他们对帮扶干部形成依赖心理。”

由于担心病死猪肉流入市场，扶贫干部看到孙忠姚把病死母猪埋掉后才离开。郭政张说，“我们希望孙忠姚家少一些损失，但要防止有人把病死猪偷偷卖掉，这种违法的事决不能让干。”

临走前，干部们几次叮嘱孙忠姚夫妇要振作起来，继续搞好养殖。“没想到，为这事家里来了这么多干部。我们会把羊、猪、鸡都养好的，一定能渡过难关的。”孙忠姚的妻子孙荣花告诉记者。

回去的路上，卢星明反思说：“要是他们家买了能繁母猪保险，就能挽回不少损失。之前我们叮嘱过孙忠姚好几次买保险的事，他嘴上答应了，可为了省几十块钱没买。这对我们来说也是一个教训。

这次我准备在扶贫政策范围内，先悄悄帮他家的猪买上保险，等他们尝到了甜头，就会有这种市场意识了。”

采访结束时，当地干部告诉记者，自从边记洼村实施脱贫攻坚以来，贫困户的心态发生了不小变化，“等靠要”的人越来越少。

“孙荣花有一次跟我说，我们要肯干才能过上好日子，再不能光伸手向政府要了。我听了很感动，扶贫不扶志，扶贫的目的就难以达到，即使一时脱贫，也可能会再度返贫。”卢星明说，“贫困户这种主动脱贫的愿望，正是农村扶贫工作中难得的精神力量，我们要精心呵护和培养。”（此稿被《新华每日电讯》、中国经济网等 20 多家媒体采用）

脱贫户杨春青的行李箱为何布满灰尘

新华社记者　陈晓虎　杨稳玺　靳赫

虽然单身，53 岁的农民杨春青却不邋遢，院子整洁，屋内干净，暖意浓浓。记者走进一间堆满粮食的储物室，一个破旧的行李箱布满灰尘，格外碍眼。他有点不好意思地说：“快两年没用了，舍不得扔，毕竟陪我走南闯北 10 多年。”

因婚姻变故，自 2002 年起，杨春青就离开了家乡——宁夏吴忠市盐池县惠安堡镇老盐池村，带着儿子四处漂泊、打工为生，偶尔回来看看，2008 年土坯老屋因新村规划被拆除后，他们就很少回来过。

“打工时租住在哪儿，就和儿子在哪儿过年。出门在外，没啥值钱东西，几件衣服行李箱一拉就走了。”杨春青告诉记者，过去行李箱就是自己和儿子的家。

回忆过去，他颇为感慨：“和儿子挤在不到 20 平方米的平房里，过年时想做点好吃的都不行。”

转机发生在 2016 年，杨春青被村里评议为建档立卡贫困户。“穷帽子”激发了他深埋心中的斗志，扶贫干部的帮扶让他对脱贫致富充满希望。他说：“苦点累点不觉得什么，我一定要争气，不能再辜负政府和各级干部的帮助了。”

给儿子报名学习汽车驾驶，在政府帮助下建起新的家院，从农村信用社和村互助基金贷款搞起养殖……杨春青铆足了劲，却“吓坏了”对口帮扶干部——老盐池村驻村第一书记、宁夏疾控中心办公室主任李海军。

“2017 年初，老杨给我说自己在家要养多少多少只鸡、多少多少只羊等等，规划比较大，把我吓一跳，因为考虑他没有规模养殖的经验，在家畜病害疫情防治上更是一片空白，劝他先小规模养殖，积累经验，稳步扩大。”李海军告诉记者。

李海军说，帮扶干部对老杨的“好高骛远”完全理解，他和儿子四处漂泊、打工为生 10 多年，现在年龄大了，也想有个稳定的家，可以说只要有一缕脱穷的阳光，他就有致富的动力。在发展扶贫产业上虽然有些着急，但这种精气神很好，我们给他提供了精准指导。

功夫不负有心人。现在杨春青家里发生了翻天覆地的变化：住进了新房，购置了家电，安装了地暖，养殖业兴旺，摘掉了“穷帽子”。

“再过几天就要筹备年货了，割些牛羊肉，买些好酒、饮料，再买两身新衣服，今年要和儿子在家里好好过个年。”杨春青补充说，“这不是铺张浪费，只是想弥补一下过去年味的不足。”站在一旁的村支部书记尤生贵调侃他说：“怕是筑巢引凤吧！是不是相中老伴了？人家过年要来吧？”

谈及此事，杨春青起初有些支支吾吾，但随即开玩笑说：“现在日子好过了，要是合适，今年给我和儿子一人娶个媳妇。”

“老杨，赶紧把那破行李箱扔了，要不新媳妇来了嫌弃呢！”面对村干部的“建议”，杨春青笑着说：“不能扔，留着是个念想。经常忆苦思穷，才知好日子来之不易。”（此稿被《新华每日电讯》《宁夏日报》等40多家媒体采用）

宁夏：“甜水”进香山　旱塬变田园

新华社记者　陈晓虎　靳赫

多年来，香山虽然干旱，“靠天吃饭”，但当地农民有种西瓜的习惯。说起2018年的收成，瓜农王宗儒想都不敢想，200亩瓜地浇上了黄河水，西瓜丰收，净赚几十万元。

中卫市沙坡头区香山乡、兴仁镇位于宁夏中部干旱带核心区，年均降水量不足200毫米，蒸发量却达2000毫米以上。据沙坡头区政府介绍，“十年九旱”让这里的农民生活困难，香山、兴仁两乡镇17个行政村中，有9个贫困村，其中5个是深度贫困村，4.1万常住人口中，建档立卡贫困户便有近1万人。

为了“吃饭不靠天”，当地一些农民曾尝试打井浇地，但地下水又苦又咸，几年下来，土壤盐碱化，收成一年不如一年。“一家收入全靠地里的瓜，旱急了，苦水也得浇。”王宗儒说。由于缺水，西瓜个头小、品质差、产量低，卖不上好价。几年前他心灰意冷，和村里不少农民的想法一样，准备舍弃瓜田，搬到城里另谋生计。

然而，2013年，宁夏中部干旱带西线供水工程香山、兴仁片区工程正式开工，按照工程设计，将黄河水通过三级扬水，抬高600多米，再经供水管道、节水灌溉设施送到田间地头，灌溉范围覆盖香山和兴仁两个乡镇近40万亩耕地。

十月深秋的一天，记者驱车从香山乡峡门村的山路向上行驶，沿途可见两三人才能合抱的供水管道从大山深处延伸而下。几次转弯后，车停在一处山口，抬头眺望，焦黄色的群山之间，一汪绿水格外醒目。这是工程主体部分之一的峡门水库，总库容达980万立方米，黄河水先被送到此处，再源源不断地流向下游。

据了解，目前片区供水工程项目主体部分已完成建设并投入运营，自2016年开始局部供水以来，黄河水陆续浸润当地6万余亩耕地，随着后续供水管线逐步建设完善，项目区将在几年内实现水利工程全覆盖。

“浇上黄河甜水，西瓜长势完全不一样了。你如果夏天来香山，绿油油的瓜田一片连着一片，一眼望不到头。过去每亩地只能产半吨瓜，现在能产两三吨，最小的瓜都有十七八斤重，单价提高了一倍还多。”峡门村瓜农何玉宝说。

除了让农民直接增收，供水工程还大大拓宽了当地产业发展空间，为乡村振兴提供坚实基础。“如果未来几年快速推进高效节水灌溉管网配套项目，政府规划打造的20万亩硒砂瓜种植基地、10万亩枸杞和10万亩沙棘种植基地便可顺利发展起来，近4万名农民可从中受益。”工程承建方宁夏峡门集团公司负责人孙兆献说。

这项规划并非纸上谈兵。香山乡种植试验基地里整齐地铺设着节水滴管设备，500亩沙棘已长到1米多高，郁郁葱葱很是喜人。“这是去年春天引进的俄罗斯大果沙棘，当时苗子只有十几厘米长、一根香那么粗，如今的长势和成活率远超我们期望，明年便可推广种植。”孙兆献说。这种大果沙棘的生态、经济效益十分显著，盛果期每亩纯收益预计可达4000元左右，具备发展成当地新产业的潜力。

宁夏水利厅规划计划处处长王景山说，宁夏中部干旱带西线供水工程的实施，打破了制约当地经济社会发展的主要瓶颈，不但为当地贫困群众生活、生产提供水源条件，也在脱贫富民、产业发展、生态改善等方面起到了至关重要的作用。

如今在香山乡，越来越多外出打工的村民选择回乡发展，王宗儒也彻底打消了搬家进城务工的念头，将院子里外翻新了一遍，还给屋子铺了瓷砖、换了新式门窗、配了各种家电。记者看到，他家的院子亮堂、干净且富有生机。不仅如此，他还在家门口建起一排新房，里面配有高低床，是为明年收瓜的季节性工人当宿舍准备的。

“有了黄河水，我们这儿的旱地变成了宝地，未来肯定会有大发展，我们香山的田园风光会越来越美，农村的日子会越来越甜。”王宗儒说。（此稿被《新华每日电讯》等50家媒体采用）

22年扶贫坚守：带来海风和温暖

新华社记者　于瑶

22年来，福建省选派10批161名干部到宁夏贫困地区挂职帮扶，他们在产业对接、经济援助、社会事业等领域贡献力量，还为贫困地区带来先进的发展理念，推动闽宁两省区携手战贫困、共同奔小康。他们“一任接着一任干”，使东西部扶贫协作的“闽宁模式”不断焕发新活力，为全国脱贫攻坚探新路。

使命穿越时空

52岁的前庄村农民王玉娟麻利地把人造花打包入盒，每天计时工作、机动灵活，干起来得心应手，一年能赚1.5万元。

持家、务农、就业三不误，把车间建在村口的“送岗上门”模式，是福建援宁挂职干部樊学双针对固原市隆德县农村妇女无法离家就业想出来的妙招。像这样的人造花扶贫车间，隆德县就有11个。

“其实企业可以办在村上。”隆德县委常委、副县长樊学双说。这家福建企业2013年入驻隆德县工业园，去年通过扶贫车间的形式解决600多人就业。

宁夏固原市隆德县观庄乡前庄村闽宁人造花扶贫车间

■ 新华社记者　王鹏/摄

中卫市海原县县长助理陈阳升在挂职期间也干了件“大事儿”。他提出建设海原县首个闽宁纺织工业园，并一次性引进集布料、刺绣等服装上下游产业链的7家企业，结束当地20多年没有福建企业的历史。

因地制宜探索扶贫开发的路径，多给受援地区培育可持续发展的产业，吸引企业参与扶贫，是每一批福建援宁挂职干部的使命。

“用福建的‘发展性资源’激活宁夏的‘基础

宁夏中卫市海原县县长助理陈阳升（右）在海原县闽宁纺织园与一家企业负责人交谈

■ 新华社记者 王鹏 / 摄

性资源’，把适合在宁夏发展的福建企业引进来，有利于吸纳贫困户就业，增强脱贫的内生动力。”福建省第十批援宁工作队领队、固原市委常委、副市长陆菁说。

22 年来，闽宁协作实现向以发展产业为重点的“造血式”扶贫转变。在福建援宁挂职干部帮助下，重点结对帮扶地区固原市形成以冷凉蔬菜、马铃薯等为主导的特色优势产业和以特色果品、清真牛肉等为主的加工制造业。

众人拾柴火焰高，破解深度贫困需要凝聚各方力量。为此，福建援宁挂职干部发挥人脉资源优势，调动各界力量参与脱贫攻坚。为了深化帮扶，他们还努力使结对帮扶关系向下延伸，如海原县、泾源县、红寺堡区、西吉县已实现乡镇“一对一”结对帮扶全覆盖，永宁县闽宁镇拓展镇、村、组“三级对口扶贫协作新路子”。

携手挑战贫困

一批批挂职干部接力扶贫，使两省区跨越 3000 公里的心手相连从未间断，并成为东西部协作的典范。从 1996 年起，福建有 30 多个县区和宁夏 9 个贫困县区携手发展。一年一度的省级联席会议制度，确保了闽宁协作不间断。

有顶层设计，更要有一批有情怀、有担当的干部去落实。22 年的实践证明，福建援宁挂职干部是助力宁夏脱贫攻坚的一股强大力量。宁夏扶贫办社会扶贫处处长马振江说，这些挂职干部的奉献精神令人钦佩。有的干部来挂职，把老婆带来支教，孩子转学在固原上学；有的干部挂职结束回到福建后，依然心系宁夏，为闽宁协作奔走。

“功成不必在我、功成必定有我”是每个福建挂职干部的情怀。“从县域经济百强县闽侯到国家级贫困县隆德，巨大的反差让我觉得责无旁贷。”樊学双说，“绝不能辜负组织的重托，必须真抓实干做事。”

“能参与脱贫攻坚这一伟大实践，感到非常荣幸，充满使命感。”很多挂职干部对于“闽宁协作”这 4 个字倍加珍惜。如今，福建援宁挂职干部成为一支活跃在西部落后地区的“铁军”，他们的故事像火种一样闪烁在西海固大地。闽宁协作加快了固原市脱贫进程，农民人均可支配收入突破 8500 元，贫困人口减至 9.55 万人。

隆德县委常委、副县长樊学双（中）在宁夏固原市隆德县观庄乡前庄村闽宁人造花扶贫车间与工人交流

■ 新华社记者 王鹏 / 摄

在 2017 年度东西部扶贫协作考核中，宁夏取得西部省份第一、福建取得东部省份第三的好成绩。他们立下愚公移山志，一张蓝图绘到底，用“爱拼才会赢”的福建精神感动着宁夏干部群众，被评为“自治区 60 年感动宁夏人物”脱贫富民典型。

开启协作新篇

脱贫攻坚不脱贫不脱钩，东西协作不发展不脱钩。随着闽宁协作进入新阶段，更加聚焦难点问题，结对帮扶也将在不断创新中完善。

“人才、理念是未来闽宁协作的核心，一定要让贫困群众有脱贫的志气、能力。我们也要转变思路，把工作重点放在如何激发他们的斗志上，从而塑造打赢脱贫攻坚战的内生动力。”陆菁说。

精准脱贫，关键是立足长远、授人以渔。多年来，福建援宁挂职坚持优势互补理念，把福建的技术优势与宁夏的物产优势相结合，把福建的资金优势与宁夏的区位优势相结合，推动闽宁协作向闽宁合作转变。

“营商环境很重要，政策落实、服务效率等都会对福建企业在宁夏的发展及扶贫实效产生影响，所以要把企业培育好。”彭阳县县长助理连一洲说，我们要更加努力奔走，加大落实两省区联席会议上制定的优惠政策力度，使更多福建企业在宁夏贫困地区落地生根。

精准扶贫进入攻坚期，一些福建援宁挂职干部表示，还须接力攻坚，誓拔西海固穷根。要在贫瘠的土地上砥砺品质，提升攻坚克难的能力，更加有大局观和民生情怀，为闽宁协作再创新贡献智慧和力量。（此稿被新华网、人民网等 47 家媒体采用）

宁夏移民：三十载“扶贫接力”　勾勒富民新图景

新华社记者　曹健　邹欣媛

一条条通村的硬化路，一座座漂亮的小庭院，一项项谋生的新本领，一张张脸上的“精气神”……这是宁夏持续三十余载的“扶贫接力”带给西海固移民的获得感。

自 20 世纪 80 年代开始，宁夏各级党委、政府一任接着一任干，始终将移民作为“拔穷根”举措；移民群众转观念，用实干、苦干换得幸福新生活。

迁离贫困迎希望

固原市西吉县半子沟旁，两道山弯曲着伸向远方，300 多户农民祖祖辈辈生活在以沟命名的小山村。2017 年下半年，这个村搬迁至 400 公里外的银川市金凤区。

不少村民像渴望一场透雨一样，渴望着迁离大山。“那里地平，路也平；房子建得好，离城近；附近就有学校，娃娃不用起早赶路上学。”半子沟村民马国权说。他已去新家“考察”了两次，甚至去年就心急地换了银川的手机号。

西海固地区囊括了西吉、同心、海原等宁夏最为贫困的 9 个县区，占宁夏人口近三分之一，建档立卡贫困人口占全区 41.8 万建档立卡贫困人口的 85.6%。

一方水土养活不了一方人。宁夏历届党委、政府立足区情，始终将移民作为“拔穷根”举措持续推进，这也成就了宁夏扶贫的壮举：早在 1983 年，宁夏在全国率先吊庄移民；23 万西海固群众陆续在红寺堡区扎根，开发出我国最大的生态移民区；全区累计移民近百万人。

从西海固到米粮川，贫困群众“狠心”舍弃世居之地，离开山大沟深、干旱少雨的老家，陆续迁移到“城近、路便、有水”的新居，移出了一条条幸福路。

从风吹沙石跑的荒滩到远近闻名的特色小镇，永宁县闽宁镇累计移民超过 6 万人。62 岁的谢兴昌自 20 年前移民到这里，已换房 3 次：从地窨子到土坯房到砖瓦房，再到有小庭院的平房。“在老家是没希望的苦，一场干旱就让辛苦白费，在这儿是有希望的苦，努力会有回报。”他说。

各自忙活“新营生”

近年来，宁夏各地纷纷定方向、给政策、投资金培育移民村的产业。如今，固原市原州区冷凉蔬菜已成规模；银川市月牙湖乡建成奶牛养殖、红树莓种植基地；吴忠市同心县打造枸杞产销链条……

移民的生产生活随之有了新变化。从靠打工到学种菜，从下苦力到拼技能，从老农民到新工人，移民找到了安身立命的方向。

32岁的马环已是原州区头营镇利民村的种棚能手。走进他家，院子里的新商务车后两排却没座椅，这令记者很好奇。马环解释说，卸掉座椅可以拉更多的菜去批发市场，每趟至少多赚200元。

马环的老家是个叫臭水沟村的地方，条件可想而知。6年前移民到新家后，马环仍靠木工赚钱，干半年歇半年。两年后他才尝试种了一季弓棚，去年发展到4个大棚种西红柿，再收点村民的菜去批发，一年收入五六万元。

利民村村支书马彦礼说，村里共有400个大棚，种大棚已成移民的重要收入来源，一个大棚一年一般能收入六七千元，价好时能挣到1万元左右。

在新村挣钱的营生多，生活有了更多可能。吴忠市利通区扁担沟镇同利村21岁回族妇女虎银霞，去年在村干部劝说下试着参加了企业定岗培训。令她没想到的是，免费培训半个月，到工厂实习每月能拿2000多元，现在涨到近4000元。

移出奋发“精气神”

移民不只是让贫困百姓吃饱穿暖，而是让其持续发展。同心县扶贫工作总督导马希丰说，把分散的一家一户集中到移民村，村里有了人气，移民有了目标，氛围也随之改变。

“在山里，大家各过各的，而移民后住得近，大家比着发展。”同心县石狮镇惠安村移民马全华说。如今60岁的他除了养牛，还坚持就近打工。记者看到，他家宽敞的客厅带着淋浴间，厨房和餐厅分区，整体橱柜、电器齐备，与城里人的生活并无两样。

马全华的大儿子马如存2012年移民到了吴忠市利通区五里坡村，开车跑运输，干劲十足。“我3年前首付9万元买了一辆35万元的大货车，每月还贷8000—10000元，到今年8月贷款还完，就等于挣下一辆车。”他说。

随着观念改变，移民也有了不满足于现状、不断追求新目标的“精气神”。原州区利民新村55岁的移民马占荣给自己定下新目标：“党的政策好，自己也要加把劲。今年，盖个大牛棚、学点新技术，把日子过得更好。”（此稿被《新华每日电讯》、人民网等20多家媒体采用）

再访生态移民马国权：搬出大山梦圆否?

新华社记者　曹健　邹欣媛

生态移民工程是宁夏精准扶贫工作的一项主要措施。2017年2月，记者来到山大沟深的宁夏固原市西吉县半子沟村，听村民畅谈自己的心愿。2017年8月，半子沟村整村搬迁到400公里外的银川市金凤区丰登镇润丰村。2019年2月，记者再访移民马国权，其移民前的梦想是否已圆?

记者2017年在这个以沟命名的小山村采访时看到，两道山夹着一条深沟，沿着羊肠山道才能到达有些村民家中。在沟底，泉水从插进土里的一根塑料管里流出，这就是村民赖以生活的水源，村民有的用扁担、水桶挑水，有的开着三轮车拉水。

当时在沟口的家中，马国权向记者讲述了移民后的心愿：到银川新家后，自己每年能多打工几个月，大专毕业在银川工作的二儿子能常回家看看，在上海做房产中介的老幺可以回银川找个工作，孙子方便上幼儿园和小学……

近日，记者在距银川市商圈仅十几公里的移民村再访马国权时，他穿一身整洁的休闲服，一时竟没认出来。

一进马国权家，映入眼帘的是十多盆绿植，四室两厅一卫96平方米的屋子温馨舒适，抽油烟机、太阳能热水器、燃气壁挂炉等一应俱全。“老家没暖气，哪能养花？”马国权说。

在外打工20多年的马国权，在润丰村真正找到家的感觉。他说，以前哪里有活儿就去哪里，春天天气转暖大门一锁就走了，冬天冷了才回来，一走成百上千公里，常年吃住在工地，轻易回不了家。现在就近打工早出晚归，干完活儿就可以回家和家人一起吃饭。

二儿子马俊也认同父亲的话。已毕业4年的他，提起移民搬迁后的生活仍很兴奋：“找活儿再也不用来回折腾，不像以前为了参加招聘会，在银川租房子住了一个月，现在不中意先回家，继续找，不着急。”

最让马国权欣慰的是小儿子的工作。“他现在一年能挣7万多元。”马国权骄傲地说。搬迁前，小儿子参加了政府组织的电焊培训班，有技术傍身后从上海回到银川，在一家钢构厂找到工作，成了家里的“收入冠军”。

自己和儿子的心愿达成，孙子好上学、上好学的愿望也已实现。下午4点多，两个小孙子从幼儿园回到家，绕着屋子跑跑跳跳。“以前大山里哪有幼儿园？”马国权说，“老伴和儿媳妇现在都忙着挣钱，3岁半的小孙子一年前就上幼儿园了。”

移民搬迁后，马国权一家看到了更多改变生活的可能性。“老家那地方，即便挣钱了，除了养牛羊，不知道还能干啥。来这儿后，手头有钱了，想着做生意、租温棚，‘小目标’可以很多。”马国权说。

除了收入好了，担任润丰村红白理事会副会长的马国权也感觉更有成就感了。他告诉记者，移民前村民各自在外打工，就想着挣钱过好自己的日子，现在大家集中住在一起，能做一些服务大家的事情，自己累点心里也高兴。

“移民目前还在适应，我们要铺好就业和产业两条脱贫致富路。”润丰村村支书王施程说。鼓励年轻人务工，同时建设温棚租给移民种，再逐步配套产业，以发展“旅游业+服务业”为长期方向，将来可实现村民在家门口增收。

“靠双手，肯吃苦，一定能过上好日子。”马国权说。现在全家人新年有了新目标，再奋斗两三年，交个首付给二儿子买套房，进城生活。（此稿被《新华每日电讯》《银川日报》等27家媒体采用）

厚植产业根基　巧用金融工具

——宁夏盐池县脱贫纪实

新华社记者　许晋豫

宁夏盐池县位于毛乌素沙地南缘，既是革命老区，又是国家级贫困县。改革开放40年来，从吊庄移民、生态移民，到金融扶贫，盐池县走过了一条艰难的扶贫开发之路，尤其是党的十八大以来，盐池县紧抓政策机遇，厚植产业根基，巧用金融工具，走出了一条“产融保”相结合的金融扶贫新路，成为宁夏首个脱贫摘帽贫困县。

育好产业的“苗”

两周卖出45吨，均价达到每公斤90元，盐池滩羊10月份入驻盒马鲜生之初便“战果”颇丰，预计年底进驻门店数将达80余家。作为地标性农产品，盐池滩羊走向全国的背后是当地政府实施品牌战略、稳定行业发展做出的诸多努力。

盐池县是“滩羊之乡”，滩羊产业为当地农民贡献了50%以上的收入。虽然滩羊品质好，但因产量小、抵御市场风险能力弱，滩羊肉价格曾陷入低迷。为跳出普通市场的“红海”，盐池县决定实施品牌战略。

“产量低决定了盐池滩羊不可能拼量，我们要瞄准中高端市场，不断提升品牌知名度和附加值，最终实现‘盐池滩羊难得一尝’。”盐池县委书记滑志敏说。

以滩羊肉入选G20杭州峰会食材为契机，2016年起，盐池县领导班子趁势到杭州、深圳等十多个城市举办推介会，依托鑫海等一批龙头农企，去年盐池滩羊畅销全国35个大中城市，外销比例由20%提高至30%，品牌价值达68亿元。

产业发展的关键在“稳”。近两年，盐池县通过滩羊协会和滩羊集团，稳住滩羊市场及价格。滩羊从补栏到出栏，全县103个滩羊协会都会登记造册，摸清滩羊底数。去年组建的滩羊集团则着手滩羊收购与销售的统一工作，并发布市场指导价稳定行业整体利益。

“协会登记在册的羊，集团会以高于市场价的指导价收购。这既保证农民增收，也将企业和商户统一起来，避免恶性竞争。”滩羊集团董事长黄玉邦说。

在产业“组合拳”的推动下，盐池滩羊肉售价稳定上涨，目前达到每公斤70元，2018年淡季最低价也达到每公斤50元，高于每公斤34元的养殖成本。

引来资金的“水”

产业的“苗”要长大，还得引来资金的“水”。盐池县从互助社开始，培养农民诚信意识，并通过构建覆盖所有贫困户的评级授信体系，让银行敢放贷、愿放贷。

盐池县2006年开展村级互助资金试点，为社员提供最高1万元的借款。之后的“千村信贷”则将互助社与农村信用社捆绑，互助社推荐的社员，农村信用社最高可给予互助资金10倍的贷款，有力地撬动了发展资金。

经过12年的滚动发展，盐池县互助资金规模达2.27亿元。更重要的是，互助社培养了一批诚信农民。盐池县高沙窝镇长流墩村党支部书记赵红林说，互助社实行五户联保，谁借钱不还，不仅今后难贷款，在村里也抬不起头。诚信就是村民的“脸面”，大家都很珍惜。

有了互助社打下的基础，2015年起，盐池县探索建立贫困户诚信度占比60%、免担保免抵押的评级授信模式，将贫困户评为四个贷款授信级别，贷款额度最低2万元，最高10万元以上，把信用变成“真金白银”。盐池县扶贫办主任范钧说，目前，盐池县建档立卡户贷款规模达8.2亿元，户均贷款8.8万元，实现了“应贷尽贷”。

资金“活水”持续注入，产业对脱贫带动作用进一步凸显，截至2018年底，盐池县共减贫3.2万余人，贫困户人均可支配收入8145元，贫困率降至0.66%。盐池县麻黄山乡贺背湾村贫困户宋国善2017年贷款8万元将养羊规模扩大到200多只，当年就脱了贫。他说：“前两年羊肉价格低时赔得人不敢养，现在养羊效益好，我们不仅要脱贫还要致富呢！”

织密保险的“网”

贫困地区底子薄，产业抗风险能力弱，而“扶贫保”则为贫困群众织起一张防范因意外、因灾、因病致贫返贫的“安全网”。2016年起，盐池县通过家庭成员意外伤害险、大病补充医疗险“保人”，特色农业险“保产业”，借款人意外伤害险“保贷款”，让贫困户发展产业、银行放贷更有底气。

“风险是均等的，不分贫与富”。盐池县探索“扶贫保”由特惠向普惠转变，目前实现了大病补充医疗险、家庭成员意外伤害险农村人口全覆盖，贫困户保费由扶贫资金兜底，普通户则需自付部分费用。

同时，政府不能永远为“扶贫保”买单。为转变群众观念，盐池县还逐渐提高特色农业险贫困户自付比例，目前，除了在保额上略有不同外，贫困户和普通户参保几无差别。

3年来，“扶贫保”让贫困群众吃上了“定心丸”。2017年，盐池县花马池镇田记掌村贫困户赵红金拿出1400多元为家里的400多只滩羊购买了“扶贫保”，当年因意外死亡的30只保险公司很快就为他办理了1.5万多元的赔付。

“出了天灾人祸我们真担不起，以前我们觉得保险是骗人的，现在，村里普通养殖户都买保险，我还给全家人都买了商业保险。”赵红金说。（此稿被《新华每日电讯》、中工网等40多家媒体采用）

从“黑名单”到“光荣户”：宁夏西海固贫困户的蜕变

新华社记者　夏晓　刘明洋　艾福梅　赵倩

47岁的上黄村村民王余金最近正忙着找银行贷款，为明年规模化发展养牛业拉一笔30万元资金。

上黄村位于宁夏回族自治区固原市原州区河川乡，是黄土丘陵地貌，属于西海固地区，这里曾被联合国粮食计划署认定为“最不适宜人类生存”地区之一。

河川乡距离固原市市区约28公里，虽然曾经裸露破碎的黄土丘陵已被郁郁葱葱的绿植覆盖，连接市区的公路也在近年被重新翻修，但蜿蜒曲折的盘山公路、山大沟深的地貌以及零星未被植被覆盖的小土坡，很容易让人联想到，落后的交通和贫瘠的土地是导致这一地区贫困的主要原因。

只有小学二年级文化水平的王余金年轻时贪玩、好赌、不顾家，被村民们视为“不务正业”。他曾尝试经营加油站，却因油品质量不过关被依法关停，导致无法及时还贷被列入征信“黑名单”。负债数十万的王余金在村里抬不起头，乡亲们也不给他好脸色看。

“欠这么多债，我只有跑出去打工，银川、北京都去过，也只还了一部分。”王余金说。2012年，王余金回到村里，种辣椒，养羊，用挣到的钱继续还债。

2014年，为深入推进扶贫工作、精准帮扶生活艰难的贫困人口，中国政府启动了贫困户建档立卡工作，以精准识别贫困人口和贫困村。2014年，河川乡有6480人被列为建档立卡的贫困人口，王余金一家四口名列其中。

在当地政府的扶持下，王余金终于从“黑名单”中消除，并申请到5万元的无息贷款。“浪子回头”的王余金起早贪黑，一心扑在养羊上，逐渐扩大养殖规模。2014年，王余金摘掉了贫困户的帽子。2015年，他家建起了新房。

2016年，他将养殖的绵羊全部换成市场价值更高的黑山羊。“我从电视里看到发展黑山羊效益不错，普通羊肉卖二三十元一斤，黑山羊肉能卖到80元一斤，于是我就打电话联系一家山东的养殖场，买了56只基础母羊。”王余金说，“这次购买基础母羊的5万元钱也是政府帮扶的无息贷款。”

2017年，王余金以平均每只1500元的价格卖掉了100来只小羊羔，挣了10万多元。

如今，王余金不仅还清了“旧账”，还成了村里的致富能手。他家的院子每天“热闹非凡”，除了有上百只黑山羊此起彼伏的叫唤声，还有兔子、鸽子、鸡、鸭的窸窣声，以及7只爱犬的吠声。农家小院打扫得十分整洁，屋内客厅放置了吊兰、绿萝等绿植，屋外停放着刚买回来的玉米谷子收割机。

“今年我流转土地种了100亩青贮玉米，除了顾自家田地，村里其余庄稼的播种、收割也基本都是靠我的机器，忙起来一天只能睡4个小时。”王余金说，“虽然身子累，但心里舒坦、踏实。”现在他已经带动村里另外三户人一起养殖黑山羊，并雇了两位村民来帮忙，其中一人是建档立卡贫困户。

王余金的脱贫干劲儿得到村民认可和政府表彰。去年，他被评为固原市“脱贫光荣户”，也成为河川乡的致富带头人。

“固原市去年一共评了100个‘脱贫光荣户’，河川乡是王余金等三人。我们评判的标准首先要看他是否脱贫销号，其次还要看他是否带动其他人脱贫。”河川乡党委书记马彦东说，“现在的王余金身上充满了正能量。”

为激发贫困户内生动力，固原市从2017年起培养、树立一批扶贫脱贫典型人物以及龙头企业，以带动更多贫困群众脱贫。成为“脱贫光荣户”的王余金又获得5万元无息贷款奖励用于发展养殖业。

尽管小有成就，但王余金并不满足现状，“雄心勃勃”的他计划明年带着村民发展养牛产业。

“我准备贷款30万元进一步扩大养殖规模。现在扶贫政策好，想带动其他光景不好的村民过上好日子。”王余金说，他最见不得靠吃政府低保生存的懒汉。

据了解，通过生产扶贫、金融扶贫、易地搬迁扶贫等精准扶贫措施，固原市贫困人口已由2011年底的50.1万下降到2017年底的9.55万人。王余金所在的河川乡目前还有贫困人口840人，预计2018年完成脱贫。（此稿为新华社对外通稿）

宁夏蔡川村：山沟沟里解出“产业+金融”脱贫密码

新华社记者　靳赫　温竞华　谢建雯

50岁的蔡川村村民杨志科受了半辈子穷，在他的认知里，“产业”和“金融”一类的词和他八竿子打不着，而祖祖辈辈遭受过的贫穷，在他这一代也难以摆脱。然而，短短几年间，村里“小金融”撬动“大产业”的发展模式便完全颠覆了他的认知。

固原市原州区蔡川村位于宁夏西海固地区，而西海固山大沟深，十年九旱，曾被联合国粮食计划署评价为最不适宜人类生存的地区之一。长久以来，当地农民广种薄收、“靠天吃饭”，直到十年前，蔡川村村民人均纯收入仍不足2000元，是远近闻名的贫困村。

2007年底，在外地做过生意的蔡川村“能人”马金国回乡，并被选为村主任，村里发展有了新思路。“这里的土地虽然不适合种粮，却适合种饲草，我考察市场发现，养殖肉牛有商机，于是计划带领村民种草养牛，培育出一个像样的产业。”马金国说。

然而，习惯了种玉米、马铃薯和杂粮的村民们大多不认可马金国的想法，认为种草养牛“舍本逐末”，而且，当地村民每年的收入往往只够勉强过活，根本没有余钱买牛。

为了解决这些问题，2008年，马金国卖掉自己在城里的房子、车子，以所得的30余万元资金在村里成立肉牛养殖专业合作社，并联系银行，以合作社担保、农户联保等形式为首批14户村民发放了共计18万元的小额贷款。有了资金，这些村民纷纷从外地购进良种肉牛养殖，一年后，平均每户挣了1万多元。

“直到这时，我们才知道啥叫产业和金融，看到了实实在在的收益，更多人开始贷款养牛。”蔡川村村民杨志万说。第一批贷款投放成功也增强了银行的信心，逐步提高了给村民贷款的额度。

2010年，杨志科也加入了合作社，贷款建牛棚、买牛犊，养殖规模逐年扩大。近日，记者到杨志科家采访时，他已建起两个标准化牛棚，每个牛棚里各养着5头牛。“现在一年挣三四万元不成问题，这几年我不但脱了贫，还盖了新房，过些日子准备再买辆小汽车。”杨志科指着院子里刚建起的车库说。

据了解，目前蔡川村八成以上村民加入了合作社，银行累计为当地村民贷款1.13亿元，全村肉牛存栏量也从2008年的160头左右增加到3100多头，产业蓬勃发展，使当地村民人均纯收入增加到8000多元，蔡川村也于2016年顺利脱贫摘帽。

如今，蔡川村又瞄准市场，发展红梅杏种植、中蜂养殖、劳务等产业。“资金跟着农民走，农民跟着能人走，能人跟着产业走，产业跟着市场走，形成了良性的发展机制，这就是蔡川村快速发展的秘密。”原州区扶贫办主任张玉海说。（此稿被《中国财经报》、新华网等56家媒体采用）

西海固绿了，乡亲们富了

新华社记者　刘海　唐亚蒙

［解说］宁夏西海固地区一度被称为“苦瘠甲天下”，曾被联合国粮食计划署认定是世界上最不适宜人类居住的地区之一。正是这片背负着太多历史标签和发展欠账的黄土地上的人们，在宁夏回族自治区成立的60年里，尤其是党的十八大以来，在中央各种政策支持下，凝心聚力、苦干实干。如今，西海固生态改善，产业发展，百姓生活大为改观。

［记者出镜］新华社记者刘海：“这里是宁夏固原市泾源县。泾源县位于宁夏的最南端，因为泾河发源于此而得名。大家透过我们的镜头可以看到，眼前满目苍翠的景色让人很难把它与昔日‘十年九旱、生态焦黄’的西海固地区联系起来，然而，这的确是西海固地区的9个贫困县区之一。”

［解说］西海固是革命老区、贫困山区和少数民族聚居区，也是国家确定的14个集中连片特困地区之一。这里沟壑纵横、生态脆弱，囊括了宁夏最为贫困的9个县区，人口200多万，占宁夏人口近三分之一。其中，建档立卡贫困人口占全区建档立卡贫困人口的85.6%，是宁夏脱贫攻坚的主战场。

［同期］宁夏固原市林业局造林科科长刘登甲：“从20世纪80年代起，宁夏先后实施吊庄移民、生态移民等移民工程。”

［解说］相继实施的移民工程将西海固100多万贫困群众搬出祖祖辈辈生活的大山，搬迁到近水、沿路、靠城的区域。特别是“十二五”期间，宁夏启动中南部地区生态移民工程，将35万生态移民的迁出区土地全部收归国有，让土地休养生息。

［同期］宁夏固原市林业局造林科科长刘登甲：“我们主要实施了退耕还林还草、封山禁牧，以及国家和自治区的一系列（生态工程），像三北防护林工程、400毫米降水线工程等一系列的生态工程。2000年的时候，固原市的森林覆盖率为12.8%，目前已经增加到25.1%，林草覆盖度增加到73%。年平均降水量基本达到450毫米。”

［解说］10多年来，西海固脱胎换骨，成为“旱塬绿洲”。在生态建设基础上，固原依托当地优势

农业产业，在延链、增链上下功夫。比如固原市正在推进“一棵树、一株苗、一棵草、一枝花”的“四个一”工程，引进选育适合固原气候的经济作物，培育成固原山绿与民富的种子，力求在“种”出风景的同时“种”出产业。

与此同时，固原市还依托当地自然生态、丝绸之路遗迹等特色旅游资源着力发展旅游业，红色旅游、山水生态游、民俗游、乡村文化游等已形成亮点。

漫步六盘山脚下的泾河源镇冶家村，一排排错落有致的农家小院，在青山绿水环绕中透露出桃花源般的清幽，每年吸引几十万游客纷至沓来。村里300多户乡亲，超过三分之一都开办了农家乐，走上了致富之路。

［同期］宁夏泾源县泾河源镇冶家村村支书兰胜利：“我们农家乐现在的规模从原来最早的40户发展到现在的127户，已经投入实体营业的有110户。从原来的3500多元人均纯收入达到现在的7600多元，整整翻了一番，这个数字是非常（可观），可以说是翻天覆地的变化。”

［解说］如今，在西海固，青山绿水逐渐成为一方百姓的金山银山，绿色产业链正在发挥出巨大的经济和社会效益。数据统计显示，2017年，固原市从事乡村休闲旅游的经营主体达200余家，从业人员1.5万人，辐射带动4万多农民致富。

［同期］宁夏泾源县泾河源镇冶家村村民冶银龙：“现在就是翻天覆地的变化，就是靠这个旅游业带动我们的农家乐，挺好的。”

［解说］当涸泽而渔的发展方式成为历史，青山绿水变成“金饭碗”，祖祖辈辈生活在大山里的困难群众正在欣喜地摆脱贫困，走向富裕。西海固，绿了；乡亲们，富了。华丽转身的西海固，不再是贫瘠、贫困的代名词，她的未来充满着无尽的希望。

告别贫困

新华社记者　刘海　曹江涛　张亮

［节目导视］告别贫困，宁夏第一次实现贫困县数量净减少（同期：我们盐池脱贫了，我们要努力奔小康）；

迈向小康，摘帽不摘责任（同期：我们虽然脱贫了，但是我们不能摘责任、不能摘政策、不能摘帮扶、不能摘监管）。

敬请关注本期节目——《告别贫困》。

［解说］这里是宁夏盐池县王乐井乡牛记圈村村民官仁博的家。喂养和照看这500多只滩羊，是他和妻子每天劳作的重要内容。这些滩羊不仅让官仁博全家成功脱贫，还承载着一家人致富奔小康的希望。

［解说］盐池县地处毛乌素沙地南缘，因生态脆弱、土地贫瘠，这里的人曾饱受沙害和穷苦。到2013年底中国提出“精准扶贫”时，全县贫困发生率仍高达23%，贫困人口近3.3万人。47岁的官仁博是其中之一，因为要供养孩子上学，而夫妻俩又没有稳定收入来源，一家人曾经一度只能靠20多只滩羊维持生计，日子过得紧紧巴巴。

［同期］官仁博的妻子王玉香：“我们也就是一直养羊嘛，过去也都是贫困山区的人，（日子）都也是不太那么（好）。”

［解说］2014年，官仁博一家被列为建档立卡贫困户，享受技术扶持、贴息贷款等多项帮扶政策。

借着滩羊产业发展和金融扶贫的东风，官仁博贷款10万元，将养羊规模从20余只扩大到500余只，家庭整体收入大大提高了，于2016年成功脱贫。

［同期］宁夏盐池县王乐井乡牛记圈村村民官仁博

记者：咱们家去年收入大概有多少？

官仁博：十一二万（元）。

记者：养羊这块儿呢？

官仁博：养羊这块儿有八九万块钱。

记者：那就是收入的大头儿都在养羊这儿？

官仁博：嗯，就是的，都在养羊上。

［解说］盐池县素有“中国滩羊之乡”的美誉，这里干旱、半干旱的气候和天然的弱碱性水源孕育了滩羊这一独特品种。凭借“肉质鲜嫩可口，不膻不腻”的独特风味，盐池滩羊成为中国地理标志产品，曾连续3次登上国宴餐桌。

［同期］宁夏盐池滩羊产业发展集团有限公司副总经理吴晓强：“这个是盐池滩羊的身份信息，它记录了（滩羊）从出生到屠宰全过程的饲养信息、畜主信息等。有这个身份证识别信息才可以进入到咱们盐池滩羊屠宰专区，屠宰以后，它相应的耳标号转换生成滩羊胴体的一个标，在它的胴体上进行标记，随着产业链加工，最后产品可以实现滩羊的可批次追溯。”

［解说］为使滩羊养殖这一特色优势产业在脱贫攻坚战中发挥更大作用，盐池县成立了滩羊产业发展集团和县乡村三级滩羊协会，对产业关键环节实行购销价格、生产标准、饲草料使用等“六统一”政策。

［同期］宁夏盐池滩羊产业发展集团有限公司副总经理吴晓强：“这样就是统一了咱们羊只的销售，也统一了羊只的标准，稳定了滩羊的品质，有效地改善了过去养殖户在市场上零散销售，由中间商户去定价的这么一个局面和模式，稳定了咱们滩羊养殖户的养殖信心，也增加了养殖收入。”

［解说］和官仁博情况相仿，李天亮一家的命运也因为滩羊养殖发生了改变。李天亮通过享受种养殖优惠政策和贴息贷款扩大养殖规模，还借助职业技能培训提升滩羊养殖水平，告别了昔日靠天吃饭、广种薄收的旱地耕作，收入大大增加。

［同期］宁夏盐池县高沙窝镇施记圈村村民李天亮：“羊多了收入就大了嘛，一直到现在，每年大概卖掉100多只，100多只羊羔子在现在这个情况，四五万块钱的纯利润应该是有。”

［同期］宁夏盐池县高沙窝镇施记圈村村支书史付喜：“我们村总共有建档立卡户75户，188人。截至2018年底，我们村脱贫了74户，186人，现在剩下一户两人未脱贫。”

［解说］为了帮助贫困户抵御市场风险，稳定养殖信心，盐池县探索“扶贫保”为农户织就一张“安全网”。与此同时，当地还积极建设标准化滩羊养殖园区，成立养殖合作社，实现从放养到圈养、从散养到规模化、从粗放养殖到精细化养殖的转变，带动农户“抱团取暖”。

［同期］宁夏盐池县高沙窝镇羊产业发展协会会长范志伟：“我们就是‘农户＋合作社＋协会＋龙头企业’这样一个模式，这是最大保证农户养殖户的利益，像以前养羊他是没什么保障的，农户的抗风险力是很低的，现在有了我们协会，它就是提高农户的抗风险能力，然后增加农户的养殖积极性。”

［解说］如今，盐池滩羊年饲养量稳定在310万只左右，年产值占全县农业总产值的60%以上。盐池县贫困户收入的80%以上来自特色产业，而以滩羊为主导的特色产业对农民增收的贡献率超过80%。

69岁的石岗老人是高沙窝镇施记圈村村民，他的家乡高沙窝曾因“风吹沙跑形成沙窝”而得名。在他看来，近年来变化最大的除了乡亲们越来越好的日子，还有周围越来越好的环境。

［同期］宁夏盐池县高沙窝镇施记圈村村民石岗：“为啥叫个高沙窝？高沙窝沙子最大，现在变成（新模样了），绿化了。路，家家门上都（通）油路，公路一直修到家。”

［解说］生态环境改善成为盐池这座“沙漠县城”脱贫攻坚的基础。2002年11月，盐池县率先在宁夏实行封山禁牧。经过多年的修复与治理，全县200多万亩沙化土地得到有效治理，300亩以上的明沙丘基本消除，林木覆盖度、植被覆盖率提高，实现了“人进沙退”的历史性转变。在生态修复的同时，盐池县不断夯实脱贫攻坚产业基础，筑

牢稳定脱贫致富的根基。

［同期］宁夏盐池县扶贫办副主任周桂琳：“盐池县产业扶贫政策是“1+4+X”，1就是主导产业滩羊产业，4就是咱们的辅助性产业，小杂粮、黄花菜、中草药、牧草，这个X可以说是因村、因户、因人制定，因为每个乡镇乡情不同。”

［解说］与此同时，盐池县的自然资源也逐步被开发利用，得益于先天的光照条件和大量荒漠化土地，盐池县大力发展光伏扶贫，向太阳“要”扶贫效益。

［同期］宁夏盐池县扶贫办副主任周桂琳：“咱们身后这些光伏板对我们盐池说是光伏扶贫措施，它对应的村集体经济是每年给22万元的村集体收入；对农户是，60岁以上无业无力的老年人每年给分红2000块钱。还有一种就是屋顶光伏，是在屋顶上（安装光伏板），老百姓享受每年3000块钱的资产分红。”

［解说］过去5年间，盐池县共减贫3.2万余人，贫困发生率下降到0.66%。2018年9月，盐池县正式脱贫摘帽，成为西海固地区9个国家贫困县中第一个。这也是1986年国家设立贫困县以来，宁夏第一次实现贫困县数量净减少。

［同期］村民：“我们盐池脱贫了，我们要努力奔小康。”

［同期］村民：“没有国哪有家，希望我们的生活越来越好，国家越来越强大。”

［同期］村民：“祝祖国越来越好，盐池人民越来越幸福。”

［解说］摘帽不摘责任，脱贫只是第一步。今年是新中国成立70周年，也是盐池从脱贫摘帽向全面小康迈进的关键之年。盐池县将着力巩固脱贫成果，争取把全县贫困发生率控制在0.3%以内，加快建设“乡村振兴和脱贫富民”示范县。

［同期］宁夏盐池县扶贫办副主任周桂琳：“我们虽然脱贫了，但是我们不能摘责任、不能摘政策、不能摘帮扶、不能摘监管，我们要做大做强我们的产业，带动农户脱贫致富。”

宁夏红寺堡区：朵朵黄花在干沙滩上铺就脱贫路

新华社记者　刘海　何晨阳

［解说］受制于生态环境脆弱、荒漠化严重等恶劣条件影响，宁夏吴忠市红寺堡区的农民曾经一度“靠天吃饭”却难以维持生计。近年来，随着黄花产业的兴起，村民生活大为改观，小小的黄花把“干沙滩”变成了致富的“聚宝盆”，铺就一条特色产业脱贫之路。

走进红寺堡区太阳山镇兴民村，成片黄花映入眼帘，连片绿色一望无际，采摘工三五成群地在一米多高的黄花丛中往来穿梭。兴民村村民马林泽是“采摘大军”中的一员，每天清晨四点半，他和妻子都会准时来到地里采摘新鲜的黄花。50天左右的黄花采摘期，他们夫妻俩能挣1万元左右。

［同期］宁夏吴忠市红寺堡区太阳山镇兴民村村民马林泽：“每天早晨四点半就要到地里面，就要采摘这个东西，采摘结束在下午的一两点之后、三四点之后，时间不定。采摘黄花的时候必须要从这个根部摘下来，不能从黄花菜的中间摘下来。”

［解说］黄花又名“忘忧草”，据《本草纲目》记载，忘忧草能“祛温利水，除湿通淋，止渴消烦，开胸开膈；令人心平气和，无忧郁”。红寺堡区是全国最大的生态扶贫移民集中区，也是宁夏脱贫攻坚的主战场。独特的土地、气候条件让这里成为发展黄花产业的“沃土”。无污染的沙地适合黄花生长，温差大使得黄花含糖量较高，当地气候干燥也便于

黄花晾晒。近年来，当地政府大力支持黄花产业，减轻群众前期投入压力，调动他们的积极性。

［同期］宁夏吴忠市红寺堡区太阳山镇兴民村村支部副书记周建荣："2015年以后，黄花价格也起来了，一亩下来纯利润在七八千元。所以2016年在政府的引导下，(老百姓)大面积种了以后，每亩获利七八千元，人均就在3万元左右。"

［解说］效益高的黄花产业铺就了一条金黄致富路。进入盛产期后，每亩黄花纯收入在5000元左右。依托黄花产业，兴民村2016年脱贫销号，全村人均收入达到3万元，几乎家家都有小汽车。

经过多年发展，红寺堡区目前黄花累计种植面积达到6.7万亩，2017年黄花菜产值超过1亿元，黄花产业已成为当地名副其实的支柱产业。

宁夏隆德：村集体分红　助力脱贫攻坚

新华社记者　唐亚蒙

［解说］宁夏回族自治区隆德县好水乡后海村位于六盘山深处，这两年每到岁末年初，村里都会增添一道景观：村民们聚集在村部会议室，排队领取一年一度的"年终奖"。记者新春走基层来到这里，原来是当地村民正在领取入股土地股份合作社的产业分红。

后海村土地股份合作社自开办以来，积极借鉴先进地区好的经验和做法，开展了"土地入股"的农村股份合作制改革，因地制宜发展特色优势产业，进行规模化马铃薯种植繁育，形成了"支部+合作社+贫困户"的农村股份制合作产业发展模式。

［同期］隆德县好水乡后海村村支书石得胜："在乡党委政府、农牧部门的大力支持下，我村从2017年成立土地股份合作社，成立合作社以来有两大受益，一是解决了剩余劳动力，二是建档立卡户增加了收入，对这个脱贫攻坚起到了坚定的作用。"

［解说］全村2200亩土地种植马铃薯，一亩即一股，村民按照地块大小、平陡不同入股，一股分红在80元至200元不等，实现土地统一耕种和管理。村民魏银忠家2018年分红1900元，而地多又平的村民能分到4000多元，除了分红外，更实惠的是在家门口还能打工。

［同期］隆德县好水乡后海村村民魏银忠："起初给合作社入股了21亩地，每亩地有200元的，也有100元的，现在下来就是按亩算着(分钱)呢，再就是在合作社打工，打6个月工能挣个1万左右，每天老板给100块钱，再一个就是我家里养牛。"

［解说］发展村集体经济一举多得，让撂荒的土地有了价值，村里剩余劳动力也有了活干。不论外出还是在家的村民都有了分红、打工的双重收入，尤其是老弱病残兜底户，土地入股由合作社代种代收也能分一杯羹，让村民尤其是建档立卡贫困户得到了实实在在的收益。

东西部合作发展纺织产业助力精准脱贫

新华社记者　刘海　刘飞

［解说］随着生产成本不断上升，一些东南沿海地区纺织企业向西部地区转移，区域资源有效对接激活了西部欠发达地区的发展潜力，各具特色的纺织服装产业为西部地区精准脱贫提供了重要途径。

宁夏吴忠市利通区纺织工业发展具备良好的产业基础，位于这里的生态纺织产业园是承接我国中东部纺织产业转移的重要基地。2013 年，利通区从山东德州引进重点纺织企业恒丰集团在此投资建厂，5 年来示范引领了 10 多家纺织企业落户，形成纺纱、织布、成衣加工全产业链。

［同期］宁夏吴忠市利通区副区长赵丽亭："近年来我们主动积极对接中东部纺织产业转移的机遇，吸引了山东、河北、江苏、浙江的纺织产业转移到我们纺织产业园区，园区目前已经进入了 51 家企业，规模以上企业已经达到 15 家，提供就业岗位 5000 个，产值达到了 42 亿元。"

［解说］利通区扁担沟镇同利村是一个生态移民安置村，共搬迁安置 1098 户，其中建档立卡贫困户 587 户。2016年，恒丰集团与利通区结对联建，在同利村建设巾被厂，吸纳村民在家门口就业，助力精准扶贫工作。

［同期］宁夏吴忠市利通区副区长赵丽亭："结合利通区承接同利村移民任务，政府投资了 5000 万元，企业也投资了一部分，把企业建在了移民村家门口。2016 年到目前，现在当地有 400 多个建档立卡户移民已经在这几家企业就业，而且收入也是非常可观的。"

［解说］近年来，在新疆、宁夏、云南、贵州、四川等地相继落户了许多纺织产业扶贫投资项目，推动了东部产业向中西部梯度转移，吸纳西部地区贫困人口就业实现脱贫，同时也培育大批产业工人，推动当地经济发展。东部纺织企业在带动贫困地区发展的同时，也能拓展产业自身发展空间，实现优势互补、互利双赢。

［同期］国务院扶贫领导小组办公室社会扶贫司社会动员处处长王大洋："在产业扶贫，在我们其他的脱贫攻坚当中，我们要考虑两方面：就是双赢双受益。里面一个双受益很重要的就是帮扶的主体，就像是企业，我们的爱心人士在这个当中要有发展，要有获得感，他们的爱心能够用到它真正应该用的地方去，这是从帮扶主体的方面来讲的；另外一方面的受益就是我们的被帮扶的主体，也就是贫困户要受到教育，而不是单纯的等、靠、要，我不是单纯给你钱，给你物，你要付出劳动，来参与到我的产业链里面来，这样就能实现自我发展能力的提高。"

［解说］通过产业上下游的融合和延伸，纺织企业充分挖掘贫困地区资源条件，由纺织服装产业延伸到农业种植、畜牧、制药等产业，在多元化经营中拓宽扶贫路径。

与此同时，一些科研院所、行业协会、企业等以贫困家庭职业技能培训和移民劳动力短期就业创业技能培训为重点，通过开展技能培训等方式增强贫困地区务工人员的专业技能，为扶贫攻坚提供人才和智力支持。

一些业内人士建议，今后要继续在提升贫困人口的技能水平，完善金融等相关政策等方面努力，推进纺织产业发展，帮助贫困群众脱贫致富。

民族团结篇

MINZU
TUANJIE PIAN

繁荣发展的制度优势
——解码民族区域自治制度的宁夏实践

新华社记者 张亮

孟秋时节，贺兰山下绿洲千里，黄河两岸稻菽浪涌，六盘山间草木葱茏，祖国西北塞上大地一片生机盎然。1958年10月，宁夏回族自治区宣告成立，民族区域自治政策的施行开启了宁夏繁荣发展的新纪元。60年一甲子，勤劳的各族群众在中国共产党的领导下，团结奋斗，守望相助，始终坚持并不断完善民族区域自治制度，一个繁荣、稳定、和谐的宁夏呈现在世人眼前。

开创先河 坚定不移阔步行

宁夏同心县城南，古朴典雅的同心清真大寺被一片绿柳古柏围绕，显得幽静祥和。这座有着600多年历史的古寺见证了中国革命历史上第一个回族自治政权的诞生，也见证了中国共产党民族区域自治政策的最初实践。

1936年6月，西征红军到达宁夏豫旺县（今同心县），解放豫旺全境后，中共中央决定建立豫海县回民自治政府。同年10月20日至22日，陕甘宁省豫海县回民自治政府成立大会在同心清真大寺隆重召开。全县300多名各界代表欢聚一堂，讨论通过了《新土地法》《新婚姻法》《减租减息条例》等法规，并选举了县政府领导人员。

长期研究这段红色历史的党史专家杨文元说："虽然豫海县回民自治政府存在时间很短，但这是中国共产党人运用马克思主义基本原理建立的第一个回族自治政权，是中国共产党对民族区域自治政策的最初实践。"

22年后的1958年，宁夏回族自治区宣告成立。宁夏各族人民坚定跟党走，开启了民族区域自治的光辉历程。60年来，宁夏不断坚持和完善民族区域自治制度，平等保障各民族的合法权益。

宁夏始终把法治建设作为贯彻落实民族区域自治制度的基本途径，共制定了《宁夏回族自治区民族教育条例》等166件地方性法规，批准地方性法规76件，有效保障了少数民族的合法权利。

宁夏历来高度重视少数民族干部的培养和选拔。据介绍，60年来，自治区党政工作部门领导班子中都保障配备少数民族干部，在市、县党政正职中也保障配备一定数量的少数民族干部。同时，宁夏通过"走出去""选上来""沉下去"，有计划选派少数民族干部到中央国家机关、沿海发达地区和基层一线锻炼。目前宁夏少数民族干部比例稳步提升，各级人大代表、政协委员中少数民族比例基本与少数民族人口比例相一致。

共建共享 塞上大地展新颜

"履不必同，期于适足；治不必同，期于利民。"只有把经济建设搞上去，不断满足各族人民对美好生活的向往，才能充分体现党的民族区域自治制度的正确性。60年来，塞上大地沧桑巨变，一组组经济数据、一个个民生政策、一张张百姓笑脸皆是民族区域自治制度最好的注脚。

1958年自治区成立伊始，宁夏是全国较为落后的地区之一，工业几乎一片空白，农业粮食产量不足70万吨，地区生产总值只有3.28亿元。60年来，宁夏坚持发展第一要务，生产力得到解放，经济实力显著增强。

2017年，宁夏地区生产总值达3453亿元，是1958年的1053倍。工业增加值从1958年的0.44亿元增长到2017年的1096亿元。粮食产量达到368万吨，人均543公斤，居全国前列。

不单单是数量上的增长，党的十八大以来，宁夏把优化结构、产业升级、动能转换作为经济发展的立足点。新能源、新材料、先进装备制造、生物医药等一批工业产业迈向高端，枸杞、酿酒葡萄、滩羊、供港蔬菜等一批优势特色农业发展壮大。

让各族群众共享美好生活，是实行民族区域自治制度的初心。1958年，宁夏大多数百姓生活在贫困中。改革开放以来，从三西扶贫、闽宁对口扶贫协作，到西部大开发、宁夏“十二五”生态移民、精准脱贫攻坚战，宁夏各族群众在党的带领下一步步走出贫穷的泥淖，走向美好幸福的生活。

因生态移民政策，回族群众马玉花2012年从山大沟深的西海固搬迁到黄河边的平罗县，她的命运由此改变。如今她在村口的扶贫车间里织手套成为“蓝领工人”，孩子在村幼儿园上学，工作顾家两不误。马玉花说：“稳定的工作让我心安，再也不用过靠天吃饭的日子了。”

经过数十年的扶贫开发，宁夏贫困人口从1982年的近120万人减少到目前的23.9万人，贫困发生率下降到6%。如今宁夏人均储蓄存款余额达3.4万元，各族群众在教育、医疗、住房、文化等领域的获得感显著提升。

团结进步　各族群众一家亲

60年来，宁夏扎实推进民族团结进步创建工作，1983年起连续35年开展“民族团结月”活动，每5年召开一次民族团结进步先进集体模范个人表彰大会，多年坚持开展“滴灌式”民族团结宣传教育，促进各民族交往交流交融。民族团结已成为宁夏一张亮丽的名片。

银川市西夏区共享社区退休老人王菊茹除了自己的女儿，这些年她先后多了蒙古族儿子巴特尔、柯尔克孜族女儿古丽巴努尔、维吾尔族女儿夏伊达和热娜。“我经常给孩子们打电话关心他们的学习和生活，遇上节假日，孩子们有空就回来一起吃饭团圆。”王菊茹说。2015年起，共享社区和北方民族大学开启“结亲互助”活动，不同民族的大学生和当地回汉各族群众组成大家庭，互帮互助，亲如一家。这是宁夏构建各民族互相嵌入式社会结构、促进各族群众交流交往交融的一个缩影。

多年来，宁夏通过形式多样的宣传教育使民族团结深入人心，中华民族共同体意识不断增强。宁夏在小学三年级到高中阶段普遍开展民族知识启蒙、民族常识和民族理论常识教育。在吴忠市利通区第一小学，每个学期都要举办一次民族团结征文活动、一场民族知识竞赛，各班定期召开“各民族团结一家亲”主题班队会。

回族青年李潇见义勇为身负重伤仍与歹徒搏斗，回族护士虎蕊把无人看护的汉族老人接回家照料多年……这样的民族团结典型故事在塞上大地不胜枚举，广为传颂。宁夏通过模范表彰大会和模范人物评选等活动，弘扬民族团结典型，发挥模范带动作用。

如今的宁夏，各族群众共庆节日，婚丧嫁娶互相走动，同住一栋楼，共上一所学，珍惜和维护民族团结的意识已经深深植根民众的心田。（此稿被《新华每日电讯》、央视网等180家媒体采用）

守望相助一甲子　同心共筑中国梦

——宁夏奋进 60 年巡礼之民族团结篇

新华社记者　张亮

1958 年 10 月 25 日，宁夏回族自治区宣告成立。60 年团结奋斗，60 年繁荣发展，宁夏各族儿女始终同呼吸、共命运，走出一条民族团结进步之路。如今的塞上大地，“像爱护眼睛一样爱护民族团结，像珍视生命一样珍视民族团结”的理念已融入宁夏人的血脉和灵魂，680 多万各族群众守望相助，亲如一家，共同擦亮团结的名片，共同分享团结的果实。

让各族群众共享成果

发展是解决民族问题的根本途径。宁夏作为欠发达少数民族聚居地区，始终牢固树立“在发展中解决问题”的思想，通过坚持不懈地抓发展，不断夯实民族团结的物质基础。

地处南部山区的固原市是回族较为集中聚居区，回族占比达 46.3%，这里也是宁夏脱贫攻坚的主战场。为了加快当地发展，宁夏先后 5 次召开固原工作会议，连续 7 年实施重大项目大会战，在政策上倾斜、产业上扶持、项目上支持。移民搬迁、危房改造、山区学生营养早餐计划、中南部城乡饮水安全工程……一个个民生项目温暖着各族群众心田，群众盼脱贫求发展的内生动力不断被激发。

马铃薯曾经是山区群众果腹的“救命豆”，在当地政府扶持和闽宁协作助推下，“救命豆”如今变成“致富豆”。西吉县兴隆镇王河村回族村民海孝依靠马铃薯淀粉制作红色品牌“红军粉”，年收入达到 40 万元。一批福建籍企业家落户固原，薯片、薯条、方便粉丝等产品让马铃薯走上高附加值之路，不仅拓宽了本地马铃薯销路，还吸纳了大量贫困人口在家门口就业。

“各族群众一条心，门前黄土变成金”，这是流传在宁夏山川大地上的一条民间俗语。经济社会发展为民族团结打下扎实基础，而各族群众团结一心则进一步促进了贫困地区各项事业发展。

固原市回族企业家何学良从贩药材起步，奋斗 20 多年发展到拥有 6 家子公司。他发挥“先富带后富”的领头作用，在解决了 2000 多名回汉乡亲就业的同时，还为老弱病残等没有发展能力的建档立卡贫困户托养肉牛，每户每年能分红 4000 元。

筑牢中华民族共同体意识

宁夏把民族团结教育纳入国民教育、干部教育和社会教育，通过丰富多彩的载体加强民族团结教育。坚持教育引领，把民族团结“种子”不断播入各族群众心田，是宁夏多年来推进民族团结进步创建工作的一项基本经验。

在银川市回民三小，学校针对学生不同年龄，选择不同教材，利用班会、晨会、队会等活动载体营造教育环境，让“三个离不开”“五个认同”观念深深扎根于学生心中。吴忠市利通区第一小学每学期都要组织民族团结征文、民族团结手抄报等比赛，潜移默化中筑牢学生中华民族共同体意识。

宁夏六盘山高级中学是一所专门为宁夏南部山区学子创办的高中，这所位于首府银川市的高中让大批山区贫困家庭的孩子走进了城市学校，享受到与城市孩子同等质量的教育。六盘山高级中学校长金存钰说："目前在校的回族学生占全校学生总数的40%左右，学生的民族团结意识很强，互相尊重，相互理解，非常和谐。"

2010年青海玉树发生地震，宁夏六盘山高级中学接收了153名藏族师生。两年时间里，回、汉、藏各族学生一起生活，一起学习。"2011年中华民族传统节日中秋节当天，各族师生欢聚一堂共度佳节，'宁夏青海，扎西德勒'的欢呼让人感动。"金存钰说。

促进民族交往交融

亲越走越亲，情越聚越浓。宁夏始终坚持促进各民族交往交流交融，各族群众同村共庄，相邻共居，形成既互相尊重又不强化差异的良好氛围。

8月的一个中午，利通区永昌社区的一场包饺子比赛正在热闹进行中，回族大妈金红英和她的汉族邻居们组队，擀皮、包馅，配合娴熟。这是永昌社区"邻居节"的活动之一。永昌社区共有居民7700余人，其中57%的居民是少数民族。为了促进不同民族间邻里关系，永昌社区每年都要举办多场丰富多彩的"邻居节"活动。

"每逢端午、中秋等中华民族传统节日，各民族居民一起包粽子、做月饼。遇到开斋节、古尔邦节，回族居民则把自家制作的油香、馓子等美食分享给其他民族邻居。"永昌社区党支部书记马学梅说。

金红英说："我家对门和楼上都是汉族，但我们关系处得非常融洽，他们出远门都把钥匙放在我这儿，让我给家里的花浇水。大家同住一栋楼，就应该亲如一家人。"

汉族教师姜宁和身患重病的回族青年马晓强相濡以沫的爱情故事让人动容，回族大妈王兰花成立"王兰花热心小组"承担起社区各族孤寡老人的生活起居，银川市共享社区与北方民族大学少数民族大学生"结亲互助"……在宁夏，各民族不分彼此一家亲的故事比比皆是，交往交流交融已成常态。（此稿被新华网、中工网等48家媒体采用）

塞上沃土黄河育　美好生活共创建

——宁夏回族自治区民族团结工作一瞥

新华社记者　荣启涵　隋先凯

"黄河水引到咱家乡，回汉乡亲干得忙。好政策呀人人夸，各族人民是一家。"一曲新编的回族民歌"花儿"，唱出了宁夏人民浓郁的民族团结情。

面积6.64万平方公里的宁夏回族自治区，是我国最大的回族聚居区。从南部山区到北部川区，一个个有情、有梦、有收获的故事，印证了歌词里回汉携手共创美好生活的生动景象。

质淳真情　"小社区"联结"大家庭"

"我有4个孩子，来自3个民族。"退休老人王菊茹笑声爽朗，除了自己的女儿，这些年她先后多了蒙古族儿子巴特尔、维吾尔族女儿夏伊达和柯尔克孜族女儿古丽巴努尔。

王菊茹所在的银川西夏区共享社区毗邻北方民族大学，经常有少数民族学生来社区做志愿者。2015年，学校和社区开启了"结亲互助"活动，目前“结亲”的已有20多对，王菊茹就是其中之一。

一到周末，厨艺精湛的王菊茹就变着花样给孩子们改善伙食，专门准备了锅碗给吃清真餐的女儿煮饭；巴特尔他们是社区“四点半小课堂”的志愿者，每周轮流来为小区的孩子们辅导功课。

在王菊茹微信置顶聊天里，一个叫“民族情·一家亲”的群组格外显眼，那是他们4个不同家庭的“互动空间”。王菊茹说，尽管没见过面，但相隔千里的几家人早就成了朋友，妈妈们还通过视频互学试做民族美食。

这是王菊茹幸福“大家庭”的一瞥，也是宁夏嵌入式社区建设的缩影。宁夏回族自治区民委主任丁卫东表示，社区是城市的细胞和社会的根基，宁夏城市民族工作抓住“社区”这个关键点，通过扩大交往交流交融，有效为各族群众共居、共学、共事、共乐创造条件。

“我们是‘小社区’，但也有‘大梦想’。”共享社区主任刘丽娟说。社区搭建平台，让各族居民在这里不分彼此、同心同善，民族团结已经融入居民生活日常。

脱贫致富　“团结”能叫山乡换新颜

贺兰山东麓，团结村过去一点不团结。

1996年由江苏华西村援建的团结村，是回汉杂居的典型移民村。第一批从山区搬来的村民杨德明回忆：“最初自然条件差，粮食几乎绝收，村民生活窘迫，邻里纠纷不断。”

为改变生活面貌，大家一致推选致富能手张生明担任村党支部书记。他带着“两委”班子排碱、通路，在全村推广枸杞种植、加工产业。通过先富带后富，团结村走出了一条脱贫路。全村人均年收入从2008年不足2000元发展到现在的11200元。

“村组织强了，农民富了，同劳动的过程中互相加深了解、尊重习俗，团结的氛围也渐渐形成了。”张生明说，“无论春节、元宵还是开斋节、古尔邦节，全村都一起过……”

刚来两年的大学生村官郝玲说，团结村还有个不成文的习惯，村民无论姓氏、民族，见面都以哥、嫂、弟、妹相称，现在的团结村，名副其实。

民生连着民心，加快少数民族聚居地区发展，是解决民族问题的根本。银川市副市长杨有贤说，银川财政新增支出、新增财力的80%都用于民生。特别是在扶贫攻坚方面，投资34.5亿元建成移民安置区26个，精准扶贫减少深度贫困人口7.24万人，移民人均可支配收入年均增长33%以上。

宁夏银川市西夏区镇北堡镇团结村村委会工作人员在便民服务中心工作　■ 新华社记者　隋先凯/摄

互助共赢　“创建+N”拓展民族团结内涵

工作5年，25岁的回族小伙任永虎已是宁夏麦尔乐食品股份有限公司的物流主管。“公司气氛好，领导没架子，大伙有干劲。”带着腼腆的笑，任永虎说，自己对未来有很多期待。

“全公司480余人中少数民族职工有149人，大家都是企业发展的生力军。”麦尔乐董事长黄添进说。他跟随闽宁合作的大潮来到这里，成为银川第一个食品个体户，宁夏这块沃土让他实现了梦想，他也要让更多少数民族职工圆梦。

平等和睦的民族关系里，人人有梦，互助共赢。像麦尔乐一样，宁夏经济建设、企业发展离不开回汉职工一起“撸起袖子加油干”。

据杨有贤介绍，银川在民族团结创建中尝试推广“创建+N”模式，通过“创建+互联网创业”“创建+非遗传承”等拓宽了民族团结创建工作的内涵，帮助有想法的少数民族群众圆梦。

回族小伙马小虎通过宁夏西部创业管理培训学

院的培训、孵化，创立了专营本地特产的宁夏淘瑞源公司；致力于“非遗”传承的艺盟文创公司，通过培训妇女传统手工技艺并定期收购她们的作品，帮助更多少数民族妇女实现了在家做工赚钱的愿望……

“这个模式的关键，在于‘N’加什么、怎么加，选择标准要看能不能给少数民族群众带来实实在在获得感。”杨有贤说。

社区共建共享、乡村和谐发展、企业互助共赢……这些已被写入《宁夏回族自治区民族团结创建活动“十三五”规划》，从顶层设计到广泛实践，团结进步始终被视为宁夏发展的生命线。

在这片塞上沃土，黄河水是富裕之源，各族和睦是兴旺之本。民族团结，正被各族儿女的鲜活

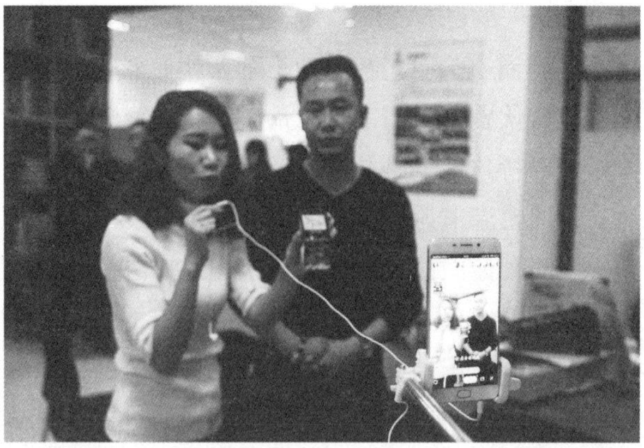

在位于宁夏银川的宁夏西部创业管理培训学院，学员在模拟手机网络直播销售宁夏土特产

■ 新华社记者 隋先凯/摄

事例，丰富着内涵、拓展着外延。（此稿被中工网、新华网等30家媒体采用）

乡镇始终是他的“阵地”

——追记倒在扶贫一线的宁夏回族干部李进祯

新华社记者 何晨阳 杨泽

2017年10月25日，52岁的宁夏回族干部李进祯因心肌梗塞不幸殉职倒在了扶贫一线，2000余名干部群众自发为其送行，为他的离去失声痛哭。“好兄弟”“好大哥”……不少乡亲以家人般的称呼替代了“李进祯”的名字。

“办公室的灯第一个亮起，最后一个熄灭”

李进祯是宁夏吴忠市同心县兴隆乡干部，1988年，大学毕业后回到家乡海原县关桥乡从事财务工作，2006年7月调到同心县兴隆乡担任财政所所长兼民生保障中心主任。参加工作以来，乡镇始终是他的“阵地”。

同心县是六盘山集中连片特困地区核心区之一，革命老区、民族地区、贫困地区三区叠加。在与李进祯共事10年的丁海涛看来，李进祯虽是所长，但更像个“跑腿儿”的办事员——产业扶贫、征地补偿、退耕还林、危房改造等二三十项涉农资金的核实、审查、兑付都要经他手。

“他没有周末也没有节假日。”丁海涛掩面而泣，“基层工作千头万绪，他总是加班加点，从来没倒过苦水。”

兴隆乡政府门卫罗正俊告诉记者，李进祯办公室的灯基本上是第一个亮起，最后一个熄灭。“他总是说扶贫工作任务多、乡上人手又紧张，赶着干才能赶上步数，国家发给老百姓的每一分钱都得及时发下去，咱得负好这个责。”罗正俊回忆道。

“他常说选择职业就像结婚一样，既然选定了做公务员就要一心一意为群众做事，乡政府不少年轻人都以他为榜样。”在兴隆乡工作的西部计划志愿者马春香哽咽着说，“李所长去世，同事们犹如失去了亲人。”

“总是站在群众的角度想问题”

“老李宁愿自己多跑一阵路，也不让百姓多等一分钟，在群众拆迁款、扶贫资金等支付上，他常攥着票据到工地上找领导签字履行手续，老百姓夸他官做得明白、公道。”兴隆乡李堡村村支部书记李小军回忆说，“一次李进祯到村委会走访，看到伤残村民李长青在儿媳搀扶下挪向村委会二楼，他二话没说背起老人上了楼。”

“在乡里口碑好，去乡政府办事的人基本都喝过他的茶，听说他去世了，仅我们村就有40多人自发前往送别。”兴隆乡新生村贫困户马俊说。

前些年，马俊胡吃乱逛，日子过得一塌糊涂，2015年李进祯与他结起了“帮扶亲”。头一年，贷款买牛、赊购草料、防疫接种，李进祯事事挂在心上，一年下来就帮他挣了1万元。2017年3月的一天，承载着马俊家脱贫希望的牛夜里突然发病，有些慌乱的马俊只好拨通李进祯的手机，20多分钟后，李进祯便驾车带着兽医赶来。“他一来就帮着抓病牛，手上脚上全是牛粪。”马俊说，“几个人忙活到凌晨两点多，天一亮，李所长又打来电话询问情况。”

这两年，李进祯给贫困户田志富担保，前后“跑”来30万元贷款养牛，让他家拆掉土坯房盖起了砖瓦房；在李进祯帮助下，贫困户田玉宝2017年9月盖起新牛棚，养殖规模扩大到70余头……

丁海涛依然记得，2017年8月的一天晚上，他俩在新生村走访完贫困户返程途中，驾车刚绕过路中间一块大石头，李进祯就要求靠边停车。他下车把大石头挪出马路，上车后说，不少村民的摩托车没灯，要是撞上，肯定出车祸。“他总是站在群众的角度想问题。”丁海涛说。

“人要修德，不能占便宜”

李进祯任兴隆乡财政所所长多年，在外人看来他手握“大权”——涉及兴隆乡1万多人的扶贫等多项资金都由他经手。同心县财政局国库总预算会计杨少奇说：“每年给兴隆乡拨付的资金，年底对账，他从没出过一分钱的差错。”

“李所长每年经手的财政资金超过3000万元，可他没卡过一分钱，我们也进行过专门审计，没出过任何问题。”兴隆乡党委书记马海军说。

李进祯的办公室摆了两个单人沙发，其中一个坐垫凹成了坑。“群众喜欢来这坐坐，时间长了皮子开裂坐垫凹陷，他就取来一厚沓旧报纸垫上。”丁海涛说。沙发坐垫越陷越深，20厘米厚的报纸都撑不平，但李进祯一直将就着用了五六年。别人劝他换个新的，他却说：“能坐就行了，如果我带头，大家都跟着买，那得花国家不少钱。”

在兴隆乡乡长王建云眼里，李进祯家境可谓清贫。“他父母走得早，兄弟的婚事全靠他张罗。妻子王学红是中学教师，孩子还在读书。”王建云说，“当地装修流行贴壁纸、搞吊顶，而李进祯家只刷白了墙。”

“他不是只会工作的‘机器’，生活中他操心、顾家。”王学红哽咽着说，“他常跟我说，做官一阵子，做人一辈子，人要修德，不能占便宜。”

吴忠市委常委、同心县委书记马洪海说，参加工作29年来，李进祯始终坚守在基层一线直至生命最后一刻，特别是在脱贫攻坚推进过程中，他经常加班确保每一笔扶贫资金精准拨付到位，在平凡的岗位上践行着一名共产党员的入党誓言。（此稿被《新华每日电讯》《农民日报》等68家媒体采用）

同心共奏团结曲
——宁夏“民族团结月”活动侧记

新华社记者　张亮

每年9月，是宁夏回族自治区“民族团结月”。整个9月，不仅成为宁夏各民族展示民族文化、宣传党的民族理论政策的载体，更是集中为少数民族群众办实事、解难题的黄金时间。

宁夏贺兰县举行的“民族团结月”主题活动中，回族群众在体验一款科技小发明　■ 新华社记者　彭昭之/摄

在银川市西夏区西花园街道燕宝社区，剪纸、二毛皮制作等非物质文化遗产传承人正在展示技艺……这是宁夏第15个“民族团结月”的启动现场。

宁夏的“民族团结月”始于20世纪80年代。2005年自治区党委、政府决定将每年的9月定为“民族团结月”。

自治区民委经济发展处处长杨浩说，近10年来，每年9月宁夏各地都要开展丰富多彩的“民族团结月”活动。通过形式各异的展览向社会展示回族等少数民族的文化，通过组织培训班给广大党员干部以及宗教教职人员宣传党的民族理论、民族政策。

2014年的“民族团结月”还和党的群众路线教育活动相结合，组织免费义诊、送医送药、科技和实用技能培训、赠送书籍等服务，并实施一批保民生、促发展的项目。

在六盘山脚下的贫困县隆德县，一场热闹的肉牛“选美”近日在回族聚居乡杨和乡举行，这是隆德县“民族团结月”的众多活动之一。周边乡镇的养牛能手牵着自己的得意之作互相比拼，交流养殖经验。

隆德县委常委、统战部部长喜小林说：“杨和乡的回族比例超过90%，我们在‘民族团结月’里举办肉牛节，旨在推广青贮池等先进养殖技术，打响杨和乡的肉牛品牌。隆德虽然是贫困县，但我们制订计划，让杨和乡等回族乡镇在全县率先达到小康水平。”

推动少数民族地区经济发展是宁夏开展“民族团结月”活动的一项重要内容，增进各民族群众之间的交流、感情也是“民族团结月”的任务之一。宁夏吴忠市利通区每年9月都要举办“社区邻居节”，这项活动已经随着“民族团结月”连续举办了10届，参与人次超过10万。社区邻居节上，利通区各个社区组织“千家宴”、亲情茶话会、居民才艺展示等活动，让各族邻居突破钢筋水泥的阻隔，拉近彼此之间的距离。

“举办社区邻居节，在社区内形成平等、团结、互助、和谐的民族关系，这是民族团结最重要的基础工作。”利通区区委常委、统战部部长杨玉龙说，社区民族团结小环境形成了，民族团结的社会大环境也就形成了。

此外，“民族团结月”里宁夏还开展法律法规咨询服务、清真食品市场专项检查、宗教场所安全隐患排查等活动，维护广大少数民族群众的切身利益。

金秋九月，硕果飘香的时节，在“民族团结月”活动推动下，在宁夏，“汉族离不开少数民族，少数民族离不开汉族，各族群众互相离不开”的思想进一步深入人心，回汉群众亲如一家，同心奏响一支支民族团结之曲。（此稿被《宁夏日报》等13家媒体采用）

宁夏实施生态移民工程帮助回族群众拔穷根

新华社记者　张亮

宁夏回族自治区中南部山区，是回族群众聚居的地区，也是“苦瘠甲天下”的贫困地区。2011年开始，自治区党委、政府开始实施生态移民工程，计划用5年时间把近35万贫困群众从不适宜居住、不适宜发展的环境里基本搬迁出去，彻底拔除穷根。如今，宁夏已完成近23万人的搬迁任务，扶贫效果显现。

宁夏中南部山区这片贫瘠的土地上生活着200余万人，根据新扶贫标准，宁夏全区目前有100万的贫困人口，主要分布在宁夏中南部山区9个县区的1560个行政村。

“一方水土难养一方人”，穷根还要寻根而除。根据规划，宁夏计划投资105亿元，用5年时间将生活在生存条件极差地区的35万贫困群众搬迁至近水、沿路、靠城的区域；再用5年时间帮助他们脱贫致富。

在宁夏北部的石嘴山市平罗县红崖子乡红瑞移民新村，生活方面，来自西吉县的回族群众已经入住政府统一建设的每户54平方米的移民安置房，家家都配备了自来水、太阳能、卫星接收器等，新建成的村委会、超市、劳动就业培训市场等也已投入使用；生产方面，依托政府引进的葡萄种植园、中药材种植基地等，红瑞新村的移民很快在当地站稳脚跟，并逐步走上了致富道路。

“这一切在山大沟深的西海固山区是不可想象的。”移民新村的村民纷纷表示。

截至目前，宁夏已经从中南部山区搬迁出23万人，建成移民安置住房6万余套，实现生态移民转移就业8万余人。预计到2020年，从中南部山区搬迁出来的35万移民人均纯收入将接近宁夏全区的平均水平。（此稿被新华网、《固原日报》等22家媒体采用）

2015年2月26日，红瑞生态移民新村村民马玉花（左三）和邻居在屋外晒太阳聊天　■ 新华社记者　彭昭之／摄

特写：少数民族大学生的汉族“妈妈”

新华社记者　艾福梅　谢建雯

六旬汉族老人赵淑珍生养过两个女儿，但认识她的人都知道，她还有个藏族闺女叫格桑措姆。

赵淑珍家住宁夏回族自治区银川市西夏区共享社区，毗邻北方民族大学。这所大学现有来自中国各地2万余名学生在读，其中少数民族学生比例为60%。大学里各个民族的学生经常来社区开展志愿活动。

2015年，共享社区居委会主任刘丽娟的儿子考上大学，即将到福建上学。她担心孩子到那边人生地不熟，会不适应。“从儿子身上，我就想到北方民族大学这些远离家乡的少数民族学生，他们刚来这里，肯定也有担忧、有害怕，为什么不让居民和孩子结成对呢？”

同年，共享社区和北方民族大学开启“结亲互助”活动，在宁夏给来自外地的少数民族学生找个家。

当时正上大一的格桑措姆常来社区教大家跳藏族舞蹈，和赵淑珍结下“母女缘”。“我自己的两个女儿都出嫁了，这个藏族姑娘就是我的亲闺女。”赵淑珍说。

每逢周末，赵淑珍都会做一大桌菜给格桑措姆改善伙食，一家人边吃边分享风土人情、民族趣事，其乐融融。学校的传达室里经常堆着赵淑珍给格桑措姆送来的时令水果、年节美食。

“阿姨对我很好。每次传达室通知，我知道她又来送吃的了。”已经毕业回到西藏老家工作的格桑措姆在电话里说道。

格桑措姆回忆道，还记得在一个炎热的夏日中午，自己接到传达室电话，匆匆跑到校门口却只看到了烈日下远去的自行车。“看着那个身影，我鼻子酸酸的，在陌生的地方能找到这样的亲人，我很幸运。”

三年多时间，这对“半路母女”早就无话不谈。格桑措姆毕业前还带着男朋友到家里“见家长”。

“她才毕业两个月，我已经想得不行了。”赵淑珍说。

在共享社区，这样的结对家庭还有9个，14个外地少数民族大学生在这里享受到家的温暖。社区居民王菊茹一家就有了4个少数民族孩子。

“我有5个孩子，来自4个民族。”61岁的王菊茹笑着说道，“除了自己的独生女，自己还多了蒙古族儿子巴特尔、柯尔克孜族女儿古丽巴努尔、维吾尔族女儿夏伊达和热娜。”

王菊茹说，孩子们虽然来自不同民族，但相处很融洽。在她的微信中有一个置顶的名为“民族情·一家亲”的聊天群，四个孩子的父母也在其中。

虽从未谋面，但相隔千里的五家人早已成为朋友，妈妈们还通过微信视频探讨交流各个民族美食的做法。

“毕业后我们从没断过联系，世界杯期间还在微信群和‘干妈’边聊天边看球。”已经回到内蒙古呼和浩特市的巴特尔在电话里说道，打算等工作稳定后和父母一起回到宁夏看望“干妈”。

刘丽娟说，各民族都有自己的特点，难能可贵的是大家都能用开放的态度去包容和理解，“结亲”是一段互相温暖的人生经历。

共享社区本身就是回、汉、满、藏、蒙古五个民族杂居的嵌入式格局小区，多年来各民族居民和谐共处、亲如一家，为“结亲互助”营造出良好的社区亲情氛围。

“今后社区还要把‘结亲互助’继续下去，让更多少数民族学生走进社区大家庭，在多民族背景中交往、交流、交融，感受家的温暖。”刘丽娟说。（此稿为新华社对外通稿）

“结亲互助”温暖宁夏银川共享社区

新华社记者　任玮

国庆假期前一天，看望完社区居民何秀琴一家，临别，苏万成叮嘱：“大妈，有啥事就给我打电话，别怕麻烦，助行器的事儿我一定帮你们解决。”

“小苏逢年过节总记着来看我们，了解我们的困难，每个月还资助300元的生活费。”何秀琴说。

苏万成是宁夏银川市安泰苑物业服务有限公司总经理，他的公司负责西夏区文昌路街道共享社区的物业服务。何秀琴，是共享社区的一位回族居民，家中有一个身患残疾的女儿需要照料。这样非亲非故的两个人，通过社区“结亲互助”平台相识，结下亲情。

“我们社区是回、汉、满、藏、蒙古5个民族共居的嵌入式格局小区，开展‘结亲互助’就是让各民族同心同助。”共享社区党总支书记刘丽娟介绍。近年来，社区通过与辖区企业、部队、学校等联合组建“星火民族情”志愿服务队，集中开展“结亲互助”等各类志愿服务活动。

共享社区的“结亲互助”故事有很多：在社区与毗邻的北方民族大学开展“结亲互助”活动中，汉族老人赵淑珍与藏族学生格桑措姆结缘，从此多了个藏族女儿。每逢周末，赵淑珍都会叫格桑措姆回家改善伙食，能歌善舞的格桑措姆有空就到社区教大家跳藏族舞蹈。

退休老人王菊茹家里，这些年先后多了蒙古族儿子巴特尔、柯尔克孜族女儿古丽巴努尔、维吾尔族女儿夏伊达和热娜。即使孩子们陆续毕业离开，她的微信聊天群“民族情·一家亲”始终不散……

如今，共享社区的“结亲互助”活动已从开始的3对发展到20多对，不仅让远离家乡的大学生和部队战士感受到了家的温暖，也给居民生活带来了欢乐，增进了各民族之间的感情。“结亲”的大学生和战士还经常回到社区，参加各种志愿活动。

“结亲互助”只是共享社区打造各民族“同心联盟”的一个缩影。近年来，社区党总支围绕实现同心同德、同心同乐、同心同助、同心同安、同心同富的目标，开展了系列民族团结促进工作。比如，建立民情联络站，及时掌握各民族群众需求，解决他们的实际困难，增进民族团结；开展书香社区、和谐民风建设以及最美民族家庭评选等活动，丰富各族群众文化生活，提升居民文明素养……

“五个‘同心’的内容几乎涵盖了社区所有工作，这是我们做好民族团结工作的主要抓手。”刘丽娟说。社区将民族团结工作融入民生改善、扶贫

宁夏银川市西夏区共享社区工作人员（左一）与宁夏银川市安泰苑物业服务有限公司总经理苏万成（右二）看望居民何秀琴（右一）　■ 新华社记者　王鹏 / 摄

帮困、创业就业、精神文明等工作中，让各族居民充分平等享受到国家各项利好政策。用“同心联盟”将大家紧紧联系在一起，形成了多年来各民族和谐共处、亲如一家的良好氛围。

最近，身患重病的汉族老人李进胜坐在轮椅上专门写了一篇文章，将他多年来亲身经历的回汉相邻和睦共处的故事讲给大家听。老人最后写道：“各族人民一家亲，互帮互助心连心；民族团结花盛开，圆梦路上大步奔。”（此稿被新华网、《宁夏日报》等27家媒体采用）

利通区永昌社区：浓浓邻里情　共谱团结歌

新华社记者　艾福梅

不大的院落，摆了几张大圆桌，近百名各族老人团团围坐，乐呵呵欣赏着舞台上精彩的表演，欢声笑语传得很远……

这是胜利镇的社区邻居节系列活动之一。29日，辖区永昌社区和新华社区等联合承办“百位老人喜相逢 民族团结一家亲”活动，近百名各族老人共吃祝寿蛋糕，共话晚年生活。全国最美家庭、全国五好文明家庭、“最美胜利人”代表还上台分享了各自的故事，10组家庭参与包饺子比赛，赢得老人们的阵阵掌声。

“现在老百姓生活条件好了，精神需求就显得更为重要。社区通过14年持之以恒地举办‘邻居节’，把居民吸引到各项活动中来，既活跃了群众文化生活，更让社区各族居民感受到浓浓的邻里情。”永昌社区党支部书记马学梅说。

永昌社区位于宁夏回族自治区吴忠市利通区的城乡接合部，小区老旧、居住分散，3085户7710人居住在22个楼院里，其中回、满、土家等少数民族占总人口数的57%。近年来，该社区通过开展形式多样、内容丰富的活动，努力构建相互嵌入式的社会结构和社区环境，促进各族群众在共居、共学、共事、共乐中交往交流交融。2017年底，永昌社区被评为“全国民族团结进步创建示范社区”。

在永昌社区办公楼里，一张张照片记录了一个个温情瞬间。汉族老党员潘正德儿女远在外地，自己独居在家，回族老党员金红英将其邀请到自家小院，准备了生日蛋糕、馓子、葡萄等，为老人庆生；在中华民族传统节日——端午节，各族居民一起包粽子；在社区邻居节上，各族群众一起晒厨艺、尝美食……

活动拉近了居民之间的距离，“建好共同家园”的理念也更加深入人心。退休老人尤淑花4年前发起成立了“红袖章义务巡逻队”，义务维护永昌社区的安全与文明。记者见到她时，这位65岁的老党员走路不是很利索，原来，两个月前她在巡逻时不小心摔伤了腿，即使这样，社区有啥活动她都要参加。

“我们不愁吃不愁穿，就想发挥点余热。”她说。

走进永昌社区，就可以看到精心打造的民族团结大院、民族团结宣传墙、宣传书屋等。“居民空闲时，可以看看宣传墙上的内容，潜移默化中，民族团结的意识就入脑入心了。”马学梅说。

永昌社区还开办了民族团结大讲堂，多次邀请民族团结模范人物讲先进事迹，以身边的事教育身边的人，形成了人人学习民族团结先进、人人争当民族团结先进的良好局面。

社区工作的核心是服务群众。记者采访了解到，近年来，永昌社区充分利用各种平台为群众做好事、办实事、解难事，使民族团结进步创建活动更加贴近实际、贴近生活、贴近群众。比如，社区积极发挥联合党委资源优势，通过“居民提单，社区接单，成员单位销单”的菜单式服务模式，联合共建单位解决了老百姓关心的上下水管道老化、路面破损、楼道无照明等问题。

“6年前，我去做入户调查，了解到一位独居老人生活难以自理，煮一次米饭，拌点咸菜吃一天，我觉得很心酸，下定决心要把老年饭桌建起来。”马学梅说。

如今，在政府和辖区联合共建单位的支持下，永昌社区的老年饭桌已是远近闻名，还吸引了其他社区的老人来“搭伙”。72岁的刘兴就是其中之一。“这里环境好、伙食好，还有早餐，周末也开餐，解决了我们的大麻烦！”刘兴说。

针对辖区老年人口居多的现实，除老年饭桌外，永昌社区还设有理疗室、棋牌娱乐室、老年器乐室等近10个服务室，基本满足社区老年人对文体娱乐、健康养老的生活需求。

马学梅说，现在的永昌社区，民族知识大家学、传统节日大家过、困难群众大家帮、社区管理大家促。“今后，我们将继续共浇民族团结之花，共唱民族团结之歌，把家园建设得更好。”（此稿被《青海日报》、新华网等20多家媒体采用）

单家集：见证红军民族团结佳话
传承回汉兄弟一家传统

新华社记者　张亮

1935年10月，毛泽东带领中央红军路过宁夏甘肃交界处的回族聚居村落单家集，夜宿陕义堂清真寺，并和清真寺阿訇促膝长谈。如今的单家集延续了“旱码头”的新传奇，发展成为西北最大的村级活畜交易市场，这一切都离不开民族团结奠定的发展环境。

76岁的回族老人拜福贵是单家集和红军那段回汉团结史的义务解说员，他的父亲拜文海当年就作为陕义堂清真寺的一员参与接待红军。从1993年起，每天白天拜福贵都要待在当年毛泽东夜宿过的小院，一有游客前来参观，老人就精神抖擞地介绍那段历史。

“1935年8月，红二十五军经过单家集时，严格执行了尊重回族宗教信仰与生活风俗习惯的‘三大禁令、四项注意’，连在井里打水都要用回族群众自家的桶。红军战士还帮老百姓干农活，给老百姓送药品，在回族群众心中留下了美好印象。”拜福贵说。

在陕义堂清真寺的一间房屋内，书有“回汉兄弟亲如一家”的锦旗挂在正墙上。虽然是一件复制品，但拜福贵仍十分珍视。“这是红军第一次经过单家集时，红二十五军军长程子华送给清真寺的，它既是那个特殊年代红军与回族人民深厚友谊的见证，也留下了回汉团结的佳话。”拜福贵说。

红军第二次过单家集，是由毛泽东亲自率领。由于红二十五军在单家集回族群众中留下了非常好

在宁夏回族自治区西吉县兴隆镇单家集陕义堂清真寺，回族讲解员拜富贵向前来参观的群众介绍“回汉兄弟亲如一家”锦旗的来历　■ 新华社记者　彭昭之/摄

的印象，当年这里的回族群众按照迎接回族贵客的习俗举行了欢迎红军的仪式。

在一张旧桌旁拜福贵兴奋地说：“就在这张桌子上，我们这里的回民按照待客最高规格，摆了以牛羊肉为主食的‘九碗席’，宴请毛主席和红军将士。”

如今，陕义堂清真寺已经成为一个红色革命旅游景点，而单家集也成长为西北最大的村级活畜交易市场。

单南村村支书单云告诉记者，单家集由单南、单北两个村子组成，共有4500多人，其中98%是回族。早在清代这里就是有名的旱码头，单家集人七成经商，三成务农。

长期经商的氛围让单家集人坚信“和气生财”的理念，不论是汉族和回族，互相交往时都怀着友善的态度，从没有因民族或信仰不同而发生冲突。单家集的回族善养殖，汉族善耕种，回汉群众经常互相帮助，先富带后富。

“单家集的汉民虽然少，但是和回民彼此交叉居住，甚至汉族家里结婚都会请回族厨师做饭摆席，邀请回族邻居共同庆祝。民族团结既是我们单家集的传统，也是这些年来单家集能快速发展的环境保证。”单云说。（此稿被《西藏日报》《银川晚报》等43家媒体采用）

银川长城须崎小区：多民族杂居“结亲互助”凝爱心

新华社记者　许晋豫

2016年春节已过，家住宁夏银川市西夏区长城须崎社区、在山西读大二的回族大学生杨蓉却丝毫没有返校的意思。当家人问起时，杨蓉避而不谈。

由于不善说教，苦恼的杨蓉爷爷只得向长城须崎社区党总支书记刘丽娟求助。刘丽娟一听就猜出了事情的大概，杨蓉家属于低保边缘户，虽然学费没问题，但生活费对她家而言是一笔不小的开销。

经过谈心，刘丽娟还了解到，由于想为家里减轻负担等原因，杨蓉产生了退学的想法。刘丽娟从人生长远考虑着眼对杨蓉进行耐心劝解，并联系了一家物业公司给予杨蓉每月300元的生活资助，以便让她安心完成学业。

杨蓉说：“刘阿姨的劝解让我意识到自己的目光短浅。以前为了减轻家庭负担，我有时做两份兼职，十分劳累，现在有了每月300元的资助，我有更多的时间去学习。”

长城须崎社区是一个多民族杂居社区，回族、蒙古族、满族、藏族等少数民族居民379人，占社区总人口的9%。此外，社区还临近营区和校区，尤其是离北方民族大学较近，民族团结工作始终是社区的重点工作之一。

2015年长城须崎社区开展民族团结“结亲互助”活动，辖区30多名部队官兵、外地少数民族大学生和社区居民结对，互亲互助。

在北方民族大学读大二的藏族学生格桑措姆便是“结亲”的参与者之一。去年，通过在长城须崎社区做志愿者，她与退休职工赵淑珍“结亲”。此后，只要家里做好吃的，赵淑珍就会骑着自行车送到格桑措姆宿舍去，还经常像家长一样嘘寒问暖。

近日，会跳藏族舞的格桑措姆还与赵淑珍老两口一起参加社区的文艺表演，宛如一家人。“赵阿姨隔三差五地送来好吃的，并督促我好好学习，让我在离家几千里外的银川找到了家的感觉。”格桑措姆说。

2015年赵淑珍家被评为“民族团结进步示范家庭”，而在她看来这个荣誉竟有点“烫手”，在居委会的再三劝说下，她才接受了奖状。赵淑珍说，她和格桑措姆“结亲”是自愿的，自己也因此快乐了许多。

走在长城须崎社区，民族团结的各类标语随处可见。刘丽娟说：“做好民族团结工作，邻里和睦相处是社区服务好居民的一项基础工作，我们之所以打造‘结亲互助’社区，就是要把社区与营区、校区融为一体，共同促进民族团结。”（此稿被环球网等 17 家媒体采用）

“靠近我，温暖你”

——记宁夏回族大妈王兰花和她的热心小组

新华社记者　艾福梅

在宁夏回族自治区吴忠市利通区“王兰花热心小组”工作室外，记者等待了半个小时，才见到 64 岁的回族大妈王兰花，当她从搭乘的电动车上下来时，因着急裤腿差点儿被车绊住。

“慢点儿！慢点儿！”这是记者在采访中听到周围人对她说得最多的一句话。说话语速超快、走路风风火火，如果光看这两点，没人能想到这是一位 64 岁的回族大妈。

“医生说我是最不像病人的病人，可是我停不下来啊，还有这么多事情等着我！”因为肠胃不好、劳累过度，王兰花正在当地医院住院。5 天来，她只有输液时才能安安稳稳待在医院，可电话依然响个不停，同病房的病友不得不用被子蒙住头来休息。

“我的电话就是‘王兰花热心小组’的热线电话，我能不接么？万一群众有困难找我们怎么办？”从早上 7 时到下午 3 时，她的电话中显示共有 22 个电话。

王兰花一边与记者聊天，一边安顿陆续赶到工作室的志愿者，让他们准备好下午的“一对一”帮扶启动仪式。“我们每个人都有帮扶的对象，其实这个工作已经做了很多年，但今天专门搞个启动仪式，是想让这个活动形成规模，吸引更多人加入。”

王兰花从来闲不下来。

在担任利通区裕西社区居委会主任时，她就是附近有名的“大忙人”，2004 年 8 月退休后，社区群众有困难、有烦恼还是愿意找她。于是，2005 年，在社区居委会的支持下，王兰花与她的 7 名老姐妹们成立了为社区居民分忧解难的“王兰花热心小组”。

近 10 年来，他们发出爱心服务卡 2 万多张，为居民解决暖气不热、贫困家庭大病医疗救助、下岗职工再就业等大小杂事 1000 多件，调解纠纷 300 多起。

“有群众求助我们，不管是回族还是汉族，我们都尽力去帮助他们。我常说‘帮成帮不成是一回事，帮不帮又是另外一回事’，我们愿意为他们跑断腿、磨破嘴。”王兰花说。

汉族小伙舒宏勇小时候父母离异，父亲一人用微薄的工资抚养他和弟弟，家里非常困难，父亲去世后兄弟俩更是常为吃住发愁。还是居委会主任的王兰花得知后，隔两天就去家里给他们送吃的，把兄弟俩穿脏的衣服拿回去洗，还到学校帮他们申请减免学费，申领低保。

“王阿姨是好人，帮了很多人，我一辈子都忘不了她。”如今，29 岁的舒宏勇又在王兰花帮助下开了一家水暖维修店，靠自己的本事挣钱养家。

2012 年春节，王兰花收到的奖金和慰问金共 3000 元，可她一分钱没留，全拿出来给困难孤残老人买了米面油。春节时，老姐妹去她家，正赶上她和老伴吃饭——面条就咸菜。

61 岁的金济民退休后加入了“王兰花热心小

组”，为他们出谋划策、登记造册。“你看看，就今年一年，我们搞的活动大大小小120多次了，募捐到11.56万元，捐助了235个人。”

“王兰花特别有爱心、特别乐于助人！我们都愿意跟她一起当志愿者，帮助他人。”金济民说。

王兰花曾说过，她这辈子最大的幸运和收获有两项：一项是加在名字前的荣誉，是社会给她的；一项是跟在名字后的善行，是困难群众需要的。

“王兰花热心小组”无私奉献的精神已经成为一张亮丽“名片”，成员也由当初的不到十人发展到超过千人，覆盖20个社区。

“我到这个年纪了，时间也不多了，我自己一生尽力帮助他人，活得非常充实。如今，我最希望有更多的年轻人加入我们，让热心小组能永远持续下去，让‘有时间当志愿者，有困难找志愿者’深入更多人心中！”王兰花说。（此稿被新华网、21世纪网等16家媒体采用）

共筑民族团结生命线

——武警宁夏总队开展民族团结进步创建工作记事

新华社记者　史照栋　雷铁飞　吴杰

在宁夏同心烈士陵园，一座墓碑上镌刻着一位年轻战士的名字：冯建国。他生前是武警宁夏总队后勤基地综合仓库油料物资保管班班长兼驾驶员。

专程赶了十多里山路前来的75岁回族老人杨明林摸着墓碑，眼含热泪地说：“他给我们送了那么多救命水，却连俺家的一口水都没喝上就走了……”

2009年5月13日8时40分，冯建国驾驶送水车到同豫公路的一处急弯时，突然发现一辆满载乘客的中巴车迎面急速驶来。事发突然，他毅然选择了向右紧急避让，客车上的14名乘客安然无恙，他却坠入山沟，壮烈牺牲。

人们都说，他是送水分队的优秀代表。

2008年冬季以来，宁夏中部干旱带持续干旱，旱情严重的同心县村民们陷入“水荒”之中。

抗旱地水源分散，近则几十公里，远则200多公里。冯建国和战友们24小时轮流值守，不间断将水送到受灾群众家中。每天送完水，许多战友累得坐在地上就能打起呼噜，冯建国却打水拖地、检修车辆。

在连续48天的抗旱奋战中，冯建国和战友们先后转战11个乡镇的学校、敬老院、清真寺和农户，累计行程38.4万公里，送水2.1万立方米，救助群众16.5万人。

在同心县南关清真大寺，杨阿訇深情地拉着送水官兵的手说：“你们送来的不仅是‘救命水’，更是警民鱼水情！”

鱼水情深、民族团结，更是官兵用鲜血捍卫的。

2011年7月3日傍晚，官兵们得到通报，石嘴山市大武口区一名歹徒劫持一位女出租车司机。

情况紧急，时任武警石嘴山市支队政委的王志明迅速带领官兵赶赴一线。

在现场，见犯罪分子气焰嚣张，王志明果断决定，自己化装成地方人员，接近并寻机将其制服。如若被其识破，狙击手要果断开枪。

然而，狡黠的犯罪分子十分警觉，挥舞着尖刀让他闪开。

“你别激动。我是来跟你谈条件的。”王志明故意声音高低不一，给犯罪分子一种隔着车窗听不清的错觉。在谈到关键的赎金数目时，犯罪分子终于按捺不住，把车窗摇开一个小口。

说时迟，那时快，王志明一把抓住犯罪分子的手折到车窗外面，同时迅速拉开车门，武警官兵和公安民警一拥而上，成功将其制服，人质安全获救。

事后，王志明才发现，他的胳膊被犯罪分子用匕首划了一道长长的口子，深可见骨。

“我是一名少数民族农民的儿子，是党和部队把我培养成才。关键时刻上不去，如何面对组织的信任和人民的重托？”王志明说。

6月26日上午，宁夏海原县一辆载有数十名乘客的中巴车突然冲出路基，从20多米高的山坡上滚下。武警海原县中队接到求救电话后，火速赶往现场救援。

车体仍在冒烟，爆炸随时可能发生，但他们全然不顾。上等兵张晨东在训练中不慎扭伤右臂，但轻伤不下火线，用尽全力扒开车厢里扭曲的座位，将一位老人成功救出。（此稿被新华网、《华兴时报》等7家媒体采用）

回族村里的汉族大学生“村官”：“村民致富就是我的梦”

新华社记者　张亮

全村207户、847名回族村民，将选票全部投给一名27岁的汉族大学生“村官”，这是宁夏回族自治区固原市原州区黄铎堡镇丰泽村新一届村“两委”换届时发生的事情。汉族大学生“村官”李浩带领回族群众奔小康，成为当地民族团结的一段佳话。

2011年起，宁夏开始实施生态移民工程，把居住在环境恶劣、位置偏僻地区的农民搬迁到近水近路、环境良好的地区。2011年8月，3个不同村落的207户回族群众从大山中搬出，共同组成新的丰泽移民新村。丰泽村成立不久，刚大学毕业的李浩就来到了这里。

通过大学生“村官”考试时，李浩心里做好了充足的准备，要在基层扎根。但当得知自己被分配到一个纯回民村时，李浩还是犯了难：“全村就我一个汉族，其他都是回族，我能不能当好这个‘村官’呢？”

不仅李浩犯了难，丰泽村村民一开始对这个“村官”的能力也有所怀疑。李浩回忆说，当时在村子里遇到村民，几乎没人理他。困难面前，李浩迎难而上。来到丰泽村的第一个月，李浩主动挨家挨户走访村民，了解每一户村民家里的实际情况和面临的难题，并在工作中学习民族宗教知识，积累工作经验。

“刚来的时候，我总习惯在中午的时候用村里的大广播播放通知和新闻节目，但是我发现这和回族群众中午的礼拜有冲突。我很快意识到这一点，及时改变了广播的播放时间。”李浩说。

让李浩赢得所有回族村民的心，不单单靠尊重回族的民族习俗，还得益于李浩带领大家致富的能力。在丰泽村，一提到李浩，村民的第一反应几乎都是“这娃娃工作能力强，能为我们要项目。”

对于一个刚刚搬迁下来的移民村，各类扶持项目对于村庄发展至关重要。实际上，国家和宁夏各级政府每年都会实施各种惠农项目，帮助农民发展生产。李浩紧紧抓住这一点，根据村民发展生产需要，积极对接争取各级政府惠农项目。养殖棚项目、温棚项目、卷帘机项目……李浩为乡亲们争取来一个个项目，让这个移民村快速走上致富路。

丰泽村村主任马进荣说：“有了这些惠农项目，村民发展养殖业、设施农业少了很多后顾之忧。”

李浩大学的专业是哲学，在农业种植方面原本是个外行。而当大学生“村官”以来，李浩恶补温棚种植技术、病虫害防治等知识。每到温棚种植时节，李浩一大早就和村民一起扎进温棚，一起钻研如何种好温棚。

基于李浩敬业、踏实的工作态度，在2013年底丰泽村“两委”换届时，李浩全票当选村支书。如今，李浩已经成为村里过回族节日时的“抢手人”，村民争着把他请到自己家里来过节。

“这娃娃虽然是个汉族，但我们村子里只有他一个汉族，在我们村他是个地地道道的‘少数民族’，他把村子当自己家，我们也要待他如自家人。”丰泽村村民马志海说。（此稿被新华网等16家媒体采用）

宁夏固原：民族团结之花绽放

新华社记者　许晋豫

回族群众张占学是社区的“红人”，自从搬迁到隆德县县城周边的红崖社区以来，原本住在山沟里的张占学一家住上了楼房，张占学还成了社区物业公司的技术工人，不管刮风下雨，社区居民一个电话打来他都能及时赶到，2018年他还成为社区农民讲习所的“讲习员”，跟大家分享民族团结的点点滴滴。

“物业公司很照顾我，加上平时大家一起参加社区举办的各类活动，左邻右坊相处得很和睦。我享受了好政策，还有这么好的邻居，做点事不算什么。”张占学说。

不只是在生活中，在工作上固原市回汉群众同样不分你我。固原市天鸿食品公司共有回族22人，占职工总数的32%。在公司工作半年来，回族妇女马忠花切实感受到了集体的温暖。她说：“因为离家远，公司在上班时间以及饮食上很照顾我们，大家一起工作其乐融融，每月2500元的收入也让家里的生活越来越好。”

而这样的民族团结情景在固原市数不胜数。固原市回族人口占总人口的44.38%，一直以来，固原市高度重视民族团结工作，尤其是2015年启动全国民族团结进步示范市创建以来，把创建工作确定为全市经济社会发展的总体目标之一，通过“打好脱贫富民决胜战”、实施“八大工程”、铸牢中华民族共同体意识等措施将民族团结之根深植于大地山川。

固原市坚持“各民族都是一家人，一家人都要过上好日子”，聚焦“打好脱贫富民决胜战”这条主线，集中精力抓好建档立卡户脱贫、全市域巩固提升两大任务。2012—2017年，全市城镇居民人均可支配收入、农民人均纯收入年均分别增长8.1%和13.2%；全市贫困人口由2012年底的44.8万人减少到2017年底的9.55万人；贫困村由624个减少到85个；贫困发生率由35.2%下降到8.4%。

固原市以乡村、社区、学校、军营和宗教活动场所等为创建工作主阵地，全面实施学校民族团结育苗、幸福社区共建共享等“八大工程”，打造单家集、将台堡等一批体现固原特色、彰显固原优势的民族团结进步教育示范基地，形成全社会各领域、各行业全面创建的良好局面。

同时，固原市还不断铸牢中华民族共同体意识，坚持重在平时、抓在平常，广泛开展“拥护核心感党恩、同心携手奔小康”教育活动。针对不同受众特点，创新民族团结教育形式和载体，扎实开展“民族团结月”等宣传教育活动，不断抓好理想信念教育、民族政策教育、社会主义核心价值观教育等，推进各民族文化交流互鉴，铸牢中华民族共同体意识。（此稿为新华网专稿）

宁夏银川共享社区：各民族大团结共筑“同心联盟”

新华社记者　卢鹰

［解说］宁夏银川共享社区近年来围绕实现同心同德、同心同乐、同心同助、同心同安、同心同富的目标，开展了系列民族团结促进工作，形成了社区团结、发展、稳定、和谐的良好局面。

国庆前，银川市安泰苑物业服务有限公司总经理苏万成来到了共享社区的何秀琴家，提前送来了下个月的生活费。

［同期］宁夏银川市共享社区居民何秀琴：“苏总一跟我认识，上次就把300块钱给我们丫头（女儿）了，挺好的。你看苏总做的确实让人感激。我就是不会说，感激的话多着呢，就是不会说。”

［同期］宁夏银川市安泰苑物业服务有限公司总经理苏万成：“以后你这边有啥困难有啥事就吭声，直接打个电话就行。咱们这边尽量帮你做，好不好？”

何秀琴：“好好好，感谢你。”

“别谢别谢。”

［解说］何秀琴的女儿由于患病，生活不能自理，通过社区的“结亲互助”活动，得到了苏万成的资助，每个月不仅有生活费，逢年过节苏万成还会到家里慰问看望。

［现场同期］宁夏银川市西夏区共享社区党总支书记刘丽娟：“怎么哭起来了，你看？”

何秀琴女儿：“你们对我太好了！”

“哎呀，这是好事，你哭啥呀你说。人家苏总来看你来了，不哭了不哭了。我给你说啊，这是过年过节了，人家苏总来看看你，就这么点心意，生活费给你送过来，他就安心了。该过节了，提前把这个钱给你，好事，高兴，得笑。”

何秀琴女儿：“我就太激动了，高兴的话实在不会说。”

“不说，不用说，那些话都不用说了。姨知道你心里想的啥，别哭了啊。”

［解说］苏万成是汉族，而何秀琴一家是回族，虽然民族不同，但这并不妨碍苏万成无私的帮扶和两家人融洽的关系。

在共享社区，这样的例子还有很多，这也得益于共享社区打造的各民族“同心联盟”。

［同期］宁夏银川市共享社区党总支书记刘丽娟：“在我们小区里居住着5个不同民族的居民，怎么能让这些老百姓真正达到共居、共学、共事、共乐？社区也是下了很多功夫。在这方面呢，我们想社区不只是一个简单的服务机构，而是起着引领和带动的作用，可以说是一个平台，也是一个桥梁，所以我们把民族团结的工作，和我们其他的工作结合起来，比如我们的党建工作，我们的精神文明工作，我们把民族团结融入到社区工作的每一个点里去做，让我们的老百姓和睦相处，邻里互助。”

［解说］社区的工作换来了各族居民的认同，形成了多年来各民族和谐共处、亲如一家的良好氛围。

［同期］宁夏银川市共享社区党总支书记刘丽娟：“在我们社区里，和谐的大氛围、团结的大氛围特别好，因为我们通过社区工作第一时间把党和政府的温暖送到各民族老百姓的家中。社区每次组织活动的时候，大家也是不分彼此，不分你我，不分你是哪个民族的，都是积极地响应，积极地参加，大家共同为社区的建设在出力，在添砖加瓦。”

［解说］经过不断的努力，共享社区先后获得了宁夏首家也是唯一一家国家“书香社区”、国家“综合减灾示范社区”、自治区“民族团结进步创建示范社区”等荣誉称号。

宁夏吴忠永昌社区：浓浓邻里情　共谱团结歌

新华社记者　刘飞

［解说］不大的院落，摆了几张大圆桌，近百名各族老人团团围坐，乐呵呵欣赏着舞台上精彩的表演，欢声笑语传得很远……

这是宁夏吴忠胜利镇的社区邻居节系列活动之一，29日上午，胜利镇辖区永昌社区和新华社区等联合承办“百位老人喜相逢　民族团结一家亲”活动，近百名各族老人共吃祝寿蛋糕，共话晚年生活。全国最美家庭、全国五好文明家庭、“最美胜利人”代表还上台分享了各自的故事，10组家庭参与包饺子比赛，赢得老人们的阵阵掌声。

［同期］永昌社区党支部书记马学梅：“国庆节马上到了，九九重阳节也到了，今天我们社区开展的邻居节的系列活动，就是为百位老人共同过一个生日，让大家在这里感受家的温暖，大家坐到一起能够不分彼此，像亲人一样相互交流，相互交往，相互交融。”

［解说］永昌社区位于宁夏回族自治区吴忠市利通区的城乡接合部，小区老旧、居住分散，3085户7710人居住在22个楼院里，其中回、满、土家等少数民族占总人口数的57%。近年来，该社区通过开展形式多样、内容丰富的活动，努力构建相互嵌入式的社会结构和社区环境，2017年底，永昌社区被评为“全国民族团结进步创建示范社区”，这其中的秘诀在于邻居节。

［同期］永昌社区党支部书记马学梅：“对于永昌社区来说主要以邻居节活动为抓手，就是为居民搭建了一个手足相亲、守望相助的平台，让大家融入小区里面。大家在小区里面不分你我，大家就像一家人一样坐到一起。我们通过楼宇茶话会，包括邻居节的‘邻里和谐情义浓’‘民族团结一家亲’系列活动，通过这些活动我们让各族居民融入一起，让邻居节活动成为一个共居、共学、共事、共乐的大舞台。”

［解说］从2004年开始举办的邻居节已经成为永昌社区居民联系的纽带，如今随着时间延展，邻居节也开始逐渐在社区治理方面发挥作用。

［同期］永昌社区党支部书记马学梅：“邻里纠纷呀，家庭纠纷呀，通过这个平台大家该解决就解决，比如说居民之间的一些需求呀，比如说需要帮助的我们进行一些帮助，需要关心的呢，我们通过这个平台进行一对一的结对帮扶，进行帮助，让各族老百姓认为这个节日是自己的节日，一到邻居节活动大家积极参与。”

［解说］在永昌社区办公楼里，一张张照片记录了一个个温情瞬间。社区各项活动拉近了居民之间的距离，也让居民拥有更多幸福感、获得感。

［同期］社区居民杨树生：“社区都是比较团结和谐，各民族呢都是团结一块，有啥事反正你家我家有啥事情都是互相帮助、体贴，互相照顾，你像有些婚丧也好，居民能同时到一块，来协助，来帮助。”

［解说］有形之类，大必起于小。从2004就来到社区，如今已经在社区工作14年之久的社区书记马学梅对民族工作有着自己的体会。

［同期］永昌社区党支部书记马学梅：“民族团结是个大事情，社区呢就要从小做起，从居民的点点滴滴的需求来抓好，民族团结工作就能做好。”

高质量发展篇

GAOZHILIANG
FAZHAN PIAN

合成水罐
合成水罐
TK-7250001C
合成水罐

传统产业“发新枝” 新兴产业“结硕果”
——宁夏奋进60年巡礼之高质量发展篇

新华社记者 马俊 于瑶 许晋豫

60年间，从3.28亿元到3453.93亿元，宁夏经济总量增长了1052倍，一个适应市场需要、富有特色、高质量的现代经济结构体系正在形成。尤其是近年来，宁夏新旧动能转换不断加速，推动经济高质量发展有了信心和底气。

传统产业以新面孔示人

煤炭是宁夏的主要资源，60年来在开发、利用煤炭基础上，逐渐形成以煤炭、电力、石化、冶金、装备制造等行业为支柱的工业体系。在环境约束增大、投资下滑、转型压力陡增情况下，迫切需要摆脱惯性思维、路径依赖，使传统产业“老树发新枝”。

作为典型的高载能企业，中电投青铜峡能源铝业公司结合下游企业需求，在企业周边集聚了一批下游企业，年可消纳铝水40万吨左右，既稳定了销售市场，又优化了产业结构。

宝胜（宁夏）线缆公司主打航空航天等高端线缆，年产值达20亿元。公司副总经理夏金忠说：“以前公司要把铝锭运到江苏再化成铝水，现在取消了中间环节，铝水可以直接拿来用，成本可降低10%。”

这只是宁夏传统产业“发新枝”的缩影。经过转型升级，宁夏一些传统企业开始“上天入地”：宁夏神州轮胎公司自主研发国产大飞机轮胎；吴忠仪表公司生产的阀门广泛应用于深海油气田；宁夏维尔铸造公司研发的中国标准高速动车组铝合金枕梁打破国外垄断……

这得益于宁夏每年实施100个重点技术改造项目，不断提升传统企业科技水平，支持企业采用新技术、拓展新业态。“很多技术是买不来的，企业创新永远在路上，一刻都不能停。”吴忠仪表公司总经理马玉山说。

“宁夏不少传统企业装备技术水平全国领先。今年银川滨河如意服装公司、宁夏吉元冶金公司等12家企业被认定为智能、绿色工厂、数字化车间。”自治区经信委副主任张宏年说，宁夏还给传统产业持续“瘦身健体”，5年淘汰落后产能近400万吨。

在吴忠仪表有限责任公司自动化产业园，工作人员装配控制阀

■ 新华社记者 王鹏 / 摄

新兴产业从点向面扩展

党的十八大以来，宁夏初步形成现代煤化工、高端装备制造、新材料等产业集群，新兴产业从点向面扩展。

以现代煤化工产业为例，宁夏在此领域投资超千亿元，煤化工产业年产值达423亿元。从挖煤到输电，从卖炭到卖油，从黑色煤炭到白色烯烃，宁东能源化工基地快速发展，在我国4个现代煤化工产业示范区中规模最大、产值最高。

宁夏北控睿源再生资源公司每年“吃掉”周边煤化工企业的30万吨废旧甲醇及混醇危险废物，生产甲醇、甲苯、二甲苯等精细化工产品。公司总经理张景辉说：“我们将充分利用煤化工各类产品和化工废料，不断延伸产业链，逐步形成产业生态圈。”

发展现代煤化工是宁夏“刷新”资源观的一个体现。近年来宁夏还利用气候干燥、电价较低等资源优势，发展云计算、高端储能材料、新能源汽车等新兴产业。

在云计算方面，中卫市已形成“一雁领头，众雁齐飞”的发展格局，2018年新建续建中国移动、中国联通等数据中心9个，安装服务器16万台；在高端储能材料及锂电池方面，宁夏集聚了杉杉能源、龙能科技、汉尧石墨烯等一批企业，比亚迪公司也将在银川市建设纯电动客车及乘用车生产基地；在新材料方面，宁夏集聚了隆基、银阳等企业，单晶硅棒、切片、组件产能分别达到12吉瓦、5吉瓦、1.5吉瓦。

自治区主席咸辉说：“我们要推进新兴产业规模化，培育一批云计算、智能制造等行业领军企业，带动大数据、新材料、装备制造等产业做大做强，把少数零散的‘点’拓展成多个支撑力较强的‘面’。”

欠发达地区高质量发展走新路

当前，宁夏新经济新业态蓬勃发展，三产对经济增长的贡献率超过53%，改变了过去单纯靠工业拉动经济增长的局面，但是传统产业多新兴产业少、低端产业多高端产业少、资源型产业多高附加值产业少、劳动密集型产业多资本科技密集型产业少的“四多四少”问题依然突出。

“推动高质量发展是个坎，这个坎迟过不如早过。科技创新能力弱是宁夏产业转型的最大瓶颈，所以我们坚定不移实施创新驱动，把高质量发展的基点放在科技创新上，形成以创新为引领的经济体系和发展方式。”自治区党委书记石泰峰说。

“越是欠发达地区，越需要实施创新驱动战略。”宁夏区域创新能力排名从全国第29位提升至第24位，严格落实“创新驱动30条”，支持企业围绕现代煤化工、装备制造、枸杞标准化种植等重点产业建立研发平台，实现产业链、技术链、创新链多重融合，使企业拥有自己的“杀手锏”。

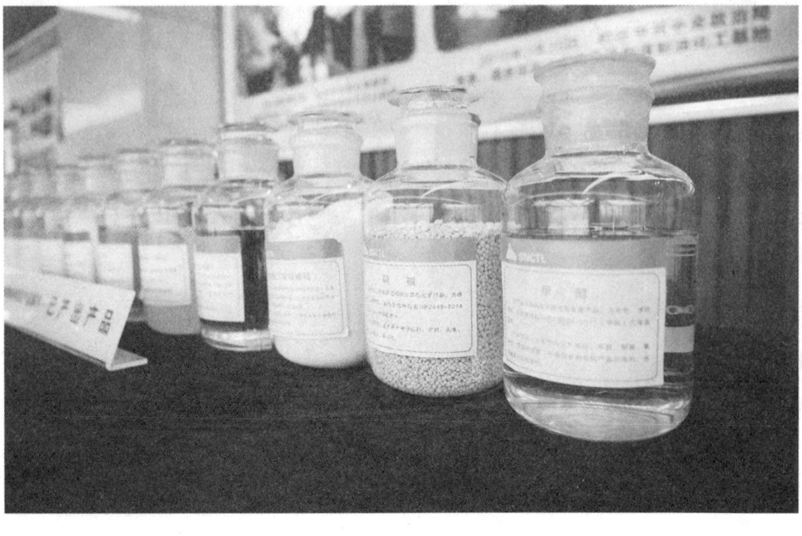

神华宁煤集团400万吨/年煤炭间接液化示范项目的产品

■ 新华社记者　王鹏/摄

宁夏还不断推进业态创新，推动大数据在交通物流、智能制造、电子商务等重点领域创新应用，培育普惠金融、文化旅游、医疗保健等专业服务平台，打造跨界融合型、产业链贯通型、协同创新型企业。

观念一变天地宽。随着观念

不断爬坡过坎，学会抓住新产业新业态新模式孕育发展的窗口期，学会抓产业项目、抓新项目、抓科技项目、抓市场投资主体项目，加快“互联网+”、大数据、人工智能与实体经济的融合发展，宁夏高质量发展之路将越走越宽。（此稿被《新华每日电讯》、央视网等126家媒体采用）

“对症下药”谋未来　新经济初露芳容

——宁夏供给侧改革新观察

新华社记者　孙波　马俊　于瑶

从年初工业增速遭遇“断崖式”下滑，到前八个月规模以上工业增长超过全国平均1.4个百分点，宁夏供给侧改革积极效应在释放，经济稳中向好。

工业倚重倚能，农业规模偏小，服务业活力不足；既要化解过剩产能，又要培育新经济业态；光稳不行，还要求进……当前，供给侧改革难点多、任务重，考验着地方政府的调控智慧，宁夏则坚持问题导向、迎难而上，爬坡过坎、加速追赶。

抓住产能脱困“牛鼻子”

宁夏晟晏实业集团能源循环经济公司收购福华冶金公司等28家停产、半停产的低效利用土地企业，盘活被收购企业所占土地850余亩。“通过一连串兼并重组，既盘活了存量土地，又使我们补全了产业链，产能进一步扩大，成为全国硅锰合金龙头。”该公司总经理张勇说。

这种以大吃小，以补链、延链为导向，关联度大、互为上下游的企业多兼并重组、少破产退出的模式，正是宁夏积极稳妥化解过剩产能的一种思路。

作为经济欠发达地区的宁夏，初级产品多、高端产品少，成本与价格严重倒挂，导致生产越多，亏损越多，以往挖煤—发电—高耗能产业的老路径难以为继。2016年前八个月，企业停产、减产情况严峻，共有145户规上企业停产，占全部规上工业企业的11.9%，467户企业产值同比下降，减产面达38.3%。

工业是宁夏经济的半壁江山，是供给侧改革的重中之重。“我们制定了120万吨淘汰落后产能计划，将任务分解到铁合金、电石、水泥等行业18家企业，下半年关闭拆除。另外，推动宁夏建材、金昱元、宁鲁石化等企业在阿曼杜古姆产业园投资转移产能。”自治区经信委主任沈左权说。

在供给侧改革中，既要“瘦身”，又要“健体”。为提高竞争力，宁夏正加紧打造低成本化工业园区。自治区党委常委、常务副主席张超超说：“宁夏正在打造6个低成本化园区，不是简单的电力、物流、财务等成本的降低，而是主要靠产业链弥补、融合。比如电解铝产业，就不能单纯铸锭，而是引进下游加工制造项目，实现铝水直供，全方位降成本。”

一批新动能带来新气象

在银川滨河如意服装公司的生产车间，每个工人的操作台上都有一台iPad，上面是每个客户定制的西服尺寸信息，由于智能化程度高、设备先进，一套西装289个环节3个小时就能完成。

“依托全球3D智能营销平台、智能数据运营中心，我们可以非常高效地实现私人订制，全球的消费者都可通过互联网下单，参与一套西装的互动、生产。”银川滨河如意服装公司副总经理杨成说。

近年来，宁夏现代纺织业迅猛发展，每年保持20%以上的增速。一些东南沿海企业来宁夏投资建厂，引进全球最先进的纺织设备进行生产，现代纺织业成为宁夏新的经济增长点。

投资者对宁夏的共识是：有电力、土地两大优势，但物流、人工是两大短板。在宁夏上项目，必须通过上先进技术设备，用优势冲抵劣势。

现代纺织业的发展是宁夏新兴经济的一个缩影。宁夏共享装备公司依靠3D打印的创新，实现铸造产品从“傻大黑粗”到“窈窕淑女”的转变；宁夏巨能机器人公司的GS门式工业机器人装备了800多条自动化生产线，努力向“制造智能工厂的工厂”前进；全球单套规模最大的神华宁煤集团400万吨煤制油项目，通过联合攻关使国产化率达98%以上，打破了国外技术垄断；西部云基地加紧建设，在完成两条4×100G骨干传输线路、通信能力达到北上广水平的基础上，培育大数据、云计算、云应用产业链……一批新项目正在形成产业集群，释放新动能，驱动宁夏以高于全国平均水平的速度发展。

新兴产业是工业发展的方向和出路，也是宁夏工业迈上中高端的希望和动力。“得益于新兴产业的快速增长，今年宁夏经济增速有望达到8%以上，明年随着一批新动能加速释放，产业结构继续优化，经济增速有可能更高。”张超超说。

放眼长远积攒发展后劲

高性能差别化氨纶纤维、智能移动终端应用大尺寸蓝宝石、自动化产业基地、高端锂离子电池……一大波新兴产业还在路上。

宁夏在稳定煤炭、电力、化工等传统产业的同时，积极引进和发展新技术、新业态，新经济形态初露端倪，新动能正在加快形成。不过，新兴产业的培育、新动能的成长是一个长期过程，要综合把握平衡，不能急功近利。

一个不可回避的现实是：电解铝、铁合金、电石等六大高耗能在宁夏工业总产值占比中依然超过50%。虽然轻工业比重在“十二五”期间提高了6.9个百分点，但是煤炭、电力、冶金、化工等原材料和重化工行业占比仍在80%以上。

张超超说：“宁夏经济总体有活力、有动力，未来几年有可能实现飞跃，但要时刻居安思危，迎难而上，该去的坚决去，该补的抓紧补。现在多向前走半步，未来就能少走一步。”

当前，宁夏正针对短板、薄弱环节下功夫，谋划一批好项目，为未来发展积蓄能量、积攒后劲。以大数据信息产业、现代煤化工、先进装备制造、新材料、现代纺织、特色食品及用品、生物医药、节能环保等8大优势战略产业为重点，促进新兴产业加快形成新的经济增长极。（此稿被《新华每日电讯》《宁夏日报》《银川晚报》等21家媒体采用）

宁夏：引领民营企业迈开创新的脚步

新华社记者　陈晓虎　于瑶

为破解创新不足、发展不足的短板，找准促进民营企业发展的关键点，宁夏举全区之力推进创新驱动战略，鼓励民营企业在创新大潮中唱主角。当地不少民营企业逐渐从过度依赖资源、高污染、高耗能的粗放型发展路径中走出来，一批企业创新成果转换成当地新的经济增长点。

多维施策为创新

“生产氨纶所需原料来自一路之隔的中石化长城能源化工（宁夏）公司，我们两家一个干纺织，一个干煤化工，却是上下游关系。”宁夏泰和新材公司总经理王超说。

中石化长城能源化工（宁夏）公司中控室

■ 新华社记者　王鹏/摄

“泰和新材”巧妙拉长了煤化工的产业链条，有些研发产品还填补了行业空白。近年来，这样的企业在宁夏宁东能源化工基地引进孵化了一批，而且通过创新引领，煤化工与石油化工、现代纺织等产业融合发展态势愈加突出。

以新发展理念加快产业转型升级，是宁夏实施创新驱动战略的核心。2016年9月，宁夏出台“创新驱动30条”，从产业创新、科技创新、开放创新、人才创新、机制创新等5个方面部署创新驱动，打造风生水起的创新创业生态。

“去年开始，宁夏启动重大科技基础设施专项，聚焦重点产业、重点领域，支持企业实施重大技术突破。”自治区发改委高技术产业处处长王红梅说，两年共安排资金1.2亿元，支持装备制造、新材料、大数据等18个重点项目。

记者采访发现，与以往“撒胡椒面”的支持方式不同，宁夏现在围绕主导产业、战略性新兴产业，通过对有技术优势的企业连续支持，使企业快速进步，在重点领域实现重大突破，力争达到领先水平。

从产业前端的重大科技基础设施，到能力建设的产业创新平台，再到营造政策环境和创新创业服务，宁夏持续加大投入力度，2018年安排创新驱动战略资金近30亿元，同比增长46%，其中科技创新资金9.8亿元，同比增长100%。制定的122项重点任务全部启动，谋创新、抓人才、求发展的氛围日渐浓厚。

背水一战搞创新

在石嘴山市惠农区记者走进一片厂区，看不到废渣、废水，也闻不到异味。“废水回收制取氯化铵、氯化钠，废渣制取工业纯碱，废气回收生产氨水。”宁夏日盛集团副总经理徐健说，“企业已把过去排掉的全部变废为宝。”

很难想象，这家生产规模、环保工艺目前位于业界前列的ADC发泡剂生产企业，10年前却因严重污染被媒体曝光，濒临死亡。

“ADC发泡剂生产中的污染处理是世界难题。面对生死抉择，我们背水一战搞创新。”宁夏日盛集团技术中心主任赵现营说，“那些日子连梦里都在做试验，只想攻克‘母液废水’处理。”

十年磨一剑，向死而后生。宁夏日盛集团规模效益、环保优势愈加显现，还与国际业界老牌公司合作，将废弃的老厂重新改造，生产更高端的产品。

石嘴山市宁夏维尔铸造有限责任公司负责人（左一）在向参观者介绍该公司制造的高铁枕梁

■ 新华社记者　王鹏/摄

有类似经历的企业，宁夏还有不少。比如从15年前资金断链、人员流失、险些倒闭，如今成为世界控制阀专业生产厂家的吴忠仪表有限责任公司，在近60年间几经沉浮，脚踏实地通过创新闯出一片天地。

吴忠仪表有限责任公司总工程师常占东说，在不断创新中企业实现高、中、低端产品全覆盖，特别是改变了高端控制阀长期依赖国外进口的局面。

宁夏虽地处经济欠发达内陆地区，但一些企业不甘落后，面对资源短缺、资金不足等困难，不断研发、负重起跳，以创新求发展。

提振信心再创新

2018年以来，宁夏大力实施产业重大技术攻关、科技成果转移转化、科技型企业培育、科技金融创新、知识产权创造保护运用等“五大科技行动”，为企业创新提供支撑和保障，引领企业走高质量发展之路。

2004年创业以来，宁夏维尔铸造公司从“配角”小公司成长为科技型领军企业。公司董事长王晓宁告诉记者，企业成功的秘密是：“以每年不低于销售收入8%的投入进行新产品、新技术、新工艺研发，目前新产品达200多种。”

政府全力促创新，企业专心谋发展。在一系列政策激励下，宁夏新产业新业态加快培育，新技术正与传统产业加快融合，越来越多民营企业信心十足，像“维尔铸造”一样在创新的路上越走越扎实。据自治区科技厅介绍，2017年宁夏区域创新能力排名从全国第29位提升至第24位，综合科技进步水平从全国第27位提升至第21位。

民营企业座谈会近日在北京召开后，自治区党委、政府主要负责人带头深入民营企业调研，与企业家面对面了解他们的所思所想所盼以及企业创新发展中遇到的问题。

“创新驱动实质是人才驱动，特别是对于欠发达地区的制造业企业来说，人才短板尤为突出，更需要国家和地方政府加大对科技人才的荣誉激励和物质奖励，引导年轻人到企业建功立业。”王晓宁道出西北民营企业创新中普遍遭遇的人才瓶颈问题。

创新永远在路上。目前，宁夏正加快研究制定促进民营经济发展的若干意见，将从降低民营企业经营成本、缓解融资难融资贵、营造公平的竞争环境、依法维护民营企业合法权益等方面加大扶持力度，进一步增强民营企业发展信心，提升经济发展的动力和活力。（此稿被《新华每日电讯》《宁夏日报》等54家媒体采用）

神华宁煤集团煤化工创新不停步：煤制油之后，正向高端化工品进军

新华社记者　孙波　史湘洲　马俊

13年前，煤炭行业还处于“黄金十年”发展期的时候，神华宁煤集团就开始探索跨入煤化工这一全新领域，在没有任何化工技术和人才储备情况下，他们一张白纸绘蓝图，不断破解技术短板，加快追赶国外化工巨头，投资上千亿元将黄河边一片亘古荒原建设成世界最大的煤化工基地。

从“卖炭翁”向“卖油翁”的华丽转身，是神华宁煤集团的一个梦想。2016年12月28日，这个梦想成真，神华宁煤集团煤化工板块的标志性项目——400万吨煤制油项目正式投产，标志着我国

已掌握了全球领先的煤炭间接、直接液化、煤制烯烃、煤制天然气等核心技术。如今，神华宁煤集团煤制油化工产业已初具规模，构建了以柴油为主、多元化产品为辅的产品结构，煤化工产品越来越丰富，涌现了一批市场广阔、利润可观的产品。

做一个单纯的“卖油翁”对企业来说风险极大，因此，神华宁煤集团并没有停留在“煤开二度”的喜悦，面对低油价下的发展困局以及越来越严格的环保要求，他们主动调整思路，利用独特的煤基油原料，探索生产合成润滑油、液状石蜡等高端、高附加值精细化工产品。为了实现从卖油向卖高端化工品的转变，他们加大精细化工核心技术攻关，谋求打破国外对高端润滑油等油化品的垄断，保持和扩大我国在煤炭加工转化领域的技术和产业优势。

因时而变，从卖油到卖精细化工品

“400万吨煤制油项目投产完成了37项重大技术、装备及材料国产化任务，打破了国外对煤制油核心技术的垄断。”神华宁煤集团董事长邵俊杰说。另一方面，受国际油价走势低迷、国内柴油炼化产能过剩、煤制油企业生产固定成本占比高等因素影响，煤制油项目经营有困难。

据了解，煤制柴油单位完全成本为每吨5319元，其中消费税1464元，现行油价下预计年亏损54.79亿元。测算表明，只有当国际原油价格达到每桶68美元，国内柴油售价每吨6224元时，项目才能盈亏平衡。

“我们建成了世界最大煤化工基地，其中煤制油投了500多亿元，如果每年还要亏损那么多，没法向国家交代。因此，我们一方面希望争取国家支持，以度过困难期；另一方面，全力推进供给侧结构性改革，向下游延伸产品链，创新开辟一条煤制油精细化工产业路径，从根本上解决煤制油效益难题。”神华宁煤集团副总经理姚敏说。

神华宁煤集团的“法宝”是独特的技术路线带来的产品优势。相比石油冶炼的柴油，以煤为原料，经费托工艺合成产出的中间产品和调和柴油，具有直链烷烃组分含量高、超低硫、超低氮、低芳烃等优势，更适合做高端精细化工产品。

据了解，目前国内外企业生产白油、润滑油基础油的原料基本都是石油基油品，原料中硫、氮等杂质含量较高，且成分不稳定，生产工艺复杂，成本高。

“煤制油项目投产后，美孚、壳牌、BP等巨头纷纷前来要购买我们的原料做高端润滑油，就是看中了煤制油费托油品的独特优势。我们提出用技术换原料，他们又不肯出让核心技术，逼迫我们必须自己转型研发。”神华宁煤集团总经理助理、煤制油项目建设指挥部总指挥蔡力宏说。

由卖煤到卖油，再从卖油到卖精细化工品，神华宁煤集团不断迎难而上，从被动要政策到主动找方向，加快供给侧改革，逐级攀爬产业链高端，加快向世界一流的煤基能源和化工产品供应商迈进。

目前，神华宁煤集团寻求在高端化工品上重点突破，确定了下游产业方向：以催化剂、化工助剂、高品质石蜡等为主的精细化工业务；以二氧化碳减排、固废综合利用为主的低碳环保业务；以三类以上润滑油基础油为主的润滑油业务；以α－烯烃共聚为主的聚烯烃业务和以国六成品油为主的清洁油品业务。

2017年重点在润滑油、液状石蜡两个产品上寻求突破。上海纳克润滑技术公司是我国首家采用费托精制减底油为原料生产三类以上润滑油的企业，其产品已被广泛认可。“以煤制油项目精制尾油为原料，与纳克合作研发高性价比合成润滑油是我们今年的主攻方向。”煤制油项目建设指挥部副总指挥谭斌说。

据了解，目前全球高端润滑油技术主要掌握在美孚、壳牌、BP等外国公司手中。国内企业大多走中低端路线，主要采用石油基组分生产一、二类基础油，难以调和成高端合成润滑油。目前，我国高端合成润滑油消费量在80万吨左右，并逐年上升。全球高端合成润滑油市场规模在200万吨左右，这个市场基本被国际石油公司垄断。

“煤制油项目精制尾油原料清洁、稳定，无需预处理工序，因此加工的工艺流程简单，生产成本低。目前，国内中低端润滑油每吨价格是2万至3

万元，而高端润滑油每吨要10万元。神华宁煤集团正在与上海纳克公司合资建设10万吨的PAO（四类合成基础油，高端润滑油基油）装置，并把PAO向更深、更宽方向延伸，调和生产更高端的润滑油。”谭斌说。

神华宁煤集团PAO项目建成后，将打破国际石油公司在中国高端润滑油市场的垄断，更进一步，神华宁煤集团的煤基油产业路径将逐步释放出改变全球高端润滑油市场格局的潜力。

“依托400万吨煤制油装置，生产石油基原料很难获得的高品质三、四类基础油调和组分，可以保障我们润滑油的高端性能，具备与国外知名润滑油生产商抗衡的实力。”邵俊杰信心满满。

补齐短板，引领业内转型升级

推进煤化工行业供给侧改革，将成为整个煤炭行业供给侧改革的龙头，引领煤炭行业、化工产业的升级转型。

据了解，我国化工产业处于产业升级爬坡阶段。目前化工产业规模持续增长，但精细化工占比低，一些油化产业处于低端水平，迫切需要大力推进产业结构调整、创新驱动和化解产能过剩的供给侧改革。

神华宁煤集团意识到，煤制油项目投产后，单纯卖油将受到种种市场因素制约，赢利门槛高。再者，寻求国家政策支持以降低生产成本的传统思维是短期的、过渡性的，从长远看，需要延伸产业链，进入高端市场，以“下游”产品反哺“上游”产品，寻求全产业链效益，才能保证煤制油的产业优势和技术优势不断深入、扩大。

神华宁煤集团煤制油新产业的出现，给我国煤化工企业转型升级、进行供给侧改革提供了新平台、新方向、新机会。从大化工到精细化工，必须以市场为导向，根据精细化工产品的需求趋势，选准发展方向，避免“投产之日即是亏损之时”。

在煤制油指挥部，技术人员为我们展示了一幅煤化工产业链“征战图”：神华宁煤集团根据市场规模、比较效益、技术来源等要素的分析，规划设定了煤制油化工下游产品重点发展目录，以煤制油化工基地主要产品和副产品为依托，选择20余种精细化工新产品优先发展。

“4吨煤生产1吨聚甲醛，1吨聚甲醛卖到1.2万元，附加值增加了8倍多，仅这一个产品一年就有2个多亿的利润；白油、液状石蜡可以做到食用、医用级别，非常清洁、安全；聚乙烯可用于生产特殊弹性体产品防弹衣，轻且强度大。”谈起煤制油化工下游产品，邵俊杰如数家珍。

邵俊杰表示：“我们现在要转变发展思路，以国家政策支持为短期支撑，迅速推进煤制油品转化，围绕煤制油化工产业链，构筑独具特色的产品链结构，走不同于‘三桶油’大化工的精细化工路线。”

现在，我国煤化工企业对标杜邦、巴斯夫等国外化工巨头，在煤炭加工转化基础研究领域还比较薄弱，下游衍生品大多引进国外技术，独创少，产品单一。

“实现从大化工到精细化工的产品突破，需要的技术支撑已经超过了我国煤炭行业的技术积累。”姚敏认为，“神华宁煤需要加紧培育吸收人才，与国内外机构实行广泛深入的技术合作，以形式灵活多样的机制创新，引领技术创新与产业创新，释放出煤化工的产业潜力与技术潜力。”

当前煤制油化工核心技术研发有不少难点：一是煤制油首次大规模应用示范，前期技术攻关集中在催化剂的制备和反应性能上，后期产品技术储备不足。二是高附加值的精细化学品往往市场容量小，而煤制油项目的产品原设计为大宗燃料，现在亟待调整方向。三是我国在建和拟建的煤制油项目都选择中科合成油公司技术，产品结构和性质也较为相似，延伸产业链方向必须避免同质化。

对此，邵俊杰非常清醒，神华宁煤所产甲醇、聚丙烯、混合芳烃、液化气、柴油等属于通用化工产品或油品，市场竞争优势和抗风险能力不强。作为目前全球最大的煤化工基地，非常需要精细化工核心技术体系支撑，技术研发和应用的“补课”任务迫切。

“高端产品产能集中在少数外国公司、合资公司手中，国内高端化工新材料、特种新型专用化学品仍处于‘研发多、应用少’阶段。”邵俊杰认为，“煤制油化工不能拘泥于成熟工艺的产品开发，还应尝试开发更多核心技术。”

创新驱动，推出更多“神宁炉”

随着煤制油项目投产，其核心装置“神宁炉”得到业内广泛认可，成为煤炭气化领域的新宠，不仅走进内蒙古伊泰集团，还走到大洋彼岸的美国。这一科技成果的成功转化，进一步凸显科技引领的重要性。

对此，神华宁煤集团有着深深的危机感，光有“神宁炉”还不够，还要推进更多科技创新成果向生产力转化。“我们的目标是成为面向市场、面向世界、面向未来的，以煤为基础，以煤化工为龙头，以科技创新为引领的技术型公司。”邵俊杰说。

蔡力宏说：“400万吨煤制油投产、掌握煤炭气化等核心技术只是完成了第一个任务，与国外化工巨头相比，我们在很多技术的竞争力方面还有不少差距，必须加快追赶！”

煤炭企业向煤化工企业转型，最难的还是缺少人才。“我们通过推动科技创新人才战略的实施，积极寻才、求才、纳才、育才，打造专业化人才队伍，为煤制油化工基地又好又快发展奠定基础。”姚敏介绍说，“目前基地人才队伍已达到7000人，平均年龄29.8岁，86%以上具有大专以上学历，其中硕士、博士达348人。”

邵俊杰透露，为抢占产业发展竞争制高点，神华宁煤集团煤制油基地以《中国制造2025》为指导，正在建设国内首家智慧园区、智能工厂、数字车间“两智一数”的智慧基地，重点从要素驱动向创新驱动转变。

这为神华宁煤集团保持和扩大在煤炭加工转化领域的技术和产业优势创造了条件，当前，神华宁煤集团坚持开放的视野，不断与国内外科研机构、企业进行技术创新合作，以灵活共赢的合资合作方式引入先进技术，从单项技术突破走向系统集成创新。

“我们还在打造精细化工高新技术孵化器，以煤制油化工基地主要产品和副产品为依托，以市场为导向，与美国能源环境院、西弗吉尼亚大学、北京低碳所、中科院、清华大学等国内外高等科研机构合作，结合煤制油产品的特点将国内外先进专利技术集成孵化为有自主知识产权的特色产品开发项目，努力建成世界一流精细化工产业示范园区。”邵俊杰说。

目前，神华宁煤集团进入了技术创新快车道，预计到2020年底，神华宁煤煤制油项目将增加20余种新产品，探索出一条既满足国家能源战略需要又可持续发展的煤炭高效清洁利用之路，经济增加值每年达到50亿元以上。

精细化工产业发展的关键在创新驱动，在核心技术的突破和成果转化。400万吨煤制油项目投产后，神华宁煤集团掌握了一批核心技术，对我国增强能源自主保障能力、推动煤炭清洁高效利用具有重大意义。然而，要不断扩大在煤化工领域的技术和产业优势绝非一蹴而就。

当前，神华宁煤等国内煤化工企业正处于爬坡过坎、争相创新的关键时期，邵俊杰等人认为，国家应综合施策，给企业技术创新加点“政策油”，推动煤制油企业以技术驱动引领我国煤基油化工行业转型升级。

比如，鼓励精细化工产业发展，对示范项目科研给予资金支持，对西部地区在精细化工领域人才引进和科研资源配置予以倾斜，鼓励企业提升自主研发创新能力；对立足于技术创新的国企混合所有制改革探索给予支持，优化简化审批流程，使掌握在民营科研单位的成熟精细化工技术尽快在国企的大平台、大项目上释放价值，多路径形成核心技术研发力量；加快研发具有低成本、高性能、换油周期长、增强续航能力特性的高端润滑油，使我国PAO产品不再从外国进口，确保国家能源安全。

（此稿刊登于《新华每日电讯》）

创新创出“中国芯”
——全球单套规模最大煤制油项目技术创新纪实

新华社记者 陈晓虎 马俊 于瑶

28日，正值隆冬，寒风刺骨，宁夏宁东能源化工基地却是一片热火朝天。15时20分许，在神华宁夏煤业集团煤制油厂区，400万吨/年煤炭间接液化示范项目成功出油。

这一全球单套规模最大煤制油项目的技术模块国产化率高达98.5%，标志着我国在煤制油化工领域研发出“中国芯”，打破了此类技术被少数国家长期垄断的局面，探索出符合我国国情的煤炭深加工产业发展模式，为巩固国家能源安全提供了技术战略储备。

煤制油技术打破国外垄断

400万吨煤制油项目是一个具有战略意义的世界级工程。此前，煤制油化工行业核心技术、高端设备大部分依赖进口，且引进费用高昂。

“我们不掌握的技术，外企就狮子大开口或干脆封锁。与南非沙索尔公司就引进煤制油技术艰难地谈了12年，最终还是行不通。”神华宁夏煤业集团党委书记张作理说。

核心技术、重大装备制造必须国产化。神华宁夏煤业集团步入煤化工领域之初，无任何技术人员储备，从仅有4人的甲醇指挥部开始，边发展、边引进、边培养，最终形成近7000人的煤制油科研攻关队伍。

2013年，400万吨煤制油项目获得国家发改委核准，并要求项目承担重大技术、装备及材料自主国产化任务，国产率须达到85%以上。

“单打独斗不行，我们发挥‘国家示范型实验室’的作用，联合国内一批装备制造企业开展了37项重大技术、装备及材料研发。”神华宁夏煤业集团副总经理姚敏说。

400万吨煤制油项目激发了攻关潜能，重点开展了费托合成及加工成套技术、10万标立方米/小时空分成套技术和2200吨干粉煤加压气化炉技术等重大技术、设备及关键材料的国产化研发。

神华宁夏煤业集团董事长邵俊杰说：“项目总投资约550亿元，按工艺技术、装备台套数统计，国产化率高达98.5%。它也是目前世界石油化工及煤化工行业一次性投资建设规模最大的项目，年产油品405万吨，其中柴油273万吨。”

“中国制造”实现华丽“逆袭”

从煤制油工厂近百米的高处俯瞰，上万台大型设备鳞次栉比，现代化大企业特有的宏伟气势扑面而来，这是数十家企业、科研院所以及3万多施工人员集体智慧的结晶。

18年磨一剑。400万吨煤制油项目坚持国产化，提升了国内装备制造企业的竞争力，甚至挤掉欧、美、日在此领域的制造巨头。

神华宁夏煤业集团煤制油分公司总工程师谭斌说，10年前中科合成油公司还是个小公司，正是通过其技术在煤制油项目中示范应用，打破了南非沙索尔公司的技术垄断，使国产技术不再停留在论文中。费托合成反应器用钢要求高，全球钢厂都没有这么高标准的材料制造经验，但河钢集团舞阳钢铁公司专门对此研发的特种钢填补这一空白。神华宁夏煤业集团研发的“神宁炉”通吃各种“煤粗粮”，彻底解决德国西门子气化技术只吃“精煤”的缺陷。

一旦我国掌握了核心技术，国外产品价格马上断崖式下跌。400 万吨煤制油项目的投产，将终结此类进口技术和装备制造产品的暴利。

内蒙古北方重工集团制造出“超级 P91”高端钢管，使美、德、日同类产品价格下降 70%。沈鼓集团成功研制出煤制油 10 万标方空分用压缩机组后，赢得了与曼透平、西门子、GE 等国际著名压缩机供应商同台竞技的资格，更倒逼这些老牌企业大幅降价。宁夏吴忠仪表公司为煤制油气化装置提供了 90% 的特种阀门，价格仅为国外知名品牌产品的三分之一左右。

目前，中科合成油公司积极在美国、俄罗斯等国开拓煤制油设备市场。江苏海鸥冷却塔公司中标土耳其速马电厂等项目，并打入美国市场。神华宁夏煤业集团与美国顶峰集团签订“神宁炉”气化技术许可合同。

油品升级巩固国家能源安全

在煤制油厂区，煤制油项目建设指挥部蔡力宏总指挥介绍煤制油工艺合成油品时说，它具有超低硫、低芳烃、高十六烷值、低灰等优势，优于欧V 标准。有利于降低二氧化硫、氮氧化物、碳氢化合物和颗粒物等排放，有利于解决城市汽车尾气污染、雾霾治理等问题。

煤制油实现了煤炭清洁高效利用转化，最大限度降低煤、水等资源消耗，减少“三废”排放的同时，也给煤炭企业转型升级发展带来契机。据介绍，煤制油项目每年转化煤炭 2046 万吨，占宁夏每年煤炭总产量的 20%。而且，1 吨煤转化成油的价值相当于原煤的 7 倍，这对煤炭企业脱困作用大。

我国“富煤、贫油、少气”，石油对外依存度已超过 60%，根据国家能源局预测 2020 年中国石油需求为 6.1 亿吨，石油对外依存度将上升到 68%。

基于这样的现实，才体味到最令人振奋的喜悦。邵俊杰告诉记者：“煤制油项目技术创新不仅破解了我国发展大型煤化工项目的技术难题，它还承担了国家能源安全技术战略储备的使命。创新过程可以说很难很难，但确实实现了。”（此稿被《新华每日电讯》《桂林晚报》等 17 家媒体采用）

宁夏为“双创”注动能

新华社记者　曹健　杨稳玺

地处西北内陆，在地域、资源、人才等方面并不具备优势的情况下，宁夏回族自治区这样的欠发达地区要加快发展，更需要创新驱动。近日，《瞭望》新闻周刊记者采访了解到，为发挥好创业带动就业的倍增效应，近年来宁夏通过政策先行营造“适创业”环境，打造平台提供“能创业”条件，提升创业者能力增加“会创业”比例，多措并举为“双创”注入“发展动能”，进而实现“双创”促产业、增就业、推就业等作用。

营造“适创业”环境

为推动“双创”工作，近年来，宁夏出台了系列政策营造“适创业”环境，特别是 2015 年出台的《关于进一步做好新形势下就业创业工作的实施意见》，对“双创”工作进行了系统性安排。

宽松便捷的政策准入环境是开启创业路的先决条件之一。宁夏推进商事制度改革、落实注册资本登记制度改革、实行“三证合一”等，进一步降低市场注入门槛；同时大幅清理非行政许可审批事项，通过明确标准实现流程缩短、限时办结。郭昊彭是吴忠市红寺堡区电子商务孵化基地法人，据其向《瞭望》新闻周刊记者介绍，2016年创办基地时，他仅用三天就办妥了手续。

缺乏启动资金、银行贷款难一直是创业者面临的一大难题。宁夏将原有的小额担保贷款调整为创业担保贷款，个人贷款的最高额度也统一调整为10万元，政府还为创业者提供2～3年的贷款贴息。据统计，2016年宁夏共发放创业担保贷款13.3亿元，大批创业者获支持开启创业路或升级创业项目。

稳定的资金投入是工作不断推向深入的必要保障，宁夏各级政府优先保障就业创业补贴资金，不断加大财政投入力度。本刊记者从《吴忠市关于进一步促进就业创业工作的实施细则》上看到，创建国家和自治区级创业基地补贴100万元、高校毕业生创业每人补贴6000元、电子商务创业培训每人补贴1200元……针对不同的项目、不同的环节，吴忠市制定了补贴标准和相应的规划。

建平台提供“能创业”条件

对于不少初创业者来说，有创业欲望无可行性项目，有创业计划无实施平台，针对这些问题，宁夏通过平台引导方式，积极为初创业者提供“能创业”条件。

为解决初创业者无可行性项目问题，宁夏各地通过梳理招商项目、征集筛选等办法，为初创业者“量身推荐”创业项目。中卫市围绕城建、旅游、设施农业等建立创业项目库，征集筛选了“短、平、快”项目594个，并在当地日报、政府网上发布。“我们为创业者推荐的项目，都是能引起初创业者兴趣并力所能及的，他们对项目修改、完善后再据此创业。”中卫市就业创业和人才服务局副局长赵洪武向《瞭望》新闻周刊记者介绍说。

租场地、买设备等投入，无疑是创业初期的“拦路虎”。宁夏通过培育创新创业公共平台，建设创业基地、众创空间、大学生创业园等，为初创业者提供基本条件支持，降低其初期投入。在中卫市青年大学生电子商务创业孵化中心，本刊记者看到一排排电脑工位整齐划一，创业者不时聚在一起交流，气氛十分热烈。多位创业者表示，创业者通过审核就可拎包入驻，每年能省下房租、水电费等至少两三万元。

“相比节省开支，创业中心的氛围更重要，大家拥有不同的经历、人脉，在一起可互相学习、共同提高，业务还可互相弥补。”天景山文化传媒有限公司负责人焉丹阳说。

电商无疑是近年来最火的创业领域，涌入者无限，而失败者也不少。宁夏鼓励各地建设电子商务平台和产业园，并对网上创业的大学生、农民等开展电子商务创业培训、电子商务技能培训。

对于落户宁夏电商谷的企业，银川市西夏区每年安排专项资金扶持其平台建设、人才引进、网络运营等，并免三年租金。同时西夏区通过推动久零网等地方特色商务平台发展，协调1号店、中国网库等国内知名电商平台落户，促进当地骨干企业开设网店等措施，促进本地电子商务提档升级。2016年宁夏电商谷交易额突破35亿元，利税500余万元，直接解决就业500多人。宁夏电商谷成为当地推动创业、促进就业的新聚合平台。

提高“会创业”比率

经验、经历、知识面、技能等，都是影响创业成败的重要因素，针对创业能力的不同侧面，宁夏通过创业大赛、创业沙龙、能力提升工程等措施，提升创业者的创业能力。

创业创新大赛是各地普遍采取、创业者较为认可的营造创业氛围、提升创业能力的方式，本刊记者采访的多名创业者都曾参加过创业大赛。“通过创业大赛，我们不仅可获得贷款支持，更重要的是经历，对于如何创业、怎样良性创业、怎么发展，都有了进一步认识。"曾参赛的中卫市全民创业协会会长刘忠告诉《瞭望》新闻周刊记者。

中卫市还将创业大赛中的典型人物列为创业领军人物，通过小额担保贷款支持其扩大经营规模或进行二次创业，已累计培育创业领军人物136名。"创业大赛进一步激活了争创业潜力，每次都能掀起新一轮的创业热潮。"赵洪武说。

先创业者的经验值得借鉴，教训同样值得汲取。宁夏通过创业协会、创业沙龙等形式的"创业互助"不断提升创业者的应对能力。"商会定期举办创业沙龙，谁有创业问题，大家一起'问诊'，共同献计献策，这对遇到问题的创业者来说，其作用不言而喻。"中卫市食品行业商会会长赵建军说。

对于已初步成功的小老板来说，其做大做强或二次创业是创业体系"扶上马再送一程"的必要内容，而他们需要的创业培训也相应变化。针对这一需求，宁夏通过实施小微企业经营者素质和创新能力提升培训工程，不断提升企业家创业创新能力。

从2014年开始，吴忠市每年选取百名中小微企业老板前往国内知名高校短期培训，每期培训50人。"以前我们企业发展主要靠父传子的经验、自己的摸索及管理者的热情，但是当企业发展到一定程度后，要实现发展突破，就必须不断增强企业家的科学管理水平"，宁夏宁杨清真食品有限公司总经理杨海军说，"通过政府组织，我先后到北大、浙大、厦大学习了企业管理、财务风险、品牌规划等知识，这对我管理企业有不小的帮助。"

创新因子显带动效应

《瞭望》新闻周刊记者在宁夏采访发现，随着近年来宁夏"双创"工作向着更大范围、更深程度发展，其带动社会就业、激活培育社会"创新"因子及推动新产业、新业态产生等方面的积极效应凸显。

首先，"双创"激活、培育了社会"创新"因子。为将创业项目做好、做大，创业者往往想尽办法，不少"金点子"由此产生，即使一些创业者遇到了挫折甚至失败，创新的因子也在不知不觉中种下，随时可能再开启。

在中卫市江南好枸杞集团公司采访时，公司总经理赵广涛指着一款红色包装的"男左，爱她爱自己""女右，爱他爱自己"的产品告诉本刊记者，这是网上的爆款，包装设计、广告语都是按"85后""90后"的喜好来设计，"因为觉得好玩，很多年轻人选择了这款产品，实际上消费者首先'来电'的并不是枸杞而是创意包装，同样是卖枸杞这就是创新。"

其次，"双创"推动新产业、新业态加速产生。吴忠市大学生周文吉的创业路是从普通的牛骨头开始的，饲料厂5毛钱一公斤收购的牛骨头，他却"折腾"出了高价。为让牛骨头脱脂、脱骨胶，颜色又好看，他上网查资料，买来化学试剂反复实验，近一年才解决了有关问题。牛骨头刻上甲骨文、西夏文等制成摆件，一个能卖300元。

本刊记者在其店里看到，除牛骨头工艺品外，配上丝绸之路地图、宁夏风景后的羊皮，地方特色明显，羊角、鸵鸟蛋等都成了他创作的原材料。"相关产品很受主题餐厅、外地游客欢迎。在政府提供的10万元贴息贷款的支持下，我2011年开始创业，如今实体店和网店两项的收入加起来，月入超过两万元。"周文吉说。

再者，"双创"带动就业的作用明显。据自治区就业与创业服务局统计，2016年宁夏共发放创业担保贷款13.3亿元，创造新岗位3.5万个，带动就业6.6万人。然而尽管"双创"发展基础得到不断夯实，宁夏深化相关工作仍面临多重挑战需克服。

部分创业者认为，地方特色往往是创业者喜欢涌入的领域，也是创业者容易跌倒的领域。要在产品生产、包装、营销等方面实现创新，政府部门在确定支持项目时应对其"创新度"有所考量，避免过于扎堆竞争。

"宁夏中宁枸杞全国驰名，当地很多人创业都是做枸杞文章，这也可以，但一窝蜂卖枸杞就不合适了。"中宁县创业者姚远说。要加以创新才能开拓新市场，他另辟蹊径做枸杞花蜜，目前已准备建厂做大做强。

一些创业者还认为，要给初创业者更多创业易错点分析和风险意识培训。本刊记者采访部分初创业者和创业成功者时，他们总能总结出初期摊子铺得太大、项目没有特色等创业初期容易犯的错误，他们认为，如果政府在前期培训时能加入或加大创业易错点及创业风险分析、预警，初创业者就能少走弯路。

“大学毕业生初创业时容易盲目，应进行适当引导。”吴忠市就业创业和人才服务局科员马克最后说，对于部分评估并未做好创业准备的大学生，甚至可引导其先工作再创业。（此稿刊登于《瞭望》新闻周刊）

宁夏中卫：打造西部云计算热土

新华社记者　马俊　张亮　许晋豫

亚马逊、奇虎360、阿里巴巴、美团、大众点评……当一个个耳熟能详的互联网龙头企业蜂拥而至宁夏中卫这个沙漠城市，外界普遍投来“为什么会是中卫”的不解眼光。

中卫位于腾格里沙漠边缘，建市只有十余年的时间，看上去这个西部新城并没有显示出多大的发展潜力。然而在转型发展过程中，中卫巧妙突破传统资源观念束缚，充分挖掘气候、空气、地质条件等非传统资源禀赋，大力发展云计算产业。如今中卫市以云计算为引领的新动能正在蓬勃发展，“大云西移”的聚集效应开始显现。

因地制宜谋转型

按照传统资源观念来看，地处腾格里沙漠边缘的中卫市资源禀赋比较差。为了发展工业，多年来当地主动承接东部产业转移，引进了不少化工企业。随着腾格里沙漠污染事件的曝光以及依能依重行业产能过剩，中卫市转型发展非常迫切。

中冶美利纸业公司是中卫市唯一一家主板上市公司，昔日辉煌的造纸公司如今面临着行业产能过剩、污染治理等多方面压力，仅2015年公司就亏损1亿多元。在接受《瞭望》新闻周刊记者采访时，公司总经理田生文说，造纸板块回天乏力，公司曾考虑转型光伏及储能产业，结果因未争取到指标而搁浅，储能产业投资巨大，短期内难有产出，加上缺乏人才支撑最终也只能作罢。

转型不能凭空跳，不管怎么转，都离不开一定的资源禀赋。就在美利纸业等传统企业苦苦寻找转型方向时，中卫市转变资源观念，盯上了方兴未艾的云计算产业。而向云计算转型，也使美利云从“僵尸企业”摇身一变成为一个具有竞争力的云计算企业，一跃成为IDC（互联网数据中心）服务商，向客户提供数据中心租赁服务。

据了解，美利云近期计划投资22亿元建设8栋、1.92万个机柜、可容纳20万台服务器的IDC机房。目前，数据中心已完成投资近4亿元，建成的2栋数据中心机房其中一栋已交付奇虎360使用。

宁夏中卫市的“云基地”

■ 新华社记者　王鹏／摄

美利云子公司宁夏誉成云创数据投资公司还负责亚马逊 AWS 数据中心代建工作，将国外数据中心建设的先进经验消化吸收为我所用。公司运维总监冉雅西说：“为保障不断电，我们配套了不间断电源和柴油发电机组，还在国内数据中心建设上首次采用全自然风冷技术，有效降低了能耗。”

向云计算产业转型后，美利云股价一度飙升十余倍，公司市值超过 150 亿元，成为宁夏目前市值最高的上市公司。

据全球著名咨询公司 Gartner 预测，云计算将成为下一个在全球市场超过千亿美元规模的新兴产业。全国各地都在抢抓云计算产业发展机遇，但是云计算企业普遍亏损，一个重要原因是低端产能过剩、能耗高、成本高，导致云计算企业丧失竞争力。

中卫市副市长朱囡囡说，中卫市在发展云计算产业上有独特优势。中卫市气候环境优良，全年平均气温 8.8 摄氏度，大气优良天数达 280 天，不用空调，采用全自然风冷技术，较其他常规数据中心节能 50% 以上；到全国各大城市距离均在 2000 公里以内，是光纤网络覆盖全国最优路径选择点，中卫已建成通往北上广深等大城市的信息高速公路，从中卫到北京网络延时不到 10 毫秒；地质构造稳定，发生 7 级以上地震的概率几乎为零。这些都是发展云计算产业至关重要的“资源”。

建设新一代云计算基地

当前我国数据中心主要集中在北上广深等经济发达的中心城市，过于集中在东部地区，其布局结构、技术水平、安全保障、灾难应急等方面与国际水平还有一定差距。加之成本高昂，已不适应发展的趋势。

2013 年以来，宁夏在中卫大力推进西部云基地建设，目前在建和拟建大型或超大型数据中心已有 21 个，其中奇虎 360、中国移动、国家高分辨率对地观测、北斗导航卫星等一批军民融合大数据中心已在西部云基地落地，形成良好的聚集效应、示范效果。中卫云计算基地发挥了“立足宁夏，服务全国”的作用，中卫的数据中心存储功能可以有效支撑宁夏智慧城市建设，同时也可以为全国互联网企业提供服务。

在 2018 年全国“两会”上，宁夏回族自治区政协主席齐同生提议在宁夏西部云基地建设一体化国家军民融合大数据中心示范区。作为中阿网上丝绸之路的承载基地、国家向西开放的重要数据枢纽、大数据综合试验的载体，宁夏西部云基地特色鲜明、优势突出，有条件成为一体化国家军民融合大数据中心示范区。在探索军民融合大数据汇集的新机制、建设的新模式、共享应用的新方法、发展的新政策、攻关军民融合大数据发展的新技术等几个方面在国家相关行业领域发挥示范作用。

宁夏中卫西部云基地里放置的服务器

■ 新华社记者　卢鹰 / 摄

根据国家发改委发布的产业目录，全国适合发展“大型或超大型数据中心建设及运营”类产业的省区有内蒙古、宁夏和陕西。中卫市没有让发展云计算产业的种种资源优势停留在理论上，而是抢抓机遇积极引进龙头企业，抢先迈出建设西部新一代云基地的一步。

亚马逊 AWS 公司是当今世界云计算领域的“巨无霸”，它的云计算能力是全球其后 14 位云计算企业总和的10倍。中国宽带资本基金董事长田溯宁分析认为，当初，亚马逊AWS公司耗资8000多万美元在我国选址，最终选择了中卫市，就是看中了这里独特的资源条件。

在位于中卫市的亚马逊新一代云数据中心，《瞭望》新闻周刊记者看到亚马逊AWS采用新理念、新技术，相距30～50公里布局了3个数据集群，分散存储、互为备份、并行计算。另外，亚马逊新一代云数据中心采用全自然风冷技术，PUE能耗值仅为1.1，远低于全国2.5的平均水平。

朱卤卤介绍说，亚马逊新一代云数据中心计划总投资15亿美元，目前一期3.5万台服务器已经完成测试。这是亚马逊AWS公司在我国布局的唯一一个云数据中心。

世界云计算巨头的落户对整个云计算产业来说无疑具有标杆式的示范作用，而中卫市在建设新一代云计算基地方面全国领先。中卫建成的2个新一代数据中心，采用了全自然风冷、专用高性能服务器、虚拟化、流量计费、模块化定制等大量新技术，PUE能耗值远低于国内平均值，达到国际领先水平。

“亚马逊AWS带来了新一代云计算数据中心建设、云计算信息高速公路的国际标准，间接指明了发展方向，很多企业追随它来到中卫，站在这块‘成本洼地’上展开竞赛。”朱卤卤说。

从新资源中寻找新动能

传统的大数据中心往往布局在大城市周边100公里以内，随着互联网技术的进步，这种理念被颠覆。追随着亚马逊AWS的脚步，美国ZT、阿里巴巴、华为、中兴、浪潮等服务器制造企业、云计算应用企业纷纷把目光投向中卫。

中卫市委书记张柱说：“中卫按照‘前店后厂’的模式，首先抓数据中心建设，让数据存储下来，服务国内外市场。形成规模后着力打造产业链，吸引相关配套企业入驻，并依托孵化园培育、孵化关联企业。”

如今，中卫市成立了专门负责云计算产业发展的“云办”，市领导和分管领导每天一项重要的工作就是接待国内外云计算及相关企业代表，洽谈来中卫落户的事宜，有时一天要接待十几批人。据了解，目前在中卫市落户的云计算企业已达140家，一批云制造、云服务、云应用项目和企业相继在中卫投运，形成“一雁领头、众雁齐飞”的发展态势。

“奇虎360公司在中卫的2万台服务器已经投入运行，中国移动规模达1.6万个机架的数据中心正在建设，中国电信承建的‘八朵云’电子政务数据中心入驻中卫，工信部数据中心也已完成选址工作，微软公司一期投资17亿美元建设数据中心项目已完成技术和选址考察，为亚马逊提供服务器的美国ZT公司已经在中卫完成注册，配套项目开始建设。”朱卤卤谈起已经入驻中卫的云计算企业如数家珍。

此外，依托中卫的大数据中心，一些军民融合项目也在中卫实施。高分辨率对地观测系统宁夏数据与应用中心已完成前期工作，中卫至北京的高分辨率对地观测数据传输网络开始测试。中国气象卫星数据、北斗卫星数据灾备中心等项目正在积极推进。

中卫市统计局数据显示，2016年中卫市云计算产业产值增长46.5%，对中卫市经济增长贡献率达到10.1%。

随着众多云计算企业的入驻，中卫市已从互联网末梢变成北上广深等大城市的数据郊区，近期服务器规模可达30万台，远期达到100万台。近期，中卫市的目标是成为全国云计算产业改革试点，建设高安全性的超大型数据中心，打造一体化国家军民融合大数据中心示范区。

业内专家分析认为，以宁夏目前采用的“前店（中关村）后厂（中卫）”区域合作机制为基础，在西部云基地建设新一代超大型云计算数据中心，打造国家级大数据储备基地，能有效规避存量低端数据中心产能过剩危机，为全国军民大数据融合提供可靠基础平台。

中卫市一些基层干部建议，首先，借助中卫的优势，建设国家网络日志存储基地，引导国家部委现有数据中心向中卫迁移。其次，可以在中卫建设集约统一的国家战略数据灾备基地。目前很多部委以及金融、电信、电力等重点行业都在建设数据灾备中心，规模大、耗能高，单独建设造成浪费。再次，国家部委可以在中卫搭建国家级的“网络宽带指数与交易平台”，同时，将中卫市升级为国家互联网骨干直联点，开展交换中心、阶梯价等创新试点，研究规划和开通面向阿拉伯国家乃至“一带一路”沿线国家的网络国际通道等，破解云计算产业发展瓶颈。（此稿刊登于《瞭望》新闻周刊）

宁夏：“智慧矿山”别样年

新华社记者　陈晓虎　于瑶

“参加工作14年，13个‘年’是在井下过的，今年还是第一次回家过年。”春节假期结束后，35岁的矿工虎文广以饱满的精神状态重返工作岗位。虽然只有3天假，但对他来说，今年春节最知足。

“矿工岗位特殊，本已习惯井下的年味和责任，忽然回家过年，真是别样的幸福！”虎文广憨笑着告诉记者，2019年把父母从几百公里外的农村老家接到银川，一家三代终于过了个“团圆年”。

不仅是虎文广，枣泉煤矿的大部分矿工都尝到了春节团圆的味道。作为国家能源宁夏煤业集团第一座现代化大型矿井，在毛乌素沙地腹地建矿以来，枣泉煤矿不断攻克各种复杂地质条件难题，安全生产12年。

以往矿工下井，乘坐“猴车”，穿过“水帘洞”，跨越“火焰山”，在高温、高湿和煤尘中负重工作，产量全靠人海战术和高强度劳动。为了营造“舒适、安全、高效”的井下工作空间，近年来，枣泉煤矿深入研究、引入智慧开采装备和物联技术，淘汰落后产能，在稳定产量的同时，有序减少井下作业人员。

早晨10时许，记者换上装有定位器的井下工作服，通过严格安检，乘坐防爆胶轮车，驶入下井巷道行驶30多分钟后，抵达井下200多米处的220605综采工作面。正赶上设备检修时间，穿过多排液压式单体立柱搭建的廊道，在坡度较陡的采煤工作面通道，10多名矿工正在对不同部位的设备进行检修。

“我们的‘智慧矿山’正不断把矿工从艰苦工作环境中解放出来。现在采煤作业时，每班组只需要十五六名矿工在井下进行按键式操作。井下任何一个位置，地面人员都能通过监测系统实时监控，一旦发生险情，只要按下工作服小盒子上的这个凸点，就可以发出求救信号。”枣泉煤矿矿长翟文一边演示定位器一边说，你再看那些安装在采煤工作面机头、机尾煤壁上方的监测器，只要监测到有毒有害气体，井上立马就能收到报警信息。

2018年建设“智慧矿山”以来，枣泉煤矿建设了具有智能联动、智能报警、诊断决策等功能的综合智能一体化生产监控系统，监测数据点达2.6万个，对整座煤矿进行远程监视和集中控制。这样一来，枣泉煤矿编制了1000多个标准作业流程，减少工作人员230人。也正是“智慧”带来了产量，带来了底气，按照集团公司要求，枣泉煤矿破天荒在春节期间停产检修，给矿工放假3天。

2018年3月正式上线的新技术——“E通新枣泉”，更是让一部手机“智联”了一座矿山。井口、办公室、维修现场、机器设备、库房材料等，随处可见二维码，工作人员有事就拿手机扫码，工程进度管理、数据分析、设备领用、故障申报等问题都可以及时解决。

从井下回到地面，翟文拿出手机点开“E通新枣泉”APP对记者说，“刚才井下的所有情况都可以看到，并通过手机进行远程操控。春节放假不带班时，在家里我随时可以用手机全面了解枣泉煤矿的安全状况。”

生产自动化、管理信息化、决策智能化的“智慧矿山”高质量发展管理系统，不仅让整个矿区更安全，还实现了复杂环境下的高效回采。2018年，枣泉煤矿累计生产原煤668万吨，同比增长8%，综采工作面回采率达98%，整个采区回采率达80%以上。（此稿被《新华每日电讯》《科技日报》等27家媒体采用）

宁夏宁东："超级工程"开启创新"密码"

新华社记者　于瑶

从挖煤到输电，从卖炭到卖油，从黑色煤炭到白色烯烃……因“煤”而兴的宁夏宁东能源化工基地在创新驱动战略下加速蝶变，一批“超级工程”拔地而起，进入快马加鞭高增长阶段。15年来，宁东基地投资4800多亿元，年产值突破千亿元，成为西部地区乃至全国煤炭清洁高效利用的“领跑者”。

转型蝶变

2003年建设以来，随着煤炭、煤电、煤化工三大主导产业的不断壮大，宁东基地承载着宁夏经济转型发展的希望。

宁夏煤炭储量居全国第六，其中宁东基地占85%，探明储量331亿吨，与榆林、鄂尔多斯形成我国能源化工“金三角”。但是，如果不更新发展理念，继续挖煤卖煤，宁东基地就会掉进资源陷阱，难以牵引宁夏转型升级。

为此，宁东基地“高起点规划、高标准建设”，生产模式从劳动密集型转向智能高效型。世界直流电压等级最高的宁东至浙江特高压直流输电、世界首个100万千瓦超超临界空冷电站、9个千万千瓦级大型煤电基地……宁东基地建成一批大型现代化矿井，同时引进许多拥有一流技术的大项目，使“地下煤”变“空中电”。

“从挖煤到输电只是煤炭清洁高效利用的路径之一。当前，宁东基地大力打造现代煤化工产业，不断延伸产业链条，突出集群效益。”宁东基地党工委常务副书记、管委会副主任陶少华说。

国能神华宁煤集团400万吨煤制油项目是全球单套规模最大的煤制油项目，年转化煤炭2000多万吨，煤制油二期项目跻身国家能源“十三五”规划，将开辟以汽油为主的煤制燃料新路径。此外，宁东基地还有世界首套年产50万吨的煤制烯烃项目，以及正在建设的世界首套焦炭气化制烯烃项目。

据宁东基地管委会介绍，宁东基地煤化工产业投资已突破1000亿元，年产值达423亿元，宁东基地成为我国四个现代煤化工产业示范区中规模最大、产值最高的园区。

科技创新

宁夏泰和新材公司纺织车间下线的白色氨纶比头发丝还细，广泛应用于防弹衣、运动服等，原料源头却是深埋地下的黑炭。

“我们和对面的中石化长城能源化工（宁夏）公司一个干纺织，一个干煤化工，却是上下游关系。”宁夏泰和新材公司副总经理何镇淮说，这在以前不可想象。

通过技术创新，宁东基地形成企业集聚、产业集群、发展集约的态势，煤化工与石油化工、现代纺织等产业融合发展。

“通过构建煤制油、煤基烯烃、精细化工等特色产业集群，培育高端润滑油、合成橡胶等下游高端产品，使煤化工向精细化、集群化、高端化发展。”宁东基地管委会经济发展局局长田彦虎说。此外，还引进了38万辆新能源汽车、10亿安时高端锂电池、1吉瓦电池组件等新兴产业项目。

近年来，宁东基地科技创新质量明显提升，科技进步对经济增长贡献率升至46%。国能神华宁煤集团研发的“神宁炉”获第十九届中国专利奖金奖，除被国家能源局列入煤炭安全绿色开发、清洁高效利用先进技术与装备推荐目录，在国内煤制油项目上应用外，还向国外转让技术许可。

“400万吨煤制油项目实现了37项重大技术和装备国产化的示范应用，向世界展示了‘中国制造’的力量。”国能神华宁煤煤制油分公司总工程师黄斌说。

目前，宁东基地建成了6个国家级科技创新平台。一批骨干企业加快技术创新，研发拥有自主知识产权的技术装备。青岛鼎诺公司自主研发的芳构化催化剂技术、航天神洁（北京）公司的大功率等离子点火技术纷纷在宁东基地落地转化。

力争一流

经过15年发展，宁东基地工业总产值达1175亿元，成为宁夏经济增长的主要动力源。

不过，宁东基地也面临不少难题。煤化工产品结构相对单一，附加值还比较低；核心技术装备较少，特别是下游高端产品的核心技术依然被国外化工巨头垄断；专业技术人才短缺……

“创新驱动是核心。今年，我们财政用于支持企业开展研发活动经费比上年增加30%，使全社会研发投入强度达到1.8%。通过扎实推进科技企业培育、创新平台建设等工程，最终使一批企业成长为创新型领军企业。”陶少华说。

目前，宁东基地正努力建设世界一流煤化工基地，探索资源消耗少、转化增值高、循环利用好的生产方式。在煤制油、煤制烯烃、精细化工三大产业集群基础上，重点培育高端润滑油、工程塑料、合成橡胶、合成纤维、医药中间体等下游高端产品和高端锂电池、高端电线电缆及相关配套产业，实现初级产品向高附加值产品转变。

“到2020年，煤化工产能将达到1500万吨。在2006年宁夏经济总量基础上，实现‘再造一个新宁夏经济总量’的目标。”陶少华说。宁东基地将从高端化、集约化、绿色化和智能化方面追求高质量发展。（此稿被新华网、《农民日报》等52家媒体采用）

一个西部欠发达省区的创新发展实践

新华社记者　刘海

宁夏是西部欠发达省区，创新力量较弱、创新资源短缺、创新活力不足。近年来，宁夏立足区情实际，大力实施创新驱动战略，通过深化东西部科技合作、推进科技体制机制改革等途径，努力探索一条欠发达地区的创新发展之路。

创新驱动，为高质量发展保驾护航

越是欠发达地区，越需要实施创新驱动发展战略。

2017年9月，宁夏出台“创新30条”，从产业创新、科技创新、开放创新、人才创新、机制创新

5个方面部署，打造风生水起的创新创业生态。

为支撑引领企业高质量发展，宁夏大力实施产业重大科技攻关、科技型企业培育、科技金融创新等“五大科技行动”。围绕能源化工、先进装备制造等9大重点领域关键技术瓶颈，2018年，宁夏立项实施重大科技项目16项、重点科技项目129项，取得一批重要技术成果。

创新不是“管”出来的，而是“放”出来的。为营造良好的创新生态，宁夏着力优化管理服务，深化科技领域“放管服”改革，推动科技管理向创新服务转变。

2018年6月，宁夏技术市场投入运行，为科技成果转化搭建起有效平台。宁夏生产力促进中心主任赵功强介绍，截至2018年年底，技术市场已服务企业2500多家次，技术合同成交额达到12.11亿元。

东西部合作，为宁夏科技发展提供新动能

“要在创新发展上求突破，穿‘新鞋’走‘老路’肯定行不通，必须善借外力。”宁夏科技厅党组书记、厅长郭秉晨说。

2017年，宁夏与东部发达地区合作构建“科技支宁”东西部合作机制。北京、江苏等8省市和中国科学院等5所院校作为合作主体，对宁夏进行对口科技支援，为宁夏创新发展、高质量发展注入“源头活水”。

宁夏鑫浩源生物科技股份有限公司是一家集明胶研发、生产、销售于一体的科技型企业。在东西部合作重点项目支持下，公司与中科院理化技术研究所合作开展了骨胶原蛋白肽生产工艺和成套制备技术开发，开发出生物酶法制骨明胶生产工艺，实现了生物酶法制胶的工业化生产和全线自动化控制。

“合作让我们得以借助科研院校的力量，解决企业研发力量不足的难题，既提升了产品的科技含量，又降低了我们的研发成本。”公司行政副总经理黄贵显说。

两年来，宁夏与东部有关省市、高校和科研院所共同实施各类科技合作项目400余项，研发总投入40.2亿元，引进转化新技术、新成果、新工艺100多项，吸引了500多名高层次专家来宁夏开展科技创新工作。

“东西部合作机制不仅为宁夏科技发展提供了新动能，也为宁夏加速走上创新驱动、内生增长的科学发展道路注入新的活力，更为欠发达地区走开放创新之路探索出了一条行之有效的途径。”郭秉晨说。

招才引智，为创新发展提供智力支持

为什么最终选择了宁夏？

“宁夏求贤若渴的诚意打动了我。”来自加拿大的杨志祥博士说。此前，他曾担任加拿大一家全球知名制药企业的首席科学家。

2015年，杨志祥入选宁夏“海外引才百人计划”。辞职回国后，他牵头组建宁夏农业有机合成工程技术研究中心，承担针对“超级细菌”的抗生素新药研发。近两年，中心陆续引进了5名外籍专家和多名高层次人才，打造出一支高水平的国际化科研团队。

创新驱动实质上是人才驱动，创新竞争说到底是人才竞争。

为加速更多的“杨志祥们”集聚，宁夏实行更加积极、开放、有效的人才政策，借助国内引才、海外引才计划和工程，探索“人才＋项目＋平台”的引才模式，鼓励海内外高层次人才带项目、带技术、带团队到宁夏创新创业。

“洋专家”引进来，“土专家”走出去。

从教20年的杨秀琴是宁夏职业技术学院数控技术专业教师。2017年，她和学院其他13名骨干教师远赴德国，参加“机械工程类高端智能制造教学团队能力提升”培训项目。

“我们学习和考察了德国双元制教育模式、工业4.0、制造业的创新体制等内容，这对学院的专业建设和实验室建设有很大启发。”杨秀琴说。

回国后，老师们积极实践、探索创新，把所学运用到教学，激发学生自主创新能力。2018年，学

院代表中国参加在南非举办的“一带一路”国家智能制造技能大赛，并获得一等奖。

据宁夏科技厅外国专家服务处副处长黄莹介绍，2018年，宁夏突出“高精尖缺”导向，实施重点引才工程，全年引进海外人才500多人次、选派200人出国培训，新建12家“外国专家工作室”和5家“引才引智示范基地”，为深入实施创新驱动战略提供有力的人才和智力支撑。（此稿被中国政府网、新华网等35家媒体采用）

宁夏：装备“智造”夯实工业之基

新华社记者　何晨阳

装备制造业，既是大国重器的重要支撑，也是产业转型升级的重要保障。从风云一号、二号人造卫星，到我国首艘核潜艇、复兴号列车，再到西门子、通用汽车、三星等国际知名品牌的产品，其中都不乏宁夏装备制造企业的产品或技术。

宁夏面积虽小，装备制造业在全国工业版图上的占比也不大，但重科兴创的氛围，使不少掌握核心技术的单项冠军脱颖而出。如今，在新发展理念指引下，宁夏装备制造业呈现出群体跃进、变革创新、能量不断积蓄的可喜局面。

跳起来摘桃子，撬动行业变革

始建于20世纪60年代的宁夏天地奔牛集团公司，是国内煤机制造行业规模较大的企业之一。这家企业近年来秉承“创新在每天、学习到永远”的理念，通过科技创新尝到了甜头。

据介绍，自2014年成功研制出世界首套智能控制刮板输送机以来，这一产品已为企业带来超过5亿元的销售收入。该设备不仅对提升我国煤矿机械装备水平具有促进作用，也引领了智能化的刮板机行业技术研究方向。

变革者，始终勇立潮头。我国铸造企业绝大多数采用铁水浇筑模具的生产方式，产品生产成本高、档次低、科技含量低的“一高两低”问题成为行业发展瓶颈。作为三线迁建企业之一，宁夏共享集团也曾面临相同难题。

3D打印成为这家企业的突破口。企业投资近10亿元，组建起200余人的研发团队，实现了铸造3D打印产业化应用的国内首创。“要在转型中脱颖而出，就要跳起来摘桃子。”共享集团董事长彭凡说，要瞄准更高的目标，拼全力摘更好的桃子。

“以前一个发动机缸盖铸件，需要用金属模具做近20个零件（砂型）。”彭凡说，现在用3D打印一次就能完成，误差也从原来的1毫米降至0.3毫米，生产效率提升约5倍。

创新既是挑战自我，更能撼动行业。共享集团的3D打印技术，被誉为使铸造业从“傻大黑粗”变身“窈窕淑女”，实现了行业里程碑式的变革。

俯下身谋创新，叫响“宁夏智造”

装备制造业的创新，是制造业技术革新的关键。宁夏巨能机器人股份有限公司被称为“制造智能工厂的工厂”。车间中，数字化智能传感器等终端随处可见。

主打产品为工业机器人、自动化生产线和智能工厂管理软件的这家企业，成立之初就建立了研发中心，目前拥有113项自主知识产权和多项核心技术，已助力汽车、工程机械等领域不少企业实现智能化升级。

真正的核心技术是买不来的。我国阀门企业众多，但国产阀门主要集中在中低端市场，高端阀门依然要靠进口，而进口阀门价格高、售后服务周期长的“卡脖子”问题困扰不少用户。

没有核心技术，进军高端只是空谈。已有59年历史的吴忠仪表有限责任公司，近年来搭建起院士工作站、博士后工作站等高层次、高技能人才团队，并在美国建立研发中心。公司总经理马玉山说，企业研发的60多项新产品中，有24项被评为国家级重点新产品，生产的超高温、超低温智能控制阀打破了国外技术垄断。

核心技术是迈向高端之钥。随着吴忠仪表自主研发的产品在我国深海钻井平台、世界单体规模最大煤制油工程等项目上的稳定可靠使用，标志着这家企业已跻身世界高端阀门制造企业前列。

出实招夯基础，蓄积发展后劲

如今，天地奔牛集团的智能煤机、共享集团的3D打印铸件、吴忠仪表的高端阀门、维尔铸造的高铁枕梁等高端装备制造产业矩阵，已成为宁夏新兴产业集群的重要组成部分。

为助力装备制造业发力高精尖、迈向更高端，宁夏近年来连出实招：安排专项资金支持延伸产业链，对柔性引才给予经费补助，以奖代补鼓励自主创新，专门发文提出以智能制造为引领，明确数字化、网络化、智能化的高端装备发展方向……

装备制造业技术含量和创新能力的提升，是宁夏工业进步的缩影。一组数据令人振奋：宁夏先后成立34个院士工作站，柔性引进100多位院士和一批专家学者；培养了近12万名高技能实用人才；2017年，全社会研发经费同比增长30.1%，专利申请量和授权量分别增长39.5%和58.5%，增幅位居西部前列。

“高端装备制造业，是推动工业转型升级的重要保障。”宁夏经信委副巡视员陈志清说。宁夏装备制造业将在新发展理念指引下，不断集聚发展资源、厚植发展基础，持续为区域发展提供动力，为行业变革蓄积能量，为大国重器提供支撑。（此稿被《新华每日电讯》《中华工商时报》等77家媒体采用）

造得大船好出海

——宁夏国企开启发展新征程侧记

新华社记者　许晋豫

宁夏回族自治区成立60年来，工业从无到有、由弱到强，国有企业功不可没。特别是党的十八大以来，在与央企合并重组成立6家企业的基础上，宁夏将32家区属国有企业重组成立5大集团公司，现在全区国有企业共有900多家，其中区属大型国企9家，开启宁夏国企发展新征程。

重组改革打造国企“集团军”

重组是宁夏国企发展的主线。近年来，宁夏国企经历了数量从多到少，实力从弱到强的发展历程，全区国企独立法人户数从最多时的3000多户降至现在的900多户，而国有资产总额2017年年末达到8396亿元，是2008年的6.45倍。

2006年，神华宁夏煤业集团的成立拉开了宁夏国企与央企重组的大幕。7年间，宁夏与央企共重组成立6家公司，宁夏国企实力迅速提升，如神华宁煤重组后在宁夏投资超过1000亿元，是重组前50年宁夏煤炭固定资产投资总和的数倍。自治区国资委副主任王勇说，重组后宁夏国企借船出海，不仅实现了资源整合，拓宽了融资渠道，企业管理也更加规范。

改革永远在路上。十八大以来，宁夏国企重点开启“自我改革”。特别是2016年，在25家厅局办企业脱钩移交的基础上，宁夏将区属32家国企重组改革为宁夏建设投资集团、宁夏旅游投资集团、宁夏交通投资集团等5大集团，实现政资、政企分开。宁夏国企进一步瘦体强身，5大集团资产总额达180多亿元。

两年来，5大集团稳步开展内部整合、清算注销等，进一步提高企业国有资产使用效率。如宁夏交通投资集团为避免同质竞争，将物流板块两家子公司合并；宁夏旅游投资集团清算注销下属8家无效益企业……宁夏交通投资集团投资发展部部长李建国说，内部整合让企业形成合力，并提升了市场竞争力。

重组改革后，宁夏国企市场意识不断增强，扩展了新领域，焕发出新活力。宁夏丝路风情旅游网络公司成为宁夏首家智慧旅游公司；宁夏建设投资集团借“一带一路”倡议走出国门；宁夏国有资本运营集团乘高铁建设东风发展迅猛，资产总额达661亿元，较组建之初增长了44%。

完善企业制度卸下历史“包袱”

重组前宁夏厅局办企业行政化管理色彩浓、亏损面大，重组后宁夏国企怎么走，构建现代企业制度是关键。

宁夏德坤环保科技实业集团董事长丁少辉说，企业脱钩前以完成政府安排任务为主，不仅不赚钱还需要政府补贴。

宁夏坚定不移深化国企改革、完善法人治理结构。目前，宁夏区属企业基本完成公司制改革，建立起“三会一层”的治理架构，监事会监督的权威性和独立性不断增强，并积极推行外部董事占多数制度，向国企委派外部董事17名。李建国说，集团的两位外部董事是法律、工程造价领域的专家，能为企业决策提供专业建议。

为让国企甩掉包袱“轻装上阵”，宁夏还加快国企职工家属区“三供一业”（供水、供电、供暖及物业管理）分离移交。据宁夏国资委考核分配处处长乔永庆介绍，目前，宁夏涉及“三供一业”分离移交企业36家，涉及12.6万户职工。

宁夏水利工程局物业公司经理马少良说：“公司年利润只有700多万元，但‘三供一业’费用就达300多万元。尽管需要2000万元维修改造费用，但长远看‘三供一业’分离移交为企业节省了财力、人力，我们很赞成。”

以混改激发国企“内生动力”

国企要有新作为，改革一刻不能停。经过两轮重组改革，宁夏打造国企“集团军”，国企管理日益规范，市场主体地位逐渐确立，但“大船”要走得快走得远，还需不断激发企业活力。

为调动一切积极因素，宁夏将国企混合所有制改革作为当下和今后的重点工作，并于2017年启动改革试点。作为首家混改试点企业，宁夏德坤环保科技集团2017年引入宁夏然尔特实业集团，以增资扩股引入社会资本1.16亿元，企业在短期内迅速壮大。

丁少辉说，通过混改，国企和民企充分发挥各自优势，提高国有资本运行效率，并建立起产权清晰、权责明确、管理科学的现代企业制度。公司现在已经走出宁夏，将市场扩展至内蒙古、甘肃等省区。

此外，宁夏还确定3家企业开展员工持股试点，激发员工积极性。宁夏丝路风情旅游网络公司7月份通过相关方案，公司29名核心员工共出资314万元持有公司14%的股份，实现近三分之一员工持股。据公司副总经理王对芳介绍，新成立的公司改革阻力小，员工持股积极性高，部分员工甚至借钱参股。这既激发了员工积极性，也为企业留住了人才。

宁夏丝路风情旅游公司执行合作人董宁丰说：“公司成立3年来，业绩年年翻番，我很看好企业发展前景。员工持股增强了我们对企业的认同感，干劲更足了。”（此稿被《新华每日电讯》《工人日报》等58家媒体采用）

“数说”宁夏60年：点点滴滴看发展

新华社记者　于瑶　许晋豫

1958年，宁夏回族自治区成立。60年来，在党中央的关怀下，宁夏各族群众靠着勤劳双手，艰苦奋斗，国民经济持续较快发展，民生福祉明显改善，描绘出一幅经济发展、民族和谐、环境优美、人民幸福的壮美画卷。而通过一串串对比强烈的数字，点点滴滴看发展，无疑能感受到塞上大地发生的翻天覆地变化。

从3.28亿元到3453.93亿元

自治区成立伊始，地区生产总值为3.28亿元，2017年，这一数字达到3453.93亿元，是1958年的1053倍，60年年均增长9.4%，快于同期全国8.0%的经济增长速度。同时，宁夏三次产业结构由成立之初的55.9 ∶ 19.9 ∶ 24.2演进为7.6 ∶ 45.8 ∶ 46.6，实现了由农业主导到工业带动，再到服务业成为经济发展主动力的历史性变革。

党的十八大以来，宁夏紧抓西部大开发等政策机遇，发挥资源和区位优势，经济发展迈上新台阶。

自治区经信委副主任张宏年说，60年来，宁夏逐渐形成了以煤炭、电力、石化、冶金等行业为支柱的工业体系。近年来，为加快新旧动能转换，宁夏突出抓重点、补短板，完善创新体系，为工业提质增效升级提供强劲动力，并科学确定主导产业，推动现代煤化工、高端装备制造、新能源、大数据等战略新兴产业集群发展。

从176元到50917元

60年来，从176元到50917元，宁夏人均生产总值增长了288倍。城乡居民人均可支配收入从1978年的346元和116元增长到2017年的29472元和10738元。

数字的背后是宁夏人民满满的获得感：全区医疗水平不断提高，2017年全区共有医疗卫生机构4272个、卫生技术人员4.97万人，分别是1958年的13.6倍、17.1倍；宁夏教育事业从一穷二白起步，发展到义务教育均衡发展水平居西部前列，特别是党的十八大以来，宁夏积极改造义务教育薄弱学校，普及营养改善计划，到2017年拥有各类各级学校3406所；60年来，宁夏建成博物馆75个、公共图书馆26个、文化馆26个、档案馆28个，实现贫困村综合文化服务中心全覆盖……

2018年80岁的余绳鑫1958年从武汉分配到宁夏工作，此后便再未离开。这60年，他亲眼见证了宁夏的发展，“刚来宁夏时，我在中卫市火车站里看管粮食，早上一醒来满嘴的沙子。现在我们一家住上了楼房，孩子们在城里上班，孙子考上了大学。对于我这个农村娃而言，是宁夏成就了我。”

从119.3万人到23.9万人

宁夏将脱贫攻坚作为民生工作的重中之重，近年来狠抓产业扶贫、异地搬迁扶贫、健康扶贫、金融扶贫等，打出“组合拳”助推脱贫攻坚。经过

30多年的开发式扶贫，宁夏贫困人口从1982年的119.3万人减少到2017年的23.9万人，贫困发生率下降到6%。

35年来，宁夏探索实施吊庄移民、生态移民、劳务移民、插花移民，6次大规模移民累计从西海固地区移民120余万人；危窑危房改造让140多万贫困群众迁入新居；投资40多亿元的中南部城乡饮水安全工程全线通水，113万山区群众喝上放心水……吃水难、住房难、行路难、看病难得到了根本改观。

小康路上不能让一个贫困群众掉队，是党的庄严承诺，固原市彭阳县何岘村贫困户吴桂兰对此感同身受。2018年丈夫因意外去世，她本人患有癌症，婆婆已是83岁高龄，地没人种，牛没人养，整个家庭陷入困顿，而一系列兜底政策和“扶贫保”的3.5万元赔偿让一家人心里有了底。

吴桂兰说：“幸亏是政策好，现在看病报销比例高，老人有养老金，家里发生意外还有保险兜底。”

从1.5%到12.63%

“风吹沙子走，抬脚不见踪”曾是宁夏部分地区生态的真实写照。自治区成立60年来，宁夏生态建设取得了显著成就，改革开放以来，宁夏深入实施退耕还林、三北防护林、天然林资源保护等国家林业工程项目，全区森林覆盖率从1958年的1.5%提高到12.63%，林地保有量增加到2701万亩，荒漠化面积减少了4183.5万亩，林业及相关产业产值达到200亿元。

位于毛乌素沙地南缘的盐池县干旱少雨、风大沙多，沙害严重。经过多年治理，截至2017年，全县200多万亩沙化土地披上绿装，100亩以上的明沙丘基本消除，年扬沙天气由10年前的54次下降为9次，实现了“人进沙退”的历史性转变。

“我们村曾是有名的沙窝窝，一起风，沙子就上了墙，路都被埋了。风沙还将地里的庄稼连根拔起，大家没收成只能受穷。”盐池县刘记窑头村村民刘占满说，现在沙子被固住了，路也通了，庄稼有了收成，全村人靠着养殖业全部脱了贫。

站在新的历史起点，宁夏广大干部群众自力更生、顽强拼搏，向着全面建成小康社会大步迈进，一定会将塞上江南建设得更加美丽。（此稿被《工人日报》等52家媒体采用）

创新驱动清洁电力生产　国网“点亮”宁夏高质量发展

新华社记者　于瑶　王璐

宁夏回族自治区成立60年来，依托丰富的资源逐渐形成了以煤炭、电力、石化、冶金等行业为支柱的工业体系，近年来转型升级、绿色发展步伐越来越快。国网宁夏电力有限公司持续有力地发挥国企“六个力量”重要作用，围绕宁夏创新驱动战略的要求，积极深化电网改革，在为宁夏提供坚强电力保障的同时，加快推动清洁电力生产，拓宽电力外送通道，有力服务乡村振兴，“点亮”宁夏高质量发展。

五度电中有一度是新能源

宁夏不仅富煤，风能、太阳能资源也非常丰富，适宜风电开发的风能资源储量超过1200万千瓦，适宜光伏开发的太阳能资源储量超过1700万千瓦。这给宁夏实现能源、经济、环境的和谐、绿色发展提供了得天独厚的条件。

2003年首座风电场投运，2008年首座光伏电

宁夏中卫市沙漠光伏产业园光伏电站　　■ 新华社记者　王鹏 / 摄

站投运，宁夏如今已形成8个大规模风电光伏产业集群，成为我国大规模推广应用绿色能源的重要基地。

“15年来，宁夏加快推进传统能源与清洁能源综合开发，风电、光伏等新能源从无到有并迅猛发展。现在，全区每发五度电中就有一度是新能源，宁夏新能源累计发电量接近1000亿度。”国网宁夏电力有限公司副总经理姚鲁说。

2012年，宁夏获批成为我国首个新能源综合示范区。“十三五”以来，宁夏新能源呈现爆发式增长。到2017年底，宁夏新能源总装机达1561.8万千瓦，占总装机容量的37.3%，其中，风电941.6万千瓦，光伏620.2万千瓦。宁夏新能源总装机容量位居全国第七，装机占比位居全国第三。

截至2018年7月，宁夏电网新能源并网246万千瓦，新增装机为2017年全年的近3倍，总装机达到1776万千瓦，占总装机容量的39.4%，占统调总装机容量的43%，其中风电996万千瓦，光伏780万千瓦。

国网宁夏电力公司在服务宁夏新能源发展中充分发挥作用，通过创新破除了很多瓶颈，服务清洁能源持续健康发展，助推宁夏打造全国新能源示范区，使宁夏能源优势向经济优势转化。

“通过不懈努力，宁夏新能源并网消纳水平始终处于国内领先水平，与国际发达国家接轨。”国网宁夏电力有限公司副总经理赵青山说，“我们充分考虑新能源发展需求，优化新能源富集地区电网布局，确保新能源及时接入和有序发展，先后投运了一批兼顾新能源接入、负荷发展和网架优化功能的330千伏输变电项目，为新能源大规模可持续发展创造了条件。”

另外，面对新能源消纳困境，国网宁夏电力有限公司严格落实新能源消纳措施，保证新能源优先消纳，充分利用电力外送通道，拓展消纳空间；成为西北地区电力辅助服务市场首个试点省区，积极开展新能源与火电打捆大用户直接交易模式，推进新能源与火电发电权交易，不断提升新能源消纳水平；建成国内首个电网风光一体功率预测系统，为全网安排水、火、风、光多种能源发电开机方式以及运行调度提供依据。

据了解，2018年前7个月，宁夏新能源发电量177亿千瓦时，同比增长31%；新能源弃电量3.7亿千瓦时，弃电率2.15%，同比下降1.89个百分点，宁夏新能源实现了装机规模、发电量的“双升”和弃电量、弃电率的“双降”，在西北地区同等条件下弃电率控制最好，新能源消纳总体水平位居全国前列。

雄踞西北“放电”全国

在宁东—山东直流输电工程电源端银川东换流变电站，银川东换流变电站副站长赵欣洋介绍说，这条“电力高速公路”每年输电平均在290亿千瓦时，日均送电量近8000万千瓦时，相当于青岛现有网供能力的80%，是目前商业运行效益最好的跨省跨区直流输电工程。

把火电、新能源发电优势转化为经济优势，加快宁夏产业结构调整，是宁夏党委、政府的重大战略决策。在此过程中，国网宁夏电力公司积极开拓外送电通道，架设起越来越多的“电力高速公路”。

2011年，宁东—山东 ±660千伏直流输电工程投入运行，开启宁夏电力大规模外送新纪元，这条长1300多公里的“电力动脉”，是世界上首条

±660千伏电压等级的直流输电工程，开启了我国“西电东送”的北通道。

2016年，宁东—浙江 ±800千伏特高压直流投入运行，新增电力外送800万千瓦，宁夏直流外送能力达到1200万千瓦。

2017年，上海庙—临沂 ±800千伏特高压输变电工程紧锣密鼓施工，投产在即。宁夏电网即将形成三大跨区直流外送型电网，电力外送能力超过2000万千瓦。

“宁夏外送电不仅实现了电量上的突破，外送地区也由原来的青海、西藏、山东等地扩展到目前的上海、浙江、江苏、湖北和湖南等十几个省份。”赵青山说。“宁电外送”收获了宁夏结构调整、经济效益和生态效益的三重利好，建立了发电企业、电网企业和地方经济多方共赢的外送电市场。

2017年宁夏外送电完成433.7亿千瓦时，预计2018年外送电规模将突破500亿千瓦时大关。外送电市场的不断开拓，给宁夏的支柱产业——电力工业继续快速增长提供了空间。

在此过程中，国网宁夏电力有限公司科学研判宁夏电力供需情况和外送电市场形势，组织宁夏发电企业参与跨区跨省集中交易，分析受电省负荷特点、电力供应情况、可受电时段和交易价格、交易组织原则和出清规则等信息，努力扩大外送电量，从而克服了全国电力装机过剩、外送电市场竞争激烈的诸多不利因素。

据国网宁夏电力有限公司介绍，截至2018年6月底，宁夏直流累计外送电量2588亿千瓦时，相当于外送煤炭1.04亿吨，有力推动了宁夏能源资源优势向经济优势转化。同时，相当于减排受端二氧化碳2.6亿吨、碳粉尘7039万吨、二氧化硫776万吨、氮氧化物388万吨，环保效益和社会效益显著。

服务“三零三快三早”

“宁夏回族自治区成立60年来，特别是改革开放40年来，宁夏‘小省区大电网’特征日益凸显，从围绕3个110千伏变电站形成的局域电网发展，到以750千伏双环网为骨干、各电压等级协调发展、覆盖全区的交直流混联坚强智能电网，宁夏电力供应保障能力、能源资源配置能力、用能安全管控能力大幅提升。”国网宁夏电力有限公司董事长马士林说。

党的十八大以来，宁夏电网主网架实现了由“普通国道”向智能化“高速公路”的跨越，并已正式纳入全国特高压电网。2017年，宁夏成为全国首个750千伏电网全覆盖的省区，电力总装机4187.6万千瓦，人均电源装机6.14千瓦，人均用电量1.43万千瓦时，居全国首位。

近年来，国网宁夏电力有限公司创新性地推出线上服务“零距离”、农网低压用电“零投资”、带电接火“零费用”、业扩报装“快接入”、光伏扶贫“快并网”、保卫蓝天“快替代”、重点项目“早对接”、企业用电“早诊断”、美丽乡村“早惠民”等“三零三快三早”九大为民服务新举措，特别是满足农村地区高质量用电需求方面，以充足、便捷的电力服务支持宁夏贫困地区脱贫攻坚，加快乡村振兴步伐。

据了解，国网宁夏电力有限公司投入58.8亿元实施新一轮农网改造升级工程，着力解决了农村配电网存在的薄弱问题，并于2015年底实现了全区15358个自然村全部通动力电，基本满足了农村居民生产生活用电需求。

2016年至2017年又投资1.9亿元，完成578个动力电不足的自然村的电网升级改造，惠及人口8.3万人，增加动力电设备4383套，其中涉及132个建档立卡贫困自然村、4.4万建档立卡贫困人口，将动力电尽最大可能延伸至贫困户家里。

此外，国网宁夏电力有限公司还展现央企服务担当意识，主动承担宁夏15个定点扶贫村、7607户共计2.8万人的扶贫任务。完成光伏扶贫项目5万千瓦工程接入，惠及全区17个贫困村5849户贫困户、2280户特困户。投资3.45亿元完成230个小城镇（中心村）电网改造升级，惠及人口19.4万人，助推了宁夏新型城镇化、美丽乡村建设工程。（此稿刊登于《经济参考报》）

煤炭“三变”推动转型先行

新华社记者　于瑶

在宁夏60年发展历程中，煤炭能源始终发挥着巨大作用，宁夏也形成了以煤炭、电力、石化、冶金等行业为支柱的工业体系。做大做强煤炭产业，使其继续保持增长势头的同时，宁夏不断探索做优煤炭产业链条，加速转型升级、绿色发展。

国能神华宁煤集团400万吨煤制油项目备煤仓

■ 新华社记者　王鹏/摄

地下煤变空中电、发展现代煤化工产业、向高新材料产业转变……宁夏煤炭产业发展方向愈加清晰。清洁高效利用煤炭的路径，不仅催生了一批新动能，还推动了宁夏经济发展方式的转变，真正让宁夏因“煤”而兴。

煤炭资源“上网外送”

宁东—山东直流输电工程是世界首条±660千伏直流输电工程，将我国西部煤炭基地的火电、黄河上游的风光电“打捆”送到山东。

“这条‘电力高速公路’每年输电平均在290亿千瓦时，日均送电量近8000万千瓦时，相当于青岛现有网供能力的80%，是目前我国商业运行效益最好的跨省跨区直流输电工程。”银川东换流变电站副站长赵欣洋说，如果把投运7年来累计输送的2200亿千瓦时电能换成煤，相当于外送煤炭1.2亿吨。

2016年，世界直流电压等级最高的宁东—浙江±800千伏特高压直流投入运行，新增电力外送800万千瓦；2017年，上海庙—山东±800千伏特高压直流工程紧锣密鼓施工，2018年10月底即将投运……形成三大跨区直流外送型的宁夏电网，预计2018年底，外送电规模将突破500亿千瓦时大关。

“宁夏外送电不仅实现了电量上的突破，外送省份也由原来的青海、西藏、山东三省扩展到目前的上海、浙江、江苏、湖北等十几个省份。”国网宁夏电力有限公司副总经理赵青山说，“宁电外送”收获了宁夏结构调整、经济效益和生态效益的三重利好。

宁夏是我国“西电东送”战略基地。截至2018年8月底，全区统调装机容量3510万千瓦，其中火电装机占比56%，火电发电量占全网发电量比重78.6%。2017年宁夏火电企业煤炭消费量5202万吨，2018年预计煤炭消费量达6052万吨。

据自治区经信委介绍，多年来，宁夏优先发展超临界、超超临界节能环保机组，大型空冷火电机组装机容量超过1400万千瓦，余压余热、煤矸石、资源综合利用自备机组装机容量264.3万千瓦。同时，加大环保技术改造力度，新建机组同步建设烟气脱硫脱硝装置，多家火电企业已提前完成了超低排放改造。

技术先进、安全可靠的坚强电网是实现煤炭"上网"的根本保障。目前，宁夏电网主网架已实现了由"普通国道"向智能化"高速公路"的跨越。除了外送工程，区内也形成了750千伏双环网主网架，并在全国率先建成覆盖全省的750千伏双环网结构。

截至2017年年底，宁夏电网技术装备和安全运行水平、电力供应保障能力、资源优化配置能力大幅提高。宁夏电网10千伏及以上电网线路总长4.87万公里，可"绕行"地球一圈多，变电容量7030万千伏安，电力总装机4187.6万千瓦，人均电源装机6.14千瓦，人均用电量1.43万千瓦时，居全国首位。

打造现代煤化工高地

从"挖煤"到"输电"只是宁夏煤炭清洁利用、增值的路径之一。转型升级煤炭产业的主要途径则是要实现煤炭资源的就地转化。为此，多年来宁夏不断依托科技创新，更多打造现代煤化工产业，不断延伸煤化工产业链条。

宁夏煤炭储量居全国第六，是我国的主要产煤区，其中位于宁夏中东部的宁东能源化工基地占85%，探明储量331亿吨，与榆林、鄂尔多斯形成我国能源化工"金三角"，也是我国14个亿吨级大型煤炭基地、4个现代煤化工产业示范区。而被喻为"电路板"工程的国家能源宁夏煤业集团400万吨煤制油项目就坐落于此。

这一全球单套规模最大的煤制油项目，是世界上少数投入商业化生产的煤炭间接液化项目，年转化煤炭2000多万吨，产油品400多万吨。煤制油二期项目还跻身国家能源"十三五"规划，将开辟以汽油为主的煤制燃料新路径。

"400万吨煤制油项目采用自主知识产权的核心技术，实现了37项重大技术和装备国产化的示范应用，向世界展示了'中国制造'的力量。"国能神华宁煤煤制油分公司总工程师黄斌说。

此外，宁东能源化工基地还建成了世界首套年产50万吨的煤制烯烃项目，开工建设了世界首套焦炭气化制烯烃项目，形成现代煤化工产能660万吨，成为我国最大的煤制油和煤基烯烃生产加工基地。

从传统煤化工向现代煤化工发展，再全面推动现代煤化工向精细化、高端化、集群化方向发展。多年来，宁夏不断做强做大现代煤化工产业，延伸产业链条，布局建设煤基烯烃、煤制乙二醇等项目，发展高压聚乙烯等高端产品，延伸研发合成润滑油、合成纤维等精细化工产品，推进产业由价值链低端向中高端迈进。

"未来，宁东能源化工基地还将继续延伸煤基烯烃产业链，坚持烯烃产业精细化、多元化、集群化发展，重点发展工程塑料、合成橡胶、合成纤维和精细化工四大产业集群。同时，依托甲醇、甲醛、液化气及煤基多联产产品等原料优势，延伸发展清洁油品、香精香料、液晶显示材料等精细化工产品，拉长产业链条，提高产品附加值。"宁东基地

国能神华宁煤集团400万吨煤制油项目中控室 ■ 新华社记者 王鹏/摄

管委会经济发展局负责人田彦虎说。

产业融合形成集群效应

业内人士分析认为，目前烯烃、芳烃等仍是初级产品，产业链可以继续延伸到橡胶、化纤、油漆产业等，产业链越延长，价值就越高，如芳烃可变成高附加值的原丝、的确良、差别化纤维等，市场价格可观，以提升煤燃料的附加值。

走进6000平方米的纺织车间，经过聚合、纺丝、后处理、溶剂回收精制等工序，不同规格的氨纶产品，在一排排卷绕机隆隆作响中“诞生”。比头发丝还细的白色氨纶，广泛应用于防弹衣、牛仔裤、运动服等，其原料源头却是深埋地下的黑炭。然而，一吨氨纶价格约为4万元，比一吨煤炭高出近100倍。

“每天所需的300吨原料，全部来自一路之隔的中石化长城能源化工（宁夏）公司生产的聚四氢呋喃。我们两家企业一个干纺织，一个干煤化工，却是上下游关系，氨纶产品市场发生变化，我们就随时过去提出调整建议，这在以前不可想象。”宁夏泰和新材公司副总经理何怀珍说。

由煤炭燃料转向化工原料的另一个路径是发展高新材料产业，而与轻工纺织融合发展，实现煤化工产业由“黑”变“白”，是宁夏培育新动能的表现之一。近年来，宁夏围绕煤化工产业融链补链强链延链，推动新旧动能转换，实现煤化工向新材料产业方向转变，提高产品附加值和市场竞争力。

目前，仅宁东能源化工基地就建成了3万吨差别化氨纶一期项目，同时，开工建设了4500吨对位芳纶和4万吨生物基纤维，打通了现代纺织产业路径。“宁东基地不断形成企业集聚、产业集群、发展集约的态势，推进煤化工与石油化工、现代纺织等产业融合发展，不断形成集聚集群效应。”田彦虎说。

此外，宁夏还将探索煤炭燃料与节能环保融合发展，回收利用生产食品级二氧化碳产品，探索开展二氧化碳微藻转化、发酵制取丁二酸等应用示范及综合利用，推进产业融合成为宁夏煤炭产业转型升级的未来发展方向。（此稿刊登于《经济参考报》）

打造全国首个新能源综合示范区
宁夏综合施策解决新能源消纳难题

新华社记者　于瑶　王璐

从2003年投运第一座风电站，到2009年投运第一座光伏发电站，再到成为全国首个新能源综合示范区。15年来，西北内陆省区宁夏巧借丰富的“风光”资源，不断加大新能源产业开发规模，并将其作为调整能源结构、转变发展方式、促进节能减排的重要抓手。

为破解新能源消纳困局，宁夏通过开展打捆交易、跨区外送，启动电力辅助市场等多种渠道扩大消纳途径，使新能源占总装机容量、并网规模、消纳总水平等多个指标走在全国前列。

“风光”无限好

在宁夏宁东能源化工基地南部广阔的戈壁滩上，一排排光伏板在阳光的照耀下熠熠生辉。这一占地近1.2万亩，俯瞰呈剪刀形排列的光伏项目，装机总容量达300兆瓦，2016年6月正式并网发电，是当时全国首列单晶组建单体并网规模最大的电站，每年可发电 4.5 亿度。

作为风能、太阳能资源储量丰富的省区，宁夏“十二五”期间新能源发展迅猛，风电年均增长 61%，光伏年均增长 102%。“十三五”以来，宁夏新能源继续保持高速增长势头，已形成 8 个大规模风电光伏产业集群，成为我国大规模推广应用“绿色能源”的重要基地。

“风电和光伏的装机量决定其发展地位。截至 2017 年底，宁夏新能源总装机达到 1562 万千瓦，占总装机容量的 38%，装机占比位居全国第三。其中，风电 942 万千瓦，光伏 620 万千瓦。”自治区发改委能源产业发展处工作人员杨泽英说。2017 年宁夏非水电可再生能源电力消纳比重提高至 21%，提前完成并超过 2020 年非水电可再生能源电力消纳比重目标 8 个百分点，位居全国第一。

自 2012 年成为全国首个新能源综合示范区以来，宁夏积极打造新能源项目“规模化、集约化、园区化”发展样板，统筹全区光照条件、土地资源和电网接入消纳能力，将 2015 年后新增的地面光伏电站项目全部进入已规划的园区统一建设。在有效避免光伏电站项目占用耕地、林地的同时，通过集中规划建设，集约利用土地资源。

中卫市沙坡头 100 万千瓦沙漠光伏电站、宝丰 39 万千瓦农光互补项目、隆基 5 吉瓦单晶硅棒和 5 吉瓦单晶硅片……目前，宁夏已完成 342 万千瓦光伏指标的配置，并带动全区固定资产投资超过 300 亿元以上，取得了光伏电站和配套产业项目建设“双赢”的局面。

为加快推进新能源项目建设，国网宁夏电力有限公司相继投运了启明、穆和等一批兼顾新能源接入、负荷发展和网架优化功能的 330 千伏输变电项目，并通过强化电网改造、优化新能源接入方式、加大接网工程投资力度等措施，持续改善新能源并网条件，电网接纳新能源能力大幅提升。

截至 2018 年 6 月底，宁夏新能源总装机达到 1780 万千瓦，占总装机容量的 39.5%，其中风电 996 万千瓦，光伏 784 万千瓦。宁夏并网新能源场站 223 座，其中风电场 84 座，单场最大容量 30 万千瓦，光伏电站 139 座，单场最大容量 64 万千瓦，2018 年新能源并网规模全国领先。

消纳降难度

腾格里沙漠戈壁滩上，有一块占地 430 多亩的土地铁塔林立，这是世界首条 ±660 千伏直流输电工程——宁东至山东直流输电工程的“送端”银川东换流变电站。这一“航母级”的电力工程开启了我国“西电东送”的北通道，在安全运行的 3600 多天里，长期处于满负荷运行状态，是我国目前商业运行效益最好的跨省跨区直流输电工程。

该工程除了运输火电外，黄河上游的水电、光电、风电都以直流输电的形式，“打捆”送到山东。此外，输电能力更大、途经 6 省的灵州至绍兴 ±800 千伏特高压直流输电工程，也同样成为承担宁夏新能源外送的重要通道。

“我们充分利用银东、灵绍等特高压直流外送电通道优势，加大跨区新能源外送规模，积极扩大中长期外送电交易规模，促进新能源在更大范围内消纳。”国网宁夏电力有限公司总工程师季宏亮说。2017 年宁夏电网通过特高压外送通道，完成跨省电力交易 4476 笔，交易电量 61 亿度，降低新能源弃电率约两个百分点，完成跨区交易 335 笔，净送出电量 4.7 亿度，降低新能源弃电率约 3 个百分点。

记者采访了解到，2014 年前宁夏新能源基本实现全额消纳，但随着新能源装机规模不断扩大，区内外用电需求放缓等因素影响，2014 年 5 月宁夏电网首次出现弃风，2015 年 9 月首次出现弃光，消纳难制约了宁夏新能源健康发展。

“通过‘利用通道送出去、开展市场拉起来、推进替代用起来’的举措，创新交易模式，激发市场活动，引导新能源进入市场，鼓励煤电机组做深调，才能减少新能源一弃了之、一限了之的浪费做法。”自治区经信委电力处处长崔海山说。

一条条超特高压外送通道的打通，让新能源并网消纳有了新途径。与此同时，宁夏还积极开展跨省、跨区新能源现货交易，探索开展火电与新能源打捆交易模式，既确保外送电量平稳增长，也实现了新能源的错峰消纳。

数据显示，2018 年上半年，宁夏完成新能源富余电量跨省送出 15.5 亿千瓦时，跨区现货交易 4.2 亿千瓦时，累计增加新能源消纳电量约 19.7 亿千瓦时，降低新能源弃电率约 13 个百分点。

如今，宁夏外送电已扩展到华中、华东、西南、西北地区的十几个省份，华电、大唐、中电投等 17 家风力发电企业参与了跨区交易，形成了发电企业、电网企业和地方经济共赢的外送电市场。

不仅如此，2018 年 5 月，宁夏还启动了电力辅助服务市场运行，成为西北首个试点省区。通过市场深挖调峰潜力，理顺新能源与火电之间的关系，促进新能源消纳。据自治区经信委介绍，截至目前，宁夏电力辅助服务市场累计调用火电机组 283 台次，共深调电量 3455 万千瓦时，降低新能源弃电率约 0.6 个百分点，进一步缓解火电与新能源的调峰矛盾。

国网宁夏电力有限公司还通过发、输、配、用、微、储等多环节互动加大新能源消纳。“传统的新能源消纳注重对电源侧的调节，而我们聚焦用户侧，通过引导用户与电网互动，及时促进新能源消纳。”宁夏电力调度控制中心总工程师项丽说，通过搭建与用户的互动机制，引导用户实时消纳新能源。

此外，宁夏还积极推进新能源替代燃煤小自备机组发电，通过有效增加公网机组覆盖面，扩大新能源消纳空间。数据显示，2018 年上半年，宁夏新能源发电量 143 亿千瓦时，同比增长 26.4%，新能源弃电量 3.5 亿千瓦时，弃电率 2.4%，同比下降 2.3 个百分点。

发展可持续

受光伏“6.30”电价调整和宁夏风电预警转“绿色”影响，2018 年宁夏新能源出现大规模增长，部分断面长期接近稳定极限运行。同时考虑冬季供暖火电开机方式增大、火电调峰能力下降以及环保治理等因素影响，新能源消纳形势不容乐观。

据国网宁夏电力有限公司介绍，目前，电网调峰能力、网架结构无法满足新能源消纳需求，新能源消纳市场增长缓慢，难以全额消纳新能源电力。

新能源不持续、不稳定、不可控的特性，需要其他电源作为调峰备用。而宁夏电源结构以火电为主，电网调峰全部依靠火电，灵活性不足且能力有限。此外，宁夏电网统调自备电厂占火电装机比例高，在电力需求放缓、火电利用小时数大幅下降的情况下，自备电厂发电利用小时数过高，也造成新能源弃电量增加。

一些新能源企业负责人坦言，新能源产业习惯于国家政策支持，未来发展方向在哪里，企业并不明确，也缺乏信心。宁夏有关部门表示，目前已不安排集中光伏电站项目，分散式风电和分布式光伏是未来发展的重点。宁夏正在编制分散式风电规划，企业参与的积极性较高。

业内人士认为，应从把好入口、拓展出口、优化运行、完善电网等多方面综合施策，合力解决消纳难题。

一是继续实施“风火打捆”交易模式，提升新能源交易电量。针对宁夏电力供求实际，继续开展“风火打捆”电力直接交易模式，扩大大用户直接交易电量规模，给足新能源交易电量空间。在积极推动省内新能源与火电发电权交易的同时，创新开展跨区跨省发电权交易。

二是加大新能源跨省区交易规模，建立长期合作模式。加大跨区跨省中长期外送交易规模，同时积极开展跨省日前实时交易和富余新能源跨区现货交易，拓宽新能源参与市场空间。充分利用通道资源，最大程度解决富余新能源电力消纳问题，力争 2018 年新能源外送电量 50 亿千瓦时。

三是继续推进自备电厂与新能源企业清洁替代发电，探索清洁替代的具体措施。抓住新能源发电企业弃电率高发季节，积极撮合可再生能源、高效机组企业与燃煤自备电厂实施替代发电，采用市场化机制引导拥有燃煤自备电厂的企业减少自发自用电力，增加购网电量。（此稿刊登于《经济参考报》）

银川发力审管“同频共振”

新华社记者　任玮

四年来，宁夏回族自治区银川市自第一轮行政审批制度改革以来，经多轮审批“瘦身”，大幅提高政务服务效率，尤其以“审管分离”为核心推行行政审批权相对集中改革，有效解决了政务服务中存在的审批多、审批难、审批乱等问题。但伴随改革深入，企业注册准入准营以及建设项目报批环节多、流程繁、耗时长等问题仍然存在，行政审批与事中事后监管的改革步伐不一致问题凸显。

《瞭望》新闻周刊记者近期调研发现，银川市瞄准改革难点、堵点精准施策，通过重塑审批流程，变集中审批为集成审批等举措，率先实现企业开办一日办结、30个工作日完成投资项目审批，并创新构建了“1+N不见面”审批模式，让办事人更加省心、省力、省时、省钱。同时，在根除“以审代管”思维和惯性，强化事中事后监管，优化信息化建设等方面持续施力，谋求实现审管“同频共振”。

“自我革命”切中要害

2014年，银川市通过组建行政审批服务局实现体制突破，实行“一枚印章管审批”。截至目前，银川市已将30个行政部门的179类行政审批及相关涉审事项划转至这个局。

在第一轮改革中，银川市行政审批服务局构建了“一窗口受理”“一条龙审批”“一体化办理”等集中受理、审批模式，有效解决了群众办事“多头跑路”等问题。经过七轮审批“瘦身”，减少申请材料1508个、审批环节265个，减少办理时限731个工作日，提速88%，50%的审批事项实现即办。推行“一表通”，减少表格、材料291个，剔除填写内容3384项，229个审批业务提交“一张表格”即可办理。

“改革成效从数字上挺好看，但企业群众办事满意度还是不高，营商环境评价仍然靠后。”银川市行政审批服务局局长潘灵胜对《瞭望》新闻周刊记者说，行政审批改革的“银川模式”取得了不少成果，但也陆续凸显出一些问题。

第一，对审批事项进行物理组合，按政府组成部门模式设置业务处室，比如环保园林水务处、建设交通城管处等，已与改革需求不相匹配，企业群众“办成一件事”需多窗口申请、反复提交材料问题仍存在。

第二，受信息壁垒制约，数据共享难、材料验证难、并联审批难，制约改革进程。

第三，通过减材料、减环节、减时限等“做减法”实现审批提速提效已没有空间。

第四，为企业提供的服务碎片化，致使改革红利无法惠及企业，部分企业特别是工业类企业对改革认可度不高。

以问题为导向，银川市行政审批服务局自2017年6月起开展第二轮改革，围绕企业注册准入易、准营难和建设项目报批等过程存在的问题，精准施策。

首先，按照服务企业全生命周期重置内设机构，重塑商事服务审批流程。

一是将原有处室全部归零，重设市场服务、立项审查、施工许可、勘查验收和企业项目服务等处室。其中，市场服务一处负责企业注册准入；二处负责企业准营，办理原来分散在各业务处室的59个准营资质，一次满足企业多项需求。

二是审批联合税务、银行等部门同时在市民大厅设置办事窗口，办事人可“一站式”办结开办企业所需事项，办理结果通过审管互动平台推送到基层市场监管部门、税务所和银行网点。办事人不用再多头跑、来回跑，企业开办一日办结。

“过去开办企业要跑工商、银行、税务等多家单位，经过七八个环节，少说得等半个月。”宁夏德中腾龙商务有限公司总经理助理王晨阳说，现在从核准名称、刻章到开户、办税等手续在一个大厅一天就能办完。

潘灵胜说，“企业开办一日办结”也有效解决了企业税务信息补录和银行开户不及时问题，规避了企业偷漏税，空壳公司造假、违规经营等风险。

其次，针对项目审批涉及部门多、环节多、互为前后置、串联审批等问题，重塑审批流程，打破项目报批事项前后置关系。按立项、施工、验收三个环节分别由立项审查处、施工许可处、勘查验收处办理，内部联动、集成审批，实现多评合一、多图联审、多验合一等。

目前，银川市建设工程项目从立项审查到施工许可平均用时30个工作日，比改革前提速一倍。

第三，以方便企业群众“办成一件事”为原则，改造现有审批服务系统，打通业务处室间信息壁垒，构筑“1+N不见面”多证联办审批模式。办事人线上或线下递交一套申请材料，可同时激活多个事项办理，同步取得审批结果。

宁夏厚德轩医药有限公司副总经理孙会光说，过去开药店要一项一项办理营业执照、药品经营许可等审批手续，平均耗时3个月。“现在提交一份材料后，所有证照‘一勺烩’，一般5天就能全办完。提前2～3个月就能开业，可以节省房租和人工工资10万多元。”

“从全国范围来看，新一轮‘放管服’改革的两大攻坚点，就是要解决开办企业准入易、准营难，以及建设项目报批耗时长，营商环境排名靠后等问题”。长期研究行政体制改革的国家行政学院教授宋世明对《瞭望》新闻周刊记者说，银川市第二轮改革切中要害，进行了“自我革命”。

新机制仍需“通关过卡”

为深化行政审批制度改革，银川市以“审管分离”为核心，进行行政审批权相对集中改革。2014年，银川市成立行政审批服务局，截至目前已分四批次将30个行政部门的179类行政审批及相关涉审事项划转至此。经过多轮审批事项合并、取消、下放，现办理行政许可、行政确认等各类政务服务事项114类，517项，占全市政务服务事项的27%，其中行政许可事项占全市政务服务事项的73%。

“原职能部门承担的审批职责、机构编制、审批人员整建制划转到行政审批服务局后，只保留事中事后监管职责。”银川市行政审批服务局副局长刘艳峰说，审批与监管有效剥离，实现审批部门一心一意办审批，监管部门腾出手来抓监管。

在实现“审管分离”后，银川市在每个部门定职能、定机构、定人员编制的“三定”方案中，对审批、监管职能进行了调整和明确，确保审管职责清晰、衔接顺畅。同时建立了政府部门权力清单和责任清单制度，进一步确认了部门权责，从制度层面强化了对行政职权运行的监督制约，防止审批、监管部门不作为、慢作为、乱作为。

2017年，银川市为进一步推进“审管分离”和“审管互动”，创新监管体制，在《银川市关于进一步推进“放管服”改革的意见》中明确了“谁审批、谁负责”“谁主管、谁监管”“谁行权、谁担责”的基本原则，细化了审批、监管、执法和公共服务的具体责任，实现各环节全程留痕。

宋世明认为，银川市确定这样的基本原则，为“审管分离”确定了实施原则，为深化改革突破了体制空间。

目前，银川政务服务多头审批、重复许可等现象明显改观，企业群众办事更加省心、省时、省力、省钱，政府治理能力也有效提升。但多位受访基层干部和专家学者认为，巩固、完善改革成果，还需打通更多“关卡”。

一是解决信息化建设跟不上改革需求问题。目前

“互联网+政务服务”等工作的开展，一定程度上促进了相关职能部门间的系统连通、信息共享。但多套系统并存，重复录入、反复核对等问题依然存在。

多位受访基层工作者坦言，应改变目前以各部门为主体推进专网建设的情况，制定标准、统筹规划，避免一边打破信息壁垒，一边又制造新的“信息孤岛”。

二是解决改革深化与法律法规不相适应问题。随着改革逐渐深入，一些审批事项仍然存在材料、流程、环节偏多等问题，有精简优化的空间，但受上位法律法规及规范性文件制约，尚无法进行大幅完善和优化。

潘灵胜说，应对已经明显不符合现实需求的法律法规、部门规章、红头文件等进行精、修、废、减，进一步释放改革活力。

三是解决事中事后监管与行政审批改革步伐不一致问题。切实推进审管互动，在监管模式、监管方式、监管手段等方面持续优化、改善、创新，确保改革进程中审管不脱节。

审管“同频共振”需创新提效

伴随改革深入，行政审批与事中事后监管的改革步伐不一致问题凸显。例如，“以审代管”思维和惯性尚未根除，事中事后监管仍待强化，信息化建设滞后等因素制约导致审管互动衔接不畅等问题亟待解决。

《瞭望》新闻周刊记者调研发现，改革中，多数行业监管部门“重审批轻监管”“审批就是监管”的惯性思维有所改变，但由于监管能力、监管方式、监管手段等制约，仍存在事中事后监管跟不上审批改革步伐问题。

首先，多位来自基层的监管和执法人员反映，行政审批制度改革后，监管任务大幅强化，但监管队伍建设和监管方式方法还跟不上改革形势，人力不足、手段单一、技术落后等问题凸显，导致对违法问题发现难、处理难。

“审查一张图，空间靠想象、周边环境凭脚量、要件资料袋子装。”银川市规划管理局建管科主管王小娟说，规划执法大队不足20人，负责范围覆盖400多平方公里，执法主要靠肉眼观察，很难及时发现违章违规情况。

其次，信息化建设仍然滞后，没有形成横纵贯通的审管有效衔接机制和统一的审管信息互动平台。银川市文化市场综合执法队队长曹建刚说，随着审批权下放，自治区、市、县三级都有审批业务，但只有市级实现了审管信息互动。由于缺乏有效的审批和执法衔接机制，市级执法机构存在监管盲区。

一些行业监管部门提出，审批和监管互动，双方推送的多为整体性、结论性信息，而对流程性、专业性信息沟通不足。由于各部门信息化建设水平参差不齐，有些还在使用“文件对文件”式的审管互动。

第三，作为“审管分离”后综合监管体系的重要组成部分，信用监管未能充分生效。由于缺乏全国统一的黑名单认定标准规范，存在重点领域黑名单认定依据不足、认定程序不健全、共享发布不规范、信用修复机制和黑名单退出机制不完善等问题，制约了联合惩戒实施。

另外，企业信用综合评价体系尚不健全，缺乏部门信用等级结果互认，不同领域主管部门检查、核查的协调沟通不足，难以对红名单企业持续实施优化检查频次等激励措施，守信联合激励不足。

还有的行业监管部门反映，目前各领域都在建设自己的信用体系、信用平台，仍然存在条块分割、互不相通的问题，尚待建立统一的信用信息发布、查询等共享平台。

多位受访专家学者和基层领导干部认为，确保行政审批改革与事中事后监管双管齐下、同频共振，需要进一步转变监管理念，创新监管方式，建立有效的审管衔接机制和畅通的审管互动平台。

宁夏回族自治区机构编制委员会办公室体改处处长杜顺豪认为，加强“审管互动”要与机构改革相衔接，进一步梳理职能，按优化、协同、高效原则，加强审批服务、行业主管和监管执法部门之间衔接，强化协同监管职责，进一步压实监管责任。

宋世明表示，新一轮“放管服”改革的着眼点和发力点之一是创新监管方式，核心是要建立以信用监管为核心的综合监管体系。他建议，建立省级或市级统一的事中事后监管平台，至少是统一的信用监管平台，建立信用信息数据库。充分利用智能化、大数据监管手段，为一线执法人员提供准确“坐标”，从而有效缓解监管人力短缺问题。

银川市住房和城乡建设局副局长张静等受访者告诉本刊记者，应进一步完善审批监管沟通协调机制，实现审管互动无缝衔接。并加快构建数据同步、措施统一、标准一致的全国联合奖惩协同系统。加快推进各相关业务系统与信用信息平台的互联互通，构建一体化的信用信息监管体系。

还有受访专家提出，信息共享不畅是制约审批改革和审管互动的关键短板，应进一步打破信息壁垒，整合信息资源，避免因信息不通导致审管脱节。（此稿刊登于《瞭望》新闻周刊）

银川：借力“互联网+”振翅高飞

新华社记者　任玮

近年来，银川市积极推进基于大数据、互联网、云计算等新一代信息技术为支撑的智慧银川建设，并以大数据中心为依托大力发展“互联网+”产业。随着一批批成果落地，城市管理更加智慧高效，民生保障质量有效提升，传统产业迎来改造升级，“凤城”银川正借力“互联网+”振翅高飞。

城市治理凸显“智慧”　百姓生活增添便捷

作为全国第二批智慧城市试点，银川市自2014年启动智慧银川建设。近年来，银川市利用“互联网+”、大数据、云计算、人工智能等信息技术，在交通、环保、安防等领域进行探索，不断提升城市科学管理水平。

“智慧银川建立了十大系统13个子模块，包括智慧交通、智慧环保、智慧政务、智慧社区等，并通过摄像头、物联网设备以及多种信息化手段，采集城市数据。”银川市大数据管理服务局局长王川说，这些数据最终被传输到大数据中心进行存储。通过对实时数据、历史数据分析、计算，帮助城市管理者作出相应决策。

行政审批手续繁、环节多、时间长一度是城市运行的堵点、群众办事的难点。近年来，银川市在“互联网+政务”和简政放权优化服务上持续发力，通过建设“网上市民大厅”，推出“证照云”平台等举措，实现了“办证不出证、数据来验证”以及“1+N不见面”审批等多种审批模式创新。

“头一次见这种办事模式，不用到窗口排队，从网上申请就行。需要的材料，办理的流程都有提示，按要求填表、拍照，上传附件，再点个提交申请就行。办好的证照直接发送到手机上，特别方便。”回忆起第一次通过“证照云”平台办理网上审批业务，宁夏银川市朝阳老年公寓法人秦启法记忆犹新。

目前，银川市行政审批服务局499项事项实现了网上办理，占所有审批业务的99%；“不见面”审批463项，占全部事项的92%。越来越“聪明”的城市也为百姓生活带来不少变化。在银川市打造的100个智慧社区中，多达11项的智能设施，让社区安保、环境、公共服务等越来越智能化、便利化：进大门只“刷脸”不刷卡，垃圾桶可通过红外线感知垃圾满溢程度，自动向保洁员手机发送提醒；居民“扫码”打开智慧冷鲜柜，里面存放的就是网上购买、商家配送的生鲜食材……

优质医疗借“网”下沉　民生服务质量上升

在银川市第一人民医院的远程影像诊断中心，放射科专家在电脑上仔细观察一张X光片，填写诊断报告，点击鼠标上传，网络另一端的永宁县中医院医生就能看到诊断结论；在远程专家门诊，疑难重症患者在医生帮助下，选择在线备案注册的全国专家发起视频问诊，专家不仅给出治疗方案，如有需要还可到当地为患者手术。

远程影像诊断中心、远程专家门诊，是优质医疗资源下沉的有益尝试，也是银川市探索“互联网+医疗”建设的成果之一。银川市卫计委主任马晓飞说，银川市建设互联网医院，搭建远程专家门诊、远程影像诊断中心、远程电生理诊断中心等诊疗平台，让集中在大城市、大医院的医疗资源更多惠及偏远地区、基层医院。

“以远程专家门诊为例，运营一年多来已完成1200余例远程问诊，复杂疑难病例占89%。”马晓飞说。原本需要长途奔波去上海、北京等医疗中心城市看病的患者，现在不出宁夏就能得到全国专家的诊疗方案。省去了车马劳顿，也节省了诊疗过程中的非医疗费用。

银川市自2016年发展“互联网+医疗”产业以来，先后引进30多家互联网医疗企业并签订战略合作协议。目前，19家互联网医疗企业以备案形式获批《医疗机构执业许可证》，各互联网医疗机构在银川备案注册医生总数已达两万余名，累计服务患者700多万人，其中服务银川患者22万多人。

面对蓬勃发展的新业态，银川市在陆续出台10个“互联网+医疗”相关政策及监管文件的基础上，2018年5月正式上线运行互联网医院监管平台，对互联网诊疗平台的运营合规性、医院资质、医生信息备案，以及在线问诊、开具处方、病历书写等核心业务，通过“自动核查预警+人工干预方式”进行实时监督和管控。

王川说，下一步银川市将继续推进“互联网+医疗”“互联网+教育”等重点民生领域智能化发展，运用互联网、大数据促进民生保障和改善，让数据多跑路、百姓少奔波，推进公共服务质量不断提升。

传统产业智能升级　转换动能焕发新生

在银川滨河如意服装有限公司智能化生产线上，私人订制一套西装只需要3个小时。根据人体扫描和3D试衣技术采集到顾客体型、肤色等数据，上传大数据中心后，再由设计团队设计出私人订制版型图，通过MAS系统传输到裁床。裁刀根据版型图自动剪裁。控制中心的大屏幕上显示着每个工位的流程进度，系统智能判断、自动排产，避免拥堵……

私人订制、柔性制造、智能化生产，是银川市加快推动智能工厂、数字化车间建设的缩影。近两年，银川市以供给侧结构性改革为主线，推动大数据、云计算、互联网、物联网等新一代信息技术与传统产业尤其是制造业深度融合，培育新动能。

据银川市工业和信息化局信息化处处长陈罡介绍，银川市正在推动工业互联网建设，深化信息化与工业化融合，在煤化工、装备制造、纺织服装等领域加快智能制造建设步伐。并着力培育建设一批企业级、行业级、跨行业跨领域工业互联网，引导企业利用云平台开展离散型智能制造、流程型智能制造、大规模个性化定制等智能制造新模式应用。

目前，宁夏共享集团股份有限公司的“共享工业云”、宁夏汇川服装有限公司的“‘互联网+’服装定制体验平台”、宁夏软件工程院的“金属电解池在线测量机器人及工业大数据分析平台”等工业互联网应用，已取得明显成效。

“银川市中关村创新创业园、丝路经济园、滨河新区智慧产业园、IBI育成中心等信息技术产业园区，通过大数据、物联网等信息技术的研发应用与推广，逐步建成基于新一代信息技术的产业集群。”陈罡说，9家国家级、自治区级大数据开发应用平台突破了一批大数据关键技术，在人口、医疗、教育、物流等领域构建起一批大数据服务体系，带动了车联网、智能电网、智能交通等新兴产业发展。

为推进工业创新驱动转型升级，银川市最新出台了相关政策，以资金奖励等多种形式支持企业建设智能工厂、数字化车间，支持制造业与互联网融合发展以及信息产业发展等。（此稿刊登于《经济参考报》）

宁夏：巧打“气候牌”　塑造经济“新名片”

新华社记者　于瑶

干旱少水、气温偏低、空气干燥、三面环沙曾经是宁夏经济发展的明显“短板”。近年来，宁夏在气候劣势中寻找优势，打造冷凉蔬菜、葡萄、硒砂瓜、光伏、纺织、锂电池、大数据、沙漠旅游等经济“新名片”，走出一条主动顺应气候变化、加快转型发展的新路。

脆嫩爽滑的宁夏菜心，深受3000公里外香港市民的青睐，很多人因为餐桌上的一道菜心而认识宁夏。

“宁夏气候冷凉、干旱少雨、昼夜温差大、光照时间长，拥有夏季生产叶类蔬菜的绝佳环境。”宁夏回族自治区农牧厅副厅长赖伟利说，12年间宁夏供港蔬菜基地从1500亩发展到20万亩，从菜心扩大到西兰花、娃娃菜、洋葱、西芹等十几个品种。

目前，有11个供港蔬菜基地被香港渔农署评为信誉农场。供港蔬菜的成功，带动了宁夏百万亩冷凉蔬菜的大发展，夏季南方蔬菜市场上，宁夏蔬菜开始占据一席之地。

发展冷凉蔬菜是宁夏破解干旱、低温气候约束，在新发展理念指引下寻找新的产业路径的一个缩影。宁夏年平均降水量300毫米，蒸发量1800毫米，平均气温5℃到9℃且昼夜温差大，是全国最干旱缺水的地区之一。在这种气候条件发展经济，既有劣势，也有优势：气候冷凉，适合种植冷凉蔬菜；干旱少水，可以发展硒砂瓜、酿酒葡萄；光照时间长，可以发展设施农业；空气干燥，有利于养殖奶牛、滩羊……

实践证明，只要更新观念、顺应规律，气候劣势可以向优势转化。枸杞成为宁夏的“红色名片”，酿酒葡萄成为宁夏的“紫色名片”，冷凉蔬菜成为宁夏的“绿色名片”……十多年来，宁夏突破干旱气候对农业发展的约束，使“塞上江南”有了更多新名片，盐池滩羊、香山硒砂瓜、六盘山马铃薯、宁夏牛奶等已经打出品牌、叫响全国。

主动作为、变害为利不仅是给宁夏特色农业带来新气象，对于新兴工业来说，干旱气候反倒带来不少利好，锂电池、纺织、大数据等项目纷纷落户宁夏。

“空气干燥、气温低，生产石墨烯改性三元正极材料几乎不用开除湿设备，生产一吨材料大概可节电300度。”宁夏汉尧石墨烯储能材料科技有限公司生产副总徐杰说。

近年来，如意、恒丰、泰和等现代纺织企业在宁夏落地生根，高端纱线、氨纶、面料、衬衫、西服的延伸产业链已形成，2017年纺织行业主营业务收入达150亿元，成为推动宁夏经济增长的新动能。

“我们这里海拔1000米，有一定压差，有利于纱线合股；地下水温常年在12℃到13℃，可以为纺织车间提供最佳冷却水；空气干燥，生产差别化纤维不用再除湿；产品质量好，赛络紧密纺纱每吨价格比东南沿海高100多元……”吴忠市工信局副局长张克宁说，正是因为这些优势，东部纺织企业向西北转移产能成为一股潮流。

而一批大数据项目落户宁夏，也有对特殊气候条件的考虑。以中卫市为例，当地有全年平均8.8℃的自然风冷优势和充沛稳定的电力资源优势，采用全自然风冷技术较其他常规数据中心节能50%，吸引了亚马逊、中国移动、中国联通、奇虎360等企业落户，中卫市云基地数据中心蓬勃发展，已完成投资40亿元，安装服务器5.2万台。2018年计划新建、续建美利云、西部控股等数据中心9个，计划安装服务器16万台。（此稿被环球网、新华网等45家媒体采用）

中国西北传统制造业借助创新走上“康庄大道”

新华社记者　于瑶　谢建雯

从20世纪60年代初建厂至今，地处中国西北的吴忠仪表有限责任公司经历了由盛到衰，由衰到新的跌宕历程。如今，凭借持续创新，这家“老三线”传统制造企业实现转型升级，在高端控制阀行业走出一条具备国际竞争力的“康庄大道”。

“20世纪六十年代，厂里大学生研发队伍占全厂500名职工的三分之一，产品供不应求，国内市场占有率达到20%。厂子还先后从日本和德国引进产品技术二次开发，当时的吴忠仪表是行业佼佼者。”吴忠仪表总工程师常占东说。

上市之后，盲目投资、精力分散让吴忠仪表开始走下坡路，资金链断裂，技术人员流失，厂子面临倒闭。同时，“低价大路货”成为当时国产控制阀的代名词，高端市场几乎被国外品牌垄断。

只有改革创新才能生存发展。2009年吴忠仪表进行体制机制改革，把产业发展及技术研究放在高端控制阀制造上。

“近十年来，吴忠仪表每年投入约8000万元进行技术研发，还承担了国家‘863’计划等重大专项研究。在企业自主研发的60多项控制阀新产品中，有24项被评为国家级重点新产品，同时高端控制阀产业化项目获得了国家科技进步奖。”吴忠仪表董事长马玉山说。

据吴忠仪表研发部长李虎生介绍，阀门依赖球芯零件的圆度和光滑度在苛刻环境中实现高耐磨、耐冲刷、高密封。“我们每年要生产近1.2万个球芯，每一个球芯的误差都要保证在5微米以内，相当于一根头发丝的十分之一。这一生产工艺是50多年积累下来的成果。”

2015年，“西气东输”杭州一管线建设项目成功安装了吴忠仪表自主研发生产的天然气调压撬，打破了中国天然气长输管线这一领域关键设备长期被国外企业垄断的局面。企业自主创新设计生产的海洋水下阀门通过评审，实现了国产阀门在中国深水油气田开发工程领域零的突破。

吴忠仪表的故事是中国西北地区传统制造业通过创新谋求转型升级的缩影。近年来，中国西北制造行业通过内部改革、自主研发，弥补自身短板，淘汰落后产能，逐步从低成本竞争优势向高质量优势转向，由“西北制造”向“西北智造”升级。

如今，行走在西北五省的工业基地和新兴产业示范园区，从大型装备生产车间到云计算处理中心，从新能源技术团队到机器人生产线，“智能制造”元素随处可见。在中国制造业转型升级的关键期，西北大地正在呈现后发赶超之势。

与传统的铸造车间有着天壤之别，银川共享装备股份有限公司3D打印车间内，穿着白衬衣、戴着白手套的工人，在洁净、安静、恒温的环境中，通过计算机操控就完成了铸件砂型制造。

车间主任马发仁说，这些拥有自主知识产权的3D铸造打印机，突破了12大关键技术，累计生产5大类共4000吨铸件，成本比传统车间降低了一半，产品误差也由1毫米降至0.3毫米。

技术创新依赖平台和人才创新。吴忠仪表完善科技创新体系的同时，重点打造人才金字塔，组建博士后工作站及院士工作站、新产品研究团队和高技能人才团队。通过实施人才创新工程，形成了支撑企业发展内生动力的人才体系。

陕西秦川机床工具集团通过搭建国家级企业技术中心、博士后科研工作站、北美研发中心等平台，引进国内外高端人才，设立技能大师工作室，从小发明、小改进到设计生产出具有国际先进水平的高端精密设备。集团董事长龙兴元说："得益于内部创新，公司业绩逆势上扬，产品与进口产品相比竞争力逐步上升，市场需求正迅速增长。"

"越是欠发达地区，越需要实施创新驱动发展战略。如今地处西北内陆的吴忠仪表已跻身于世界高端阀门制造的前列，期待国家加大对欠发达地区的创新产业支持，加强东西部资源的优化整合。"常占东说。（此稿为新华社对外通稿）

青铜峡市：调结构促转型　推动高质量发展

新华社记者　许晋豫

2017年，青铜峡市坚持以新理念、新思想、新战略统领全局，按照"一产提质增效、二产转型升级、三产提升推进"发展思路，精准施策，稳步发展现代农业、加快发展新型工业、融合发展第三产业，取得初步成效。2018年，青铜峡市将在调结构促转型、推动高质量发展上持续发力，并建议自治区在汽车产业、旅游产业、现代农业上给予更多支持，支持青铜峡市打造交通枢纽城市。

优化产业结构，推动融合发展

"2018年，青铜峡市坚持创新发展、绿色发展，努力在重点项目推进、工业转型升级、农业现代化发展、服务业提档升级等方面谋求新突破，为推动青铜峡新一轮发展奠定坚实基础。"金永灵指出说。

一是狠抓工业转型，在提升发展质量上谋求突破，力争工业增加值同比增长7.5%。青铜峡将扎实推进工业园区体制改革，实行"一区两园"运行模式，着力打造高端装备制造产业集群，做大做强中国西部轴承产业基地；着力打造新材料产业集群；着力打造现代纺织产业集群；着力打造精细化工产业集群，推动产业聚集，努力形成"一园一业一特色"。

二是狠抓服务业提升，在融合发展上求突破。充分发挥引黄古灌区申遗成功的辐射效应，大力实施全域旅游推进工程，建成旅游集散中心等15个旅游项目，争取实施一批体验性项目，完善景区基础设施，力争成功创建国家全域旅游示范市，黄河大峡谷跻身国家5A级旅游景区行列；大力发展生活性服务业，确保全年新增限上餐饮住宿企业5家以上；大力发展生产性服务业，力争实现第三产业增加值同比增长8.5%。

三是狠抓乡村振兴，推动农村发展、农业增效、农民增收，力争第一产业增加值同比增长5%。青铜峡市将实施优质大米提升工程和"好粮油"行动计划，发展壮大农业产业化龙头企业，建成自治区级大米科技示范区；加快贺兰山东麓银川都市圈葡萄产业联动发展，高标准推进鸽子山自治区级酿酒葡萄示范区建设，做大做强葡萄酒产业；大力发展特种养殖业，与周边县市形成差异化发展格局。

四是狠抓城乡统筹，推进城乡协调发展。青铜峡市将紧扣宁夏空间发展战略规划，主动融入银川都市圈，加快利青（利通区、青铜峡市）同城化发展。实施基础设施、棚改、亮化、畅通、绿化5大工程，完善城市服务功能。实施东部水系改造和西部景观水道工程，实现基础设施共建共享，建设融入银川"半小时经济圈"。

在农村建设方面，实施“厕所革命”，利用3年时间改造农厕4.3万户。强化养殖园区污粪无害化处理，加强秸秆柴草综合循环化利用，完善垃圾收集、清运、处理长效机制，让乡村更美丽，让生活更美好。

五是狠抓生态建设，在改善环境质量上求突破。深入开展“蓝天、碧水、净土”三大行动和洁净城乡百日专项整治行动，坚决打好污染防治攻坚战。集中整治工业园区水污染，加快推进峡口皮草产业综合治理项目和饮用水源地整治恢复。严守生态保护红线，加强主体功能区建设，扎实开展国家生态文明建设示范市创建工作。

推进产业转型升级，加快项目落地

金永灵认为，在工业转型升级上，受全国汽配产业的带动，青铜峡市装备制造业集群市发展正在加速崛起。自治区应统一规划、统筹协调，批准建设“宁夏汽车零部件制造产业基地”，利用3—5年时间将汽车零部件制造产业做大做强、做出规模，助推宁夏汽车产业的整体发展。

在推动全域旅游创建上，应协调将中华黄河坛景区整体移交吴忠市运营管理，有效化解中华黄河坛景区债务问题，并全力做好黄河大峡谷5A级景区创建工作，凝聚全域旅游创建整体合力。

在打造宁夏大米品牌上，为发挥青铜峡大米在品牌发展上的优势。应尽早制定宁夏大米产业标准体系，辐射带动全区各县市扩大种植规模，全面提升宁夏大米品牌品质和美誉度。在统筹城乡一体化发展上，青铜峡市坚持基础设施先行，拟实施国道109线小坝过境段改扩建、西部景观水道工程。由于归属国家或自治区重点项目，建议自治区尽快报国土资源部审批。

同时，为提高群众对农村厕所改造的满意度，金永灵建议自治区提高农村改厕补贴标准，有效缓解县（市、区）本级财政压力。在生态环境修复和治理上，青铜峡市牛首山东麓砂石矿区地貌破碎严重，存在崩塌等地质灾害隐患。建议将牛首山矿区矿山地质环境治理项目列入自治区重点项目，全方位构筑宁夏绿色生态安全屏障。

打造交通枢纽城市，带动社会经济发展

“随着城市发展，道路交通已制约着青铜峡城市的进一步扩展。要想促进青铜峡市人流、物流、信息流进一步集聚，需把青铜峡市打造成为交通枢纽城市。”青铜峡市代表团建议，解决青铜峡市境内交通压力大、扫除安全隐患等。

混合交通严重，安全隐患较大。G109线青铜峡小坝过境段全长11.143千米，依次与青铜峡境内多条路段平交，全段采用一级公路标准，设计速度为80千米/小时。此次段道路重型车辆占比较高，混合交通严重，交通压力日益增大，因为平交路口较多，且安全隐患较大。

代表团认为，对G109线小坝过境段的迁移，已势在必行。建议自治区政府有关部门能立即立项，安排资金进行建设。G109线小坝过境段向西改道绕出城区后，现有公路可作为青铜峡市西郊的环城市政道路使用。

青铜峡市代表团建议，打造交通枢纽城。应进一步完善青铜峡市交通路网结构，带动社会经济发展，打通青铜峡的“西出口”，缩短吴忠市、青铜峡市与内蒙古自治区阿左旗之间的距离，促进人流、物流、信息流集聚，把青铜峡市打造成为交通枢纽城市。

青铜峡市计划2018年建设省道306线甘城子至柳木皋段国防公路（青阿公路）。公路全长12.4千米。全线采用二级公路技术标准，设计速度为60千米/小时。（此稿刊登于《高管信息》）

吴忠仪表：创新发展的“逆袭”之路

新华社记者　唐亚蒙

［解说］从拥有国内一流科研生产团队，到资金断链人员流失险些倒闭，再到世界控制阀专业生产厂家，并成为中国控制阀行业的龙头企业，宁夏吴忠仪表责任有限公司，这家地处西北的“老三线”企业凭借败北后的勇气和脚踏实地的持续创新，从根本上实现了传统产业的改造提升，成为具备国际竞争力的高端控制阀行业龙头企业，焕发出了新的生命活力。

近十年来，吴忠仪表专注技术研发，每年科技投入约8000万元，其中仅研发投入就达5000多万元。通过消化吸收再创新逐步实现产品国产化，承担了国家“863”计划等重大专项研究。在企业研发的60多项控制阀新产品中，有24项被评为国家级重点新产品，同时高端控制阀产业化项目获得了国家科技进步奖。

走进近3万平方米的超大车间，记者看到，车间里并没有多少工人，各种现代化机械排列整齐，各种物料各归其位，一目了然。

［同期］吴忠仪表研发部部长李虎生：“（这款产品）是我们和中石油联合开发的一个在西气东输管网，城市门站用的一款调压撬，主要是替代我国大批量进口的产品，现在我们的成本包括功能都能满足用户的要求，性能上、价格上我们有很高的性价比，这样就能够替代我们国家西气东输的大项目，能够节省大量的投资。”

［解说］如今，吴忠仪表产品中应用的各类材料有120多种，无论是高温560℃、低温零下196℃，还是酸碱毒、气液固混合等严酷工况，吴忠仪表都能提供合适的产品，实现了产品在千万吨炼油、大型煤化工、超临界电站以及长输管线上的控制阀定制生产。目前，企业已在部分领域实现了低中高端产品全覆盖，改变了高端控制阀长期依赖国外进口的局面。

［同期］吴忠仪表总工程师常占东：“一方面就是产品的创新，还有一个就是经营体制机制的创新。产品的创新方面，我们公司立足于国产化替代，搞高端控制阀的技术攻关，我们这几年研发出了一系列高端阀控制产品，它的附加值提高，技术含量高，通过这种技术的提升，先进技术制造的应用，我们把我们的产品实现了这个升级。”

［解说］从濒临倒闭到装备制造业骨干企业，吴忠仪表的蜕变得益于创新，而实施创新的主体是人才。面对生产产品越来越多元化，特别是高端控制阀必须要引进先进制造技术和设计理念，才能在行业内占有一席之地，如今企业对于人才的要求也越来越高。

［同期］吴忠仪表总工程师常占东：“一方面我们通过博士后工作站来研究一些先进的制造技术，怎么嫁接到控制阀领域当中来。通常，我们通过自治区的“院士工作站”模式，我们聘请一些高校的专家，还有我们一些用户的总工程师类的专家，加入我们公司的一个创新产品体系里面中，同时通过产、学、研、用结合来提高我们控制阀的制造技术。”

［解说］吴忠仪表始建于1959年，是我国控制阀行业的龙头企业、国家高新技术企业，拥有国家企业技术中心、工程研究中心和博士后科研工作站等国家级研发平台和美国研发中心。近60年的工业化和30多年信息化历程，使得公司在科技创新、企业管理和信息化建设方面积累了丰富的经验，成为我国装备制造业的重点骨干企业。

宁夏：产业链延伸升级 煤炭由“黑”变“白”

新华社记者 卢鹰 唐亚蒙

［解说］或许很多人并不知道，煤炭除了能够作为燃料使用，还能制作成衣服。

记者走进宁夏宁东能源化工基地的泰和新材料有限公司，车间里正在生产氨纶，这是一种弹性纤维，广泛应用于服装等行业。

［同期］宁夏泰和新材料有限公司技术中心副主任梁燕杰：“氨纶在纺织品里面，我们俗称织物里面的作用，我们有个比喻叫做味精的作用。它加在织物里面最大的作用就是使织物具有弹性，具有回缩功能，根据不同的身材体型穿在身上以后，整个你的体型就能完美地体现出来。”

［解说］我们看到的纯白色氨纶，其实它最初的原材料是煤炭，经过一系列在先进技术工艺支撑下的复杂流程，最终生产出了氨纶。

［同期］宁夏泰和新材料有限公司技术中心副主任梁燕杰：“我们现在使用的原料主要是聚四氢呋喃，它属于煤化工下游的一个产品，我们属于下游产品的一个比较好的应用，可以实现一个很好的价值转换跟产业链的延伸。”

［解说］实现煤化工产业由“粗”变“精”、由“黑”变“白”，是近年来宁夏培育发展新经济、新动能的重要举措。氨纶等合成纤维作为煤化工产业链的下游产品被不断延伸，实现了由初级产品向高附加值产品的转变。

宁夏中卫：西北沙漠小城探索“云端”转型

新华社记者 刘海 唐亚蒙

［解说］宁夏中卫市近年来利用区位、地质、气候、电力等先天资源优势大力发展云计算产业，昔日沙漠小城如今已向“云端”转型。

中卫市地处西北内陆，紧邻沙漠，传统产业占比较高，在当前资源和环境约束趋紧的形势下，同中国许多城市一样面临转型压力。抓住中国“大云西移”的产业发展机遇，中卫市将自身具备的区位、气候、能源等先天优势，转化成发展云计算产业的成本优势。从 2013 年开始，中卫市以“前店后厂”的模式，建设西部云计算服务基地。

目前，中卫云基地的产业聚集效应已经开始显现。亚马逊、微软公司、中国移动、奇虎 360、阿里巴巴、美团等一批涉及云计算、大数据业务的领军企业纷纷选择在此落地，中卫市注册云计算及相关配套企业达 140 多家。

［同期］宁夏誉成云创数据投资有限公司 IDC 运维经理李向国：“主要是为我们的客户提供大量的数据存储、处理、传输，通过具体的基础设施，通

过高效数据处理提供基础设施的安全保障。我们公司给客户提供最大的服务就是有高可靠性、高安全性的基础设施，包括风和水、电，具体而言主要是电气系统、暖通系统和消防系统。”

［解说］近几年，云计算产业对中卫市经济增长的贡献率不断提升。数据显示，2017 年，云计算产业带动中卫信息传输、计算机服务软件业增加值增长 45.1%，对 GDP 贡献率达到 12%。

宁夏：民营企业迎利好　甩开膀子去创新

新华社记者　卢鹰　曹江涛

［解说］民营企业座谈会的召开，极大地提振了民营企业和民营企业家们的发展信心。近日在宁夏银川市举行的 2018 全球智慧城市峰会上，一些参会的民营企业家纷纷表示，民营企业迎来了重大利好，可以鼓足干劲去创新发展。

［同期］深圳力维智联技术有限公司董事长徐明：“对于我们这样的中小型创新企业来讲，有一个更好的开放环境、竞争环境，对我们鼓足干劲，持续加大投入，进行技术、产品的创新，带来了极大的动力。”

［同期］宁夏众辰安全技术有限公司董事长王晓龙：“更加树立了我们民营企业在未来行业发展中的信心，保障了我们一个创新驱动，也保障了我们更好、更敢于去做一些服务型项目，参与到我们的经济建设中，让我们没有后顾之忧。”

［同期］宁夏景慕科技有限公司总经理张申：“对我们民营企业充满了信心，我觉得是很鼓舞的一件事情，也希望政府给我们更多的政策红利，让我们这些民营企业更好地去发展。”

［同期］宁夏众辰安全技术有限公司董事长王晓龙：“我们希望在创新的领域给民营企业一些更好的创新支持，在人、财、物以及我们的渠道，还有一些政策倾斜上，能给民营企业更多的空间，让大家甩开膀子去创新，让大家没有压力地创新。”

民生保障篇

MINSHENG
BAOZHANG PIAN

利民之事　丝发必兴
——宁夏奋进60年巡礼之民生保障篇

新华社记者　曹健　杨稳玺

收入显著提高、就业更加充分、脱贫攻坚成效显著、社会保障逐步健全、教育事业全面进步……60年来，宁夏民生福祉发生历史性变化。特别是党的十八大以来，在中央政策的支持下，自治区党委、政府以“利民之事，丝发必兴”的态度，持之以恒补齐民生短板，宁夏各族群众获得感持续提升。

政策加码，让“终身话题”多些暖心事

在众多民生事项中，教育和医疗历来是热门话题。为提高群众获得感，宁夏在教育、医疗保障方面不断出台政策、加大投入，让“终身话题”多些暖心事、少些烦心事。

上高中以来，石嘴山市惠农区庙台乡的王宇婷不仅免交学费和住宿费，每学期还能拿到1000元助学金。她说：“我父母身体不好，家里一年收入不到1万元。助学金让我再也不用在书店蹭书看了，可以买回来仔细品读。”

“从以前不让一个孩子因贫辍学，到现在让每个孩子享受更好的教育，宁夏教育已基本实现从‘让孩子有学上’到‘让孩子上好学’的转变。”在教育界耕耘数十年、曾获石嘴山市名校长荣誉称号的马新民深有感触。

实现这一转变，与持续的政策推动密不可分。宁夏在西部省区率先实现“两基”攻坚目标任务；先后启动薄弱学校改造、优质教育扩面等；健全进城务工随迁子女、残疾儿童就学保障机制……针对难点、痛点新政频出，宁夏基础教育“硕果渐满枝”“桃李更芬芳”态势形成。

宁夏各级各类教育也迈上新台阶。宁夏大学成为部区合建高校，职业教育与东部省份实现对口协作全覆盖，到2020年每个县、市、区至少有1所老年大学。

宁夏医疗领域同样有不少暖心事。既有获批建设“互联网+医疗健康”示范省、二级以上公立医院全面取消药品加成等“大手笔”，也有为所有居民建立健康档案、为7.8万儿童免费发放营养包之类的“民生琐事”。

截至2017年，宁夏共有医疗卫生机构4272个、卫生技术人员49714人，分别是1958年的5.2倍、4.6倍，守护民众健康能力明显增强。

精准施策，让百姓憧憬成现实

“我做梦都梦不到住上这么好的房子！”看着面前三间近90平方米的青砖红瓦房，石嘴山市平罗县渠口乡分水闸村52岁的村民李润子眼眶泛红，“过去住土坯房，刮风下雨时屋子潮得没法待，就盼能有个遮风避雨的地方。”

得益于农村危窑危房改造工程，李润子实现了安居梦。2017年15000元的补助款直接打到了她的银行卡上。她感叹说：“这笔钱对我来说不是个小数字，老伴去世后，我操持7亩地每年挣不到3000元。”

仅在圆百姓安居梦方面，自2009年以来，宁

在宁夏回族自治区泾源县泾河源镇，老人们在村里开办的“老年饭桌”排队打饭

■ 新华社记者 彭昭之 / 摄

夏累计完成农村危窑危房改造 42.7 万户，直接受益群众达 140 多万人；截至 2017 年底，宁夏改造棚户区住房 39.08 万套，组织分配入住公租房（含廉租房）17.49 万套。

在有“苦瘠甲天下”之称的西海固，脱贫致富无疑是诸多贫困群众的共同梦想。始于 1983 年的宁夏扶贫开发，主要经历了“三西”农业建设、“双百”扶贫、千村扶贫、百万贫困人口扶贫攻坚、精准扶贫精准脱贫五个阶段。

持续不断的政策“组合拳”、持之以恒的“绣花功”，到 2017 年底，宁夏贫困人口从 2011 年的 101.5 万人下降到 23.89 万人，贫困发生率从 25.5% 下降到 6%，近 80 万贫困群众告别苦瘠，得圆脱贫梦，开启致富路。

一个不少，让老弱妇孺共享发展成果

2016 年，中卫市沙坡头区镇罗镇凯歌村 74 岁老汉张聚财的生活，因村里老年饭桌的开办而转变。他说：“我现在每天中午来这吃饭，一顿不超过 10 元钱，饭后和老朋友们下下棋、打打牌，日子也不难熬了。”

“全区已开设老年饭桌 434 家，这只是众多养老基础服务之一。”自治区民政厅福利处处长杨超说，目前宁夏已基本形成以居家为基础、社区为依托、机构为补充、医养相结合的多层次养老服务体系，老年人的服务需求得到了有效满足。

让弱势群体共享发展成果，是民生工程的应有之义。在幼有所育方面，宁夏实施了为在园建档立卡贫困家庭适龄儿童免除保教费、补助伙食费的“一免一补”政策，建设“儿童之家”等；在弱有所扶方面，宁夏实施了将困难群体纳入基本养老保险政府代缴费范围、推进残疾人家庭医生签约服务等政策。

民之所望，政之所向。宁夏正通过谋划好一件件民生实事，实施好一项项民生工程，落实好一个个民生细节，不断朝着提供更好教育、更稳定工作、更满意收入、更可靠社会保障、更高水平医疗卫生条件、更舒适居住条件、更优美环境的目标努力奋进。（此稿被《新华每日电讯》、中工网等 43 家媒体采用）

让矛盾止于毫末

——宁夏构建人民调解“四张网”筑牢基层治理防线

新华社记者 孙波 曹健 张亮

“人民调解”制度在我国由来已久，被国际上誉为“东方之花”。宁夏回族自治区从 2017 年起全面推广覆盖农村、城市、单位、行业的人民调解“四张网”建设，“人民调解之花”从乡镇司法所开到了村组楼宇、企业行业，有效预防、化解了大量矛盾纠纷。

哪里有群众，哪里就有调解组织

十九大报告提出“要加强预防和化解社会矛盾机制建设，正确处理人民内部矛盾。”宁夏司法厅厅长李金英对此深有体会：“一些矛盾一旦得不到及时化解，就可能最终酿成惨剧，惨痛的教训告诫我们，基层治理不能‘重打轻防’，而应打防结合，以防为主。”

有鉴于此，宁夏着重构建覆盖城市、农村、企业、行业的人民调解大网，初步实现了“哪里有群众，哪里就有人民调解；哪里有纠纷，哪里就有人民调解”。

自治区司法厅副厅长鲍焕军说，以往人民调解组织以乡镇街道的司法所为主要阵地，现在“四张网”瞄准调解薄弱点，从纵向向下延伸，触角进一步延伸到农村社区、村组楼宇。

吴忠市利通区上桥镇下辖8个行政村，村村均建立了人民调解委员会，每个村又按照村民小组划分成立了6到8个不等的调解小组，调解组织成员由村干部、老党员、退伍军人等构成。

而通过横向延伸，宁夏“四张网”进一步覆盖矛盾纠纷易发多发的行业、企业。在银川市贺兰县，人民调解组织将触角延伸至婚姻登记处、派出所、交警队、大型企业等机构，成立了婚姻家庭纠纷、交通事故纠纷、土地纠纷等调委会。

截至2017年底，宁夏共有人民调解组织3702个，其中行业性调解组织391个，人民调解员2.5万人，与“四张网”建设前相比，调解组织和调解员数量均大幅提升。

调解量上去了，更多矛盾被化解在萌芽阶段

2017年，宁夏吴忠市一支施工队在治理吴忠市利通区一沟渠时，不慎导致上桥镇涝河桥村村民马玉林家羊圈被淹。圈墙开裂、饲料进水、羊皮被泡，还淹死了7只羊。马玉林情绪激动，要求赔偿所有被损物，并准备召集家人阻挡施工。

“镇里的调解人员第一时间赶到现场，一方面劝我，羊皮泡了可以折价卖，再修羊圈砖还可以用，赔偿损失部分即可；一方面与施工队协商赔偿事宜。经多次调解，施工队赔偿了15万元，双方握手言和。”马玉林说，问题解决后，矛盾没有了，再遇涨水，他还主动帮施工队观察水情。

“以往遇到这种事，不是不想管，而是不能第一时间掌握线索。”吴忠市司法局局长乔宁伟说，现在组织得到壮大，触角得到延伸，人民调解渗透到基层治理的方方面面，更多矛盾被化解在萌芽阶段。

为调动调解人员的工作积极性，宁夏细化考核管理，根据案件调解难易程度，给予人民调解员数额不等的“以案定补”补助，鼓励其对辖区内矛盾纠纷“耳聪目明”，确保介入及时。

李金英说，2017年宁夏全区人民调解组织共化解各类矛盾纠纷4.3万件，预防纠纷6400余件。

专业人才解专业结，为司法机关“减负”

面对一些专业性强的矛盾纠纷，传统的人民调解组织在调解能力上渐显不足。鲍焕军说，让专业人才化解专业领域的矛盾，司法部门注重引入熟悉行业情况、有专业知识背景的退休干部、热心人士担任人民调解员。

石嘴山市医疗纠纷调解委员会主任刘建文在退休前长期担任基层法官、检察官，丰富的办案经验让他在调解医疗纠纷时游刃有余。

“退二线时正好赶上医调委成立，我在家闲不住，过来发挥一下余热。截至目前，我已参与调解医疗纠纷300余件，85%的纠纷在调解下都得到化解。”刘建文说。

矛盾纠纷化解前置，有效缓解了司法行政机关压力。2017年，吴忠市利通区发生一起交通事故，一名88岁老人死亡，主要责任方躲着不见，受害者家属情绪激动，扬言要到政府门口上访，处事交警立刻联系调委会介入。

“受害者家属赌一口气，要的赔偿很高，双方情绪对立，根本坐不到一起。”利通区交通事故调解委员会主任苏文贤说，通过背靠背调解，反复沟

通，谈得差不多了才将双方叫到一起谈，最终以双方都能接受的赔偿金化解了纠纷。

利通区公安局交巡警大队大队长郑炜说，以前交警既要处理事故，又要调解矛盾，根本忙不过来，现在交警只需出具事故责任认定，其他的交给调委会处理，这释放了不少警力。

记者走访多个派出所、法院、交警队发现，凡有人民调解组织的司法机关，大量案件通过人民调解渠道得以化解，其自身工作压力得到不同程度缓解。（此稿被《新华每日电讯》、人民网等59家媒体采用）

塞上大地花儿美
——宁夏奋进60年之文化建设篇

新华社记者　艾福梅

宁夏回族自治区成立60年间，特别是党的十八大以来，从张贤亮的一枝独秀到西海固作家群的崛起，从每9万人一座博物馆到贫困地区村级综合文化服务中心全覆盖，从西夏陵“申遗”到非遗保护传承……宁夏文化事业日益繁荣兴盛，创新创造活力得到极大激发，更多文化“金种子”在群众心间开花结果。

贫瘠土地上的“文化高地”

8月11日，是宁夏文化界值得铭记的日子——第七届鲁迅文学奖揭晓，来自“苦瘠甲天下”西海固地区的“80后”女作家马金莲，以短篇小说《1987年的浆水和酸菜》摘得桂冠。在她之前，同样从西海固走出的石舒清和郭文斌，分别荣获第二届和第四届鲁迅文学奖。若时光再回溯，张贤亮曾凭借《绿化树》等小说三获“全国优秀小说奖”。

“马金莲获奖，是对宁夏新时期整体文学气候和创作气象的嘉奖和肯定。”宁夏作协主席郭文斌说。

西海固无疑是贫瘠的，但生于斯长于斯的人却并未被贫困折断想象的翅膀，“文学照亮生活、生活照亮文学”在这里得到了最好的诠释。西吉县农民作家单小花在安顿好老人和孩子后，半夜爬起来悄悄写作；红寺堡区“拇指作家”马慧娟坚持用手机写作，在网上发表近百万字散文、随笔，出版文集，到鲁迅文学院学习，还当选全国人大代表，文学彻底改变了她的命运……

马金莲获奖后感叹：“我的成长离不开家乡土地的养育。”

同样成果丰硕的还有影视作品和文艺精品创作。纪录片《神秘的西夏》《贺兰山》在央视热播；张贤亮同名小说改编的电视剧《灵与肉》实时收视率连续保持前列；两部剧目摘得文化部“文化大奖”和“文化剧目奖”。

文化在基层“触手可及”

宁夏图书馆每日早晨8点半开馆，馆前不到8点必然排起两队长龙……这座“文化阵地”建于宁夏成立50年时，10年来读者接待量每年攀升，从最初的几十万人次增至153万人次。

读者接待量增加与图书馆提升改造息息相关。2016年，馆内的一堵堵隔墙被打掉，“闭架”式服务升级为完全开放式服务，读书的空间扩大了，读者增加了一倍多。

文化是群众生存和发展不可或缺的“养分”。据宁夏回族自治区文化厅厅长宋建钢介绍，为尽可

家长陪着孩子在宁夏图书馆读书学习

■ 新华社记者 冯开华 / 摄

能满足群众多样化文化需求，宁夏全力推动公共文化服务设施的全覆盖、全达标，促进公共文化服务标准化、均等化。

目前，宁夏5个地级市已有4个市开展了国家公共文化服务体系示范区创建活动；全区有各类博物馆75座；全区覆盖城乡的五级公共文化服务设施网络基本形成。

2017年，红寺堡区大河乡香园村用了十余年的活动室被推掉，建起了220平方米的综合文化服务中心，戏楼也被粉刷一新。“场地宽敞了，村民参与的积极性更高了，400多名村民常态化参加社火、秦腔、秧歌等活动。”香园村村主任郭锐说。

吴忠市已开展国家公共文化服务体系示范区创建工作3年。吴忠市文广局局长杨玉洲说，示范区创建不仅使文化阵地成了耀眼的地标性建筑，更形成了一套套特色公共文化产品生产与推广长效机制，有力促进文化在基层“生根发芽”。

撑起文化遗产“保护伞”

宁夏虽小，历史文化遗存却不少。3万年前，水洞沟就有人类繁衍生息；秦、汉等朝代修建的古长城和灌溉古渠系，使宁夏有“中国长城博物馆”和“中国水利博物馆”的美誉；史前岩画让贺兰山和大麦地享誉世界；巍峨的须弥山石窟，见证了古“丝绸之路”的繁荣……

让承载着历史记忆的珍贵遗产留下来、“活”起来，党的十八大以来，宁夏建立文物保护终身追究制度，实施西夏陵、须弥山石窟等一批重点文物保护项目，宁夏引黄古灌区正式列入世界灌溉工程遗产名录。“我们坚持继承与创新相结合、保护与开发并重、活化与传承并行，进一步促进优秀传统文化创造性转化、创新性发展。”宋建钢说。

保护非物质文化遗产，就是延续历史文脉、传承中华文明。目前宁夏国家级和自治区级“非遗”代表性项目名录分别为18项和99项，自治区级“非遗”保护传承基地有67个。

“花儿”是世界非物质文化遗产名录项目。农民李成仓是“花儿”县级传承人，他顺应时代变化将传承拓展到微信群，吸引了千余名学员，既有六旬老汉，也有年轻小伙和小媳妇。不少学员学会哼唱“花儿”，有的还成为推广“花儿”的得力助手。“这可能不是最好的传承方式，但一定是好的宣传方式。”他说。（此稿被《新华每日电讯》、央视网等53家媒体采用）

好雨知时育百花

——义务教育均衡发展的宁夏实践

新华社记者 艾福梅 孙天朗

在2018年9月召开的宁夏县域义务教育基本均衡发展国家督导检查反馈会上，督导检查组认为，宁夏所有县（市、区）均达到国家规定的评估认定标准。

从“两基”攻坚到教育强县，再到义务教育均衡发展，六十年来，宁夏教育攻坚克难，取得了与经济社会发展同进步的好成绩：学校成为乡村最美的建筑、城乡教师有序流动、学生精神面貌越来越好……

告别“土、薄、冷”，小财政办大教育

近日，记者走进位于吴忠市盐池县大水坑镇的盐池县第四中学，远远看到学生正在铺着塑胶跑道和人工草坪的操场上整齐地做广播体操。而4年前，这里还是土操场，一刮风尘土漫天、一下雨泥泞满脚。

“2008年，新建学生宿舍和餐厅；2010年，新建3栋教学楼；2012年，建起教职工周转房；2014年，400米标准操场落成……”副校长张亚平对学校的变化如数家珍。

盐池四中只是宁夏办学条件改善的一个缩影。2008年，在“两基”通过国家验收后，宁夏适时调整工作重心，明确时间表和路线图，规划全面实现义务教育基本均衡发展。

众所周知，宁夏经济体量小，2017年地方财政收入为417.5亿元。然而，再穷不能穷教育，多年来，宁夏坚持公共财政优先保障教育投入，2017年宁夏地方教育经费总投入228.84亿元，较2012年增长58.7%。

项目多了、政策更好，这是不少宁夏基层教育者不约而同地感言。“全面改薄”、农村中小学供暖设施改造……好政策让乡村娃与石黑板、火炉取暖等挥手告别；统一城乡义务教育学校生均公用经费标准、农村取暖费每生每年100元……好政策让乡村校长办学不再“捉襟见肘”。

能上亦能下，城乡教师交流促均衡

教育均衡，从城乡教师交流做起。通过政策鼓励、职称评定要求等措施，宁夏已建立起校长教师交流轮岗机制，确保制度不“空转”。截至目前，全区校长和教师交流轮岗比例分别达到32%和11%。吴忠市第四中学体育教师王丽君申请到乡村中学交流一年；中卫市沙坡头区乡村教师唐瑶到城市小学学习一年……随着一批批城市教师“下乡”，农村学生在当地即享“名师教学”；随着一波波乡村教师“进城”，更先进的教学理念和方法被带回当地。

同心县第五中学的学生多来自进城务工人员和生态移民家庭，综合实践能力较弱，所以学校开设了恐龙星球、陶艺、阅读等校本课程。“若没有这些交流老师，一些课程开不起、更开不好。”学校副校长马芳说。

教育均衡的重点在乡村教育，而乡村教育的最大难点是如何避免师资掉队。为此，宁夏按城市标准划定乡村学校师生比，共增加近五千个编制；实施特岗教师计划，五年累计补充农村教师2万余名；坚持职称评定倾斜，坚守乡村老教师可不受比例限制直接参评。

自治区教育厅厅长李秋玲说，通过实施系列倾斜支持政策，宁夏初步形成了优秀教师到农村学校“下得去、留得住、教得好”的良好局面。

一个不能少，特殊群体上学有保障

20世纪90年代，同心县豫旺镇张家树村辍学回族女孩马燕用满篇的错别字写道：“妈妈，不上学，我一辈子的眼泪流不干……”妈妈把几本日记塞给来村里采访的外国记者。之后，《马燕日记》在法国出版，随后被译成多种文字。这个女娃的命运也因此而变。

当时针摆到当下，宁夏少年儿童的求学路已不需要“偶然的星光”。免费义务教育、进城务工人员子女绿色入学通道、残疾儿童送教上门、教育扶贫等保障机制，变“我要上学”为“要我上学”。昔日女童失学盼学、干馍馍就白开水当午餐等场景已成为过去。

数据显示，截至2017年底，宁夏适龄儿童入学率、初中阶段毛入学率分别达到99.93%和107.07%。马燕的小老乡、同心县王团镇中心小学六年级学生马丽梅告诉记者，在学校，她们亲手种

植盆栽植物来观察生长的奥秘，手绘游鱼和蓝天让校园更美丽。

据统计，宁夏22个县（市、区）义务教育发展基本均衡已全部通过自治区评估验收，19个县（市、区）通过国家评估认定。与这一骄人成绩相对应的是学生获得感的提升。银川市第五中学有大量进城务工人员子女，为让学生有地方落脚，学校采取早上随时开门、放学不清校、所有场馆均开放等暖心措施。“每天早上来学校，感觉特别幸福。”两年前入读银川五中的吴晓花说。

“当前宁夏义务教育站在了由基本均衡向优质均衡发展的新起点，我们将继续以教育公平为引领，以提高质量为核心，加快推进城乡义务教育一体化发展，加快推进教育现代化，努力培养担当民族复兴大任的时代新人。”李秋玲说。（此稿被《新华每日电讯》《农民日报》等53家媒体采用）

“囧途”渐远去　小康来敲门

——立体交通体系提速宁夏发展

新华社记者　何晨阳　刘海

60年来，从稀到密、从点线到立体，通江达海的交通网络，改变了城乡面貌，不断缩短宁夏与外界的时间距离，助力宁夏从内陆腹地走向开放前沿。

桥通路阔，加快致富

羊皮筏子，曾是黄河两岸群众昔日跨河出行的必备，自1970年首座黄河公路大桥建成以来，如今已有16座公路大桥飞跨黄河，这不仅进一步便利了群众出行，更密切了宁夏沿黄城市之间的联系。

吴忠林场位于吴忠市利通区金银滩镇，有2700多亩果园和数千亩苗木。“桥通了、路好了，林场发展的思路也宽了。”吴忠林场场长杜聿钧说，林场以前支柱产业是苗木，现在依靠良好的交通条件搞果园采摘收入相当可观。

轮廓南北长、东西短的宁夏，在20世纪八九十年代，从南至北450多公里的路程，坐班车、倒班车，最少折腾两天时间，如今，驶上高速公路5个小时就能到。

数据显示，截至2017年底，宁夏全区公路通车总里程达3.46万公里，公路网密度达52公里/平方公里，超过全国平均水平。其中，全区高速公路通车里程1609公里，实现县县通高速，农村公路通车总里程达2.6万公里，基本实现了村村通硬化路。

宁夏隆德县境内的高速公路　■ 新华社记者　王鹏/摄

公路发展速度、公路网密度的双跃升，为宁夏脱贫攻坚打下坚实基础。“乡里的枸杞等农副产品都是村硬化路通上后，销量才上来的。”宁夏中宁县余丁乡党委副书记王新录说，村里硬化路、村外高速路，为农民铺就了实实在在的致富路。

空中通道，助推开放

49岁的高海2018年首次从银川直飞迪拜。“现在银川到迪拜旅行不用转机，直达省时省力。”高海说，同机的200多人中既有游客，也有到迪拜寻找商机的生意人。

银川直飞阿联酋迪拜航线的开通，对激活宁夏及周边地区的对外合作潜力大有裨益。据测算，相比经北上广，西部地区的货物，经银川直接飞往中东和欧洲，可节约五分之一左右的运输成本。现在，自银川出发，还可直飞曼谷、大阪、吉隆坡等地。

位于银川河东国际机场一侧的银川综合保税区，是宁夏对外开放的重要载体。银川综合保税区相关负责人介绍说，空中通道让深处内陆的宁夏走向开放前沿，这对提升区域运输效率，促进对外贸易具有重要意义。

宁夏机场公司固原分公司总经理马春惠介绍说，固原六盘山机场每天有10架次航班起降，已形成辐射华北、华东、中南等区域的交通网，福建、北京等地不少客商乘飞机来做生意，空中通道让西海固脱贫之路更加宽阔。

高铁梦近，远方不远

铁路，是区域经济发展的重要支撑。

宁夏全域旅游发展势头强劲，铁路部门顺势而为，相继开行“宁夏号”“六盘山号”“银川号”等突出宁夏文化底蕴和地域特色的品牌列车，流动的车厢成为推介宁夏、吸引游客的载体。

自银川火车站始发的7524次旅客列车，是名副其实的“慢火车”——直线距离100公里，单程却要运行4个多小时。“这趟车虽慢但很必要，我坐这车已经30多年了。”常坐这趟列车进货的马斌说，沿途有山路，遇有雨雪天气，这趟“铁路公交”就是唯一选择，而且全程票价才9.5元。

农副产品销路畅通，是农民增收的保障。“我们在列车上大力推介西海固地区的杏脯、马铃薯制品等土特产，以期提高知名度、提升销量，助力脱贫攻坚。”中国铁路兰州局集团有限公司银川客运段党委副书记方晓平说。

作为目前西北地区唯一未开通高铁的省份，高铁建设的每一个重要节点都备受宁夏人民关注。

近日，关于高铁建设的好消息接踵而至：8月16日包头至银川的包银高铁宁夏段正式开工建设；8月26日，银川至西安高铁宁夏境内所有大桥的线下结构全部完工；宁夏首条城际铁路吴忠至中卫城际铁路将于2019年具备通车条件；中卫至兰州的中兰高铁计划于2022年建成通车。

上述高铁全线贯通后，宁夏将和华北、东北以及华东等地区以最快的速度连通起来。宁夏的高铁时代渐行渐近，宁夏与沿海发达地区的时空距离将进一步缩短，经济社会发展也必将驶上快车道。（此稿被中国经济网、人民网等38家媒体采用）

让百万农民告别洗澡难

——宁夏实施“阳光沐浴工程”纪实

新华社记者　靳赫

“夏天到河里洗，冬天忍着不洗，逢年过节到澡堂子洗。”在西北地区的不少农村，由于洗浴设施缺乏，洗澡仍是农民日常生活中的一大难题。

为解决这一难题，2015 年宁夏回族自治区在全国率先实施“阳光沐浴工程”，截至当年 11 月 30 日，已帮助全区 20 万农户安装了太阳能热水器，让近百万农村百姓用上了节能的热水。预计到 2018 年，宁夏全区现有近 80 万户农民将全部告别洗澡难历史。

用吊罐、去县城，洗澡难困扰农民

“回族需要经常洁净身体，我平时可以到清真寺去洗，可老伴儿在家洗澡就只能用吊罐。”62 岁的宁夏吴忠市利通区马莲渠乡陈木闸村村民苏克智是村里的低保户，8 年前老伴得了脑梗塞，右半边身体失去知觉，从此洗澡成为一件极不方便的事情。

“我常常一手往吊罐里加水，一手还得护着她，洗个澡比在地里干农活还要累。”对于以前洗澡的不便，苏克智记忆犹新。

而在银川市贺兰县立岗镇银星村村民的记忆中，洗澡是另一种难法。“以前夏天我们到附近的河里洗，最多用廉价的太阳能热水袋把水晒热了洗，但到冬天就没辙了。村里没有澡堂，我们要么在家简单擦洗一下，要么专门抽出一天空闲时间跑到县城去洗。”村民殷会明说，洗澡难是困扰他们祖祖辈辈的问题。

在西北地区的农村，很多农户家中没有热水器，不少村庄也没有澡堂，村民冬天要走几里路到临近村庄甚至是县城去洗澡。一些村民告诉记者，因为太不方便，以前村里人三个月不洗澡是常有的事。

2014 年 3 月，村民提出“家家洗上热水澡”的愿望引起政府的重视。自治区主席刘慧指出，洗澡难的问题涉及千家万户农民的切身利益，一定要踏踏实实办好，办到老百姓的心坎上。自此，解决农民洗澡难的问题被宁夏政府提上日程。

迎难而上，强力推进“阳光沐浴工程”

在前期试点基础上，2015 年宁夏在全区实施“阳光沐浴工程”，当年计划为全区 20 万户农民每户安装一台 130 公斤水箱、16 支真空管的太阳能热水器。自治区财政安排 2 亿元，为每户农民补贴 1000 元，而农民只需出 320 元到 580 元。

为了确保工程能真正让农户满意，工程实施前，有关部门经过大量实地调研，编制了翔实的方案和指导意见。“农村能源部门对一根小小的固定螺栓也规定了材质和尺寸，并按照千分之一的比例进行破检，我们工作时丝毫不敢马虎。”负责为立岗镇农户安装热水器的艾尼工业科技开发有限公司项目经理狄松涛说。

“阳光沐浴工程”是一项普惠性的民生工程，除了保证工程质量，还要确保热水器安装后农户都能真正用起来。

在一些农村，农户家中没有专门的洗浴间，工作人员就根据实际情况指导、帮助农户在现有条件下隔出洗浴空间。一些农户家中暂时没通上自来水，工作人员就帮助他们将热水器上水系统和水泵、水窖等对接起来。类似的问题还有很多，均被工作人员想办法一一破解。

热水随开随有，洗澡难题逐步破解

近日，记者在宁夏多地农村采访时，远远便看见村民的平房上整齐地安装着印有“阳光沐浴工程”字样的太阳能热水器。记者随机走进几家院子采访，村民们谈起自家的热水器时都喜笑颜开。

以前总为老伴洗澡问题而发愁的苏克智，当着记者的面打开自家热水器的喷头，一会儿热水便在洗浴间里腾起一阵水雾。“2015 年村里 300 多户都在政府的帮助下装上了热水器，冬天热水随开随有，不光洗澡方便，我们平时洗衣洗菜也不用为来不及烧热水发愁了。”

中卫市沙坡头区东园镇赵桥村村民李学平告诉记者，现在大伙儿再也不用大老远去别的村找澡堂子，而是和城里人一样，每晚在自家洗个澡，然后舒舒服服地睡觉。

据宁夏农村能源工作站站长贾向峰介绍，“阳光沐浴工程”不但解决了农民洗澡难问题，对农村节能减排、提高农村清洁能源利用水平也有重大意义。安装太阳能热水器后，全区 20 万户农民每年累计可节约标煤 2.96 万吨，增收节支 3200 万元。根据目前的进度，2018 年让全区农民告别洗澡难的任务可以按时完成。（此稿被《新华每日电讯》《宁夏日报》等 32 家媒体采用）

让人感觉处处是希望

——银川大力实施民生项目解决民生“短板”

新华社记者　曹健　靳赫

傍晚时分，被烈日炙烤一天的地面余温未散，宁夏银川市城东的主干道丽景街上车流滚滚，人声嘈杂。街角的一处小型公园里却是另一番景象，在树木掩映中，人们三三两两地漫步在花坛、凉亭、照壁之间，几个市民在微型广场上吹起萨克斯，引得行人驻足欣赏。

这样的小微公园目前在银川有 42 个，均位于居民区或学校周边，成为与城市居民距离最近的休闲绿地，广为群众点赞。

小微公园建设连年推进，与银川实施的一项民生项目密不可分。“自 2007 年起，银川市政府每年都向市民公开承诺办好 10 件实事，具体项目均广泛征集市民建议后，根据‘受益面大、财力可行、当年办结、惠及民生’的原则筛选确定。”银川市政府督查室主任白如实说，由于这一举措广受市民欢迎，自 2016 年起，银川市将项目数量增加到每年 20 个。

近年来，银川市委、市政府提出，充分发挥优势，凸显特色，推动“绿色、高端、和谐、宜居”银川建设。为切实体现群众需求，银川市民生项目的选择均是当前最迫切需要解决的民生领域短板。白如实介绍，银川市每年会向社会各界征集几千条建议，从中筛选几百条提交市委常委会和政府常务会研究后，再提交银川市“两会”听取人大代表、政协委员的意见才能最终敲定。项目实施后逐月督察，务求件件有落实。

近年来，群众健康意识不断增强。针对这一需求，银川市连续多年将免费为城乡孕期妇女实施优生筛查、对困难群众医保个人缴费部分进行全额补助、政府出资救治先天性心脏病患儿等项目列入为民办实事范围，使健康惠民不断扩面提质。

民生无小事，即使小到一颗牙齿的健康。“随着生活条件改善，青少年龋齿问题凸显。每年医院会为超过 1 万名城乡适龄儿童免费进行牙齿窝沟封闭，其中有不少孩子是农村留守儿童。”银川市口腔医院预防保健科科长张馨说。

据统计，截至目前，银川已累计办理解决农村群众安全饮水问题、养老保障提标等 100 余件实事，涉及城乡居民生活的方方面面，覆盖各个群体。

政府系列民生项目的实施，换来的是群众民生问题的切实解决。28 岁的银川市兴庆区月牙湖乡滨河家园三村居民张玲说，生活在银川这样一座城市很温暖，让人感觉处处是希望。

张玲家属于建档立卡贫困户，母亲有听力残疾，在政府帮助下，母亲供张玲读完大学。毕业后，张玲在一家电商公司找到工作，家里的生活有了起色。然而 2017 年 9 月，张玲遭遇车祸，短期内无法胜任繁忙的工作。家里失去了主要经济来源，生活又一次陷入困境。

“后来我听说政府有为困难群众购买公益性岗位的民生项目，就试着申请，很快就有了安排。现在我是村里的信息员，基本生活算是有保障了。”张玲说。（此稿被《中国改革报》、中国网等 34 家媒体采用）

宁夏：率先实现贫困地区村综合文化服务中心全覆盖

新华社记者　艾福梅

走进青砖青瓦的一排房子里，农民舍双喜和吴三俊正在象棋棋盘上对弈，观棋的村民不时指点一二，甚至亲自上阵“落子”。

“我们家的玉米已经收完了，所以来村部过过棋瘾。”50 岁的舍双喜告诉记者，以前下棋都得去别的村民家里，现在村里有了综合文化服务中心，一应俱全，大家都爱来。

舍双喜是宁夏回族自治区吴忠市红寺堡区红寺堡镇玉池村人。红寺堡区是全国最大的异地生态移民扶贫集中区，安置着宁南山区 8 县移民 23 万人，下辖 64 个行政村、5 个城镇社区。

玉池村的村民都从固原市泾源县搬迁而来，他们的收入主要来自黄牛养殖，种植枸杞、黄花菜、玉米以及劳务输出。2016 年，村民人均收入 5300 多元。

2017 年 6 月，村里的招商引资项目——宁夏弘德福利制衣有限公司正式投产，已吸纳村里 30 多个闲散劳动力。新修的村综合文化服务中心就在制衣厂的旁边。

“之前我们没有文化娱乐场所，村民娱乐、看书没处去，现在不管是健身还是娱乐都有了地方，特别好。”玉池村党支部书记姚建伟说。

2016 年 9 月系统部署，2017 年 3 月开工建设，9 月底全面验收，宁夏用一年时间打了一场“攻坚战”，606 个贫困地区村综合文化服务中心全部高标准建成投入使用，全面实现了贫困地区村综合文化服务中心全达标、全覆盖。

据了解，一年来，宁夏整合各方资金 3 亿多元，每个村都按“七个一”标准配套建成一个文化活动广场、一个文化活动室、一个简易戏台、一个图书阅览室、一套文化器材、一套广播影视器材及一套体育健身设施。

除这些村庄外，宁夏一些县（区）政府还“自我加压”，把其余村庄也纳入标准建设范围，红寺堡区就是其中一个。

据了解，红寺堡区仅有25个村位列606个村的名单中，但当地党委、政府克服财政压力，整合各类资金2400多万元，在64个行政村全部按照“七个一”标准建设综合文化服务中心。

红寺堡区区委书记丁建成说，红寺堡是移民地区，老百姓的文化背景不同，生活习惯也不同，要实现村民融合，一定要加大文化方面的投入，组织文化活动，让他们对移居地产生认同感，形成归属感，真正实现“搬得出、稳得住、管得好、能致富”的目标。

为更好地利用新建的文化阵地，宁夏采取“聘”“招”结合的方式为每个项目村配备文化专员，招募文艺骨干驻村组织文化活动。同时规定，图书阅览室每天免费开放，每月组织开展1次以上农村小戏、歌舞表演，每季度举办1期板报、开展1次以上群众性体育活动等。

“阵地解决了老百姓去处问题，要让农村文化活动丰富起来，还要在每个村组建不同文艺团队，培养文化领头人，通过他们组织活动带动所有人参与，真正增强贫困地区群众的文化获得感。”红寺堡区文化体育旅游局局长张耀忠说。（此稿被中国政府网、新华网等23家媒体采用）

“洗牌”设岗定责 “归拢”执法力量

——宁夏吴忠市通过改革盘活乡镇人力资源

新华社记者 艾福梅 李阳（实习）

乡镇稳则大局稳，乡镇通则上下通。“乡镇改革后，用人更顺手了，遇到大事分管领导调动人手方便多了。而且因为‘一岗多责’，互相交流学习，也有利于后备干部培养。”新年伊始，在乡镇工作17年的宁夏回族自治区吴忠市利通区上桥镇镇长辛建平这样告诉记者。

而他所说的改革，就是从2016年9月起利通区率先在全区实施的乡镇建设改革。新的改革方案通过合理设岗定责，解决了乡镇岗位交叉、职责不清和干部“忙的太忙，闲的太闲”等问题；通过将上级行政执法部门派驻人员调整充实到乡镇综合行政执法队，改变了以前“单打独斗”式执法方式。

利通区区委书记张晓明说，乡镇是最基层的一级政权组织，也是解决服务群众“最后一公里”问题的关键所在，通过优化调整体制机制，乡镇服务能力得到大幅提升。

据了解，在保持现有行政机构限额及人员编制数不变的前提下，利通区将乡镇内设机构由原来的“三办四中心”调整为“两办两中心一执法队”，即党办、综治办和经济社会发展中心、民生服务中心、综合行政执法队。这一举措有效解决了以前机构设置过多过杂、工作相互推诿、群众办事“来回跑”等方面的问题，变“多头受理”为“一口受理”，变“群众来回跑”为“部门协办”，形成一站式办事服务机制，办事更加方便快捷。

上桥镇有3万余人，在编在岗工作人员42人。辛建平说，目前乡镇面临人员少、工作量大，老少多、女人多、男人少等现实问题，要把工作干好，必须改革，而改革的先决条件就是设岗定责，权责明晰，这样才能整合基层人力资源，把工作干好。

据了解，上桥镇采取领导推荐、个人选择的方式规范“一人多岗”管理。目前，初步设置兼职岗位19个，4名干部一兼3岗，9名干部一兼2岗。

同时，针对“两办两中心一执法队”，每个办公室配备工作人员5~7名，各设办公室主任1名。对政策、阶段性工作、办事程序、工作制度、组织机构、人员定岗、领导分工进行上墙。在每个楼层目之所及的地方设置办公区域平面图，办公区域指引牌的岗位人员照片，方便群众办事。

机构改革前，上桥镇清一沟沿线有50余家食品加工小作坊，环境污染和食品安全难题令食品安全监管员力不从心。成立综合执法队后，土地、水务、环保、市场监督等部门组成联合执法队，集中对这里进行清理整顿，效果良好。

上桥镇工作人员王晓梅身兼林业、统计、物业会计3个岗位，她说：“自从改革以后，工作更具体化，虽说工作量增加了，但有事情大家一起做，一起出动，互相配合，相互促进。”（此稿被新华网、网易等16家媒体采用）

抬升的黄河水流入荒原：解码宁夏的“生命水脉”

新华社记者　邹欣媛

通过抬升数百米，奔腾的黄河水流进了宁夏中部旱田——20多年前，历经波折建成运行的扶贫扬黄工程，如今正在切实改变着当地群众原本“靠天吃饭”的生活。不久前，这条“生命水脉”提档升级，现代化节灌已正式走入普通百姓生活。

站在宁夏红寺堡扬水首级泵站前，记者看到，多排扬水管道并行，黄河水由低处向高处抬升，甚是壮观。“这个泵站担负着为其他主泵站、支泵站供水的重任，更新改造后工程供水保障率更高。”宁夏红寺堡扬水管理处办公室主任高佩天说。

红寺堡扬水工程是宁夏三大扶贫扬黄工程之一。黄河从中卫进入宁夏，流经397公里。在蒸发量2000多毫米而降水量仅为一两百毫米的盐池县、红寺堡区、同心县等中部干旱地区，借助一级级泵站，黄河水被抬升数百米后流向荒原，从此旱地变水田，干滩变绿洲。

扬黄工程的建成运行改变了宁夏中南部地区老百姓的贫困生活。由于干旱缺水，直到20世纪八九十年代，宁夏中南部地区仍然缺衣少食。相关统计数据显示，1995年底这一地区有人口234万人，约有132万人生活在温饱线以下。

“没有黄河水，就没有红寺堡的今天。”红寺堡扬水管理处副处长道华说，1996年5月11日，宁夏扶贫扬黄灌溉工程奠基，1998年主线建成试水。原本荒漠半荒漠区、仅有6000多人居住的红寺堡，水电路建设与移民搬迁同步进行。如今，这里灌溉面积发展到76.35万亩，人口增加到29.8万人。

2017年冬季到2018年4月，运行近20年的红寺堡扬水工程实现“脱胎换骨”。全新的自动化控制设备取代了建设标准偏低、运行效益降低的老旧设备，工程改造后规划灌溉面积101.4万亩，首级泵站设计流量28立方米每秒。

与红寺堡毗邻的革命老区盐池县，同样是扬黄工程的受益区。盐环定扬黄工程作为一项惠及陕、甘、宁三省区革命老区的民生工程，自1987年建设运行以来，成为当地不可或缺的一条“生命水脉”。

2018年4月，盐池县经过7天梯次试水，黄河水举高100多米，进入新建的6泵站1号机组。至此，国家投资12.19亿元的盐环定扬黄工程更新改造项目全线顺利通水，总受益人口14.2万人。

红寺堡区红寺堡镇梨花村村民马学仁是最早的一批移民。他告诉记者，搬迁后，这里就有黄河水灌溉，现在他家田里小麦套种黄豆和中药，每亩地纯利润有4000多元。

在盐池县城西滩灌区二分支渠，两旁的土地种满了黄花菜，一眼望去郁郁葱葱。盐池县水务局副局长黄明森说，扬黄灌区的开发使盐池县的粮食产量逐年提升，近些年他们调整灌区种植，开始大片种植黄花菜等经济作物，一亩地收益接近上万元。

“黄河水甜”，但扬水不易，且水量有限。黄明森介绍说：“‘脱胎换骨’的盐环定扬水工程在国家不增加宁夏总用水量的情况下，将大力发展高效节水灌溉面积40万亩。如今，高效节水灌溉设施在盐池县扬黄灌区不再是稀罕物。”

盐池县花马池镇盈德村村支书杨文志说起节水、管水头头是道。“老百姓习惯了大水漫灌，一开始不接受高效节水，后来我们成立合作社形成统一的管水制度，老百姓又省时又省工，何乐不为。”

黄河水入荒原，不仅让农户感受到引水灌溉的欣喜，还让“一年一场风，从春刮到冬”的家门口变得绿树成荫，甚至有了依水而建的景点。

盐池县冯记沟乡马儿庄村形成了独有的“小气候”，村口绿树、水塘、农田、水鸟的画面让人心旷神怡。“以前刮风沙上房，现在周边、农田里都是杨树，三四级风不见沙。”村民马忠说。村民们说，当地借助扬黄工程修建的花马池湖等人工湖，极大改善了生态，与远处的沙漠、绿洲交相辉映，已经形成独特的自然景观。（此稿被《新华每日电讯》、人民网等30家媒体采用）

宁夏高标准基本农田建设西吉见闻

新华社记者　于瑶　杨泽

宁夏西吉县兴隆镇王河村农民宋建军家的地不少，但都是浇不上水的旱地，每年最头疼的事儿就是春耕时想尽各种办法找水。

西吉县所在的宁夏西海固地区，常年干旱少雨，加之海拔高气温低，土地解冻晚，导致春耕相对较晚，特别是种一些大地蔬菜的时间一般要在5月初。人们常用“剁开一粒土、两半都喊渴”来形容当地的苦，然而从2016年春耕开始，宋建军却显得格外从容。记者见到他时，他正戴着墨镜悠闲地走在田边查看。

“旱地收成不行，一般种抗旱性较强的土豆，以往不算劳力成本，每亩土豆也就收入五六百元，如果算上劳力成本，还得赔钱。不过从2016年开始，旱地变成了水浇地，种植结构也发生了变化，老百姓开始种植芹菜和甘蓝等大地蔬菜，8亩地纯收入就有5万多元。”宋建军说。

这一切都得益于宁夏实施的高标准基本农田建设工程。截至目前，西吉县兴隆镇“旱改水”项目已覆盖13个村，有3万亩旱地改良为水浇地，惠及近7万农民，大大改善了农民的生产条件，使当地百姓年平均增收约800元。

“有水了，种植结构就发生变化，以往只能种玉米、土豆等耐旱作物，可农民更喜欢种胡萝卜、蒜苗等收益高的品种，土地开发整治项目区生产能力普遍提高近20%。”西吉县国土资源局局长陶志明说。

记者在田埂上看到，每隔30厘米就有一条直径2厘米、长50米的黑色“灌溉带”将土地分隔开来，整齐有序，而这一条条“灌溉带”又被连接到直径10厘米的供水管道上。

“每亩地的‘灌溉带’费用投入要500元，但我们不让农民出一分钱。”陶志明说，以往都是农民自己打井，土地整治项目开展后，当地政府统一规划打机井、铺管道、引用地下水，经费全部由项目资金承担。

宁夏“高标准基本农田建设工程”自2012年实施以来，共投资10.7亿元，建设规模达75万亩。2016年，宁夏共建设高标准农田15.2万亩，已初步形成一批集中连片、设施配套、高产稳产、抗灾害能力强，与现代农业生产和经营方式相适应的基本农田。

原来种 8 亩地都费劲的宋建军，如今思想活泛了，通过土地流转承包了 700 亩地种菜，农忙时要雇六七十人，不仅自己增收致富，还给其他村民提供了打工赚钱的机会。

有了水，农民的心大了，原本干涸的土地升起希望。谈及未来，宋建军满怀信心地说："我们种的菜已经卖到了北京、上海等地方，现在只要把菜种好就行，下一步我还想根据市场需求再增加些蔬菜品种，多点赚钱的机会。"（此稿为新华视点微博专稿）

宁夏：大山里崛起的乡土文化产业

新华社记者　靳赫　孙天朗

大山深处的一间演艺厅里，三团蚕豆大的火苗在油灯上跳动，照亮一块微微泛黄的幕布。二胡声中，两个皮影人物徐徐出现在幕布上。配合着皮影人物的动作，55 岁的田进义在幕布后扯开嗓子唱起秦腔《铡美案》的选段。

田进义是宁夏固原市西吉县新营乡的一位农民，也是一个小有名气的民间秦腔艺人，然而，过去他登台表演的机会并不多。

西吉县地处宁夏"西海固"地区，这里山大沟深、干旱缺水，曾被联合国粮食开发署评为最不适宜人类生存的地区之一，当地农村文化生存和发展的土壤也较为贫瘠。

情况在几年前发生了转变。2014 年，宁夏金山文化产业园在新营乡建起，负责人李金山是当地一名退休教师，曾创办过固原市第一家市级民营剧团，多年来在宁夏、陕西、青海等地"巡回演出"的经历让他敏锐地察觉到，随着中国农民生活水平日渐提高，乡村文化也将迎来繁荣。

"一个很明显的感觉，就是不用四处奔走也能养活剧团。当然，这并不是说在农村挣钱很容易，中国农村文化有着很强的特色，如果找不准这个特色，农村文化产业就成了无根之木。"李金山说。

在宁夏金山文化产业园里，演艺大厅、文化广场、书画轩、祖先堂、村史馆等设施一应俱全，石磨、家谱、犁锄、织布机等过去中国农村常见的物件琳琅满目，处处昭示着乡土特色。

平日里，周边的农民会到产业园参观、练书法、下棋，而到了每周三和周六晚上，园区演艺厅里就会人声鼎沸，戏台上秦腔、舞蹈、皮影戏等节目轮番上演，表演者不仅有产业园的演出人员，还有十里八乡很多想"过戏瘾"的农民，常常"你方唱罢我登场"，热闹非凡。

"我们以本地民间艺人为主体，联合周边戏曲爱好者共同演出。这不光是从降低成本角度考虑的，对于农民来说，乡村戏曲演出本身就是一种唤醒、一种激励，也是一种精神上的给养。"李金山说。

每年，李金山会投入十几万元，用于舞台布置、园区维护等，还请专业的戏曲老师教农民唱戏，农民前来参观、看戏、演出不收分文，但由于聚集了人气，园区配套的餐饮营业额大大提升，周边不少村子还主动邀请李金山送戏、送餐，产业园年利润超过 100 万元。

宁夏金山文化产业园的成功在中国并不是孤例，在河北、江苏、江西、云南、新疆等地，随着农村文化活动的日益丰富，各类乡村文化产业园、文化大院等如雨后春笋般涌现，一些乡村文化形式还和当地旅游业发展紧密结合，使中国传统文化不但得到延续，还产生了商业价值。

如今，十几名像田进义这样的民间艺人在宁夏金山文化产业园找到了稳定工作。“以前谁能想到，我会因为爱唱戏而找到工作？最让我高兴的不是每个月能挣3000多元，而是能做自己喜欢的事。”田进义说。（此稿为新华社对外通稿）

宁夏吴忠：一簇桃花背后的旅游“供给侧”改革

新华社记者　艾福梅

一层薄薄的塑料膜隔出了两个不同的世界——外面树木光秃、一片荒凉，里面则桃花簇簇、争奇斗艳，游客们争相与之合影。

在宁夏回族自治区吴忠市利通区的吴忠林场，这些桃花有一个好听的名字——“春雪”，冬日里市民可以到这里的温棚里免费赏花、采摘草莓。

桃树棚的隔壁是樱桃棚，雪白的樱桃花盛开在弯曲的枝丫上。为什么樱桃树的枝丫是弯的呢？吴忠林场场长杜聿钧告诉记者，一方面主树干弯曲，才能多长树枝，可以充分利用温棚里有限的空间；另一方面这样也有助于樱桃采摘。

据了解，吴忠林场于2014年开始产业转型，划拨了400多亩土地发展设施农业，同时依托湿地、林果等资源，大力发展集生态采摘、休闲垂钓、观光旅游为一体的现代农业生态休闲旅游产业。目前，已经建了44栋温棚、54个日光温室。

仅在2017年春节期间，盛开的桃花就吸引了2.7万人次游客。2018年春节假期，来赏花的市民数量更多。

作为一个典型的西北小城，吴忠市的旅游也曾因为气候原因长期处于“半年闲”的状态。然而，近年来，吴忠市借加快推进全域旅游示范市创建东风，积极挖掘冬季旅游资源，大力开发冬季旅游项目和特色产品，激活冬季旅游市场，努力将冬季旅游培育成旅游业发展新的增长点。

“吃在吴忠”已经成为宁夏人乃至毗邻地区群众的共识，这也带动吴忠市众多农家乐的发展。据吴忠市旅游局规划发展科科长汪茂介绍，全市51家农家乐中，已有65%的农家乐开始冬季营业。

同时，吴忠市也加大冬季旅游产品开发，这两年先后有吴忠滨河塞上滑雪场、同心黄谷川滑雪场等开展冬季滑雪、滑冰项目。其中，吴忠滨河塞上滑雪场于2017年12月中旬开业，到2018年1月底已接待两万人次。

在转型之后，吴忠林场的职工也从拿死工资变成了“多劳多得”，他们可以自主选择承包几个温棚，前期投入林场和个人各出一半。

“一个桃树温棚一年最低也有两万元收入，发展旅游和增收完美结合，我们也算是为职工找到了发家致富的渠道。”杜聿钧说。（此稿被《新华每日电讯》《经济参考报》等48家媒体采用）

宁夏固原：公共文化服务进移民新村解精神之“渴”

新华社记者　艾福梅

61岁的李金山自幼喜欢秦腔，后来上学、当老师都没有放下过，成为宁夏西吉县新营乡的“文化能人”——他牵头组织秦腔爱好者成立了“金山秦艺社”。

3年前，他自费在西吉县新营街道建起了300多平方米、能容纳七八百人的“金山文化苑”。平时，这里是周边村民搞文体活动的场所，一到逢年过节，李金山就会安排演职人员免费为乡里乡亲表演秦腔和戏剧。

“农村地区文化活动少，一到春节我们的演出总能吸引上千名观众，观众看得高兴，演员们演得也很高兴！”李金山说。

李金山的文化苑只是固原市丰富移民群众文化生活培育建设的众多文化大院中的一个。

从2011年宁夏实施生态移民工程以来，固原市把1.8万户8万人从交通不便、生存条件恶劣、干旱缺水的山区搬迁到了有水、有路、有产业、邻近城镇的地方，建立了106个移民新村。据固原市文广局介绍，市政府以移民新村为重点，实施文化帮扶措施，加大文化阵地建设，开展特色文化活动，创作农村精品文化，丰富移民文化生活。

在春节、元宵、端午、中秋等传统节日期间，固原市以广场文艺演出、送戏下乡的形式，在移民新村开展形式多样、内容丰富、主题鲜明的群众文化活动，同时送电影、送图书、送春联，丰富移民文化生活，加速了移民对新家园的认同。项目实施以来，先后送戏下乡进移民新村演出140多场，数字电影进移民新村放映800多场，组织移民新村广场文化活动110多场。

同时，固原市还加大移民新村文化设施配套建设，在移民新村建设文化大院11个，培育文艺演出团队37个。

鉴于移民新村拥有丰富的民间文化资源，如社火、刺绣、剪纸等，固原市充分发挥民间艺人资源丰富的优势，培育文化产业，增加移民收入。

西吉县马兰回乡刺绣有限公司员工马娟告诉记者：“西吉的农村妇女大多会刺绣，常会做一些鞋垫、兜肚、婴儿帽子等送人，但从没有人想过能靠这个挣钱。”公司积极通过各大展销会寻找刺绣市场，2015年销售额700多万元。

“订单式生产既能发挥农村妇女的特长，又不影响她们操持家务。”马娟说，“绣娘”中最高的一年能挣四五万元，平均下来每人每月也能挣2000多元。

记者了解到，固原市还将本着“突出特色、一村一品”的原则，充分发挥移民新村民俗文化丰富和人才聚集的资源优势，围绕剪纸、刺绣、泥塑、砖雕、草编等民族民间工艺品，大力培育和发展文化产业，增加村民文化创收渠道。（此稿被新华网、人民网等13家媒体采用）

宁夏中卫："小班化教学"确保农村"留守儿童"不掉队

新华社记者 艾福梅 赵倩

4张课桌摆放成正方形，7名学生围坐成一圈，每人手里拿着一塑料杯米饭。品尝之后，他们一步步地跟着老师操作，观察米饭遇到淀粉和碘酒后发生的变化。

这是记者日前在宁夏中卫市沙坡头区镇罗学区李嘴小学六年级教室看到的科学课一幕。不只是音乐、科学、美术等课程才能上得灵活生动，在李嘴小学，每一间教室、每一堂课都不再是"秧田式"的排座方式，而是根据课堂需要改成U形、V形、圆形、马蹄形等。

"小班额人数少，具备灵活排座的条件，最重要的是这便于师生间讨论、沟通，增强课堂的互动性。"李嘴小学校长李勇奇说。

近年来，越来越多农村学校趋向"小班小校"。如中卫市沙坡头区共有中小学校104所，其中百人以下农村小学31所，规模大多在五六十人。

记者在采访中也发现，考虑老师意愿、学校规模等现实条件，学区常常将年轻教师放到中心小学，坚守在"小班小校"的多是50岁以上的老教师，他们能把学校维持下去已属不易，新技术新设备用起来也吃力，更谈不上教改和教学质量。

"基层学校往往是'留守老师教留守儿童'，越是规模小的学校，教师年龄越大，家长自然不满意，想尽办法把孩子弄走。"中卫市教育局教研室教研员何兴宝说。

为了不让农村"留守儿童"教育掉队，自2014年9月起，沙坡头区分批次在百人以下农村小学探索"小班化教学"，涵盖教室区角建设、分层次教学和作业100%面批面改等内容。

"小班小校是困境，也是机遇。教学空间加大、师生交流频率增加、因材施教更加精准，为什么我们不利用这些优势呢？"何兴宝说。

记者走访多所"小班化教学"推广学校发现，教室四周分布着卫生角、阅读角、体育设施区、辅导区和手工操作及展示区。"我们把教室空余的空间生活化，把学校打造成温馨快乐的家园，让孩子在学习的同时，也能感受到更多关爱。"李勇奇说。

除了多元化的教室布置，提问、朗读100%覆盖和作业100%面批面改更是"小班化教学"的核心，也是保证教学质量的关键。

王娟是一名2016年8月从中卫市六小交流到李嘴小学的语文老师。现在她任班主任的二年级只有5名学生，课堂上每个学生都能轮流发言好几遍，她也有充足的时间去引导、纠正他们，学生学习的主动性提高了，有"心事"也愿意和老师分享。

"一堂课，前半节互动式教学，后半节是辅导时间，老师坐在教室后面，既批改作业，也能随时对学生进行针对性辅导。"沙坡头区宣和学区何营小学教务主任焦自强说，这种模式解决了家长课后无力辅导的问题。

一些教师反映，实施"小班化教学"以来，班里学生数量基本保持稳定，生源流失现象得到了一定遏制，而且出现了回流苗头。

事实也证明，"以学生为中心"的小班化实现了教学质量的自然提升。在2017年教学质量监测中，中卫市31所小班化推广学校有24所列入被表扬学校行列。

采访中，基层教师也认为，“小班化教学”是在当前形势下对农村小学教育教学的有益尝试，但需要将适量的年轻教师补充到小班化学校，以满足观念更新和使用现代教学手段的需要。（此稿被《新华每日电讯》、参考消息网、中国青年网等23家媒体采用）

石嘴山：棚改为困难群众敲开幸福安居之门

新华社记者　何晨阳

虽然宁夏石嘴山市这几天迎来一轮大风降温天气，但81岁的王广孟却过得很舒坦，他那20多年来比天气预报还准的老寒腿已不再复发。

王广孟1986年起便住在位于石嘴山市大武口区的一棵树小区，一家7口人蜗居在52平方米的平房中。“住在棚户区，冬天漏风，自己烧炉子还经常弄一身灰，家里也不能洗澡，夏天外面垃圾多、有恶臭，逢年过节都不敢请亲朋到家里做客。”王广孟说，自从2017年春节前迁入新居后，他激动得好几天睡不好。

环顾王广孟100余平方米的新居，地板被擦得一尘不染，家具虽简朴却十分整齐。“地砖、乳胶漆都是政府给收拾好的，我们是拎包入住，我就新买了这张餐桌。”在一张乳白色的餐桌前，王广孟说，“这是我买的折叠式电火锅餐桌，打开后能吃涮锅。屋里干净、宽敞了，我也敢买白色的家具了。”

在靠近餐桌的墙上，挂着一只温湿度计，这是王广孟家客厅、餐厅墙壁上唯一的装饰。王广孟说：“以前棚户区炉子烧得再旺也只有16摄氏度，现在至少26摄氏度，我的老寒腿、风湿病住进这暖房子全都缓解了。”

王广孟生活的改变并非个例，作为宁夏煤炭工业重镇，宁夏石嘴山市厂矿企业多、居住条件亟待改善的群众不少。自2013年以来，大武口区投资36亿元推进19个片区1.2万户棚户区改造任务，随着项目先后完工，3万名困难群众将陆续入住新居。

记者在大武口区一些棚改户家中和小区走访发现，棚改后当地广场舞、太极拳健身队伍有明显壮大。“好的生活环境激发了大家的运动热情，都想着要身体健康，多享几年福。”大武口区沐春园小区广场舞队发起人之一、66岁的姜秀英说，在这个有2000余人的小区，四分之一的住户都自发参加了广场舞等运动。

棚改住新房群众都高兴，但动迁、拆迁等却矛盾隐患多。为让参与棚改的群众拆得放心，大武口区还在社区成立由拆迁户代表组成的民主议事委员会，充分听取群众意见。

68岁的胡元忠就通过投票成了所在社区的12名议事委员会委员之一。“我们首先集中学习棚户区改造的相关政策，一是防止合法权益被侵害，二是对所谓‘钉子户’也能进行政策普及，提升棚户区改造速度。”胡元忠说，当地涉及拆迁的小区基本都成立了议事会，他们传递群众呼声、成为社区与拆迁户间桥梁。

“老了还能住上这么宽敞明亮的住房，实在是没想到。”这是采访王广孟时他重复最多的一句话。他说：“感谢棚改为我们敲开幸福安居之门。”（此稿被新华网、搜狐网等11家媒体采用）

居家养老如何托起幸福夕阳红

——来自宁夏石嘴山市的调查

新华社记者　何晨阳

“以前去饭馆吃饭，每餐至少10元，味道还不好，现在一个电话花8元就能订到一荤两素一汤一饭。”63岁的宁夏石嘴山市大武口区独居老人王国军说，送餐上门解决了他吃饭的大问题。

王国军所在的石嘴山市，是宁夏工业重镇，三线建设时期支宁而来的青年聚集于此，随着他们步入老年，当地养老压力陡增。以大武口区为例，当地现有人口29.9万人，其中60岁以上老年人3.9万人，占总人口的13%，在这当中，贫困、失能和残疾老人共占14.4%。

大武口区在广泛调研集思广益的基础上，从供给侧改革入手，结合老人饮食、文化娱乐等需求旺盛的实际，探索出智能化居家养老服务模式。王国军的一日三餐，就是通过当地的12349服务热线从老年配餐中心订到的。

“我们要让老年人吃得好，更要吃得安全，集中配餐既方便群众吃饭，又方便统一监管。”大武口区民政局局长王冬梅说，覆盖中心城区的这家老年配餐中心由按照“政府+企业”的运作模式，由政府提供场地，交给公司经营，对60岁以上老年人就餐予以优惠。

对一些行动不便的独居老人而言，洗澡、室内清洁等都非易事。在了解到群众需求后，将“为老服务”列入民生实事的大武口区政府每年出资近100万元，为在册的716名困难老人购买助洁、助浴、护理上门等全方位生活照料服务。与12349服务热线联通的2000部一键通呼叫器，也配发至行动不便的老人手中。

为提高老年人抵御风险的能力，大武口区从2011年起，开始对80岁以上低收入老人每月发放300至500元高龄津贴，城乡执行统一标准，高于自治区指导标准，并为特困老年人购买意外伤害综合保险。

同时，大武口区通过建立居家养老服务站的模式，让老年人在家门口就能老有所乐，老有所学。“老伴有空常去跳广场舞，我想学习书法但家里条件有限，就只能到街上闲转，车多也不安全。”在大武口区朝阳街道怡心社区，1958年从江苏支宁来此的80岁老人王永贵说，家里摆不开写字的桌案，仅买纸墨每月就得100多元，现在社区养老服务站免费提供场地，让他晚年的“精神生活越来越丰富”。

一些老年人还在社区养老服务站里交上了好朋友。在怡心社区2楼的图书室，三位老人正在读书

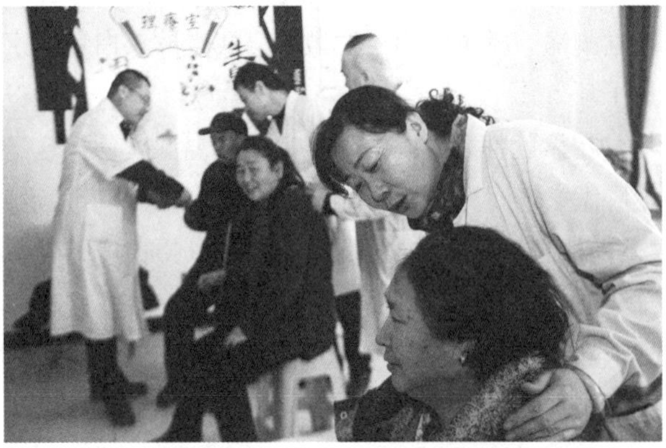

宁夏石嘴山市大武口区民生社区养老服务中心内，理疗师定期来为社区里的老人提供按摩理疗服务

■ 新华社记者　冯开华/摄

看报。73岁的高国强和68岁的徐德宝都从教育系统退休，住在小区里的两人此前并不认识，退休后因为都爱好阅读，于是经常相约来读书聊天。

“我们社区20%的居民是老年人，一些老人受观念影响，不愿到机构养老，因此如何让他们在社区无忧养老就变得尤为重要。”怡心社区主任康广晶说，通过智能化呼叫系统和养老服务站的建设，既让老年人无障碍地居家养老，又能让他们的孩子安心工作。

石嘴山市市委常委、大武口区委书记张伟表示，目前，大武口区共有42个城市社区和7个农村社区被命名为自治区居家养老服务站，覆盖90%以上的老龄人口。今后，各社区将继续常态化开展“邻里互助”“微心愿”“老年聊吧”等志愿服务活动，全面搭建居家养老服务的立体网络。（此稿被新华网、中国政府网等12家媒体采用）

石嘴山大武口促涉煤企业分流人员再就业

新华社记者　何晨阳

2015年以来，一些涉煤企业纷纷通过裁减、分流人员等形式缓解压力，一定规模的内退、分流人员出现在就业市场。记者在宁夏煤炭工业重镇石嘴山市大武口区调研发现，当地及早介入、全程跟踪，通过个性化、针对性服务促进相关人员再就业。

多因素致分流员工增多

“我在单位工作了近30年，被分流心里很不是滋味。”曾在位于大武口区的石炭井焦煤公司担任采煤队副队长的高长付说，48岁内退后每月500多元的收入，让有两个孩子的他举步维艰。

高长付的经历并非个案。2015年以来，受经济下行压力及国家淘汰落后产能、当地产业结构调整的影响，宁夏以神华宁煤集团石炭井焦煤公司为代表的多家大型涉煤企业减产、停产，一些涉煤企业通过裁减、内退等措施缩减成本。大武口区作为宁夏涉煤企业集中区，促就业、保民生压力陡增。截至目前，大武口辖区仅神华宁煤集团旗下三家涉煤企业就已上报内退分流人员2040人。

“不少分流人员有年龄大、技能低、学历低三个特点，再就业难度不小。”石嘴山市委常委、大武口区委书记张伟说，分流人员平均年龄在48岁左右，基本为初中学历，不少是上有老下有小，生活压力大。

细处着眼　稳处着手

为应对职工分流带来的压力，大武口区2016年1月初就制订《大型企业职工裁员分流应急响应预案》，从组织指挥、预测预警、应急响应等方面，对辖区内大型企业发生200人以上裁员分流情况进行应急处置安排。

让分流人员尽快再就业，是稳定职工情绪、化解潜在矛盾的治本之策。记者来到大武口区人力资源和社会保障局专门设立的“退养申请再就业登记处”时，正好遇到石炭井焦煤公司分流人员李天佑、刘国华、高长付三人到这里反馈就业情况。被推荐至一家企业从事货物监管工作的刘国华正与登记处工作人员梁建立商量能否“推荐个离家近”的工作。

为提升招聘会精准度，提高被分流人员就业率，大武口区设计了专门的登记表。记者看到，在电子版就业登记表上，除姓名、性别、身份证号、家庭住址、联系电话等基本信息外，还有“所在部门”“现择业意向”“培训需求”等详细信息。“面对众多分流人员，精准帮扶更有效也更高效。”大武口区人社局局长李婧说。

进行基本信息登记后，大武口区人社部门根据登记人数和技能情况，通过组织专场招聘会的形式，方便用人单位与再就业人员进行对接。“我们举办招聘会一般是先确定就业意向和岗位，再由人社部门进行岗前培训，减轻分流人员求职成本和招聘企业培训成本，力促双方有效对接。”大武口区人社局副局长宋军杰说。

记者调研了解到，大武口区先安排专人到相关企业搜集用工需求，并上网实时关注石嘴山市及周边区域招聘信息，再针对内退分流人员年龄大、文化程度低、掌握技能单一、不愿离家就业的特点，筛选出符合内退人员需求的岗位。

受益于大武口区促进分流人员再就业的举措，高长付半个月内就走上了新的工作岗位，如今他已是一家保安公司的班长。“内退后确实没想到政府还能这么为我们考虑，可以说是热心服务、细致入微。”高长付说。

找准分流人员再就业发力点

目前，到大武口区人社局登记申请就业援助的涉煤企业裁员、内退人员不少已经实现跨行业就业。一些受访基层干部和企业分流人员表示，大武口区的做法有以下几点借鉴意义。

一是及早介入，掌控风险。面对辖区内相关企业可能存在的人员下岗、分流情况，必须尽早与其对接，设定预案。

二是细致服务，化解矛盾。一些下岗分流职工难免有怨气、有情绪，政府部门工作人员如果没有热情的服务态度，很可能引爆负面情绪。对参与安排分流人员再就业的政府工作人员，尤其要完善工作机制、强化工作纪律，将矛盾化解在萌芽阶段。

三是发力有方，积极作为。面对煤企职工下岗分流，要找准工作发力点，积极开展工作，通过降低企业用人成本和再就业人员求职成本等方式，依据专长组织针对性培训，多举措促进就业，确保下岗分流人员乐业安居。（此稿刊登于《半月谈》）

宁夏盐池：黄河水流进了大山里

新华社记者　许晋豫

水龙头一拧，自来水哗哗流出。尽管通水已有大半年，麻黄山乡贺背湾村村民宋国善依旧难掩喜悦，在大山中生活了一辈子的他从未想过自来水能通到家里。

麻黄山乡地处宁夏盐池县，年均降水量不足200毫米。长期以来，“地上光秃秃、地下苦咸水”是这里的真实写照。

吃水难，难了千百年，宋国善对此感受颇深。从人拉驴驮到水窖蓄水，58岁的宋国善受尽了缺水之苦。“最初，我们从沟底的苦水井里拉水吃，井水有限，每天都得早起抢水。后来的土水窖渗漏得厉害，存不住水，前些年政府修建的水泥水窖使这一情况大为改善，但每逢旱年还是要到远处拉40元一吨的高价水。”宋国善说。因为缺水家里从来不敢多养羊，吃水难、日子穷，不少村民迁居他乡。

如何引来一汪清水，麻黄山乡100多公里外的黄河无疑是最佳选项，但山挡沟隔、700多米的海拔落差让黄河水“远在天边”。

从2017年开始，麻黄山乡2300多户群众的吃水难题得到了根本解决。经过8级泵站，盐环定扬黄工程将黄河水升高400多米送到盐池县，净化后，经4级泵站将黄河水再次抬高300多米的引入建在高处的蓄水池，随后流入千家万户。24小时流淌的黄河水，让麻黄山乡彻底告别了吃水难的历史。

“山区住户分散，尽管成本很高，我们也必须把自来水引到老百姓的家里。除了免收自来水入户费用，我们还尽量压低水价，减轻群众经济压力。”盐池县水务局农水站副站长陶清荣说。

水来了，麻黄山乡群众的生活也悄然发生着变化。记者在采访中看到，不少农户家门口都有一个绿意盎然的小菜园，政府给每家每户安装的太阳能热水器也让洗澡变得不再奢侈。

通水以后，村民的养殖规模不断扩大，收入迅速增加。2017年，宋国善家的羊从原先的三五十只增长到两百多只，今年仅靠卖羊羔、羊毛就赚了5万多元，实现了脱贫。管记掌村支书曹佐栋告诉记者，麻黄山土地多，但就是缺水。去年引来黄河水后，村里的养羊规模从原先的2000多只增至3800只，村子实现了脱贫摘帽。

据了解，近10年来，盐池县共实施农村人饮安全工程26个，共投入资金4.22亿元，特别是2016年以来，盐池县将农村人饮安全作为脱贫富民的重要保障措施，县级财政投入达3700万元，全县农村人饮集中供水率达到100%、自来水入户普及率达到99.7%。黄河水不仅滋润了盐池县17万多城乡群众，盐池县还将在既有灌区基础上发展高效节水灌溉面积40万亩，大力发展黄花等新兴富民产业。

水通了，年近花甲的宋国善对未来充满自信。他说：“这里有水了、路通了，村里也会越来越好，说不定当年走出去的村民哪天又回来了。”（此稿为新华社对外通稿）

宁夏惠农区：酒宴减排场　村里添人情

新华社记者　靳赫　荣启涵

得益于种植业等产业发展，近些年，宁夏石嘴山市惠农区燕子墩乡西永固村村民们的日子越过越有滋味，可52岁的西永固村村民张红星觉得，村里人致富路还没走踏实，人先有点“飘”了。

“生活水平提高了，大伙也讲起了排场。孩子结婚，不到20公里远的县城办宴席就觉得没面子，酒席一办就是几十桌，大家随起礼来也一个赛一个，有的一给就是五六百元，随一二百元的都不好意思把钱拿出手。”张红星说。

张红星所说的问题在不少农村普遍存在，近年来，随着农民生活条件逐渐改善，农村出现了婚丧嫁娶活动跟风攀比、人情消费迅速攀升等现象，给不少村民造成沉重的经济负担，但碍于情面，人们又不得不“随大流”。

为遏制此类风气，惠农区开始在各村推进移风易俗工作。“我们不但广泛开展宣传教育，还主动进行引导，一旦收到农村婚丧事宜信息，区民政局就会及时告知乡镇，由乡镇和村上的红白理事会对事主进行全面服务和引导。”惠农区委宣传部常务副部长、文明办主任马军说。

西永固村村民黄涛常年在外打工，家里经济条件不宽裕，2017年冬天，年满30岁的黄涛眼看着自己的婚期将至，却为高额彩礼和办酒席的费用发起了愁。这时，身兼村红白理事会会长的西永固村党支部书记苏春水找上门来，为黄涛家人做起思想工作。

“只要把道理说透，村民还是愿意听的。这些年不少人办婚礼借钱穷讲排场，婚后小两口用几年时间还债，日子过得紧紧巴巴。我们就用这些身边的事教育身边的人，一次不行就多上门谈几次，大部分村民都能接受。”苏春水说。

黄涛结婚那天，村红白理事会成员和不少村民都赶来帮忙，在村部文化大舞台为他举办了一场简朴热闹的婚礼，还不收取场地和组织费用。

村里的变化，张红星都看在眼里。“现在村里人婚丧嫁娶基本不去县城办酒宴了，每次活动酒席也不超过10桌，每桌一般不超过10个人，场地和桌椅村里免费提供，村干部还帮助招呼来宾，能省不少钱。”这一笔笔账，张红星算得十分清楚，因为2017年“五一”前后，她曾带头响应村里号召为儿子简办婚事。

惠农区庙台乡东永固村党支部书记高翔告诉记者，如今婚丧嫁娶活动简办在惠农区农村已开始形成风气，村干部这方面的工作压力也越来越小。“村民不讲排场，村里的人情味却浓了。先前在县城办酒宴，大家就是去吃个饭看个热闹，现在有人在村里办事，大伙都会赶去帮忙，感觉心都近了。”高翔说。（此稿被新华网、人民网等39家媒体采用）

宁夏惠农区：给群众送文化有门道

新华社记者　靳赫

一阵北风吹过，宁夏石嘴山市惠农区文体活动中心广场上的人们在低于零摄氏度的气温中哈着白气，目光却始终不离广场舞台上的表演，站在后排的人努力踮着脚尖，以便看清台上的节目。

这是记者近日在惠农区文化大集上看到的一幕。当日，惠农区文化部门准备了歌舞、相声、小品、快板、社火、猜灯谜、送春联等文化节目和活动，吸引了大批群众前来观看、参加。令记者意外的是，文化大集上一场场水准颇高的演出，竟大多是由惠农区各群众文艺社团的非专业表演人员完成的。

“你也别惊讶，虽然我们是业余的，但在各种比赛中的奖项可没少拿，不少奖项含金量可高着呢。”看出了记者的讶异，惠农区陆港之声艺术团副团长高代敏笑着说。

一旁的惠农区文化馆馆长李学兵道出了原委，原来，惠农区送文化下乡、进社区等活动已经搞了很多年，但随着群众文化需求日益增长和欣赏水平逐渐提高，一些质量较差或不接地气的节目越来越没吸引力，县里专业表演人员又太少，难以满足群众的文化需求。

“后来我们发现，很多群众喜欢自发组织文化活动，比如扇子舞、抖空竹等，形式非常丰富，大家也爱看，那为什么不依靠群众呢？”李学兵说，2013年起，惠农区开始大力扶持群众文艺社团，正式注册的文艺社团下乡或进社区、学校、敬老院等地表演，每场补贴1000元，文化馆还会派专员进行技术指导。

“我们社团是居民自发组织起来的，大家平时就喜欢搞文化活动，但以前苦于没有表演机会，道具、服装也没钱买，现在这些问题都解决了，大家

市民在石嘴山市惠农区文化馆市民学校参加合唱培训

■ 新华社记者　冯开华／摄

下乡演出积极性很高。”惠农区新飞文化艺术团法人代表刘成菊说。

短短两年间里，惠农区群众文艺社团数量由最初的两个增加到了18个，并逐渐成为给群众送文化的主力，每年下乡、进社区等表演上百场。“这些节目多取材于生活，比如相声、小品多数讲的是家长里短，又能弘扬正能量，很受群众欢迎。”惠农区南街街道党工委书记李占林说。

近几年，惠农区文化部门又通过重点扶持、组织比赛、指导培训等形式进一步提高群众文艺社团节目质量，文化大集上的表演就是对工作成果的一次集中展示。“我在外地工作，好几年没回乡，没想到这次回来能看到这么精彩的表演，又惊喜又自豪。”台下观众候铎说。

“搞文化活动不难，难的是让老百姓真正喜欢，这句话说起来容易，做起来是有门道的。我们的门道就是发动群众，让基层文化活动遍地开花，把文化送到群众的心坎上。”李学兵说。（此稿被新华网等40多家媒体采用）

宁夏平罗：一场社火聚一镇人心

新华社记者　许晋豫

临近春节，宁夏平罗县黄渠桥镇综合文化站人满为患，经过近一个月的准备，来自全镇的300多人在这里彩排社火表演，扭秧歌、舞龙、舞狮、杂耍等轮番上阵。喧天的锣鼓声，飞舞的彩扇让小镇变得年味十足。

社火是我国民间庆祝春节的传统活动，也是旱船、舞狮、舞龙、秧歌等的统称。黄渠桥镇一直以来都有组织社火表演的传统，但社火在全镇的兴盛则是近几年的事。

“以前我们镇每年都有社火表演，但人数少、不成气候。这两年我们提前准备，更新服装设备，群众参与热情空前高涨，参与人数从2014年的七八十人增加到2018年的300多人，节目也从原先的3个增加到6个。2017年我们镇还在全区的社火比赛中获得第一名，这在以前想都不敢想。”黄渠桥镇综合文化站站长马学成高兴地说。

黄渠桥镇的社火表演更像是一场全镇“总动员”，全镇所有村或社区的男女老少都参与了进来。通润村一直是黄渠桥镇社火表演的“铁杆”，2018年全村参加社火表演的男女老少将近80人，表演节目不仅有秧歌，还有舞狮、杂耍等。

58岁的何满林是通润村的文化能人，彩排还没开始，他便和村民在一旁喊着节拍练习“抬轿子”，节拍声、笑声响成一片。何满林告诉记者，40年来，他每年都参加村里的社火表演，这两年岁数大了，舞龙跑不动就扭扭秧歌、抬抬轿子。

除了通润村，黄渠桥镇其他村参与的积极性也在不断提高。随着青壮年外出，农村常住人口迅速减少，一些上千人的大村“最少时参与者只有18个人”。尽管年轻人少，一些村想办法也要“露一手”，侯家梁村便和邻村合办了一支20人的舞龙队，初次参加舞龙的大一学生李梦飞显得颇为激动。

“舞龙是个体力活，必须得年轻人上。我以前都是在台下看，没想到2018年也能上台表演，社火是我们的传统文化，一定要把它好好传下去。”李梦飞说。

记者在彩排现场还看到了不少“娃娃兵”。黄渠桥镇组织镇里的64个小学生组成腰鼓队，叽叽喳喳的孩子让彩排现场更具活力。2018年，第一次参加社火表演的6年级学生袁悦在彩排中十分用心，她说：“2017年我个头小没参加成，2018年可算如愿了，在秧歌队里打锣的妈妈也支持，每天早晨她都会带着我一起来彩排。”

一场社火表演不仅展现了黄渠桥镇全镇百姓的精神面貌，也寄托了大家对新的一年幸福生活的向往。“农民都图个开门红，现在各方面条件都好了，大家也愿意走出来热闹热闹，沾沾喜气。社火表演不仅把全镇的人聚集了起来，也让大家在表演中增进感情，凝聚人心。”马学成说。（此稿被新华网、人民网等 34 家媒体采用）

“以地养老”的农村实践

——来自宁夏平罗县的调查

新华社记者　张亮　杨稳玺

“以房养老”是近年来我国城市养老产业市场中的一个新兴热词。然而在宁夏回族自治区石嘴山市平罗县，这里的一些农村养老院已经实现“以地养老”，不少老人通过退出宅基地、承包地等置换养老服务，缓解了家庭养老压力。

农民老了、种不动地了怎么办？这是摆在广大农村社会的一个现实问题。在平罗县灵沙乡，当地在寻求解决农村养老问题的过程中，把目光投向了因农村改革而被盘活的土地资源。

“灵沙乡有 40% 的村成了‘空心村’，不少房屋空置、耕地撂荒。这几年在农村土地制度改革的作用下，这些农民不愿种、种不动的土地变成了手中的资本。而对老年农民来说，这些资本就是置换养老服务的砝码。”平罗县灵沙乡党委书记陈东华说。

2014 年，灵沙乡将胜利村村部旁边的一所废弃小村改造成养老院，由社会资本负责运营。结合平罗县农民土地承包经营权、宅基地使用权和房屋所有权自愿有偿退出的改革措施，入住的不少老人都选择把土地、农房或流转、或退出，用这些收益支付养老费用。

胜利村村民马占福的子女都已成家落户县城。3 年前养老院刚建成时，老两口盘算了一番，最终选择将宅基地、房屋、承包地全部退出，从农村“净身出户”，搬进了养老院“以院为家”。

“宅基地连带自己建的砖房一并交还给集体，政府补贴了 8 万元，10 亩承包地我也退出了承包权，政府按每亩 9000 元补贴了 9 万元。这些钱我拿出一部分给老伴买了养老保险，现在每月能拿 1200 多元的养老金，足够我们老两口在这里生活了。”马占福说。

目前，这家养老院共入住农村老人 74 人，少数人将农村“三权”全部退出，多数人选择退一部分，留一部分。然而，“以房养老”“以地养老”目前对于绝大多数老年人来说，只是缓解家庭养老压力的途径之一，农村土地和房屋的价值难以单独支撑起机构养老。

马占福说，他当时退出“三权”时正好赶上了养老保险的好政策，只花了 2.2 万元就给老伴儿买了养老保险，到了年龄就能像城里工人一样每个月领养老金。很多人当时没有购买养老保险，现在都后悔错过了当年的政策。

记者采访了解到，在灵沙乡养老院“以房养老、以地养老”的农村老人中，绝大多数仍然需要用子女的补贴或者自己的积蓄填补不足。马占虎说，“以房养老、以地养老”需要有配套的农村养老保险政策，这是目前不少农村老人最大的期盼。（此稿被《新华每日电讯》、中国农业新闻网、中国网等 29 家媒体采用）

执行法官一次“走心”的判决执行

新华社记者　张亮

春节刚过，过年的氛围在宁夏吴忠市红寺堡区大河乡麻黄沟村依然浓厚。正月十一午饭时间刚过，马老汉家门口却肃立着一排执行法官和法警，他们是来执行法院判决“分家产”的。

这原本一个普通的离婚后家庭财产纠纷案，马老汉的儿子和前儿媳双方都已经认可了法院关于离婚后财产分割的判决，可红寺堡区人民法院的执行法官们却自行给判决执行“上难度”。历经 5 个月的调解未果，执行法官们决定趁着春节“演一出戏”，为双方达成执行和解作最后努力。

“老马，根据法院判决，你儿子离婚后这最西侧的一间房和 8.27 亩地都要划分给他前妻。我们今天是来执行这个判决的，之前一直给你说的执行和解你考虑得怎么样了？”执行法官对马老汉说。

“不考虑，根本不考虑，我没钱，要分房分地随你们。”马老汉很强硬地说道。

原来，法院虽然判决通过分房分地的方式来给双方分割家产，但这个判决如果原原本本执行，却容易留下更大的矛盾隐患。

“双方感情已经完全破裂，两家子调解时都不站在一起说话。在这种情况下，把一座完整的宅院分给双方，共用一个大门，一块完整的土地也强行划分开，共用一条淌水渠，这以后都是矛盾纠纷的隐患。”红寺堡区人民法院执行局局长金鑫说。

为此，执行法官们很早就提议，男方给女方一定经济补偿，女方放弃房屋和土地。可双方在金额上各执己见，执行和解陷入僵局。历经5个月的调解，执行法官们始终没有放弃。这一次，他们趁着春节期间农村人多热闹，决定演一出戏使双方达成和解。

“既然你们都不同意和解，那我们就按判决书来，咱们该锁房的锁房，该量地的量地。”执行法官们在马老汉的家门口拉上警戒线，拿出皮尺开始丈量土地，并像模像样地打标记界桩。

一时间，村里的邻里乡亲们看到执行法官和法警都站在马老汉家院子里，纷纷跑来看热闹。马老汉蹲在田埂上一声不吭，儿子远远地站在田里手足无措。

金鑫眼看情势已经差不多了，凑到马老汉跟前说：“老马你看，为了孩子离个婚，你现在闹得分房分地，让乡亲们看见怎么说你呢。你说个你出得起的实数，我去跟女方谈。”

“3 万，我最多出 3 万。”马老汉松口了。

金鑫赶紧跑过去跟站在田埂另一头的女方沟通，一会工夫回来说：“人家说要 5 万，1 分都不能少。女方还要抚养孩子，你适当多出点。”

马老汉说：“我没那么多钱，多 1 分也没有。”

眼看和解又要走进死胡同，金鑫和其他执行法官分头调解劝说。来来回回跑了十来趟，双方最终敲定 4 万元的执行和解。

签完执行和解笔录，马老汉向执行法官坦言：“我知道这房和地根本就没法分着住、分着种，但总有口气咽不下去。多亏人民法官这么耐心地帮我们调解。”

执行和解圆满达成，执行法官们开始收拾“演出道具”。在很多执行案件中，他们不仅要考虑如何完成执行任务，还要顾及执行结果的社会效果。金鑫说：“执行工作并不是死板地执行判决结果，让老百姓在感受到法律公平和公正的基础上，我们还要尽最大努力让判决执行结果有情、有温度。”（此稿被《新华每日电讯》、人民政协网等 18 家媒体采用）

宁夏红寺堡：社火展演上感受移民获得感

新华社记者　何晨阳　杨泽

玉犬腾春闹元宵，雄狮起舞显精神。记者2018年3月1日在我国最大的易地生态移民安置区——宁夏吴忠市红寺堡区走访时，恰逢当地举办元宵节社火展演，移民群众走上街头用秧歌、武术、花车、高跷等社火表演讴歌生活变迁，群众舞动的身姿和脸上喜悦的笑容，处处透着昂扬向上的精气神。

红寺堡地区原为一处综合性军事训练靶场，1999年起，这里被改建为用于安置贫困人口的移民安置区，20余万来自“苦瘠甲天下”西海固地区的各族群众，在财政支持下，陆续从无水可用的贫困山区举家、举村陆续搬迁至此。

1日的红寺堡区青云湖广场，锣鼓喧天、人头攒动，社火展演在欢呼、呐喊声中将初春的红寺堡搅得火热。

队伍中一辆车头和车身挂着红色横幅的白色小货车，是红寺堡区辛庄集乡马渠村村民自发设计的花车。“花车虽简陋，但横幅里写的可都是我们农民的心里话。”社火队负责人宋存海说。

记者看到，马渠村的花车车头上写着“共产党好黄河水甜”八个大字。“我花了1.28万元就住上了50多平方米的移民房，村里通上水泥路，厨房有了自来水，在家就能洗上热水澡，多亏了党的好政策，这些以前想都不敢想的事都成了现实。”2014年从位于西海固地区的原州区张易镇搬迁至此的武军军说，环境美了，人心情自然就好，两年前他利用农闲跟村民学起了舞狮，就是为能在社火展演上亮出农民的精气神。

红寺堡区柳泉乡沙泉村，有970户近3000人，花车上写点啥一度让村民们很是纠结。1日的社火展演中，只见沙泉村花车上“扶贫开发铺富路，幸福乡村惠民生”几个大字，在该村200余名群众展演的衬托下显得格外有气势。

“我们村支柱产业是养殖，现在政府对基础母牛、母羊养殖都有补贴，不仅脱贫致富的硬件更强了，文化阵地也更好了，自从2017年建好了文化服务中心，今年春节村里喝酒玩牌、打架斗殴的现象几乎绝迹，大家都去唱歌、下棋、打球了。”面对喧天的锣鼓声，沙泉村村干部王小荣提高嗓门说。往年春节村干部们常忙于调解村民因喝酒引发的纠纷，今年文化服务中心把村干部们“解放”了。

幸福生活靠双手创造，奋斗的日子很甜蜜。第一次参加社火表演的红寺堡区西源村社火队队员郜瑞红女扮男装，面施粉黛，身穿一身淡蓝色秦腔戏服的她显得十分精神。“过去一年比一年好，以后也会一年比一年好，我们都有这个信心！”虽然表演十点开始，但凌晨四点钟就起床收拾的郜瑞红说，从山大沟深的西海固山区搬到红寺堡后，她通过打工供孩子读书，大儿子去年考上了宁夏大学，小儿子也在银川市读高职学习烹饪，家里日子越来越有盼头了。

种了10多亩酿酒葡萄的红寺堡镇中圈塘村村民周文琴，全家开着轿车专程赶到城里看社火。“政府不仅免费提供技术指导，还帮助开拓市场，种葡萄虽然苦点累点，但大多数村民都在这种帮扶中富起来了，70%的村民家买了私家车。”周文琴说，幸福还是要靠双手创造，不等不靠，铆足劲朝前奔，生活才会不亏人。（此稿被《新华每日电讯》等36家媒体采用）

农民变股民　“红利”来敲门
——宁夏五星村5年的土地股份制改革实践

新华社记者　艾福梅　谢建雯

作为宁夏首家村级土地股份制合作社的村庄，五星村用5年时间将入股土地从800亩扩大到3030亩，村集体资产和效益“双增加”，还为农村今后“谁来种地”“如何种地”提供了一种解题思路。

五星村是个传统农业村，位于宁夏回族自治区青铜峡市叶盛镇，有耕地7300多亩。因水稻品质好远近闻名，一些种植大户纷纷来此流转土地发展水稻种植。但大户赚钱了，村民的收益却仅限于流转费。与此同时，村集体既没有创收项目，也没有经营积累，历史欠账多。

“管理村子就和管家一样，没钱啥也干不了，干不了事村民也就不认可。”五星村党支部书记徐建平说。

2014年，五星村成立水稻种植合作社，由村集体流转村民800亩土地一体化经营，到年底，刨去所有支出，合作社增收16万元。

然而，这种模式虽然解决了村集体增收问题，但农户参与集体经营管理积极性不高，从土地上再次获得收益的难度普遍较大。

经过多次酝酿，2015年，五星村探索成立了宁夏首家村级土地股份合作社，让“土地变股权、农民当股东、收益有分红”。合作社首期入股农户215户，占股权总数的46%，集体股由财政部门扶持村集体经济的项目资金、村集体“三资”和机动地、社会帮扶资金等构成，占股权总数的54%。

“股权的多元化不但盘活了农村土地、村集体‘三资’和各级支农资金，还把农民从一家一户的土地束缚中解放出来，让他们既不担心种地，又不担心收入。年轻力壮的外出务工，年老体弱的在合作社就近务工，大大拓宽了增收渠道。”徐建平说。

看到了甜头，2016年，50户村民主动找到合作社，将530亩土地入股。到2018年，五星村入股土地面积已达到3030亩。同时，合作社的产业结构也更加多元，除种植富硒大米外，还投资建设大弓棚种蔬菜，成立农机服务公司等。

这两天，徐建平天天往村部跑，他要尽快建好大米加工厂、蔬菜保鲜库、粮食产后服务中心等项目。

“只卖水稻一亩能挣两百来块钱，但加工成大米平均每斤能再赚三毛钱。合作社发展到今天，必须要延长产业链，提高农产品附加值，才能保证股民的效益不下降。”他说。

据了解，这五年，入股合作社的村民收益不断增加，目前保持在每亩土地收入924元，村集体收入也累计达到180万元。村集体有了积累，就能为群众解决一些实际困难，五星村成立了党内关怀基金，每年为村里60岁以上老人缴纳医疗保险，还建设了不少村级公共设施。

如今，农民以土地入股的农业生产经营模式在宁夏很多地方落地，仅青铜峡市就有12家土地股份制合作社，股权的杠杆撬动了“三农”的活力。（此稿被《新华每日电讯》、中国政府网等33家媒体采用）

宁夏：农村公路改变烂泥滩村

新华社记者　许晋豫　杨泽

每天一大早，苏孝平便来到牛棚里忙活了起来，8点半前，牛吃上了草，满头大汗的苏孝平才放下心来。苏孝平一家住在涵江村烂泥滩组道路尽头的山脚下，五间大瓦房宽敞明亮，牛棚里养有大牛小牛共10头，成垛的饲草堆在家门口，一派欣欣向荣的农家景象。

同样的辛苦，不一样的心情。两年前，苏孝平还打算离开这片祖辈生活的土地，离开的原因很简单：交通不便，种地收成少，生活缺乏希望。

涵江村位于宁夏西吉县偏城乡，原名烂泥滩村，因村中广泛分布的红胶泥而得名。正是这不起眼的红胶泥缚住了村民奔向美好生活的步伐。

“我们组离村部有七八里地，以前遇到雨雪，村里的土路真就成了烂泥滩，里面的人出不去，外面的车进不来，拉不上水，娃娃没法上学，打下的粮食只能用三轮车往外运。”苏孝平感叹，“我们组原来有60多户走得只剩下20多户。2016年我也打算带着一家人投奔亲戚，离开这小山沟。”

听说苏孝平要搬走，涵江村第一书记秦振邦三天两头上门做思想工作。秦振邦笑着说：“贫困户最怕的就是失去信心，为把扶贫政策讲透，我还在他家的土炕上住过两晚。”苏孝平渐渐被打动，最终决定专心发展养牛业。

2017年是苏孝平收获颇丰的一年。新修的10.5公里水泥路、沙砾路让烂泥滩村不再泥泞，自来水也通到了每家每户。苏孝平一下就有了发展信心，他贷款5万元购进3头母牛，并种植了20多亩的青贮玉米，年底养殖规模就从原来的4头扩至10头，年收入五六万元，当年就脱了贫。

“以前村里种地、拉东西全靠牛，牛是家里的宝贝，一切都要给牛让路。没想到，牛现在又成了致富的宝贝。”苏孝平说。

祖祖辈辈期盼的路通了，不只是苏孝平一家，涵江村也步入了发展的快车道。在金融扶贫、产业扶贫等一系列政策的扶持下，2017年，涵江村贫困户户数由2015年的109户减少到13户，人均可支配收入达到6500元，是2016年的2.3倍，还实现了贫困村摘帽。

涵江村是西吉县农村公路建设成就的一个缩影。位于宁夏西海固的西吉县不少地方山大沟深，交通不便。为补齐基础设施短板，西吉县2013年以来累计投资12.93亿元，建设完成农村公路1243公里，截至2017年底，全县农村公路里程升至2428公里，296个建制村全部通沥青（水泥）路，解决了全县138个行政村21万群众的出行问题。

2018年，干劲十足的苏孝平准备把养牛规模扩大到20头，他年前就已置办好砖瓦，春节一过就打算动手盖一座新牛棚。苏孝平说：“谁说山沟里没有前途？现在条件这么好，我们一家不仅要留在村里，还要把日子过得一年比一年好！”（此稿为新华社对外通稿）

宁夏红太村：文化广场“闹”冬闲

新华社记者　曹江涛　温竞华

年末的西海固山区山寒水冷，红太村村部的广场上却人声鼎沸。20多个农家妇女踏着音乐节拍，跳起广场舞，周围挤满了围观的村民。妻子在场上跳舞，丈夫在场下拍照，孩子在场边玩闹，一场农民运动会让冬日山村热闹起来。

红太村所属的西吉县王民乡是一个深度贫困乡，位于宁夏回族自治区南部山区。种地、养牛、打工是主要收入来源。进入11月，山区天气转冷，农民迎来冬闲，许多人直到春节前都闲在家里。

“我们这里冬天特别冷，以前老百姓吃完饭就在炕上坐着或者倒头睡觉，妇女更是每天围着灶台转。”红太村村支书蔡鹃说，长期以来，躲在家里不下炕成为农闲时节村民生活的常态。

但村民罗彩虹是个闲不住的人。3年前，受到外村的影响，她在网上自学起了广场舞，周围的妇女看着新鲜，也跟着一起学，广场舞就这样进了红太村。

“我们跳舞都是罗姐教会的！”如今村里的妇女都爱跟着罗彩虹跳舞，但把自己从家务和农活中解放出来，她们的第一步迈得并不容易。起初，很多妇女只在场边围观，想跳又有些害羞。

在罗彩虹和其他几个妇女的带动下，村支书和村妇联主任带头加入，越来越多妇女走出自家小院，参与到跳广场舞中来。村里48名妇女还组成广场舞队，代表红太村外出参赛。

在红太村，文体活动不只为青年人准备。比如定期举行的“脱贫攻坚有奖问答”就成了老年人的主场，“问的都是咱老百姓享受的政策。”60岁的村民靳宗雄说。

蔡鹃告诉记者，这两年村里的文体项目日渐丰富，从只有篮球和拔河到唱歌跳舞样样皆有，从靠村民捐款搞活动到乡里拨经费、县里给设备，现在男女老少都热衷参与文体活动，整个村子都活跃起来了。

“随着乡村文化活动的增多，农民的精神面貌焕然一新。”西吉县文化旅游广电局文化中心主任李志会说，近年来，西吉县不断开展民俗文化节、农民篮球运动会、社火、广场舞等一系列群众文化活动。2018年全县开展县级广场文体活动20场次、送戏下乡50场次，放映农村数字电影3810场次，观影群众达35万人次。（此稿被人民网、新华网等28家媒体采用）

农村学校里的“智慧课堂”

新华社记者　于瑶　杨泽

“请问宽口井那边的同学们，你们认为哪些形状是对称的？”听到来自170公里外的宁夏银川市二十一小学美术老师的提问后，穆亚楠把小手高高举起，“我认为‘蜜蜂’的样子是对称的”。话音刚落，她便得到了来自银川、中卫两地老师与同学的掌声。

从2015年开始，宁夏中宁县宽口井中石油希望学校与银川市二十一小学结成帮扶对子，共同搭建在线课堂。突破时间、地域的限制，移民学生和教师可以随时观摩到自治区重点小学的课程，实现异地同步互动。

“能和银川的小朋友一块儿上课我觉得很有趣，和老师隔空互动真的特别激动。”穆亚楠不忍放下手中的画笔，十分开心。在这间现代化特征鲜明的“在线课堂”教室中，穆亚楠和班上47名同学一样聚精会神地握住手中的画笔与画纸，不时高声回应屏幕里老师的提问，在同步授课中感受美术课的魅力。

“互联网+教育”推动了农村地区，特别是贫困地区“粉笔、教案、黑板”的传统教学方式逐渐向“宽带、视频、远程教学”的现代化教育手段转变。网络教育、信息共享的介入，缩小的不光是城乡学生间的成绩差距，更是心理差距、素质差距和思想差距。

“要以城市眼光办好农村教育，发展教育信息化建设是促进城乡教育公平、提高农村教育质量和效益的着力点。”校长万占文说，自启动信息化示范校建设以来，目前，学校已经建成“在线课堂”“智慧课堂”“录播教室”，27个教学班全部安装了多媒体电子白板，宽带网络、优质在线资源全覆盖。

学校语文兼美术教师张秀萍站在教室一旁，和学生们一起认真“听课”。她告诉记者，信息化教育不仅丰富了山村孩子的精神世界，也有力提升了山村学校教师的教育教学水平。“我们既是老师，也是学生，通过学习名校老师的授课思路与方式，参与学校双方组织的线上线下评课等教研活动，促使我们快速成长。”

记者采访了解到，除了课堂教学外，信息化设施还应用在该学校学生的养成教育上。针对移民学生习惯养成较差的实际情况，学校利用交互式电子白板组织学生观看养成教育的相关视频，并在智慧教室组织知识竞赛，学生利用平板电脑作答，让传统文化和现代信息技术融合。

不过，万占文坦言，作为农村学校，受限于资金有限、基础薄弱、合作机制不成熟等因素，学校在信息化教育发展过程中仍面临网速慢、资源共享常态化难以保证等困难。“希望国家有针对性地加大贫困地区的教育扶持力度，鼓励以‘互联网+’方式对接城市名校，促进农村教师成长、农村学生成才，进一步推动城乡义务教育一体化实现新发展。”（此稿被《中国文化报》等24家媒体采用）

农民虽上楼　庄稼活不愁
——宁夏永宁县打造新型农村城镇中心

新华社记者　靳赫

自从2014年底搬出平房，进入拆迁安置的单元楼，宁夏永宁县八渠中心村村民唐梅英感觉自己一家四口的生活一下子“洋气”起来了。

“冬天取暖再也不用烧煤了，天然气直接入户，热水也是随开随有，每天都可以洗个澡再睡觉。”唐梅英说。现在村民们的生活方式几乎全变了样，人们开始追求生活品质，就连农村里常见的“东家长西家短”的扎堆式闲聊也被跳广场舞取代。

村民们生活的变化得益于永宁县近年来实施的特色小城镇和中心村建设：县城周边的村落向县城集中，乡镇周边的村落向乡镇中心区集中，其他村落逐渐向附近的小城镇和中心村集中，县里在人口较为集聚的小城镇和中心村集中力量配齐基础设施、完善服务功能，打造新型农村城镇中心。

记者走访多个中心村看到，村民们的住房高大气派，居住环境和城里的小区几乎没有两样，中心村不但各项设施一应俱全，还设置了办事服务中心、小超市、“老饭桌”等等。“以前村里人攒一辈子钱，就盼着能给儿女在城里买套房子，现在我们两代人一起轻轻松松就变成城里人啦。”永宁县靖益中心村村民雍静华说。

据永宁县住房和城乡建设局局长王兴宁介绍，为了推动城乡一体化发展，2013年至今，永宁县投资上百亿元，实施涉及16.4万城乡群众、总面积约521万平方米的城镇棚户区改造及中心村建设。

“但是，城镇化建设是系统工程，农民上楼后也暴露出不少问题。”永宁县胜利乡八渠村支书、村委会主任柴建宁说，“如今没了院子，村民的农机具、农资、粮食等都无处放置。”

另外，由于没有晒场，粮食收获后，村民们只能在公路两旁晾晒。村干部们反映，在收获高峰期，村民的玉米甚至从中心村一路铺到了几公里外的国道，整洁的中心村小区空地也常常被农机具横七竖八地停满，小区一度变成“半土不洋”的怪模样。

此外，原先几个村的村民集中到中心村后实行插花安置，传统的村落结构被打乱，村干部要跑遍整个中心村才能找齐村民，这给管理增加了不少难度。

针对暴露出的问题，永宁县迅速进行调整，在各个小城镇和中心村配套建设了晒场、农机集中停放场所，同时在每个中心村成立专业的农机具作业公司，农户以大中型农具入股后，公司对农具进行集中统一管理和调度使用。为了解决存粮难题，永宁县建起了“粮食银行”，农民可以根据需要随时存取粮食，或将粮食直接变现。

在强化管理方面，永宁县对小城镇和中心村采取网格化管理模式，原先各村的生产队长变成了网格员，负责一整栋楼这一单个“网格”的各项日常管理。“网格化管理重新梳理了新型农村的管理体系，实现了管理全覆盖，效果很不错，村民的大部分问题能化解在基层。”靖益中心村村支部书记姜文村说。

考虑到一部分农民在城镇化进程中会离开赖以生存的土地，永宁县引导各类企业为失地农民提供就业岗位，并进一步加大职业技能培训和创业资金扶持力度，在提高失地农民自主创业、自谋职业能力的同时，促进城乡人力、市场、产业等各种要素的流通。另外，通过普调城乡居民基础养老金标准、提高失地农民养老保险待遇等措施，确保群众生产生活得到保障。

“永宁县的城镇化建设并不是要破坏农民的生产生活方式，而是对其进行提升。”王兴宁说，经过这几年的探索，永宁县城乡一体化工作日趋成熟，逐渐形成了一套可复制、可推广的模式。（此稿被新华网、网易等15家媒体采用）

梦起闽宁镇

新华社记者　刘畅　卢鹰　刘海　唐亚蒙

［同期］谢兴昌：“来闽宁镇就像做了一场梦，没想到今天变成这样。”

［字幕］闽宁镇镇史馆

谢兴昌是这里的一名志愿讲解员，也是1997年搬迁到闽宁镇的第一批移民。

［同期］谢兴昌：“这张图片拍的就是我们20年前住的地方。你看这窑洞多，我们多数人就住在这。你看这山，为什么说十年九旱，它就是光秃秃的山，你看连棵草都不长，更不要说什么树木了，确实那个时候苦得很。”

［字幕］宁夏西海固是谢兴昌的老家，曾被联合国粮食计划署认定为世界上最不适宜人类居住的地区之一。

［字幕］1996年，党中央、国务院作出开展东西部扶贫协作的重大战略部署。10月，由时任福建省委副书记习近平为组长的福建省对口帮扶宁夏领导小组正式成立。

5个月后，习近平同志率团来到宁夏，开始为期6天的对口扶贫考察。

［同期］谢兴昌：“福建省来的领导在的照片，我当时也在这旁边站着看着。这是当时的实际情况，我亲眼见的。”

［字幕］1997年7月15日，由习近平同志亲自命名的闽宁村在银川城外永宁县的一片戈壁滩上破土动工。

［同期］谢兴昌：“那个时候我一看，是天上不飞鸟，地上干得长不出草，风吹沙子满地跑。我拿了四个玉米棒子、四个高粱，拿回去以后我跟老百姓解释了一下，我说别看当时是干沙滩，以后肯定是个好地方。粮食长得这么好，三公里之内只要黄河水上来，肯定是一个好地方。”

［字幕］怀揣着对美好生活的向往，谢兴昌和同村的十几户村民来到了离家300多公里的闽宁村。

［同期］谢兴昌：“1998年福建省给我们派来了种蘑菇的专家教授、技术员，当时我们连蘑菇棚都不会搭，他们给我们教技术。他们手把手地、手拉手地教，听不懂了就三番五次、四次八次十次地教，他都不烦。”

［字幕］随着不断发展，闽宁村变为闽宁镇，东西部扶贫协作机制不断为闽宁镇带来项目资金、先进的生产技术和管理理念。

闽宁镇目前已形成种植、养殖、劳务、光伏、旅游五大产业。

［同期］谢兴昌：“像这些房子是这一两年建的，按照福建闽南的房屋结构建的。这是闽宁镇现在的街道，看起来像城市一样，特别好看，特别整齐。”

［字幕］闽宁镇百姓收入由建设初期的不到500元跃升到2017年的约1.2万元，人口由8000多人发展到6万多人。

［同期］谢兴昌：“从我们家来讲，房子翻修了四次，从土坯房到砖木房，从砖木房到平房，从平房最后到小二层，我们现在住的小二层。”一想起来好像是做了一场梦。来闽宁镇就像做了一场梦，没想到今天变成这样。”

宁夏银川：花卉产业为花农铺就致富路

新华社记者　刘海

［解说］节日通常是花卉销售的旺季，接踵而至的情人节、春节、妇女节让鲜花热销、价格持续走俏，宁夏银川市兴庆区的花农因此而忙碌又快乐。如今，花卉产业已成为当地的一项致富产业，让花农的钱包鼓起来、生活美起来。

走进银川市兴庆区大新镇新渠稍村花卉种植基地的配送车间，花农马培杰正和村民们忙着修剪康乃馨准备打包发货，一扎康乃馨20支，收购价为14元，价钱比平日里高出不少。

［同期］宁夏银川市兴庆区大新镇新渠稍村村民马培杰："花是卖得价格好呢，这两天你看哪个社员都是眉飞色舞高兴的，一看脸上就知道今天的花价了。这个行情绝对是好，看好着呢。"

［解说］马培杰今年62岁，最初种植小麦、玉米，后来养了20年奶牛，一家人的生活一直没有离开过土地。8年前，借助兴庆区大力推进花卉产业的契机，村里成立了花卉种植基地，他开始尝试种花，从此搭上了致富"快车"。

在采访中，记者了解到，花卉种植基地于2010年7月建成投产，鼓励村民建温棚、种花卉，调整种植方式和产业结构。当地政府为每户花农每年至少提供两次技术培训机会，确保每间温棚都有专业技术人员跟踪服务。与此同时，农户产出花卉全部由公司统一销售，为避免"花贱伤农"，政府实行支持价格，并通过定期免费或低价发放化肥对花农进行帮扶。这一系列举措有效带动了村民就业，新渠稍村人均、户均收入明显增加。

［同期］宁夏银川市兴庆区大新镇新渠稍村村民马培杰："收入是都好，尤其是八队，八队是第一批搭的棚。现在家家户户有汽车，楼房装修了，都住上了，每天开着小汽车来了以后，把棚种了，下午吃着各种无公害蔬菜，自己棚里种的菜。自己搞点养殖业，夏天在棚里养些鸡，都是无污染的，绿色食品，现在生活确实好。"

［解说］如今，马培杰不仅有了小轿车，还在城里买了楼房。2017年，他种植的3座康乃馨温棚实现纯利润10万多元，2018年，这一收入将更加可观。经过多年的发展，银川市兴庆区花卉产业已经初步形成了"企业＋基地＋农户"的发展模式，不仅为花卉产业注入了一股新的活力，同时也带动了当地农民增收致富。

宁夏同心：教育扶贫合作模式缩小东西部教育差距

新华社记者　唐亚蒙　陈瑶（实习）

［解说］同心县地处宁夏中部干旱带，是中国的集中连片特困地区之一，也是2020年中国全面建成小康社会的短板所在，“县穷民贫”是当地最大的县情，高质量的教育扶贫是阻断贫困代际传递的重要途径。

［同期］同心县教育局局长丁文：“贫困村学校教师的配比，我们通过县城学校到贫困村学校支教的方式，来提高咱们贫困村学校教师的素质，提高教育发展的质量。抓教育教学，我们县城的学校与我们的贫困村学校通过一对一的‘手拉手’，结对帮扶来提高我们的教育教学质量。

［解说］为切实提高教育质量，当地组织教师参加“国培计划”等全国性培训外，还积极与江苏、山东等地的优秀兄弟学校加强联系，对教师进行15天至60天不等的培训，先后有3.4万人次教师受到培训，一批先进的教育、管理理念被引入。

同心县豫海回民中学老师纪玉龙，通过到发达地区交流学习，在教师中形成了“鲶鱼效应”。一些教师培训归来就开始反思本地与发达地区的教育差距，引领身边教师开展教育教学研究，给学校师生带来了更大活力。

［同期］同心县豫海回民中学老师纪玉龙：“我是2014年去江苏靖江参加了这个培训，回来以后在学校管理上转变了管理模式，如早操跑操方式、升国旗的方式，都是从外面学到的。我们也是从两地培训发现这种差距，把人家好的方式能够为我所用。”

［同期］同心县豫海回民中学老师白灵：“我是2015年3月份赴江苏靖江参加培训，在这次培训中，整体收获是很大的。江苏省教育发达，它对我的帮扶也是很不错的。比如说通过学习人家的教学理念，我就想把这种阅读的理念以及先进的人文关怀也带给我的学生，让他们能够广泛地接触世界，去倾听世界的声音，进而提升自己的修养以及学识。”

［解说］白灵是同心县豫海回民中学高三年级的代课老师，她把从外地学回来的教学理念传授给学生以后，学生们的成绩都有了显著提高。

［同期］同心县豫海回民中学学生石佳星：“因为现在我们的阅读量已经有了一定的提升，所以我们可以更好地去写作文。分数从30分提高到40分，高考一分就能够压过千军万马，何况是10分呢。”

［解说］据了解，宁夏目前尚存58万贫困人口，根据部署，在未来五年，其中的4万人将通过教育扶贫方式脱贫。同心县努力缩小城乡、东西部教育差距的实践，是宁夏乃至中国西部贫困地区发力小康建设的缩影，这意味着优质的教育将承载着宁夏数万家庭的小康梦。

生态文明篇

SHENGTAI
WENMING PIAN

且看塞上“绿肥黄瘦”

——宁夏奋进 60 年巡礼之生态文明篇

新华社记者　靳赫　任玮

宁夏虽有“塞上江南”之称，但山多川少，在黄河无法滋养到的干旱地区，风大沙多是人们抹不去的生存记忆。“一年一场风，从春刮到冬；风吹沙子走，抬脚不见踪。”满目苍黄一度是宁夏的生态底色。饱尝生态恶化之苦的宁夏，过去几十年间战黄沙、治水土，染绿荒山、扮靓城乡，一代接着一代干，绘就了一幅全新的生态画卷。再看今日塞上，已是“绿肥黄瘦”。

灵武白芨滩国家沙漠公园　■ 新华社记者　王鹏 / 摄

人进沙退　生态逆转拓宽生存空间

长风裹挟着黄沙，从毛乌素沙地深处袭来，一路向前挺进。直到沙地西南边缘的宁夏灵武白芨滩国家级自然保护区，风沙再难寸进。挡住它们的，是拔地而起的“绿色长城”——柠条、沙拐枣、樟子松等植物茂密生长，延伸到远处与天际线相接。

筑绿遏沙，是宁夏几代人修复生态的“主战场”。宁夏三面环沙，干旱少雨，生态环境十分脆弱。1958 年自治区成立之初，全区沙化土地面积达 2475 万亩，约占全区土地总面积的 24.8%。由于过度放牧和开垦，生态环境一度持续恶化。

“我十几岁时，村子周围的草都被羊啃完了，沙子也进了村，小孩常从沙丘直接跳上屋顶玩耍。有时刮起大风，房子一夜之间就被沙子埋了。”54 岁的陈有强是吴忠市盐池县二道湖村村民小组组长，沙害之苦令他至今难忘。

为了生存和发展，宁夏人向黄沙宣战，防沙治沙成为建设生态文明的基础性工程。2003 年起，宁夏实行全境禁牧封育，加快草原植被恢复，并依托退耕还林、三北防护林等国家重点林业工程，逐步完善不同区域的防沙治沙模式。同时将防沙、治沙、用沙相结合，引导鼓励企业和个人参与，推动山川土地由“黄”向“绿”转变。

如今，宁夏沙化土地面积已缩减到 1686 万亩，荒漠化土地面积也由 20 世纪末的 4811 万亩减少到 4184 万亩，实现了沙漠化的逆转，沙化、荒漠化土地连续20年“双缩减”，肆虐的黄沙日渐温驯。

咬定青山　牢铸生态安全绿色屏障

盛夏时节，宁夏南部的大山之间满眼苍翠，山桃、山杏、云杉、刺槐和各种叫不上名字的灌木、苔草层层叠叠铺满山坡。山涧溪水潺潺，不时有野鸡、野兔从路旁蹿出。

这里是曾有“苦瘠甲天下”之称的宁夏西海固地区，曾经十年九旱、十山九秃。在诗人笔下，这里的春天“风一咳嗽，吐出漫天的黄沙”。

彭阳县金鸡坪梯田公园　■ 新华社记者　王鹏／摄

“一方水土难养一方人，为了多收粮食，农民不得不将山坡垦成农田。”固原市林业局局长陈胜远说，生态恶化加剧，土壤越发贫瘠，西海固陷入“越垦越穷，越穷越垦”的怪圈。

贫困人口易地搬迁、天然林资源保护、森林生态效益补偿……得益于中央和自治区党委政府实施的一系列重大生态工程，昔日满目焦黄的西海固变身“旱塬绿洲”。固原市森林覆盖率更是超过25%，林草覆盖度达到73%，年均降水量由10年前的200毫米左右增加到约450毫米。

“树多了，雨水多了，山上冲下来的泥沙却少了。到了晚上，山里还会传来豹子吼，这声音十几年都没听见过了。”72岁的固原市原州区张易村村民赵丕条说。

脱胎换骨的西海固正是宁夏生态文明建设的缩影。据宁夏林业厅副厅长平学智介绍，目前宁夏林地保有量已达到2834万亩，占全区总面积的35%，森林面积、森林覆盖率分别从1958年的117万亩、1.5%增加到1091万亩、14%，以林草植被为主体的生态安全屏障已初步形成。

生态和谐　“绿色福利”普惠城乡

石嘴山市大武口区人民公园里，胡杨垂柳迎风起舞，奇花异石缤纷夺目，亭台水榭等点缀其间，一湖九桥、一园十景，美不胜收。这座宛如江南园林的公园本是当地一座发电厂的排灰场，曾是大武口区的主要污染源之一。

“往下挖两铲子，还能看到粉煤灰。”公园管理人员韩小英说，11年前排灰场改造之初，种下的植物烧死一批又一批。但是再难也要改造，人们的生活已容不得这样的污染。

党的十八大以来，随着发展理念转变，宁夏生态文明建设和环境治理力度不断加大，打响蓝天保卫战、综合整治黄河流域水污染、推进贺兰山国家级自然保护区环境整治和生态修复等系列措施纷纷取得实效。

人居环境持续向好，越来越多城乡群众从中受益。在城市，错落分布的小微公园让老百姓“开窗就能赏景，出门就能游玩”；在农村，“垃圾靠风刮、污水靠蒸发”等困扰群众的问题得到根本扭转，一批批特色小镇、美丽乡村也建设起来。

“水泥路修到了家门口，村里有了保洁员，家里的旱厕也改成了水冲厕所，农村再不像以前那样‘土里土气’了。”吴忠市青铜峡市地三村村民郭燕

石嘴山市大武口区人民公园

■ 新华社记者　王鹏／摄

萍说。

“绿肥黄瘦”见证了宁夏生态环境的沧桑巨变，也给当地群众带来满满的获得感。如今的宁夏正以尊重自然、顺应自然、保护自然的绿色发展理念，向着“天更蓝、地更绿、水更美、空气更清新”的美好愿景阔步向前。（此稿被《新华每日电讯》、央视网等121家媒体采用）

荒漠化治理的“中国智慧”

新华社记者　赵倩　卢鹰　曹江涛

地处腾格里沙漠南缘的沙坡头，因沙丘高度超百米而得名。半个世纪以来，这里因包兰铁路、麦草方格、“五带一体”而成为中国规模化、工程化治沙的起点，并由此开始向世界输出中国治沙技术。如今，面对中国乃至全球面临的荒漠化威胁，置身沙坡头的治沙力量依然在攻坚克难，为这道全球“生态难题”找寻答案。

治沙“魔方”成致富“良方”

绵延的腾格里沙漠一望无际，在位于宁夏、内蒙古交界处的长流水沙治项目区，每天都有上千亩的流动沙丘被草方格紧紧锁住。

女人们将麦草均匀地铺在沙子上，男人们抡起铁锹把麦草扎进去。“从麦草的中间扎下去，入沙10公分，露出30公分左右。草扎直立，横竖成行，间距1米。”郑自华向记者描述着技术要领，手中铁锹移动的频率丝毫没有被打乱。

50岁的郑自华家住中卫市沙坡头区黑林村，离项目区不算远，其他扎草方格的人多数也都来自这个村。村民们告诉记者，20世纪50年代修包兰铁路时，村里人就开始在铁路周围扎草方格了，技术也就这样一辈辈传了下来。

扎草方格，是技术活，更是辛苦活。为了防晒，女人们将头脸包裹严实，而男人们一般就戴个草帽。午休时间村民会用4根木棍、一个床单和几个沙袋搭起个简易帐篷，供短暂的吃饭休息。

黑林村党支部书记房生文说，扎草方格已经成为村里的主要劳务形式之一，特别是近几年附近一些排污的厂子被关停后，加入扎草方格队伍的人更多了。“黑林村人的草方格技术已经远近闻名了，目前有200多人以扎草方格为主业，范围也从中卫扩大到内蒙古、新疆、陕西等地，人均年收入有六七万元。”

据中卫市林业生态建设局下属的中卫市治沙林场副场长唐希明介绍，长流水沙治项目区从2013年开始建设，规划扎设草方格42万亩，目前已完成36万亩，高峰期每天同时能有800多人在扎。

中卫市沙坡头区黑林村村民在腾格里沙漠扎草方格

■ 新华社记者　卢鹰／摄

因扎草方格需要，过去农民收割完庄稼后废弃的麦草、稻草也成“宝贝”了。“以前雇机器收割小麦要给别人钱，现在不但有人免费过来帮我们收割，每亩还要支付二三十元的麦草钱。”郑自华说。

记者驱车沿着长流水沙治项目区行驶途中发现，前几年扎设的草方格已经或正在褪去，取而代之的是生长起来的柠条、沙棘、花棒等沙生植物，它们正成为固定流沙的新生力量。

向世界输出“中国智慧”

“包兰铁路从银川到兰州的一段，要经过腾格里沙漠，其间沙坡头一带，风沙特别厉害。那里沙多风大，一次大风沙就可以把铁路淹没。”这是我国著名科学家竺可桢在《向沙漠进军》一文中所提到的沙坡头和包兰铁路。

草方格沙障，正是因包兰铁路而被创造。新中国成立初期，为了贯通西北和华北之间的铁路大通道，国家决定修建包兰铁路。然而，铁路在中卫段需要6次穿越腾格里沙漠，长度达44公里，其中沙坡头段全为高度达百米的格状流动沙丘。

在沙漠修建铁路，当时并无成功的国际先例可借鉴。为了攻克固沙难题，多方力量在沙坡头集结。1955年，中科院最早建立的野外综合观察研究站沙坡头沙漠研究试验站建立；1956年，全国首个专业性治沙林场中卫固沙林场成立。

经过无数次的失败和摸索，在科研人员、林场工人和当地群众的共同努力下，草方格沙障成为铁路通车初期的主要固沙方式。

据中卫市固沙林场副场长部永贵介绍，运营初期，沙坡头地区一年超过300天刮风沙，风助沙势，流沙压埋铁路致火车中断的情况时有发生。据记载，铁路通车后不到一年时间内，因路基积沙造成铁路中断11次。这一现象直到20世纪80年代“五带一体”防风固沙体系形成，才彻底解决。

1977年，联合国荒漠化大会在内罗毕召开。作为中国治沙经验的沙坡头麦草方格，获得国外专家一致认可，并成为最早向世界输出的中国治沙方案。此后，一批批国际沙漠化治理培训班、国外专家来沙坡头实地考察治沙经验。

中科院沙坡头沙漠研究试验站副站长张志山说，多年实践证明，麦草方格目前仍然是最便捷、环保、低廉的固沙模式，也为后期植物固沙提供了基础。沙坡头沙漠试验站通过长期生态学监测研究证实，在中国北方沙区通过人工植被建设实现区域生态恢复是可行的，这为全球干旱区沙害治理提供了范式。

荒漠化治理路仍漫漫

以麦草方格为基础的治沙模式，在守护包兰铁路畅通的同时，也阻挡了风沙向城市侵袭，大大改善了城市生态环境。据中卫市政府介绍，近些年，通过扎设麦草方格等防风治沙措施，已在腾格里沙漠边缘扎设草方格15.5万亩、营造灌木林14.5万亩、封禁保护15万亩，在北部沙漠边缘建起了60公里的防风固沙林带，基本上控制了沙害侵袭。

铁路保住了，城市安全了，但中国乃至世界的荒漠化威胁依然存在。因此，置身沙坡头的治

横穿腾格里沙漠的包兰铁路中卫段　■ 新华社记者　卢鹰 / 摄

沙力量关于荒漠化防治的研究也从未停止。

中国是世界上荒漠化面积最大、受风沙危害严重的国家。全国有荒漠化土地261.16万平方公里，占国土面积的27.2%；沙化土地172.12万平方公里，占国土面积的17.9%。

2015年中央出台的《关于加快推进生态文明建设的意见》提出，到2020年中国50%可治理的沙化土地要得到有效治理。

张志山说，到目前，全国荒漠化和沙化土地面积连续三个监测期保持“双减少”，但是治理效果，即人工植被固沙效益及其稳定可持续的维持，依然面临巨大的挑战。

“比如一些地区人工固沙植被大面积退化和死亡，跟植物种类选择、种植规模、密度不合理有关系。”他说，干旱沙区的水量平衡对沙漠化治理至关重要，因此“干旱沙区水量平衡与生态水文学研究”也一直是试验站的研究重点。

在中科院沙坡头沙漠研究试验站的一块试验区，记者看到了正在模拟中国北方不同气候带沙区水量平衡的自动监测系统。

“通过模拟不同气候带降水和地下水位，连续精确监测植被土壤系统中降水入渗、地下水补给、土壤水动态、蒸发、植物生长等过程，实现北方沙区水量平衡的模拟集成研究，这将有助于将来更加精细化地治理沙漠。”张志山说。（此稿被《新华每日电讯》、新华网、人民网等150家媒体采用）

绿染西海固

——宁夏西海固生态建设及修复见闻

新华社记者　陈晓虎　邹欣媛　许晋豫

采访行程1000多公里，每天都穿行在绿色里。山坡上刺槐、山杏树、杨树等“高低搭配”，梯田层绿，沟洼成荫。乡村公路上不时有野兔、野鸡蹦跳横穿。一些村庄山溪环绕，仿佛置身江南。不少外地游客反问：“这是宁夏的西海固吗？”

是的，这与史料中有“苦瘠甲天下”之称的西海固，与上百年“十年九旱、生态焦黄”的西海固，与诗人笔下“我至今羞于启齿，您干涸的肌肤仍衣不蔽体”的西海固，反差太大。这与自治区党委、政府在西海固持续实施生态移民工程，大力推进生态建设和迁出地生态修复，并精准发展生态产业息息相关。

这就是一个全新的、绿染的、入画的西海固！

退耕封山种树，造就“旱塬绿洲”

西海固地区是革命老区、贫困山区和少数民族聚居区，是国家确定的14个集中连片特困地区之一，包括固原市的原州区、西吉县、隆德县、泾源县、彭阳县，中卫市的海原县，以及吴忠市的同心县、盐池县、红寺堡区，人口200多万，占宁夏人口三分之一。

15年的退耕还林还草，13年的封山禁牧，羊回圈、树上山，占宁夏总面积65%的西海固脱胎换骨，变为“旱塬绿洲”。目前，固原市林业用地总面积为668万亩，森林覆盖率达到22.2%，比宁夏平均水平高出8.4%；年均降水量达到450毫米，是10年前的2倍。固原市市长马汉成高兴地告诉记者：“现在的西海固，下雨就是下GDP！”

毛乌素沙地边缘的盐池县曾经沙害严重，只要一场大风，上了房顶的沙子和沙漠连成一片，村民晚上回家沿着沙坡就能走上了自家房顶。

如今，盐池县青山乡刘记窑头村林草掩映、鸡鸣狗吠，71岁的刘江正给满院跑的鸡加料，攀谈中他指着门外合抱粗的枯树说："我们村过去是'沙漠村'，风沙一起天昏地暗，房子一年都被黄沙埋好几次。别说这杨树死了好几年没人砍，这要在过去，就是活着的都会被砍去烧柴、盖房了。"

每年 4 月，彭阳县就变成了"花的海洋"，百万亩杏花、桃花、梨花依次开放，县上连续几年举办山花节，偏远的山城游客如织。

森林覆盖率从 20 世纪 80 年代的 3% 提高到现在的 26.5%，彭阳为之付出无数艰辛。在山坡上为树木修剪枝条的李志远是县里的护林员，10 多年来，他看着当地群众肩扛树苗上山种树，看着山上的树种了死、死了种，看着远近山丘从一片焦黄到山山绿染。

隆德县陈靳乡新和村生态修复区的农户在给生态鸡喂食

■ 新华社记者　李然 / 摄

"这是费了九牛二虎之力才成林的啊！"这位不善言语的庄稼人由衷感叹。

实施生态移民，自然休养生息

过去的西海固，最多承载 22 人的每平方公里土地却要养活 142 人，一方水土养不活一方人。农民为了吃饭穿衣只能乱垦滥伐，以生态换粮食。同心县扶贫办主任马希丰痛心地说："越垦天越旱，越垦人越穷。"

为让老百姓放下手中乱砍滥伐的锄头，为了让他们过上好日子，20 世纪 80 年代起，宁夏先后实施吊庄移民、生态移民等移民工程，将西海固 100 多万贫困群众搬迁到近水、沿路、靠城的区域。特别是近年来，西海固还将 35 万生态移民的迁出区土地全部收归国有，目前已完成生态修复 182 万亩，让精华殆尽的土地休养生息。

海原县一条土路的尽头便是背靠大山的曹洼乡冶套村。曹洼乡"十二五"期间共移民 5038 人，占全乡人口三分之一。搬出的人口让这片贫瘠的土地有了喘息的机会，不到 5 年，原先的村庄仅剩推平的宅基地和残砖破瓦，搬迁时遗留的紫花苜蓿四处蔓延，退出的农田已种上了松树、山杏，山高野阔、多彩渲染，一片生机勃勃。而谁能想象这里以前到处是干山秃岭、一片荒凉？

"黄土山像个光馒头，雨水哗哗顺沟流"曾是西吉县硝河乡关庄村的真实写照。2013 年，硝河村 238 人被政府搬迁安置到川区，3 年间，西吉县通过拓宽道路、人工灌溉硬是在这片位于半山腰的旱塬上造林 1000 多亩。现如今，只剩残破土墙的村庄淹没于绿色之中，密织的野草让人寸步难行，小鸟低飞其间，远远望去村子就像嵌在半山腰的一块碧玉。

隆德县还积极探索引入企业参与生态修复的新路子。汽车穿过沟沟岔岔，行驶几个小时才到温堡乡大麦沟村，山口的路障将过去的村庄与外界隔离开来，山下废弃的村小学变成了企业的护林站和养殖园，养殖的生态鸡、蜜蜂、野猪等让这里热闹非凡，一片世外桃源的景象……

就在 3 年前，大麦沟村还是居住着 240 户农民的村落，由于山高路陡，当地水土流失严重。搬迁后，政府将退出的 1.3 万亩山坡地退耕还林，旧有村道两边的树木如今遮天蔽日，曾经的农田草深及腰、松树行行，间种的药材长势喜人。

隆德县委副书记赵延军说："隆德县坚持谁造林谁受益的原则，在生态修复区引入民营企业发展林下养殖，企业承担一定的植树种药和管护任务。可以说生态好转、企业获益、政府减负，一举三得！”

咬定绿水青山，发展生态产业

西海固是宁夏脱贫攻坚的主战场，尽管尚有贫困人口40余万，但多年生态建设延伸出的旅游、养蜂、林下养殖等绿色产业已为当地带来生态红利，仅固原市林业总产值就达到20.48亿元。竭泽而渔的发展方式已成为历史，青山绿水正变成“金饭碗”，祖祖辈辈在大山里受穷的困难群众对未来充满无尽希望。

依托生态优势，近年来，固原市着力发展旅游业，开发“六盘山长征精神旅游特色商品”100多个，红色旅游、山水生态游、民俗游、乡村文化游等已形成亮点，采摘园、农家乐、休闲农庄不断涌现，现在全市年接待游客300多万人次，旅游收入14.78亿元。

山绿了，当地的蜂群也多了。彭阳县孟塬乡山间公路旁一块用红漆写着“土蜂蜜”的黑板十分惹眼，记者爬上树后的土坡，远远就听到蜜蜂发出的嗡嗡声。

大学毕业后的陈泽恩与新婚妻子来到孟塬乡筑巢引“蜂”全力发展土蜂养殖，200多箱蜜蜂被安置在蜂棚以及土壕两壁的土洞中。“全副武装”的陈泽恩小心翼翼地从蜂箱中取出蜂巢，小刀割开蜂蜡后将蜂巢置于采蜜桶中，随着蜂巢飞速旋转，金色的蜂蜜汩汩而出，农家的幸福生活也随之静静流淌……

“过去生态不断恶化，使得蜂群有去无回。现在这里山绿了雨水也多了，蜂群渐渐又多了起来，只要懂技术，就不愁不富！”美术系毕业的陈泽恩还筹划着把这些带来财富的“精灵”展现在画笔之下。

盐池县是“滩羊之乡”，260万亩柠条不仅牢牢固住肆虐的风沙，柠条平茬后还可加工成饲料，为滩羊争取更多“口粮”，形成良性循环。在盐池县千禾饲草料配送有限公司，尘土飞扬中一车车柠条被粉碎成饲料。作为该县9家柠条加工企业之一，这里每年可加工柠条2000余吨，每吨收益100元左右，“死林子”变成“钱袋子”。

盐池县委书记滑志敏直言：“以前治沙只是为了保卫家园，忽略了它的经济效益。现在我们更要注重林草产业的经济价值。”彭阳县委书记赵晓东说：“多年生态建设不仅让百姓增收，还推动了当地旅游业发展。”

“我们一定要把生态作为最宝贵的优势，没有青山绿水就没有我们下一步发展的基础。”自治区党委常委、固原市委书记纪峥说。像爱护眼睛一样爱护家乡的绿水青山已是西海固群众的共识。（此稿被《新华每日电讯》《宁夏日报》《新消息报》等25家媒体采用）

固原市西吉县龙王坝村通过生态恢复发展起乡村旅游

■ 新华社记者　李然/摄

人与沙：进退之间的爱恨情仇

新华社记者　刘海　卢鹰　唐亚蒙

沙漠，一个神秘、特别的存在，千百年来，与人类反复上演着一幕幕你进我退、我进你退的斗争，演绎着进退之间的爱恨情仇。长期以来，人类与沙漠一直处在对抗之中，但随着时代的发展，一种新的关系逐渐建立起来。

沙漠自白

我是沙漠，在我的领地，地面完全被沙覆盖，几乎没有植物生长，也不适合动物活动，是一个雨水稀少、空气干燥的荒芜地区。虽然我由十分微小的沙粒组成，但是我的身躯非常庞大，现在的面积已经达到了3600万平方公里，占到地球陆地表面的四分之一，而且还以每年6万平方公里的速度进行着扩张。

和森林、大海、草原一样，我也是地球生态大家庭里的成员之一，但我很特殊，很少有生物能在我身上生存，人类对我的看法和对其他的几位完全不同，我是不受欢迎的一个。在中国，我主要分布在宁夏、新疆、内蒙古等北方地区，所以这里的人对我印象深刻。

一直以来，人类认为我是有害的，说我是“可怕的噩梦”。的确，有时候我并不温柔，狂风袭来，我的身躯被裹挟而起，在空中游荡，不知不觉就飘到了另外一个地方。人们看到的是一幅黄沙漫天、天昏地暗的景象，有的村庄还会被我们埋在身下，生灵也不复存在，人类建设的家园瞬间变成我们恶作剧的游乐场。

其实这并不是我想要的结果，但我也没有办法。本来我和森林、草原和睦相处，静静地躺在自己的家里，但是人类的乱砍滥伐、超载放牧破坏了森林和草原，没有了阻挡物，风还将我吹到了人类的家里。

或许我真的伤害了人类，而人类又何尝不是一次一次地伤害我呢？随着工业化进程的加快，这种伤害越来越深。一些企业将工业污水直接排到我身上，弄脏了我的肌肤，可能永远也擦洗不掉。我病了，我哭了。

好在，随着危害日益严重，人类开始逐渐警醒。

为了治理我、阻挡我，人类想方设法在我身上植树种草，在有些地方，我的面积在一点点缩小，这样下去，终有一天我会从这个世界消失。但没想到的是，随着时代的发展和观念的转变，理性的人类终于意识到我是地球生态圈里的一个重要组成部分，我的存在并非一无是处，而是有特殊的价值和意义。

于是，人类虽然在治理，但是并没有打算将我们赶尽杀绝。

通过长年累月的观察和研究，人们对我们的了解更加深入，掌握了我们的性情，他们在我们身上种植的一些植物，也使我们有了绿色、生命和灵气。

治沙奇迹

这是一条连接中国华北和西北地区的铁路干线，却因沙漠而得名并为世人所知，在中国铁路史上留下了浓墨重彩的一笔，它就是中国第一条沙漠铁路——包兰铁路。

包兰铁路修建于20世纪50年代，起于包头止于兰州，全长990公里，其中有140公里在沙漠中穿行。这条铁路到底能够运行多久，当时没有人能够预测，因为风沙也许会在一夜之间将铁路轨道掩埋。

张克智，陕西西安人，时任兰州铁路局中卫固沙林场场长。这个林场专门负责包兰铁路中卫段两侧沙漠的治理，保证铁路的顺利运行。20世纪70年代，张克智响应组织安排来到中卫，在沙漠边上治沙开荒，保卫铁路。

“因为沙漠前移，侵占了良田，掩埋了村庄，对铁路的影响更不用说。铁路修通之后，沙子经常上道，三天两头上道，沙子一上道，铁路就得中断行车。”张克智回忆。

如何有效阻止铁路两旁的沙漠流动，不让沙子将铁道掩埋，这是张克智他们必须解决的问题。要想治沙首先要把沙丘固定住，但这并不容易。

“开始我们用立体防护栏来挡沙子，结果是越挡越多、越挡越多，就把沙漠远处的沙子都积累到铁道边上了，对铁路造成更大威胁。”张克智说。

无数次地尝试，无休止地努力，终于，一种就地取材，看起来很简单的方法却取得了意想不到的效果，这就是草方格沙障——一种防风固沙、涵养水分的治沙方式，将废弃的麦秆一束束呈方格状铺在沙丘上，留麦秆的三分之一或一半自然竖立在四边，然后将方格中心的沙子拨向四周麦秆根部，使麦秆牢牢地竖立在沙地上。

“这样不管风从哪个方向来，草方格都能够起一个阻沙的作用，上面阻沙，下面固沙，把沙子基本上固定了。”张克智说。

有了草方格沙障，沙子不再流动，人们便在每个草方格里栽一棵耐旱的沙生植物，渐渐地，草木成林，沙漠绿了，对铁路的威胁也解除了。

经过林场职工和当地群众的艰苦努力，卵石防火带、灌溉造林带、草障植物带、前沿阻沙带和封沙育草带构成了“五带一体”的防护体系，在铁路沿线建起了一道绿色屏障，这一治沙工程被誉为“世界奇迹”，并荣获联合国“全球500佳环境保护奖”，创造了人类治沙史上的伟大创举。

绿进沙退

盐池县位于宁夏东部、毛乌素沙地南缘，20世纪80年代，盐池县沙化面积占其区域内土地总面积的82.3%，全县有四分之三的人口和耕地处在沙区，被包围在其中的农民无法耕作、生存。由于沙漠化程度较高，这里的不少地名都带有“沙”字，比如高沙窝镇、黄沙窝村、沙边子村。

在流行以沙为名的盐池，却有一个叫哈巴湖的地方——哈巴湖国家级自然保护区，两位老人漫步于绿意盎然之中。他们退休前所在的盐池机械化林场是保护区的前身。上世纪70年代末，国家林业总局批准在全国建立六个大型机械化林场，盐池机械化林场就是其中之一。

季川，时任林场经营科科长，1982年来到林场。“那时这里还是一片荒漠，基本上没有树，全是鸣沙，长一部分草，很少很少。”

为了阻止日益严重的荒漠化，林场职工和当地群众开始了一段艰苦的治沙历程。“当时这里治沙难度相当大，有时候白天把苗子栽进去了，晚上一场大风，第二天这些苗子全都被吹出来了。”林场副场长牛惠民回忆。

一次次的失败，并没有打消人们治沙的念头，反而激发起他们的勇气和智慧。经过几代人的努力，昔日一望无际的沙漠被一望无垠的草木覆盖，风沙小了，环境好了。牛惠民和季川，还有无数林场职工和当地群众，用他们的青春换来了眼前的这一切。

如今，荒漠已变成国家级自然保护区，它像横亘在毛乌素沙地边缘的绿色长城，遏制了沙漠南侵。哈巴湖，这一宁夏中部旱塬沙海上的绿洲，构筑起西部生态屏障里的重要一环。

多年来，防沙治沙始终伴随着宁夏的发展历程，一代又一代林业人扎根沙漠、治理沙漠、开发沙漠、建设沙漠。

20世纪70年代至今，宁夏沙化土地面积由

2475万亩减少到1686万亩。自1994年至今，宁夏连续20年实现荒漠化和沙化土地面积“双缩减”，率先在全国实现了沙漠化的逆转。

“宁夏的荒漠化面积每年以2万公顷的速度在递减，沙化土地面积每年以将近1万公顷的速度在递减。可以说，宁夏的沙漠是整体遏制、持续好转、面积缩减的一个过程。”宁夏林业厅厅长马金元说。

铁路沿线、长城内外，草木成林，郁郁葱葱，铁路畅通了，长城保住了……人类和沙漠又恢复了平静，在各自的领地，用各自的方式生活着。

变废为宝

荒芜是沙漠的特质，这里很少有植物生长和动物活动，也没有人类生存的条件。地球上如此广袤的沙漠，如果不能开发利用，带给人类的只能是灰暗的记忆。幸运的是，随着人类对沙漠更加深入的了解和接触，人们慢慢发现，如果加以改造，看似荒凉的沙漠也能焕发出勃勃生机，创造出财富。

宁夏盐池县高沙窝镇。放眼望去，一块块光伏面板将大地装扮成蓝色，全球最大的单体光伏电站即将建成。光伏面板下如今长满草木的土地，原来其实是一片荒芜的沙漠。

“一般荒漠化的地方土地资源是比较多的，如果我们把它利用好，不仅能创造社会效益，同时又有经济效益和生态效益。”中民光扶宁夏投资有限公司董事长白保林如是说。

沙漠中雨水稀少、光照强烈、蒸发量大，这对涵养水分、植物生长十分不利，但这恰恰是光伏发电的黄金条件，而光伏电站建成后，光伏面板正好可以遮挡阳光对沙漠的直射。

宁夏盐池、中卫等荒漠化土地较多的地区，已经成为光伏发电、风力发电等新能源产业的聚集区。新能源产业的迅速发展，不仅成为当地县域经济发展的重要支撑，同时成为帮助老百姓实现精准脱贫的产业。

柠条，一种沙生植物，抗旱耐寒，成活率高，可以起到防风固沙、保持水土的作用。多年以来，柠条是中国北方荒漠化地区固沙造林的重要树种之一，被广泛种植。

如今，柠条的另一种特性逐渐被人们所熟知。柠条枝叶的营养价值丰富，粗蛋白质、粗脂肪、粗纤维等含量很高，特别适合加工成饲料，喂养牛羊等牲畜。在宁夏畜牧业大县盐池，一种将柠条平茬利用的模式迅速推广开来。

平茬，就是将成长期5年以上的柠条从根部剪去上面的枝条。这些枝条可以加工成饲料，平茬后的柠条会重新发芽生长。

“平茬以后第一能带来收入，第二有利于它的更新复壮，这样也解决了怎么从沙漠中收回一定资金的问题，然后用这些资金再调动老百姓的积极性，去更好地保护生态，这是一个循环利用的过程。”盐池县林业局副局长王增吉介绍。

沙海淘金

记者盛夏时节采访时，宁夏灵武白芨滩国家级自然保护区里，散发出一股股淡淡的清香，这是成熟的味道。杨丽霞和她的姐妹们正在园子里采摘葡萄。

葡萄园所处的这个地方，在20世纪五六十年代由于人们的乱砍滥伐，导致土地沙化，一些人甚至背井离乡。

后来，像杨丽霞这样的一批批白芨滩人开始了对沙漠的治理，争取自己的生存空间。

当年被严重沙化的地方，如今已经绿意葱葱，硕果累累，成了林场职工的“聚宝盆”。

白芨滩国家级自然保护区管理局局长王兴东介绍，通过多年努力，终于实现了经济效益和生态效益双赢的目标。“职工靠我们的‘五位一体’沙产业模式，这几年连续保持每年10%以上的增收速度，去年人均职工收入达到了5.5万元。”

沙漠绿了，百姓富了，这是人类与沙漠相处当中，一个双赢的结果。利用但不破坏，展现出人与自然之间一种平衡的艺术。

张萍，土生土长的中卫姑娘，现在在沙坡头景区当导游。“我们这边以前只有一两百工作人员，现在增加到八百多人了。旅游项目非常多，视野看上去非常开阔，我们这边是一个具有灵性的地方，是一个风水宝地。”说起沙坡头，张萍一脸自豪。

当前，宁夏正在大力发展全域旅游，而宁夏很多的旅游资源和景点都分布在沙漠之中，沙漠已经成为宁夏发展旅游产业的主要阵地和亮丽名片。

中国经验

防治土地荒漠化是世界性难题，土地荒漠化也是我国最为严重的生态问题之一。我国荒漠化土地占国土总面积的27%，全国共有18个省（区）、市受到荒漠化的危害，每年造成的直接经济损失达1200多亿元，受影响的人口超过全国总人口的三分之一。

从20世纪50年代到现在，我国先后实施了“三北”防护林“退耕还林”等一大批重点生态建设和保护工程，带动了普通农民参与治沙，逐步改善生态，消除贫困。

进入21世纪以来，中国政府更加高度重视防治荒漠化工作，每年拿出数十亿美元的资金用于防治土地荒漠化，使得20世纪90年代沙化土地面积每年扩展3436平方公里的局面得以逆转，如今每年减少1400多平方公里沙化土地。

多年的探索和实践成就了这条生态建设与经济发展并重、治沙与治穷共赢的中国特色的荒漠化防治道路，不仅初步遏制住荒漠化持续扩展的趋势，实现了全国荒漠化土地面积和荒漠化程度持续多年的“双减少”，还培育出一大批各具特色的防沙治沙的新产业，实现了沙区农牧民收入和企业经济效益的“双增长”。

马金元介绍，在防沙治沙方面，宁夏一开始就提出“生态产业化，产业生态化”的思路，让防沙治沙与助推地方经济发展和助推农民增收致富结合起来。

“这么多年来，我们在沙区大力发展沙产业。目前我们宁夏沙区沙产业的面积已经超过200多万亩，产值超过了35亿元。”马金元说。

中国在致力于自身荒漠化防治的同时，积极开展国际合作，并与其他发展中国家一道探讨水土保持与荒漠化治理的技术和管理。2006年起，中国商务部委托宁夏农林科学院开展针对阿拉伯国家的防沙治沙培训课程，至今共有220多名阿拉伯国家技术人才参加培训。

“当时我们的初衷就是把中国一些好的治沙技术能够传播、输送到国外，支援阿拉伯国家和发展中国家的生态建设。在传输的过程中，我们也开展对接交流，把他们的做法和经验也吸纳进来，有助于我们在相关的治沙建设、水土保持和荒漠化治理工作中借鉴。”宁夏农林科学院荒漠化治理研究所所长蒋齐说。

47岁的马尔拉夫是阿尔及利亚谢里夫省水利研究所所长。去年7月，他第一次来到万里之外的中国，参加正在这里举办的阿拉伯国家水土保持与荒漠化治理技术管理研修班，系统学习中国的防沙治沙技术。

当时正值盛夏时节，骄阳似火。在宁夏与内蒙古交界的腾格里沙漠边缘，改良过的沙地里，西红柿、秋葵、葡萄等蔬果长势喜人。马尔拉夫不时向当地技术人员咨询，还频频拿出手机拍照。

为期20天的中国“求学之旅”，让马尔拉夫深深感受到中国政府在防沙治沙以及保护生态环境方面的信心和作为。他说，回国后他会及时传达学到的防沙治沙技术和有益经验，让更多人了解荒漠化防治中的“中国力量”。

千百年来，许许多多阿拉伯人不远万里来到中国，求学取经，传递友谊，架起了中阿友好往来的桥梁。如今，中阿双方在荒漠化治理方面又找到了共鸣。

约旦学员叶哈雅·阿卜杜·噶迪勒告诉记者，2014年他的三位同事来到宁夏，接受了荒漠化治理方面的培训，他们已经很好地把学到的有利经验和技术传播到约旦。

“我们创造了经验，就要毫不吝啬地把我们的技术输出去，贡献给世界各地，大家共享。科学治沙，互相学习，我想未来的世界一定很美好。”马金元信心满满地说。

如今，每年都会有数十位阿拉伯国家学员来到宁夏，探寻在这片遥远的沙漠中发生的故事，见证“荒漠变绿洲”的奇迹以及中国人民的智慧和精神。

他们在万里之外的中国，学习荒漠化治理的科学技术和创新经验，回国后运用到自己国家的治理工作当中，为本国的荒漠化治理做出自己的贡献。

后继有人

2016年盛夏8月的一天，几近正午，火辣辣的太阳炙烤着大地。在毛乌素沙地西南边缘，23岁的王岩正在认真查看滴灌设备和树木灌水情况。大沙梁的刺槐出现旱情，侧柏的滴管不在位，他都逐一做好记录。

2011年，王岩考入宁夏葡萄酒与防沙治沙职业技术学院，成为防沙治沙工程系的一名新生。这所前身为宁夏林业学校的学院有着30年的办学历史，也是目前国内唯一一所以培养防沙治沙人才为己任的职业技术学院。

王岩至今仍然清晰记得第一次来到白芨滩实训时的情景，那时候，他还没有想到自己此后会成为其中一员，但彼时的震撼在他的脑海中已留下深深的印记。“把沙漠植绿了我觉得挺伟大的。”王岩坦言。

第一次来到白芨滩，带给王岩的不仅有震撼，还有遗憾。因为人生中第一次“追星”却并没有成功。“当时是王有德局长，全国劳动模范，我们班同学刚来的时候都特别想见他。因为他工作繁忙，结果没有见上。”王岩遗憾地说。

全国劳模王有德曾被授予“全国治沙英雄”称号，在白芨滩，他曾经带领干部职工营造防风固沙林40多万亩，在毛乌素沙地西南端筑起了一道东西长45公里、南北宽10公里的绿色屏障，有效阻止了毛乌素沙地的南侵。王有德是王岩心中的“偶像”，也是他在治沙路上前行的精神动力。

2014年，王岩圆满完成学业，如愿加盟白芨滩国家级自然保护区管理局，成为一名光荣的治沙人。更令他高兴的是，终于见到了心目中的“偶像”，而且有机会一起工作。

劳模精神的感召，加上前所未有的使命感，让王岩像一只铆足了劲儿的陀螺，在忙碌的工作中找到了另一个自己。

在白芨滩，像王岩这样的年轻人还有很多，他们大多是追随父辈甚至祖辈脚步走上治沙路的“白芨滩二代、三代”。他们在日复一日的努力工作中，成就着心中的理想。

在管理局局长王兴东看来，他们是“有知识的一代”，也是“继承了白芨滩精神的一代”。“与老职工相比，他们富有活力、有知识也有学历，他们在推动治沙技术的提升、速度的提升、成效的取得方面，发挥了年轻一代的作用，也为我们这几年治沙工作的快速发展起到了很大的推动作用。”王兴东说。

工作3年，王岩最深的体会就是，林业工作者不仅要能吃苦，更要多一份责任感，沙窝里的每一棵草、每一棵树，都是治沙人用汗水浇灌出来的。其实，在宁夏，还有千千万万个年轻的“王岩”，他们，用责任与付出托起沙漠中的希望。（此稿刊登于《新华每日电讯》）

治沙路上不孤独　宁夏民间治沙人的那些事儿

新华社记者　陈晓虎　任玮

2017年6月17日是第23个世界防治荒漠化与干旱日，主题是“我们的土地，我们的家园，我们的未来”。国家林业局倡议：人人参与防治荒漠化，共建绿色美丽家园。

从风沙肆虐、寸草难生到清风拂面、绿染沙海，西北地区曾经荒漠化最为严重的宁夏近20多年来沙化土地持续减少，实现了“人进沙退”的生态转身。

然而，在防沙治沙、种树护林的路上，有无数民间治沙人默默奉献。他们苦干实干，在与沙漠的抗争中流过泪、洒过汗，也淌过血，经历了数不清的失败、痛苦，有些甚至耗尽家财举债种树，只为圆心中绿色梦想，建绿色家园。近日，记者走近这些民间治沙人，倾听他们讲述遏沙逐绿的酸甜苦辣。

顾芸香：把树种进“劳模圈”

治沙人档案：顾芸香，44岁，宁夏灵武市农民，1999年和丈夫承包5000亩沙地，带着种树治沙、养羊致富的美好愿望，“背着娃娃征服沙漠”。18年来，开辟出3000多亩绿洲，但如今家财耗尽，因种树举债70多万元。

“4年前最困难时，家里连300块钱都拿不出。眼看着还剩1000多亩沙地却没能力治了，欠银行的60多万也不知啥时能还上。”一度深感绝望的顾芸香从没想过还能绝处逢生。就像东湾村的村民不敢想，真有人能在夏日烫手的沙土里，把树种活。

东湾村，是一个曾被毛乌素沙地包围的村庄。从村部附近的岔路口驱车向里，行驶在颠簸的石子路上，目之所及是一丛丛沙柳、柠条和零星裸露出的黄色沙地，少有人烟。行进十多公里，当连片的柳树、桑树开始出现，顾芸香的新家也远远看到。

“你们要是前些日子来，林子里的沙枣树正开花，飘过来的风都是香的。”看着不远处绿油油的林子，顾芸香脸上的自豪与高兴，就像2015年她被评上全国劳动模范，第一次进京接受表彰时留念照中的表情。

2015年，用顾芸香的话说，是“老天爷终于肯眷顾我了”。扎根沙海种树16年后，获评全国劳模的顾芸香，加入了“宁夏劳模团”的微信群。顾芸香种树治沙的感人故事也经常成为群里劳模的“心灵鸡汤”，当得知她身负巨债，面临极大困难时，“劳模群”纷纷援手相助。

一位民营企业家劳模指点她走“生态养羊”路子，一次性资助顾芸香24.2万元养了268只羊，并全部认购。其他一些劳模也通过订购“草原羊”“沙漠鸡”等方式，支持顾芸香。

“从没见过那么多钱，20多万现金放在桌子上，我吓得腿都软了。”说笑着的顾芸香似乎忘了，种树治沙之前她家也是村里最早买汽车跑运输，“能数得着的有钱人”。

一年多来，“劳模圈”里自发帮扶顾芸香的活动越来越多。有人邀请她去海南免费度假，有人组织三五“模友”到沙漠里和她一起种树、养羊、唠家常。翻看“劳模圈”的聊天记录，这样的话语时常出现——“顾大姐你给个账号，我预定十只羊”“沙漠里适合种啥，我们买点树苗给你送过去”“有了你们这样的治沙英雄，我们才能少受风沙侵害，向你致敬”……

“劳模圈”的鼓励与支持，让顾芸香种树治沙更有信心。一年下来她首次养羊成功并挣了7万多元，其中大部分拿来还了贷款。

顾芸香与丈夫在沙区为小树刷漆

■ 新华社记者　王鹏 / 摄

沙漠里的新房除了墙壁粉刷一新，几乎没什么家具。院里的太阳能发电板，在晴好的白天能带动电视，晚上只能确保照明；院外一口水井，挖了380米深，需要两个泵才能抽出水来。除了羊圈外大狼狗偶尔的叫声，方圆几里只有风吹林叶的哗哗声响。

扎根沙海、与世隔绝，耗尽家财、负债累累；给树苗刷涂料突发过敏差点丧命，常年吃不好饭被胃疼的毛病折磨至今……为种树吃尽苦头，值得吗？回答这个问题时，顾芸香沉默了一会儿，低头抹了把眼睛，开口讲了一个故事。

2017年春夏之交的一天，一场大风卷挟着黄沙从毛乌素腹地呜呜袭来，一人在家的顾芸香心慌不已。

“我往自己种的林子里面走了走，找个地方坐下来，风沙减弱了许多，心里突然就不慌了。”顾芸香说，那一刻，她对树的感觉就像看见自己长大成材的孩子。

说起今后的打算，顾芸香告诉记者，只要还有积蓄，身体还健康，她就要一直种下去。她想慢慢攒些钱，每年买些树苗、草籽，让剩下的1000多亩沙地也绿起来。

“2025年承包合同就到期了，我争取到那时还清种树欠下的银行贷款。这里的每棵树上都流着我们的血汗，实在是放心不下。”顾芸香说。而她最大的心愿是，夫妻俩能成为护林员，有一份稳定的收入养老，一辈子待在这片林子里。

18年光阴在顾芸香的鬓角上匆匆滑过，留下点点霜迹。当年在沙漠种树时背在背篓里的小女儿已经上了高中。毛乌素沙地里，260多万株毛白杨、速生杨、沙枣树以及沙柳、花棒等沙生植物，染绿了3000多亩沙地，阻挡住沙漠向村庄侵袭的脚步。

“我的微信名叫‘沙漠绿洲’，那是我这辈子最大的梦想。”顾芸香张开双臂抱住一棵白杨，像孩子一样笑得合不拢嘴。

王恒兴：放下荣华来“还”绿

治沙人档案：王恒兴，82岁，宁夏石嘴山市民营企业家，早年做煤炭生意致富。2007年，70多岁的他把生意交给子女后，毅然走进渺无人烟的毛乌素沙地，修路通电、开沟挖渠、植树造林。10年间，凭着一种“反哺大地”的信念，他投入2亿多元，将1.2万亩沙漠变成绿洲，并逐渐发展为生态旅游区。

王进怎么也没想到，给退休的父亲买来“游山玩水”的“大奔”，被父亲王恒兴开进了沙丘绵延、寸草不生的沙漠深处，修路、挖渠、种树、放羊，一待就是10年……

王进所说的这个地方，就是今天的石嘴山市平罗县庙庙湖万亩生态园，是远近闻名的旅游景区。

夏日的阳光穿过绿荫洒向庙庙湖，金光点点。中午时分，记者驱车向里，道路两边高矮不一的林木看不到尽头。远处的苜蓿田里，工人们刚收割完今年的头茬苜蓿。生态种养殖区里的瓜果、蔬菜、鸡鸭、牛羊等，尽收眼底。

在一处宅院，记者见到了传说中的王恒兴老人，一米八的个头，慈颜善笑，除有些耳背，言谈儒雅。

改变，要从王恒兴走进毛乌素沙地说起。20世纪90年代，靠在宁蒙边界做煤炭生意发家致富的王恒兴是众人口中的“煤老板”。他带领5个子女在商海闯拼近20年，打造了资产数亿的家族企业。2007年，72岁的王恒兴宣布“退休”，他要去毛乌素沙地边上的庙庙湖种树治沙，改善生态。

一开始，当地百姓说王恒兴是“王老傻子”，“钱多了烧的，跑到沙漠里种树，开着奔驰放羊”。儿女们也想不通王恒兴为啥放着清福不享，跑到这荒无人烟的地方受活罪。

“很多人问我到底图个啥，其实我就是向大地‘还账’来了。我搞煤炭生意赚了钱，可我也见过开采煤矿把山翻得不成样子，空气污染，环境千疮百孔。”王恒兴说，“当年靠挖地下的资源起家，现在是该回报、反哺大地的时候了。”

于是，从2007年起，他就带领工人们一头扎进了沙漠。茫茫沙海中没路、没电、没水，只有两个破旧的蒙古包。王恒兴和工人白天平整沙地、修路挖渠、铺管引水，晚上累了就睡在蒙古包里。

荒漠造林不是件容易的事。“前一天下午种的树，睡一晚起来就没了，高处的被风连根拔起，低处的被黄沙掩埋。”王恒兴回忆说，早上从蒙古包里醒来，发现一尺厚的沙土盖在被子上。不用清水漱几遍嘴，牙碜得都没法吃饭。

艰苦的条件，更让王恒兴的心随着沙漠里“生生死死”的树备受煎熬。有一年开春，天不下雨，树木刚长出的叶子都是黄的；熬到了夏天，热浪滚滚的沙漠里，树叶卷曲打蔫，眼看着就活不成了。

王恒兴急得上火，向当地农民苦苦相求，买来一些灌溉用水才救活了那些树。

“外人不理解，以为我种树挣了多少钱，有人嘲讽有人嫉妒，还有人打电话恐吓勒索。有时看着种了几遍都活不下来的树，压力太大了，也不敢当着家人的面表现出来。”王恒兴说，背地里，他一个人也偷偷哭过好几回。

今天景区里碗口粗的树，有些种了四五遍才活下来。在反复摸索中，王恒兴也总结出了沙漠种树的经验：上机器、打深坑、扎根深；铺管线、上滴灌、巧用水。

10年间，他向沙漠里“埋”进2亿多元，种出一片1.2万亩的绿洲。为确保治沙资金的稳定，他想出以沙养沙的法子，给沙漠“造血”。现在，庙庙湖除了造林，还兴建了旅游景观、农家乐项目，办起生态种植和特色养殖。

荒漠造林，王恒兴找到了经验；教育子女，他也有自己的一套价值观念。“我没给孩子们留多少钱，钱多了他们就出去胡作非为了。孩子不能那么惯着，得让他们学会担当，自力更生。”时至今日，王恒兴还是时常告诫子女勿忘社会责任、家庭责任和教育下一代的责任。

“父亲用十年坚守换来的这片绿色，是在向社会传递一种正能量和责任观。”王进说，如今这片绿色与父亲的生命连在一起，谁都不敢打他那些树的主意。

有件事让王进至今记忆犹新。随着景区日渐成熟，亟须建一个游客服务中心，原来的规划选址处有几百棵树需要砍掉。王恒兴听说后大发雷霆，告诉儿子谁敢动树就跟谁拼命。王进只能将投资60多万新建的一处广场拆掉，重新规划建设。

2017年以来，深感身体每况愈下的王恒兴两次找王进谈话，让他回来接班。“这可是个苦差事啊，我一个干商业的对林业一窍不通，这要是管不好咋给父亲、给社会交代？！”王进说，最终，他被父亲眼中的“求助”打动，接过管护1.2万亩沙海绿洲的责任，还有2017年要自负盈亏的“小目标”。

黄沙无语，青山为证。言传身教，树木树人。舍下荣华富贵，古稀之年治沙造林、回报社会，王恒兴想给“煤老板”们做个榜样；经营景区，让周边的贫困移民前来打工，带领他们脱贫致富，王恒兴从被人嘲讽的“王老傻子”变成人人尊敬的“王老爷子”。

邱建成：荒漠护绿不服老

治沙人档案：邱建成，78岁，宁夏石嘴山市退休职工。1987年退休后，孤身一人赴荒漠开荒种树，在没水没电的麻黄沟戈壁荒滩孤独坚守20多年，在130多亩荒地上种树11万棵，并意外发现国家一级保护植物——四合木，期间义务看守、保护、研究繁育。几年前因工业污染与地下水位下降等多重因素，他种的11万棵树一朝尽毁，伤心之余依然没有放弃，坚持“有生之年定要再造一片树林”。

6月15日下午，连续几天“失联”之后，邱建成的电话终于打通了。他在电话里告诉记者，由于心脏病突发入院急救，他刚刚出院。“老邱的病是急出来的，他不愿意搬家，可又不得不搬，一想到要离开守护了这么多年的四合木，他能不着急吗？”邱建成的老伴梁改枝说，出院之后，老邱更加沉默寡言了。

沉默寡言的邱建成满头银发，黝黑的脸上遍布皱纹，给人留下的第一印象，就像麻黄沟荒滩上的沙生植物，坚硬、顽强、倔强。只有走进长满四合木的那片山坡，在向记者介绍偶尔发现的一株株防风、益母草、梭梭草时，他才打开了话匣子，脸上

灵武市北沙窝林场，邱建成和林场工人一起在沙漠边缘林区移植四合木　■ 新华社记者　彭昭之 / 摄

的表情也活泛起来。

“我最近发现，麻黄沟里又有麻黄了，打电话给林业部门他们还不信，派人来看过之后发现真是麻黄。”年逾古稀的邱建成对这片荒滩上的每一棵树、每一株草都如数家珍。

麻黄沟地处宁夏石嘴山惠农区与内蒙古阿拉善盟交界的地方。回想起在麻黄沟生活的20年，邱建成如今又爱又恨。1987年，他退休后只身来到风沙肆虐、人迹罕至的麻黄沟，承包荒滩，植树造林，只为圆心中多年的绿色梦想。

在荒滩上，他住“地窝子”，点煤油灯，一个人过了十几年没有电的日子。挑坏几十根扁担、用坏五六十个水桶，种活了11万棵树。不仅如此，还收获了意外之喜，发现了被誉为植物界“大熊猫”“活化石”的国家一级保护植物——四合木。

20多年来，他义务看守、保护、研究繁育四合木。他发明的“四合木压条繁殖法”帮助野生四合木在干旱条件下快速繁育；通过培育试验，研究出四合木的移栽、繁殖技术，成功向荒漠化地区推广种植，抗旱固沙，修复生态。

然而，也是在这片让他收获喜悦的荒滩上，由于周边地区工业污染和地下水位下降等因素，过去几年间11万棵树大面积枯死，今天只剩几根枯枝插在地里，让他看一次伤心一场。

而近期环保部门对麻黄沟所在的贺兰山国家级自然保护区进行清理整治，恢复原有地貌。邱建成必须得搬家了。

摸着山坡上刚开出黄白色小花的四合木，半天没作声的老邱突然开口说了一句：“让我搬家可以，我走后他们能看好四合木吗？”他坦言，附近农场的羊曾经几次跑出来啃食荒滩上的植被，都被他发现并赶走了，他担心搬走后四合木“难逃羊口”。

“不过，现在人们应该会越来越重视四合木了吧。联合国治沙委员会的专家来这里看过，还有新加坡的两个研究生也来跟着我研究培育四合木。”说起这个，邱建成的情绪又好一些。

当记者问及搬家后有何打算，是否会回城里养老时，老邱说自己“还没到养老的时候”，他制定了荒滩护绿的最后一个“五年规划”：“再有5年，我在河对岸承包的12亩地上新种的6万多棵柳树、枣树就都能长成了；再有5年，我就在惠农区靠贺兰山的地方找一块地，进行人工育苗，搞盆栽四合木，去有治沙需要的地方推广；再有5年，我就把四合木、四季青、贺兰山扁桃、梧桐、药用木瓜等贺兰山上的植物分列种植，铺满麻黄沟的荒滩……”

放弃城市生活，忍受孤独；给树打药，手指被感染而落下残疾；退休不养老，开荒种树，家里人并不支持。对于这些苦楚，邱建成说他从不后悔，如果能在有生之年再种出一片生态林，他就心满意足了！

马波：“一人一狗”战沙海

治沙人档案：马波，45岁，大学毕业。为顺从内心“绿色的冲动”，2003年在石嘴山市平罗县红崖子乡承包沙地种树，自此开始“一人一狗”的沙海坚守。他靠打工、经营农家乐赚的钱买草籽、树苗，靠自己发明的“沙地增压深管浇水法”植树造林，用14年时间染绿7500多亩荒沙。

马波的“河东沙漠生态农庄”地处石嘴山市平罗县红崖子乡。小桥流水，瓜菜满垄，一个个被绿树环绕的小院里，用于游客居住的原生态小木屋正在加紧搭建。记者4年前来到这里采访过马波，但现在确实认不出这是那个曾经沙丘绵延，只有一个人、一条狗、一间铁皮房、几株手指粗的树苗生长

马波扛着锹去干活　■ 新华社记者　李然／摄

的荒凉之地。

“我也没想到有一天会变成这个样子，虽然与最初的设想差别很大，但殊途同归。”马波说，从植树造林到经营乡村旅游，他在转型中找到了新的治沙之路。

林业专业出身的马波，在学校上学时就在心中播下一颗“绿色的种子”——利用所学知识，把时常受沙尘危害的家乡换个模样。2001年，一个偶然的机会把马波与治沙造林联系在了一起。在当地林业部门争取到的国际治沙造林项目中，马波当了3年临时工，“绿色的种子”也在此萌芽。

2003年，马波听闻老家正在拍卖沙地承包权，毅然回去承包了6500亩沙地。一边打工赚钱，一边买树苗、点播草籽。荒芜的沙丘上，只有他一个人开辆小破车，带些树苗、铁锹和水就进了沙漠。“现在想想觉得不可思议，那时候沙漠里没有路，我那辆小破车都是当越野车开的。”

沙漠里种树，水是最大的制约。想要配置滴灌设备的马波一听需要上百万元，只能打消念头。但他在学校里学到的知识这时候派上了用场，经过反复实验，他发明的“沙地增压深管浇水法”能将水完全浇到树根，减少地表浪费，省水也省人工。

正青春时放弃工作，走进沙漠种树，在不少人看来是不务正业，而马波的家人却全力支持他。“我们几代人居住在沙漠边上，想要换个环境却没办法。儿子既然有这个想法，我们就支持他，能干成啥样都成。”正在农庄瓜田里帮忙施肥的马贵生今年69岁，隔几天就抽空来看看园子。

在家人的支持下，马波坚持10多年，终于让几千亩沙地慢慢披上了绿装。前几年，当地为安置搬迁来的生态移民，配建草畜中心，需要征用5000亩地，马波虽然不舍，还是二话没说就交给了政府。

拿到几百万元征地补偿款的马波陷入了艰难的抉择：是继续承包更多沙漠种树治沙，还是全心全意经营好剩下的2000亩林地？在他最纠结的时候，宁夏提出发展全域旅游，政府推出休闲农业和乡村旅游结合的项目，让马波心中一亮。

这么多年只投入没产出的马波早就意识到，靠山吃山、靠水吃水，只有沙地里出效益，才能长久地维持治沙投入。于是，他开始将剩余的2000亩地重新规划，打造集种植、养殖、沙漠体验观光、经营果林于一体的综合性生态庄园。

记者看到，最初为种树储水建的水池，贴上瓷砖摇身一变成了游客喜爱的游泳池；开辟菜地瓜田，种植葡萄、鲜桃，以后可供游客体验采摘；在预留的沙漠林带再补种一些沙生植物，今后将作为防沙治沙展示区……说起今后的规划，马波兴头十足。

前不久，几所幼儿园的孩子在家长陪同下到马波的庄园踏青游玩。孩子们看了沙漠里的植物，知道在沙漠里种活一棵树有多难。“这和我心中想要改变家乡面貌的愿望其实是一致的。”马波说，一个人治沙力量太单薄，很多时候心有余而力不足。如果能让更多人认识到荒漠化的可怕，从而产生自觉保护生态环境的意识，这比任何力量都强大。

采访完告别时，马波忆起4年前记者写给他的一首鼓励诗《毛乌素的马鞍》，他笑着说，现在“沙漠姑娘的相思 / 湿了红了 / 风吹过又开了 / 只是毛乌素沙地的马鞍上 / 治沙的小伙 / 又寂寞了”。（此稿刊登于《新华每日电讯》）

造林任务重管护难度大 西北巩固治沙成果进入“僵持期”

新华社记者　赵倩

近年来，我国沙漠化最严重、最集中的西北地区，通过一系列生态工程的实施，坚持防沙、治沙、用沙并重，沙化土地面积已持续多年缩减，多地可治理沙地实现了“由黄变绿”，初步构建起相对稳定的西北沙漠生态屏障。然而，在记者调研中，一些林业干部、专家反映，当前沙区宜林地造林难度大，新恢复的植被林分不稳定，开发与保护矛盾突出，沙漠化防治面临新挑战。

“防治用”并重促沙漠“黄变绿”

西北地区是全国沙漠化最集中、最严重的区域，除对周边地区造成危害外，还对东北、华北甚至长江中下游地区的天气产生影响。记者走访陕西、甘肃、宁夏、青海等地调研了解到，近些年依托国家重点林业工程，沙漠化呈现整体遏制、持续缩减、功能增强的良好态势。

宁夏盐池县20世纪80年代的沙化面积占盐池县土地总面积超过80%，有四分之三的人口和耕地处在沙区，“风吹沙子走，抬脚不见踪”是最真实的写照，而如今的景象却大为不同。在夏秋季节，成片的草地上，沙柳、花棒、杨柴、柠条等沙生植物长势正旺，植被下面的一个个麦草方格还清晰可见。

“通过工程措施与生物措施结合，全县200多万亩沙化土地全部得到有效治理，300亩以上的明沙丘基本消除，与10年前相比，年扬沙天气由54天降至9天。”盐池县环境保护与林业局局长蒋钢对记者说。

据宁夏林业厅副厅长平学智介绍，宁夏在重点推广“五带一体”和“五位一体”治沙模式的基础上，针对不同区域、不同立地类型，通过采取生物、工程、水利、农艺、移民搬迁等措施，加快了治理速度，提高了治理成效。“目前宁夏防沙治沙已完成了规模化、区域化治理阶段，基本实现了由黄变绿，沙漠生态屏障进入相对稳定期。”他说。

数据显示，“十二五”期间，宁夏防沙治沙规划区域实际完成营造林401.67万亩，实现了沙化土地连续20年持续减少的目标；青海省完成防沙治沙面积43.58万公顷，柴达木盆地、三江源地区沙化土地面积总体减少，沙化程度降低，共和盆地、环青海湖地区沙化程度持续逆转。

在构建稳定的沙漠生态系统的基础上，多地也在积极探索“生态产业化、产业生态化”的路子。陕西榆林市林业局局长吕学斌说，榆林沙区的红枣、长柄扁桃等经济林面积现已达60万亩，绿豆等特色小杂粮和优质马铃薯种植面积近1000万亩，沙区90%的养殖户实行了“林牧一体化”，牛、羊等饲养量突破1000万头（只）。

剩下的任务都是“硬骨头”

受访林业干部、专家认为，沙区造林难度越来越大、已治理区植被稳定性差、保护与开发矛盾突出等已成为新时期筑牢沙漠生态屏障的挑战。

一是造林任务重、管护难度大。来自国家林业局的数据显示，“十三五”期间，全国需要完成10万平方公里的沙化土地治理，西北地区的任务自然是重中之重。据宁夏林业厅介绍，目前全区仍有26万公顷土地有明显沙化趋势，且由于沙区水资源匮乏，已经形成的固定、半固定沙地稳定性差，遇到干旱年份或过度放牧等因素影响，一些刚刚恢复植被的区域，林分稳定性差，沙化极易反弹。

一些林业干部反映，目前剩下的任务都是“硬骨头”，宜林沙地大多位置偏远、远离水源，自然条件、立地条件严重影响造林种草、植被恢复的质量。

二是无序开发现象依然严重。记者调研了解到，一些荒漠化和沙化地区仍存在工业开发、超载放牧、水资源过度利用等问题，如近两年被曝出的甘肃、宁夏沙漠企业污染事件，在制造了污染的同时，也大量消耗着沙漠水资源。专家说，如果沙区地下水位持续下降，看似已经稳定的植被也会逐渐退化、死亡。

三是资金投入不足。以盐池县为例，全县目前林业资源90%以上是生态林，且由于近年来乔木面积激增，需灌溉的林地面积也不断增加。蒋钢说，目前公益林补助标准较低，仅管护费一项，县财政每年就要拿出1400万元的资金，而且全县还有200余万亩林地不在公益林保护范畴，正常管理难以为继。

筑牢沙漠生态屏障

受访人士认为，筑牢西北地区沙漠生态屏障，不仅关乎国家生态安全，也关乎“绿色丝绸之路”建设和当前扶贫攻坚的重任。建议从以下几方面入手筑牢沙漠生态屏障。

一是坚持科学治沙，并将生态与效益相结合，促进已治理沙区由“绿”向“富”的转变。“治沙不能片面追求‘看得见’的成效，应按照降雨量和水源的分布情况，宜林则林、宜草则草、宜封则封，并通过更新品种、补植补造等方式，稳定林分。”平学智说。

荒漠化、沙漠化地区与集中连片特困地区也要高度重合。吕学斌等人建议，推动沙漠化治理与脱贫攻坚相结合，形成以种养殖业、旅游业、新能源等为主的沙产业体系，提高防沙治沙的综合效益，逆向拉动沙漠化防治。

二是建立严格的沙漠“准入”制度，加强沙化土地封禁保护区的建设和管理。确立沙区承载能力评估和开发项目准入制度，禁止一切破坏植被的生产建设活动，发挥大自然的自我修复能力，逐步形成稳定的天然荒漠生态系统。

三是加强防沙治沙科学研究。专家认为，全球气候变化对我国防沙治沙带来深刻影响，建议加强全球气候变暖情况下对我国干旱半干旱区荒漠植物和荒漠生态系统的研究，为西北干旱区的植物引种、植被恢复、生态系统保护以及荒漠化防治等提供科学依据。

四是建议设立防沙治沙专项资金，提高对西北地区防沙治沙的投入标准，同时探索建立荒漠生态效益补偿制度和防沙治沙奖补机制。（此稿刊登于《经济参考报》）

“治沙狂人”余绳鑫心中的那片绿

新华社记者 许晋豫

78岁的余绳鑫站在宁夏银川灵武市大泉治沙林场一片沙脊上，看着刚吐嫩芽的小树林，难掩喜色。他像个孩子一样，跑东跑西地给大家介绍这个是柠条、那个是沙拐枣……为了能在沙漠里种活这些树，余绳鑫带领一家人在恶劣的环境下做了8年实验。

从“发明达人”到“治沙狂人”

1958年，余绳鑫从武汉粮食工业学校毕业后被分配到宁夏粮食厅，工作期间，爱好钻研的他发明了稗子脱壳机和去稗筛。后来，他被调往自治区政府办公厅动力科。在排查锅炉炉排高温融化故障之余，他改造的炉排获得了第四届全国发明博览会银奖。

余绳鑫扛着铁铲穿行在沙漠戈壁中，巡查他用“治沙板”栽种的树木 ■ 新华社记者 彭昭之/摄

宁夏三面被沙漠环绕，吃了不少生态破坏、风沙肆虐的苦。年轻时，余绳鑫就有一个治沙梦。退休后，这个梦依然萦绕在他的心头。

“我刚来宁夏的第一年，当时（住处附近）的火车站还没有建成，我们白天工作晚上还要轮班看粮食。为了看得清楚，宿舍的窗户只能彻夜大开。第二天醒来满嘴、满鼻子都是沙子。那时候心里就琢磨怎么治沙，让宁夏的风沙小一些。”余绳鑫说。

人与沙漠和谐共处，需要摸清沙子的脾性，也需要科技的支撑。为此，余绳鑫2003年拉来两卡车沙子在银川市苗木场做了一个模拟“沙漠”，与在林业单位工作的儿子、儿媳做起了试验。经过多次尝试，他们发明了没有盖子的长方体治沙构件。这个发明虽然看起来简单，但是它不仅能够为苗木挡风，还能有效减少沙地水分蒸发量。这让余绳鑫在2006年获得了发明专利。

为了让治沙成果更有说服力，2010年，余绳鑫带着从自治区科技厅争取到的研究课题，与老伴儿文润珍到银川灵武市大泉治沙林场开辟了7亩“试验田”。

他将“试验田”选在条件最恶劣的沙脊上，在无需灌溉的条件下任其“自生自灭”。用余绳鑫的话来说，他们是在最恶劣的环境下做试验。就这样，余绳鑫与老伴儿开始了长达5年的“荒野生活”。

“老骨头”啃下“硬骨头”

与模拟沙漠相比，在毛乌素沙地的沙脊上植树完全是另一个概念。由于沙脊完全是由风吹起来的，

余绳鑫（左）和儿子一起在“治沙板”中栽种柠条

■ 新华社记者 彭昭之 / 摄

风沙侵蚀严重而且蓄水能力差，植物很难扎根。因此，沙脊成为治沙中最为难啃的一块“硬骨头”。

为了让父亲的实验结果有科学数据支撑，余绳鑫的儿子、儿媳每周末都会到“试验田”帮着测量湿度、温度、土壤有机质等数据。大泉治沙林场被老两口的精神感动，专门为他们腾出一间房子做宿舍。即便如此，余绳鑫老两口住的地方离试验田还有好几公里，周末全家上阵时电动三轮车载不动，只能走一截、推一截。

说到前几年受过的苦，曾经插过队的文润珍皱了皱眉头。她告诉记者，沙脊有四五米高，爬上去都不易，更别说还要拿个“招风”的治沙构件了。好不容易把构件抬了上去，由于沙脊上的风常年七八级，构件站不住，只能想尽办法固定，这样的往返每天不知道有多少次。夏天到中午时，沙漠的温度能达到50℃，穿着鞋都烫脚，中午累了也只能在背阴的地方歇一会儿。

视力不好的余绳鑫，只能摸索着工作。因为沙漠干旱，余绳鑫曾因呼吸道与肌肉脱离而住院。长期与沙子打交道，他磨得发黑的指甲只有常人的一半长，连易拉罐都打不开。记者采访时，余绳鑫坐在文润珍身旁，笑着说：“她身体比我好，眼睛也好使，就是她先发现的害虫，如果不是她的帮助我很难坚持下来。”

最初3年，为了种树、防治害虫，余绳鑫老两口每年都要在沙漠中待至少8个月，到了冬天才能回到银川的家休整休整。就这样摸索了5年，他们不仅在无灌溉的条件下把树种活了，令成活率达到95%，还把原先的治沙构件简化成了“治沙板”，并于2012年获得发明专利。

由于资金紧张，余绳鑫使用的治沙板材料是建筑用的石膏板，原先设计的雨槽尚未付诸实施。余绳鑫遗憾地说：“治沙板能明显提升沙土湿度，我们做过实验，如果治沙板上有雨槽，沙土的湿度至少再增加2%。”

“我就是想用一点努力报效国家”

2015年底，余绳鑫的课题通过了自治区科技厅验收。为了这个项目，除去自治区科技厅拨付的10万元科研经费，余绳鑫一家自掏腰包10多万元。考虑到以后一旦大规模推广，生产治沙构件可能会产生环境污染，余绳鑫寝食难安，他和儿子余建平东奔西跑寻找对环境无害的治沙板材料。

原本以为父亲只是一时兴起，但儿子、儿媳却被父亲这些年来的不懈努力感动。余绳鑫的儿媳杨凌是一名高级工程师，她说：“看到老人家带着干粮在沙漠里从早忙到晚，我们怎能不支持？”

说起推广自己的发明，余绳鑫信心十足。他兴致勃勃地告诉记者，他准备与宁夏的治沙大户以及银川市周边的绿化公司合作，将自己的治沙成果局部推广。余绳鑫说：“宁夏的草方格创造了治沙奇迹，但治沙的方法不止一种，我们不能故步自封，我的探索对他人也是一种借鉴。”

此前，余绳鑫受到过一些冷遇和白眼，有人认为他是“多管闲事”，有人说他这么大岁数了是在找“麻烦”……他不以为然。在他的心头，飘着的是沙漠中的那一片绿。其实，曾患眼疾的余绳鑫只能模糊地看到这些沙漠里的树木。他感慨道：“我是看着它们从小苗子一点点长大的，它们就像我的儿女……我就是想用一点努力，报效国家……”

（此稿被《新华每日电讯》《宁夏日报》等17家媒体采用）

固原：交出生态建设满意答卷，“山绿”“民富”相统一

新华社记者　许晋豫

为贯彻落实生态立区战略，2018年，针对近年来水污染及大气污染等问题，固原市委、市政府明确工作思路，聚焦清水河水质提标、全力改善集中供热工程，将“山绿”与民富相结合，推进乡村振兴战略。固原市代表团在自治区“两会”上提出，希望得到国家、地方的大力支持，帮助固原市治理清水河污染，改善集中供暖问题，并建议在项目、资金方面对固原市的乡村振兴提供支持。

加大环保投入，推进污染治理

自治区第十二次党代会提出了“实施生态立区战略，建设西部地区生态文明先行区”的宏伟目标，明确了固原“生态优先、富民为本、绿色发展”的发展定位。固原的区位功能、资源禀赋和发展水平，决定了固原加快生态文明建设的重要性和紧迫性。

加强清水河水污染治理，重视顶层规划设计。清水河是黄河的一级支流，也是固原的母亲河，长78.2公里，平均年径流量0.87亿立方米。清水河沿岸是固原市政治经济文化中心区、人口聚集区、工业经济发展集中区，也是污染负荷最大区，每年排放废水约1100万吨。

为了让清水河变清，2017年，固原市委、市政府下大力气治理清水河。完成了市污水处理厂提标改造、市区海绵城市部分区域雨污分流管网、工业园区污水处理设施建设等工程。虽然取得一定成效，但从全年平均水质来看，固原市三营镇出境断面仍然是劣五类。

固原市代表团认为，解决清水河水污染问题刻不容缓。建议自治区立项治理，同时组织国家级技术团，对清水河治理顶层规划设计、污染治理工程技术等方面给予支持和帮助。

宁夏固原市隆德县观庄乡前庄村色素菊种植基地

■ 新华社记者　王鹏／摄

改善集中供热条件，提升大气环境质量。据监测显示，在早晚居民燃煤取暖高峰期，环境空气质量指标PM10、PM2.5是当日其他时段的两倍以上，严重影响全年大气环境质量达标。随着固原市棚户区改造和城市化进程的加快，以及城市建成区燃煤锅炉的淘汰，固原市区原有集中供热已超负荷运行。

2018年，固原市预计新增集中供热面积370万平方米，这进一步加大了城市供热压力。

对此，固原市代表团建议自治区在政策和项目建设方面给予支持。一是新建天然气集中供热项目。建设2台58MW燃气锅炉和23座热力换热站及管网，同时选择在学校、医院等集中区域推广使用电能替代项目、空气源热泵以及光伏发电项目解决供热。

二是希望启动扩建六盘山热电厂1×350 MW超临界热电联产机组。主要向固原市西南新区、西兰银物流园以及轻工产业园等区域提供热源，满足未来固原市区生产、生活用热需求。

生态促脱贫，“山绿”带“民富”

将生态建设与脱贫攻坚相结合，将“山绿”与“民富”有机统一。固原市是国家确定的14个集中连片特困地区之一，也是宁夏及周边省区重要的水源涵养地和西北地区重要的生态屏障。近年来，固原市通过先后实施退耕还林、湿地保护与恢复、移民迁出区生态修复等林业重点工程，森林面积达397万亩，森林覆盖率达25.1%，林草覆盖度达73%，基本实现了“山绿”的目标。

在推进实现“民富”方面，固原市经历了长期探索，取得了一定成效。但林业产业发展仍然滞后：产业面积大、效益低，品种杂、无主导品牌，缺乏龙头企业带动，项目资金投入不足，科技支撑不强，对农民增收贡献小；生态建设与产业富民结合不紧，没有形成符合固原实际的生态经济化格局。

2018年固原市3个县要实现脱贫摘帽，脱贫任务艰巨。对此，固原市代表团建议：一是加大人才项目支持。建议自治区对固原市林业产业发展在人才、技术方面给予支持。宁夏十二届人大代表、彭阳县委书记赵晓东建议，贫困地区应将脱贫攻坚与乡村振兴战略有效衔接，在培养专业农民、提高农业生产标准化上下功夫，推动农业技术下农村，提高农业生产水平。

二是支持固原市“四个一”试验示范园建设。将固原市“四个一”（一棵树、一株苗、一棵草、一枝花）试验示范园建设列入自治区科技项目、产业基地项目，安排科技项目资金给予支持。

三是在林业产业政策上予以支持，每年安排1亿元，设立支持固原林业产业发展专项补助资金。参照自治区对枸杞、葡萄、苹果等林业产业的补贴标准，对固原市发展景观苗木、特色经济林、林下种植每亩补助500元，补助5年；对参与林业产业发展的企业给予以奖代补支持，参照自治区养殖业补助标准，对发展林下养殖按种类、规模给予一定补助。

着眼未来，推动乡村振兴

乡村振兴战略为贫困地区的未来发展指明了方向。固原市实现乡村振兴关键在产业。对此，固原市今年将实施五县区“5个10亿农业产业集群培育”行动，推进固原市国家农业科技示范园区和五河流域现代农业科技示范园项目建设；加快农业新型经营主体的培育，扶持发展农业合作社、家庭农场、种养大户等新型经营主体；做好无公害农产品、绿色食品、有机农产品及地理标志农产品认证工作，打造“六盘山”生态农产品品牌，以特色产业提质增效，带动农民增收致富。

基础设施一直是固原市的短板所在。对此，固原市把基础设施、社会事业、公共服务的重点放在农村，围绕推进城乡发展一体化目标，做好乡村振兴与脱贫攻坚政策衔接，推动农村基础设施、公共服务提档升级。

2018年，固原市将重点打造7个特色小镇，沿旅游环线集中建设51个美丽村庄。开展“百村示范、千村整治”工程，完成524个行政村人居环境整治提升，启动农村“厕所革命”，实现旅游乡镇、旅游村卫生厕所全覆盖。（此稿刊登于《高管信息》）

王有德：生命不息 治沙不止

新华社记者 刘海

刚从北京载誉归来，64岁的王有德来不及休整，直奔他心心念念的马鞍山荒滩整治现场查看作业情况。

“获得这么高规格的荣誉，是对宁夏治沙事业的肯定；是荣誉，更是动力！”王有德说，“虽然已经退休了，我还要继续坚持防沙治沙，生命不息，治沙不止。”

王有德与沙漠的抗争早在40多年前就开始了。

王有德的家乡在灵武市马家滩，毛乌素沙地东南边缘。幼年时，他眼睁睁看着风沙一次又一次灌满了窑洞，十几年里，20多个村子、3万多人被迫迁移……

“从那时起我心里就跟沙漠较上劲了，一定要把被沙漠侵吞的土地夺回来。”王有德的语气和眼神同样坚定。

王有德在毛乌素沙地边缘扎草方格

■ 新华社记者 王鹏/摄

1976年，王有德进入林业系统工作；1985年，他出任白芨滩林场副场长，开始带领职工与沙漠展开一场艰苦卓绝的搏斗。

白天，他们顶着50多摄氏度的高温推沙平田、挖坑种树，晚上就住在帐篷里；寒冬腊月，为了抢抓树苗灌冬水的时机，他们日夜吃住在水渠边；风沙不停摧毁辛苦栽下的树苗，他们就不停补种，直到树木连成片，把流沙牢牢锁住……

“坚持科学治沙、综合治沙，才能实现治沙事业可持续发展。”王有德说。

通过多年改革创新，他带领职工成功推广了草方格治沙、乔灌草结合的精准造林技术，探索建立了“宽林带、多网络、多树种、高密度、乔灌混交”的防沙治沙模式，实现了“沙漠绿、场子活、职工富”的奋斗目标，为全国防沙治沙提供了宝贵经验。

在人与自然的抗争中，王有德带领职工以“宁肯掉下十斤肉、不让生态落了后”的拼劲，营造防风固沙林60万亩，控制流沙近百万亩，筑起了一道东西长47公里、南北宽38公里的绿色屏障，有效阻止了毛乌素沙地南移和西扩，实现了人进沙退的伟大壮举。

2014年，退休后的王有德发起成立了宁夏沙漠绿化与沙产业发展基金，在新的“主战场”继续拼搏。

“多栽一棵树，就是我的价值；多治理一片荒山，就是我的价值；让当地老百姓找到致富之路，就是我的价值！”王有德说。（此稿被《新华每日电讯》、《光明日报》、中央电视台等84家媒体采用）

宁夏：药企恶臭扰民多年 环保督察“回头看”紧盯不放

新华社记者　赵倩　高敬

日前，宁夏回族自治区银川市永宁县的泰瑞制药再次被停产整治。这是中央环保督察“回头看”进驻宁夏后的首个“大动作”，但反映出的却是困扰当地百姓多年的恶臭污染“老大难”问题。

督察组：“一周接到近200个臭味投诉电话”

6月1日，中央第二环境保护督察组进驻宁夏开展环境保护督察“回头看”。公开举报电话几小时内，督察组就接到反映泰瑞制药排放恶臭气体的多个投诉电话。进驻动员会结束后，督察人员下午直奔企业。

在车子离厂区大门还有好几百米的时候，记者与督察人员就已经闻到了一股异味。来到厂区后，督察人员检查了企业的701车间、污水处理设施等。

在生产车间配套的菌渣出渣口，记者看到这里建了一个彩钢板做成的房子，卷帘门打开后，一股刺鼻的气味扑面而来。地上散落着一块块菌渣，铁皮房的一角设置了风口。

督察人员指出，这里应该就是异味最强烈的地方，尤其是出渣时，气味最浓。“群众反映企业臭味是一阵一阵的，应该就是菌渣出渣、出厂时候产生的。现在企业仅仅处于试产阶段，如果满负荷生产的话，异味会更大。”一位督察人员说。

企业负责人当场表示，从2017年底停产整治到2018年2月开始试运行，企业目前生产负荷不超过20%。

督察人员表示，从检查情况看，企业在异味治理方面的确做了工作，但菌渣出渣口的处理仍是表面文章，没有实质性的除臭措施。

银川市周边大型生物发酵类药企异味扰民问题由来已久，周边群众投诉不断，反映强烈，成为2016年中央环保督察组进驻宁夏期间反映最集中的问题。

时隔近两年，当中央环保督察组“回头看”时，这一问题仍未解决。

来自督察组的数据显示，截至6月7日18时，督察组共接到信访投诉电话475个、来信29封。其中，关于永宁县泰瑞制药的重复举报电话达117个，对启元药业的重复举报电话达66个，占总投诉电话的近四成。

恶臭持续不断，企业整改不停

2日，自治区党委书记石泰峰、自治区主席咸辉分别就泰瑞制药问题做出批示，要求银川市尽快核查，严肃整改。

6日，银川市委、政府公布的通报显示，群众关于泰瑞制药、启元药业“虽有整改措施，但是治理效果不明显，夜间和节假日偷排臭气更加严重”等投诉“基本属实”。永宁县政府要求泰瑞制药当日起停止试运行，继续实施停产整治。

宁夏泰瑞制药和宁夏启元药业，均建成于2000年左右。其中，泰瑞制药是全球兽用抗生素最大的生产企业之一，启元药业生产的红霉素、盐酸四环素产品分别占世界 60%、80% 的市场份额。

恶臭污染，是生物发酵工艺制药企业普遍面临的环保问题。近些年，面对群众日益强烈的环境诉求，特别是 2016 年中央环保督察后，银川市周边药企的整改力度不断加大。

为更加科学有效地监管和治理恶臭污染源，永宁县环保部门 2015 年委托第三方建设了一家高规格环境监测实验室，并引入嗅辨师，2017 年 7 月，永宁县政府、银川市科技局与中科院生态环境研究中心共同签署异味治理合作协议，为企业“量身定制”异味治理方案。

然而，不断的治理始终未能终止恶臭污染。2017 年 12 月，宁夏环保厅要求永宁县制药及生物发酵企业停产整治。

业内人士表示，泰瑞制药等企业在环保方面的投入一方面仍有很大不足，一方面环保治理的精细化程度有待提高。制药企业的产值高达数十亿元，完全有能力采取更加有效的治理措施。

“地方发展不能只算经济账，不顾生态账”

“臭味问题是老百姓的感受说了算”，在泰瑞制药的检查现场，督察组人员明确表示。

一些药企的环保负责人曾在采访中表示，企业每年都在追加环保投资，异味也逐年减轻，但由于“无组织排放气体不好收集”“达标排放的气体仍有味道”“工厂建设在前，后期规划的居民区离厂界太近”等原因，效果很难完全令百姓满意。

在专业环保人士看来，这在一定程度上仍是政府监管不力和企业投入不足的表现。现在谈药厂选址、居民区规划等历史问题已经没有意义，还是要通过经济和法律手段倒逼企业治污，污染的问题完全可以在发展中解决。

“生物制药企业的异味并不是‘无药可治’，关键是看政府在平衡发展和环保关系上的态度，有没有真正将治污压力传导给企业。”国家环境保护恶臭污染控制重点实验室主任邹克华说，如果政府只盯着经济发展，那企业特别是高污染、环保需要高投入的生物制药企业就只会算成本账。

生活在药企周围的百姓大多希望企业能够搬迁。但一些专家表示，搬迁除了涉及资产赔偿、职工安置等现实问题外，并不意味着污染的彻底消失。地方政府应该解决污染问题，而不是给污染换个地方。（此稿被《新华每日电讯》、《中国改革报》、法制网等 59 家媒体采用）

非法侵占千余亩保护区，“循环产业园”缘何成为“污染源”？

新华社记者　高敬　赵倩

作为国家“城市矿产”示范基地，位于宁夏灵武市的再生资源循环经济示范区为何建到了国家级自然保护区里？顶着“循环经济”帽子的产业园，为何竟成为当地最大的污染源？

近日，中央环保督察组对园区进行督察“回头看”发现，两年来，自治区发改委成“甩手掌柜”，地方政府寄希望于“保护区重新勘界”，均无视 2016 年中央环保督察提出的整改要求，导致园区始终未退出侵占的保护区土地，环境污染问题依旧突出。

产业园建到保护区里，“再生资源”成“二次污染”

近日，记者跟随中央环保督察“回头看”督察组走进位于宁夏灵武市的再生资源循环经济示范区发现，尽管顶着“再生资源”“循环经济”的名号，但园区的很多企业却与绿色产业相距甚远。废旧汽车拆解露天作业，工作人员的衣服布满油污已看不清颜色，成片成片的油污渗入土壤中……

走进杰瑞邦达环保科技有限公司的厂区，约2000吨属危险废物的油泥，堆放在未做封闭处理的简易贮存池中。

而面对督察组的追问，企业人员谎称企业早已停止生产。直到督察人员当场拿出此前暗查的照片，并抽查企业生产运行记录后，企业工作人员才不得不承认白天故意制造停产假象，晚上偷偷摸摸生产。而就是这样不符合环保要求的危废处理设施，企业竟拿到了当地环保局的环评批复。

类似的污染现象在灵武市再生资源循环经济试验区并非个例。废钢铁、破碎废料、各种垃圾乱堆乱放，废机油等危废物去向不明，刺激性化工气体肆意排放……督察组当天随机抽查了6家企业，环境污染或风险问题均十分突出。据了解，截至目前，园区内“散乱污”企业20余家，约占企业总数的1/4。

灵武市再生资源循环经济示范区，是覆盖宁夏、内蒙古、陕西、甘肃、青海等周边500公里范围内的区域性资源再生利用基地，并于2011年正式成为国家“城市矿产”示范基地。

一座原本旨在消纳废旧物资，变废为宝的循环产业园，除了成为城市“藏污纳垢”之地外，还非法侵占宁夏灵武市白芨滩国家级自然保护区土地上千亩。

2016年，第一轮中央环保督察在向宁夏反馈督察意见时指出，2013年7月，自治区发改委批复的《灵武再生资源循环经济示范区总体规划》，侵占白芨滩国家级自然保护区试验区土地1293亩。

“假整改，真变通”，整改政令沦为空文

针对灵武市再生资源循环经济示范区存在的问题，2016年宁夏督察整改方案中明确，2018年年底前，自治区发展改革委牵头，调整《灵武再生资源循环经济示范区总体规划》，将侵占白芨滩国家级自然保护区土地调出规划范围。

然而，中央环保督查组此次“回头看”发现，在2016年第一轮中央环保督察反馈后，园区侵占保护区，以及一些手续不全、环保设施运行不正常的企业非但没有整改清退，反而继续引进新项目。2017年至2018年间，仍有6个新建、扩建再生利用项目在园区落地。

“自治区发展改革委和灵武市以敷衍整改，甚至弄虚作假的方式应对中央环保督察，情节严重，性质恶劣。”督察组如此评价。

督察组认为，自治区发改委作为整改主要责任主体却当起“甩手掌柜”。园区侵占保护区的问题整改应由自治区发改委牵头，但近两年来，自治区发改委仅是致函灵武市政府，要求其加快修编规划，并未采取其他实际行动，致使规划调整、生态恢复等整改任务未有实质性推进。因自治区林业厅等部门提出异议，规划调整被中途搁置。为了推卸责任，自治区发改委“另辟蹊径”，竟然在2018年4月发文撤销《灵武再生资源循环经济示范区总体规划》，以“一撤了之”来应付整改。

而灵武市在园区整改过程中也表现出“重发展、轻保护”“不担当、不碰硬”的态度。在实质性整改工作基本没有开展的情况下，还擅自于2017年12月对整改任务自行进行销号处理。

在现场检查时，督察组询问灵武市有关负责人“两年来做了哪些工作”，他们表示曾“寄希望于自然保护区重新勘界，将产业园区调出保护区”。

严肃问责，让地方真正担起环保责任

据了解，日前，自治区发改委已会同灵武市政府依法责令21家违法侵占保护区企业6月底前全

部停产，9月30日前完成搬迁，退出占用自然保护区的1293亩土地。

银川市也对相关涉及人员进行了问责，其中，对灵武市委常委、常务副市长朱立峰给予撤销党内职务、行政撤职处分，另有几名党政领导干部分别受到党内警告、记过等处分。

专家表示，中央环保督察是手段，不是目的。生态环境保护能否落到实处，关键在领导干部。对于督察中发现存在突出问题、对造成生态环境损害负有责任的领导干部，必须严肃追责。

“应通过督察切实传导环保压力，提升责任意识，在解决突出环境问题的同时，不断推动生态环境保护长效机制建设，让环保工作真正成为地方政府的日常工作。”宁夏社会科学院研究员李禄胜说。（此稿被《新华每日电讯》《工人日报》等101家媒体采用）

“塞上湖城”印象：大漠黄沙渐远去，波光湖影入画来

新华社记者　任玮

提及大西北，多数人脑海中闪现的是干旱、风沙、荒漠、戈壁等景象。鲜有人知的是，在地处西北的宁夏，其首府银川市曾因湿地分布密度大、范围广、数量多而有“七十二连湖”之称。这座城市原来的别名叫“凤城”，意取“凤凰不落无宝之地”的传说；如今，这里因“城在湖中，湖在城中”的生态景观拥有了“塞上湖城”的新称号。

银川市，得黄河灌溉之利，自古沟渠纵横、湖泊棋布。到20世纪五六十年代，银川市周围仍然湖泊遍布。然而随着人口增加及城市迅速扩展，围湖造田、填湖盖楼，银川平原曾经的湖泊群日渐萎缩消失。

“至本世纪初，银川的湖泊湿地由原来的6.7万公顷锐减到1.2万公顷。城内外1000亩左右的天然湖泊只剩下十来个，而且彼此相隔甚远，水源枯竭，灌排不畅，生态退化。”银川市水务局副局长张国庆说，对于很多年轻人来说，“七十二连湖”成了只闻其名未见其影的动人传说。

人与水、湖与城如何和谐共生？为了再现“七十二连湖”之景，自2000年以来，银川市逐步重视水资源节约利用与水生态保护，以全国第一批水生态文明建设试点城市为契机，不断加大力度开挖建设水系、扩整连通湖泊、修复保护湿地，取得明显成效。

最新普查结果显示，目前银川市有湿地面积5.3万公顷，其中湖泊湿地近1万公顷、河流湿地约2.2万公顷。全市有自然湖泊、沼泽湿地近200个，其中面积在100公顷以上的湖泊有20多个。“城在湖中，湖在城中”的“塞上湖城”之称名副其实。

湖畔、湖湾、阅海、观湖、水岸……这些名词出现在银川市不少楼盘名、小区名中，“塞上湖城”的水韵由此可见一斑。水，赋予了这座塞北城市以灵气。来银川旅游、探亲的人，往往在游览之后，发出“想不到”的惊叹。居于其中的市民，也将“城在湖中，湖在城中”视为一件值得炫耀的事情。

“生活在南方，见惯了水的人可能不觉得这些湖泊湿地有什么了不起，可在干旱半干旱的西北地区，城里能拥有这么多湖泊水系是一件让人感到幸福的事。”市民陈文云说，很多水系周边配套建设的木栈道、亲水平台、休闲步道、运动广场等，将水系景观融入城市环境，成为市民亲水近水、运动休闲的好去处。

“目前，银川市水系水域面积占城市建成区面积的10%，这在西北地区是首屈一指的。”张国庆说，近年来，银川市除了实施河湖水系连通扩整、治理城市“龙须沟”等工程，还先后出台《关于加强黄河银川段两岸生态保护的决定》《关于加强鸣翠湖等31处湖泊湿地保护的决定》等5个决定，为保护水生态环境和资源提供制度保障、构筑法律屏障。

湖泊湿地修复，河湖水系连通，极大改善了生态环境。研究人员发现，湖泊湿地连通后，水体流动加速，水质改善，水环境质量和污染承载能力提高。防风固沙、净化空气、降解污染、调节空气湿度等良好作用逐渐显现。

“宽阔的水面促进了区域水循环，加速了城市内外空气交换速度，净化了城市空气质量，使银川市的空气湿度增加了2%。”张国庆说。

生态环境的变化，就连远方的“客人”也感知到了。近年来，银川市燕鸽湖附近的居民，每到三四月份，就会等候远道而来的红嘴鸥。从昆明北迁至西伯利亚的红嘴鸥，将这里作为漫长迁徙路上的中转站，每年如约而至。

“候鸟是生态环境变化的‘晴雨表’，它们种群、迁徙路线的变化，是生态环境变化最直观的反映。”银川市湿地管理办公室副主任王筱平告诉记者，银川湿地已成为中国西部以及东亚—澳大利亚鸟类重要的迁徙路线和栖息繁殖地。

据了解，自2011年以来，银川市累计完成投资近亿元对市域范围内的重点湖泊湿地进行植被恢复、鸟类栖息地修复、湖泊清淤疏浚等保护与恢复项目建设。各级政府通过实施扩湖整治、水系连通等湿地保护工程，完成规划总面积1869.9公顷，湖泊水系连通总长度51.4公里，其中新增湿地面积901公顷。园林、水利、环保、教育等相关部门也在不断探索湖泊湿地保护、建设与恢复的办法。如发展湖泊湿地生态旅游，开展“湿地保护进校园”活动，将湿地公园作为学生的“湿地观鸟学堂”等。

大漠黄沙渐远去，波光湖影入画来。目前，银川市拥有1个国家级水利风景区——艾依河，5个国家级湿地公园——阅海、鸣翠湖、黄沙古渡、宝湖和鹤泉湖。因水而美的“塞上湖城”也获得了全国文明城市、国家园林城市、全国节水型城市、中国最具幸福感城市等多项荣誉称号。（此稿被中工网、参考消息网、中国青年网等30多家媒体采用）

葫芦河的“新生”

新华社记者　温竞华　曹江涛

“家门口这条葫芦河断流快30年了，我都要忘了它有水的样子。现在河道治理一年多，河水再没断过。我每天到河边走走，总会想起小时候在河里玩水的日子。”43岁的宁夏西吉县将台堡镇火家集村村民文富红见证了这条“母亲河”的“消失”和“新生”。

葫芦河是流经宁甘两省区的一条较大的河流，它纵贯宁夏固原市西吉县南北120公里，曾润泽着将台堡镇等9个乡镇的农田和村庄，哺育了一代代在缺水中挣扎的西海固百姓。

“我十二三岁以前河水还多得很，沿河的人吃水、种地，都靠这水。”文富红说。

但随着河边建起一座座采沙场、淀粉厂、砖厂，葫芦河流域的污染问题日益严重。无节制的采沙使河道遍布大小不一的沙坑，水从上游流下，全部积在沙坑里，致使下游再难见水。沿河厂矿企业和附近居民也向河道排污水、倒垃圾。

“后来河道都干了，一到春天沙子乱飞，偶尔

经过综合整治后的宁夏西吉县葫芦河流域 ■ 新华社记者 王鹏 / 摄

白鹭、灰鹭等各种之前从未见过的鸟类在此处栖息，他说：“生态环境变好，老百姓的觉悟也越来越高，都主动爱护河道，倒垃圾的人明显少了。”

“新生”的葫芦河也再度造福起沿岸百姓。有了河水灌溉，今年文富红家的30多亩芹菜大丰收，净收入15万元。

“原来浇菜只能抽机井水，碱大水又冷，芹菜苗不易成活。今年我一半都浇的河水，河水碱小，温度合适，对芹菜生长好着呢！”文富红说。

葫芦河是固原市“五河共治”其中之一。去年起，固原市对市内清水河、葫芦河、渝河、泾河、茹河开展五河流域环境综合治理工程，全面实施河道整治、岸坡砌护、污水处理、人工湿地、生态绿化、环境美化。目前，全市主要河湖水质基本达到Ⅳ类及以上。

虽已是冬至，但清澈的葫芦河水仍汩汩流淌。日光熹微，岸上有来晨练的村民唱起了秦腔，惊起芦苇丛间一群绿头鸭“扑啦啦”地展翅而飞……（此稿被新华网等20多家媒体采用）

有点水也是污水，风一吹，坐在家里都能闻到刺鼻的臭味。”文富红也说不清从何时起，昔日的“母亲河”变成了“臭水沟”。

为还河道两岸14万群众水畅河清，2016年10月至2017年6月，西吉县投入2.5亿元实施葫芦河综合治理工程，关停了沿河78家有污染的厂矿企业，新建4座污水处理厂；规整沙坑、疏浚河道49.4公里；栽种芦苇和水草，既改善生态又能防洪。河道旁还铺筑了巡护道，昔日人难走的坑洼土路如今车辆畅行。

将台堡镇东坡村的赵黄鹰担任葫芦河巡河员已经一年有余，眼见着河里有了鱼儿的身影，野鸭和

宁夏：230万亩移民迁出区植被覆盖度已达56%

新华社记者 任玮

2018年雨水充沛，山河乡的山更绿了，河也更清了。驱车行进在山路上，能看到落叶松、白桦树、山杨树、沙棘等植被铺满山坡，像给大山裹上一层绿色的绒毯。

山河乡所在的固原市隆德县，位于曾有“苦瘠甲天下”之称的西海固地区。西海固是宁夏实施生态移民的主战场，这里曾经“十年九旱、十山九秃”，生态脆弱，自然灾害频繁，水土流失严重。

“那时候年年造林见不着林，春天栽，秋天拔，冬天倒了烧罐罐茶。”彼时恶劣的生存、生态条件

让曾经的山河乡林业站站长、72岁的魏殿龙记忆犹新。他感慨地说，当年所有的耕地都用来种粮食还嫌不够，哪有地给牲畜种草料？没草没料的农民把牛羊骡马放上山，植被遭啃食、破坏严重。到了冬天没柴烧，人们就砍树烧火。

为了从根本上解决宁夏中南部地区的贫困问题，宁夏先后实施了易地扶贫搬迁移民、中部干旱带县内生态移民和“十二五”中南部地区生态移民等。移民搬到生产生活条件相对较好的地区谋求新发展，搬迁后留下的过度开垦的土地，面临迫切和艰巨的生态修复任务。

2013年起，宁夏开始对生态移民迁出区进行生态修复，实施房屋拆迁及废弃物填埋、林业生态修复、草地恢复、水土保持四大工程。截至目前，宁夏已完成生态移民迁出区生态修复230万亩，水土流失和土地退化得到有效控制，移民迁出区森林覆盖率达到16%左右，植被覆盖度已达到56%。

在隆德县，“十二五”生态移民搬迁后，留下26.6万亩迁出区土地等待生态修复。隆德县林业技术推广服务中心办公室主任杨瑞说，当地按照“人走地封、随迁随拆”和“宜林则林、宜草则草”原则，以自然恢复为主，封、造、育、管相结合，在巩固提升移民迁出区生态环境和退耕还林成果的基础上，将移民耕地与荒山结合起来进行荒山造林。

“目前隆德县已建成10万亩集中连片移民迁出区生态修复示范点，移民迁出区植被覆盖度由42%提高到87%。”杨瑞指着山坡上被葱郁草木掩映其中的一座砖房说，那里是移民曾经生活过的村庄，如今绝大多数建筑都已经被拆除、填埋，原本的耕地栽种了适宜生长的油松、云杉、落叶松、白桦树等，重现林貌。

人搬走了，雨水多了，山上的林木长得很快。曾经植被稀疏、水土流失严重的黄土地现在树高草深，一度消失不见的野生动物也敢下山了。

“有一次我巡山遇见一只豹子，距离就30多米，我静静地站着没动，它看了我一会儿就转头走了。”隆德县盘龙山林场护林员邵东升说，近几年，巡山队员时常能见到鹿、狼、金钱豹等动物的身影。

根据规划，今后三年，宁夏将继续完成人工生态修复150余万亩，生态移民迁出区将建成国家级生态修复示范区。到2020年，移民迁出区森林覆盖率将达到18%左右，植被覆盖度达到70%。（此稿被中国经济网等62家媒体采用）

世界银行贷款为腾格里沙漠“添绿”

新华社记者　艾福梅　赵倩

从宁夏回族自治区中卫市市区一路往西，绵延的腾格里沙漠一望无际，45岁的林秀霞和她的同伴们正忙碌地扎草方格——女人们将麦草均匀地铺在沙子上，男人们拎起铁锹把麦草扎进去。

腾格里沙漠是中国第四大沙漠。中卫市正好地处腾格里沙漠南缘，一度吃尽了沙漠的苦，20世纪五六十年代，城市与沙漠之间的距离仅仅五六公里，一场风吹来，居民窗台上、床上都是沙。

对于中国其他地方来说，是“要想富，先修路”，但对于中卫来说，则是“要想富，先治沙”。一代代中卫治沙人依靠智慧和辛苦，利用多方资金，紧紧锁住流动沙丘，让中国首条沙漠铁路——包兰铁路60年安然通车，创造出享誉世界的麦草方格治沙模式，为这个城市赢得发展之机。

聘请林秀霞扎草方格的是世界银行贷款宁夏黄河东岸防沙治沙项目长流水项目区。据负责这一项目区的中卫市治沙林场副场长唐希明介绍，世界银行为项目区提供低息贷款3亿元人民币，规划治理腾格里沙漠35万亩，项目从2013年启动以来，已经完成30万亩，计划于2019年结束。

“项目先扎草方格，固定住沙丘，然后播撒沙蒿、沙米、沙打旺等草种，最后种植花棒、柠条等树种，最终使沙漠变成绿洲，形成生态屏障。”唐希明说。

扎草方格，是技术活，更是辛苦活。为了防晒，女人们将头脸包裹严实，而男人们一般戴个草帽。即使这样，每个人的肤色也晒得很黑。

林秀霞告诉记者，没结婚之前她就跟着父母扎草方格保护包兰铁路，在如今这个项目上已经干了三年多。“每年3月到10月，几乎都是早上6点多出门，晚上7点多到家，沙漠里一待就是一天，累得一天要吃五顿饭。”她说。

辛苦的付出也有收获。林秀霞所在的中卫市沙坡头区迎水桥镇黑林村已经形成一支固定的扎草方格队伍，目前有两百余人以此为业，范围也从中卫扩大到内蒙古、新疆、陕西等地，人均年收入有六七万元。

唐希明告诉记者，防沙治沙项目也成为扶贫项目，六年来，仅长流水项目区就已经为这些扎草方格的农民支付工资7000余万元。

记者驱车沿着长流水沙治项目区行驶发现，前几年扎设的草方格已经或正在褪去，取而代之的是生长起来的柠条、沙拐枣、花棒等沙生植物，它们正成为固定流沙的新生力量，一片片金黄的腾格里沙丘被“染”绿。

1966年出生的唐希明作为技术人员，还在这一项目的实施过程中发明了一种便携式造林工具——水分传导式精准型沙漠植苗器。这个造价仅三四百元的小工具不仅使沙漠造林存活率提高了25%，还降低了50%的劳动成本。

“我是土生土长的中卫人。在中卫，防沙治沙事关生存发展大计，国际社会纷纷援助，我们自己更应该努力，通过技术创新降低成本。”唐希明说。

据了解，在世界银行贷款项目之前，中卫市还实施了德援项目、亚洲开发银行等项目。据统计，这些外援项目总共为中卫市防沙治沙和治理荒漠化土地60余万亩，为实现“荒漠化逆转”贡献了巨大的力量。

以麦草方格为基础的治沙模式，阻挡了风沙向城市侵袭，大大改善了城市生态环境。据中卫市政府介绍，近些年，通过扎设麦草方格等防沙治沙措施，中卫市已经基本控制了沙害侵袭，并且将绿洲往腾格里沙漠腹地推进了20公里。

同时，这个位于沙漠边缘的城市还获得了“中国人居环境建设杰出贡献奖”“国家园林城市”等称号。沙坡头也因治沙成就而引领了中国沙漠旅游的发展，如今年接待游客达130万人次。（此稿为新华社对外通稿）

六盘山护林员：不辞辛劳换得满目苍翠

新华社记者　杨泽　杨彤　汪健

汽车疾驰在宁夏固原市泾源县沙塘林场的山间土道上，一路颠簸，尘土飞扬。然而，群山沟壑如同被画家用橄榄、石青、芽绿各色点染，满目苍翠。

记者日前来到泾源县采访时了解到，56岁的惠占仓在沙塘林场工作已整整17年，作为护林队队长，他带领5名专职护林员及部分以建档立卡户为主体的兼职生态护林员，负责管护辖域内13.5万亩林区。

2000年，为响应国家退耕还林政策，作为生产队长的惠占仓放弃靠一台拖拉机种地、做买卖的生活，独自一人承担起管护周边7800亩林地的重任。

据惠占仓介绍，冬季农闲，常有附近村民在夜里偷偷进山伐木、打猎，因此晚上7点到12点的冬夜深山巡护，成为他工作17年来最重要的任务。

一盏矿灯、一把长斧、一袋馍馍、一壶水，带着这些“家当”，惠占仓迈开双脚独自行走在老林沟壑。

2004年，惠占仓当上队长，带头在寒夜巡视结束后住在荒山“护林点”，以便能及时处置险情。“‘护林点’长期没人住，门窗破损了自己修，塌了的炕自己砌，墙壁用涂料刷了三遍才见白。”惠占仓说，20多平方米的房子没有电，半夜冷风钻进炉膛，孤零零一人听着野狼在远处长啸，“当时也怕得很，不过慢慢就习惯了。”

恐惧自不必说，危险也不少。2006年的一个冬夜，温度下降到零下30℃，惠占仓穿着棉衣棉裤防火服在山里巡查。接近夜里12点，头灯突然没电，他慌慌张张走了几步，发现迷路了，只得蹲坐在树坑前，点燃一支烟保持冷静。他忽然记起，眼前这个树坑并不陌生，是义务植树时留下的，其位置意味着他刚才走错方向。于是，惠占仓摸索着爬上山顶，望着山脚下村庄的点点灯火，找到那条走了6年的狭窄荒道，一路下山，化险为夷。

山林的威胁终究有限，群众的破坏更为棘手——带火种进山、砍树当柴火、非法狩猎……这些问题难以禁绝。但令他欣慰的是从“蓄意破坏”到“自觉保护”，随着群众观念的转变，山林里的矛盾越来越少，护林员的工作也因此轻松许多。

惠占仓护林17年，家里有县里颁发的护林奖励证书20多个：“我对得起自己，也对得起这片林子。”

护林前辈勤恳踏实、甘于寂寞、不惧艰苦的精神深刻影响着后来人。在沙塘林场已护林10年的34岁退伍军人拜春生，9月初正式把组织关系落户到这里，他戏称自己是护林队伍里的“新兵蛋子”。

“选择，就会坚持。”拜春生说。

春去秋来，护林员们寂寞而辛劳的时光，凝结成这万亩山林的繁茂与苍翠。（此稿被新华网、人民网等40多家媒体采用）

宁夏彭阳造林队：蹚过一片峁　背出万亩林

新华社记者　于瑶　杨泽　汪健

即将入冬，在宁夏固原市彭阳县王洼镇孙阳村附近，2000多亩丘陵上16万个树坑整齐排列状如鱼鳞，30多人的造林小组背树上山、铲土栽树。

“每年3月到7月挖树坑，春秋两季种树。这几年国家投入多，造林人也多，三四个月就能种上9000多亩坡地。”说话的是彭阳县林业局造林队第二任队长杨凤鹏。

54岁的杨凤鹏头发花白，背着手行走陡坡，脚底竟像生了根，稳稳当当。记者跟在他身后下坡跳沟，踉踉跄跄。

杨凤鹏说，“山是和尚头，沟里没水流”是当年群众对彭阳县丘陵山区生态的形象比喻。为在荒丘上找出路，一支由20多人组成的专业造林队1992年诞生，背树苗在坡陡脊高的黄土丘陵上山下坡，这一背就是25年。截至目前，全县造林队已扩大到400人左右，共造林10多万亩。昔日的光秃坡地，如今已林草满山，黄风土雾变成了清风雨雾。

25年，“背”出一个绿色彭阳，造林队蹚峁越坳的脚步从未停歇。

“哎呀，愁死我了。”36岁的马君秀一声“抱怨”，让身边工友笑成一片。放眼望去，整个黄土丘陵坡度高于60°。沟壑纵横、墚峁起伏，最窄处仅容脚尖点地。

“别看他们笑我，这么陡的坡，树苗苗还得往上背，哪有不愁的？”马君秀说。

“地质条件更差的坡，那真是没有下脚的地方。”杨凤鹏话音未落，记者一个趔趄就掉进了70厘米深的树坑里，惹得几个老乡哈哈大笑。“滑倒、绊跤对我们来说是家常便饭，算不上什么。”杨凤鹏说，2011年春天，50岁的造林员胡振忠在店洼村附近的半山腰种树不慎滑倒，一路滚落到山脚下，头部着地造成严重脑出血，昏迷7天才苏醒。

处处无路，处处蹚路，造林员把丘陵踩在脚下，把陡坡当作平地，背着树苗一步一步蹚出彭阳县的“绿色战壕”。不论面临什么困难与危险，彭阳人“一代接着一代干，一代干给一代看”。

“1983年，彭阳县建县之初，植被覆盖率只有3%。经过三代人的艰苦奋斗，如今彭阳县植被覆盖率已经达到30%以上，区域年均降水量大幅增加。”杨凤鹏自豪地说，“这都是彭阳人一棵树一棵树种出来的。”

60岁的张俊成算是造林队里年龄最大的，他在这片土地上生活了一辈子，也亲眼见证了这片土地半个多世纪的“颜色”变化。“以前塬上沟里到处都是干土，白里掺黄，有一丁点绿都是稀罕。你看看现在，到处都是树。5月里你来瞧瞧，满山的桃花、杏花，好看得很。”

“真是了不起！”

正在挥舞锄头的37岁的海潮发听记者这样说，停下手里的活计嘿嘿一笑：“就是呢。”

日头升到正中，造林员们随意捡了道边相对平整的空地围坐在一起，拿出了各自的午饭——两个干馍馍、几根腌辣椒、一杯热水，有说有笑，吃得有滋有味。

“中午凑合一顿，都习惯了。”37岁的满红清刚吃完，就又开始在工友帮助下捆起5棵云杉苗驮在背上，“种一片就得成一片，要不白忙活了。”

造林员既是在背树植绿，也是在背起自己的日子——背一棵树苗挣1元，种一棵树苗挣0.6元，平均每人每天能挣150元左右。

站在高高的山梁上俯视，16名造林员一字排开，背负树苗走进西斜的阳光里。剪影中，他们像极了当年背枪翻山的长征战士，既是为了自己，更是为了来人……（此稿被《新华每日电讯》等30多家媒体采用）

宁夏六盘山：当年红军“胜利山”，今日绿色生态区

新华社记者　张亮

“六盘山上高峰，红旗漫卷西风。”1935年10月，毛泽东率领中央红军长征途中翻越最后一座大山——六盘山——抵达陕北，六盘山因此被称为“胜利之山”。昔日因乱垦滥伐而满目疮痍的六盘山经过多年的治理，如今已经成为西北地区重要的水源涵养地和生态屏障，被誉为“高原绿岛”。

深秋沿着“红军小道”登高六盘山，层峦叠嶂的山峰仿佛披上了五彩霓裳，满目绚烂。让人很难想象，这里曾因乱垦滥伐，森林覆盖率只有20%左右。

固原市扶贫办副主任张杰是土生土长的当地人，在他的印象里，当地环境破坏最严重的时间段是在三四十年前。“由于土地过于贫瘠，老百姓几乎就是靠天吃饭，为了生存只能有树砍树、有草拔草，连草根都被挖出来喂羊了，山上没有一点绿色。”张杰说。

20世纪70年代开始，一批外地干部、军人、知识青年以及固原当地群众开始在六盘山上造林，成为宁夏六盘山第一代务林人。为找到适宜高寒气候生长的树种，一批批林业技术人员长期吃喝在深山，最终成功引进青海云杉、油松、华北落叶松等针叶树种，这也为日后六盘山地区针叶林的推广种植奠定了基础。

随着六盘山地区生态环境逐步改善，1982年宁夏将其确定为省级自然保护区，1988年又升级为国家级自然保护区。进入21世纪，退耕还林、天然林保护、封山禁牧、生态移民等一系列生态建设项目陆续启动。

目前，六盘山保护区森林面积达60.73万亩，森林覆盖率达到64.5%；有脊椎动物226种、无脊椎动物3554种、高等植物1224种，被称为“西北种质资源基因库”。

此外，作为黄土高原上重要的水源涵养地，六盘山还是黄河二级支流泾河、清水河、葫芦河的发源地，每年2.9亿立方米的径流量直接惠及周边宁夏、甘肃200多万人口。

“六盘山国家级自然保护区的生态效益、社会效益、经济效益巨大，对于固原市乃至宁夏经济社会发展的生态屏障作用也是无可替代的，是宁夏‘生态立区’的战略基地。”宁夏六盘山国家级自然保护区管理局局长陶文科说。

绿水青山就是金山银山。依托独特的自然生态、历史人文资源，2000年国家批准设立六盘山旅游扶贫试验区，这也是我国首个国家级“旅游扶贫试验区”。如今在六盘山山脚下，红色旅游、山水生态游、民俗游、乡村文化游等已形成亮点，采摘园、农家乐、休闲农庄不断涌现，固原全市年接待游客300多万人次，旅游收入达14.78亿元。（此稿被《人民政协报》《京江晚报》等35家媒体采用）

采砂坑上建起的葡萄酒庄

——贺兰山下一片地与三代人的故事

新华社记者　荣启涵　靳赫

走进贺兰山东麓这座酒庄，就地取材的印记随处可见：种植葡萄前开垦荒滩筛拣出来的石块，本是无处安置的废料，在这里被铺砌成建筑和道路；拆掉的电线杆与葡萄老藤搭建起凉亭；回收来的铁道道轨成了葡萄架支柱……在巍峨的贺兰山衬托下，酒庄浑然天成的风格别具韵味。

没种葡萄之前，贺兰山东麓是名副其实的荒地。

经过雨水和积雪融水的长年冲刷，贺兰山上的岩石块滚落山下形成砂石地，绵延的洪积扇冲积平原砾石遍布、风沙漫天。

20世纪80年代初，运输公司职工老袁“下海”投身改革开放，带着两个儿子从宁夏银川城区来到贺兰山下，在路口立起一块“老袁砂石场”的牌子，开始了挖砂铲砂、装车运输的日子。在这里他们赚得第一桶金，成立了志辉实业集团。

60岁时，老袁将砂石场和未开采的荒地交给两兄弟打理。望着大大小小、满目疮痍的采砂坑，大儿子袁辉心里说不出的滋味。打那时起，他决心植树造林。从防风林到经果林，从几棵到500多亩，绿意点染荒坡，却并不能彻底改变周围环境的面貌。

2008年，宁夏银川市西夏区加大贺兰山周边生态环境整治力度，袁辉决定从这片父辈创业的土地开始产业转型。顶着家人的担心和质疑，他筹资建起了当地最早的葡萄酒庄。

在志辉源石酒庄酿酒葡萄种植基地，当地农户在打理葡萄 ■ 新华社记者 王鹏／摄

贺兰山东麓土壤条件差，但热量丰富、昼夜温差大、砂石土透气性好，是业界公认的世界上最适合种植酿酒葡萄的黄金地带之一。

袁辉的酒庄，就建在废弃的矿山砂坑上。

“分三期一共治理了6000亩采空区，矿坑落差正好做成地窖，还有些矿坑引水变成湖。”袁辉说，除了2000亩酿酒葡萄种植基地，酒庄还建成生态林10000余亩，园区种植了312种、200多万株植物。通过生态修复、林带和水系的建成，周边区域的小气候和人居生存环境都得到了改善。

随着社会发展，中国的葡萄酒市场潜力慢慢被发掘，袁辉也更加坚定了自己的选择。

袁辉说，打造酒庄和葡萄园生态旅游一体发展，可以带动周边村镇的百姓到酒庄务工，土地或流转或自己种植葡萄，每亩收入比原先种植玉米多三四倍。

2015年初夏，袁辉与即将大学毕业的女儿袁园徜徉在葡萄园，边走边讨论女儿未来的职业规划。

“回到贺兰山下，延续爷爷与父辈在这片土地上选择的不同事业。”在袁园心中，早已作出了自己的选择，“现在宁夏的葡萄酒产业发展正是好时候，我想做点事。”

当年，袁园接管了酒庄，成为宁夏最年轻的酒庄“庄主”。

从酒庄入选第六批国家文化产业示范基地，到被评为国家AAA级旅游景区，袁园更坚定了“做品牌化的好葡萄酒，做有中国文化特色的旅游酒庄”的初衷。

“葡萄旅游是宁夏全域旅游不可或缺的元素，这里地处宁夏西线黄金旅游带和贺兰山东麓酿酒葡萄产业核心区，旅游资源得天独厚。”袁园说。2017年酒庄接待游客10万人次，2018年仅上半年就接近7万人次。

宁夏作为我国重要的酒庄酒产区，目前已建成80多家酒庄，全区葡萄种植面积达57万亩，占全国种植面积的1/4。

“葡萄酒产业不仅可以带来经济效益、品牌效益，还能为脱贫攻坚提供就业岗位，种植葡萄改善生态，充分利用荒地资源，未来与旅游深度融合，特色酒庄大有可为。”袁园对宁夏葡萄酒产业发展充满信心。（此稿被《中国改革报》《银川晚报》等47家媒体采用）

秋到青铜峡，库区湿地成“鸟类天堂”

新华社记者 赵倩

茂密的蒲草和芦苇随风摇曳，上千只南飞的鸬鹚栖息枝头。初秋时节，宁夏青铜峡库区已成为候鸟的天堂，如画一般的自然湿地生态景观跃然眼前。

青铜峡库区湿地是黄河上游候鸟迁徙的重要驿站，也是宁夏境内面积最大的湿地自然保护区。“这里滩涂、林区、湖泊并存，非常适合迁徙鸟类停留、觅食，每年4月和10月中下旬，途经这里的鸟类数量能达到几十万只，非常壮观。”青铜峡库区湿地保护建设管理局资源管理科科长朱锐说。

20世纪60年代，青铜峡黄河水利发电枢纽工程建成后，水库经过常年的灌溉、发电、蓄洪等，淤积了大量泥沙，由此形成了青铜峡库区湿地。2002年，青铜峡库区被确定为自治区级自然保护区。目前，保护区南北长40.4公里，东西最宽处7.7公里，总面积30.04万亩，其中湿地面积超过20万亩。

然而，青铜峡库区并非一直以来都是这样水域宽阔、河滩肥沃、鸟类繁多。据了解，2000年左右，一些农民进入库区开荒种田、修堤筑坝、砍伐树林，致使库区湿地生态环境遭到严重破坏。2007年，青铜峡库区湿地保护建设管理局成立后，通过实施湿地生态治理项目，切实加强了保护区的资源管护工作。

“对保护区内违法修建的300多处房屋及构筑物依法实施了强制拆除，共收回被非法侵占的土地8.48万亩，并采取引水灌溉等措施，恢复湿地5万多亩。”青铜峡库区湿地保护建设管理局副局长李卫东说，保护区还严厉打击非法行为，加强保护区规范化建设，对库区内非法偷捕、偷猎、偷牧行为开展专项行动，严厉打击猎捕、贩卖野生动物的违法行为，依法没收并销毁了大量偷捕、偷猎工具，为野生动物种群的生存与繁衍提供了良好的生存环境。

目前，保护区内野生动物种群数量逐渐增加，候鸟栖息数量明显增多，基本形成了水生植物面积扩大、水禽种类不断丰富、生态环境逐渐恢复的良好局面。经综合考察，保护区有鱼类39种，鸟类179种，其中包括黑鹳、中华秋沙鸭、金雕等多种国家一级保护鸟类。此外，不包括栽培植物，保护区内有湿地维管束植物53科152属240种，植物中水生植被占50%以上。

湿地既是重要的生态系统，也是具有观赏价值的旅游资源。当前，青铜峡市正依托青铜峡库区鸟岛、黄河大峡谷旅游区、青铜峡108塔等自然、人文资源打造国内独具特色的黄河文化旅游精品区。

李卫东说，保护区开发生态旅游的潜力巨大，但一直以来都是按照“生态优先”的原则，对具有重要生态价值的湿地严加保护，禁止任何形式的占用和破坏。“当前正规划在保护区的试验区内适度开发一些旅游项目，如建设湿地植物园、亲水栈道、观鸟台等，在确保不破坏核心湿地资源的前提下进行合理利用。”（此稿被新华网、中国网等22家媒体采用）

“柠条支书”呼生仪：不能让下一辈人也活在黄沙的阴影之下

新华社记者　杨稳玺

秋雨绵绵，天高气爽，站在宁夏盐池县高沙窝镇二堡坑村村口的土长城上，放眼望去，一片绿色葱茏，空气中弥漫着泥土、黄沙和绿植的混合香气。年过六旬的二堡坑村村支书呼生仪告诉记者，这些茁壮生长的植被是柠条。柠条，是他们这一代人一辈子和黄沙斗争的武器。

盐池县位于宁夏东部、毛乌素沙地南缘，县内沙化土地超200万亩，“十二五”期间全县防沙治沙面积达342万亩。和黄沙的不懈斗争，成了生长在这片土地上的人们的历史任务。

“现在这里的一片绿色，几十年前都是滚滚黄沙，我十几岁的时候就和大人一起治沙了。”回想过去黄沙对生活造成的困扰，呼生仪喟然长叹，“因为沙子死人的事情常有，大风一起沙子被吹得和后墙一样高，不小心摔下去，就可能要命。”

一年一场风，从春刮到冬。在这片贫瘠土地上任意肆虐的风沙，遮蔽了呼生仪这一辈人的青春。到了20世纪60年代，人们的忍耐终于达到极限，全村老少全员上阵，开始和黄沙奋力一搏。

“真的是忍不了了，我们就觉得要给后人一个交代。”谈起那时治沙，呼生仪激情澎湃，“那时穷，人吃不好，也没啥工具，但没有一个人叫苦退缩。人手一个犁，就徒手翻地，等地翻得差不多了，再用耕牛套上耧耙翻地播种。”

当记者询问为什么不直接用牲口犁地时，呼生仪笑道：“活太重，害怕牲口吃不消。”

如果天旱少雨，春天播下的种子只有一半能破土而出；如果秋冬季节遇上严寒，第二年遇上强风干旱，幸存下来的柠条也会死伤大半。

“那有啥办法，治沙肯定不容易，我们都有心理准备。苗死了，我们就到地里用铁锹挖洞补种，这就是人和黄沙打仗呢。我们占下这一片地，就绝对不会退缩。”呼生仪说，“那时就没有农闲农忙一说，治沙比种田费力多了，人一进去，没有半天根本出不来。”

坚韧如柠条，要想在漫天黄沙中站稳脚跟不易。在柠条生长过程中，需要人打药施肥。打药施肥时，中午钻进去，出来时候你保护得再好，身上都能刮一两道血口子。

后来，拖拉机、播种机等机械开进了小乡村，政府也出台了种苗费、耕地费等一系列补贴。

“比我爸爸他们轻松多了。我们干农活时都是开拖拉机耕地、用播种机播种，一天下来至少能搞定80亩地。”呼生仪的儿子、32岁的呼建军告诉记者。

“政府政策也好，1亩地算上种苗费和耕地费能补贴30多元。”呼建军告诉记者政府补贴时，呼生仪突然打断，说：“我们也不是为了钱，我们就是为了治沙，我们不能让下一辈人也活在黄沙的阴影之下。”

呼生仪的愿望并未落空，全村上下几十年的努力让近8万亩沙丘披绿。现如今，二堡坑村周边柠条长势喜人，满目青葱。呼建军也放心地离开了这片土地，在外地跑车，只是偶尔回村帮忙进行柠条的修补工作。呼生仪的小孙子，更是不用像他的爷爷幼时一样为了躲避黄沙不敢出屋，而是和小伙伴在细雨中玩耍。（此稿被新华网、中国网等10家媒体采用）

张家塬“治膜”记

新华社记者　杨稳玺

六月的塞外旱塬，日头一天比一天毒。而记者到宁夏同心县张家塬乡张家塬村采访的当天，塬上恰巧刮起了大风，风吹走了烈日炎炎。53岁的陈连雄坐在家门前的空地上，微闭双眼感叹道：前几年刮风时可没这么好过。

同样是夏日凉风，为何前几年会觉得不好过？陈连雄告诉记者，“罪魁祸首”是农用残膜。

“前几年风大的时候，农田里残留的、被随意丢在沟渠边的残膜被吹到空中呼啦呼啦地响，人一不小心就被残膜贴上，而农民为省事烧残膜烧出来的小黑碎片、黑颗粒更愁人，吹得人一身，一不小心还会粘到眼睛上。”陈连雄说，“那时夏天刮风，有些村民却不愿出门，宁愿窝到闷热得不行的屋里。”

同心县张家塬地处宁夏中部干旱带，缺水少雨，靠天吃饭的生产方式经常让当地农民颗粒无收。为解决吃饭问题，这里从20世纪90年代起大力推广地膜覆盖种植技术。

张家塬村村支书杨生财告诉记者，地膜覆盖种植技术确实带来了农作物增产，一亩地 8 公斤农膜就可让粮食增产一倍以上。而全村 2500 亩覆膜土地产生的残膜如何处置却成了难题。要么焚烧，要么被农民丢弃在地头田间，残膜成为当地环境的主要污染源之一。

他说："县上有回收农膜的地方，但得农民自己送去。自家那点残膜也卖不了几个钱，还抵不上几十里路来回的油钱，根本没人愿意去送。"

农膜的使用让张家塬的农民爱恨交织。回忆过去，陈连雄感叹道，那时咋样才能把这残膜除掉，成了村里人聊天的日常话题。

改变发生在 2013 年。有一天，杨生财突然询问陈连雄是否愿意帮村里整治残膜。他虽然满口答应，心里却在犯嘀咕："这么多残膜，还能说整没就整没？"

变化却由此开始。村里先是让陈连雄想办法弄一个大院子。虽然不知道怎么做，陈连雄还是找到哥哥，要了他家没人住的老屋钥匙。没过几天，他收到县上拨付的 1.5 万元，让他搭一个棚子回收村里的残膜。

翌日，村干部召集村民，告诉大家以后地里的农膜都要捡起来，交到陈连雄那儿，2 公斤残膜可以换 1 公斤新农膜。当天下午，就有不少村民开始到地头捡拾残膜。

看得见的经济实惠，让原先令人生厌的残膜成了"宝贝"。记者看到，陈连雄 200 多平方米的院子里，残膜堆积如山。陈连雄告诉记者，县上会定期派人来把残膜拉走。

有了归处，地头沟渠的残膜所剩无几。但人工捡拾，地里总会留下不少残膜，和泥土混杂不清。而回收机械的推广正好解决了这一问题。

说起机械回收，陈连雄眉飞色舞："也就一小时，五亩地里的农膜被机子收得干干净净，我过去一看，那机器吐出来的残膜，都打成一捆一捆。"

陈连雄还发现，县里发的新农膜比以前厚多了。陈连雄说："厚农膜好回收，残留少，政府现在不让用厚度小于 0.01 毫米的农膜。"

农膜变厚、机械回收、村级残膜回收站，使得张家塬的白色污染得到有效治理。"夏天旱塬上凉风起时，我不用再躲在屋子里，可以走到户外尽情享受了。"陈连雄说，"残膜回收还给我带来了可观的收入，我回收一吨农膜政府给补贴 150 元，一年能回收 40 多吨获补贴 6000 元，我一年收入也就 2 万多元，多了这笔钱，可以经常改善改善生活。"（此稿被《新华每日电讯》《宁夏日报》等 18 家媒体采用）

宁夏银川：红嘴鸥和春天有个约会

新华社记者　唐亚蒙

［解说］随着气温慢慢回升，连日来，从云南飞往北方迁徙的上千只红嘴鸥陆续飞抵宁夏回族自治区银川市，将这里作为迁徙途中的中转站，给这座城市增添了不少生机。

记者在银川市燕鸽湖公园看到，上千只红嘴鸥时而在湖面展翅飞翔，时而落到围观群众手里啄食，构成一幅人和鸟类和谐相处的画面。大批的摄影爱好者举起相机见证人鸟和谐相处的珍贵瞬间。

［同期］市民孙安一："因为环境好，人也好，大家都来给这些鸟儿喂食，也不伤害它。再就是周围这个环境，树和草各方面环境都好一些，所以鸟儿来的越来越多，今年来的特别多。"

［解说］每年惊蛰过后，红嘴鸥陆续到达燕鸽湖，这是第 7 年来燕鸽湖。红嘴鸥在燕鸽湖休整 1 个月后会继续向北迁徙。

［同期］长庆燕鸽湖物业服务处副处长曹培成：

“从云南昆明飞过来的，每年大概是3月5号到4月5号吧，一个月时间，它这个中转主要是到北方去孵化，路过这里是储存能量。”

［解说］红嘴鸥为何青睐燕鸽湖呢？长庆燕鸽湖物业服务处副处长曹培成告诉了记者原因。

［同期］长庆燕鸽湖物业服务处副处长曹培成：“这个鸟从2010年来到这儿，由最开始的三五只，慢慢地每年在增加增加，应该说成倍地增加吧，这7年一直在增加，现在有两三千只吧。我们这个燕鸽湖基地从成立以来，上级对环保事业很重视，每年增加环境改造、投资的力度。特别是绿化、湖泊和小区环境改造建设，应该说与咱们银川同步进行，环境的改造逐渐变好了以后，就吸引了大量的红嘴鸥来咱们燕鸽湖中转。”

［解说］红嘴鸥又俗称水鸽子、钓鱼郎，体型和毛色都与鸽子相似。嘴和脚都呈鲜红色，身体大部分的羽毛为白色，尾羽为黑色。红嘴鸥数量大、喜集群，一般生活在江河、湖泊、水库、海湾等湿地，此次飞抵银川的红嘴鸥主要来自云南，途经我国四川、陕西、宁夏、内蒙古和蒙古国，最终抵达俄罗斯贝加尔湖流域。

宁夏灵武：打造沙漠公园　共享生态文明

新华社记者　卢鹰　刘海　唐亚蒙

［解说］位于宁夏回族自治区灵武市境内的白芨滩国家沙漠公园拥有治沙奇观、沙滩、浴场、丛林等众多景致，是人们回归自然、亲近自然的好去处。今天，就请您跟随摄像机的镜头去现场看一看。

［现场］游客在白芨滩国家沙漠公园游玩

［解说］白芨滩国家沙漠公园位于毛乌素沙地西南边缘，总面积6.6万亩。漫步其中，不禁令人赞叹大自然的美妙。沿着定沙城登上万景台，中国治沙展览馆雄踞其上，大漠长河尽收眼底。翡翠湖畔，沙平岸阔；之月桥下，轻舟荡漾。循木栈道拾阶而上，黄沙飞瀑似白玉珍珠，亭台楼阁交相辉映。若非亲眼所见，很难想象，几年前，这里还是黄沙漫天、寸草不生的流动沙丘。

［同期］宁夏灵武白芨滩国家级自然保护区管理局局长王兴东：“这里七年前还是一片流动沙丘，我们刚开始还是采取灌木、草方格这种方式进行治理。后来黄河水引入这个地方，我们按照增绿量、添色彩这样一个目标，引入了很多乔木树种在这里栽种，提高了它的防护效能和景观效能，最终按照沙漠公园的目标进行打造，为人们提供一个回归自然、亲近自然、同时接受生态文明教育的这样一个场所。”

［解说］沙漠公园所隶属的白芨滩国家级自然保护区，是灵武市境内引黄灌区东部的荒漠区域。这里主要保护对象为荒漠生态系统及典型的荒漠野生动植物资源，有多种沙生国家级保护植物和百余种动物。

白芨滩国家沙漠公园2015年由国家林业局批准成立，共分4个片区，从功能区划上分为沙地保育区、宣教展示区、沙漠体验区和服务管理区4个区域。目前，公园已被列为灵武市旅游产业发展重点规划区域。

［同期］宁夏灵武白芨滩国家级自然保护区管理局局长王兴东：“本着‘共享绿色、共建绿色’的理念，满足社会公众对回归自然、亲近自然的需求，发展生态旅游，用生态旅游这样的方式提升生态文明宣传教育的层次、深度、广度，让更多公众都到这里来，享受自然，接受生态文明的教育，传播生态文明，特别是营造‘尊重自然、保护自然’这样一个理念。”

［解说］王兴东告诉记者，目前白芨滩拥有国家级自然保护区管理局、国家沙漠公园、国家生态文明教育基地、中国治沙展览馆和全国防沙治沙英雄五块“国字号”招牌，未来将在“保护优先、尊重自然”的前提下，科学发展生态旅游，同时进一步加强沙漠自然景观及林草植被保护，让更多人共享生态文明成果。

［同期］宁夏灵武白芨滩国家级自然保护区管理局局长王兴东：“咱们未来生态旅游的发展目标就是整合利用这些‘国字号’的品牌，按照‘保护优先、尊重自然’的理念，建设‘五美’保护区，展示咱们的沙漠美、原始美、生态美、花果美和精神美，这是我们未来生态旅游的发展目标。”

［解说］沙漠公园是以沙漠景观为主体，以保护荒漠生态系统为目的，在促进防沙治沙和保护生态功能的基础上，合理利用沙区资源，开展公众游憩、旅游休闲和进行科学、文化、宣传和教育活动的特定区域。为规范国家沙漠公园建设和管理，促进国家沙漠公园健康发展，国家林业局于 2013 年 10 月启动国家沙漠公园建设试点工作。截至目前，共批复了 50 个国家沙漠公园开展试点建设。

宁夏：盐池人的治沙情结

新华社记者　卢鹰　唐亚蒙

［解说］金秋时节，天高气爽，站在宁夏盐池县高沙窝镇二堡坑村村口的土长城上，放眼望去，一片绿色葱茏，空气中弥漫着泥土、黄沙和绿植的混合香气。年过六旬的二堡坑村村支书呼生仪告诉记者，这里之前发生过翻天覆地的变化。

［同期］盐池县高沙窝镇二堡坑村村支书呼生仪：“现在我们脚下站的是明长城，在我小时候，长城非常高，非常挺拔，多少年来，经过这个过度放牧，生态破坏严重造成沙化，这个长城两边全是沙子堆起来了，经过我们近十几年的治理，现在长城两边全是绿的，生态又恢复了。”

［解说］盐池县位于宁夏东部、毛乌素沙地南缘，县内沙化土地超 200 万亩，“十二五”期间全县防沙治沙面积达 342 万亩。和黄沙的不懈斗争，成了生长在这片土地上的人们的历史任务。

位于宁夏回族自治区盐池县中北部的哈巴湖，是干旱草原荒漠区，经过几代人不懈的治理，现已成为宁夏哈巴湖国家级自然保护区。牛惠民和季川两位老人就是这片沙漠变绿洲的见证人。

［同期］盐池县原机械化林场副场长牛惠民：“过去那个沙子危害草原、危害农田，同时也威胁盐池县城，盐池县城的西城墙，过去那个沙子能和城墙一样高。”

［解说］一年一场风，从春刮到冬。在这片贫瘠土地上任意肆虐的风沙，遮蔽了牛惠民和季川这一辈人的青春。到了 20 世纪 60 年代，人们的忍耐终于达到极限，全村老少全员上阵，开始和黄沙奋力一搏。

谈起那时治沙，老人激情澎湃，那时穷，人吃不好，也没啥工具，但没有一个人叫苦退缩。活太重，怕牲口都吃不消，只能人们自己动手干。

［同期］盐池县原机械化林场经营科科长季川：“主要是以人背，背着苗子往沙地里走，赶早太阳没有出来进地造林，太阳落的时候再回家。”

［解说］当时的治沙难度很大，有时候白天把苗子载进去，晚上一场大风第二天苗子全被吹走，根据多次的失败，人们总结、创造了一套先进的治沙模式。

［同期］盐池县原机械化林场副场长牛惠民：“前档就在那个沙丘低地栽植一些荞麦，后拉就是

在迎风坡上栽植沙柳，把沙子给它拉住，给它固定住。”

［解说］现如今，沙漠已变为绿洲，两位退休老人闲暇之余还会到自己曾经战斗过的地方叙旧，因为这份治沙情结是他们挥之不去的记忆。

［同期］盐池县原机械化林场经营科科长季川：“1982 年我们过来的时候这里是一片沙漠，我们过去自己育苗自己栽树，都是小叶杨。”

［同期］盐池县原机械化林场副场长牛惠民：“过去的一片沙漠变成了一片绿洲，真是前人栽树后人乘凉，现在成了年轻人休闲旅游非常好的一个去处。”

［解说］这些治沙人表现出的不屈不挠、顽强拼搏的精神不仅推动了宁夏的防沙治沙工作，也是我国防沙治沙事业的强大动力和精神财富，激励着更多的人投身到防沙治沙的事业。

花开西海固

新华社记者　卢鹰　刘畅　蔡志坚

［解说］初秋时节，一片片五彩缤纷的花田点缀在绿意正浓的六盘山间，让这幅美丽的生态图景更加绚丽。

［同期］宁夏瑞丹苑油牡丹产业有限公司项目部负责人史乐：“刚过来的时候我看这边山上植被稀少，而且它这边没有色彩，近两年我刚从银川回来，上来一看，这边一下子色彩添了不少。那个花长得特别好，这边植被也长得特别好了。”

［解说］在西海固，花儿不仅成为一道风景，也成为一个产业。

［同期］宁夏西吉县吉强镇酸刺村万寿菊种植户马成宝：“效益就是好一些，去年我种了 5 亩，今年我种了 7 亩，今年效益估计比去年还要好一点，因为今年长势目前情况好。有收购点，钱也保证，这是订单农业。”

［解说］原产墨西哥的万寿菊，因其丰富的叶黄素在食品、医药等方面被广泛应用。作为调整农业产业结构的新品种，万寿菊近几年在中国宁夏固原市被推广，西吉县吉强镇 2018 年共种植万寿菊 1300 亩。

［同期］宁夏西吉县吉强镇党委副书记马雄：“调整产业结构目的就是要给群众带来最大的收益。万寿菊通过这两年的种植以后，比对其他的如马铃薯、蔬菜，总体效益还是比较高的。”

［解说］如今的西海固已彻底变换了底色，焦黄的土地染上了绿色，而各种花卉作物正让西海固的产业更为多元、色彩更为丰富。

［同期］宁夏瑞丹苑油牡丹产业有限公司项目部负责人史乐：“以前都说西海固特别穷，现在觉得西海固没有说的那么穷，而且它也没有那么荒凉，也有不少的色彩，尤其这些花，五彩缤纷的，有黄色的、红色的、粉色的、白色的。”

对外开放篇

DUIWAI
KAIFANG PIAN

银川—德黑兰

开辟内陆开放新空间

——宁夏奋进60年巡礼之对外开放篇

新华社记者　任玮　靳赫

宁夏，不沿边、不靠海，深居内陆，开放不足一度成为制约发展的短板。改革开放的春风吹向西北内陆后，宁夏抢抓机遇对外开放，尤其是党的十八大以来，积极融入国家“一带一路”建设，加快建设内陆开放型经济试验区和银川综合保税区，一个全方位多层次对外开放的宁夏正面向全国、走向世界。

筑通道　立体布局内陆开放

宁夏—中亚（银川—德黑兰）国际货运班列承运企业、兰州捷时特物流公司银川分公司负责人梁华最近比较忙：乌兹别克斯坦的农场主发来绿豆丰收的消息，咨询国内订单；哈萨克斯坦的亚麻籽成熟了，宁夏企业打听货源……

“国际货运班列开通以来，越来越多宁夏企业跨出国门找商机，中亚、西亚等国的客商也不断来考察我国市场。”梁华说，为了方便交流沟通，很多外国客商学会了使用微信。

2016年1月15日，宁夏开通首趟国际货运班列。两年多来，宁夏开往中亚、西亚的国际货运班列共110列、4651车，出口货物19.3万吨、价值约1.3亿美元。

来来往往的“钢铁驼队”是宁夏对外开放力度不断加大的一个缩影。近年来，宁夏乘“一带一路”东风，发挥向西开放独特优势，架构陆路、空中、网上丝绸之路，多层次立体化建设开放通道。

“内陆开放，行之不易。2007年银川空港口岸开通，结束了宁夏建区后近50年没有开放口岸的历史。”银川海关驻机场办事处主任王彤宇说。口岸开放后的十年间，宁夏致力打造“空中丝路”，相继开通直飞哈萨克斯坦国际货运包机、直飞迪拜国际航班等，如今已成为全国第九个开放第五航权的省区。

火车一响，黄金万两；飞机轰鸣，合作共赢。通道建设带动了宁夏对外贸易快速发展，来自宁夏商务厅的数据显示，2017年宁夏实现进出口总额50.36亿美元，是1958年的715倍、1978年的170倍，60年来年均增长11.8%。

在银川综合保税区内，工作人员驾驶叉车将通关货物装车

■ 新华社记者　彭昭之 / 摄

建平台　双轮驱动加速向前

在银川综合保税区，宁夏首个国际快件中心建成运营。来自阿联酋、美国、荷兰、德国等20多个国家和地区的各类商品在这里通关后分拨全国。

“这是银川综保区发挥对外开放引领作用的具体实践。”银川综保区管委会保税业务与口岸服务处处长余晓平说，综保区通过建设国际快件中心，进口肉类、水果、种苗指定口岸，国际裘皮集散贸易中心等开放功能载体，不断集聚开放资源和要素，逐步形成面向国际国内，支撑航空、铁路、陆路开放通道的国际物流中心。

内陆开放，宁夏坚持内外并举双轮驱动。近年来，宁夏积极主动融入国家“一带一路”建设，加快建设内陆开放型经济试验区和银川综保区。各类开放平台政策优势不断凸显，石嘴山精细化工和银川羊绒制品等出口基地成为国家级外贸转型升级示范基地，银川经济技术开发区成为国家新能源科技兴贸出口创新基地……

2010年以来，宁夏成功举办三届中阿经贸论坛和三届中阿博览会，围绕能源化工、装备制造、生物制药等领域签订651项合作协议，中阿技术转移中心、商事调解中心等一批多双边合作机构也落地宁夏。

另一方面，宁夏积极主动走出去，建设贸易口岸和境外产业园区，为与“一带一路”国家开展产能合作开辟了新空间。由宁夏主导建设的中国—沙特（吉赞）产业园、中国—阿曼（杜库姆）产业园被列入国家发改委20个产能合作示范区、商务部16个重点推进境外经贸合作区。

运送货物的货车在银川综合保税区通关待检

■ 新华社记者　彭昭之/摄

寻突破　改革创新培育沃土

1984年，宁夏第一家中外合资企业成立。过去30多年间，随着营商环境逐渐向好，越来越多跨国公司将宁夏作为投资目的地。特别是2012年至2017年，宁夏共批准外商投资企业144家，实际利用外资额超过前30年总额。

作为宁夏首家外商独资企业，2000年成立的埃肯碳素（中国）有限公司见证了宁夏对外开放环境的变化，尤其是“放管服”改革带来的贸易和投资便利化。

“我们经常跟海关打交道，这几年办理出口报关手续越来越便捷。”埃肯碳素（中国）有限公司总经理李宏说，政府职能部门服务企业意识日益增强。

围绕优化营商环境，宁夏不断改革创新，打造对外开放政策服务先行先试区。比如，全面推行投资项目在线审批，上线运行国际贸易“单一窗口”标准版，实现外贸通关“马上办、网上办、一次办”等。

2018年5月，宁夏出台扩大对外开放“17条”，明确支持外资依法依规以特许经营方式参与能源、交通等基础设施建设；鼓励国外行业龙头企业等来宁夏投资兴业，并明确对内外资企业“一视同仁”，在科研合作、税收等方面公平对待。

自治区发改委相关负责人表示，这些措施的落实，将对进一步推动宁夏扩大对外开放进程，打造公平竞争营商环境，加大吸引外商投资，促进全方位多层次对外开放起到积极作用。

全方位多层次的对外开放格局，校准宁夏腾飞新坐标。回首过往，60年内陆开放见证沧桑巨变；远眺前路，“十三五”全新征途稳步起航。（此稿被《新华每日电讯》、新华网等50家媒体采用）

面向全国　放眼全球

——宁夏构建全方位开放新格局

新华社记者　陈晓虎　曹健　于瑶

喜讯传来，银川至德黑兰国际货运班列将于5日首发，这意味着宁夏国际货运班列开行范围进一步向西延伸，辐射范围随之扩大，更多“中国造”产品将经过宁夏，进入中亚、西亚市场。

国际货运班列“升级”只是宁夏开放力度不断加大的一个缩影。党的十八大以来，宁夏认真贯彻落实党中央、国务院的决策部署，抢抓“一带一路”建设机遇，努力擦亮中阿博览会这块“金字招牌”，趟出了一条独特的全方位开放之路。

“金字招牌”凸显平台作用

金秋9月，2017中阿博览会系列活动陆续拉开帷幕，包括阿拉伯国家在内的各国官员、学者、客商将相聚塞上，共叙友谊、共谈合作，寻求共赢发展。

在西北内陆举办的中阿博览会有何魅力吸引众多国内外客人不远千里聚首？2017中阿博览会呈现的亮点或许可以回答。此次博览会广泛邀请“一带一路”沿线国家和地区客人参会；围绕国家战略，高铁、网上丝绸之路等主题突出相关活动的高端性、国际性；由阿盟秘书处、埃及旅游部等参与共同主办博览会有关活动，突出共商共建共享。

中阿博览会形成如今的知名度和号召力并非一日之功。盘点博览会议题设置不难发现，技术合作、旅游合作等领域，因为中阿共同聚焦，成为历届博览会不可或缺的话题；高铁、产能合作等“时下热词”则为博览会注入新活力。

引入主宾国和主题省机制，是提高中阿博览会参与度的关键一招。埃及和福建省作为主宾国和主题省，将借中阿博览会平台，在塞上江南尽情绽放其独特魅力。“主宾国活动历来受到中外双方的高度重视，埃及派出近百人代表团参会，除举办综合展、旅游推介会等4项活动，还将参与其他系列活动。”自治区博览局副局长谢中妹说。

一分耕耘，一分收获。自2010年以来，商务部、中国贸促会和宁夏已共同举办3届中阿经贸论坛和2届中阿博览会。5届大会共有29位中外政要、336位中外部长级官员、140位外国驻华使节、6500多家大中型企业和金融机构的代表以及4.7万多名客商参会参展。

在宁夏国际会展中心，来自巴基斯坦的客商正在介绍传统工艺品　■ 新华社记者　李然 / 摄

在2017中阿博览会执委会会议上，自治区主席咸辉表示，宁夏致力将中阿博览会办成务实、高效的国际经贸合作平台，在推动签约的基础上促进更多项目落地开花，确保项目签约落地率和资金到位率“双提升”，进一步拓展经贸合作新空间。

“三条通道”布局立体开放

近年来，宁夏充分发挥向西开放的独特优势，着力构建陆上、空中、网上丝绸之路，以内通外联的立体化开放通道将宁夏与世界更加紧密地联系起来。

2015年开通的银川至迪拜直航航线，不仅带动了中阿人员往来，也让宁夏悄然兴起一些国际贸易新业态，银川综合保税区的国际裘皮集散交易就是这样应运而生的。来自丹麦、芬兰等国的裘皮经迪拜转运至银川，经过仓储、交易等，再进入国内其他城市。

宁夏至中亚国际货运班列是宁夏第一趟国际货运班列，于2016年1月开通。1年多来，来自宁夏及山东、天津、内蒙古等地的货物，纷纷通过这条通道进入国际市场。

“随着到德黑兰国际货运班列的开通，宁夏通道作用将进一步凸显。”自治区发改委副主任郝留虎说，宁夏至中亚国际货运班列已累计发运84列3631车，运送货物12.8万吨，价值约1.7亿美元。

建设网上丝绸之路既是宁夏审时度势、主动作为，也是国家赋予宁夏的光荣使命。网上丝绸之路宁夏枢纽工程被列入国家“十三五”规划，中阿网上丝绸之路经济合作试验区暨宁夏枢纽工程，获国家发改委和中央网信办支持。

“宁夏虽地处西北内陆，但其在‘一带一路’建设方面的重要作用已跃然纸上，从市场开拓、产业发展等角度考虑，内陆开放是必然选择。宁夏在中阿合作方面已积累了一定优势，而抢占网络时代发展先机，可以让宁夏在创新驱动战略上发挥新优势、培育新动能。”自治区信息化建设办公室副主任陶少华说。

中阿技术转移信息平台上线以来，已采集收录相关数据70多万项；作为全国首批跨境电子商务试点城市，银川市着力引进京东、阿里巴巴等知名企业……宁夏网上丝绸之路建设正在实现由虚到实的蜕变。

“开放载体”加快内引外联

在中阿博览会推动下，2015年以来，由宁夏牵头与中亚的吉尔吉斯斯坦、西亚的约旦、中东的阿联酋以及西北非的毛里塔尼亚等国家建立了农业技术转移合作中心。由宁夏主导推动建设的中国—沙特（吉赞）产业园、中国—阿曼（杜库姆）产业园被列入国家发改委20个产能合作示范区、商务部16个重点推进境外经贸合作区。

4月，中国—阿曼（杜库姆）产业园奠基。尽管产业园仍处于基础设施建设阶段，中资企业却已着手“白纸作画”，39名来自阿曼的留学生到宁夏留学，接受中文学习、企业管理等培训。

“虽是宁夏主导推动，其带动作用却并不局限于宁夏。”郝留虎说，将有火电、海水淡化、光伏等10个相关企业先期入园，投资企业既有宁夏的，也有河北等地的，且每个项目还将带动数量不等的配套企业“走出去”。

自治区内园区是宁夏推进开放载体建设的另一抓手。银川综合保税区稳步推进肉类、水果、种苗口岸建设，宁夏对外开放新门户的雏形初具；银川阅海湾中央商务区引进国内总部企业44家，成为宁夏发展高端商务、总部经济的先行者；中卫西部云计算基地引入亚马逊、奇虎360等企业，承载着宁夏打造中国“凤凰城”的抱负。

宁夏回族自治区党委书记石泰峰在自治区第十二次党代会上表示，构建对内对外开放新格局，要充分发挥中阿博览会在“一带一路”建设中的重要平台作用，积极主动与国内外企业开展产能合作、经贸往来；要推动区内企业的产品、项目、技术、服务“全产业链出口”，同时深化与东部发达地区的战略合作，着力引进培育一批优质市场主体，为国家对外开放作出贡献。（此稿被《新华每日电讯》等80多家媒体采用）

中阿合作谋求联动升级

新华社记者　于瑶

近日，2017 中国—阿拉伯国家博览会在宁夏银川市召开。接受《瞭望》新闻周刊采访的中阿政府官员、商协会、企业家代表纷纷表示，中国和阿拉伯国家都面临改革、发展等方面的挑战，中阿双方应更加夯实合作基础，找准利益契合点，把经贸投资合作潜力挖掘出来，使双方的互补优势转化为经济增长的共同推动力。

“向西开放”与“向东看”加速携手

当前，中国“向西开放”与阿拉伯国家“向东看”遥相呼应，中阿成为“一带一路”建设的重要合作伙伴。除了能源合作，电力、通信、交通等领域的合作项目建设顺利推进，以共建产业园区为基础的产能合作方兴未艾。

近年来，中阿经贸合作取得了长足发展。商务部副部长钱克明说，近年来，中国持续保持阿拉伯国家主要贸易伙伴的地位。2016 年，中阿贸易总额 1711 亿美元，中国企业在阿新签承包工程合同额 403.7 亿美元，同比增长 40.8%，对阿非金融类直接投资流量达 11.5 亿美元，同比增长 75%。

如今，“一带一路”倡议已经从理念转化为行动，从愿景转化为现实。中国同阿拉伯国家因为丝绸之路相知相交，是共建“一带一路”的天然合作伙伴，双方互利合作领域越来越广，成果越来越实。

阿方官员和企业家们认为，中国已成为世界贸易投资和制造业大国，积累了丰富的发展经验，具有资金充裕、产业完备、技术领先等方面的优势。阿拉伯国家具有人口红利、区位优势和丰富资源，迫切希望加快工业化进程、实现可持续发展。双方发展阶段彼此衔接，资源禀赋高度互补，只要不断加强彼此发展战略对接，就一定能够将中国向西发展与阿拉伯向东发展两大趋势结合起来。

中阿双方亟待通过合作探寻新的增长动力。“近年来中国与阿拉伯国家充分发挥中阿合作论坛、中阿博览会等平台作用，加强工商界机制建设，推进全方位、多层次、宽领域经贸合作，推动一批境内外合作项目相继落地，产业园区建设加快推进，合作成果已经不断显现。”中阿联合商会秘书长孙晓说。

借鉴中国经验，拓宽与中国合作途径，已成为阿拉伯国家共识。“我们非常重视中方经验，建立产业园区，振兴纺织、家具、皮具、电子产品、汽车、化工等产业，制定投资规划，阐明政策和优势，鼓励和吸引中国投资者来投资兴业。”埃及贸易和工业部部长塔里克·卡比勒说，现在中国正向阿拉伯国家传授各个领域的丰富发展经验。

中国提出的“一带一路”倡议与沙特“2030 愿景”在许多方面不谋而合。在本次工商峰会上，沙特投资总局投资促进部主管伊马德·卡德尔表示，沙特正在改变自身发展理念，转变政府职能，改善市场效率，为外国投资提供便利，寻找新的发展机会。

阿拉伯农工商会总联盟主席纳伊尔·卡巴里提说：“双方应进一步鼓励、保护投资，加强在传统能源、可再生能源、金融、通信、交通、物流、海港、空港、第四次产业革命等领域的合作。我们也期待能将中国的先进产能和科技含量高的新项目引入阿拉伯国家，扩大中国对阿拉伯国家的投资，推动阿拉伯国家产业转型升级。”

在创新中挖掘经贸合作潜力

当前，尽管中阿经贸合作潜力巨大，但双方经贸投资合作的水平尚未与这份潜力相匹配。“2016年阿拉伯国家国内生产总值超过2.4万亿美元，中国国内生产总值约11万亿美元。阿拉伯国家拥有丰富的石油储量和天然气储量，双方经贸投资合作前景广阔。”阿拉伯国家联盟助理秘书长马勒·巴比克说。

“中阿合作确实有巨大潜力，但我觉得双方还缺乏沟通，尤其是深层次、高层次的沟通。只有彼此更加了解、互信，才能把合作的潜力变成一个个具体的项目。”中国机械工业集团副总经理丁宏祥说。

《瞭望》新闻周刊记者在此次博览会上采访发现，中阿很多企业正深入研判形势，以更加积极的态度推进产业投资，依靠创新驱动发展。大龙网集团创始人兼董事长冯剑峰说：“当前，阿拉伯国家甚至全世界采购的碎片化需求、柔性化需求越来越多。要满足这种轻松随意、高效率低成本的需求，就需要中阿双方企业共建安全高效的路径和渠道，建立线上线下基于互联网的服务体系，更好地解决阿拉伯国家的实际需求，做到足不出户即可买遍中国。”

沙特基础工业公司创新与业务发展部副总裁阿卜杜拉赫曼·巴斯里说：“我们在公司内部专门成立了一个部门负责同中国的合作，在中国有13个办事处，在上海建立了研发中心负责创新工作。我们在宁夏与神华集团一起进行煤化工产业合作，同时也欢迎中国企业到沙特投资。”

在变革与调整中深化中阿全方位合作

2017中国—阿拉伯国家博览会紧扣“一带一路”建设，聚焦经贸合作，通过举办活动、展览展示，搭建起与“一带一路”沿线国家和地区开展经贸合作的重要平台。

初步统计，本届博览会签约项目253个，计划投资1860.5亿元人民币，签署合作备忘录17个、友好城市协议1个，涉及新技术新材料、装备制造、能源化工等8大领域。

在2017中国—阿拉伯国家工商峰会上发布的《银川宣言》提出，中阿将在产能和装备制造、基础设施、数字互联互通、中小企业、农业等多个方面深化合作，健全经贸争端解决机制，为双方企业创造更有利的合作环境，实现联动发展，促进阿拉伯国家工业化进程。

与会嘉宾认为，当前，中阿双方应加强政策协调，促进经济融合。充分利用中阿合作论坛框架下的政府间和民间的对话机制，加强政策协调与对话沟通，推进发展战略推介，实现双方产业、技术、资源、人才等各方面优势的互补，推动中国海合会自贸区谈判取得积极成果，进一步扩大相互开放，促进市场深度融合，提升贸易与投资便利化水平，打造开放、包容、普惠、平衡、共赢的区域经济合作框架。

一方面要推动合作创新，扩大贸易投资。加快建设一批经济合作区、产业园区，打造集生产、贸易、物流于一体的综合基地，为企业提供更多的合作平台。特别是深入推进石油勘探、开采、运输和炼化等全产业链合作，构建长期可靠的能源伙伴关系，深化核能、航天、卫星、新能源等领域的合作，加快智慧城市、电子商务、数字经济等新兴产业的发展，培育新的经济增长点。

另一方面要推进大项目建设，加快设施联通。包括加快铁路、公路、港口、航空、电站、通信等领域的项目建设，为阿拉伯国家工业化与经济多元化发展提供有力支撑。大力推进中国中亚、西亚经济走廊建设，实现陆上公路、铁路和海上港口的相互连接，不断提升互联互通水平，发挥中东和北非区位优势，构建地区交通网络和贸易中心，支持区域经济一体化进程。

此外，还应深化金融合作，促进资金融通。比如加强金融监管合作，维护区域金融稳定，扩大贸易和投资本币结算，为区域开展合作提供更多便利。用好亚洲基础设施投资银行、丝路基金等平台，通过共同投资基金转向优惠贷款等多种方式，为重大项目建设提供保障和支撑。（此稿刊登于《瞭望》新闻周刊）

分享发展机遇　传递共赢强音

——2017 中国—阿拉伯国家博览会巡礼

新华社记者　何晨阳　于瑶　许晋豫

金秋 9 月，塞上瓜果飘香。9 日，以“务实、创新、联动、共赢”为主题的 2017 中国—阿拉伯国家博览会于宁夏银川闭幕。在为期 4 天的中阿博览会期间，多国政要商旅在务实创新的交流中探寻合作机会，谋划共赢未来。

拓展合作领域，谋划共同发展“全领域”

“中国专家在控制病虫害和除草方面很有经验，比我们过去采用的欧洲技术更好，我们按照他们教的方法耕作，马铃薯病虫害基本没有了，产量提高了 25%。”约旦哈立德公司负责人哈立德·苏莱曼说。

农业合作已成为中阿合作中不可或缺的组成部分。宁夏借助中阿博览会平台进一步拓展与阿拉伯国家在农业领域的合作，签署了 10 多项相关合作协议，并已与毛里塔尼亚、约旦、阿联酋等阿拉伯国家展开农业合作。

近年来，中阿合作不仅有农业合作、技术合作、旅游合作等“老话题”，也涌现出高铁、云计算、产能合作等“新话题”，不断拓展的互利互惠的合作领域，为博览会注入新活力。

产能合作无疑是近年来的热门话题。《中国与阿拉伯国家产能合作发展报告》在中阿博览会期间发布。报告显示，近年来中阿产能合作不断加强，在“一带一路”倡议推进下，中阿产能合作将朝着多元化、务实方向发展，中阿合作“1+2+3”格局初步成型。

中国与沙特、阿联酋、苏丹等国能源合作逐步深化；在沙特、阿联酋、埃及、阿尔及利亚等国，电力、通信、交通等基础设施领域大项目合作不断涌现；与沙特、阿联酋、埃及、阿尔及利亚等国，在核能、航天卫星、新能源等高新领域合作取得突破。

聚焦数字经济，开启合作共赢“大时代”

以互联网、云计算、大数据等为代表的新一代信息技术迅猛发展，信息化与经济社会各层面深度融合，世界各国把互联网作为经济发展、技术创新的重点，数字经济正在成为引领世界经济增长的先导力量。

在 2017 中阿博览会高新技术及装备展上，一名参展商在讲解 3D 打印技术

■ 新华社记者　李任滋 / 摄

中吉塔阿“丝路光缆项目”和中阿“法扎巴德—瓦罕走廊—喀什光缆网络项目”正稳步推进；中阿积极推动北斗系统合作，开展信息基础设施、卫星应用服务、大数据、云计算等新兴领域合作交流；中阿跨境电子商务交易平台、宁夏跨境电子商务监管服务系统上线运行，中阿软件服务外包等合作项目正加快对接……

在2017中阿博览会网上丝绸之路大会上，中阿政要、工商界、专家学者聚焦“网上丝绸之路”建设，围绕数字经济国际合作等话题展开讨论。

据测算，2016年中国数字经济规模达22.6万亿元，2017年上半年全国网上零售额超过3万亿元，移动支付、电子支付普及率全球第一。

建设“网上丝绸之路”，中国与阿拉伯国家已经迈出了坚实的脚步。与会的阿联酋经济部副次长朱马·阿尔凯说，“网上丝绸之路”是服务“一带一路”建设的重要平台，已成为促进合作伙伴间发展合作的新战略枢纽。

“我们吸引了许多国际领先企业进入电子商务、智能商务市场，其中就包括中国的阿里巴巴集团。”朱马说，阿联酋非常重视“网上丝绸之路”建设，将其视为推动“一带一路”建设的重要部分。

共育务实成果，为“一带一路”建设注入新动能

本届中阿博览会聚焦经贸合作，围绕商品贸易、服务贸易、投资合作、技术合作、旅游合作五大板块，举办了13项会议活动，设置了10个板块展览展示，邀请了近万名国内外嘉宾参会。

作为中阿共建“一带一路”的重要平台，中阿博览会取得了系列务实成果。

据了解，本届中阿博览会签约项目共计253个。其中，合同项目81个，投资额915.8亿元；协议项目154个，投资额944.7亿元；合作备忘录17个；友好城市协议1个。签约项目涉及农业及食品加工、新技术新材料、现代服务业等8个领域。

一些合作项目也引人注目。在本届中阿博览会上，中国—阿拉伯国家技术转移综合信息平台正式启动，中国与部分阿拉伯国家还签订了共建中阿技术转移分中心、中阿科技创新平台和中阿技术合作等三方面19个科技合作项目，这将有效服务于中阿开展技术转移和科技合作交流。（此稿被《新华每日电讯》、人民网等45家媒体采用）

从中阿博览会到杜库姆产业园

——“一带一路”引领宁夏开放新蓝图

新华社记者　李震　艾福梅

宁夏，素有“塞上江南”美誉，是古丝绸之路的重要节点。历史上，驼铃声声中，商贾们经过此地，奏响中外友好交往的乐章。

如今，在“一带一路”倡议引领下，宁夏在新时代开启了对外合作新征程。从打造务实高效的国际经贸交流平台中阿博览会，到主导建设中国—阿曼（杜库姆）产业园，宁夏正凭借独有的区位、资源、产业等优势，着力打造丝绸之路经济带战略支点，续写对外开放和中阿合作新篇章。

打造中阿合作“金字招牌”

2010年9月，首届中国—阿拉伯国家经贸论坛在宁夏银川举办，众多境内外客商相约贺兰山下，聚会黄河之滨，洽谈合作，共谋发展。

在成功举办三届后，2013年，中阿经贸论坛

升格为两年一届的中国—阿拉伯国家博览会。迄今，三届中阿博览会共签订各类协议650余个，合作项目涉及科技、金融、能源、农业、卫生、旅游等领域。正如毛里塔尼亚国民议会第一副议长哈尔希在2017中阿博览会上所言，在“一带一路”框架下，中阿博览会已成为中阿交往合作的“金字招牌”。

除了关注经贸合作，中阿博览会不断丰富平台内涵，积极拓展合作领域。2017中阿博览会上，中阿政商界人士和专家学者聚焦数字网络国际合作。阿联酋经济部副次长朱马·阿尔凯表示，阿联酋高度重视“网上丝绸之路”建设，认为这是推动“一带一路”建设、促进发展合作的新抓手。

历届中阿博览会的成功举办，也助力宁夏进一步融入和服务“一带一路”建设。近年来，中阿技术转移中心、中阿商事调解中心等一批中阿多双边合作机构落地宁夏。

推进国际产能合作促共赢

在“一带一路”引领和中阿博览会的推动下，宁夏积极创新机制，打造中阿产能合作的先行区、内陆对外开放的示范区、丝绸之路经济带的支撑点，主导建设的中国—阿曼（杜库姆）产业园、中国—沙特（吉赞）产业园被列入国家发展改革委20个产能合作示范区以及商务部16个重点推进境外经贸合作区。

中阿杜库姆产业园位于阿曼杜库姆经济特区内。2017年4月19日，该产业园举行奠基典礼和签约仪式，与来自宁夏等地的10家企业签署了总额约32亿美元的投资意向书，成为目前单一国家入驻杜库姆经济特区的最大项目，也是中国在阿拉伯国家投资建设的最大产业园区。

杜库姆经济特区市场营销经理贾拉勒·拉瓦提介绍，产业园一期建设正在如火如荼地进行，项目总投资额预计超百亿美元。

秉持共商、共建、共享原则，杜库姆产业园高度重视中阿人员交流，2016年就启动了阿曼留学生奖学金项目。首批39名阿曼留学生在宁夏职业技术学院已完成为期一年半的专业学习后返回阿曼，他们将继续完成企业实习，随后进入产业园工作。

苏鲁尔·贾尼比是首批留学生之一。他说，留学生们结束学业后能得到在杜库姆产业园工作的机会，用在中国学到的先进专业知识为国家发展贡献力量。

阿曼劳工大臣巴克里对此高度评价，认为这种“授人以渔”式的中阿合作将带来实实在在的互利共赢。

杜库姆产业园是宁夏在“一带一路”框架下“走出去”的一个缩影。2017年，宁夏新增境外投资企业17家，境外直接投资额7.4亿美元，境外直接投资企业数比2012年增长近4倍，投资目的地扩展到“一带一路”沿线28个国家和地区。“走出去”对全区商品、技术、服务出口的拉动作用日益凸显。

绘制全方位多层次开放新蓝图

四年前，卡塔尔官方杂志《多哈》曾专门刊文指出，“宁夏是中阿交流的门户”，预测在中国推进“一带一路”建设的背景下，宁夏有望促进阿拉伯国家与其他地区的互联互通。

作为丝绸之路经济带的战略支点之一，宁夏精心打造区域性国际物流中心，重点建设空中、陆上以及网上丝绸之路，架构多层次立体化开放通道，提升物流通道建设水平。

2016年1月15日，宁夏开通首趟国际货运班列。两年多来，宁夏开往中亚、西亚的国际货运班列共110列，出口货物19.3万吨，价值约1.3亿美元。

目前，银川河东国际机场有飞往76个城市的94条航线，从银川出发，可直飞迪拜、曼谷、大阪、吉隆坡等国际大城市。预计2018年将实现旅客吞吐量928.56万人次，其中国际旅客达到22.4万人次。

在货物和人员的“优进优出”中，宁夏对外贸易和对外经济合作取得历史性突破。2017年宁夏实现进出口总额341.3亿元，同比增长58.6%，增速位居全国第一，外贸对经济增长贡献率较2012年提高18.4个百分点。

在“一带一路”引领下，“塞上江南”正在绘制全方位多层次的对外开放新蓝图，古丝路要塞上的明珠在新时代熠熠生辉。（此稿被新华网、银川日报等34家媒体采用）

中阿技术转移推动“一带一路”科技合作与交流

新华社记者　艾福梅

农业物联网、绿色智能节水装备、卫星数据应用、遥感技术开发……近两年来，以中国—阿拉伯国家技术转移中心为平台，越来越多的中国技术走进包括阿拉伯国家在内的“一带一路”沿线国家，在解决他们产业发展面临突出问题的同时，也推动了双方的科技合作与交流。

中国—阿拉伯国家技术转移中心2015年9月落户宁夏，是专门从事中阿技术转移与科技合作的综合服务平台。

据中国—阿拉伯国家技术转移中心负责人李国峰介绍，目前依托阿方所在国相关机构，已相继建立起阿盟、沙特、约旦、阿曼、阿联酋（迪拜）、埃及、苏丹、摩洛哥8个双边技术转移中心。

同时，中心还专注于打造网上平台，为中阿双边国际间技术转移供需双方提供数据推送、技术咨询、在线对接、价格评估、网上交易等服务。上线试运行以来，平台已收录技术供需数据70多万条，访客遍及国内外13个国家的70多个地区，实现供需对接70余次，达成对接意向30多次。

“线上平台是线下交流的有力补充，成本低、效率高，已成为中阿开展技术转移合作的重要平台。”李国峰说。

依托阿曼科委与卡布斯大学实施的风光互补智能地下节水灌溉技术与装备项目，是近年来中国—阿拉伯国家技术转移中心成功推动的技术转移项目之一。

这套技术与装备在阿曼13个皇家农场示范推广，辐射面积2000亩，示范种植的甜瓜、玉米、西红柿、马铃薯等5种特色农产品长势良好，比之前的滴灌技术节水34%以上。

“这个项目很受阿曼当地官员和农场主的肯定，转移双方还就下一步的推广签订了商业合作协议。”李国峰说。

据了解，正是在这一项目实施过程中，宁夏大学联合卡布斯大学等中外高校攻关完成了地下节水灌溉专用管道设备生产线的研发与生产。

宁夏大学资源环境学院院长孙兆军说，相较阿拉伯国家目前主要采用的地面滴灌技术，这套地下节水灌溉管道埋在地下，不仅避免了风吹日晒，而且实现了精准灌溉，更适宜阿拉伯国家的节水灌溉要求。

李国峰说，从前期工作来看，中阿双方的技术转移重点在农业方面，但随着平台影响力的提升，技术转移的涉及面越来越广，移动支付、卫生数据应用、遥感技术开发、矿物资源循环利用等一批科技创新平台建立起来。

人才培养也是中阿技术转移的重点。目前，中国—阿拉伯国家技术转移中心与科技部国际合作司、中国科学技术交流中心等机构合作，围绕北斗卫星、旱作节水、防沙治沙等专项技术应用，先后主办、承办或协办了“科技政策与管理国际研修班”等11期培训班，对来自埃及、沙特等近20个“一带一路”沿线国家200多名学员进行了专题培训。

“这样的培训很有意义，学员面广，是增进了解的重要窗口，培养了一批中阿技术转移的‘知情者’与‘积极参与者’。”李国峰说。

他认为，经过这两年全力打基础，中阿技术转移已经步入“正轨”，且技术转移并不局限于阿拉伯国家，开始向“一带一路”沿线国家拓展。

“以前，很多阿拉伯国家更倾向于购买现成的设备来解决问题，但随着形势的变化，如今他们也越来越重视科技创新，具有竞争力的中国技术与设备必将迎来更大的转移空间。”李国峰说。（此稿被香港新闻网采用）

中阿博览会已成中阿共建“一带一路”重要平台

新华社记者　艾福梅　汪健

2017中国—阿拉伯国家博览会即将于6日拉开帷幕，这一由中国商务部、贸促会、宁夏回族自治区政府共同举办的国际性综合博览会已成功举办两届，得到了包括阿拉伯国家在内的丝路经济带沿线国家的广泛认同，成为中阿共建“一带一路”的重要平台。

阿拉伯国家联盟主管经济事务的副秘书长卡迈勒·哈桑·阿里日前表示，对阿拉伯国家而言，中阿博览会将最大限度地促进贸易、投资和技术交流。

数据显示，2016年，中阿贸易额1711.4亿美元，双方新签承包合同额403.7亿美元。中国已成为阿拉伯国家第二大贸易伙伴、重要的原油出口市场。阿拉伯国家成为中国第一大原油供应地、第八大贸易伙伴、重要的工程承包和海外投资市场。

过去三届中阿经贸论坛和两届中阿博览会，共有80多个国家、地区和国际机构，6500多家大中型企业及4.7万多名参展商参会。两届中阿博览会共签订各类协议321个，其中合同金额累计达1328.7亿元，合作项目涉及科技、金融、能源、农业、卫生、旅游、文化教育等十多个领域。

记者采访了解到，通过举办中阿博览会，中国有关部委和阿拉伯国家相关政府部门签署了多项中阿合作协议，成立了中阿技术转移中心、中阿农业技术转移中心、中阿医疗健康合作发展联盟、中阿商事调解中心、中阿联合商会联络办公室等一批中阿多双边合作机构，有力拓宽了中阿合作的渠道。

2016年，宁夏固原天启薯业有限公司的马铃薯专家石富祥一直率领专家团队在约旦实施马铃薯产业技术转移项目。

约旦的合作方哈立德公司专门为中国专家划出300亩地做试验示范基地，使用中国技术完成全部田间作业与管理，同时中国专家还对另外1500亩马铃薯进行技术指导。

这个技术转移项目受到约旦方面的极大肯定。“中国专家在控制病虫害和除草方面很有经验，比我过去采用的欧洲技术更好，我按照他们教的方法耕作，病虫害基本没有了，马铃薯产量提高了25%。”哈立德公司负责人哈立德·苏莱曼说。

宁夏回族自治区科技厅巡视员、中阿技术转移中心副主任张新君介绍说，阿拉伯国家非常需要农业技术，这几年宁夏先后转移了旱作节水、病虫害防治等技术。

据了解，中阿技术转移综合信息服务平台上线试运行以来，已采集收录中阿技术供需数据70多万项，近1700家中外企业或科研机构加盟成为中阿技术转移协作网络成员，相继在5个阿拉伯国家建立了技术转移分中心，并向阿联酋、阿曼、科威特、约旦、埃及、沙特等近10个国家转移输出了一批先进适用技术和装备。

中阿博览会创设了主宾国和主题省的共办机制，努力推动中阿“共赢”。2015年中阿博览会的主宾国约旦带来了近200亿元人民币的合作协议，主题省浙江组建了强大的经贸代表团寻觅商机。本届中阿博览会的主宾国和主题省分别是埃及和福建省。

约旦经济学家胡萨姆·阿耶什说，对约旦经济发展而言，中阿博览会是难得机遇，若能吸引更多中国投资者到约旦，将为约旦带来更多就业机会、推动经济上行。“约旦工商界不应当错过这样的机遇。”

据了解，本届中阿博览会以“务实、创新、联动、共赢”为主题，更加紧扣“一带一路”建设开门办会，以经贸合作为重点，围绕共建“一带一路”合作领域策划设计了商品贸易、服务贸易、技术合作、投资合作和旅游合作五大板块。

自治区副主席王和山说，希望通过务实办好这些活动，推动中阿经贸合作取得新的成果，推动贸易和投资便利化，为“一带一路”沿线国家和相关国家提供广阔的经贸合作机遇。

“近年来，受大宗商品特别是原油价格下跌等因素影响，中阿贸易、阿对华投资等领域合作规模出现一定程度的下降。”中国商务部副部长钱克明说，但在新形势下，阿拉伯国家正积极推进经济结构改革，加快多元化进程，这与中方共建“一带一路”倡议的内涵契合度很高，双方合作未来实现转型升级的潜力是巨大的。（此稿被亚太日报网采用）

中阿企业积极对接谋求扩大合作

新华社记者　于瑶

9月6日至9日，来自埃及、阿联酋等40余个国家和地区的近5000家参展商齐聚宁夏银川参加中国—阿拉伯国家博览会展览。中国广阔的市场为阿拉伯国家所看重，很多阿拉伯国家的食品、手工艺品等也逐渐被中国消费者认可。

“我们公司在埃及制冷行业处于领先地位，与中国的产品相比，我们在成本方面具有一定优势，希望借助博览会进入中国市场，参展期间已经有经销商表达了合作意向。”在2017中国—阿拉伯国家博览会展览现场，埃及一家企业的销售经理巴斯姆·萨利姆说。

来自黎巴嫩的瓦希姆2017年第一次带着企业生产的橄榄油到中国参展，他说：“我们的品牌属于黎巴嫩一家有着300年橄榄油生产历史的企业，现在中国对橄榄油的需求量很大，我们非常看好，目前我们的产品已经进入江西省南昌市，销售还不错。”

参展的部分中国产品受到阿拉伯客商的追捧。在展会上，广州圣纯水净化设备制造公司生产的净水设备，用户只要下载APP就能实时了解水质、滤芯使用情况，吸引了很多阿拉伯客商驻足参观。

摩洛哥客商尤瑟夫·杰拉赫告诉记者，阿拉伯国家大多缺水，对海水淡化、淡水转直饮水非常感兴趣，这款净水设备非常符合他们的需求。

此外，中国企业在云计算、新能源、无人机等高科技领域表现抢眼。浪潮集团为阿拉伯国家构建数字社会提供帮助，公司已在沙特设立办事处，还积极开拓埃及市场。

据了解，本届中阿博览会签约项目共计253个。签约项目涉及农业及食品加工、新技术新材料、现代服务业等8个领域，进一步推动了中国与阿拉伯国家的合作。（此稿被环球网、人民网等42家媒体采用）

中阿寻求技术转移合作“结合点”

新华社记者　邹欣媛　夏晨

正在此间举行的2017中阿技术转移与创新合作大会多场技术成果推介会上，来自中国、埃及、苏丹、摩洛哥等中阿多国科研机构、大学、企业代表，积极对话寻找能满足本国需求的各项技术。

“我这次来，就是想和阿联酋有关人员进一步商议，尝试采取一些新模式，加快在当地推广我们的技术。”中国热带农业科学院椰子所所长王富有说。

王富有所说的是红棕象甲综合治理技术。阿拉伯国家大面积种植椰枣树，树木可绿化，椰枣可食用，但红棕象甲虫害会掏空多年长成的椰枣树茎干直至枯死，他们一直在寻找质优、价廉、易操作的先进技术。

两年前，王富有所在的椰子所，借助中阿技术转移中心这个平台，与需求方阿联酋建立起了联系。他说：“当时我们就觉得机会来了，因为海南的椰子树同样面临虫害威胁，下了很大工夫研究治理技术，早就有‘出口’技术的想法。阿联酋人员也很热情，我们很快签订了协议，开始了试验、示范。”

“更多阿拉伯人已认识到技术合作的重要性，想通过更多渠道找到好技术。”中阿技术转移中心埃及科技海运学院分中心主任纳什瓦说，分中心就是找到遇到问题的人和解决问题的人，帮助他们对接，跟踪、监督项目进度。

通过对接洽谈，中国一些企业的技术在阿拉伯国家的知名度迅速上升。汉能控股集团副总裁王俊娟说：“在我拿着公司的各种轻便的太阳能电池片展示后，有很多阿拉伯国家政府官员、企业人员找到我，想了解这项技术，埃及参会人员已经和我们开始洽谈了。”

“很多企业在中阿技术转移中心的信息平台上发布信息，这几天，他们的点击率猛增。”宁夏回族自治区科技厅副厅长张新君说。

记者看到，中阿不仅在农业科技领域有所交流合作，更多的人开始关注半导体公共照明、3D打印、智能机器人、卫星导航等高新技术，期待在这些领域打开合作之门。（此稿被新华网、《吴忠日报》等13家媒体采用）

境外产业园区建设提速深化中国与“一带一路”沿线国家产能合作

新华社记者　艾福梅　曹轶　王腾

在地处欧洲中部的白俄罗斯首都明斯克附近，有一个占地近百平方公里的工业园区，园区内的两条主要道路分别以明斯克和北京命名。

“园区的开发构架已基本形成，一期核心起步区3.5平方公里的基础配套设施已经完成建设，实现了供电、供水、通信网络、污水处理等全面配套。”中白工业园开发股份有限公司招商引资部总经理宋哲说，工业园的投资潜力已得到投资者的认可，目前已有17家企业入园。

2010年，中国和白俄罗斯达成在白境内建立中白工业园的意向。2017年5月，白俄罗斯公布新版总统令，规定给予入驻中白工业园的企业更多优惠政策。

这次来宁夏银川参加2017中国—阿拉伯国家博览会，宋哲肩负吸引更多中国企业前去投资建厂的使命。在7日举行的中阿博览会国际产能合作论坛上，中白工业园与另外9家已建、在建或即将建设的境外产业园或经贸合作区“集中”亮相，相关负责人从园区类型、区位、环境和服务等方面进行了推介。

业内人士认为，中国企业在境外建设经贸合作区，是复制和分享中国改革发展经验、深化与各国经贸务实合作的重要载体。近年来，在“一带一路”倡议推动下，越来越多的中国企业改变以往单打独斗的方式，通过境外产业园抱团“走出去”。

根据在国际产能合作论坛上首发的《中国与阿拉伯国家产能合作发展报告》，截至2017年4月，中资企业在全球36个国家在建合作区77个。其中，在20个“一带一路”沿线国家在建合作区56个，累计投资185.5亿美元，入区企业1082家，总产值506.9亿美元，上缴东道国税费10.7亿美元，为当地创造就业岗位17.7万个。

报告指出，对中资企业而言，合作区不仅使中国优势产业在海外形成集聚效应，也降低了企业“走出去”的风险与成本。对东道国而言，合作区吸引了更多中资企业前来投资建厂，不仅在增加就业、提高税收、扩大出口创汇等方面发挥了重要作用，还有力推动了东道国工业化进程和相关产业升级。

中国—阿曼（杜库姆）产业园于2017年4月奠基，目前已有宁夏、河北、辽宁等地10家企业签约入驻。

阿曼杜库姆经济特区主席叶海亚·贾比利说，感谢中阿两国政府关注，中国—阿曼（杜库姆）产业园已经吸引了一些中国投资。“未来，希望更多中国重工轻工、房地产等企业来杜库姆特区投资，争取十年内中国企业直接投资额达到10亿美元，创造1.2万个就业机会。”

十年前，中国和埃及联合设立了中埃·泰达苏伊士经贸合作区，如今它已成为中埃产能合作的重要平台，入驻企业近70家。去年1月，中埃·泰达苏伊士经贸合作区二期项目揭牌。合作区运营方、中非泰达投资股份有限公司总经理助理张植洋说，伴随中国“一带一路”倡议和埃及“苏伊士运河走廊”

开发计划的不断深化，高度契合两国发展目标的经贸合作区再次迎来千载难逢的发展机遇。

中国商务部副部长钱克明表示，中国将继续鼓励企业赴阿拉伯国家投资，巩固传统能矿资源、石化领域的投资合作，同时以经贸合作区建设为抓手，打造中阿产业集聚平台，重点落实在沙特、阿曼、埃及、阿联酋等国的产业园区项目。

其中，中国—沙特（吉赞）产业园、中国—阿曼（杜库姆）产业园已被列入中国国家发改委20个产能合作示范区、商务部16个重点推进境外经贸区。

位于海上丝绸之路沿岸国家尼日利亚的莱基自贸区于2006年启动，11年来，随着自贸区基础设施和配套的逐渐完善，吸引了177家生产制造、商贸物流企业投资入园。

“这两年招商引资成果明显，十几家企业来园区里买地建厂，而以前很多都是以租赁的形式，这说明中国企业走出去的愿望更加强烈，积极性越来越高。”莱基自贸区董事、中非莱基投资有限公司副总经理赖四清说。

多个境外产业园区的负责人指出，园区招商引资已进入提速期，其良好的发展前景正吸引越来越多的中国民营资本进入。

中国国家发改委外资司副司长刘霞说，实践证明，推进国际产能合作，所在国家有意愿、有需求，中国有能力、有优势，双方取得了越来越丰硕的合作成果，展现出越来越广阔的合作前景。（此稿被亚太日报网采用）

宁夏现代农业技术借“一带一路”走进阿拉伯国家

新华社记者　靳赫

作为2017中国—阿拉伯国家博览会重要内容，2017中国—阿拉伯国家农业合作论坛7日在宁夏银川市举行。记者从论坛上获悉，农业合作已成为中阿合作中不可或缺的组成部分，而中阿博览会主办地宁夏的现代农业技术也已借助“一带一路”建设走进多个阿拉伯国家，为推动当地农业发展作出重要贡献。

据了解，2010年以来，在宁夏举办的多届中阿经贸论坛和中阿博览会在国际、国内产生了深远影响，中阿博览会已成为中阿共建“一带一路”的重要平台。宁夏借助这个平台与阿拉伯国家在农业领域签署了10多项合作协议，并与毛里塔尼亚、约旦、阿联酋等阿拉伯国家展开农业合作。

宁夏农牧厅厅长王文宇说：“借力‘一带一路’建设和中阿博览会平台，宁夏积极鼓励有实力的企业到境外开展农业开发，带动水稻栽培、旱作节水等现代农业技术、装备、人才输出。特别是依托毛里塔尼亚、约旦、阿联酋‘中阿农业技术转移分中心’平台，加快宁夏特色优势农业技术‘走出去’步伐。”

2016年，宁夏金福来羊产业公司在毛里塔尼亚负责建设的畜牧业技术示范中心通过验收。“一方面，示范中心搭建起技术示范、培训和国内企业‘走出去’对接平台，另一方面，通过示范中心牵线搭桥，宁夏企业水稻加工示范等具体项目也成功落地，双方的农业合作十分务实。”中国援毛里塔尼亚畜牧业技术示范中心主任、宁夏金福来羊产业公司董事长张洪恩说。

参加过阿拉伯国家农技人员培训工作的宁夏农牧厅畜牧工作站畜牧师封元表示，近年来宁夏现代畜牧业、节水农业、设施农业等特色产业快速发展，部分技术正是一些阿拉伯国家紧缺的，而且宁夏农业专家的技术指导往往非常实用和有效，在当地很受欢迎。

“中国专家在控制病虫害和除草方面很有经验，比我们过去采用的欧洲技术更好，我们按照他们教的方法耕作，马铃薯病虫害基本没有了，产量提高25%。”约旦哈立德公司负责人哈立德·苏莱曼说。（此稿被《新华每日电讯》、新华网等52家媒体采用）

中国与阿拉伯国家借“网上丝绸之路”拓展合作“E空间”

新华社记者　任玮

两千多年前古丝绸路上的驼铃声声，跨越历史，影响至今；今天互联网跨越时空，让“网上丝绸之路”成为“一带一路”建设参与国家的交流合作新平台。在6日举行的2017中国—阿拉伯国家博览会“网上丝绸之路”大会上，中阿政要、工商界、专家学者，共同围绕“网上丝绸之路”建设，以及数字经济国际合作等话题展开讨论。

以互联网、云计算、大数据等为代表的新一代信息技术迅猛发展，信息化与经济社会各层面深度融合，世界各国把互联网作为经济发展、技术创新的重点，数字经济正在成为引领世界经济增长的先导力量。

国家发展改革委员会高技术产业司副司长伍浩说，近年来，我国积极部署电子商务、大数据、云计算等系列重大举措，取得显著成效。据测算，2016年中国数字经济规模达22.6万亿元，2017年上半年全国网上零售额超过3万亿元，移动支付、电子支付普及率全球第一。

“过去两年，我们与埃及、沙特等阿拉伯国家共同推进网上丝绸之路建设，在信息基础设施、跨境电子商务、智慧城市等领域开展务实合作，取得良好开端。”伍浩说，中国愿意与世界各国分享数字经济领域的中国经验和方案，与相关国家不断拓展合作范围和领域。

来自工业和信息化部电子信息司的数据显示，目前，我国与“一带一路”沿线12个国家建有34条跨境陆缆和多条国际海缆，直接联通亚洲、非洲、欧洲等世界各地；与国际电信联盟等国际组织合作，努力推进东非信息高速公路、亚太信息高速公路等多边合作倡议；中国信息通信企业参与了全球170多个国家信息通信基础设施建设，为共建“一带一路”、建设网上丝绸之路提供了良好的基础条件。

近年来，越来越多阿拉伯国家也逐渐意识到并致力寻求与中国在“网上丝绸之路”上的合作空间。

阿联酋经济部副次长朱马·阿尔凯说，“网上丝绸之路”是服务“一带一路”建设的重要平台，已成为促进合作伙伴间发展合作的新战略枢纽。

“我们吸引了许多该领域国际领先企业进入电子商务、智能商务市场，其中就包括中国的阿里巴巴集团和著名的亚马逊。”朱马·阿尔凯说，阿联酋非常重视“网上丝绸之路”建设，将其视为推动“一带一路”建设的重要部分。

实际上，建设“网上丝绸之路”，中国与阿拉伯国家已经迈出了坚实的一步。国家互联网信息办公室副主任庄荣文说，过去两年间，通过共建中阿网上丝绸之路，中阿开启了务实合作新空间，信息互联互通取得新进展，跨境电商成为双方合作新引擎。

“中吉塔阿‘丝路光缆项目’和中阿‘法扎巴德—瓦罕走廊—喀什光缆网络项目’正稳步推进，中阿积极推动北斗系统合作，开展信息基础设施、卫星应用服务、大数据、云计算、智慧城市等新兴领域合作交流。”庄荣文说。

另外，中阿企业围绕贸易信息技术服务平台、互联网跨境支付平台，以及中国“名优特”商品海外物流仓储等开展合作。中阿跨境电子商务交易平台、宁夏跨境电子商务监管服务系统已上线运行，中阿软件服务外包等合作项目也在加快对接，双方合作交流“E空间”进一步拓展。（此稿被央视网、新华网等120家媒体采用）

宁夏初步形成内通外联的立体化开放通道

新华社记者　于瑶　许晋豫

银川—德黑兰国际货运班列首发仪式5日在宁夏银川南站货场举行，首次班列共50车，运载来自宁夏的轮胎，以及河北、山东、江苏等地的机械设备、汽车配件等20多种产品。

银川—德黑兰国际货运班列开通后，宁夏将以畅通中国—中亚—西亚低成本物流大通道为目标，探索建立银川—德黑兰国际货运班列国际合作机制，利用中亚、西亚丰富的农业、矿产品资源扩大产能合作。

这一班列正式开行，是宁夏不断完善开放通道的一个缩影。近年来，不断融入“一带一路”建设，构建陆上、空中、网上丝绸之路，宁夏初步形成了内联外通的立体化开放通道。

“陆上丝绸之路”不断延伸，宁夏至中亚国际货运班列运行一年多来，累计发运84列3631车，满载“宁夏制造”的班列从银川出发，开往哈萨克斯坦、乌兹别克斯坦等国家。

“空中丝绸之路”不断加密，银川成为阿联酋航空公司在中国的第四个直航城市，去年银川航空口岸国际旅客吞吐量达到16.8万人，同比增长72%。同时开通了银川至国内63个城市的72条航线，实现了全国所有省会城市航线全覆盖。

“网上丝绸之路”不断加快，中阿技术转移综合信息平台系统上线以来，已采集收录中阿技术供需数据70多万项，并向阿联酋、沙特、科威特等国家转移输出一批先进技术装备。跨境电子商务也获得了一定发展。“宁夏丝路通、优百贸等企业已建成一批跨境电子商务交易平台，其中丝路通电商平台对接阿联酋、埃及、约旦等6个国家，今年前7个月实现进出口总额4000多万元。”自治区信息化建设办公室副主任陶少华说。

陆上、空中、网上丝绸之路建设，推动宁夏对外贸易转型发展，带动更多“宁字号”产品走向世界，使宁夏成为面向中西亚的重要通道、商贸物流枢纽和产业基地。

2016年宁夏实现进出口总额235亿元，近5年平均增速达到16.8%；合同利用外资2.5亿美元，增长36%，5年平均增速达到41%；对外直接投资9.5亿美元，5年平均增速达到135%。在对外贸易方面，宁夏机电、高新技术、生物医药和农产品等特色优势商品出口比重不断上升，“两高一资”商品出口比重持续降低。

通道的畅通，也使宁夏企业“走出去”的步伐加快。自治区发改委副主任郝留虎介绍说，宁夏企业已在全球28个国家和地区设立了95家境外企业，其中32家在“一带一路”沿线国家，境外投资国家、投资金额和企业数量持续增长，涉及行业由羊绒纺织、能源化工等重点领域向农业开发、商贸物流、技术服务等行业扩展。（此稿被《新华每日电讯》、新华网等52家媒体采用）

阿拉伯国家政党期待“一带一路”实现阿中关系新飞跃

新华社记者　王卓伦　赵倩

“在阿拉伯世界有句古老的谚语，出门路上靠朋友。幸运的是，今天我们有朋友也有路——朋友是中国，路是丝绸之路。”在22日落幕的中国—阿拉伯国家政党对话会上，埃及前总理伊萨姆·沙拉夫如是说。

2016年1月发布的《中国对阿拉伯国家政策文件》中指出，坚持共商、共建、共享原则，推进中阿共建“一带一路”。会上，来自16个阿拉伯国家30个政党和智库媒体的代表，纷纷对此表示热切期待，并对如何利用“一带一路”倡议助推中阿关系实现新飞跃展开讨论。

摩洛哥进步与社会主义党政治局委员拉希德·鲁克班说，中国和阿拉伯世界都拥有悠久和灿烂的文明，“早在古丝绸之路中我们就真诚相待，在建设丝绸之路经济带和21世纪海上丝绸之路的今天，情感上有一种天然的亲近感”。

“古丝绸之路上，阿中的友好使者们不得不跋涉万水千山。而今天，随着‘一带一路’沿线铁路、公路、通信设施的建设不断推进，阿中人民之间的距离，将不再用公里计算，而是用小时、分钟甚至秒计算。”阿尔及利亚民族解放阵线党中央委员布阿利姆·塔塔赫说。

基础设施联通推进了民心相通，而民心相通离不开语言沟通。“汉语和阿拉伯语可能都是世界上最难学的语言，但近年来我看到，在中国和阿拉伯国家都有越来越多的人在学习对方的语言。”黎巴嫩自由国民阵线地方委员会协调员瓦利德·阿什卡尔说，从语言中理解和沟通彼此的文化，必然会推进“一带一路”的政策相通。

据《中国对阿拉伯国家政策文件》，中阿共建“一带一路”，将以能源合作为主轴，以基础设施建设和贸易投资便利化为两翼，以核能、航天卫星、新能源三大高新领域为突破口。

“我们从中可以看到，这与阿拉伯国家实现经济多元化、推进工业化的需求结合了起来。”卡塔尔阿拉伯政策研究中心研究员萨米尔·赛伊凡说，“一带一路”带来的将不仅是阿中贸易往来的进一步畅通，还是通过生产型投资加速阿拉伯地区工业化的机遇。

萨米尔·赛伊凡的观点得到了阿尔及利亚民族解放阵线党中央委员阿卜杜勒·瓦哈卜·本扎伊姆的认同。他说，中国有句谚语叫作“授之以鱼，不如授之以渔”。“我们不只希望买到更多优质的中国商品，还期待能有越来越多的中国企业到阿拉伯地区投资设厂，带来先进的技术和经验，让阿拉伯和中国一起进步。”

苏丹全国大会党领导局成员哈米德·穆罕默德说：“在全球化和多极化势不可挡、中国和阿拉伯地区经济下行压力都在增大的形势下，‘一带一路’的提出恰逢其时。”

哈米德·穆罕默德说，他看到了“一带一路”以和平促繁荣的诚意，相信阿中共赢的美好愿景一定能实现。（此稿被人民网、凤凰网等14家媒体采用）

对外开放的宁夏脚步

新华社记者　刘海

［解说］17 年前，宁夏商人李燕惠离开家乡南下深圳，在改革开放的前沿阵地打拼闯荡；3 年前，她重返家乡二次创业。她的离开和归来，都在感受和见证着宁夏对外开放的脚步。

见到李燕惠是在宁夏国际快件中心，这是西北第二个、宁夏唯一一个国际快件中心，也是李燕惠回乡创业的起点。中心主要利用银川—迪拜等国际航线，经营中东、欧美等直邮国内快件物品的清关配送业务，打通了国际寄递物品从银川直接进出境的渠道，结束了宁夏企业及个人国际寄递物品必须绕道其他省市清关出入境的局面。

［同期］宁夏东泰鑫跨境电商贸易有限公司总经理李燕惠："家乡这几年的发展变化也非常大，我们作为生意人，也想着怎么才能挑战一些新的领域，回来了以后就得到了咱们宁夏当地政府的各种支持和帮助，他们这些正向的支持也利民。"

［解说］采访中记者了解到，中心从 2017 年 7 月正式开展业务，截至 2017 年底，累计接收来自阿联酋、美国、荷兰、德国等国家的进境快件 6 万件，涉及服装、鞋包、化妆品、婴幼儿用品等各类商品，分拨至全国各地。

［同期］宁夏东泰鑫跨境电商贸易有限公司总经理李燕惠："从一开始的每天只是二三十件、四五十件，到现在每天的处理量都在 3800 件这么个样子，可以说是发展的速度也是很快的。这是最早从迪拜飞到这儿的货物，现在我们已经有全世界 19 个国家（的货物），虽然我整个窗口感觉比较小，但是我的货物是来自全世界，从宁夏银川出去的（货物）是面向全中国。"

［解说］受区位、发展条件等因素制约，宁夏对外开放相对滞后，是制约宁夏经济社会快速发展的突出问题。近些年来，宁夏把扩大开放放在突出位置，坚持开放引领，不断拓展发展新空间。

2012 年 9 月，国务院批准宁夏建设内陆开放型经济试验区，设立银川综合保税区，为宁夏全方位对外开放提供了有利的政策支持。

［同期］银川综合保税区管委会保税业务与口岸服务处处长余晓平："通过综保区这样一个对外开放的窗口，我们能接触到国际上更多的管理、科技各方面的经验，把它引入到我们传统的行业和传统的产品中来，把我们特色的产品、产业按照国际上通行的方式把它做成标准化、体系化的东西，然后让企业更好地参与国际竞争，也培养我们本土好的品牌、好的企业。"

［解说］作为宁夏内陆开放型经济发展的重要窗口，银川综合保税区复制实施上海等自由贸易试验区的先进经验，依托临空、口岸、资源、功能、政策等优势，积极招大引强，累计完成招商引资到位资金 30 多亿元，一批对外开放合作项目在这里落地。

［同期］中国机械设备工程（银川综合保税区）有限公司项目经理姚译杰："在保税区，企业可以享受到最大的优惠，尤其是对于做国际贸易的企业，因为我们综合保税区，它的定位是"境内关外"，在综保区内进行贸易经营的企业，它是不需要缴纳任何费用，所以像裘皮加工这类的企业，它的原料从国外采购，它的最终产品销往国外，能够最大化地利用综合保税区的政策优势，在很大程度上能够

降低企业的费用成本。”

［解说］2013年，国家“一带一路”倡议的提出，为西部省份提供了前所未有的发展机遇，也把地处内陆的宁夏推向了改革开放的前沿。

如今的宁夏，再次迎来新的发展机遇。作为对外开放的亲历者和见证者，李燕惠深刻感受到国家发展给企业和个人带来的实在变化，也期待着更加开放的家乡迎来更加美好的明天。

［同期］宁夏东泰鑫跨境电商贸易有限公司总经理李燕惠：“其实我们想做到的是什么呢，就是在咱们西北地区，在咱们自己的家乡，能把我们这个服务平台做大做强；再一个，让更多的国家和更多的人认识到我们宁夏，认识到我们银川。就因为我们受到了实惠，看到了方向，所以我相信会有更多的出去的家乡的企业家、家乡这些出去做事的人都会回来，为家乡的发展而出力的，这点是肯定的。”

从巴哈马到宁夏
——余珍珠的梦想之旅

新华社记者　刘海

［解说］28岁的娜塔吉亚中文名叫“余珍珠”，来自大西洋西岸的岛国巴哈马。今年2月，她来到万里之外的中国宁夏，开启了梦想之旅。

余珍珠在美国读大学时主攻商业管理和计算机信息科学。2014年，她拿到了商业管理的硕士学位，并留美工作。一年后，不肯安于现状的珍珠只身前往阿联酋，从事酒店管理工作。三年后，她又将目光锁定中国。

［同期］余珍珠：“我为什么选择来宁夏呢？事实上我没有来这工作之前，在迪拜工作，那里也非常不错。我在迪拜结识了许多人，他们有不同的文化背景，我开始想尝试了解中国的文化，所以我就（通过应聘）来到了这里。凯悦酒店给我提供了工作机会，我非常高兴能够来宁夏工作。”

［解说］带着对中国文化的向往，余珍珠再次启程，从迪拜来到了宁夏银川，成为一家星级酒店的宾客服务经理。闲暇之余，她最喜欢到宁夏各地走走看看，饱览美景、遍尝美食。

［同期］余珍珠：“宁夏真的是值得一看的地方。我来自巴哈马，我们那里有海滨、阳光、沙滩、海水，但是我们没有这里绵延的群山和美丽的葡萄酒小镇，这里有世界上最好的葡萄酒。这里的美食就更不用说了，宁夏的好吃的实在是太赞了！你在其他国家了解的中餐，比如美国的中餐，其他任何地方的中餐，和真正在中国吃到的中餐是不一样的。在中国吃的中餐才是最美味，我简直太喜欢了！”

［解说］除了美景、美食，让余珍珠爱上宁夏、留在宁夏的重要原因是这里的人。友好善良的同事、朋友让这个远离家乡的姑娘感受到了家的温暖。

［同期］余珍珠：“在我看来，宁夏真的是一个非常棒的地方，因为这里的人们太好了！这里的每个人都对我那么好，非常友善，乐于助人。我只会说一点点中文，每次尝试和大家交流的时候，他们总会帮我解围。”

［解说］余珍珠说，未来她也许会留在宁夏，在这里成家立业；也许会再次启程，到世界各地继续自己的探奇之旅。不论结局如何，宁夏都会成为她生命中一段最美妙的记忆，永远珍藏。

中国与“一带一路”沿线国家高铁合作取得突破性进展

新华社记者 卢鹰 林涵

［解说］正在宁夏银川举行的2017中国—阿拉伯国家博览会上，首次亮相的高铁分会聚焦中国与“一带一路”沿线国家高铁共建共享。高铁已经成为中国与“一带一路”沿线国家合作的重要领域，前景广阔且取得突破性进展。

中国铁路总公司副总经理刘振芳在高铁分会作主旨演讲时表示，中国铁路部门大力推进高速铁路技术创新和建设发展。在较短的时间内，使中国成为世界上高速铁路发展最快、运营里程最长、在建规模最大的国家。

［同期］中国铁路总公司副总经理刘振芳：“中国铁路总公司认真贯彻国家创新驱动发展战略，形成了产、学、研、用结合的铁路技术创新体系，实现了中国高铁技术的飞跃，中国铁路总体技术水平步入国际先进行列，部分技术达到了国际领先水平。中国高铁已成为国家技术创新的典范。”

［解说］随着中国铁路尤其是高速铁路的快速发展，中国铁路综合实力和国际影响力明显增强。铁路特别是高铁已成为“一带一路”建设的重要领域和中国装备走出去的靓丽名片。在高铁走出去的过程中，中国始终坚持合作共赢理念，既充分发挥中国铁路的技术优势，又充分关注项目国的诉求，不断创新合作方式，大力推进境外铁路项目合作，一批项目获得突破性进展。

［同期］中国铁路总公司副总经理刘振芳：“2017年4月20号，中国、白俄罗斯、德国、哈萨克斯坦、蒙古国、波兰、俄罗斯七国铁路部门，正式签署关于深化中欧班列合作协议，这是中国铁路第一次与‘一带一路’沿线主要国家签署有关中欧班列开行方面的合作协议，为中欧班列的开行提供了更加有利的机制保障。在各方的共同努力下，中欧班列开行数量逐年翻番增长，开行密度不断加大，开行范围迅速拓展，货源品类日益丰富，为‘一带一路’建设提供了可靠的运输保障。”

［解说］刘振芳表示，近年来阿拉伯国家铁路致力于铁路规划和建设，一些国家正在发展高速铁路，中阿铁路合作意愿不断增强，双方铁路合作企业互利合作成效初步显现，未来一个时期，双方在铁路领域的务实合作具有广阔发展前景，将进入到一个新的发展阶段，中国铁路高度重视与阿拉伯国家铁路的友好合作，希望以本届高铁分会为契机，全方位加强与阿拉伯国家铁路的全面合作，愿意在平等互利基础上，与阿拉伯国家共享中国铁路的发展成果和经验。

信用体系建设助推“一带一路”沿线国家经贸合作

新华社记者　唐亚蒙　林涵　蒋志强

［解说］9月7日，2017中国—阿拉伯国家博览会信用论坛在宁夏回族自治区银川市举行。论坛由宁夏回族自治区人民政府与北京大学共同主办，宁夏回族自治区博览局、北京大学中国信用研究中心和万达财富信用评估集团有限公司共同承办。

论坛以“绿色信用　共享未来”为主题，邀请国内外政经界著名人士、专家学者、企业家代表等，围绕“一带一路绿色信用体系建设”“中国社会信用体系建设”等议题深入探讨促进“一带一路”领域国际信用经济合作、国内信用体系建设与发展等问题。

论坛主题环节由“一带一路绿色信用建设高端对话”和“共享信用　政、企、学对话”两场高端对话组成。中外权威专家和企业代表出席论坛，并参与相关话题讨论。

［同期］北京大学中国信用研究中心主任章政：“本届中阿博览会信用高峰论坛，我觉得是开创一个对未来信用体系建设，甚至是中国未来绿色金融，包括小微金融的一个转折点。或者说是一个里程碑，意义非常重大。就是因为它对信用评级的工作，有了一个非常深刻的思考，那么同时这个思考呢，应该说对未来信用评级发展的这样一种方向，起到了一个非常重要的转折性的作用。”

［解说］论坛中，万达财富信用评估集团有限公司还发布了《“一带一路”沿线国家信用状况综合报告》和《万达财富保险业务报告》两个高端研究报告。

［同期］万达财富集团董事长李炳春：“现在科技发展越来越快，提到了一个智能科技，科技智能化。那我们信用这一块，我们提到的是共享信用，‘一带一路’沿线参与的国家很多，那我们在‘一带一路’中提出的共享信用是什么呢？就是在商务往来中，让我们的信用文化通过‘一带一路’大家共同遵守这个底线，大家在诚信、守信的基础上，发生经济、贸易等相关合作。”

［解说］2017中国—阿拉伯国家博览会信用论坛秉承中阿博览会“传承友谊、深化合作、共同发展”的宗旨，在“务实、创新、联动、共赢”的主题指导下，紧扣“一带一路”建设，深入贯彻“一带一路”国际合作高峰论坛精神，积极探讨“一带一路”绿色信用体系建设、创新和国际合作问题，为“一带一路”沿线国家开展信用经济合作提供了重要理论依据，作出了重大贡献。

乡村振兴篇

XIANGCUN
ZHENXING PIAN

喜看乡村新画卷
——宁夏奋进 60 年巡礼之乡村变迁篇

新华社记者　靳赫

地处西北内陆的宁夏，既有高山大漠的雄浑，又有“塞上江南”的温婉，自然造化之美自古入诗入画。自治区成立 60 年里，尤其是党的十八大以来，这片热土上的人民用勤劳和智慧，发展特色农业、建设美丽乡村、树立文明乡风，绘就了一幅全新、壮美的乡村振兴新画卷。

“农”墨重彩绘山河

由北向南，从平原到山区，蓬勃发展的农业正重绘宁夏山川：黄河两岸，绿油油的稻田迎风起浪；贺兰山东麓，数十万亩酿酒葡萄渲染出梦幻般的紫色；清水河畔，火红的枸杞压弯枝头；南部山区，马铃薯变成致富“金豆豆”……

这幅色彩缤纷的农耕画卷来之不易。改革开放后，宁夏老百姓解决了吃饭问题，然而由于当地总体上山多川少、气候干旱，产业发展一度难以突破“口粮农业”瓶颈。

为实现农业进一步发展，宁夏利用当地光热资源充足、昼夜温差大、地貌生态类型多样等优势，聚焦优质粮食及草畜、瓜菜、枸杞、葡萄五大特色优势产业，逐步走出“特色产业、高品质、高端市场、高效益”的现代农业发展之路。

固原市地处宁夏西海固地区，曾被联合国粮食计划署评价为最不适宜人类生存的地区之一。如今走进固原乡村，随处可见农忙兴旺景象。原州区河东村，连片的菜地一眼望不到头，滴灌、喷灌等节水灌溉设施滋润着农田，农民将蔬菜收割并打冷，再装进冷链运输车。“以前为了生存‘土里刨食’，现在‘土能生金’，种出的蔬菜品质高，还能错季上市，成为广东等地市场的‘抢手货’，价格远高于普通蔬菜。”河东村党支部书记钱亚伟说。

目前，宁夏农业总产值已从自治区成立初期的 2.2 亿元增加到 536.4 亿元，农民人均可支配收入由改革开放初的 100 多元增加到 10700 元。与此同时，越来越多农业新技术应用到生产中来，三产融合、

宁夏固原市彭阳县绿意盎然的梯田景观　■ 新华社记者　王鹏 / 摄

绿色农业、品牌建设等工作顺利进行，推动农业农村经济高质量发展，农业在宁夏成为充满希望的朝阳产业。

生态点染美乡村

8 月的一天，雨后初晴，走进石嘴山市大武口区龙泉村，树木茂密、泉水叮咚，成片的向日葵羞答答地低着头，丛生的百日红、波斯菊等小花滴着水珠，一座座气派的农家小院错落有致，整个村庄仿佛一幅山水田园画。

龙泉村是宁夏一些美丽乡村的缩影，而曾经的宁夏农村并非这般模样。“山像和尚头，有沟无水流”“晴天一身土，雨天一身泥”“垃圾靠风刮，污水靠蒸发”……这些都是当地村民的深刻记忆，由于城乡发展不平衡，宁夏农村生态人居环境、基础设施等曾长期存在“欠账”。

为改善乡村群众生活条件，宁夏实施全境禁牧封育、退耕还林还草等，使生态环境不断向好，并累计组织 110 多万人从“一方水土养活不了一方人”的贫困村庄搬出，易地安置，近年来又加快推进特色城镇、美丽乡村等建设，先后改造提升小城镇 92 个，建设整治村庄 488 个，乡村整体面貌焕然一新。

2014 年，海文武一家从宁夏南部山区搬迁到银川市永宁县原隆村，他不再离家外出打工，而是在家门口“上班”。

“柏油路、网络、热水器、抽水马桶，这些城里有的东西我们村一样不缺，而且环境优美，越来越多城里人跑来休闲旅游，村里的 3000 多亩红树莓种植基地成了热门景点。这两年我和村民在基地种红树莓，每月能挣 5000 多元，比外出打工强多了。”海文武说。

文明乡风添新韵

“三夏”农忙时节，农村文化活动进入“淡季”，但中卫市中宁县新堡镇文化站里却人气十足，大厅里数十名村民排练着秦腔、扇子舞、国标舞，图书室、书法室里也有不少读书、写字的村民。

“这几年镇上隔三岔五地组织文化活动，场地也越修越好，一些原先有‘牌瘾’的人现在常和我们跳舞，连麻将都顾不上打了。”70 岁的新堡镇居民王绪兰说。

像新堡镇这样的文化站及各式文化广场、农家书屋等已在宁夏农村遍地开花，群众文化社团如雨后春笋般涌现，“乡村好人家”“好家训进庭院厅堂”等农村道德典型评选活动也重点推进，乡村群众文化生活大大丰富，崇德向善蔚然成风。

近些年，宁夏部分农村出现了婚丧嫁娶活动跟风攀比、人情消费迅速攀升等现象，给不少农民造成负担。为此，宁夏大力推进移风易俗工作，通过深化宣传教育、加快建设乡村红白理事会、倡导修订完善村规民约等措施引导农民移风易俗，高额彩礼、盲目攀比等问题得到有效遏制。

石嘴山市惠农区西永固村村监会主任王学礼说：“以前村民办红白喜事，不跑到县城办就觉得没面子，现在大家都喜欢就近简办，不要彩礼的人家也越来越多。”

乡村之美，既有生态宜居“面子”，更有乡风文明“里子”。如今，在乡村振兴战略实施的大背景下，远山近树、长街小院、风土人情、邻里和睦等元素，正在构成宁夏乡村和谐兴旺的动态画卷。

（此稿被中工网、新华网等 54 家媒体采用）

希望的田野
——宁夏乡村振兴见闻

新华社记者　陈晓虎　靳赫

宁夏是西北地区重要的商品粮基地，素有“塞上江南”“鱼米之乡”的美誉。近几年，蓬勃发展的现代农业为当地农村发展助推动力，增添活力，尤其是国家乡村振兴战略实施以来，塞上大地春潮涌动，农业农村领域不断推陈出新，绘写出一幅乡村兴旺美丽的崭新画卷。

生态种养催生“稻田革命”

宁夏平原，黄河由南向北流动，宛如玉带，这里沟渠纵横、稻香鱼肥、瓜果飘香。2018年春耕前，记者曾来到宁夏贺兰县通义村采访，当时村里正大规模改造稻田，田旁新修围式鱼塘、有机蔬菜长廊等。

“村里通过成立合作社、鼓励农民以土地入股等方式实现了土地规模化经营，试验推广稻、鱼、蟹、蔬菜共生互补的有机稻生态种养模式。改造稻田是为了扩大生产规模。”通义村支部书记马瑞宁说。

通义村还创新销售模式，发展有机水稻“认种”，将农田分割成若干片区，由企业、城市家庭认领片区土地的收获权。去年，客户在通义村“认种”一亩地，需交3000元“认种费”，平时田里农活由村里的合作社完成，田里产出的有机大米、有机蔬菜和生态鱼等农产品全部配送上门。

这种模式很快获得市场认可。2018年，通义村每亩地“认种费”增加到3600元左右。“每亩地年收益平均翻了一倍，而且有订单，稻米不愁卖。”宁夏荣辉农民专业种植合作社理事长荣辉告诉记者。

在宁夏，通义村的成功并不是孤例。近年来，订单农业、认种认养农业、土地入股、统种分管等农业经营新模式在宁夏农村遍地开花，在解决农产品销路问题的同时，推动农业生产标准化、规模化、集约化。“农业发展有好势头，我们干事也更有劲头。”马瑞宁说。

位于宁夏银川市境内黄河岸边的稻田　■ 新华社记者　王鹏/摄

职业农民“让获得感托起成就感”

从春播、秋收到冬灌，宁夏灵武市鑫旺农业社会化综合服务站负责人王海刚时常奔波在田间地头。当地农民把近8000亩耕地托管在他的农业服务站，在保证颗粒归仓之前，王海刚丝毫不敢大意。

“农民每年为每亩地支付750元托管费，地里的活我们全包，还保产量、保质量，农民只等庄稼种出来卖钱就行。通过我们牵线，农民还和一些粮食加工品牌企业签收购合同，收益更加稳定。”王海刚说。

宁夏吴忠市红寺堡区罗山脚下的葡萄种植区　■ 新华社记者　王鹏／摄

王海刚的服务站里有不少农技专家，还配备了各种大型农机具，生产中节本增效效果显著。“我们一天能平整上千亩土地，并且通过水稻精量穴播技术，每亩地可以少用十几斤种子，直接节约30多元成本。同时，由于农资统一采购，还能享受到批发价的优惠。”王海刚说。

这中间的实惠农民看得见。“我家的20亩地全托管了，委托服务站按照企业订单要求种植优质水稻，除去托管费，平均每亩地净挣1200元，服务站还雇我干田间淌水等零活，一年打工收入近8000元。”灵武市杨洪桥村村民李怀说。

近两年来，宁夏农业社会化服务组织如雨后春笋般涌现，除了提供农业生产全托管这种“打包式”服务，还提供农机作业、农资供应、病虫害统防统治等单项农业生产性服务，而像王海刚这样懂市场、有技术和实力的职业农民则成了农村“红人”，他们通过规模化、机械化、专业化生产手段，有效改变着传统农业生产方式。

“种田凭技术和专业，一年收入几十万元，当个职业农民很有获得感和成就感。”王海刚说。

美丽田园“引来游客，记住乡愁”

金秋时节，罗山脚下，宁夏红寺堡区西川村，酿酒葡萄园一眼望不到边，葡萄园旁，一排排民房整洁气派，树木、凉亭、风车长廊、休闲广场等点缀其间，美不胜收。然而，多年前这里还是一片荒滩。

“我们都是从宁夏南部贫困山区搬迁来的生态移民，比起老家，这里地势平坦、用水方便，可一切都要从头建设。”西川村村民侯国栋回忆说，2006年他搬来时，一刮风黄沙遮天蔽日，被子里、碗里都有沙子。

近些年，在政策扶持下，西川村产业迅速壮大，发展酿酒葡萄种植园5000多亩，并引导葡萄种植业和旅游业融合发展，使西川村逐渐成为“景村一体、产村一体”的美丽乡村。夏秋季节，前来采摘、游玩的人络绎不绝。

记者了解到，宁夏通过拓展农业功能，推进种植与旅游等产业深度融合，提高农业综合效益。其中一些农村不但突出了地域特色，还将农耕民俗文化融入产业发展，取得良好效果。

宁夏吴忠市利通区牛家坊村，从无人机俯瞰拍摄，农村民居、农业生态园、农家乐等镶嵌在一片桃林里，路在林中、家在园中、人在景中。村农耕民俗文化博物馆900多平方米，展示着近万件旧时农村生产生活用具，农耕文化体验区里老油坊、老醋坊、石磨面粉坊依次排开，游客可在体验劳动中购买自己生产的农产品。

“在我们村不但能欣赏田园美景，还能体验农村传统文化，游客爱来，来了也能留得住。这几年，仅村里农耕民俗文化博物馆的参观人次就超过12万，我们村成了城里人向往的地方。”牛家坊村村主任马尚民说。（此稿被《新华每日电讯》、央视网等175家媒体采用）

宁夏：小省区走出特色农业发展之路

新华社记者　靳赫

“宁夏川，两头子尖，东靠黄河西靠贺兰山，金川银川米粮川……”一曲《宁夏川》，唱出了塞上大地的壮美图景。地处西北内陆，既有高山沙漠，又有江南景色，宁夏独特的自然条件常引人赞叹。正是在这方热土上，宁夏人利用特有的资源禀赋，将特色农业发展之路越拓越宽。

创新思路突破发展限制

黄河流经宁夏397公里，为当地带来了得天独厚的灌溉条件，造就了“塞上江南”的旖旎风光。然而，在具备一定自然环境优势的同时，宁夏农业发展也面临着诸多限制。

宁夏总体上地狭人少、山多川少、气候干旱，全区耕地面积仅有约1937万亩，在水利建设相对滞后的年代，南部山区往往“十种九不收”。

这种条件决定了宁夏农业规模和农产品总量不占优势，要发展，必须另谋出路。过去，宁夏农区一直按山区、川区分类，生产也普遍以种粮为主，为找到更科学的农业发展路径，宁夏需重新审视自身资源禀赋，重构农业发展版图，并精准施策。

“宁夏光热资源充足、昼夜温差大、地貌生态类型多样，北部引黄灌区具备发展高端农业条件，中部干旱带是发展特色旱作节水农业的适宜区，而南部山区气候温和凉爽、环境洁净，是发展生态农业的较佳区域。”宁夏农牧厅副厅长赖伟利说。

全面分析后，宁夏开始探索走一条立足本地实际的特色农业发展路径。自20世纪90年代起，宁夏就着手筛选一批特色优势农业产业予以重点支持，逐渐形成促农增收带动力强、受惠面广的优质粮食及草畜、瓜菜、枸杞、葡萄“1+4”的特色优势产业，走出了“特色产业、高品质、高端市场、高效益”的“一特三高”现代农业发展之路。

“内外并重”打造特色优质农产品

宁夏中卫市环香山地区年均降水量不足300毫米，蒸发量却达2000毫米以上。政府引导当地农民在荒地上铺一层厚砂石，将种子播进砂石下的土壤里，再在砂石层上覆以薄膜，既充分利用光热资源，又能保墒节水，种出的西瓜甘甜可口，还富含硒等微量元素。

这种在石头缝里种出的西瓜便是有名的“宁夏硒砂瓜”，每年夏季被全国客商争相收购。如今，种硒砂瓜已成为当地促农增收的支柱性产业。“在这样干旱的地方，原本生活都成问题，现在我种瓜每年能挣十几万元。”当地瓜农俞学川说。

从北部灌区的优质粮食，到南部山区的冷凉蔬菜，纵观宁夏主要农业特色产业，无一不是巧妙利用自然资源发展起来的，思路和方法对了，便有天时地利，生产特色优质农产品事半功倍。

在此基础上，宁夏农业还勤练“内功”。自治区党委、政府通过政策引领、完善服务体系、强化科技支撑等举措提高现代农业发展水平，向农业现代化、集约化要品质和效益。

“目前宁夏奶牛规模化养殖率超过90%，高于全国平均水平40个百分点，生产效益大大提升，鲜奶主要质量卫生指标达到欧盟标准，伊利、蒙牛等大型乳企纷纷在宁夏设厂，抢占好奶源。”宁夏农牧厅首席兽医师罗晓瑜说。

受益的不仅有奶牛养殖业，如今宁夏粮食、肉牛、滩羊良种化率均达90%以上，主要农作物综合机械化水平达到73%，农业科技入户率达到80%以上，现代农业发展动能持续释放。

紧盯市场效益做好现代农业文章

质量兴农、品牌强农，宁夏人清醒地认识到，仅有高品质农产品还不够，最终决定产业效益的是市场，发展品牌农业是扩大效益的必要手段。

宁夏枸杞驰名中外，但“优质不优价”问题长期困扰产业发展。针对这一问题，宁夏持续推进枸杞品牌建设，在培育企业自有品牌的同时发布枸杞区域公用品牌，带动产品销量、价格齐升。宁夏百瑞源枸杞股份有限公司董事长郝向峰自豪地说：“今天我们不再遮遮掩掩，好枸杞就是可以贵一点。”

据了解，宁夏已打造“宁夏大米”等农产品区域公用品牌6个、知名企业品牌和特色优质农产品品牌各20个，累计培育各类特色优质农业品牌300多个，宁夏农业正加速迈进“品牌时代”。

与此同时，宁夏还力促三产融合，推进全产业链构建，打造贺兰德胜等一批年产值20亿元以上的农产品加工园区，全区国家级休闲农业示范县达到10个，农产品附加值逐步提升。

2017年水稻成熟时节，记者走进宁夏贺兰县“稻渔空间”生态产业观光园，看到鱼、螃蟹、鸭子等与水稻共生，以大地为纸、以五彩水稻为颜料的巨型稻田景观图案令人震撼，采摘、休闲、餐饮等配套项目一应俱全。依靠种植养殖、农产品加工和乡村旅游融合发展，“稻渔空间”2017年吸引游客20余万人次，卖出150万元的农产品，每亩地收益突破1.2万元。

如今，宁夏农业特色优势产业产值已占农业总产值的87%。风劲扬帆正当时，在国家大力实施乡村振兴的大背景下，宁夏农业发展也将继续引吭高歌，大步向前。（此稿被《中国改革报》、新华网等43家媒体采用）

老手艺变成产业发展“活招牌”
宁夏悄然兴起“古法复兴”之风

新华社记者　马俊　任玮　李浩

春节刚过，意兴油坊又忙活起来。走进榨油车间，刚刚炒熟的胡麻籽散发出阵阵香气，工人们将熟胡麻放进石磨反复碾磨成有黏性的油泥，再将油泥制成油饽上锅蒸，随后用麦草、钢圈将蒸好的油饽包裹成一个个油坨，置于粗长的松木油担下，随着油担用力挤压，金黄的油液缓缓流出，一股香味扑面而来。

“我们用的是传统手艺，炒油籽、磨油籽、踩油饽、蒸油、包油坨、榨油6道工序全靠人工完成，原料是优质胡麻籽，这是真正的原生态、无添加。”意兴油坊的榨油师傅齐国玺说，手工榨油色泽清亮、味道香醇，乡亲们都爱吃。

意兴油坊是宁夏固原市隆德县凤岭乡李士村的一个作坊，也是一个集体经济项目。2017年，李士村借助宁夏扶持发展壮大村集体经济试点项目的机遇，利用200万元财政扶持资金，在村里建起了醋厂、油坊、杂粮磨坊等，把祖辈传下来的酿醋、榨油老手艺变成了产业发展的“活招牌”。

“土法压榨胡麻油一斤卖30元，比其他油贵，但很多吃过的人都回头找着买。为啥？因为吃着香，品质好。”李士村党支部书记齐永新说，传统手艺制作的胡麻油、农家醋不仅在当地广受欢迎，还销往周边市县和邻近省区。

一阵“古法复兴”之风，正在乡村悄然兴起。记者近期在宁夏南部山区采访发现，不少村建起了土法酿酒、酿醋、榨油、磨面作坊。一些曾被认为不上档次的农家土货日渐受到消费者青睐，传统手艺开始重焕生机。

固原市原州区的“盖氏兄弟”，也加入了传统手艺的“复兴”潮流。2018年，68岁的盖旭初和几个兄弟集资200万元，建起了固原市六盘食品有限责任公司，主攻纯粮酿造手工醋。兄弟里排行老三的盖旭东在当地副食品厂酿醋20多年，是一个酿醋的老把式，下岗多年赋闲在家，如今成了自家醋厂里的“技术总监”。

“传统手艺也需要改良创新，为了提高出醋率、改善口感，我在原来基础上结合了一些新技术，但坚持不变的是手工纯粮酿造，不掺假、不勾兑，也不用添加剂改善口感、色泽。”在制醋车间的发酵池边，盖旭东和工人们用铲子均匀翻搅，帮助池里的玉米面、稻壳、麦麸等混合液充分发酵。

建厂一年多来，“盖氏兄弟”生产的“老盖坊”手工醋已进入固原、银川等地的近百家商超。“春节前，一些人来订货，要把我们生产的纯粮手工醋当礼品送，我当时有点吃惊，后来想想这说明传统手艺越来越受认可了。”盖旭初说。

手工酿醋，全程需要近40天；古法榨油，每次至少需要4个工人，每道工序都是纯体力活。“慢工出细活”的老手艺往往意味着生产周期长、人力成本高，曾经一度被工业化大生产挤压到生存边缘。如今，传统手艺为何重焕生机？

盖旭初认为，是老百姓的消费习惯发生了变化，让传统手艺又找回了舞台。“过去人们生活水平低，买东西图便宜，机械化、规模化生产的日常消费品价格优势明显，竞争力强；现在大家想法变了，要买好货、吃‘真’货，越来越多人回过头来找原生态的‘老味道’。”

宁夏社会科学院研究员李禄胜认为，随着收入水平提高和消费观念变化，人们的消费需求更加看中品质和安全，“舌尖上的消费”愈来愈追求绿色、健康，这也让主打纯天然、无添加的传统手工制作产品重新回到消费者的“购物车”。

土法熬制老红糖、手工纯粮原浆醋、农家自酿糯米酒……在网络销售平台，各种传统手工制作的产品热卖；超市柜台上，土蜂蜜、农家油、纯粮醋等各种原生态、纯手工的“土”货，售价往往比同类其他商品高，却依然受到消费者认可。

“纯天然的东西没什么添加剂，吃着放心，味道也好。”在超市采购食用油的银川市民胡娟说，逢年过节，老家的亲戚朋友送点农家自制的米面粮油，那是“有钱也买不到的好东西”。

好口碑离不开好品质，坚持原生态、不造假，是传统手艺赢得人心、谋求发展的根本。固原市彭阳县虎狮酒业有限公司创始人虎忠龙坚信这一点，从农家酿酒作坊到进入工业园区兴办酒厂，他的生产规模大了，机器设备多了，销售收入涨了，但始终不变的是传统手艺。虎忠龙靠的还是优质酿酒原料＋泥缸自然发酵，一些机器设备的使用是在灭菌、提纯、检验等环节发挥辅助作用。

2018年，虎狮酒业销售收入达1000多万元，酒厂的蜂蜜黄酒名声渐旺，线上线下销售范围越来越广。虎忠龙说，这源于酒厂生产经营的“三不倒”理念：质量不倒、价格不倒、服务不倒。

秉承“纯醇”之心的传统手艺紧抓消费升级带来的商机，走出深山，走红市场。近年来，宁夏结合全域旅游发展实施了乡村旅游“后备厢”计划，鼓励面向自驾车游客销售农副土特产品。“古法复兴”也为脱贫富民、乡村经济发展注入新活力。

春节前，李士村每家每户都领到一笔分红。齐永新说，村里的老油坊、老醋坊、老磨坊等产业如今成了村集体的“钱袋子”。2018年，村集体收入118万元，纯收入38万多元。村里除了留下1万多元用于扩大农资超市规模外，剩余37万元全部分红。不仅如此，一座座手工作坊就像建在家门口的扶贫车间，村民在这里打工每月可以挣3000元工资。（此稿被《经济参考报》采用）

旱塬兴水润民心
——宁夏民生水利强农惠民纪实

新华社记者　马俊　邹欣媛

位于西北腹地的宁夏，至少三分之一的人口喝不上安全水。“喝水不再靠拉，种地不再靠天”，对于宁夏山区的老百姓来说，是一种奢望。

经过“十二五”不断提升饮水安全、灌溉效益和节水效率，自来水进村入户替代了车驮人挑，荒滩、死角变成了灌排畅通的农田，铺就节水管道的旱地俨然似“水田”，水利投入的翻倍使农村群众成了最大受益人。

“渴不择水的日子一去不复返了”

宁夏同心县汪家塬村62岁的王占文家用上自来水已经半年多。得益于农村饮水安全工程的实施，祖祖辈辈因水而困的王占文等村民们，彻底告别了世代吃水窖水的生活。

宁夏资源型缺水和水质性缺水并存。无水之地，不少人冬日铲雪，出门锁窖，于无奈中珍藏着漂有羊粪、树枝的窖水；即便有水，苦咸水也常常令人肠胃功能紊乱。

“以前遇到旱年，5口水窖集雨水不够，就要从7公里远的地方拉水，拉一方水连车钱油钱要100多元，拉满一水窖得上千元。”王占文说，现在喝“甜水”，半年水费才几十元，省钱、省人力。

王占文家的变化是宁夏五年来水利发展惠民生的缩影。借助中小型集中供水工程，极度缺水乡村的燃眉之急得以缓解。而2016年即将全面运转的中南部城乡饮水安全工程，将为最贫困的地区提供可靠、稳定的水源。

一条承载着40年祈盼的生命线在宁夏中南部版图上蜿蜒向前，直通西海固地区110多万饮水难的城乡居民。“十二五”期间，总投资39亿元的中南部城乡饮水安全工程，迎来全线开工，并提前解决了西吉县城等18.2万群众的“水荒”。

“水的问题解决了，就抓住了摆脱贫困的牛鼻子！”固原市隆德县庙湾村党支书魏建福说，解决吃水问题催生了脱贫致富的“裂变”效应：全村60%劳动力转移发展苗木和草畜养殖；去年富余劳动力外出务工200人以上，实现劳务收入30万元。

自治区水利厅厅长吴洪相说，“十二五”期间，宁夏共建成集中供水工程148处，解决了139万人的饮水安全问题，农村自来水入户率达80%，316万城乡居民告别“水贵如油”的苦涩历史。

“大农建”畅通生产渠道

一幅沟相连、渠相通、田成方、林成网、粮满仓的塞上田园锦绣画卷，正在宁夏广袤的田野里缓缓铺开。

吴洪相说，针对宁夏北部引黄灌区盐碱严重、中南部地区农业生态脆弱的实际，“十二五”期间，水利部门以改造盐碱地、改善生态为思路，持续采取“以奖代补”、群众参与、开展竞赛、资金整合等机制，水利建设热潮不断涌现。

据统计，五年来，宁夏新增和恢复灌溉面积55万亩，新增旱作基本农田120万亩，新增防渗渠道5.7万公里，改造中低产田297万亩，农田水利建设使宁夏的粮食产量保持连续增产。

宁夏银北地区灌溉排水困难，严重制约当地农业生产发展。2013年8月，宁夏启动银北地区百万亩盐碱地改良骨干排水工程治理项目，通过水利工程、农技、生物等不同改良措施，目前改造的高产稳产、旱涝保收高标准农田已蔚然成型，农民亩均增收500元以上。

宁夏在大力开展农田水利建设过程中，还将农田水利建设与改善生态环境、建设新农村相结合。以宁夏南部山区为例，当地推进农建的同时，还进行水土流失治理，通过采取封育造林、坡耕地梯田改造和经果林种植三结合的水保措施，成效显著。

当地干部群众将此概括为：现如今，山顶戴帽子，山坡系带子，沟底穿靴子；水不下山，泥不出沟，一些过去跑水、跑肥、跑土的“三跑田”变成了“三保田”；荒山变成了绿色银行。

节水升级农民种“水田”发家致富

如何让有限的水种出更多的粮？这成为宁夏治水惠民努力的方向。为改变农业大水漫灌的落后用水方式，宁夏五年来依靠科学技术探索出特色高效节水发展模式。

宁夏固原市原州区头营镇杨郎村去年第一次用滴灌设备种玉米。村支书曹辉说，全村7000多亩土地，原来12眼机井只够灌3000多亩，剩下的当旱地种。2016年铺设了高效节水管道，3个机井能灌2000亩地，旱地变“水田”。

“种地省心多了。”冬闲时节，一些村民仍然在感叹，没想到用了新技术，原来靠天吃饭的旱地，现在由专人统一灌水，1亩地1年灌3次，每次用水最多10立方米，产量还多了20%。

自治区水利厅农水处副处长高宏说，宁夏农田水利建设大量引进节水技术，农业生产已由过去的以人为主逐步向人机结合、以机为主转变，传统的农田水利建设开始与高科技节水技术融为一体。

“十二五”期间，宁夏发展高效节水灌溉面积172万亩，初步形成了“黄河水＋沉沙池＋滴灌、库井水＋蓄水池＋滴灌”等根据不同水源节水增效的技术模式。

借助高效节水灌溉技术，宁夏干旱区优势特色产业开始迅速发展。据了解，目前，中卫市形成了硒砂瓜补灌、香山北麓枣瓜间作等致富产业，农业生产不断向产业集约化、产品优质化转型，农民致富的路子越来越多。（此稿被新华网、《吴忠日报》等18家媒体采用）

从“举家要饭”到齐奔小康

——宁夏包产到户第一镇的今与昔

新华社记者　何晨阳

位于六盘山西侧的宁夏固原市原州区张易镇，在20世纪七八十年代，曾是远近闻名的“要饭乡”。为求生存，这里率先搞起包产到户改革。近年来，在新发展理念指引下，张易镇主动作为，因地制宜走出一条脱贫富民路。

改革甩掉“要饭乡”

40多年前，一到芒种时节，张易公社的社员们便三五成群一路步行到甘肃、陕西和宁夏北部等地乞讨，最多时出去1000多人，“张易乞丐”的标签让当地名闻西北。

“当时十年九旱，再加上冰雹等自然灾害频发，吃饭成了大问题，1977年全公社人均粮食占有量才100多斤，年人均纯收入只有22元。”在张易镇上滩村当了15年村支书、如今已76岁的曹汉丕说，受生活所迫，不少村民举家出去乞讨。

困则思变。1978年春天，张易公社上滩大队中山生产队5位农民签下包产到户的“保密协定”。

“协定签署后不久就烧掉了，因为怕被发现，弄不好要坐牢。”五人之一的赵丕条回忆说，当时中山生产队有22户、180人左右，签下协定后，队里开了大会，将35亩马铃薯地承包给农户。

“没想到当年雨水也帮忙，马铃薯大获丰收，大家按承包标准交完后人均还分了180公斤。”72岁的赵丕条说，饿的问题一下子缓解了。

中山生产队尝到“甜头”后，张易镇的上滩、毛庄等4个生产大队也陆续改革，到1979年春天，整个张易公社的土地全部实行包产到户。

固原市委党校教授牛廷伟说，中山生产队不经意间拉开了宁夏农村改革的大幕，张易的这一探索迅速在多地推开。

脱贫路上要致富

改革开放的春风和家庭联产承包责任制的暖阳，让张易镇群众的米袋粮仓进一步丰盈。但这里虽一夜跨过温饱线，却多年没过富裕坎。

一组数据令人揪心：张易镇下辖的15个行政村全部为贫困村，其中，4个为深度贫困村。全镇共有贫困人口4457户、1.73万人，占全镇总人口的41.1%。

近年来，党的富民政策和系列精准扶贫组合拳，让张易人的主观能动性得到最大程度发挥。

大店村，曾是张易镇最贫困的村之一。“虽说都能吃饱肚子，但就是致富难，大家致富愿望都很强烈，我们想了好多办法，可就是富不起来。”大店村村支书赵武说。

自从来了扶贫工作队，村里有了大变化。“现在养土蜂蜜、养牛、散养土鸡等都成了致富产业，2016年，我们村脱贫销号了。”赵武说，2017年大店村农民人均可支配收入达8100多元，村民进城逛街腰板都直了。

脱贫路上，张易镇探索的群众自选产业扶贫项目、政府验收后补贴的产业扶贫模式，还在固原市一些地方得到推广。

贫困户在产业发展上能享受不少优惠，但张易人绝不多占。张易镇田堡村村民宋宝祥，靠扶贫贷款养牛脱贫后，主动找村干部要求退出建档立卡贫困户。“国家帮我脱了贫，日子好了还占着名额，不好意思。”他说。

“目前还有1502户5511人没有脱贫，占全镇总人口的13%，虽然贫困面依然不小，但我们有信心与全国同步迈入小康。”张易镇党委书记田玉铭说，张易人身上有一股劲，那就是敢于革新，我们有信心啃下脱贫硬骨头。

乡村振兴有盼头

以前，张易人都是往外走谋生路，现在，越来越多的年轻人返乡创业。

35岁的张易镇陈沟村村民樊小勇，2001年中专毕业后到上海务工，几年前返乡流转土地种芍药，如今已是致富带头人。“我刚回来时全村只有1个年轻人，现在乡村振兴力度越来越大，回来的年轻人也越来越多。”樊小勇说，山里没大城市繁华，却是干事业的地方。

“乡村振兴，点子多路子活的年轻人是中坚力量，他们返乡创业，一方面说明张易镇的硬件、软件都有所提升，另一方面，也为乡村振兴注入了活力。”张易镇镇长魏钊说，现在，各村都有不少樊小勇这样的致富带头人。

张易镇的扶贫成绩单令人振奋：2017年，全镇农民人均可支配收入达8941元，同比增长10.8%；贫困人口占比由41.4%降至13%；至今已有830人取得职业资格证书；驻村“第一书记”实现行政村全覆盖，每户贫困户都有帮扶责任人。

“镇上通往固原市区的道路正在改造升级，路修好了，大家致富的路子会更宽。”张易镇党委副书记范亚宁说，说不定有一天，张易会因“小康镇”而名扬西北。（此稿被人民网、新华网等39家媒体采用）

西部宅基地改革钱从哪来

新华社记者　张亮

宁夏回族自治区石嘴山市平罗县是国务院确定的首批宅基地改革试点地区之一。日前《瞭望》新闻周刊记者到平罗县调研了解到，当地在确权颁证的基础上，通过允许退出、转让、抵押宅基地，盘活了闲置土地资源，提高了土地利用效率。但由于当地经济发展相对落后，土地供求关系并不紧张，宅基地改革收益难以支付改革成本，地方政府推动改革存在“钱从哪来”的难题。

宅基地可退、可转、可抵押

2015年起，宁夏平罗县开始探索农村宅基地制度改革工作。平罗县的宅基地改革探索主要有以下三项内容。

一是允许有条件的农民自愿有偿退出宅基地使用权，村集体对宅基地和房屋进行收储。平罗县农村土地制度改革办公室主任徐春霞告诉《瞭望》新闻周刊记者，我们允许已经进城或者有条件进城的农民自愿有偿退出所有农村产权，也允许农民只退出宅基地，继续保留耕地和集体经济组织成员身份。对自愿退出宅基地使用权和房屋所有权的农户，提供货币补偿和产权置换两种补偿方式。

有偿退出的补偿标准方面，平罗县规定，农民自愿退出的宅基地，法定宅基地面积270平方米以内的按照每平方米30元标准补偿，庭院经济用地200平方米以内的按照每平方米10元标准补偿。超出法定面积的部分不予补偿。

二是开展宅基地使用权抵押贷款业务。早在2012年，平罗县就出台了土地承包经营权、流转经营权、宅基地使用权“三权”抵押贷款的相关办法，规定农户可以用宅基地使用权以及地上附着物作为抵押，向金融机构申请贷款。

三是规范宅基地占有、使用、转让。此次宅基地制度改革，平罗县对超占宅基地行为实施有偿使用，即超过法定面积的部分，将一次性收取有偿使用费。为了盘活闲置的宅基地，平罗县鼓励符合申请宅基地条件的农户通过转让的方式获取其他农户闲置的宅基地，政府对此类转让交易每宗直接补贴给申请宅基地的农户8100元。此举旨在遏制宅基地增量，盘活存量。

平罗县按照“一户一宅、面积法定、尊重民意”的原则，开展宅基地确权登记颁证，发证率达到98%。截至2017年底，平罗县已经有2056户农民退出了宅基地和房屋，其中集体经济组织成员内部转让的有418户，剩余的大多数都被用来安置易地扶贫搬迁的生态移民。

宅基地“动起来”激活多重效用

经过两年多的改革，平罗县解决了宅基地资源占有不均衡、宅基地无序扩张等问题，并盘活了闲置资产，提高了土地利用效率。

徐春霞告诉《瞭望》新闻周刊记者，由于历史原因，平罗县农户的宅基地超占使用现象突出，几乎所有农户都超出了270平方米的法定宅基地面积。此次宅基地改革明确了“超占有偿使用”“新增有偿取得”等原则，规范了宅基地占有、使用。目前，平罗全县已收缴宅基地超占费用1088万元，有效解决了农民占有集体资源不均衡不公平问题，杜绝了农民盲目要地和农村宅基地无序扩张，有效控制了农村建设用地总量。

允许宅基地退出还盘活了农民的闲置土地资源。《瞭望》新闻周刊记者了解到，之前已经进城生活的农民的宅基地和房屋大多处于闲置状态，如今可以通过退出宅基地使用权和房屋所有权，将农村闲置资产变现。

平罗县灵沙乡富贵村5组原有农户55户，随着青壮年劳力全部外出打工，绝大部分的土地都流转给种粮大户，到2015年村里只有7户年龄偏大的农民常年居住。村庄房屋闲置率高达86%，长期无人居住、无人管理。2015年，平罗县在充分保障农民的知情权、参与权、决策权、监督权的基础上，将富贵村5组55户农民的宅基地和房屋进行整体收储。收储后的180亩宅基地目前已经复垦为耕地，由村集体流转给种粮大户。《瞭望》新闻周刊记者在富贵村5组看到，原本被零星分布的破旧宅院占据的土地如今已经成为一片农田，受雇于种粮大户的农民正在田里耕种。

富贵村村支书李少先告诉《瞭望》新闻周刊记者，收储宅基地和房屋时，农户可以选择置换在乡政府旁边的安置房，也可以选择退出领取补偿金，每户能拿到补偿金12万元左右。富贵村5组村民马彩花已经72岁，她和老伴选择将400多平方米宅基地连同房屋一起退出，置换了在灵沙乡政府旁边的一套100平方米的楼房。马彩花告诉本刊记者："楼房三室一厅，不仅我们老两口够住，子女回来看我们也能住得下。这比在村上条件好多了。"

宅基地退出为农村环境整治和新农村建设创造了条件。由于历史原因，当前宁夏多数农村都存在居住点布局零散、宅基地闲置率高、农田无法连片等问题。基层干部说，"宅基地制度改革赋予了农村宅基地流动性，这些问题迎刃而解"。

平罗县相关部门负责人告诉《瞭望》新闻周刊记者，建立宅基地退出机制后，平罗县将利用3到5年的时间通过有偿退出、分类整治，逐步建设一批中心村，消除一批空心村，复垦一批零星村，引导农村居民适度集中居住。

宅基地收储面临资金难题

宅基地改革的重要意义之一在于盘活农村闲置土地，提高农民财产性收入。但是在经济发展不充分且人口密度小的西部地区，土地价格较低，宅基地收储后"有价无市"，农民从土地改革中获得的收益也比较低。

一是农民住房财产权抵押处置难，金融机构贷款积极性不高。《瞭望》新闻周刊记者采访了解到，截至2017年底，平罗县全县以宅基地使用权和房屋所有权抵押的贷款业务只有15笔33万元。而其他农村权益抵押贷款金额已经达到10.23亿元。原因在于，宅基地使用权作为特殊的抵押物，一旦出现违约，金融机构难以处置，金融机构发放贷款积极性不高。即便金融机构审核通过宅基地使用权抵押贷款，往往贷款额度也很低，对于农民来说如同鸡肋。

平罗县通伏乡永华村村民牛世宝将宅基地使用权证书拿到银行去做抵押贷款，银行最终只答应给他贷款1万元。牛世宝说，贷款1万元对他来说几乎和没有一样，"发挥不了啥作用"。最终，平罗县农改办作为牛世宝的脱贫帮扶人，多次和银行沟通协调，牛世宝才从银行贷款4万元。

二是宅基地收储入不敷出，资金困难。2017年，平罗县计划收储宅基地和房屋1800户，占地1600亩。为了筹集这笔收储资金，平罗县原计划向自治区财政暂借6000万元，县财政出资6000万元，共同作为收储基金。但最终因资金没有到位，平罗县只对零星的农户退出宅基地进行了收储，面积在100亩左右。

根据平罗县的计划，收储资金先由政府筹措，待土地整治利用产生收益后，分批偿还欠款。但是基层干部坦言，目前集体建设用地复垦利用收益渠道较窄，复垦并经指标转换后不是所有土地都能完成交易，收储复垦成本远远高于有偿使用费。地方政府缺少资金成为宅基地改革最大的障碍。

规范破解“钱从哪来”

《瞭望》新闻周刊记者采访了解到，平罗县在宅基地改革过程中遭遇到的问题在西部农村地区具有一定的代表性。在经济发展相对落后、土地并不稀缺的西部地区，宅基地改革很难通过土地收储后的增值收益来支付改革成本。

基层干部认为，在土地市场供大于求的地区，宅基地改革应以提高土地利用效率、推进农业现代化和新型城镇化为目的，并安排足够财政资金保障宅基地的收储。

近日，国务院办公厅印发的《跨省域补充耕地国家统筹管理办法》和《城乡建设用地增减挂钩节余指标跨省域调剂管理办法》(以下简称《调剂管理办法》)明确，耕地占补平衡和城乡建设用地增减挂钩将进行有条件的跨省区统筹与调节。

《瞭望》新闻周刊记者梳理了此前国务院关于“增减挂钩节余指标”管理的政策。2011年国土资源部明确提出严禁跨县级行政区设置挂钩项目；2015年开始允许集中连片特困地区和扶贫重点县将增减挂钩节余指标在省域内流转；2017年，这一流转范围扩大到东西部扶贫协作的省区之间。

此次《调剂管理办法》提出，有关部门根据有关省(区、市)经济发展、土地利用和贫困人口等情况，报经国务院同意，将跨省域调剂节余指标任务下达有关省(区、市)。财政部统一收取帮扶省份调剂资金，统一拨付深度贫困地区所在省份。调剂资金支出要优先和重点保障产生节余指标深度贫困地区的安置补偿、拆旧复垦、基础设施和公共服务设施建设等。

受访专家表示，增减挂钩节余指标跨省调剂政策利用省区之间不同的土地利用现状，将建设用地指标进行更合理的分配，这既给土地资源利用紧张的地区用地提供了保障，也为经济落后地区脱贫、发展提供了资金。但调剂是有条件的，由国务院统筹安排。进一步来看，操作过程中需要严格落实耕地保护制度，确保复耕土地的质量。

具体到宅基地改革的试点地区，灵活的增减挂钩政策将为收储、复耕后的宅基地提供更宽广的市场。“期待这一政策在贫困地区，特别是进行了宅基地改革的贫困地区尽快落地实施。这条渠道打开后，欠发达地区的闲置宅基地收储复耕以后可以把指标流转给东部发达地区，这样一来土地价值将大幅提升，宅基地改革解决了‘钱从哪来’的问题，脱贫攻坚乃至乡村振兴都将受益其中。”徐春霞说。(此稿刊登于《瞭望》新闻周刊)

坏了没人修，入冬要“冬眠”
农村改厕，“细节”不当成摆设

新华社记者　许晋豫

小厕所事关大民生，也是乡村振兴的重要内容。政府工作报告提出，因地制宜开展农村人居环境整治，推进“厕所革命”、垃圾污水治理，建设美丽乡村。农业农村部部长韩长赋在“部长通道”上表示，2019年要推动全国3万个村庄、大体上1000万的农户实现改厕。

宁夏是全国较早进行“厕所革命”的地区，自2016年以来，全区共改厕6.3万户左右。半月谈记者最近在宁夏采访发现，不少实现改厕的农户生活环境好了，如厕方便卫生了。但与此同时，也有一

些新厕所由于使用不当、把关不严、条件不足等原因，建好了却不实用、不能用，成了摆设。

有的马桶与厨房同处一室

2018年，石嘴山市平罗县宝丰镇新渠村完成60多户集中式污水处理及改厕。为了改厕，村民李少云专门为冲水马桶、太阳能淋浴腾出一间房子，并给房间通上暖气，2019年开春他还打算把房间好好装修一下。

李少云说，改厕自家只出了300多元，冲水马桶用着很方便，冬天上厕所不用挨冻，夏天也不会臭气熏天、苍蝇满天飞，虽然装修卫生间、浴室会有些花费，但家里的生活环境好了太多，很值得。

不过并不是所有农户都像李少云家。在新渠村，半月谈记者随机入户发现，部分家庭的马桶没有单独的隔间，甚至有的与厨房同处一室，暂时无法使用。

半月谈记者了解到，宁夏对农村改厕每户补助2000元。改厕模式上，主要有分散式污水处理及改厕、分散式无污水处理及改厕、集中式污水处理及改厕3种，污水处理主要依靠生物菌技术。

相比新渠村这样的集中式改厕，分散式改厕使用率偏低的问题还要突出一些。改厕刚两年，吴忠市利通区板桥乡任桥村村民丁学文便把家里的马桶拆掉了。他说，马桶用多了有异味，以前只是孙子晚上用，2018年马桶抽不上水他又不会修就拆了，现在全家用的是院子外临时搭建的旱厕。

石嘴山市平罗县通伏乡新丰村2018年分散式污水处理及改厕60户，《半月谈》记者随机入户5家，发现只有1家在正常使用，其他4家或彻底不用，或只在晚上用，部分村民反映马桶用多了有异味。

在一些地方，部分卫生厕所入冬后要“冬眠”。2018年12月初，新丰村村民冯万雄家建在偏房的卫生厕所水管被冻坏，灵武市崇兴镇韩渠村村民杨秀兰家位于室外的卫生厕所入冬后也被冻住无法使用。这样不仅没有改变群众的生活习惯，还会影响卫生厕所的使用寿命。

山东福源设备安装有限公司项目经理王勇说，分散式污水处理设备长期不使用，设备中的生物菌活性会降低，影响污水处理效率，需重新投放生物菌，这需要收取一定的费用。

分散式无污水处理及改厕也存在使用率偏低的问题。中宁县喊叫水乡石泉村2018年分散式无污水处理及改厕130户，因异味较大，全村大部分卫生厕所建在室外。半月谈记者采访发现，部分农户家新装的马桶毫无遮掩地暴露在户外，部分农户即使为马桶搭建了简易房，也使用较少。

多种原因导致卫生厕所遭弃用

卫生厕所“建而不用”有多种原因，首先是使用不当。

群众反映，分散式污水处理及改厕有异味，他们不愿使用。半月谈记者了解到，分散式污水处理设备运行需由爆气泵供氧，部分农户为节省电费不插电或少插电。打开某农户污水处理设备的配电箱发现，除了没插电，鸟儿还在里面做了窝，这使得污水处理设备无法有效运转，从而产生异味。

宁夏生态洁环保科技有限公司经理宋海峰说，功率为25瓦的爆气泵不间断运转每天耗电0.6度，每月用电成本在9元左右，如果设备安装了时间控制开关，用电成本会更低。

其次，在实施改厕过程中，部分地区为完成任务，不同程度存在把关不严的问题。

宁夏农村改厕主推主房室内水冲式卫生厕所，但半月谈记者在采访中发现，部分农户将卫生厕所建在室外或偏房，到了冬天便无法使用。集中式改厕前期把关不严尚可后续完善，而分散式改厕把关不严后续纠正难度较大，进而影响卫生厕所使用寿命。

再次，冬季低温、缺水也是宁夏部分地区分散式改厕使用率偏低的重要原因，石泉村便是典型代表。

尽管在改厕时加装了储水桶，但由于低温、缺水，石泉村新建的卫生厕所在冬天基本闲置。村民洪亮说，村里自来水不稳定，大家现在还在吃窖水，用自来水冲厕所确实有点舍不得。因离得远，提水冲厕所比较麻烦，加上冬天天冷，新厕所用得少。

随着农村改厕的持续推进，改厕体量越来越大，农村改厕暴露出的后续维护问题逐渐显现，这在由一家一户自己维护的分散式改厕中表现更为明显。

部分基层干部反映，分散式改厕虽然前期省钱，但后期维护是个大麻烦，除了插电问题，卫生厕所的吸渣、生物菌的投放由谁来做以及怎么做等问题也未得到很好解决，一旦后续维护做不好、使用体验变差，部分老百姓可能会弃用。

严标准强运维，提高改厕质量

2019 年宁夏将改造建设农村卫生厕所 15 万户，如何提高使用效率是一个绕不开的话题。针对当前存在的各类问题，基层干部群众认为，农村情况千差万别，农村改厕要质量先行。

可适度提高集中式改厕的比重。分散式改厕成本低但后期维护成本高，运行中不可控因素较多，使用寿命不及集中式改厕，要适当提高集中式改厕比重，避免重复建设浪费资金。

基层干部认为，除了对“空心村”加以限制，农村改厕要在基础设施方面严格要求，对于室内不具备改厕条件的农户应在条件具备、技术成熟后实施，不能为完成数量而牺牲质量。

同时，要加强改厕的后续运维管理。随着农村改厕的量越来越大，运维管理已迫在眉睫。吴忠市利通区建设交通运输局副局长马伏军等人建议，成立专业服务公司负责农村改厕的运维，并对不成熟的技术进行整改，用技术手段解决污水处理设备断电问题。宁夏住建厅村镇建设处处长杨普认为，农村改厕运维可探索让既有的农村保洁员参与进来，降低运维成本。

尤为重要的是，引导群众参与到改厕中来。目前，宁夏农村改厕主要由政府埋单，各地不同程度存在“政府干群众看”的问题。灵武市住建局副局长马兰花等人认为，应鼓励群众参与到改厕中来，对自发改厕的给予奖励，调动农民的智慧，让农村改厕更接地气。（此稿刊登于《半月谈》）

吾心安处是故乡

——我国最大异地生态移民集中安置区发展侧记

新华社记者　于瑶

吴忠市红寺堡区，地处宁夏中部，曾是一片生态脆弱、人迹罕至的荒漠。20 年来，在不断破解生态建设与大规模移民之间的矛盾中，红寺堡不仅把干涸的黄土地改造成绿洲，昔日的军事训练靶场也变身为我国最大异地生态移民集中安置区。

告别荒山秃岭不是梦

在红寺堡城北，一道 10 万亩的生态屏障巍然挺立，顽强阻隔着风沙侵蚀。站在绿树成荫的生态公园顶端，郁郁葱葱的林带向远方延伸，400 多亩的紫光湖波光潋滟，不时传来喜鹊的叫声。

在 20 年前，这里年降雨量不足 300 毫米，戈壁沙丘纵横，一度被当成军事训练靶场……1998 年以来，随着黄河水淌进这片沉睡的土地，宁夏南部山区 23 万群众陆续迁移至此。

在梁宝银心里，最初的红寺堡并不像家。“刚来的时候，这里是不毛之地，连只麻雀都难找到，

宁夏吴忠市红寺堡区罗山脚下绿意盎然　　■ 新华社记者　王鹏 / 摄

每年沙尘暴达20多次，真的是‘一碗面里半碗沙’。”这位从事生态建设近20年的林业人回忆说。

虽有了黄河水的滋养，但当初的苦，就连从“苦瘠甲天下”的西海固搬迁而来的部分移民也想逃离。

以“生态立区”为发展目标，红寺堡大力推进灌区绿化，加快构筑绿色屏障。“老百姓也认识到生态的重要性，种树积极性很高。”梁宝银说，“看着树苗长大、成林，很多移民打消了逃离的念头。”

“这里种活一棵树很不容易。”红寺堡区委书记丁建成说，“但我们坚持不懈，2010年以来年均投入过亿元作为林业建设资金，小环境越来越美。”

“这搭儿柳丝柔柔荡，那厢里春燕剪双双。”20年来，红寺堡人累计造林124万亩，城市绿化率、绿化覆盖率、城区人均公共绿地分别达到35%、39%和27.5平方米。崛起的绿色新城，不仅是移民的骄傲，更是可以安放内心的故乡。

戈壁滩上绽放蕊红花

走在罗山脚下，眼前平畴沃野，阡陌纵横的葡萄架令人心旷神怡。为破解扬黄灌溉土地、水资源有限的束缚，红寺堡大力发展以葡萄为主的高效节水产业，不仅扮靓了红寺堡的土地，也撑起了群众致富的希望。

宁夏东方裕兴酒庄有限公司董事长刘全祖在酒庄里如数家珍地介绍着每一款自酿的葡萄酒。从兰州到红寺堡，从房地产业“转战”葡萄产业，他也说不清为何这样抉择。

刘全祖把酒庄里最高端的葡萄酒系列命名为“戈蕊红”，寓意“红寺堡就像是戈壁滩上绽放的花朵，神奇并富有魅力”。不负所望，“戈蕊红”在国际葡萄酒大赛中屡屡斩获大奖。

昼夜温差大、日照时间长、降水量少、境内无污染……借助这些优势，红寺堡葡萄种植面积达10.6万亩，葡萄酒产值达4.5亿元，参与种植的农户亩均收入4000元，年解决农民就业40万人次。

从单一种植玉米到酿酒葡萄、黄花菜等特色产业叫响市场；从单纯种植到种植养殖、加工相结合；从高耗水、低产值到低耗水、高产值,20年来，红寺堡经济逐步从“温饱型”向“致富型”转变，移民年收入从不足500元增至近8000元。

此外，随着新能源、轻工制造等产业发展，大风、光照、干旱等劣势变优势，成为当地发展新经济的资源禀赋。

黄土地长出“文化庄稼”

农忙时节，大河乡香园村的图书阅览室里，仍有三五人围坐在长条桌旁翻书。

红寺堡23万移民来自11个县，包括14个民族，文化背景不同，生活习俗不同，融合难度大。“我们把村作为文化活动的主阵地，64个行政村都建了1000平方米以上的文化服务中心，通过采取摸清底数、缺什么补什么和一村一策，使村文化服务中心与周围民居很好地融为一体。”红寺堡文化馆馆长马宏志说。

如今，乡村大舞台、文化活动室、图书阅览室以及成套的健身设施成为红寺堡所有村的“标配”。红寺堡还搜罗当地文化名人资源，根据他们各自的特点，建立“户”一级的文化大院。

在“马慧娟文化大院”里，每月有一次读书交流活动。身为红寺堡镇文化站站长的马慧娟还教不识字的农村女性认字，在微信群里推荐好文等。

初中毕业就离开校园的马慧娟酷爱文学。2001年搬迁到红寺堡后，网络、手机的普及让她的梦想有了实现的载体。7年间，马慧娟在网上发表了近百万字的散文等作品，成了当地有名的“拇指作家”。

“文化是最好的润滑剂，通过不断提升移民对红寺堡的认同感、归属感，‘感恩、包容、创新、奋进’的红寺堡精神更加深入人心。”丁建成说。

如今，马慧娟出版了散文集，走进了鲁迅文学院学习，成为全国人大代表，名气越来越大。但她告诉记者，她哪儿都不会去，红寺堡使她梦想成真，她的根就在这里。（此稿被人民网、新华网等119家媒体采用）

宁夏“稻渔空间”：在乡村振兴的田野上撒欢

新华社记者　马俊　许晋豫

塞上江南，乍暖还寒，春耕在即。在宁夏银川市贺兰县常信乡四十里店村“稻渔空间”，宁夏广银米业公司总经理赵建文搬了把椅子，在田边与记者聊起“幸福的烦恼”：“稻渔空间”去年火了，产生了“网红”效果，20多万游客慕名涌入这片以大地为纸、以稻禾为颜料“作画”的田园综合体。可是服务跟不上，广银米业渴望与周边企业、村民共生共舞共赢。

“稻渔空间”生态产业观光园依托3000亩有机稻田建设，除了稻田大地景观图案观赏区里的“稻渔空间”、螃蟹以及卡通人物图案，夏天这片田里鱼、蟹、泥鳅、田螺、鸭与水稻共生，稻田旁还有有机瓜果采摘园、小木屋、休闲娱乐及垂钓餐饮区、农耕文化展示及科普教育长廊，游人在一派活色生香的生态画卷里流连忘返。

“最初我们致力于有机水稻，后来发力稻渔立体种养，发展休闲观光农业，去年举办插秧节、丰收节、农耕文化节、摄影大赛等活动，完全没想到‘稻渔空间’能火，大概吸引了20多万游客，游客还买走了150万元的鸭子、鸭蛋、鱼、螃蟹、大米。”赵建文说，一二三产融合使“稻渔空间”每亩收益突破1.2万元。

“稻渔空间”成了银川都市圈休闲旅游的一个热点，同时也暴露出服务能力滞后的短板，停车场地太少，自驾游客只能把车停在周边地头；餐厅接待能力太弱，加上周边的渔家乐一天也只能接待400

宁夏银川市贺兰县常信乡四十里店村“稻渔空间”

■ 新华社记者　陈斌/摄

人；小木屋数量更少，提前好几天也订不上……

“田园综合体是乡村振兴的方向，今年我们除了种好水稻，做好糙米饮料外，重点是提升‘稻渔空间’的接待能力，比如发展民宿，给游客更好的田园生活体验。”赵建文说，这也是最近他头疼的事情，夏季旅游高峰即将到来，民宿却还没有着落。

“月明松下房栊静，日出云中鸡犬喧。”抓住都市人群向往闲适田园生活的“痛点”，广银米业想租用村民闲置的房屋改造成民宿，一年租金 3000 元，刚开始有 14 户同意，没过多久就有村民反悔了，后来价格越谈越高，有些村民甚至怎么都不肯租了。在四十里店村村主任沈建平看来，背后的原因是村民越来越看好“稻渔空间”的潜力，想从中多分一杯羹。

“稻渔空间”给“空心村”四十里店带来了爆棚的人气。据了解，四十里店村原本有 4700 多人，但多数村民已进城买房，村里 2/3 的房子闲置。“稻渔空间”的蹿红产生了意想不到的外溢效应，虽然村民每亩能拿到 800 元土地流转费，入股村民每亩还能多拿 50 元分红，在“稻渔空间”打工、卖矿泉水、卖凉粉都能赚钱，但是四十里店村民觉得他们还在坐“冷板凳”。

“村里人均收入大约 1.5 万元，来自‘稻渔空间’的这点收入感觉就像大海里撒了一把盐。很多人也想深度参与‘稻渔空间’未来发展，但又有不少顾虑。我们现在想通过村土地合作社入股‘稻渔空间’，使村民利益最大化。”沈建平说。

人气是乡村振兴的关键，因人口大幅减少而凋敝的四十里店村因“稻渔空间”重又熙熙攘攘。“稻渔可共生，2018 年广银米业如何与周边 6 家企业、村民共生，怎么把‘稻渔空间’变成共享空间，把‘空心村’变成‘振兴村’，目前仍亟待破题。”常信乡乡长张才说。（此稿为新华网通稿）

塞上农耕新景：北斗导航　手机种菜

新华社记者　靳赫　刘飞

从“二牛抬杠”式耕作，到机械化作业，几十年里，宁夏农业装备、技术水平不断提升。近几年，北斗导航、物联网等一批新装备、新技术在宁夏农业领域得到应用，催生了多种全然不同于传统耕作的生产方式，成为塞上农耕新景象。

仲夏时节，宁夏吴忠市利通区塔湾村农田里传来隆隆的马达声。随着一台大型农机缓缓驶过，起垄、铺管、覆膜等多道工序一次性完成。但让人诧异的是，这台农机里没有司机，这些工作均由机械自动完成。

“农机里安装了北斗导航设备，相当于装上了‘天眼’，我们只用做好准备工作，机器自己会认路，而且比经验丰富的老司机开得还好。”看出了记者的惊讶，吴忠市伊禾农机作业服务有限公司负责人谭振龙在一旁笑着解释。

机器“开车”比人强，这并不是夸张的说法。记者看到，机器自动拢起的一排排田垄如精确测量过一样，笔直且平行，垄高、垄宽也几乎一致，据当地农技人员测量，采用北斗导航技术的农机每 2000 米的作业误差在 5 厘米以内，比人工作业要精确得多。

“精准是现代农业的重要构成要素。过去人工作业，更多靠感觉，在种瓜菜这些间距较大的作物时，土地浪费比较严重，而且很多精确的田间操作无法实施。”谭振龙说。

在谭振龙流转的近 2000 亩农田里，小麦、玉米、蔬菜、西瓜间作套种，每种作物的行宽精确到厘米，每块土地的复种安排精确到天，不但最大化利用了土地资源，还将作物通风透光、轮作倒茬等因素考虑在内，这在过去很难实现。通过这种操作，2018 年谭振龙的小麦每亩增产超过 10%，半亩地种出的茄子顶过去 7 分地的产量。

如果说，北斗导航技术是宁夏大田种植领域初显成效的增产增收“利器”，那么，物联网技术则是宁夏设施农业、奶牛养殖、渔业等领域广泛应用的提质增效“法宝”。

在位于宁夏石嘴山市平罗县的塞上春农产品物流有限公司种植基地里，300 余栋瓜菜温棚在阳光下熠熠生辉，种植基地门口，一块大型显示屏滚动显示着各温棚温度、相对湿度等信息。监控室里，公司负责人王浩通过手机操纵高清摄像头观察着棚内作物长势。

“物联网设备不仅可以精准监测各项生产数据，还可自动卷帘、浇水、调温、调节二氧化碳浓度等，而这些通过手机就能完成。”王浩一边说着一边点了一下手机，旁边一座温棚的卷帘便缓缓放下。他告诉记者，物联网技术让生产管理更加科学，还大大减少了人力投入，过去 1 名工作人员只能管理一两栋温棚，而现在可以轻松管理 10 栋。

记者从宁夏农牧厅获悉，近年来，随着宁夏农业科技创新、成果转化能力显著提升，农业新技术、新装备、新品种等研发、引进、示范推广应用步伐加快，农业农村经济迅速发展。可以预见，未来将会有更多高科技含量的农业生产方式出现在塞上大地。（此稿被《新华每日电讯》《农民日报》等 77 家媒体采用）

从“泥路”到“网路”：中国最贫困地区“联通”世界

新华社记者　艾福梅　赵倩

每年七八月，是“西芹大王”吴文学最为忙碌的日子，一株株鲜翠欲滴的芹菜被他安排的一辆辆货车从西吉县的田间地头运送到西安、郑州等地。

“对于蔬菜运输来说，时间就是金钱，而不断发展的公路交通节省了时间，创造了效益。”他说。

吴文学的家乡西吉县隶属于宁夏回族自治区固原市，是中国最贫困地区之一的西海固地区的核心区域。“山大沟深路难走”曾是这里交通的真实写照，“毛驴加步行”曾是山区居民主要的出行方式。

吴文学今年 50 岁，2004 年开始种植芹菜，后逐步发展成立蔬菜合作社，全县五成以上蔬菜经他销售出去。“最开始就是‘人抬车’，田间地头路不好，装满芹菜的架子车全靠人抬出去。”他说。

不仅乡村路不好，出县城的路也不顺畅。吴文学说，从西吉到固原市，大货车仅通过一段 20 多里的弯多坡陡盘山路就需 2 个小时。而现在，隧道穿山而过，高速一路畅通。

2016 年 12 月，总投资 40 多亿元、全长 46.5 公里的固原至西吉高速公路贯通，宁夏成为西部地区继贵州省之后第二个实现县县通高速的省份。

西吉县交通运输局副局长张志高说，这条高速打开了进出西吉的通道，即使冬季下雪，也能在一天内恢复通车，而以前封路常常一封就是一周。同时，这条路更是西吉经济发展的“高速路”，客商引进来，农产品卖出去。

对最为贫困的西海固地区而言，修路绝非易事，资金全靠国家支持。以西吉为例，这条高速在西吉境内长 21.7 公里，耗资近 20 亿元，而 2017 年一年西吉的财政收入仅为 1.64 亿元。

固原市交通运输局数据显示，近五年，全市公路交通项目累计完成投资 210 亿元，新（改）建等级公路 3465 公里，其中高速公路 159.3 公里。截至目前，全市公路通车总里程为 8899 公里，不仅县县通高速，全市 62 个乡镇、823 个行政村全部通沥青水泥公路，打通了贫困地区“内通外联”通道。

“道路通则百业通。”如今，西吉县的蔬菜可以更快运出去，以丹霞地貌闻名的西吉火石寨等旅游景区也迎来更多游客。

“路好走了，时间短了，冰块都用得少了。”吴文学说，每到西芹、土豆丰收季，西吉县大货车不够用，只能从西安等地调车，过去货车司机一听是西吉，来都不来。而现在在西吉能看到各地牌照的大货车。

在西海固地区工作了30年的固原市六盘山林业局副局长王双贵对交通的变化感触也颇深。二十世纪八十年代，他去银川上学，早上6点从固原出发，一路颠簸，下午6点才能到校。而现在从工作地固原市泾源县去银川，400多公里全程高速，耗时不到5小时。

“遇到紧急事，还可以从固原坐飞机，40分钟就能到银川，方便得很。”他说。

如果说路网建设给了西海固人走出大山的便利，那么宽带网络在这里的落地，更是让他们与世界“无缝对接”。

数据显示，目前宁夏1100个贫困村实现了光纤宽带和移动4G全覆盖，自然村通宽带率达到47.8%。

24岁的禹龙龙是固原市泾源县人，大学毕业后回到家乡发展农村电商。从2017年3月至2018年7月，他的团队已在全县91个行政村建立起电商服务站，基本实现全覆盖。

“无线网络（WIFI）是电商服务站的标配，负责人可以借助网络为村民网上代购生活用品、电器、农资等，代卖土蜂蜜、黄牛肉等优质农产品。同时，借助网络，我们可以随时传递信息、在线视频培训和开会，节省了不少办公成本。”他说。

行走在今日的西海固地区，手机4G上网已经很普遍，不少家庭还开通了WIFI。同时，城市优质教育、医疗等公共资源也借助宽带网络加快向贫困乡村延伸。

宁夏教育厅数据显示，目前宁夏“宽带网络校校通”全面完成，各级各类学校都以不同方式接入网络。乡村教师可以借助这一项目，为学生开设音、体、美等以前囿于师资缺乏难以开设的课程。“智慧同步课堂”也悄然兴起，贫困地区孩子可以跟城里孩子共享名师，共上同一节课。

互联网正深刻影响着西海固地区群众的生产生活。吴文学现在也是机不离手，看新闻、聊微信，偶尔还看看风靡全国的视频直播。“便捷的公路交通让我的菜更快到达客户手里，而畅通的互联网则让我端坐家中尽知天下事。”他说。（此稿被东方网、齐鲁网等3家媒体采用）

宁夏：花开西海固

新华社记者　赵倩　艾福梅

初秋时节，酸刺村山间300亩万寿菊正值收获季节，大片大片的橙黄色格外惹眼。42岁的村民王荣近一个月来都忙着在地里采摘花朵，家中老小也常来帮忙。

“从8月能一直采到下霜，把人忙得不停。今年雨水好，产量高，一亩地能卖两千元左右。”王荣从去年开始种植万寿菊，面积也由五亩增至十亩，不错的收成让他喜笑颜开。

酸刺村地处宁夏回族自治区固原市西吉县，属于“苦瘠甲天下”的西海固地区。原产墨西哥的万寿菊，是一种经济作物，其丰富的叶黄素在食品、医药等方面被广泛应用。2014年，作为调整农业产业结构的新品种，这一花卉作物在固原市开始被大面积推广。

祖祖辈辈种惯了玉米、土豆、小杂粮的西海固农民，一开始都不相信大山里能长出这么漂亮的花，更难接受把花当庄稼来种。

“传统农作物虽然收成不高，但成本低，也不费工夫；可万寿菊，老百姓没听过，更没见过，所以不敢轻易尝试。”酸刺村所在吉强镇党委副书记马雄说。

为了鼓励农民种植万寿菊，地方政府不但给予补贴，还同公司签订订单，解决了花苗培育、田间管理、鲜花销售等一系列大伙儿担心的问题。

宁夏固原市泾源县城郊的健身步道 ■ 新华社记者 王鹏/摄

“每亩种植补贴500元，每公斤保底收购价0.9元，且收购点就在田地附近，交花很方便。”马雄说。2018年全镇共种植万寿菊1300亩，每亩产值要比土豆、玉米等高出三分之一以上。

现实收益逐渐抹去了农民的顾虑。目前，固原市共有22个乡镇种植了3.52万亩万寿菊。

种产业，也是种风景。看着满山遍野的黄色，马雄有了新的想法：“万寿菊花期长，色彩艳丽，极具观赏性，下一步我们计划再种植些玫瑰，让田间色彩更加丰富，带动乡村旅游发展。”

曾经的西海固“十年九旱、生态焦黄”，近十余年间的退耕还林还草和封山禁牧让“绿”成为西海固的底色。如今，万寿菊、油用牡丹、油菜花、芍药等各色花卉作物又让西海固产业更为多元、色彩更为丰富。

“在黄土高原旱作农业区推广花卉类经济作物，兼具生态效益和经济效益，是一种革命性探索。”固原市旅游发展委员会常务副主任王乔松说。

翠绿的山岭，古朴的村落，清新的空气，错落的梯田和渐次盛开的各色花卉让西海固开始拥抱“赏花经济”。

在固原市泾源县，当地政府去年新修了一条从县城至老龙潭景区的20公里旅游服务带，休闲步道两边种满了金鸡菊、萱草、鸢尾等特色花卉，现已成为吸引游人驻足观赏拍照的彩色景观带。一座占地500亩的花卉主题景区也已于2018年8月对外开放。

位于六盘山东麓的固原市彭阳县，以“山花梯田”为特色，已连续6年举办“山花节”，前后一周能吸引15万人前来赏花。

从去年开始，固原市启动了“一枝花”试验工程，主要目标就是重点选育适宜当地种植的景观花卉，着重解决城市绿化和美丽乡村建设色彩单一问题，打造更美丽的大地景观。

种花，不仅关乎生态、生产，也关乎老百姓的生活。如今，在西海固乡村，随意推开一家院门，都可能走进一座小花园。这些曾经为一顿饭、一口水奔劳的西海固人，开始用鲜花来装饰自己的生活。

泾源县香水镇园子村村民苏连成是一个养花“专业户”，不仅房前屋后都种上了花，家里窗台上也摆满了各式盆栽。“我家共有60多种花，有些我也记不住名字。每天干完活回到家，浇浇花、看看花，心里舒坦，夫妻俩吵架都少了。”苏连成笑着说。

据统计，从2011年到2017年，固原市的贫困发生率从38.4%下降到了8.4%，贫困人口从50.1万下降到9.55万。

“花，体现着人们对美的向往。老百姓日子过好了，自然要追求更丰富的精神文化生活。”固原市扶贫和移民开发办公室副主任王淑玲说。（此稿被《新华每日电讯》、新华网等20多家媒体采用）

宁夏隆德："一盏花灯"带来的幸福旅程

新华社记者　邹欣媛　孙天朗

正月十五看花灯。41岁的苏江鱼2019年不仅天天"看花灯"，还跟着自己亲手制作的花灯"出游"了。"外地订了货，我们被外派负责组装、拆卸，这几个月已经跑了四五个城市。"他说。

苏江鱼的家在宁夏西海固隆德县，这里山大沟深，百姓的日子并不宽裕，但花灯、社火等民俗活动远近闻名。每逢元宵佳节，会做花灯的村民自己动手做灯图个热闹，苏江鱼是村上为数不多掌握这门技艺的人，虽说多门手艺多条路，可做花灯并不能养家糊口。

"原来父母身体不好，为了照顾他们和孩子，我只能在县城周边打零工，经常找不上像样的活干。"苏江鱼无奈地说。

生活终于有了转机。隆德县去年引进一家花灯公司进驻产业园区，苏江鱼进车间不到一个多月被提升为班长，管理20多个人。"我是公司的第一批员工，公司领导听说我会做花灯，专门找我来试试。"苏江鱼说。

走进隆德县正观花灯工艺有限公司的车间，龙、小猪、神话人物等造型栩栩如生。工人们正忙着扎胚、焊接、裱糊，一根根铁丝、一块块彩布经过他们的巧手，很快幻化成立体的花灯。

苏江鱼没有想到耍着玩的手艺能成赚钱的营生。他告诉记者，早些年特别喜欢花灯，常和村上的手艺人学，有空就动手做做，一直坚持着。

"如果没有坚持恐怕现在还在打零工。"苏江鱼庆幸地说，以前在建筑工地干重体力活，夏天干半年，冬天歇半年，岁数大了越干越吃力。手艺活不一样，全凭动脑子多琢磨，有经验的老师傅反而更受欢迎。

这几天一批花灯销售到内蒙古包头市，在隆德车间赶工的苏江鱼又被外派负责组装和拆卸了。"今年公司订单翻了两三倍，外派的活儿特别多，花灯不仅要卖出去，还要保证亮起来，这一行也有售后服务。"他说。

隆德县六盘山工业园区管委会副主任杜斌说，近年来，隆德县以产业园区为平台，把企业引进来，打造非物质文化遗产产业基地，再让产品走出去，以产业化来继承和发扬"非遗"文化，同时带动贫困户脱贫增收。

"文化产业也成了脱贫的重要途径。"隆德县正观花灯工艺有限公司总经理赵国福说。公司改变了以往的作坊式生产，组织技术骨干外出学习，邀请外省花灯艺人来指导，从设计制图到流水线作业，实现花灯批量生产。今年不少商家慕名而来，订单量已突破千万元，花灯远销甘肃、内蒙古、福建等地。

"目前，公司除了解决112人就业，还为13户建档立卡贫困户提供岗位，有10人已经脱贫了。"赵国福说。

"去年日子变化最大，我买了辆小汽车。有了车，和花灯一起走出去就更方便了。"苏江鱼笑着说。他从刚开始每天领工资的零工，变成现在每月工资5000多元的技术骨干，心里安稳多了。（此稿被新华网、光明网等40家媒体采用）

周沟为啥“不猫冬”

新华社记者　赵倩　马丽娟

春节原本是忙碌了一年的人们最为放松休闲的时候，但在周沟村开小卖部的马武却闲不下来。“每天早上7点开张，晚上12点关门，比平时忙10倍。”他说。

马武的小卖部地处宁夏固原市泾源县六盘山镇，距六盘山周沟滑雪场不到100米，春节期间正是滑雪的高峰期，来自周边市县的车辆挤爆了村里的停车场，他的生意格外火爆。

“春节前两天光微信扫二维码进账9000多元，现金15000元。春节前刚进的货，原本以为肯定够，但你看现在货架已经空了。”马武说，这两天人手严重不足，媳妇儿和父母都过来帮忙，他还要去固原再进一批货。

不管是忙着小卖部生意，还是在雪场造雪、租赁雪具，或者是在村里摆摊售卖小吃零食，这个春节，周沟村的不少村民都因为“雪”忙碌起来。

而就在几年前，周沟村还完全是另外一番景象。“没搬迁前，老周沟村在深山里，曾是这里最烂、最穷、最脏的村。村民住的是土坯房，下雨没路走，生活吃水靠水窖，娃娃上学也困难。”周沟村村支书吴廷勇回忆说。

2011年，随着宁夏生态移民工程的启动，周沟村成为泾源县县域内首批生态移民重点村，包括马武在内的90户村民终于搬下山，住到了紧邻高速公路和国道的“区域中心”位置。然而，搬迁伊始，因村里的年轻人长期在外务工，留下妇女老人，依旧靠种地为生，村集体经济十分薄弱。

“村民就种上半亩洋芋、1亩胡麻，靠天吃饭，收成没有保障，也就混个肚子饱，根本谈不上发展。”吴廷勇说。

泾源县地处“高原绿岛”六盘山脚下和泾河源头，丰富的山水资源和夏季凉爽的气候使这个小县城被评为“全国百佳深呼吸小城”，也入选国家第一批全域旅游示范县。依托积攒起来的旅游人气和周沟村便捷的交通条件，2015年固原市政府和景区企业在村里建设了滑雪场，希望以此带动当地冬季旅游的发展。

“游客每年都在增长，去年共接待3.5万人次，特别是节假日人格外多，2019年春节前两天每天接待游客2000人次，初三到初五高峰期每天能有3000人次。”六盘山周沟滑雪场营销经理周博说。

每年的“一场雪”不仅为周沟村带来人气、为村民带来财气，也让村集体经济不再“空壳”。吴廷勇告诉记者，景区企业与村民签订了劳务合同，雇用30余名村民在滑雪场工作，每个雪季参与经营的村民平均能挣七八千元，还有一些村民自发摆摊卖零食和土特产，也有不错的收入。而且由于滑雪场的建设改建了村道，周沟村每年还能有4万元的村集体收入。

冰雪旅游让村民的钱袋子鼓起来的同时，也让他们的思想活了起来，村民们认识到环绕着自己的这座山不再是穷乡僻壤，而是深藏巨大旅游潜力的“金山银山”。“我今年要把小卖部升级为一个综合性商超，拓宽经营领域。村里的发展形势变了，我们也不能守着老思维不变。”马武说。

“在冬季旅游发展的基础上，下一步计划把周沟村打造成为四季皆宜的乡村旅游点，吸引越来越多年轻人回家创业，让更多村民在家门口吃上旅游饭。”吴廷勇说。（该稿被《新华每日电讯》、新华网等52家媒体采用）

宁夏：新型职业农民的“年终总结”

新华社记者　靳赫　吴天雨

春节前夕，一场降雪改善了宁夏各地农田墒情，一些懂技术、善经营的新型职业农民一边加紧筹划节后土壤保墒事宜，一边忙着做“年终总结”。

谭振龙是宁夏吴忠市利通区新型职业农民中颇具代表性的一个，他曾给农机装上自动导航系统，实现无人驾驶、自动作业，且作业精准度大幅提高。2018年通过推广应用这项技术，谭振龙获得了大丰收。

依靠“智慧农机”，谭振龙在他流转的近2000亩农田里将小麦、玉米、蔬菜等间作套种，每种作物的行宽精确到厘米，每块土地的复种安排精确到天，还把作物通风透光、轮作倒茬、病虫害防治等因素考虑在内，使粮食作物每亩增产10%左右，茄子、甘蓝等蔬菜产量也不同程度增加。

“去年的成功，技术创新是关键，新技术催生了新种植方式，带动生产效益提升。未来农业智能化水平必然越来越高，搞农业得把握并顺应这个趋势。”谭振龙说。

记者从宁夏农业农村厅获悉，2018年宁夏粮食生产实现“十五连丰”，草畜、瓜菜、枸杞、葡萄等产业也稳步发展，像谭振龙这样喜获丰收的农民很多，他们的“年终总结”亮点纷呈。

在银川市贺兰县京星农牧场，“80后”农民黎伟发出年前最后一批货，全年工作画上了圆满的句号。“我们种了2000多亩水稻，还养了螃蟹、鱼、虾等，没等过年就卖完了。”黎伟笑着说。

一直以来，黎伟十分看重经营模式创新。他通过土地流转、鼓励农民以土地入股等方式，将分散的农田改造成统一管理、标准化生产、风光秀丽的现代化农场，由企业、城市家庭等有偿认领部分土地的收获权，其余土地产出的农产品则通过线上线下相结合的模式销售，同时带动周边农户参与发展乡村旅游、餐饮、住宿等产业，达到农场共建、成果共享的目的。

“2018年，我们的农产品销售额超过340万元，800多亩农田的收获权被客户以每亩3000元的价格认领，旅游服务收入近40万元，还带动周边近100户农户将民居改造成民宿，旅游旺季平均每户月收入6000元左右。”黎伟说，经营模式创新让他尝到甜头，2019年会继续在这方面努力。

银川灵武市郝家桥镇农民杨学云的“年终总结”同样精彩。作为当地草制品专业合作社联合社社长，2018年他带领100余家从事秸秆编织的小微企业取得了总销售额过亿元的佳绩。在他看来，管理服务模式创新是成功的“秘诀”。

杨学云告诉记者，过去草编行业是小作坊式生产、分散经营，抵御市场风险能力差。2013年，他牵头成立联合社，将经营者组织起来，实行统一管理与服务，目前这种模式逐渐趋于成熟。

如今，联合社实行原料统购、产品统销，在市场上掌握了一定话语权，而且在社内企业融资、财务管理、品牌建设、知识产权保护等方面起到了越来越重要的作用。

“以前，不少经营者面临发展缺资金的问题，有的甚至不得不借高利贷，现在联合社帮助经营者吃透政策，解决融资难题。”杨学云说，“2018年联合社帮助10家企业融资80万元。”

关于过往的成功经验，新型职业农民的总结各不相同，但对于未来的展望，大伙的看法却十分相似。乡村振兴战略深入实施，让他们普遍对农业农村发展前景充满希望，不少人还早早制定出翔实的新一年发展计划。

“过了年，成绩就成了‘过去时’，以后还有好多事要做，好多想法需要实现，新的一年正是大展身手的好时候。”黎伟说。（此稿被新华网、人民网等 36 家媒体采用）

宁夏西夏区团结村：支部建在产业链上　党建引领乡村振兴

新华社记者　靳赫

“村民富不富，关键看支部；村子强不强，要看‘领头羊’”，在宁夏银川市西夏区镇北堡镇最北部的团结村，村民们对这句话的理解颇为深刻。近些年，若没有基层党组织引领，很难想象这个村子能从一片荒滩发展成如今的模样。

1996 年，在政府组织下，一些群众开始从“一方水土养活不了一方人”的宁夏南部山区搬出，在离城市更近、地势更平坦的镇北堡镇的一片荒滩上建设新家园，随着聚居群众逐渐增多，当地形成数个村庄，团结村就是其中一个。

“大家搬到这里，就为过上好日子，可白手起家哪有那么容易？一些人受不了苦，又搬回了老家，留下的人也来自不同县区，彼此之间不熟悉，人心不容易拢到一起，日子过得艰难。”团结村村民杨德明说。

这种情况下，村党支部的作用显现出来。通过召集村民学政策、绘前景、拉家常，发动党员入户给村民做思想工作，党支部凝聚力逐渐增强。同时，团结村党支部书记张生明利用从外地学回的经验，带领村民种植枸杞，种植面积最大时达 5000 亩左右，村民生活水平一年比一年高。

近年来，在团结村谋求进一步发展时，西夏区加强了村级党组织建设，强化、提升基层党组织人才配备和战斗力，资金、政策同步往农村倾斜，并引导农村构建“党支部＋专业合作社＋功能党小组＋党员致富能手＋农户”等产业化组织体系和服务模式，推进农村发展。

团结村党支部副书记田兴明说：“有了指导和支持，我们也敢更加放开手脚干事。这几年，村里的合作社壮大了，还依据产业发展环节建立了种植、统防统治、采摘、灌水等 9 个特色功能党小组，把支部建在产业链上，强化了党组织的引领作用。”

田虎是团结村的一名党员，也是村里主抓灌水工作的功能党小组成员，如今一到田间灌溉的时节，田虎和其他党小组成员就要统一组织村民灌水。“以前村民各灌各的地，方法不科学，既浪费了水资源，还加重了土壤盐碱化程度，现在由我们统一协调、指导村民科学用水，使农业生产更加节水、高效。”田虎说。

除了指导村民灌水，团结村各个功能党小组还带领村民进行科学剪枝、施肥、打药、病虫害防治等，种植标准化程度提高使枸杞质量明显提升，枸杞成熟后，村里合作社统一组织枸杞的采摘、加工和销售，确保好枸杞卖出好价钱。

此外，团结村党支部还以“党带群、先带后、富带贫”的方式，组织村里 36 户富裕家庭和 40 户贫困户结对，共同致富。团结村农民人均可支配收入已由 1996 年的 1000 元左右增加到如今的 13000 多元，村民的日子越过越有滋味。

西夏区委组织部人才办主任朱林说：“团结村的

发展是西夏区以党建引领乡村振兴的一个缩影，现在各基层党组织作用发挥得越来越充分，乡村发展动力也在不断增强。”（此稿被《新华每日电讯》《宁夏日报》等28家媒体采用）

社会化服务让农民舒舒服服种田

——宁夏永宁县春耕春播见闻

新华社记者　靳赫　杨泽

春节长假刚过，宁夏广袤的农田依旧披着黄褐色的冬装，在宁夏永宁县望洪镇，农田里隆隆的马达声却奏响了春日生产的序曲，当地群众正在抢抓农时，进行春耕春播。

在紧张的生产中，永宁县金满仓种植养殖家庭农场负责人张学忠却一点也不慌忙，站在流转的1000余亩农田旁，他一边看着机械在地里忙，一边抽着烟。“庄稼人怎么会拿收成开玩笑？只是地里的活用不着我操心。”张学忠对记者说。

宁夏银川市永宁县望洪镇增岗村农户在田间播种春小麦

■ 新华社记者　王鹏／摄

原来，张学忠把自家农田里耕翻、播种、打药、施肥、收割等农活打包交给了农机作业服务公司。“大型农机价格不菲，更新换代速度也很快，自购占用资金量太大，而且地里那些活干完后，农机就闲置了。如今我只用花一小笔资金，就能享受作物从种到收的一系列专业机械作业服务。”张学忠说。

近年来，各种农业服务需求呈现出快速增长的趋势，一批提供农业服务的企业和机构如雨后春笋般涌现，像张学忠这样将部分农田作业任务外包的人不在少数。近日随着各地春耕春播陆续开展，农机作业服务成了不少农户争抢的“香饽饽”。

在望洪镇史庄村的一片农田里，一台台大型机械徐徐向前，几名机械手合作将一袋袋小麦种子和化肥倒入播种机，随着机器上的一排圆盘开沟器犁开地面，种子和化肥便分层埋进了土壤。拉着播种机的大型拖拉机只开了5个来回，眼前17亩农田的小麦播种与施肥工作便宣告完成。

“我们的大型机械作业效率比农户自购的小型机械要高得多，最近我们有点忙不过来，需要农机作业服务的人太多了。”永宁县宏源达农机作业服务公司副经理侯良军说。

据宁夏农牧厅农经法规处处长张延平介绍，为了顺应农业发展需求，宁夏农牧部门也在加快农业社会化服务体系建设，如2017年在永宁县、贺兰县开展政府购买农业公益性服务机制创新试点工作，选择粮食作物生产全程机械化、病虫害统防统治等农业服务项目，由政府购买公益性服务，在减少部分农户购买农业服务费用的同时，也加快了农业经营性服务组织的发展。

“低成本、全方位的农业服务，让不少原来一家一户的农业生产经营主体办不了、办不好、办了不合算的事现在可以顺畅地办妥。下一步，我们会将试点经验逐步推广，让更多农户享受到优质的农业服务。”张延平说。（此稿被《农民日报》《银川日报》等33家媒体采用）

种田“老把式”用科技种下丰收愿

新华社记者　靳赫　杨泽

在宁夏贺兰县立岗镇兰光村一片平整的农田里，一台红色的小麦立体匀播机刚刚驶过，47岁的马学明便蹲下用手指拨弄着泥土，检查耕播效果。“整地效果不错，种子不疏不密，作业速度也够快。”马学明说。

马学明称赞的是宁夏今年春耕春播期间推广的小麦耕播一体化技术。作为宁夏红苹果园专业合作社理事长，马学明也算个种田的“老把式”了，从早先“二牛抬杠”式耕作，到如今的机械化作业，他见识过的耕作技术着实不少，但此次政府推广的新技术还是让他眼前一亮。

“以往我们合作社也是用机械整地、播种，但作业工序偏多。新技术仅仅依托一台机械就能同步完成旋耕、施肥、匀播、覆土、镇压五道工序，作业效率明显提高，每亩地种植成本能降低40元左右。”马学明说。

让马学明更为舒心的是，这两年宁夏各市县（区）先后建起农业社会化综合服务站，服务站能够提供技术指导、农资超市、测土配肥、病虫害统防统治、农机作业等“一站式”服务。马学明将合作社800亩小麦一体化耕播工作直接外包给服务站，自己落了个轻松自在。

老话说“三分种，七分管”，即使播种时很用心，后续田间管理如果不科学，也难有好收成。不过，这一点马学明却不担心。他掏出手机，向记者展示了一个名为“2018小麦春播先锋群”的微信群。

“通过微信群，贺兰县农技推广服务中心会给县里种植大户及时推送土壤墒情、气候条件等农业信息，还要求我们每天上传照片、视频，以监督指导耕播、田间管理等工作。”马学明笑着说。

据贺兰县农技推广服务中心主任马晓成介绍，除了为种植大户提供农业信息、新机具推广等基本服务外，近年来中心还通过开展农技培训、邀请专家实地指导等措施，帮助农民进一步节本增效。

“我这田地力不差，现在又采用了新技术，后续还会有专家进行技术指导，算是占了‘地利’和‘人和’，要是再赶上个风调雨顺的好年成，今年肯定会是个丰收年。”马学明说。（此稿被《新华每日电讯》、中国网等43家媒体采用）

宁夏灵武：农村旱厕“变形记”

新华社记者　任玮

“一家人看春晚可以消停地坐着，屋里有‘双卫’，大冬天再不用哆哆嗦嗦去院里上厕所了。”71岁的史月英说起自家的新式卫生厕所颇为自豪，来串门的亲朋夸她把卫生间收拾得跟星级宾馆里似的。

春节之际，记者到史月英家所在的宁夏灵武市临河镇二道沟村采访时发现，以往农家院落的旱厕不见了踪影，取而代之的是家家户户“搬进屋里”的卫生厕所：洁白的冲水马桶和立式洗手池，贴了瓷砖的墙面、地板被擦洗得光可鉴人。

“把那按钮一按，马桶就被水冲干净了，又方便又卫生。谁能想活到老了，还享这福气。”说着卫生厕所的好处，再想起过去的旱厕，史月英边摇头边说，那真是大变样。

挖个土坑踩块板，砌个“土圈”围四边，这是曾经多数农村旱厕的真实写照，也是不少人的痛苦记忆。“小时候上厕所，看见那么深的坑，生怕掉下去。冬天寒风刺骨蹲不住，夏天苍蝇乱飞蛆乱爬。”二道沟村支部书记范会说，旱厕不仅不方便，还影响乡村卫生环境。

小康不小康，厕所算一桩。要改善农村人居环境，提升美丽乡村“颜值”，“旱厕革命”势在必行。2016年，灵武市被确定为全国农村生活污水处理示范县（市）以来，以污水生物法处理和室内水冲式厕所改造为主，先后实施了1.2万户农村生活污水处理及厕所改造，新建、改造农村集中污水处理站18座。

灵武市住房和城乡建设局副局长马兰花说，灵武市因地制宜将城镇周边的村庄纳入城镇污水管网，农户居住较集中的村庄实行集中式处理，而居住分散的村庄则采取分散式处理。不同模式的污水处理改造每户需花费2800元至5000元不等，其中农户只需自筹300元或500元。

“家家户户装上马桶，改造成水冲式厕所，卫生间的污水进入村里的污水管网，再通过污水处理站进行无害化处理，水质达标后既可以循环冲厕还可以用于农林种植。”马兰花说，这不仅解决了农村污水乱排和粪便污染等问题，还有效节约了水资源。

旱厕“变形”只是第一步，农村“垃圾靠风刮、污水靠蒸发”的生活方式，正在悄然改变。在美丽乡村建设过程中，灵武市全面开展了农村污水、垃圾“两处理”，厕所、厨房“两改造”等城乡环境综合整治。

如今，史月英家所在的临河镇实现了自来水、天然气全覆盖，全镇清洁厨房和卫生厕所改造累计达1500余户，卫生厕所普及率达到83.3%。生活环境的改变，让农民的房屋价值也翻了番。

“村上一座小院原来卖17万元左右，现在已经涨到40万元了。”范会说，“不少进城住的人都回来重新装修老房子，干起了农家乐，美丽乡村的吸引力越来越大。”

到2020年，灵武市有50个村将完成新一轮农村人居环境综合整治，农村生活污水处理率将达到70%以上、卫生厕所普及率达到80%。（此稿被《新华每日电讯》、新华网等30家媒体采用）

“无人驾驶”拖拉机开进中国田间地头

新华社记者　赵倩　许晋豫

4月下旬，地处中国西北的宁夏回族自治区引黄灌区的春播还在进行。在吴忠市利通区塔湾村的一片蔬菜基地，农民们像往年一样正忙着移栽甘蓝幼苗，一台拖拉机牵着蔬菜移栽机在平整的土地上缓慢行进。

远远望去，这一景象和往年没什么不同。可走近却发现，这台拖拉机“大有文章”：它的驾驶舱没有人，只放着一块触控式液晶显示屏，驾驶舱顶部竖着一根天线，在不远处的田埂上，还架设着一个一米多高的三脚架式可移动基站。

“我只需在显示屏上把作业宽度、行间距等设置好，拖拉机就会自动直线行进，进行播种、起垄、接行等作业，千米行驶误差不超过3厘米。”站在拖拉机旁的司机马海涛说。

这一高科技吸引了周边不少村民特别是蔬菜种植大户前来围观。“这个拖拉机确实走得直，这样一来蔬菜移栽机种下的菜自然更均匀。”利通区金积镇菜农闫学已不止一次跟在这台拖拉机的后面转了，他计划明年也要在自己的500亩菜地里试一试。

“无人驾驶”拖拉机能够开进田间地头，源于中国正在应用的自主发展、独立运行的卫星导航系统——北斗卫星导航系统，目前这一系统已经开始了民用化之路。

谭振龙在宁夏吴忠市经营着一家农机服务企业，虽一直对农机自动导航驾驶系统感兴趣，但由于国外进口导航设备高昂的费用，只好作罢。

在了解到北斗导航的性能和价格后，他便购置了一套系统，经过两年的试验，最终在2017年3月，成功将导航系统装上了拖拉机，并用于植树、小麦套种等作业。而他，也成为当地在拖拉机自动驾驶方面第一个“吃螃蟹的人”。

“国外进口导航系统每套20万元左右，而国产的北斗导航系统只需要六七万元，它最大的优势就是让拖拉机走直线，在播种时避免了漏播、重播，套种时还不会伤苗。”谭振龙说。

因紧邻黄河得灌溉之利，吴忠市正大力发展蔬菜种植业，蔬菜移栽机在当地使用较为普遍，这使得谭振龙有了新的想法。他说，随着客户对甘蓝收购标准的提高，种植户需要在种植环节就提高精细度，所以他们尝试把“无人驾驶”拖拉机和蔬菜移栽机融合。

塔湾村甘蓝种植正在使用的这套移栽系统，正是谭振龙2018年最新的研究成果。“现在起垄、覆膜、移栽等环节操作都更加高效、精细，当地种植户对这一技术很认可。”谭振龙说。

据利通区农业机械化推广服务中心农机工程师赵生军介绍，北斗导航系统的应用让种植更加标准化，直接降低了作业成本。根据去年的测算，每亩粮食作物可节约成本100元左右，增产12%左右。

近年来，随着中国科技的发展及传统农业向现代农业转型的需要，农机作业现代化、智能化、信息化的水平正逐步提高，自动导航驾驶拖拉机、无人植保机等“智慧”元素被注入越来越多的农业生产加工环节。如在全国棉花主产区新疆阿克苏地区，“无人驾驶”拖拉机在2018年的春耕春播中也开始“大显身手”。

中共十九大报告提出了“实施乡村振兴战略”

的重大决策部署，2018 年初中央出台的“一号文件”在部署这一战略时提出，以农业供给侧结构性改革为主线，加快构建现代农业产业体系、生产体系、经营体系，提高农业创新力、竞争力和全要素生产率，加快实现由农业大国向农业强国转变。

谭振龙的公司目前已有 7 套北斗导航系统设备正式投入使用。“下一步公司计划建设辐射半径达 30 公里的固定基站，将‘无人驾驶’的应用范围进一步扩大。”他说。（此稿被中国网、东方网等 10 多家媒体采用）

宁夏官滩村：打麻将凑不齐一桌人

新华社记者　陈晓虎　杨稳玺　靳赫

春节前夕，在宁夏吴忠市盐池县下乡采访时，一些干部告诉记者，近几年乡村文化的兴起，让一些村子连打麻将都凑不齐一桌人了！果真如此？记者随意来到王乐井乡官滩村，车子刚驶入村巷，寒风拍打车窗的啪啪声就被喜庆欢快的广场音乐所掩盖。

在村文化广场舞台，一群身着红装、手持绿扇的妇女正在翩翩起舞，正中间一名手里扇子有半个身子大的小丫头，格外显眼。广场对面，太阳晒到的墙根，小卖部的门口，篮球架下的空地，村民们三三两两聚在一起，一边观舞，一边说笑，时不时冒出几个追打的小孩，好是惬意！

“我叫王荟茹，今年 9 岁，在官滩小学 3 年级读书，我喜欢跳舞，村里建成文化广场后，就和阿姨们学着跳。”王荟茹说，自从有了广场舞活动后，就再也没有感觉到孤独寂寞。

王荟茹的母亲范文霞告诉记者，她嫁入外村，丈夫常年在外打工，自己在家务农，有时也外出打工，只能将孩子交给母亲照顾。她感慨道：“天天看新闻上说留守儿童，我也心疼、害怕闺女受委屈，但现在放寒假来接丫头，丫头却说要跳几天舞再回去。”

“小丫头大家都认识，我们刚开始跟着视频学跳舞时，她就站在后面看，自己学着跳，结果学的比我们还快，最近几个村要办文化比赛，我们舞蹈队要在开幕式表演，她是我们的王牌。”舞队发起人之一张燕凤说。王荟茹的加入，为广场舞注入了别样活力。

“全面小康要实现，贫困人口是短板；脱贫攻坚大决战，补齐短板见长远……”虽然没啥文化，但汪树果的快板《脱贫攻坚说政策》却朗朗上口、铿锵有力。话音刚落，她快人快语：“我只念到小学 3 年级，词是我和村支书王生泰一起写的。”

“支书是我们村的文化能人”“当时我们没有活动场地，支书在自己家建起了‘文化大院’”“支书对村里文化的事很上心”……虽然王生泰因年龄已退居“二线”为村党支部副书记，但在官滩村村民口里，却一直以“支书”称呼他。王生泰说：“扶贫先扶智，物质上脱贫是第一步，文化脱贫才是长远。”

行胜于言。2014 年，王生泰就在自己家里办起了“文化大院”，为村民提供文化活动阵地。而 2016 年宁夏启动的贫困地区“百县万村”综合文化服务中心建设及文化扶贫工程更是为官滩村送来“文化东风”，目前官滩村拥有综合文化服务室 2000 平方米，文化广场、图书电脑阅览室、红白喜事操办大厅、棋牌室、老人日间照料室等设施一应俱全。

“大家都搞文化活动哩，现在支个要钱的麻将摊子人都凑不齐。”在棋牌室，村民杨金彦“抱怨”说：“我主要在外务工，这两年回来发现想打场麻将越来越难，想着棋牌室里可能有人，来了一看大都是老人在打扑克玩，还真是老有所乐。”

“你在外面挣得多，还想回来赢村里人的钱？”旁边一位老人逗他说。

“我想赢，却没人要啊！”杨金彦的话引得大家笑声连连。他告诉记者，这几年村里确实发生了大变化，垃圾箱随处可见，村里还配有保洁员，村子不再脏乱差了，老百姓唱啊跳啊，邻里也互帮互助，感觉比城里还好。

麻将声止音乐响起，乡村振兴文化先行。盐池县委常委、宣传部长陈旭说，自从近两年官滩村文化兴盛起来，过去的旧风陋习正逐渐消失，村民们生活丰富了，脱贫致富的心气也足了。

官滩村“移风易俗，乡风文明”的变化，只是宁夏乡村文化振兴的一个缩影。据了解，宁夏已全面实现了贫困地区行政村综合文化服务中心全达标、全覆盖；每个村都按“七个一”标准配套建成一个文化活动广场、一个文化活动室、一个简易戏台、一个图书阅览室、一套文化器材、一套广播影视器材及一套体育健身设施，而且培育和引导了一批乡土文化能人。（此稿被《新华每日电讯》、中国网等30多家媒体采用）

行走在大山里的“光明使者”

新华社记者　于瑶　杨泽

“先跟微信绑定，把金额和密码输进去以后，收到确认短信，说明微信购电成功了。”在宁夏同心县窑山供电站营业班班长刘向春的指导下，村民杨正全第一次通过手机缴了电费。

杨正全一家生活在同心县王团镇车道岭村，是宁夏中部干旱带核心区。从2009年起，伴随着大规模生态移民搬迁，窑山供电所所辖王团镇等5个乡镇13个行政村的用户由7000户减至1376户。尽管如此，对电力工人而言，确保群众生产生活用电、服务群众最后一公里的脚步从未停歇。

刘向春清楚地记得，2005年以前山里没有一条像样的路，“通讯靠吼，交通靠走”，身上背的工具箱至少15公斤，从供电所到最远的农户家要30多公里。

“山里的路难走啊。在有些巡视线路上，两基杆塔明明就在眼前，但是山大沟深，必须绕行好几公里才到。”刘向春指着眼前的一道道山岭说，随着山路慢慢修宽，骑摩托、开汽车方便了，但是部分村庄因为地貌原因，仍需步行才能到。

行走在500多平方公里的大山深处，窑山供电所的工人与村民结下了深厚的感情——既为群众守护光明，也为自己守住初心。

“以前每个月都要上山例行用电安全检查和抄电表读数。因为村与村隔得远，当天回不去，晚上得借住在老乡家。后来一到抄表的日子，老乡就提前把饭给我们预备好。”刘向春说。

爬了一段山路后，记者感到两腿发酸，但刘向春和他的同事依然健步如飞，“都习惯了。只要是村民有需要，一个电话我们就过去。”

“巡好线，供好电，服好务”是电力工人的自我要求。刘向春告诉记者，为方便山区群众购电，他们走村入户现场办公，目前已累计为617户村民开通远程充值或微信购电服务。

49岁的王东已经在电力一线工作28年，站在山梁上，他抬了抬安全帽，给记者讲起自己的故事。2013年7月的一天，王东骑摩托车载着同事去巡视线路。山路只有一步宽，一边是荒山野岭，一边是悬崖深沟，突然摩托车一歪便顺着山崖往下翻，王东和同事大脑一片空白。幸运的是，尽管摩托车摔到沟底，但他们恰好跌落在软土上，安然无恙。

尽管困难与危险层出不穷，但对行走在大山里的电力工人而言，能为山区群众送去光明便是最开心的事儿。“每次给村民装完设备、修好线路，看到他们高兴的样子，我就觉得自己的工作有意义、有价值。”王东说。

“千难万难，不让山区百姓用电犯难。”虽然需要他们服务的村民越来越少了，但是窑山供电所的电力工人们，每天仍旧翻山越岭，守护那千家灯火。（此稿被新华网、人民网等113家媒体采用）

一个返乡青年的“小村大事”

新华社记者　赵倩　艾福梅　谢建雯

早些年，位于黄土高原群山深处的龙王坝村只有在春节外出务工人员返乡后，才有旺盛的人气。如今，才年中，村子却迎来了一年中最热闹的时节。

“今年夏天太火了，除了普通游客之外，还有不少夏令营、观摩团、培训班等，窑洞宾馆和民宿常常一房难求。”焦建鹏说。

龙王坝村所在的宁夏回族自治区固原市西吉县，是宁夏贫困发生率最高、贫困人口最多的县。它和另外五个县区一起，因为干旱缺水、山大沟深、水土流失等原因，被外界合称为“西海固”，并被联合国粮食开发署确定为“最不适宜人类生存的地区之一”。

今年37岁的焦建鹏是土生土长的龙王坝人。1997年，他怀揣着走出穷山沟的梦想，成为村里同年龄段少有的大学生之一。出人意料的是，多年之后，他却带着几百万创业资金“逆行”归来。

焦建鹏说，2001年大学毕业时，国家已经不再包分配工作，于是他回到县城做起了广告、网吧等生意。凭借敏锐的市场嗅觉，他的公司年营业额超过1000万元。

“大学毕业后的想法很单纯，就是要尽量多赚钱，让自己和家人过上好日子。”但慢慢地，他感到这种方式并不能完全让自己满足，特别是看到家乡一年两年还是那么穷，心里不免有些失落。

2011年，焦建鹏在电视上看到了全国林下经济现场会召开，便很快将这一新的产业模式和自己家乡联系起来：退耕还林后，村里有上万亩林地，而且集体林权制度改革也已推开，为何不能“靠山吃山”？

再三考虑之后，焦建鹏不顾亲朋的质疑和反对，当年就回到龙王坝村流转了1200亩土地，成立了林下产业专业合作社，养殖生态鸡。两年之后，他又拓宽思路，新承包2000亩农业用地发展休闲农业，种植牡丹和草莓。

经过一番“折腾”，龙王坝村的生态环境越来越好，林业经济规模也越来越大，2014年还上榜了“中国最美休闲乡村”，但这离焦建鹏的梦想还有很大差距。“村子没有名气，好产品也卖不上好价钱，而且单纯的种养殖对村民就业的带动性也很有限。”

于是，打造旱作梯田景观，改善基础设施条件，扩展餐饮和住宿业务……焦建鹏把龙王坝村作为发展乡村旅游，促进农村三产融合的试验田。

“发展乡村旅游，绝不仅仅是开个农家乐那么简单，而是要让农村、农业、农民都能受益，在这过程中还不能让乡村失去乡土气。”他说。

修建集住宿与观赏功能于一体的窑洞宾馆和梯田民宿，用地方特色蔬菜西芹替代名贵花卉作为盆栽，用大红灯笼和玉米作为房前屋后的装饰……如今的龙王坝，更像是一个西北乡村风土人情的微缩景观。

立秋之后的一场透雨，把山上的植被冲洗得更加翠绿，薄雾笼罩着的村庄也增添了几分江南的神韵。沿着硬化道路步入村中，白墙灰瓦的民房错落地分布在两旁，农家小院被打理得井井有条，一幅幅生动的彩色墙画引得游人驻足拍照。

“这几年村里变化太大了，有了自来水和硬化路，路灯也亮起来了，以前村里人都想着逃出去，现在外面的人却挤着来旅游。”村民焦炳南领记者走入他家院子去参观民宿，“这是今年刚装修好的，还带独立卫浴设施呢。”

旅游扶贫的效应正在龙王坝村显现。民房变客房，村民变员工、老板，目前全村已有200多名村民吃上了旅游饭，其中有20多户搞起了民宿接待，户均年收入2万元左右。

数据还显示，2017年，龙王坝村共接待游客13万人次，全村人均纯收入由2013年的2300元提高到9200元，村集体收入突破100万元。

不同于追求村落风格上的“土气”，焦建鹏在经营和管理理念上一直坚持创新。他不仅吸纳了一批大学生加入公司管理团队，还把龙王坝村打造成了一个共享的创业平台。在这里，只要创业者能提供一份切实可行的、与乡村旅游有关的项目计划书，就可以获得办公场地、专家培训、资金政策等方面的支持。

“乡村要振兴，农村要有活力，就必须留住年轻人，所以我一方面是给他们提供创业平台，另一方面更重要的是给他们扎根农村的信心。”焦建鹏说，目前已引入10家大学生创业企业，培育了创客咖啡馆、乡村酒吧、创意密室逃脱等项目。

返乡创业，需要脚踏实地，也同样离不开情怀。如今，作为一名致富带头人，焦建鹏感到肩负的责任和压力越来越大。“说实话，现在赚钱可比以前开公司难多了，也累多了。但依靠个人奋斗能为他人带来就业机会，为社会创造价值，为家乡发展助力，这种满足感是无法替代的。”（此稿为新华社对外通稿）

烂泥滩村改名

新华社记者　靳赫　温竞华　谢建雯

冬日的清晨，山间积雪尚未完全消融，家住涵江村村尾的苏孝平便坐上农用车去买羊了。若是在两年前，这一颇为寻常的举动在村里可算得上“奇观”。

涵江村位于宁夏西吉县偏城乡一处山沟之中，原名烂泥滩村，以前村如其名，民房烂、道路烂，一遇雨雪天气，村里的土路就成了泥滩，大人出不了村，小孩上不了学，就连老人生病也难送医院。

“不仅房子、道路烂，村里经济发展也十分萧条。由于缺乏产业，这里曾是远近闻名的贫困村，多数人常年在外谋生，留下来的也大多对生活没有盼头。”涵江村驻村第一书记秦振邦说。

秦振邦至今记得，去年年初，他刚驻村时挨家挨户走访，一谈发展，村民们便唉声叹气，尤其是苏孝平，只顾坐在炕上发呆，连眼皮都懒得抬。同行的村干部看不过去，提醒说来的是第一书记，苏孝平瞧了秦振邦一眼，表示“谁来都不顶事”。

“那时家里收入全靠地里种的一点玉米和洋芋，家底只有2间老房子、1头瘦牛，日子苦得过不下去。秦书记来时，我们正打算到新疆投奔亲戚去。”苏孝平的妻子苏罕买道出了实情。

为了帮村民们早日脱贫，秦振邦考察全村情况后，决定引导村民养殖肉牛，发展出一个脱贫主导产业。然而，大部分村民生活紧紧巴巴，根本没有购买基础母牛的资金。于是，秦振邦一边协调银行为村民发放小额贴息贷款，一边挨家挨户做工作，给村民打气。

据村民们回忆，那段时间，秦振邦天天在农田里、灶台边、家门口宣传扶贫政策，讲授发展思路。而对于苏孝平，秦振邦更是照顾有加。“我之前从没贷款养过牛，心里也打鼓，秦书记就在我家炕上连住了两晚，掰着指头帮我算账，投入、收益、风险算得清清楚楚，我才决定试一试。”苏孝平说。

随后，银行按照一般养殖户5万元、养殖示范户10万元的贷款额度，给村里所有有劳动能力、有发展意愿的村民发放了贷款，村民们陆续购进基础母牛进行养殖繁育，下了公牛犊，便育肥卖掉还银行贷款，下了母牛犊，便留在圈里扩大养殖规模，就这样，全村肉牛存栏量从80多头逐渐增加到750余头。

烂泥滩村养殖业发展起来的同时，各种扶贫政策也向这里倾斜，去年3月到11月，烂泥滩村先后实施危房改造等多项惠民工程，水泥路修到了村民家门口，自来水、太阳能热水器、互联网也陆续进村入户。不仅如此，烂泥滩村还成为福建省莆田市涵江区的对口帮扶村，获得了涵江区100万元资金帮扶，基础设施得到进一步改善。

近日，记者走访时看到，村道宽阔平整，民房整洁气派，沿途牛羊圈、饲草垛、农机等随处可见，一派欣欣向荣的景象。记者在村部采访时，好几波村民前来找村干部申请提高贷款额度，用以进一步扩大养殖规模。

“去年底，村民人均纯收入达6500元，实现了整村脱贫，村容村貌、村民精神状态也发生了脱胎换骨的变化，再叫‘烂泥滩’就不合适了。”偏城乡副乡长闫霖说。2018年初，村子正式更名为“涵江村”，有感谢涵江区帮扶的意思，而“烂泥滩”这个名字则成了历史。

如今，苏孝平家肉牛存栏量达到15头，年收入近10万元，不仅摆脱了贫困，还盖起了新房、购置了农机，日子越过越有滋味。“以后，我们再把羊养好，好日子还在后头呢。”苏孝平笑着说。（此稿被《新华每日电讯》、中国经济网等20多家媒体采用）

“赌村”之变

新华社记者　刘飞　孙天朗

“一赌博，就啥也没了。”保阳村村支书周文回忆过去的情景时这样感叹。

宁夏固原市彭阳县交岔乡保阳村曾经“远近闻名”。“不是因为发展得好，而是因为赌徒多、村民穷，贫困户比例特别高。”交岔乡党委书记安续堂说。

周文告诉记者，他刚担任保阳村支书的时候，村民种完地，不是想方设法地去挣钱，而是聚到一起打麻将、玩扑克，有的村民输掉了十多万，变得一无所有，甚至负债累累。

在全村赌徒中，周廷虎尤为出名。“他白天睡觉，晚上熬夜赌，有时候十几天都不洗脸。孩子的衣服破了烂了，也顾不上管。”周文说。2014年之前，周廷虎一家四口都还住在破窑洞里，这在条件不好的保阳村，生活水平都算最差。

保阳村位于素有“苦瘠甲天下”之称的宁夏西海固地区，因大山阻隔、干旱缺水等，村民普遍缺乏致富门路。“村民看不到希望，觉得干多少活还是穷，不如赌博来钱快。”周文解释说。

村部外面下大雨，屋子里下小雨；村子没有

一条像样的路，小车都开不到家门口；村民赌博成风，村里召集开会，村民多不愿意来。看到村里的情况，2013 年 8 月，多年在外跑大车的周文回到村里担任支书，希望改变点什么。

改变首先从“禁赌”开始。除了日常的禁赌宣传，周文和村民约定，只要不赌博的，他都努力帮忙申请扶贫项目。同时村里组织致富带头人讲述致富故事，激发村民的内生动力。

过了一年，村子开始有了变化，村民们逐渐放下麻将和扑克，走入田间地头和牛圈羊圈，出去打工的也多起来了。到了 2016 年，村里的叫牌声和掷骰子声几乎绝迹。

“以前在外面胡逛着呢，赌博戒不掉，岁数大，也没钱，日子过得不如人。”和记者谈及过去的日子，周廷虎不好意思地笑了笑说。

而今，记者在保阳村看到，一条硬化路贯穿全村，来来往往的轿车是村民主要交通工具，远眺旱塬，星星点点地分布着村民的新居和牛棚。“禁赌可以改变风气，但脱贫致富还得靠产业。”周文说。

近年来，随着脱贫攻坚的推进，保阳村因地制宜将草畜产业定为发展乡村经济的主导产业，大力发展青贮玉米和牛羊养殖。2017 年，仅 300 多人的保阳村青贮玉米和地膜玉米种植面积接近 2000 亩，养牛 170 头、羊 500 只，人均年收入也由 2013 年的 3000 元左右增加到如今的 8000 元。

“现在村民你叫他来打牌他都不来，每天忙着养羊种地，一门心思致富。”周文说。

对于周廷虎来说，如今的生活与之前完全不同，他贷款新建了牛棚羊圈，每天和妻子下田种地，和他相伴的也已不是牌友，而是家人与牛羊。

有时周廷虎还会接到一些外村牌友的电话，而他的选择是拒绝。“打一次我会推掉，打多了就直接挂掉电话。”周廷虎说。（此稿被《新华每日电讯》、中国新闻网等 27 家媒体采用）

宁夏：乡村旅游带动农村脱贫致富

新华社记者　赵倩

22 日元宵节一大早，宁夏回族自治区固原市西吉县龙王坝村的舞狮、秧歌队伍就赶到了县城，参加一年一度的全县社火巡演。

这是龙王坝村村民第一次在县上的社火巡演中“露脸”。除此之外，农民“村晚”、农家“年夜饭”、农民舞大赛……从 2015 年腊月初八到 2016 年正月十五，村民们感受了“新鲜”的喜庆。

“春节期间把村民组织起来，既可以丰富农村文化生活，也能带动一些传统民俗项目的表演和传承，这是乡村旅游不可或缺的文化元素。”宁夏瑞信龙王坝生态旅游股份有限公司董事长焦建鹏说，这个假期，村上单日最多来了四五千名游客，山庄年夜饭预定也非常火爆。

龙王坝村位于山大沟深的西海固地区，随着当地生态环境的改善，昔日的穷乡僻壤正成为令人向往的乡村观光地，更是创业者眼中的投资热土。

依托逐步恢复的生态环境和壮大的林下经济，从成立林下产业合作社、建设龙泉湾山庄，到如今融资成立旅游公司，“80 后”青年焦建鹏带领村民参与并见证了乡村旅游经济的发展。2015 年，当地实现旅游收入 380 万元。

对于龙王坝村很多村民来说，他们原本不敢相信，以前一下雨连条路都没有的村子，如今竟把旅游搞得有声有色。

为推进休闲农业和乡村旅游发展，2016 年春节假期来临前，中国农业部向全社会发布了 137 条“春节去农家过大年”主题休闲农业精品线路、400 个精品点，方便城乡居民到农家去寻找年味儿。

在宁夏固原市西吉县吉强镇龙王坝村，游客观看表演
■ 新华社记者 王鹏 / 摄

如今，乡村旅游已成为中国农村扶贫开发的重要渠道。

据龙王坝村党支部第一书记陈海君介绍，去年全村人均收入达到7738元，高于全县农村居民人均收入6857元，这与乡村旅游的贡献是分不开的。

数据显示，2011年以来，中国通过发展乡村旅游带动了10%以上的贫困人口脱贫，旅游脱贫人数达1000万人以上。

乡村旅游的发展也带动了村容村貌和基础设施的改善。记者在龙王坝村采访发现，村上道路得到了硬化，农户通上了自来水，路灯也亮了起来……村上不少农户改造了房屋，经营起了农家乐生意。

“房子已经改建好，过段时间再装修下，准备今年‘五一’营业。正好年前公司还对我们进行了集体业务培训，对今后搞餐饮接待有很大帮助。”村民杨慧琴说。

2016年的中央一号文件明确提出，采取以奖代补、先建后补、财政贴息、设立产业投资基金等方式扶持休闲农业与乡村旅游业发展。

政策的“东风”让焦建鹏和村民们对龙王坝村的未来更有信心。“我打算更好地将林下经济、休闲农业和乡村旅游融合发展，延伸产业链，在带动村民脱贫致富的同时，吸引更多的人返乡创业。”焦建鹏说。（此稿被亚太日报网、中国日报网等7家媒体采用）

宁夏西海固：无人机放飞贫困地区农业致富梦

新华社记者 杨稳玺 滕泽人

天高云淡，微风和煦。姚选手搭凉棚，不断坐下站起，转移着目光焦点。顺着他的视角看去，一架八翼无人机在天空平稳匀速飞行，无人机下方不断喷出的水滴洒向田间。

这里是宁夏回族自治区固原市原州区姚磨村，一座万亩冷凉蔬菜基地所在地。该村瑞丰蔬菜产销合作社的负责人姚选告诉记者，为了提升效益，合作社邀请无人机团队来进行农药播撒试验，实现向科技化农业生产迈出的第一步。

瑞丰蔬菜产销合作社成立于2008年，是政府倡导土地流转，鼓励农民集约化土地生产政策下的产物。通过多年发展，该合作社现有土地近三万亩，辐射周边数个村落，合作社生产的各类冷凉蔬菜远销沿海各大城市。

中国以占世界百分之七的耕地，养活了占世界百分之二十二的人口。人均土地资源的稀缺，必然要求土地最大化地利用和生产效益的不断提高。而宁夏西海固，曾被认为是不适宜人类生存的地区，其土地资源更是紧缺。

“过去大家都是各顾各、闷头干，家里的地效益不高，产出的蔬菜、粮食销路也不好。自从成立了合作社，大家共享种苗优惠、农机资源，不仅提高了土地产量，还拓展了市场销售渠道。”提起合作社的好处，瑞丰合作社社员薛文来赞不绝口。

然而，随着农产品市场日益成熟，竞争也日趋激烈，如何增加土地产量，提升农产品品质，进而增加市场竞争力，成了中国各地农民所面临的新问题。

“无人机喷药的优势就在于喷洒效率高，可以极大减少人工成本，此外，相比人工喷药，无人机喷得更加均匀，气浪可以将叶片翻覆，从而实现双面喷洒，不留死角。”此次进行无人机农药播撒的灵武市鑫旺植保专业化防治合作社技术顾问李建红说，一架承载10升农药的无人机在10分钟内可完成7到10亩地的喷药作业。

他算了一笔账，无人机喷洒农药的费用是30到40元每亩，如果采用人工喷洒，由于喷洒不均匀，会有部分农药滴落在土地上，从而造成浪费，这样下来，每亩地花费在60元左右。

“科技农业生产确实不一样，我决定了，准备年底前完成无人机采购、员工培训工作。”姚选说。

目前宁夏采用无人机喷洒农药的农田面积已达到26000亩以上，呈现逐年增加趋势。

“过去都说西海固‘苦瘠甲天下’，但通过努力，我们种出的蔬菜一样没得说，等无人机明年上马推广了，蔬菜品质肯定更上一层楼。”姚选说。（此稿被《华兴时报》《固原日报》等17家媒体采用）

宁夏：高效节水灌溉让旱区农田“不渴”

新华社记者　邹欣媛

春灌时节，在宁夏西海固以往撂荒或者靠天吃饭的部分旱地上，枸杞、蔬菜苗已竞相吐绿，每株作物根部都有一个“黑色小嘴”定点滴水，始终保持嫩苗“不渴”。

“全村7000多亩土地，原来12眼机井只够灌3000多亩，剩下的只能当旱地种。今年铺设的高效节水管道，3个机井就能灌2000亩地，还能保证水肥同步，解决了灌水难题。”宁夏固原市原州区头营镇杨郎村书记曹辉说。

西海固地处宁夏中南部，山大沟深、干旱少雨，当地群众人均占有可利用水量仅51立方米，加之大水漫灌的落后用水方式，农业生产效率低下，农民增收困难。

为进一步实现农业节水，宁夏2015年加大土地流转、种植结构调整力度，推进高效节水灌溉技术。尤其在中南部山区，节水灌溉技术让当地农民开始高效利用水资源，精细化种植作物。

高效节水灌溉实现了节水、节肥、增产、省工等优势叠加。在中卫市沙坡头区柔远镇雍湖村，当地通过推行滴灌设施节水，亩均节水550立方米。节水的同时实现了水肥一体化管理，亩均节肥10公斤至15公斤，亩均增产50公斤至100公斤。同时，土地采用机械化耕作，每亩可节省4个劳动力。

“高效节水逐渐成为中卫市现代农业发展的核心‘动力’，今年全市计划再建高效节水10万亩，力争实现节水8000万立方米。”中卫市水务局局长姜守清说。

借助高效节水灌溉技术，宁夏旱区优势特色产业迅速发展。目前，中卫市形成了硒砂瓜补灌、香山北麓枣瓜间作、北部沙漠速生林滴灌等致富产业，当地农业生产不断向产业集约化、产品优质化转型，农民致富的路子越来越多。

自治区水利厅厅长吴洪相说，宁夏近年来大力发展高效节水灌溉技术，截至2014年年底面积累计达196万亩，建成规模化高效节水灌溉面积31万亩，实施高效节水灌溉的项目区经济作物亩均增产30%以上，亩均增收超过1000元。

预计到2015年底，宁夏高效节水灌溉面积将达230万亩，其中，宁夏2015年将继续实施75.8万亩高效节水灌溉。吴洪相说，工程建成后，宁夏可实现年节水1.4亿立方米，亩均节水180立方米，年增加粮食产量约1850万公斤、增加经济作物产值约1.4亿元。（此稿被《张家口日报》、新华网等14家媒体采用）

奋斗的感觉最幸福

——记在农村创业寻梦的“80后”黎伟

新华社记者　靳赫　曹江涛

2017年春天一个阳光明媚的上午，37岁的黎伟在自己流转的农田旁亲手栽下一排柳树苗，给每棵树填上最后一锹土时，他都会摩挲着树干，低声呢喃：“兄弟，争口气，一定要活下来。”

这话他是对树苗说的，也是对自己说的。在事业最顶峰时期，他抱着对农村的一腔情怀回乡创业，却很快花光了所有积蓄，还欠下一些外债，以至于种树、搬石头这种活都得自己来，面对周围诸多人的不理解，黎伟只希望亲手栽下的树苗能懂他。

在宁夏银川市贺兰县京星农牧场，黎伟是个名人，从南开大学毕业后闯荡过天津港，后回到银川创业12年，创办的网络公司年净利润达60多万元，然而2016年初他决定转让公司，回到生他养他的京星农牧场。

“我从骨子里喜欢田园生活，也一直有个梦想，让乡村环境更美，让乡亲们生活更好，于是返乡后经营起农村淘宝服务站，又发起了生态共享农场项目。”黎伟说。

怕家人一时难以接受，起初，黎伟是瞒着他们回乡创业的，没想到淘宝服务站经营得风生水起，引来众多媒体关注。妻子在电视上看到黎伟的报道后，才明白为什么他的脸会晒得乌黑，又为什么长期回不了家。

2016年5月，黎伟发起的生态共享农场项目启动，在他的设想中，不但要把土地集中经营，还要联合至少300家企业、几百个家庭共建、共享美丽农场，并带动周边农户参与发展乡村旅游、休闲、住宿、农村电商等产业。但由于概念超前，一开始响应者寥寥，而项目规模浩大，仅初期的农田、水系面积就达700多亩，资金像流水一样往项目里砸，却迟迟见不到收益，到2017年，黎伟不得不借高利贷来完成项目和支付工人工资。

“妻子三番五次劝我回城老老实实找个工作，我觉得她不懂我的想法，两人常常聊着聊着就吵起来，有几次差点离婚。周边也不乏看笑话的人，有人甚至直说我脑子有病，尽做没有意义的事。”黎伟两手一摊，笑着说：“真是内外交困。”

最艰难的时刻，黎伟住在农场旁的彩钢房里，晚上睡躺椅，白天搬石头、栽树、种草，满脸胡子，浑身泥土。父母和岳父岳母看他实在太可怜，前来帮他搭草棚、修路、种菜。不少村民也被黎伟的精神打动，主动过来帮忙。

记者前去采访时，京星农牧场4队村民果来义正开着拖拉机帮黎伟整地，不收分文。“我喜欢小伙子身上的闯劲，他人也实诚，这几年总通过电商帮乡亲们卖农产品，我干这点活算个啥？”果来义说。

随着农场渐渐有了效益，这种经营模式被越来越多人看好，80多家企业参与到项目中来，另有180家企业有加入意向，项目还吸引到一笔5000万元的投资。前些日子，投资企业带来1000多名企业家前来考察参观，这阵势让村民们惊讶不已。黎伟还和旅行社完成了对接，自5月中旬起，预计每天会有200多名外地旅客前来旅游、吃住。在黎伟号召下，周边100多户村民开始将房屋改造成民宿，以接待即将到来的客人。

黄河水温柔地从田地旁流过，湛蓝的天空映衬着大地，不远处黎伟种下的垂柳和各种果树已吐出绿芽，随风轻轻摇摆。看着越来越美的农场，站在田埂上的黎伟笑了："现在我走过这里的每一棵树、每一块石头，都觉得它们在跟我打招呼；我还觉得自己一直是个20多岁的小伙子，浑身有使不完的劲儿，奇妙极了，可能这就是奋斗的幸福感吧。"黎伟说。（此稿被《中国改革报》《中国青年报》等34家媒体采用）

宁夏红星村：小超市里“兑”出乡风大变化

新华社记者　靳赫　温竞华　谢建雯

即使在落叶飘飞的时节，宁夏固原市泾源县兴盛乡红星村的景致仍然赏心悦目：一条条巷道宽阔干净，一座座院落整洁优美，视线所及处，难见垃圾的踪影。

“前两年，这里还是全乡环境最差的村，垃圾四处乱丢，村里保洁员都清扫不过来。”兴盛乡组织委员马天云说，自打村部旁的那家超市开张以来，红星村环境就好了起来。

马天云所说的，是红星村在全县率先开设的垃圾兑换超市。2018年2月，超市正式开张，村民们可将垃圾分类，带来称重后换取日常生活用品。

“塑料瓶、塑料袋、纸箱子、废旧电池等常见的垃圾，都能拿来兑换，超市的货物也很多，锅碗瓢盆、油盐酱醋、书本文具等常见的商品应有尽有。”红星村村委会副主任于万俊说，垃圾收来后，村里会分类送到乡上的垃圾处理中心进行回收。

村子前后的变化，红星村村民成文彩看在眼里。“现在地上只要有点垃圾，村里的小娃娃都抢着捡。我大儿子今年上小学4年级，有时拿个新笔新本回家，都是放学路上捡了垃圾在超市换的，孩子爱护环境的意识就这么培养出来了。”成文彩说。

垃圾少了，环境美了，小超市又有了“新任务”，不只提供垃圾兑换服务，还与维护村规民约挂了钩。2018年8月，红星村建立村规民约积分制度，村民在支持两委工作、参加集体公益活动、开展精神文明建设、美丽乡村建设等方面做得好，便可获取相应的积分，这些积分同样可以兑换商品。

“比如房前屋后卫生保持得好，可以获得5个积分，参与调解矛盾纠纷，可以获得3个积分，类似的积分标准有54条，涉及村庄日常管理的方方面面。每个积分可以兑换1元钱的商品，积分可长期累积。”于万俊说

制度实行后，垃圾兑换超市正式更名为爱心公益超市，并重新开张。据管理人员介绍，超市新开业20天，就有78户村民兑换了7600多元的商品。当地几家企业和爱心公益组织得知此事后，主动和村干部取得联系，长期捐款捐物，以保证超市“货源”充足。

红星村村民于万仓获得了数十个积分，已连续两次被评为村上的“最清洁文明户”，然而他一件商品都没兑换，还向爱心公益超市捐了100元钱。

“以前看到村里脏乱，我干着急却没办法，一个人的力量毕竟太小了。如今大伙一起行动，不仅村容村貌好了，邻里之间也更和气了，我心里高兴，捐点钱不算啥。”于万仓说。

据马天云介绍，如今，红星村爱心公益超市的运作模式、工作经验等已向全乡推广，不久的将来，会有更多这样的超市在各村红红火火开起来。（此稿被新华网、人民网等30家媒体采用）

宁夏海原："赊牛村"有了"牛"产业

新华社记者　邹欣媛　温竞华

宁夏回族自治区海原县九彩乡新庄村村民杨生岗没想到这辈子靠"赊牛"脱了贫。"养牛10个年头了，这几年却靠'赊牛'住上了新房，过上了好日子。"62岁的他感慨道。

老杨一家生活的海原县，年平均降水不足300毫米，蒸发量却超过2000毫米。而新庄村没有地下水源，老百姓在四年前要靠"盖碗窖"收集雨水度日，是海原县扶贫的"硬骨头"。

"天旱，地里刨不出食，以前一到务工高峰期，全村只剩老人、小孩、妇女。"老杨曾是务工大军中的一员，他说，家里就养一两头"土牛"（老品种），想多养，缺水也缺钱，没指望靠地和牛过活，"当年要不是腿受了伤，我肯定还在外打工呢。"

2015年，华润集团定点帮扶海原县开始实施"基础母牛银行"，杨生岗捉襟见肘的生活终于有了改变。

这一年，新庄村全村通水，赶上了华润集团投资采购西门塔尔基础母牛向农户赊销，企业为农户提供每头牛6000元的3年无息贷款，农户只需自筹4000元，就能赊来一头母牛，养殖3年后，集团以市场价对新繁育公牛进行回购。

"赊牛"还回购，有这种好事！老杨思来想去当年就从华润赊购了4头基础母牛。

"比起'土牛'，新牛长肉快、肉质好，加上县农牧局提供免费配种，第二年就下了3头小公牛，今年牛出栏挣了3万多元。"老杨站在牛棚旁高兴地给记者算起了账。

3年赊牛期临近，老杨早早把赊牛款备好了。"牛生牛，三年五个牛。"2018年，杨生岗开始专门养新牛，30多亩地种紫花苜蓿，收成好够牛吃两年。

"村民争着抢着'赊牛'。"新庄村支书马明贵说，这两年，一些赊牛的农户见到了好处，陆续变卖"土牛"，外出打工的人也返乡养牛，全村现在存栏600多头牛，80%来自华润。

新庄村"赊牛"脱贫只是一个缩影。海原县扶贫办主任穆华说，华润模式解决了贫困户养牛缺资金的难题，帮助群众摆脱"等靠要"思想，减少农户对市场卖难的担忧，给大山里的老百姓带来了主动发展的希望和信心。

"老百姓的观念有了大转变。"海原华润农业有限公司工作人员钱涛说，从赊牛的数量上就能看出，第一年我们只赊了1000多头牛，之后两年数量成倍增长，今年上半年我们已经赊了5000多头牛。

据了解，目前，华润"基础母牛银行"已累计为海原县7354户建档立卡贫困户赊销近2.3万头牛，户均养殖高端肉牛3头。

不久前，老杨家又添了2头小牛犊。他想着，自己住上了新房，牛棚也得扩建了。（此稿被《新华每日电讯》、中工网等28家媒体采用）

宁夏海原："共享"音响助力移风易俗

新华社记者　杨稳玺

"在我们农村，如何扭转大操大办、让老人风风光光下葬才有面子的风气，一直是个难题。真是没想到，这风气竟让一套音响给吹散了。"宁夏海原县三河镇六窑村村主任蒲维成说。

2017年父亲去世时，六窑村村民杨建财既没有收份子钱宴请宾客，也没有请乐队和戏班子。一套音响循环播放，成了葬礼上仅有的热闹。这在几年前，可是要被村里人说闲话的。

杨建财说："过去哪怕借钱也得请厨子和戏班子，你要不吹吹打打、热热闹闹让老人下葬，村里就说这娃不孝顺哩。"

"大家凑了1万多元买了一套音响，现在谁家办事谁家用，这两年都是这样。"杨建财告诉记者，自从2015年村民凑钱买了音响后，请乐队和戏班子的人就越来越少了。杨建财告诉记者，凑钱时，"我交了100元。"

蒲维成说："对农民来说，请乐队、戏班子不是一笔小花费，花钱多少还直接决定演出效果。为了弥补花费，大家就会收份子钱，收了份子钱不能不办宴席，办宴席又得花费。总之就是一个循环，弄得主家、客人都不安生。"

蒲维成介绍，近年来农村婚丧嫁娶产生的高花费、人情债，已成了脱贫致富路上的一大阻碍，"共享"音响代替乐队、戏班就是破除此种阻碍的一种办法。

据记者了解，近年来宁夏很多村庄都集资购买了"共享"音响；更有一些村子通过村集体购置了更多配套设施，为村民减轻婚丧嫁娶负担。

"打工、种地，一年下来挣个万儿八千元，办个事远远不够。"杨建财说，要是叫了戏班子就花得更多了。

乐队戏班少了，宴席佳肴少了，乡亲们之间的人情味却更浓郁了。杨建财说："现在不管谁家办事，都是邻里互相帮忙，大家都念着别人的好。"（此稿被新华网、《华兴时报》等26家媒体采用）

宁夏："王家狮子"闹元宵

新华社记者　杨稳玺

虽已年逾古稀，75岁的王汉章却依然清晰记得13年前的舞狮情景。他在排练现场感慨地说："没有变味，我们'王家狮子'又活了！"

"看，轮到我孙子王晓明上场了。"13年前，王汉章打鼓，他的儿子王林舞狮；如今，爷爷、儿子成为观众，孙子一辈登上舞台，挑起大梁。

王晓明在红寺堡镇红海村文化广场上带领队员练习舞狮 ■ 新华社记者 王鹏/摄

顺着王汉章所指，只见震耳欲聋的喧天锣鼓声中，两只“狮子”匍匐在地，王晓明手持齐眉棍缓步上前，用手分别在狮头上轻轻拍打，两只狮子一跃而起，他旋即后空翻，手中齐眉棍舞出光圈，现场爆发出如雷掌声。

翻滚、腾跃、甩头，两只狮子声势威猛，横扫、上挑、劈撩，棍法大开大合。不到10分钟，王晓明下场时已满身大汗。

“我们‘王家狮子’属于北狮，讲究武舞，学习者既要练习舞狮，还得学习刀枪剑戟等兵器。没有速成，得一步一个脚印来。”对于孙子的表现，王汉章颇为满意。

“王家狮子”，是宁夏回族自治区吴忠市红寺堡区及周边地域对王汉章家传舞狮技艺的美称。据王汉章介绍，其家族舞狮技艺已流传近百年，学习者皆王氏亲故，最佳上场年龄为12到30岁。

传承百年的家族技艺为何沉寂13年？王汉章解释说，近年来电视电脑越来越普及，年轻人都外出上学、打工了，看舞狮、能舞狮的人越来越少。

闻及此言，王林赶忙安慰父亲道：“这十几年大家都一心奔发展，电视电脑又是个新鲜事物，肯定要红火一阵子；现在咱经济好了，电视电脑也要腻了，舞狮肯定会再受欢迎。”

王林所言非虚。2019年“王家狮子”将参加正月十四日举行的红寺堡区元宵节社火展演。当地年轻人积极参与。王晓明说：“我和几个堂兄弟们早早请假赶回来，大家过年期间就聚在一起练习，感觉比过去过年热闹多了。”

“这几年红寺堡区变化大得很，我们红海村也实现了整村脱贫。国家提出乡村振兴战略，文化振兴是乡村振兴的重要内容，我肯定"王家狮子"的舞台会越来越大。”现任红寺堡区红寺堡镇红海村党支部书记的王林，明显感觉到近年来国家对乡村文化越来越重视。

排练休息时间，一些胆大的小孩拿了兵器、狮头玩耍，一些大人意欲训斥，王汉章却颔首示意认可，他说：“娃娃喜欢是好事啊，现在只要娃娃愿意学，我们王家人就教，舞狮不是咱‘王家’的，是这片土地上乡里乡亲们的共同财富。”（此稿被新华网、人民网等77家媒体采用）

探访东西部对口扶贫协作的窗口——闽宁镇

新华社记者　刘海　唐亚蒙

［解说］宁夏永宁县闽宁镇，距离省会银川50公里，曾是一片荒凉的戈壁滩。1996年，福建和宁夏两省区开展对口扶贫协作。20多年来，闽宁镇在扶贫开发中充分利用东部资源，以产业发展带动当地农民快速脱贫致富，创造了“干沙滩”变成“金沙滩”的奇迹。

54岁的王升是闽宁镇原隆村党支部书记，也是闽宁镇的第一批移民。1997年，在政府的组织下，他和乡亲们告别了祖祖辈辈生活的大山，在300多公里外的银川平原安家落户。

［同期］宁夏永宁县闽宁镇原隆村党支部书记王升：“当初这里的情况其实也不太好，用咱们老百姓的一句话说就是“风吹沙子跑，天上无飞鸟”，就这样一种状况。其实就是奔着黄河水来的，这里是一片平原，心中真的是充满一片好奇吧。”

［解说］王升的家乡西吉县隶属于宁夏固原市，是西海固地区的核心区域。那里山大沟深，十年九旱，曾被联合国粮食计划署认定是世界上最不适宜人类居住的地区之一。在政府和社会各界的倾力扶持下，搬出大山的移民白手起家。怀揣着对美好生活的向往，开始在这片土地上创造奇迹。

［同期］宁夏永宁县闽宁镇原隆村党支部书记王升：“主要就是引进企业、发展产业，实现项目扶持、产业扶贫。1996年以后，咱们建立东西协作扶贫机制以来，我记得最清楚的就是福建省派的扶贫工作队指导农民开展蘑菇种植，他们的技术人员整天就奔波在咱们的村上，奔波在蘑菇棚之间，可以说手把手地来教。”

［解说］东西对口扶贫协作从民生改善、产业发展、生态改善等多方面入手帮扶，不仅为闽宁镇带来了项目和资金、先进的生产技术和管理理念、开拓进取的精神，更带来了创新帮扶机制、发展成果共享等前瞻性思想。

走进位于原隆村的光伏农业科技示范园，只见一座座大棚上覆盖光伏板，这一“混搭”的风格很有特点，也是因地制宜的一种创新模式。2014年，青岛昌盛日电太阳能科技股份有限公司在这里启动了产业扶贫项目，建设光伏产业园区，发展特色种养殖业，吸纳当地村民就业。

［同期］华盛绿能宁夏农业科技有限公司的总经理赵永亮：“最直观的一个实惠就是我们在建这个园区的时候就流转了村民的土地，他可以拿到一部分土地流转的费用；第二就是我们建设了这么大一个农业园区，它每年能提供很多的就业岗位，我们的村民还可以获得劳务务工的这么一个收益；第三就是公司是从青岛从东边搬到西边，我们也想通过一些新兴的产业，一些新兴的园区的发展模式，或者引进一些新的种植品种，来丰富我们当地的设施农业，对农民的技术、各方面还是有一个提升的。”

［解说］39岁的刘小耐是原隆村村民，2014年8月和丈夫带着一双儿女从固原市隆德县搬迁到这里。次年3月，她通过招工的方式进入园区，经过专业技术及生产经营等方面的培训后，成为园区的一名产业工人。

［同期］宁夏永宁县闽宁镇原隆村村民刘小耐：“现在这些都是高科技管理法，都不是人工的，都是全自动化电脑操作的，你像现在这个阴阳棚里，打这些帘子啥的我手机上就可以操作了。”

［解说］随着园区产业不断扩大，刘小耐凭借爱学习、能吃苦、管理经验丰富而得到认可，受聘成为光伏园区十几位用工管理员中的一位，她的家庭收入也从原来不足万元提高到10万元。

［同期］宁夏永宁县闽宁镇原隆村村民刘小耐：“生活得特别充实，比在老家充实多了，有了稳定的工作收入，干活心情特别好。（记者：那对未来有什么打算吗？）对未来特别有那么一种憧憬，我必须得学好技术，原先是靠体力干活挣钱，现在我要靠脑力挣钱，所以得学技术。”

［解说］受益于多层次、多形式、宽领域、全方位的东西扶贫协作，闽宁镇目前已形成种植、养殖、劳务、光伏、旅游五大产业，百姓收入由建设初期的不到500元跃升到2017年的约1.2万元，人口由当初的8000多人发展到6万多人，在戈壁荒滩上构筑起移民生态绿色新家园。

新时代农民讲习所：开在田间地头　讲到百姓心坎

新华社记者　刘海　刘飞

［解说］在宁夏吴忠市利通区金银滩镇灵白村，有一个特殊的新时代农民讲习所，它开设在田间地头、百姓身边，内容既有深入浅出的政策解读，也有致富带头人的经验分享，还有实用的技能培训和科学文化知识普及——只要是村民需要的，就是讲师要宣讲的。通过“讲”和“习”，将党的声音传递到每家每户，讲到百姓心坎。

［现场］马文歧为村民现场讲授

［解说］在灵白村万亩富硒水稻种植基地旁，金银滩镇农业服务中心主任马文歧正认真地为村民授课。这一期讲习所的课程有两方面内容：乡村振兴战略和种养殖技术培训。和土地打了30年交道的马文歧，既是种植行家，也是宣讲能手，每次授课都能得到村民的积极响应。

［同期］宁夏吴忠市利通区金银滩镇灵白村村民杨德林：“我们从种田开始，刚一开始种的时候，就组织（上课）说怎么种种上好，我们就怎么种；到这个打药的时候，怎么防病我们就怎么防病。我们都学到了很多知识，几个月来对我们帮助太大了，我们都感受到这个讲习所的好处，人民都十分欢迎。”

［解说］为打通理论宣讲“最后一公里”，今年以来，利通区探索把理论宣讲点建在基层党组织上，金银滩镇根据实际情况，确定在贫困人口较多的灵白村建立新时代农民讲习所。

［同期］宁夏吴忠市利通区金银滩镇党委书记卢耀伏：“设立这一个讲习所也是真正抓住了我们这个村有脱贫攻坚的实际需要，按照懂政策、业务精的标准，咱们邀请了一些专家，包括一些上级部门的领导、科研人员，特别值得一提的是，把我们全镇各个村的一些致富能手，包括一些土专家都邀请到这个讲习所进行讲解，手把手、面对面地教授。”

［解说］灵白村是金银滩镇精准扶贫村之一，全村共有建档立卡贫困户78户278人。为有效增加农民收入，在当地龙头企业的带动下，镇政府鼓励扶持村民种植富硒水稻。与此同时，镇农业服务中心通过讲习所这一平台，加大富硒水稻种植技术培训和指导服务力度，助推富硒农产品订单式、规模化发展。

［同期］宁夏吴忠市利通区金银滩镇农业服务中心主任马文歧：“在这个品种的选育上，或者是机械的操作上，我们也可以给介绍一些政府补贴的大型农机械，一些高产优质的品种也可以介绍给他们；再一个就是相关的关键技术措施这个方面，就是根据老百姓不同的农事季节来给老百姓进行讲解，根据老百姓的不同的需求，来这个村上及时地进行授课。”

［解说］据介绍，讲习所自开办以来，坚持供需结合原则，为村民量身定制培训内容，每月至少开设一期。开课前，村干部通过走访调研，广泛征集村民需求，最终确定培训内容和方式方法。

［同期］宁夏吴忠市利通区金银滩镇灵白村村民金学虎：“通过这些培训，有些（村民）都学到了

一定的技术，现在可以说是走上了就业的道路，我们老百姓希望就像这个讲习所的这些课程经常办下来，我们农民从中间学到很多的知识。”

［解说］让村民列“菜单”，用白话讲“干货”，接地气的讲习所成为凝聚党心民心、带领农民致富的大课堂。

［同期］宁夏吴忠市利通区金银滩镇灵白村党支部书记撒德有：“通过讲习所，每天百姓都在这听课、交流，现在把心都凝聚到一起，大家都想法子致富，我们村上建档贫困户也是比较多的，现在通过富硒订单、肉牛养殖，现在是越做越可以，就说是大家都有了干劲。”

［同期］宁夏吴忠市利通区金银滩镇党委书记卢耀伏：“这个讲习所首先它是一个党的声音的一个传声筒，它把党的声音通过讲习所这个平台传播到农民当中，传播到各个方面的行业当中；那么另外一个也是拉近组织和群众的一个纽带，拉近大家的距离，通过讲习所，把大家所用的东西传播到大家的生产当中，使老百姓真正能够达到（利用好）讲习所的一些目的。”

［解说］目前，利通区已在所辖乡镇创办了7个新时代农民（市民）讲习所，并正在开展巡回讲习活动，通过讲给群众听、做给群众看、带着群众干，把党和国家的政策及各项培训技能传递到镇、村、组、户，据了解，今年利通区将在12个乡镇实现讲习所全覆盖。

宁夏：设施农业让农民从“半年闲”变成“全年忙”

新华社记者　卢鹰

［解说］中国北方一些地区在冬春季有长达近半年的农闲时节，此时的农村不见绿色，凋敝冷清。而近些年来，设施农业的发展使农闲时节的北方大地焕发了生机，让土地和农民四季无闲。

宁夏盐池县花马池镇惠泽村村民们在大棚里种植了一种叫天精菜的新品种，这种蔬菜几乎一年到头都能采摘。

［同期］宁夏盐池县花马池镇惠泽村村民吴占云：“每年收10个月，一个月摘3次，每一次现在摘100来斤，将来能到150斤，就是一茬，1个月摘450斤，1公斤卖12元，一个棚1年下来是2万块钱的收入。”

［解说］而在宁夏南部山区的彭阳县红河镇韩堡村，村民的大棚里每个季节种植的都是不同品种的瓜果蔬菜。

［同期］宁夏彭阳县红河镇韩堡村村民：“我承包了两个棚，夏天我种的是甜瓜，冬天种的是辣椒，1个棚1年能收入两万。”

［解说］以前的农村，农民是忙半年闲半年，现在设施农业的发展，蔬菜大棚的建设，使得农民从“半年闲”变成了“全年忙”。

［同期］宁夏彭阳县红河镇韩堡村支书张维虎：“为了增加农民的收入，我们争取项目，建了以种植辣椒为主的日光温室，这样一来，老百姓冬天可以在里面打工，土地也不闲置了，也给老百姓增加了收入，带动了当地的经济发展。”

［解说］目前，宁夏已发展了百万亩设施农业，打造出一批设施农业精品示范园区，成为农民源源不断的收入来源。

“稻渔”共发展　打造乡村振兴新样板

新华社记者　刘海　卢鹰

［解说］盛夏时节的田野，生机盎然。宁夏贺兰县常信乡四十里店村的“稻渔空间”生态休闲观光园里，游人在一幅美妙的田园生态画卷中流连忘返：看漂亮的稻田画，去田里插秧、摸鱼，体验古老的农耕文明，感受惬意的田园生活。

以大地为“宣纸”，用稻苗做“颜料”，唯美的稻田画成为田野里一道靓丽的风景。农民在稻田中种植不同品种的水稻，运用色彩搭配营造出不同图案，让人们在田地间感受浓浓的艺术氛围。

［同期］宁夏稻渔空间生态休闲观光园营销经理赵凯：“我们现在大概有9种不同颜色的水稻品种，其中有紫色、深黄，还有红色（等）一些品种。我们首先在旱地里，就是地选平之后，在旱地里通过定点、定位，把稻田画通过九宫格的方式把它先定出来，用钢钎插进去，然后把它缠上线，水放进去，然后通过设计的图案，人工下（田）去一步步插出来的。”

［解说］为了丰富田园体验，现场专门预留了稻田和秧苗，供游客实地感受种植过程。大人小孩脱掉鞋子、挽起裤腿，在村民指导下，认真学习插秧。

［同期］游客朱芮萱：“我非常快乐也非常幸福，因为我生长在陕北，从来没有见过水稻，借此机会给孩子和我一个锻炼的机会，感受一下大自然赋予我们的这些美好的东西。”

［解说］除了养鱼以外，稻田里还有螃蟹、泥鳅、田螺、麻鸭等与水稻共生，既给禾苗生长提供了肥料，也让游客多了游玩的项目。

2017年，“稻渔空间”通过举办插秧节、丰收节、农耕文化节等活动，吸引了20多万游客涌入。

［同期］宁夏稻渔空间生态休闲观光园负责人赵建文：“我们去年的接待人数是22万人次，通过稻渔综合种养，还有稻田画，还有养殖的产品，去年光一个丰收节卖了150万元。就说是我们的产品，稻田蟹、稻田鸭，通过丰收节全部让游客带走了。”

［解说］看到如今游人济济的场景，很难想象这里曾经是个“空心村”，多数村民进城买房，村里三分之二的房子被闲置。“稻渔空间”不仅给村里带来了人气，还产生了意想不到的外溢效应：通过对休闲农业及有机农业从业人员进行全方位的培训，参加土地入股分红，辐射带动800多农户增收致富。

［同期］宁夏贺兰县常信乡四十里店村村民胡月琴：“包给老板一亩田是800块钱承包费（土地流转费），还有50块钱入股分红，连分红下来领个1万多块钱。再有我打工，一月挣3000块钱，一年下来也能挣个两万多块钱。比以前富裕多了，以前还紧紧张张的。”

［解说］“稻渔空间”模式的创新也是贺兰县近年来三产融合试点工作的有益探索。通过开展试点工作，累计实现新增效益近2000万元，其中企业新增效益580万元，带动项目区农户新增收入1337万元，涉及农户1.6万人，人均增收834元。

近年来，宁夏休闲农业和乡村旅游业发展迅速，各类相关经营主体有近900家，让17万农民受益。

国际传播篇

GUOJI
CHUANBO PIAN

宁夏回族自治区庆祝60周岁生日

新华社记者　赵倩　艾福梅

初秋的阳光洒向塞上大地，温暖明媚。位于宁夏回族自治区首府银川市的贺兰山体育场内一片热闹景象，山峦、沙漠、河流、水车等元素装点出独具特色的舞台，四周坐满了挥舞着五星红旗的观众，掌声、欢呼声此起彼伏。当日下午，宁夏回族自治区成立60周年庆祝大会在这里举行。

1958年10月25日，宁夏回族自治区宣布成立。从刚开始连粮食都需要国家大量返销到如今“塞上江南”的稻花飘香，60年来，宁夏的发展变化在数据里得到了一一体现：从1958年到2017年，全区地区生产总值从3.28亿元增加到3453.93亿元，城乡居民人均可支配收入分别从216元、102元增加到29472元、10738元，贫困发生率从70%以上下降到6%。

“宁夏回族自治区成立60年，是发生翻天覆地、脱胎换骨历史性巨变的60年。60年来，宁夏创造了一个又一个人间奇迹，贺兰山下、六盘山下，黄河两岸都发生了举世瞩目的历史巨变。”全国政协副主席、国家民委主任巴特尔20日发表在《人民日报》上的署名文章说。

百姓是经济社会发展的最大受益者和见证者。“环境好，心情好，生活好。”59岁的宁夏中卫市海原县苍湾村村民李成林说，从吃不饱穿不暖到现在每家每户都住上新房，通上自来水，国家的扶贫政策让老百姓彻底告别了苦日子。

作为村里的“文体骨干”，李成林多年来一直热衷于发展村里的文体事业。“党的十八大以来，国家特别重视文化建设，每个村都建设了综合文化服务中心。物质生活好了，精神文化生活也得跟上嘛。”

海原县属于素有“苦瘠甲天下”之名的西海固地区，是“最不适宜人类生存的地区之一”，也是宁夏贫困面积最大、贫困人口最多、贫困程度最深的区域。

自1983年开始，宁夏通过“三西”（宁夏西海固地区、甘肃定西、河西地区）农业建设、“双百”扶贫、千村扶贫整村推进、百万贫困人口扶贫、精

宁夏回族自治区成立60周年庆祝大会在银川贺兰山体育场隆重举行

■ 新华社记者　沈伯韩／摄

准扶贫精准脱贫等五个阶段的扶贫开发，35 年来累计减贫 330 多万人。这期间，宁夏先后实施了 6 次大规模移民搬迁，累计移民 130 多万人，其中大多数是西海固地区贫困群众。

“来闽宁镇就像做了一场梦，没想到今天变成这样。”20 多年过去了，谢兴昌当年搬迁时流泪憧憬的未来都已成真。

1997 年，谢兴昌和十几户村民从西海固搬到了银川市近郊的闽宁村。通过改造沙地，发展产业，如今的闽宁村已更名为闽宁镇，人口也从最初的几百人增加到 6 万多人，百姓人均年收入从不足 500 元增长到 2017 年的 12341 元。

目前，宁夏还有贫困人口 23.89 万人，贫困发生率仍高于全国。为了确保与全国同步建成全面小康社会，宁夏已制定《打赢脱贫攻坚战三年行动实施方案》，提出到 2020 年现行标准下农村贫困人口实现脱贫、贫困县全部摘帽。

宁夏三面环沙、干旱少雨、生态脆弱，一直以来，当地不仅努力改善人们的生活，也在改善着生存环境。60 年来，宁夏通过一系列生态林业工程，不断扩大绿色空间，使山川土地由“黄”到“绿”。

数据显示，宁夏森林覆盖率已从 1958 年的 1.5% 增加到现在的 14%，并连续 20 年实现沙化、荒漠化土地“双缩减”。

作为中国最大的回族聚居区，宁夏见证了中国共产党民族区域自治政策的最初实践，多年的发展变化也离不开坚持和完善民族区域自治制度。

1936 年 10 月，中国共产党在豫旺县（今宁夏同心县）建立了第一个回族自治政权——豫海县回民自治政府。自治区成立以来，宁夏依法治理民族事务、不断完善民族区域自治配套法律法规、高度重视培养使用少数民族干部，并通过 30 多年来坚持开展“民族团结月”等活动，扎实推进民族团结进步创建工作。

“宁夏的实践证明，民族区域自治制度符合我国国情、具有强大生命力，是中国特色解决民族问题正确道路的基石和制度保障。”巴特尔在文章里说。

在距离庆祝大会现场几公里之外的银川国际会展中心广场上，也是鲜花簇簇，人头攒动，庆祝宁夏回族自治区成立 60 周年大型成就展在这里举行。一幅幅展示宁夏山川大地美景的图片吸引市民驻足观赏，包括经济发展、民生保障、改革开放等在内的八部分内容，充分展示了自治区成立 60 年来特别是中共十八大以来各方面取得的辉煌成就。（此稿被新华社客户端、东方网等 5 家媒体采用）

世界减贫的西海固答卷

新华社记者　艾福梅　刘明洋　夏晓　赵倩

上黄村农民黄占定时常站在红瓦灰白瓷砖铺砌成的新家的屋角，眺望对面山坡上曾居住了 60 多年的窑洞。尽管直线距离不足千米，但 74 岁的他却再也爬不过 40 余米深、长满树和草的山沟了。

新家宽敞的院子里晒着喂牛的干草，客厅里沙发、茶几、电视一应俱全，花盆中的四季果挂满了红彤彤的果实……这是黄占定住过的第三套房子。2007 年，他从窑洞搬到了砖瓦房，9 年后，小儿子花 7 万多元建起这幢新居，把他接过来一起生活。

“生活好着呢！米、面、菜、肉，想吃啥就吃啥。”老人说。

上黄村位于宁夏固原市原州区河川乡，属“苦瘠甲天下”的西海固地区。联合国专家曾来此考察，评价其“不具备人类生存的基本条件”。

在黄占定的记忆中，这里十年九旱人喊渴、生态脆弱产粮少、山大沟深路难行，百姓连年挣扎在温饱线上。

历史数据也有效印证：1982年，西海固贫困核心区固原地区（现为固原市）农民人均收入仅为全国平均水平的40%，84.61万人靠吃救济过活。

如何找到一条适合自身、富有成效的减贫道路，许多国家和地区一直在探索。而作为最大的发展中国家，中国反贫困斗争的任务更为艰巨。

1982年12月，中国启动“三西”扶贫开发计划，每年拨专款2亿元支持宁夏西海固、甘肃河西和定西农业建设，中国政府主导的减贫事业由此发端。此后30余年，西海固历经“双百”扶贫、千村扶贫、百万贫困人口扶贫攻坚和精准扶贫等，中央投向宁夏的430余亿元扶贫资金大部分拨付这里，终让这片贫瘠土地“脱胎换骨”。

“鸡叫水”，西海固农村一个语带苦涩的说法，就是在天没亮公鸡打鸣之时就去河沟里抢水，起得晚了，一家人这一天只能干着嘴皮子了。

黄占定至今仍不舍得扔掉担水的铁桶和扁担，小儿子黄玉弟院里院外有两口水窖，被吃水难怕了的他们见水窖有水心里才踏实。

“那时只能去沟底担水，牛羊也在沟里喝水，费老大劲担回来的水总有股味，但没办法，要活命就得吃。”黄玉弟说。

2016年10月，投资39.4亿元的宁夏中南部城乡饮水安全工程建成通水，当地百姓终圆“安全饮水梦”，上锁的水窖、驮水的毛驴、拉水的蹦蹦车渐成历史。目前，固原市农村自来水入户率达94.5%。

水，更是这方人自力更生的关键。“只有破解水困，才能破解贫困，否则投入再多人力、物力、也会深陷‘卡脖子旱’。”宁夏水利厅厅长白耀华说，现在西海固治水方略是南引泾河水、北调黄河水、用好当地水，在不断增加水资源的同时，通过高效节水手段提高水资源利用率，让水循着价值规律流动，把每一滴水用到极致。

目前，固原市每年从黄河引水1100万立方，未来宁夏将继续扩大引黄规模。有了黄河水，原州区大面积种植冷凉蔬菜，隆德县中药材长势喜人，红寺堡区酿酒葡萄成就“紫色梦想”……

每年5月，在河川乡寨洼、康沟两村交界的荒山上，经济效益高的油用牡丹次第盛开。宁夏瑞丹苑油牡丹产业有限公司通过龙头企业+合作社+农户的形式打造万亩生产基地，2014年至今已种植六千余亩，其中合作社入股两千余亩。

“相比玉米、马铃薯等传统产业，油用牡丹更节水，但我们仍引进全套滴灌设备，最大限度省水降成本。”公司项目部负责人史乐说。

2018年以来，固原市因地制宜布局了38个“一棵树、一株苗、一枝花、一棵草”试验示范园，在2万亩土地上试种269个品种，以选准更多耐冻耐寒耐旱新品种，探索生态建设与脱贫攻坚相结合的“绿色+”之路。

移民搬迁，亦是拔掉西海固“穷根”的重要举措。面对“一方水土养活不了一方人”的窘境，35年来，宁夏探索实施了六次大规模移民，累计从西海固移民120余万人，让他们得以在近水、沿路、靠城的区域谋生。

外因是助力，内因才是根本。固原市扶贫办副主任王淑玲说，探究这里的脱贫密码，贫困群众的内生动力尤为重要，“农民讲习所”富脑袋、“脱贫光荣户”立榜样，正向激励机制变“等着扶”为“干着扶”。

2014年，黄玉弟被列为建档立卡贫困户，在中央精准扶贫政策帮扶下，他把羊换成了牛，爷俩精心饲养。2018年，他新修牛圈，政府也补贴了6000元。“现在国家政策好，干啥都有扶持，我们有信心把光景过好。”他说。

黄玉弟妻子王秀琴更是“巾帼不让须眉”。2017年，她与村民合伙建起了两栋大棚，种植西北农林科技大学研发的新品种“花菇”，其营养价值高、经济效益好，“这两天每天产300多斤，一拉到市场很快就销售一空，根本不愁卖”。

数据显示，仅2011至2017年间，固原市贫困人口从50.1万下降到9.55万，贫困发生率从38.3%下降到8.4%，阶段性成效显著。但同时，西海固仍面临贫困人口多、脱贫产业规模小、链条短等问题，还需持续发力。

按照中国政府的脱贫攻坚路线图，到2020年，中国现行标准下农村贫困人口将实现全部脱贫，贫困县全部摘帽，解决区域性整体贫困。专家表示，这不仅是中国消灭贫穷问题，更是为人类社会作出的巨大贡献。

黄占定四个孙子都脱离了土地，过上与先辈完全不同的生活：在城里做生意、工作，小孙子还在机场修飞机。

“社会好了，我却老了。”黄占定说，真希望自己能再年轻一点，走出这个小山坳坳，多体味这个时代的幸福生活。（此稿被新华社客户端、东方网等9家媒体采用）

戈壁滩上崛起“超级工厂”

新华社记者　于瑶

在毛乌素沙地边缘的戈壁滩上，一块占地430亩的土地上铁塔林立，这是世界首条±660千伏直流输电工程——宁东至山东直流输电工程的“电源端”银川东换流变电站。

这一电力工程开启了中国“西电东送”的北通道，在安全运行的3600多天里，长期处于满负荷运行状态，是中国目前商业运行效益最好的跨区域直流输电工程。

而在与其相隔十多公里的地方，一座世界级的煤制油工厂在荒漠上崛起。被喻为“电路板”工程的全球单套规模最大煤制油项目——国能神华宁煤集团400万吨煤制油项目如今已全面达产，成为保障中国能源安全的重要力量。

此外，世界首个100万千瓦超超临界空冷电站、世界直流电压等级最高输电工程、世界首套年产50万吨煤制烯烃装置……包涵众多“世界级”项目的“超级工厂”，都位于中国西北的宁夏宁东能源化工基地（简称“宁东基地”）。

这里煤炭资源丰富，与陕西榆林、内蒙古鄂尔多斯共同形成了中国能源化工“金三角”。能源富集地区的经济发展与资源环境之间的矛盾，是需要破解的难题。为此，2003年开发建设之初，宁东基地就提出“高起点规划、高标准建设”，实施煤炭、电力、煤化工三大主导产业的“现代化”发展。

国能神华宁煤集团400万吨煤制油项目　■ 新华社记者　王鹏/摄

“从‘挖煤’到‘输电’是煤炭清洁利用、增值的路径之一。当前，宁东基地正在依托科技创新，更多打造现代煤化工产业，不断延伸煤化工产业链条，突出产业集群效益。”宁东基地管委会经济发展局局长田彦虎说。

走进6000平方米的纺织车间，不同规格的氨纶产品，在一排排卷绕机隆隆作响中“诞生”。比头发丝还细的白色氨纶，广泛应用于防弹衣、高端牛仔裤、专业运动服等产品，其源头却是深埋地下的黑炭。

“每天所需的300吨原料，全部来自一路之隔的中石化长城能源化工（宁夏）公司生产的聚四氢呋喃。我们是上下游关系，氨纶产品市场发生变化，我们就随时过去提出调整建议。”宁夏泰和新材公司副总经理何珍怀说。

实现煤化工产业由“黑”变“白”，推动煤化工与现代纺织产业融合发展，是宁东基地延伸煤化工产业链，培育新动能的表现之一。近年来，宁东基地坚持企业集聚、产业集群、发展集约，推进煤化工与石油化工、现代纺织等产业融合发展，不断形成集聚集群效应。

宁东基地煤化工投资过千亿元，成功搭建煤炭向石油化工产品转化的桥梁，煤制油、煤制烯烃实现产业化，煤化工产品开始由“粗”变“精”。宁东基地党工委常务副书记、管委会副主任陶少华介绍说，从“挖煤”到“输电”，从“卖炭”到“卖油”，从“黑色煤炭”到“白色烯烃”，宁东基地蝶变速度越来越快，发展越来越趋于成熟。

“400万吨煤制油项目采用自主知识产权的核心技术，实现了37项重大技术和装备国产化的示范应用，向世界展示了‘中国制造’的力量。”国能神华宁煤煤制油分公司总工程师黄斌说。

目前，宁东基地聚集高层次科技创新型人才1000多人，高技能人才7000多人，实施科技攻关项目近200项，建成6个国家级科技创新平台，两个院士工作站，国家高新技术企业和自治区科技型中小企业7家，科技进步对经济增长的贡献率达到46%。

宁东基地包括煤化工在内的化工产业产值突破500亿元，发展成为中国最大的煤制油和煤基烯烃加工生产基地，以及中国四个现代煤化工产业示范区中规模最大、产值最高的园区。

依托煤制油副产品，实现副产品增值利用，是宁东基地延伸煤制油产业链的重要方向。“我们生产出来的油品密度低，很适合做化工产品，今后在继续做柴油的同时，会分割出一部分产品做精细化工，比如液体蜡、润滑油等。”黄斌说，如果走通精细化工路线，在煤炭消耗总量不变情况下，我们每年产值可超过250亿元，潜力非常大。

下一步，宁东基地还将继续支持企业形成上下游产品有序链接，实现产业链条内原料和废弃物“吃干榨尽”。此外，宁东基地还将继续做精烯烃产业链，延伸发展工程塑料、合成纤维、合成橡胶和精细化工产业集群，实现初级产品向高附加值产品转变。（此稿为新华社对外专稿）

六十年后中国首条沙漠铁路依然“车来车往”

新华社记者　赵倩

连通中国西北和华北地区的包兰铁路，可以称为铁路史上的奇迹，因为它在沙漠中已经畅通60年了。

从腾格里沙漠沙坡头段空中俯瞰，列车犹如钢铁巨龙，蜿蜒盘旋着穿越沙海，两侧的绿色被甩向远方……“参与铁路设计的苏联专家曾预言，最多不过30年铁路就会被沙漠掩埋。”据曾在包兰铁路沿线参与治沙的老一辈人回忆。

新中国成立之初，为了贯通西北和华北之间的铁路大通道，国家决定修建包兰铁路。然而，铁路在位于腾格里沙漠南缘的宁夏中卫市，需要6次穿越腾格里沙漠，其中沙坡头段16公里全为高度达百米的格状流动沙丘。

在风沙流侵蚀极为严重的沙漠地带修建铁路，

当时并无国际先例可借鉴。

为了攻克铁路固沙难题，多方智慧和力量在沙坡头集结。1955年，中国科学院最早建立的野外综合观察研究站——沙坡头沙漠研究试验站建立；1956年，中国首个专业性治沙林场——中卫固沙林场成立；1958年，包兰铁路正式通车。经过无数次摸索，在科研人员、林场工人和当地百姓的共同努力下，草方格沙障成为铁路通车初期的主要固沙方式，即用麦草或稻草扎成面积1米见方的方格，通过阻挡风沙的流动而达到固沙的目的。

但仅靠草方格还不能完全抵挡流沙。据中卫市固沙林场副场长郜永贵介绍，运营初期，沙坡头地区一年超过300天都刮风沙，风助沙势，沙漠压埋铁路致火车中断的情况时有发生，且蒸汽机车在行驶过程中很容易点燃草方格。

“据记载，铁路通车后不到一年时间内，因路基积沙造成铁路中断11次。”他说。

为了进一步保障铁路安全通车，科研人员和林场工人又在草方格的基础上创造出了由卵石防火带、灌溉造林带、草障植物带、前沿阻沙带、封沙育草带“五带一体”治沙防护体系，并将黄河水提升到铁路南侧的沙区进行灌溉造林。

郜永贵说，自20世纪90年代开始，沙子就再没上过铁路了。

因保护包兰铁路而创造出来的治沙模式，也开始逐步走向世界。

1977年，联合国荒漠化大会在内罗毕召开，作为中国治沙经验的沙坡头“麦草方格”，获得国外专家一致认可。1978年，受联合国环境规划署的委托，中国在沙坡头举办了第一期国际沙漠化治理讲习班。1994年，中卫固沙林场被联合国环境规划署授予“全球环境保护500佳单位”称号。

另有数据显示，自改革开放以来，联合国环境规划署、联合国开发计划署和联合国粮农组织等国际组织委托沙坡头沙漠研究试验站先后开展了20多期国际培训班。该站专家也多次应邀到世界各地风沙危害严重地区，现场指导建立固沙植被防护体系。

中科院沙坡头沙漠研究试验站副站长张志山说，多年实践证明，麦草方格目前仍然是最便捷、环保、低廉的固沙模式之一，也为后期植物固沙提供了基础。

以麦草方格为基础的治沙模式，在守护包兰铁路畅通的同时，也阻挡了风沙向城市侵袭，大大改善了城市生态环境。据中卫市政府介绍，新中国刚成立时，风沙已逼近中卫县城。

近些年，通过扎设麦草方格等防风治沙措施，中卫市已在腾格里沙漠边缘扎设草方格15.5万亩、营造灌木林14.5万亩、封禁保护15万亩，在北部沙漠边缘建起了60公里的防风固沙林带，基本上控制了沙害侵袭。

如今，包兰铁路每天运行数十对客运、货运列车，依然是华北、西北地区百姓出行的重要选择之一。除了车来车往的铁路，沙坡头也因治沙成就而引领了中国沙漠旅游的发展，如2018年接待游客达130万人次。

铁路保住了，城市安全了，但中国乃至世界范围内荒漠化威胁依然存在。因此，中国治沙力量关于荒漠化防治的研究也从未停止。

2015年中央出台的《关于加快推进生态文明建设的意见》提出，到2020年中国50%可治理的沙化土地要得到有效治理。

张志山说，到目前为止，全国荒漠化和沙化土地面积连续三个监测期保持“双减少”，但是治理效果，即人工植被固沙效益及其稳定可持续的维持，依然面临巨大的挑战。

“水量平衡对沙漠化治理至关重要，因此在探索出了铁路固沙模式后，科研人员已将研究重点放在干旱沙区水量平衡与生态水文学研究上，这也将为全球干旱区沙害治理提供范式。”张志山说。（此稿被新华社客户端等3家媒体采用）

三代人的脱贫故事：中国最大生态移民区看变迁

新华社记者　杨迪　何曦悦　丁非白　艾福梅

54岁的马宏成蹲在地里，小心照料着一片黄芩。这个忙时种地、闲时帮人盖房的老农民第一次侍弄这种开着紫色小花的“精贵”中药材，而遍布地里的黑色滴灌管道更是挑战着他多年积累的种地经验。

“听说种黄芩一亩地能收入1000多元，跟我们以前种玉米、土豆相比简直好太多了。”马宏成说。

这片总面积约2500亩的黄芩位于宁夏回族自治区吴忠市红寺堡区新庄集乡，是当地政府引进的一家企业流转土地所种，希望借助高效节水灌溉技术，种植高附加值作物，带动农民增收。

红寺堡区是一座年轻而特殊的城市。这里原本是一片戈壁荒漠，后成为中国军队的训练靶场。从1998年至今，在政府的组织推动下，约23万人从“苦瘠甲天下”的西海固地区搬迁到这里，逐渐形成了中国最大的生态移民扶贫开发区。

马宏成的老家在西吉，就是“西海固”“西”的来源，“水井干涸水断流，麻雀渴得喝柴油”是那里的真实写照。因为缺水，当地人只能种玉米、土豆等作物，靠天吃饭，日子过得很是艰难。

2001年，他来到红寺堡区帮亲戚建房，看到这里“路平平的，特别好走”，居住环境比老家强，颇为动心，东拼西凑4000多元搬到了红寺堡。

不久后，西吉当地政府组织实施集中搬迁。于是，马宏成在红寺堡有了两套房、两份地。

在荒漠上开垦出绿洲，黄河水是红寺堡区发展的关键。通过扶贫扬黄灌溉工程，黄河水被四级泵站扬起299.1米送到红寺堡，这些黄河水成为当地的“生命之源”，滋养着这片新兴的家园。

“红寺堡用水压力太大，有关部门是按42.77万亩土地给红寺堡分配黄河水用水量，但目前全区已实际开发土地68万亩，一到农业用水高峰期，农民就跑到水务局要水。”红寺堡区水务局副局长张进宝说，发展高效节水农业，种植高附加值农作物是必然选择。

马宏成流转了3亩地，还和老伴找到了除草锄地的工作，每天能收入80元到100元。“人老了修不动房子了。幸亏在这里找到工作，离家近，中午还能回家吃饭喂牛，两头都能顾上。”马宏成说。

同样实现家门口就业的，还有28岁的红寺堡区红寺堡镇弘德村村民马秀英。一个多月前，她开始到村里新开的服装厂上班。

打工挣钱曾是出生于西海固地区的马秀英的生活常态，初中毕业后她先后在深圳、上海、苏州等地打工，直到结婚生子。

2013年，他们一家搬到弘德村。与当地很多家庭一样，马秀英留守在家照看3个年幼的孩子，男人外出打工养家。

据统计，弘德村有700多名剩余劳动力。就近、就地就业将有效改变这些家庭的经济状况。于是“扶贫工厂”应运而生，既让农民在家门口稳定就业增收，又满足了企业用工需求。

目前，红寺堡区已建成5间“扶贫工厂”。弘德“扶贫工厂”占地20亩，由当地政府整合资金400万元建设基础设施，引入一家浙江服装加工企业，2018年5月投产，主要生产短裤，出口到南非。目前已吸纳剩余劳动力159人，等全线投产后将解决300人就业。

“扶贫工厂”让留守妇女在家门口成了产业工人。经过3个月的培训期，马秀英每月收入有望超过2000元。2017年，红寺堡区农村居民人均可支配收入为7860元，同比增长11%，有2952户12118人脱贫。在2020年前，当地还要脱贫1.8万人。

“如期脱贫我们有信心，现在我们思考更多的是怎么让老百姓变得更富裕。”红寺堡区区委书记丁建成说，务工收入现在仍然占当地老百姓收入的大头，当地希望以发展现代化农业和农产品精深加工为主，把资源优势转化为经济优势。

红寺堡区大河乡香园村村民杨晶马上要离开家乡进入大学，但这个19岁的女孩笃定地告诉记者，大学毕业后她会回到红寺堡。

杨晶是在这片土地出生长大的第一代人。1998年9月，杨晶的父母从固原市隆德县搬迁到红寺堡，次年5月她出生了。

“我就是红寺堡人。”与父辈经常把家乡挂在嘴边不同，杨晶非常认同自己“红寺堡人”的身份。“老家有很多山，家家户户串个门都要翻山。”杨晶说。

“现在到外地读书，村里会补贴坐车费用。”杨晶说，村里近600户人家虽来自不同的地方，但都特别重视文化教育。

2017年起，红寺堡区设立教育扶贫基金对贫困户学生资助实现全覆盖，每位贫困生每年按就学阶段可获1000元至7000元不等的资助。2018年，红寺堡区还将建立职业教育中心，针对当地重点产业葡萄、纺织、畜牧等进行职业技能培训，培育区域发展急需的人才。

丁建成告诉记者，红寺堡区的高中毕业生中每年有超过30%能够考上本科，这在以前的贫困县、乡是不可想象的。相信当地教育的发展，将改变越来越多红寺堡人的命运。（此稿被新华网等5家媒体采用）

中国首个新能源综合示范区破解“消化不良”

新华社记者　于瑶

在宁夏回族自治区宁东能源化工基地南部广阔的戈壁滩上，一排排光伏板在阳光照耀下熠熠生辉。

这一占地近1.2万亩，装机总容量300兆瓦的电站，于2016年6月正式并网发电，在当时是中国首列单晶组建单体并网规模最大的电站，每年可发电4.5亿度。

宁夏地处中国西北内陆，是风能、太阳能资源储量丰富的省区。2003年投运第一座风电站，2008年投运第一座光伏发电站，宁夏已经形成了8个大规模风电光伏产业集群，成为中国大规模推广应用绿色能源的重要基地。

2012年，宁夏获批成为中国首个新能源综合示范区。“风电和光伏的装机量决定其发展地位。截至2017年底，宁夏新能源总装机达到1562万千瓦，占总装机容量的38%，装机占比位居中国第三。”宁夏发改委能源产业发展处工作人员杨泽英说。

15年来，宁夏加快推进传统能源与清洁能源综合开发，风电、光伏等新能源从无到有并迅猛发展。现在，全区每发5度电中就有1度电是新能源，宁夏新能源累计发电量接近1000亿度。

通过不懈努力，宁夏新能源并网消纳水平始终处于国内领先水平，与国际发达国家接轨。

“我们充分考虑新能源发展需求，优化新能源富集地区电网布局，先后投运了一批兼顾新能源接入、负荷发展和网架优化功能的330千伏输变电项目，为新能源大规模可持续发展创造了条件。”国网宁夏电力公司副总经理赵青山说。

毛乌素沙地上，有一块占地430多亩的土地上铁塔林立，这是世界首条±660千伏直流输电工程——宁东至山东直流输电工程的“送端”银川东换流变电站。这一“航母级”的电力工程开启了中国“西电东送”的北通道，在安全运行的3600多天里，长期处于满负荷运行状态，是中国目前商业运行效益最好的跨省跨区直流输电工程。

该工程除了运输火电外，黄河上游的水电、光电、风电都以直流输电的形式，“打捆”送到山东。此外，输电能力更大、途经6省的灵州至绍兴±800千伏特高压直流输电工程，也同样成为承担宁夏新能源外送的重要通道。

2014年5月宁夏电网首次出现弃风，2015年9月首次出现弃光，消纳难制约宁夏新能源健康发展。通过利用特高压直流外送电通道优势，加大跨区域新能源外送规模，宁夏新能源得以在更大范围内消纳。

“通过‘利用通道送出去、开展市场拉起来、推进替代用起来’的举措，创新交易模式，激发市场活力，引导新能源进入市场，鼓励煤电机组做深调，才能减少新能源一弃了之、一限了之的浪费做法。”自治区经信委电力处处长崔海山说。

一条条超特高压外送通道的打通，让新能源并网消纳有了新途径。与此同时，宁夏还积极开展跨省、跨区新能源现货交易，探索开展火电与新能源打捆交易模式，既确保外送电量平稳增长，也实现了新能源的错峰消纳。

2018年5月，宁夏还启动了电力辅助服务市场运行，成为西北首个试点省区。通过市场深挖调峰潜力，理顺新能源与火电之间的关系，促进新能源消纳。截至目前，宁夏电力辅助服务市场累计深调电量3455万千瓦时，降低新能源弃电率约0.6个百分点。

另外，国网宁夏电力有限公司还通过发、输、配、用、储等多环节互动加大新能源消纳。“我们聚焦用户侧，通过引导用户与电网互动，及时促进新能源消纳。”宁夏电力调度控制中心总工程师项丽说。

一些新能源业内人士认为，今后，还应从把好入口、拓展出口、优化运行、完善电网等多方面综合施策，合力解决消纳难题，不断拓展绿色能源发展空间。如继续开展“风火打捆”电力直接交易模式，扩大大用户直接交易电量规模，给足新能源交易电量空间；继续加大跨区域中长期外送电交易规模，最大限度解决富裕新能源电力消纳问题。（此稿被中工网、人民政协网等21家媒体采用）

“宁夏”的宁夏故事

新华社记者　艾福梅　谢建雯

中国有句古语：“赐子千金，不如教子一艺；教子一艺，不如赐子好名。”这句话点出了中国人对取名的讲究。

60岁的张宁夏以前总觉得父亲给他取名太随意——他以自己的出生地宁夏为名。

“小时候总嫌‘宁夏’这名俗气，再大点想要改名还被训了一顿。后来也淡了，觉得名字也就是个符号。”张宁夏说。

张宁夏出生于1958年，半年后他生活的宁夏从甘肃省划出，宁夏回族自治区成立。他的父亲是一名老交通人，1957年举家迁往宁夏，支援交通建设。“我的父亲只是一名普通干部，但他们那代人对支援西北。建设宁夏都有一种执着和朴素的感情。”他说。

张宁夏说，他下过乡、当过兵、搬过砖、开过车，最终在水泥厂工作至退休，因为父亲一句“到最艰苦的地方去”，他一辈子没挪窝。

“人们形容老银川总说‘一条马路两栋楼，一个警察看两头，一个公园两只猴’。这可不是开玩笑，那时遍寻银川也看不到一幢6层高楼，整个宁夏都是一穷二白。”张宁夏说。

岁月悠然。走过60年，张宁夏老了退休了，宁夏却“长”高了、“变”美了。高楼林立、油路通达、绿树成荫，走出小区几百米就是小微公园，健身器材一应俱全，花草水塘点缀其中。

人老了容易怀旧，闲来琢磨起父亲如此取名的用意，张宁夏有了新的感悟。“不是父亲没文化，‘宁夏’两个字就是他的一生，他这样取名或许就是为了让我见证宁夏的发展吧。”

在宁夏，像张宁夏一样名字中含有“宁夏”二字的人不少。据自治区公安厅统计，宁夏人名字中带“宁夏”二字的人有81人，涉及汉族、回族、满族3个民族，姓氏则包括杨、刘、张、李、柴等30多个姓氏。

“90后”康宁夏同样出生于宁夏银川市，但她的名字算是场“美丽的误会”。原来，爷爷在给迎着朝霞出生的她上户口时，错将“康宁霞”写成“康宁夏”，为省下改户口的两块钱手续费，这一错就是28年。

“有个地方叫宁夏，有个姑娘也叫宁夏。”这是康宁夏奔赴全国各地推介宁夏旅游资源时的第一句话。在银川从事旅游工作长达8年的她，目前在一家旅游公司担任市场部经理。

康宁夏说，以前鲜有人听说宁夏，而今每月有来自香港、台湾地区和印尼等地的旅游团发往宁夏，体验“塞上江南”宁夏的神奇之处。

“我是宁夏人，我叫康宁夏。”康宁夏说，她每次自报家门时都有种莫名的自豪感。

在这81个取名“宁夏”的人中，有10人姓宁名夏，年仅两岁九个月的小宁夏是其中之一。他的名字是外公潘树奎所取的。“外头都说宁夏是个穷地方，却不知道宁夏人热心朴实。”潘树奎说。

20世纪90年代，潘树奎离开安徽老家北上谋生，路经宁夏，身无分文的他被当地一户老乡收留，同吃同住一个礼拜。后来，他把老婆孩子接来摆地摊过活，5毛钱的物件街坊愣是塞给他一块钱。“那时候村里人也没啥钱，但还是愿意接济一个外地人。”潘树奎说。

再后来，潘树奎开过超市、做过凉皮，如今他的“嘛味凉皮”在宁夏五个地级市已有23家加盟店。他靠双手在宁夏富起来，却放不下当地人雪中送炭之情，坚持给小外孙取名“宁夏”。

“这些年，我已经是个地地道道的宁夏人了。我家店的凉皮口味很合西北人的胃。”潘树奎还有个愿望，等小外孙会用筷子时，让他给自家凉皮店代言。“就叫宁夏味儿。”他笑着说。（此稿为新华社对外通稿）

西夏陵全力冲刺申报世界文化遗产

新华社记者　艾福梅

从七年前启动世界文化遗产申报工作以来，中国各级政府已投入7亿多元对西夏陵开展文物保护、环境整治、基础设施建设等。截至目前，9座帝陵、40余个陪葬墓的抢救性加固工程已完成，新建的西夏博物馆也已竣工并将于近期搬迁，西夏陵正全力冲刺2020年“申遗”。

西夏陵是历史上重要的少数民族政权西夏王国（1038年—1227年）的皇家陵园，也是西夏文明留存至今规模最大、等级最高、保存最完整的历史文化遗存。

银川市西夏陵区管理处副主任王昌丰说，在58平方公里的陵区内现存9座帝陵、271个陪葬墓、一处大型西夏建筑遗址和数十座砖瓦窑址。“无论从历史学、考古学、建筑学或者文物保护方面来说，西夏陵都有极其重要的历史地位。”

作为全国重点文物保护单位，西夏陵于2011年11月启动实施“申遗”，2012年即被列入中国世界文化遗产预备名单，2018年底被列为第三批国家考古遗址公园。

划定的西夏陵申遗区约42平方公里。申报世界文化遗产最重要的就是保证文物遗址的原真性和完整性。为此，宁夏积极争取、筹措资金抢救性加固9个帝陵和40余个陪葬墓。

王昌丰说，西夏陵属于夯土遗址，面临结构不稳定、风雨侵蚀、病害严重等问题。以3号陵为例，陵塔底部始建直径36米，经几百年的风雨侵蚀，现存陵塔夯土体直径缩减近1米。“土遗址保护是国际学术难题，西夏陵的保护已持续20余年，在与敦煌研究院的长期合作中探索出一套比较成功的经验和做法，可以推广到宁夏以及西北其他省份土遗址的保护中。”他说。

对夯土遗址来说，地区不一样、自然条件不一样，存在的病理病害也完全不同，这在西夏陵表现得尤为明显。据介绍，同一座帝陵，积水多的地方盐害比较重、面向西北面的风雨侵蚀较重。因此，在开展保护时，专家需对不同区域、不同夯土遗址进行科研实验，再根据实验数据，有针对性地采取措施。

文化遗产周边的环境整治也是“申遗”的重要工作。王昌丰，过去说文物保护，现在是文化遗产保护，不光是概念的转换，内涵也延伸了许多。“文化遗产地和文物本身密切关联，文化遗产地是文物本体所承载的历史信息的大载体，没有遗产地的保护就无从谈文物保护，遗产地的破坏也会造成文化遗产信息的丢失。”

西夏陵一直面临周边农场、农牧户多的现实难题。借助“申遗”契机，西夏陵启动了申遗区环境整治工作，目前已拆除了近10万平方米现代建筑，农场、农户都已迁出申遗区。

“等2018年旅游旺季一过，我们就将搬迁博物馆、游客服务中心和办公场所，这些现代建筑也将陆续拆除，恢复文化遗产地的自然环境和风貌。”王昌丰说。

从西夏陵顺着沿山公路往北走不到一公里，一座全新的土黄色建筑映入眼帘，这就是新建的西夏博物馆、游客服务中心及办公楼。新建筑与西夏陵区整体环境融为一体。新的西夏博物馆建筑面积9000余平方米，是现有博物馆面积的两倍，未来他们将在陈列和展示手段上创新，更好展示和阐释西夏陵文化价值。

“我们不仅需要提炼总结西夏陵所承载的文化内涵、文化特质，更需从它与中华文明、与人类整个文明相互关系的全新视野下做一些研究和梳理。”王昌丰说。

早在2015年底，宁夏就组织举办西夏陵突出普遍价值学术研讨会，邀请30余位中国考古、历史和文化遗产保护等领域专家对西夏陵的价值进行专题研讨，就近年来西夏文明研究成果进行交流，为“申遗”提供智力支持和学术支撑。

王昌丰说，目前，西夏陵在中国世界文化遗产预备名单中排名靠前，“申遗”工作一直有序开展，“非常有希望入选2020年的世界文化遗产国家申报项目。”（此稿被光明网、环球网等47家媒体采用）

“塞上明珠”青铜峡水利枢纽工程惠泽宁夏六十载

新华社记者　艾福梅　谢建雯

黄河穿境而过，造就了宁夏“塞上江南”的美誉。而在黄河中游青铜峡峡谷出口处，横亘着一条总长687.3米、最大坝高42.7米的“长龙”，它就是被誉为“塞上明珠”的青铜峡水利枢纽工程。

这座与宁夏回族自治区同龄的大坝，锁住了千古不驯的“黄龙”，结束了宁夏两千多年无坝引水的灌溉历史。六十年来，宁夏引黄灌区面积由解放前的100多万亩，逐步发展到现在的650多万亩。

然而，宁夏成立之初一穷二白，要建成这样一座以灌溉为主，兼有发电、防洪等综合效益的水利枢纽谈何容易。2018年77岁的李常1960年4月从河北保定来到宁夏，是拦河大坝的一线建设者之一。

“大坝建起来真不容易，全靠肩挑背扛。”李常回忆说，当时最先进的设备就是两台承重20多吨的轨道吊车和一些小矿车、汽车，剩下的全是架子车。最困难的时候，为了不耽误进度，除了扛木头、扛工程废料，他们还要每人每天从五公里外的青铜峡水泥厂扛三袋百斤重的水泥到施工现场。

据《青铜峡水电厂志》记录，青铜峡水利枢纽工程于1958年8月动工兴建，是第一个五年计划中的重点建设项目，也是新中国成立以来黄河梯级第一期开发的大型水利工程之一。工程运用宁夏本地劳动人民传统治水经验，堆筑成总工程量达55.2万立方米的“草土围堰”，于1960年2月截流合龙，并于同年4月首次抬高水位引水入渠灌溉，结束了宁夏两千多年来无坝引水、自流灌溉的历史。

在整个建设中，不仅有像李常一样的“外来大

宁夏青铜峡水利枢纽工程　■ 新华社记者　郭绪雷／摄

军”，宁夏更是举全区之力，从12个县（市）先后动员了1.8万多名民工到青铜峡参加建设。

“那时施工很辛苦，我最多时72小时没出工地。就算在平时，下午四点钟下班还得开荒种地，晚上八九点才能收工回去。”李常说。

当时正值艰难困苦时期，不仅建筑机械缺乏，钢材、水泥、木材等物资也很匮乏，但工程建设者们没有被困难打倒。1967年12月，第一台机组发电；1978年12月，8台机组全部投产发电，总装机容量27.2万千瓦。1995年利用河西总干渠的灌溉补水，扩建了装机容量3万千瓦的9号机组。

国家电投集团黄河上游水电开发有限责任公司宁电分公司（简称“宁电分公司”）是原青铜峡水电厂在电力体制改革后重建的新公司，2005年正式成立，负责青铜峡水利枢纽工程的运行管理。

宁电分公司政治工作部副主任赵旭东介绍说，20世纪90年代以来，技术改造成为这个水利枢纽工程的重点任务，截至目前，已经完成一期五台机组的技术改造，将电站总装机容量提升到32.7万千瓦。

同时，青铜峡水利枢纽工程在宁夏的工农业生产建设和发展中依然发挥着重要作用，显现出无限生机。据了解，从1967年首台机组投产发电至今，已累计发电400多亿千瓦时。

时隔六十年，在宁夏回族自治区诞辰前夕，青铜峡文化演艺有限公司推出了大型原创眉户现代剧《青铜峡》，生动再现了当时大坝建设者们如何克服种种艰难险阻，建成青铜峡水利枢纽工程的峥嵘岁月。

“我们只是截取了一个历史节点，反映了当时的人物面貌，让观众透过戏去了解那段历史，去铭记过去那些人为我们现在幸福生活的付出，去学习他们为了梦想不惜一切奋斗的精神。”青铜峡文化演艺有限公司负责人哈吉军说。

8月12日，《青铜峡》在宁夏人民剧院的首演吸引了很多青铜峡水利枢纽工程的建设者和他们的家人。“他们看完都很振奋，有人专门给我发来微信，说这部戏让他想起小时候的许多事情，时有泪目，觉得舞台上的人就是自己的父亲，而自己就是那个孩子。”哈吉军说。

李常已经退休25年，他的小女儿接了班。如今，这位老人仍生活在水电厂的家属区，安享晚年。“每天看着水电厂，就很有成就感，这里有我们的一份功劳。”他说。（此稿被新华网、东方网等9家媒体采用）

在戈壁酿造中国最美葡萄酒

新华社记者　白佳丽　张逸之　王晖　艾福梅　赵倩

夏季，暮色降临，夜市登场。在中国很多地方，喝啤酒吃烧烤是夜市“标配”，而在宁夏回族自治区首府银川，在夜市上走红的还有红酒。

银川的红酒，多为本地产。

从银川向西行车20公里，就到了贺兰山东麓。放眼望去是成片的葡萄园。多数生长中的翠绿色葡萄将在秋季成熟时变成紫色，被送往当地86个酒庄，经历300多道酿造工序后灌装出售。

在酿酒师樊玺看来，这里一年光照长达3000小时，昼夜温差大，滴灌技术弥补了年降水量不足200毫米的欠缺，生产的葡萄酒“年年都是好年份”。

2009年，张裕公司看好在宁夏的发展前景，樊玺便从总部所在的海滨城市烟台来到西北内陆银川，现任宁夏张裕摩塞尔十五世酒庄副总经理。

同样看中这片土地的，还有不远处的贺兰神国际酒庄。

来自法国的酿酒师瑞吉（左）在宁夏银川市永宁县宁夏贺兰神国际葡萄酒庄酒窖里与当地酿酒师一同品尝葡萄酒　■ 新华社记者　王鹏／摄

适合种植酿酒葡萄的这片土地，曾是一片戈壁。“没人开发过，全是大石头，送都没人要。”贺兰神国际酒庄行政主管杨向东说。

公司董事长陈德启从2007年起陆续开发贺兰山边的10万亩土地，瞄准打造高端葡萄酒。除了在意酿酒工艺，选用影像采摘机、除梗脱粒机等酿酒设备，酒庄还创新建造了地上酒窖，存放了2700只橡木桶，它们和酒庄特聘的酿酒师一样都来自法国。

这不是葡萄酒第一次连接东西方。

早在2000多年前，出使西域的张骞带回了葡萄及酿酒技术。“葡萄美酒夜光杯，欲饮琵琶马上催”“葡萄酒，金叵罗，吴姬十五细马驮”等诗词带着与白酒不同的味道流传。

宁夏的葡萄产业始于1984年，酿酒葡萄种植面积现已占中国总种植面积的四分之一，年产葡萄酒近10万吨（1.2亿瓶）。政府出台一系列政策鼓励发展葡萄产业，如种植葡萄每亩一次性补助1500元等。政府还鼓励发展相关旅游业，并在大学开设酿酒技术等专业，培育产业链及后备力量，组织本土企业与全球葡萄酒酒庄和协会交流。

杨向东说，随着近年来中国经济的发展，以及葡萄酒的健康价值获认可，葡萄酒的需求量开始增加。贺兰神生产的高端酒庄酒，多销往东部沿海地区。

国际葡萄与葡萄酒组织的数据显示，2018年中国葡萄酒消费量为179万立方米，足以装满18个“水立方”（中国国家游泳中心）。随着中国成为第五大葡萄酒消费国、第六大葡萄酒生产国，中国葡萄酒行业开始谋求从生产红酒到培育红酒文化的转变。

如今，一些企业纷纷打造酒庄文化，试图让红酒文化影响更多中国人。在张裕摩塞尔十五世酒庄，仿照拜占庭风格的城堡、深达9米的地下酒窖，2017年吸引了30万游客前来采摘葡萄，体验葡萄酒文化。

然而，中国市场上的葡萄酒质量参差不齐。宁夏回族自治区葡萄产业发展局规划建设处副处长冯彦彪说：“工业酿造的葡萄酒，以及部分进口低价酒一度充斥市场，真正会品酒的人还不多。”

樊玺注意到，不少游客来酒庄试饮，还不会端酒杯。他说，原料和酿造决定了酒味和香气，但如何品鉴还需慢慢培养。

贺兰山东麓的葡萄酒产区与法国波尔多同属一个纬度，被视为种植酿酒葡萄的“黄金地带”，宁夏也因此常被称为“东方波尔多”。

“我更希望以后外国人一提到葡萄酒，想到的是中国的宁夏，而不是东方的波尔多。”冯彦彪说。（此稿被东方网等媒体采用）

探访宁夏“京星农牧场”：六十余载移民开发　黄河荒滩稻谷飘香

新华社记者　艾福梅

“少小离家老大回，乡音无改鬓毛衰。”73岁的张世良已在宁夏银川市贺兰县生活了63年，但一开口，吐出的却是地道的“京腔”——“我家住在北京市……”

1954年，百废待兴的新中国发出了北京、上海及全国各大省市有组织地向大西北及边疆少数民族地区大量移民的号召。当时隶属于甘肃省的贺兰县因有30多万亩可垦荒地待开发，迎来了北京、上海、浙江、河南等地数以万计的“城市移民”。

当时只有10岁的张世良跟随父母以及另外两千余名北京移民坐火车、转汽车、乘轮船，辗转千里于1955年来到贺兰县新建乡“安家落户”。在其后的六十余载岁月中，新建乡地域几经调整，名称也经历了“京星乡”“京星大队”“地方国营京星农场”到“京星农牧场”的转变，“京星农牧场”则从1980年沿袭至今。“京星”，取“北京一颗明亮的星星，在宁夏大地上闪闪发光”之意。

在他们到来之前，京星乡所在地虽靠近黄河，但无人居住，一片荒芜。“印象最深的就是杂草丛生，蚊子大得能吃人。”92岁的卫砚英说。她是仍在世的北京移民中年龄最长者的。

根据2005年编撰的《宁夏贺兰县京星农牧场志》（以下简称《场志》）记载，468户2025名北京移民来自各行各业，既有作家、医生、工程师，也有蹬三轮的、要手艺的、玩把戏的。搬来之初，国家对北京移民实行供应制，每月有17.5公斤粮。

拓荒者，大不易。北京移民克服种种困难，填水坑、打蒲草、割芦苇，实行人海战术围湖造田。不会种地，就跟着当地种田能手，从头开始学犁地、种田、收割。然而，由于粮食生产歉收，在取消供应制后的20多年里，他们生活十分艰难。

《场志》记载：当时多数家庭都是“寅吃卯粮”的亏粮户，只得借用集体的储备粮，或吃国家的“救济粮”。

生活上的困境使得很多移民想方设法返乡。截至1979年，京星仅剩下295户1311人，其中北京移民为113户451人，其余为浙江、河南移民。

到了1980年，京星农牧场正式成立，豁免债务、免征免购、移民自治管理，特别是家庭联产承包责任制的实施，彻底打破了吃“大锅饭”。

“‘大锅饭’是出人不出力，单干后出人更出力，打粮一年比一年多，生活自然越过越好。”张世良说。

《场志》记载，1999年全场粮食总产量达269.8公斤，比1956年增长了9倍，比1979年增长了5.6倍；人均产量3967公斤，比1956年增长了5.8倍，比1979年增长了11.3倍。

当然，这些粮食也是得之不易。1996年京星农牧场集体开发新淤河滩地3000余亩，这些土地被称为“闯田”，意为闯上了就收，闯不上拉倒。村民回忆说，好不容易开垦种好的河滩地，黄河一涨水，就全淹了，数月劳动颗粒无收。

“京星农牧场”的发展更离不开“娘家”“婆家”的关心和帮助。这些年来，北京、浙江等地不时提供资金援助，宁夏更是投入大量资金建设饮水、道路等基础设施，2003年还把京星移民全部转为城镇户口，男60岁、女55岁以上者可享受城镇居民养老待遇。

京星农牧场副场长王峰说，京星是黄河的宠儿，上万亩农田在黄河水的滋养下成为贺兰县乃至全宁夏有名的“小粮仓”，而平坦的地势利于实现从种植到收获的全程机械化作业。

盛夏时节，驱车进入京星农牧场地界，映入眼帘的是大片农田，绿油油的水稻长势喜人……“农场很多家庭都在城里买了房，娃娃们也在城里读书，农闲时住在城里、忙时开车回来种地已是京星人的常态。”王峰说。

2017年，京星农牧场年人均纯收入达到1.5万元，远高于宁夏农民的年人均收入。如今，他们正在布局“田园综合体”，发展粮食深加工企业，进一步增加收入。

张世良已把自家的近百亩良田分给三个儿子，儿子也在县城买了房，但老两口还是愿意住在农场里。不再种地，他又重拾起小时候跟父亲学的手艺，画画、吹笛、捏泥人，还准备买刻刀尝试木刻……

“六十多年早就习惯了西北农村的生活，空气好、人少，回不去也离不开了。”张世良说。（此稿被新华社客户端、东方网、21CN网共3家媒体采用）

宁夏中卫：移民新村里的新生活

新华社记者　赵倩　艾福梅　夏晓　刘明详

自麻辣烫小店开业近两个月来，45岁的宁原村村民罗小娟和丈夫已经适应了从农民到小老板身份的转变。看着每天都能有稳定的进账收入，夫妻俩再忙碌脸上也挂着笑容。

“店刚开嘛，客流还不是很大，但生意好的时候一天能卖四五百块。”罗小娟说。

宁原村位于宁夏回族自治区中卫市中宁县。如今，这里已成为罗小娟一家的第二故乡。2012年，他们和另外1600多户村民从一百多公里之外的西海固山区搬到这片黄河沿岸的土地，组建成宽口井生态移民区。宁原村则是这个移民区中的一个村。

据宁原村支部书记马汉文介绍，村民来自海原县三个乡镇，那里不仅是地震断裂带，出行、吃水、上学也不方便，贫瘠的土地广种薄收，老百姓增收很困难。相比之下，移民新村的条件好太多了，每户都有太阳能热水器、太阳灶、卫生厕所，村里还通自来水、通网络，公交车直达县城……

“说实话，刚搬出来头一年，村民们心里还是有些忧虑，主要是担心土地少了，生活的保障也会变少。”马汉文说。

按照宁夏“十二五”生态移民的统一政策部署，移民村人均一亩耕地，户均一座养殖圈棚，一般都交由企业统一种植或经营。

中宁县是“中国枸杞之乡”，宽口井周边有7000多亩枸杞地，搬迁过来的村民很快就加入了枸杞产业大军，成为枸杞修剪、除草、采摘的熟练工，心中的担忧也渐渐消除。据了解，目前宁原村共有17名枸杞产业经纪人，负责组织四五百人在当地及周边省区从事枸杞种植、采摘工作，人均年收入7500元左右。

对于脱离土地的搬迁农民而言，要想获得长久稳定的收入，还是离不开产业。

马汉文告诉记者，从2018年开始，村里开始通过“公司+合作社+农户”模式，通过贴息贷款鼓励村民将闲置的圈棚利用起来饲养牛羊，现在已有50户村民参与，共养殖肉牛318头、绵羊2100只。

此外，考虑到回族群众善于经商的传统，同时方便村民日常生活，当地政府还在宽口井建设了一个大型农贸市场，并配套了多栋商业楼房。

正是这一商机，让罗小娟两口子下定决心“弃农从商”。2018 年 7 月，在政府提供的 5 万元贷款帮扶下，罗小娟在农贸市场租下了一套 150 平方米的两层营业房，一层做生意，二层住宿。“每天人忙得很带劲儿，希望以后能把店开到县城去。”她笑着告诉记者。

据马汉文介绍，随着产业日趋多元，宁原村村民的收入也在稳步提高，人均年收入已从 2012 年的 2800 元增加到了 2017 年的 5890 元，建档立卡贫困户从 2016 年的 421 户减少到目前的 23 户。

西海固地区包括宁夏中南部 9 个贫困县区，现有贫困人口 19 万多人。35 年来，宁夏实施了 6 次大规模移民，累计从西海固地区移民 130 余万人。

移民的口袋日渐鼓了起来，生活环境也在不断改善。记者走访宽口井发现，巷道的路面已加宽硬化，两边一两米高的枣树上挂满了沉甸甸的红枣，不少村民正忙着建新房。

“刚搬过来时，每户都是 54 平方米的砖木结构瓦房，现在八成以上家庭都在新建 100 平方米以上的新房，里外都贴瓷砖，大气得很。”马汉文告诉记者。

生态移民在帮助农民在近水、沿路、靠城区域“拔掉”穷根的同时，也让他们的子女有了接受更高质量教育的机会。

随着 2012 年移民落户宽口井，一座现代化的九年制学校——宽口井中石油希望学校也同时建成招生，过去父辈们走上几个小时山路才能到破旧的学校读书的艰辛从此变成历史。

据宽口井中石油希望学校校长万占文介绍，目前学校已建成“在线课堂”“智慧课堂”“录播教室”，27 个教学班全部安装多媒体电子白板，实现了宽带网络、优质在线资源全覆盖。现在学校的普高升学率已超过 60%。

“以前在老家，村里几十年才能出一个大学生，而现在村里每年都能出十几个大学生。”马汉文深有感触地说。（此稿被新华社客户端等 4 家媒体采用）

宁夏海原：剪纸“非遗”产业化带动农村妇女就业增收

新华社记者　艾福梅　谢建雯

都说“隔行如隔山”，但 41 岁的买元花在拿了十年粉笔后，再拿起剪刀剪出的图样却惟妙惟肖，不仅成为剪纸“非遗”项目的市级传承人，还带动当地上千农村妇女在家门口就业增收。

剪纸是中国民间传统艺术，2009 年中国剪纸入选联合国教科文组织第四批《人类非物质文化遗产代表作名录》。买元花的老家——中卫市海原县是宁夏有名的剪纸之乡。

从小看外婆和母亲一把剪刀一张纸就能变魔术般剪出花和小动物，她也就自然而然学了起来。长大后，买元花成为一名乡村教师，但为照看县城读书的两个娃，只好辞职进城。

在城里，买元花发现小时候学的手工技艺居然有广阔市场。于是，她重拾剪刀，于 2010 年创立海原县清水阁剪纸坊和清水阁剪纸职业技能培训学校，为县城及周边农村妇女提供剪纸培训。至今，已培训 2890 人，包括 579 名建档立卡贫困人口，带动 630 户家庭就业。

“以前，我教书育人。现在，我教人致富。”她说。

田志花夫妻俩现在是清水阁剪纸坊的“双职工”，已有三年工龄，一年能稳定收入三万多元。但在以前，育有三女的两人是典型的困难户，因平时要照顾孩子，出不了远门，只能趁娃放暑假时到青海、甘肃和海原周边打零工。

由于技艺精湛，目前田志花夫妻俩都被认定为海原县剪纸项目的“非遗”传承人。“剪纸坊工作稳定、收入不错，还能照顾娃上学，比外面打工强太多了。”田志花说。

据了解，清水阁剪纸坊现有13名全职员工，其中8人是市、县级“非遗”传承人。这家公司还与海原县24个村子中培训合格的1632人签订剪纸兼职合同。

海原县地处“苦甲天下”的宁夏西海固地区，结合当地人手艺特点，“非遗”产业化成为海原县脱贫的一大抓手。2015年，海原县成立非物质文化遗产孵化创业基地，以剪纸、刺绣等非遗产业为重点、96个脱贫村的建档立卡妇女为培训对象，打造剪纸、刺绣专业村，走“公司 + 合作社 + 专业村 + 专业户”发展路子，以“前店后厂”模式帮助农村妇女就业增收。

清水阁剪纸坊和宁夏金六盘文化产业发展有限公司就是典型的“前店后厂”合作模式。企业将拉来的订单分解到剪纸坊员工和兼职人员，做完统一回购后快递给山东、广东、上海等地的客商，这一订单式生产方式每年可创收超过40万元。

西安镇下小河村是海原县认定的“剪纸专业村”，村民赵芳已连续四年在农闲时剪纸赚钱。“女人家出去打工活不好找。剪纸轻巧，时间灵活，坐在炕上动动手就能挣到零花钱。”赵芳说。

赵芳家种有小麦、玉米、茴香等十几亩地，辛苦一年最多收入6000余元。剪纸挣的是计件工资，订单多的时候年收入达2000元。

此外，田志花、赵芳等20多人去年还前往南京参加剪纸培训和观摩。“以前都是带着大包小包出去打工，而这次是去学习参观，一路美滋滋的。”田志花说。

据海原县文化旅游广电局副局长李进兴介绍，截至目前，海原县非物质文化遗产孵化创业基地已吸纳清水阁剪纸坊等剪纸、刺绣合作社12家，打造剪纸、刺绣专业村36个，培训技能人员超过4200人，年产值约2000万元。（此稿被新华社客户端等7家媒体采用）

宁夏盐池：乏牛坡上绿成荫

新华社记者　许晋豫

“自从13年前村子修通了水泥路以来，很少有村民再走乏牛坡。但村里的大人小孩都知道这个地方，它不只是个地名，更是我们村生态变迁的见证。”宁夏盐池县刘记窑头村65岁的村民刘占满说。

位于中国西北地区毛乌素沙地边缘的刘记窑头村，过去因过度放牧导致生态急剧恶化。铺天盖地的风沙使得“人在对面不相识”，在影响村民的生活质量的同时，也把他们“锁”在了方寸之地。

“以前，乏牛坡是我们村通往隔壁乡镇的重要通道，出了名的难走，不仅坡陡，还常遇风沙。一起风，路就被沙子埋了，牛拉车爬坡时很费劲，乏牛坡由此得名。”刘占满说，风沙不仅埋了路，也毁了农田，庄稼甚至会被连根拔起，地里没收成，牲畜没草料，大家只能受穷。

生态问题亟待解决。刘记窑头村于20世纪80年代起开展大规模的生态修复。村支书张宏梁对当时的场景记忆犹新。他说：“在乏牛坡周围种植沙柳时我只有十几岁，因沙路难走，一路只能骑着毛驴，带的干粮被风一吹就掺进了沙子，根本没法吃。”

2002年，当地开始实施退耕还林，进一步加大生态修复的力度。

2003年，刘记窑头村被纳入沙泉湾荒漠化综合治理示范项目，在项目区成立的毛乌素沙地生态系统国家定位观测研究站还为全国提供治沙经验。

在研究站工作的北京林业大学博士生白宇轩说："项目区是典型的沙漠地貌，通过十多年的观测和研究，我们在荒漠化防治、植物间相互作用方面取得了一大批研究成果。"

2005年村里修了世代期盼的水泥路，乏牛坡的交通功能逐渐被弱化。如今，乏牛坡被赋予了新的使命，成为护林员巡山及生态观光的重要通道。

在沙泉湾荒漠化综合治理示范项目工作了12年的护林员刘世俊说："我刚来时，乏牛坡还不时被沙子埋掉一部分，现在路两边灌木成荫，早已看不到沙子的踪影。"

如今，刘记窑头村的农田翠绿成片，大面积种植的玉米为当地发展滩羊产业提供了饲草基础。2018年，刘记窑头村全村84户、227人实现了整体脱贫。

乏牛坡只是盐池县生态治理的一个缩影。近年来，盐池县形成了"草为主、灌为护、零星植乔木，封为主、造为辅、重点抓修复，抓产业、活机制、生态移民集中住"的防沙、治沙、用沙模式。全县植被覆盖率达到70%，县内已经很难见到100亩以上的沙丘。

"生态建设是个系统性工程。生态好转不仅改善了群众的生产生活条件，当地动植物多样性也会明显好转，最终形成良性循环，生态建设也是生产力。"盐池县环林局项目办主任王建红说。（此稿为新华社对外专稿）

宁夏打造中国西部独具特色旅游目的地

新华社记者　赵倩

位居中国西北的宁夏回族自治区有着"塞上江南"的美称。近些年，随着交通条件的改善和人们出行观念的变化，越来越多的游客来到这里感受独特的自然风光和深厚的历史文化，也刷新着对西北的认识。

"有黄沙，但不会漫天；骑骆驼，但不是去上班。河水绕城，绿树成荫，这里是宁夏，一个打破想象并带来无限惊喜的地方。"在结束了3天的旅程后，来自上海的游客张自玮在朋友圈写下这段感受。

宁夏面积不大，人口不多，但这里大山、平原、河流、沙漠、森林、戈壁、湿地、峡谷、草原、堰塞湖、丹霞地貌一应俱全，享有"中国景观微缩盆景"之称。而由于地处偏远，

游客在中卫市沙坡头旅游景区乘坐羊皮筏子游览。沙坡头旅游景区因地制宜发展沙漠旅游，旺季日接待游客量达两万人次　■ 新华社记者　伍婧丹/摄

经济落后，直到20世纪80年代末，这里的旅游业才真正起步。

随着沙湖从一个农场的小渔湖，沙坡头从一片荒凉的沙漠，水洞沟从一个荒野戈壁，西部影视城从一个被称为“羊圈”的荒凉古堡，一跃成为在海内外颇具知名度的5A级景区。

20世纪七八十年代，由于中卫市沙坡头麦草方格治沙模式的成功，一批批国外专家学者陆续前来参观考察，宁夏沙漠游由此发端。

俯瞰沙坡头，黄河拐了一个S形大弯，大漠、黄河、绿洲巧妙融为一体，具西北风光之雄奇，兼江南景色之秀美。“沙漠如果没有水就是‘死亡之海’，而沙坡头‘有水’‘有绿’，这种极为强烈的反差正是沙坡头的最大看点。”宁夏沙坡头旅游产业集团董事长王福中说。

数据显示，2017年，宁夏共接待海内外游客3103万人次，这一数字是全区总人口的近5倍。而在1989年，宁夏接待游客总数仅为22万人次。

游客数量的增长带来的是旅游收入的提高。2017年，宁夏旅游总收入278亿元，占地区生产总值超过8%，进入自治区战略性支柱产业行列。

2016年，宁夏成为中国继海南之后的第二个省级全域旅游示范区创建单位。当前，宁夏正按照“全景、全业、全时、全民”的全域旅游发展模式，打造一个处处是风景的“大景区”。

宁夏是古丝绸之路上的重要驿站，而今，随着“一带一路”倡议的实施，旅游业正成为宁夏参与“一带一路”建设的重要方面。

近几年，宁夏相继开通了银川至迪拜、吉隆坡、新加坡等国际航班，并举办了中阿旅行商大会、第十届中美旅游高层对话、海峡两岸旅游交流圆桌会议等国际性旅游会议，拉近了宁夏旅游和世界的距离。

据自治区旅游发展委员会介绍，针对东南亚一些国家的重要客源市场，宁夏通过与开展对华旅游业务的大型旅行商合作，利用包机、专列、明星带团等形式，加强客源互送力度。2018年上半年，宁夏接待境外游客和旅游外汇收入同比分别增长56%、42.7%。

“随着‘一带一路’倡议的推进和全域旅游时代的到来，宁夏将在进一步推动精品景区建设、实施旅游融合发展、提升旅游服务质量等方面下功夫，力争将宁夏打造成为中国西部独具特色的旅游目的地。”自治区旅游发展委员会主任徐晓平说。（此稿被光明网、人民网等16家媒体采用）

宁夏：西北小城的十二年校园足球梦

新华社记者　任玮　曹江涛

灵武市第一中学足球队教练叶忠志最近有点忙，刚把去西班牙参加足球训练的大儿子送走，又匆匆赶到幼儿园参加小儿子的足球课开班仪式：一群五六岁的小朋友在冬日暖阳下满场奔跑，虽然动作略显生疏，但比赛热情高涨，把一场五人制足球赛踢得有模有样。

“幼儿园专门聘请了足球教练，以后每周上两节趣味足球课，让孩子们在游戏中认识足球、了解足球。”叶忠志说，喜欢足球的小儿子听到这个消息，高兴坏了。

灵武是宁夏回族自治区的一座县级市，地方不大，人口不多，踢足球的人却不少。最近，当地选择了5所幼儿园开展幼儿足球特色试点工作，通过开展足球游戏、传播足球文化，培养孩子对足球运动的兴趣。

“我们从幼儿园开始抓兴趣，小学育苗，初中蹲苗，高中培养选拔高水平人才。”灵武市教育体育局青少年活动中心主任杨剑斌说，足球启蒙进入幼儿园后，当地已形成从幼儿园到高中的校园足球人才培养体系。

目前，灵武市41所中小学里有19所是全国校园足球特色学校，校园足球队有54支，校园足球运动的学生参与率近100%，近30%的学生已培养出对足球的浓厚兴趣。

这样蓬勃发展的景象，在十多年前，叶忠志“做梦都想不到”。2006年灵武开始发展校园足球之初，几乎是一片足球运动的“不毛之地”，没几所学校有像样的足球场，踢球的学生寥寥无几，更少有专业的足球教练。

“想组建一支校园足球队，人都凑不齐，别提有多难了。”作为灵武校园足球发展的亲历者，叶忠志回忆说，当时市里的学校找不到愿意踢球的学生，他只好到乡下一个农场小学选了十几个基础比较好的孩子，从零开始教起。

“训练结束后公交车都停运了，我只能骑自行车往返十几公里。春天最难熬，风沙吹得人睁不开眼睛，每蹬一下自行车都非常费劲。”叶忠志说，为了孩子们能坚持参加训练，他还得经常去做家长的思想工作。

当时校园足球处于起步阶段，很多家长不理解，认为踢球就是不务正业，耽误学习。叶忠志挨家挨户上门拜访，最多的一户去了近十次。最终，十几个学生只有4人坚持了下来。

变化发生在2013年前后。历尽艰辛成长起来的灵武一中足球队，在2012年、2013年连续获得自治区校园足球联赛高中男子组冠军。当地也陆续培养出不少高水平足球小将，打造了一批名声在外的青少年足球队。越来越多的足球少年通过足球顺利升学，有的优秀队员甚至签约了职业俱乐部。

让热爱足球的学生能上学、有出路，这也解决了家长的后顾之忧。灵武市足协主席杨涛说：“我们办了一个青少年足球训练营，很多家长把孩子送来，名额满了挤都挤不进去。”

在中国，2015年颁布的《中国足球改革发展总体方案》将“改革推进校园足球发展”作为一项重要内容。2015年以来，中央财政累计投入6.48亿元，带动各省（区、市）投入超过196亿元，用于发展校园足球事业。

目前，全中国有两万多所校园足球特色学校、102个校园足球试点县（区）。不久前，中国足协启动“娃娃足球工程”，预计到2020年在全国范围内开办幼儿足球特色项目的幼儿园达到1万所。

十二年来，灵武市已建立起小学、初中、高中联赛机制，足球教学、校内比赛、校际和片区联赛等形成常态。杨剑斌说，校园足球既要培养、选拔足球专业人才，更力求普及足球运动，培育积极健康的校园文化，塑造学生坚忍奋进、团结拼搏的良好品格。（此稿被凤凰网、ZAKER新闻网等媒体采用）

中国西北传统制造业借助创新走上“康庄大道”

新华社记者　于瑶　谢建雯

从20世纪60年代初建厂至今，地处中国西北的吴忠仪表有限责任公司经历了由盛到衰，由衰到新的跌宕历程。如今，凭借持续创新，这家“老三线”传统制造企业实现转型升级，在高端控制阀行业走出一条具备国际竞争力的“康庄大道”。

“20世纪60年代，厂里大学生研发队伍占全厂500名职工的三分之一，产品供不应求，国内市场占有率达到20%。厂子还先后从日本和德国引进产品技术二次开发，当时的吴忠仪表是行业佼佼者。”吴忠仪表总工程师常占东说。

上市之后，盲目投资、精力分散让吴忠仪表开始走下坡路，资金链断裂，技术人员流失，厂子面临倒闭。同时，“低价大路货”成为当时国产控制阀的代名词，高端市场几乎被国外品牌垄断。

只有改革创新才能生存发展。2009 年吴忠仪表进行体制机制改革，把产业发展及技术研究放在高端控制阀制造上。

“近十年来，吴忠仪表每年投入约 8000 万元进行技术研发，还承担了国家‘863’计划等重大专项研究。在企业自主研发的60多项控制阀新产品中，有 24 项被评为国家级重点新产品，同时高端控制阀产业化项目获得了国家科技进步奖。”吴忠仪表董事长马玉山说。

据吴忠仪表研发部长李虎生介绍，阀门依赖球芯零件的圆度和光滑度在苛刻环境中实现高耐磨、耐冲刷、高密封。“我们每年要生产近 1.2 万个球芯，每一个球芯的误差都要保证在 5 微米以内，相当于一根头发丝的十分之一。这一生产工艺是 50 多年积累下来的成果。”

2015 年，“西气东输”杭州一管线建设项目成功安装了吴忠仪表自主研发生产的天然气调压撬，打破了中国天然气长输管线这一领域关键设备长期被国外企业垄断的局面。企业自主创新设计生产的海洋水下阀门通过评审，实现了国产阀门在中国深水油气田开发工程领域零的突破。

吴忠仪表的故事是中国西北地区传统制造业通过创新谋求转型升级的缩影。近年来，中国西北制造行业通过内部改革、自主研发，弥补自身短板，淘汰落后产能，逐步从低成本竞争优势向高质量优势转向，由“西北制造”向“西北智造”升级。

如今，行走在西北五省的工业基地和新兴产业示范园区，从大型装备生产车间到云计算处理中心，从新能源技术团队到机器人生产线，“智能制造”元素随处可见。在中国制造业转型升级的关键期，西北大地正在呈现后发赶超之势。

与传统的铸造车间天壤之别，银川共享装备股份有限公司 3D 打印车间内，穿着白衬衣、戴着白手套的工人，在洁净、安静、恒温的环境中，通过计算机操控就完成了铸件砂型制造。

车间主任马发仁说，这些拥有自主知识产权的 3D 铸造打印机，突破了 12 大关键技术，累计生产 5 大类共 4000 吨铸件，成本比传统车间降低了一半，产品误差也由 1 毫米降至 0.3 毫米。

技术创新依赖平台和人才创新。吴忠仪表完善科技创新体系的同时，重点打造人才金字塔，组建博士后工作站及院士工作站、新产品研究团队和高技能人才团队。通过实施人才创新工程，形成了支撑企业发展内生动力的人才体系。

陕西秦川机床工具集团通过搭建国家级企业技术中心、博士后科研工作站、北美研发中心等平台，引进国内外高端人才，设立技能大师工作室，从小发明、小改进到设计生产出具有国际先进水平的高端精密设备。集团董事长龙兴元说：“得益于内部创新，公司业绩逆势上扬，产品与进口产品相比竞争力逐步上升，市场需求正迅速增长。”

“越是欠发达地区，越需要实施创新驱动发展战略。如今地处西北内陆的吴忠仪表已跻身于世界高端阀门制造的前列，期待国家加大对欠发达地区的创新产业支持，加强东西部资源的优化整合。”常占东说。（此稿为新华社对外通稿）

舌尖上的传承：宁夏“大武口凉皮”的“新打开方式”

新华社记者　于瑶　谢建雯

“80后”小伙儿管威宁辞掉干了七八年的国企工作，回到母亲经营了半辈子的凉皮店，从制作到销售，全部接手过来。

“母亲二十多年专注做一碗凉皮，不仅使它成为一道远近闻名的美食，更唤起了许多人对美味的记忆。现在她年纪大了，干不动了，我想延续这种记忆，把做凉皮的手艺继承下来。”管威宁说。

管威宁经营的“三住宅”凉皮是宁夏石嘴山市大武口区家喻户晓的老字号凉皮店，如今大武口区的300多家凉皮店中大多数都有十几二十年的历史，“大武口凉皮”也成为国家地理标志性商标。

作为曾经的煤城，20世纪50年代末，大批移民来到大武口区定居，和他们一起到来的还有各地美食，每一种美食都寄托了移民对故乡的思念。久而久之，一种融合各地美食特色、能够被当地人广为接受的小吃——“大武口凉皮”产生了。

“借鉴了陕西凉皮、四川凉皮的特点，经过几代人改良，‘大武口凉皮’形成了自己的特色，在秘制的十多种调料中，最关键的是辣椒，它可以让凉皮看起来色泽艳丽，吃起来香而不辣。”大武口区商务局局长严波说，各家凉皮的做法看起来大同小异，但麻、辣、酸、香各有特色。

作为地方传统特色小吃，大武口区每天要消耗60多万份凉皮。如今“大武口凉皮”正成为越来越多年轻人愿意投身经营的“事业”。

张林就是其中之一。吃凉皮长大的他，如今已经在距离大武口区2000多公里外的广东省深圳市开了3家“大武口凉皮”店。

在深圳工作多年，已经做到一家房地产物业管理公司副总的张林总觉得吃不到家乡的凉皮是一件憾事。为此，4年前他毅然辞职，回到大武口一家老字号凉皮店拜师学艺，学做凉皮，在深圳开起了凉皮店。

“最初店面只有40平方米，现在3家店总面积超过1000平方米，由于是纯手工制作，凉皮往往供不应求。”张林说，现在“大武口凉皮”已经在深圳扎根。

年轻人愿意以新的“打开方式”经营凉皮，不仅是因为“情结”，更是为了“商机”。管威宁说，他的凉皮店一天最多能卖出1000份凉皮，年产值保守能达到100万元。此外，现在已经有来自山东等地的20多个厂家寻求加盟，为确保加盟店做出“三住宅”凉皮的原汁原味，管威宁正着手将凉皮和调料制作标准化。

除了传统店面，不少年轻人还通过淘宝、微信等网络平台售卖凉皮，实现“大武口凉皮”线上交易。2018年5月，宁夏中圆达电子商务有限公司与8家大武口凉皮店合作，在淘宝上销售凉皮，仅一个月就卖出近千份。

“我们对凉皮进行真空包装，并放在内置有冰袋的保温泡沫箱里，快递3天能配送到的地区的客户群体，我们都会接单。”该淘宝店负责人徐涛说。

在保证食品安全、口味不变的前提下，尽可能延长凉皮保质期是经营凉皮生意要突破的重点难题。宁夏易和人文饮食文化有限公司通过严格把控生产流程、采用先进设备、与快递冷链合作，把凉皮的保质期延长至7天。

“延长保质期是一个链条，从原材料、加工生产、包装、冷链运输到最后上商店货架，都有严格要求。”该公司总经理杨昊昀说，当前他们除了给宁夏的300家超市供货，还与北京等地的800家超市建立合作关系，仅北京地区一天就能销售2000多份。

如今，“大武口凉皮”正处于打品牌、提品质、拓市场的关键期，当地政府也在积极制定行业规范标准，发展凉皮延伸品，并与“互联网+”进行深度融合，助推“大武口凉皮”产业健康持续发展。（此稿为新华社对外通稿）

六盘山下的“甜蜜事业”

新华社记者　靳赫　谢建雯　温竞华

暮霭中，晚霞与积雪为初冬的六盘山增添了一丝静谧。山脚下的兴盛村，几百个蜂箱渐次排开，34岁的郭建鹏挨个“查房”，不时整整保温板、拉拉棉被，小心翼翼经营着村里的“甜蜜事业”。

兴盛村是宁夏南部山区泾源县的一个贫穷小村庄。近些年，兴盛村村民种苗木、养牛、办农家乐，脱贫产业发展得有声有色。而六盘山植被丰茂，花种繁多，蜜源充足，养殖中华蜜蜂也成了村民致富的一条好路子。

“中蜂酿的百花蜜，在市场上非常受欢迎，一斤能卖100多元，大部分花蜜刚酿好就被周边的人买走了，剩下的销往广州、深圳等地。”郭建鹏说。

郭建鹏是兴盛村的中蜂养殖致富带头人。早年间，他从事装修挣了些钱，2017年又带着家里祖传的养蜂手艺回村，成立了中蜂养殖专业合作社，打算带领乡亲们一起致富。

“我们村有养蜂传统，但以前村民们养殖方法不科学，蜂群损失大，花蜜产量低，慢慢就没人养了。听说我要带领大家再次养蜂，不少人在观望。”郭建鹏说。

为打消村民顾虑，郭建鹏先后奔赴甘肃、陕西学习最新的养蜂技术，用标准蜂箱取代泥糊木桶，并带头购进100箱中蜂。到打蜜季，郭建鹏收获760余斤百花蜜，收入10万多元，最初加入合作社的7户贫困家庭也见到了收益。

村民们看到实惠，纷纷加入养蜂队伍中来，目前已有300多人在郭建鹏带领下养蜂，其中不少人是周边村子的村民。

兴盛村村民马万海已年过花甲，20世纪70年代起，他便开始养意大利蜂，但由于养殖技术落后且养殖规模太小，一直未能摆脱贫困。

“以前为了糊口四处找花蜜，四川的油菜花蜜、云南的桂花蜜、安徽的枣花蜜、陕西的洋槐花蜜都采过。现在老了跑不动了，却在年轻人帮助下脱了贫。”马万海说，如今设备、技术全部更新换代，家里的30箱中蜂越养越好，还不用天南海北地“追花逐蜜”，他养老无虞。

为鼓励村民发展养蜂产业，当地政府不但发放养蜂补贴，还给蜂农购买养蜂保险，并鼓励郭建鹏这样的养蜂能手带领新手养蜂，这一系列措施使当地养蜂产业发展迅速。

2017年，郭建鹏专门为村里的百花蜜申请了商标，近期，他又建起一间占地160平方米，配备了投影、电视和网络设备的田间教室，他计划通过更加多样化的授课手段，提高蜂农的养殖水平。

这两年，郭建鹏还在山上种了上百亩山桃，再过几年，便能在春季看到山花烂漫的景象，不仅可以补充蜜源，还能吸引游客前来观赏、买蜜。“到时候，大伙儿的生活就更甜了。”郭建鹏说。（此稿被新华网、封面新闻网等7家媒体采用）

“路、水、牛”：宁夏西海固深度贫困村的脱贫“三重奏”

新华社记者　艾福梅　赵倩　谢建雯

中国有句俗语“近水楼台先得月”。一般而言，越靠近城市的农村发展就越好。然而，距离宁夏回族自治区西吉县城仅4公里的吉强镇水岔村却是个例外——全村287户988人，贫困发生率高达28%，是全镇17个村庄中唯一一个深度贫困村。

“穷就穷在没有路。村里人出不去，外面人进不来。”村主任王进武总结说。

水岔村坐落在海拔1900多米的黄土高原干旱丘陵地带，沟深坡陡，出行不畅。加之干旱少雨、土地贫瘠，农民只能种土豆、小杂粮等农作物，收入十分微薄。贫穷逼得村民外出谋生。

目前，中国正上下齐心打响脱贫攻坚战，地处西北的宁夏回族自治区作为老、少、边、穷地区，是与贫困做斗争的主战场之一。

时至2017年，宁夏仍有贫困人口41.8万人。为瞄准靶子，宁夏依据贫困程度、交通状况等因素，确定了“五县一片”深度贫困区域和170个深度贫困村，这一区域的贫困人口32.4万，占全区贫困人口总数的77.5%。

西吉县正是“五县”之一，有58个深度贫困村。近几年，当地对贫困村的帮扶力度很大。2015年至2017年间，西吉县在其中34个深度贫困村投入1.1亿多元进行危房改造、硬化道路、建设暖棚牛舍羊舍等基础设施、发展产业等。

水岔村也是受益者。2016年底，一条4公里长的硬化路通到了水岔村。2017年，政府投入700多万元在水岔村实施“整村推进”，新建了村委会、文化广场、村卫生室等基础设施，6.5公里村组道路硬化工程联通了6个自然村。

“这两年的变化只能用翻天覆地来形容。”王进武说。

不少村民终于享受到水岔村离县城近的地理优势，开着小车或摩托车在县城、老家两头跑，打工、种养殖“两手抓”。

水岔村迎来了村民回流潮，33岁的王聪富就是一位。“外面打工苦不说，还不好要工钱，现在水泥路修到家门口，产业扶持政策又好，我必须得抓住。”王聪富说。

水岔村第一书记李雅娟2017年2月来到水岔村开展驻村扶贫工作。自2014年以来，宁夏已先后从各级机关和企事业单位选派了两批第一书记和驻村工作队到全区建档立卡贫困村和软弱涣散村工作。

了解到王聪富几人想办合作社后，李雅娟不仅带他们到处“取经”，还手把手教他们办理相关证件。2018年5月，西吉聪富种植合作社正式挂牌成立，以养牛和流转土地种小杂粮为主。

“政府可以建基础设施，但脱贫致富的根本还在农民自身。”李雅娟说。

买牛有扶贫贷款，养牛有补贴，种小杂粮不仅有科技特派员指导，还有科技扶贫资金支持……在优惠政策的带动下，聪富合作社社员们增加了养牛数量，小杂粮种植面积也从预期的500亩增加到700多亩。

“牛多了，日子有奔头了。”王聪富说。2017年底，水岔村村民人均可支配收入7150元，而上一年才4200余元。

根据规划，从2018年到2020年，西吉县将在

58个深度贫困村投入资金4.2亿多元，帮助他们脱贫致富。

当前，水岔村正忙着修建水源交通坝。这座宽5米、长190米、高28.5米、总库容127万多立方米的水源交通坝建成后既能过车又能存水，将彻底改变水岔村的种植结构和交通出行状况。项目总投资超过1200万元。

“村民们盼这座坝盼了几十年，坝能蓄水，可以开发水浇地种植经济效益更高的蔬菜。”李雅娟说，水源交通坝修好后，水岔村可发展节水灌溉面积1300多亩。

吉强镇副书记马雄说，目前，全镇有7个村种植冷凉蔬菜，技术和销路都比较成熟，水岔村今后也可以融入这个“产业圈”，真正走出贫困，发展致富。（此稿被东方网等20多家媒体采用）

黑板上的多媒体课堂：
——坚守乡村42载老教师因粉笔画成“网红”

新华社记者　艾福梅　曹江涛

在中国西部贫困地区宁夏西海固，坚守乡村中学一辈子的张举文没想到，临到退休，他会因那一幅幅在语文课堂上帮助孩子们理解课文的粉笔画而成了当地的名人、网上的“红人”。

60岁的张举文是宁夏固原市西吉县偏城乡人，18岁高中毕业即走上教师的岗位。刚站上讲台教村里娃学字学词时，他发现因为方言和普通话的区别，孩子们记起来很吃力。“比如蝴蝶、蜻蜓，我们方言里都叫‘蛾蛾子’，怎么让孩子们区分呢？我就简单画出蝴蝶和蜻蜓的形象，再在旁边写上字，娃娃们就印象深刻了。”

其实，这时的张举文并不擅长画画。但自从发现粉笔画能吸引学生注意力、增强语文课趣味性后，他就开始提升自己绘画能力，在教师进修三年中也不断学习。慢慢地，他的粉笔画画得更好了。

1986年，张举文被调整到偏城中学任教。当时的语文课本印刷水平低，插图很少，加之西吉比较偏远，孩子们见识有限，一些课文内容超出了他们的认知。张举文便又自然地在课堂上画起了粉笔画，帮助孩子们理解、记忆课文。

在教朱自清的《背影》时，他把努力爬上月台的父亲的背影画到了黑板上；在教周敦颐的《爱莲说》和鲁迅的《故乡》时，少不了画莲、画“细脚伶仃”的杨二嫂；在教高尔基的《海燕》时，他横着粉笔画出了一幅惊涛拍岸、海燕翱翔的黑板画，来帮助干旱缺水从未见过大海的山里娃想象“在苍茫的大海上，狂风卷集着乌云”……

“并非所有的课文都要画粉笔画，我画的都是孩子们不太理解的东西，而且我画的是简笔画，不费时，不会影响上课。”张举文说。

据不完全统计，在从教的42年里，张举文画过的粉笔画超过5000幅。这些画深深印刻在山里娃的心中。

50岁的苏有福从偏城中学毕业30年了，如今在离学校不远的地方开了一家超市。提到老师张举文，他还清楚地记得一幅粉笔画：“把一杯水一股脑儿倒进碗里，水有一半洒出来；细水长流地倒进碗里，碗才能装满。”

“倒水是这样，学知识也是这样。张老师特别会用粉笔画启发学生，我们都爱上他的课，老感觉一节课还没听够就下课了。”苏有福说。

2018年3月，张举文退休了。然而，离开了讲台的他，依然没有离开黑板和粉笔。

无论在四川小儿子家还是固原市自己家中，张举文都备有黑板和粉笔。脱离了45分钟课堂时间的限制，他不再画简笔画，可以画得更细致，题材也从课文内容扩展到一些有教育意义的生活现象。

老伴把他这些更加精致的粉笔画拍照发到朋友圈，得到了亲朋好友的众多点赞。更被有心人结集成册以“张举文老师粉笔画赏析”传播到更多平台，当地媒体进而也跟踪报道。

“这位老师好棒啊，画粉笔画可能对有些人来说并不难，难的是这份创意，这份热情，这份教书育人的心！”网民“妍好”说。

还有网民留言说：“很赞成，因为人的识图能力远胜于文字叙述，一堂生动课以什么吸引孩子，就是生动、形象、幽默……为西吉老师点赞！”

事实上，除了粉笔画，张举文粉笔字、毛笔字、钢笔字都写得好，还会拉二胡、吹笛子、唱歌。只要有助于激发孩子们兴趣的方式，他都愿意去学习、去尝试。

“张老师就是自带的多媒体，上去能画能唱能演，这样的课堂是活生生的。”偏城中学教师李冬红评价说。

“不论水平高不高，但学生们感觉这是实实在在的。再好的视频、照片都不如老师自己露一手，这样学生会羡慕你、尊重你、听你的话，课也就好教了。”张举文说。

对张举文来说，退休只是从面对一班两班孩子的小课堂，走向面对需要再教育的成人孩子的大课堂。

随地吐痰、乱闯红灯、家长边玩手机边教导孩子不要玩手机、爷爷奶奶呵斥孩子观察蚂蚁耽误回家做饭……一幅幅栩栩如生的粉笔画让人惊叹不已的同时更受到教育。

“教书育人是一堂上不完的课。只要身体好，我还要继续我的教育事业，利用退休后有限的时间做些有益于他人的事。”张举文说。（此稿被新华网、党建网等10多家媒体采用）

宁夏花儿歌者苏正合的孤独与期盼

新华社记者　许晋豫

“杨木树上卧老鸦，尕妹妹出来墙头上趴，这才是招人的干花，走路的阿哥是亲阿哥，尕妹妹把你给要下……”70岁的苏正合用乡音土语将爱情题材《杨木树上卧老鸦》的花儿唱得婉转动人。

花儿是流行于中国西北宁夏、甘肃、青海一带的地方民歌曲调。从十几岁开始，宁夏隆德县杨河村的普通农民苏正合唱了50多年的花儿，他也是县里唯一的花儿自治区级非遗传承人。

“花儿是农民在劳作时唱的曲子，以前集体劳动、经济条件不好时，人们肚子吃不饱人却欢闹得很，谁都能唱两嗓子。土地承包到户后，集体劳作的机会少了，唱花儿的人也就少了。我是因为爱好，没事就哼两句，这才坚持下来。”苏正合说。

因为花儿，苏正合这个没上过学的普通农民成了村里的“名人”。2017年被评为自治区级非物质文化遗产传承人后，很少走出大山的苏正合被请到银川市培训、交流，在那里，他遇到了一群跟他志同道合的人，看到另外一个世界。

“花儿大多以爱情为题材，不少人认为它是‘酸曲’，甚至嗤之以鼻。去银川培训时，全区唱花儿的聚到一起，大家一起唱歌、互相交流，快活得很。”苏正合笑着说。

成为非遗传承人后，苏正合还要挑起带学生的担子。没读过书的苏正合只能用口授的方式讲课，教学地点就在自己家中，还不收学费。虽然去年收了6名年轻徒弟，但是他们只是农闲时节才来学学，大多是“三天打鱼两天晒网”，效果并不理想。

“一些娃娃怕别人说闲话，不主动叫都不来，我唱他们用手机录，练习几天后再考试，一冬天教了五六首，学得也一般。隔壁村有个学生音色很好，但是过完年就去新疆打工了，等下次农闲，以前教的怕也忘得差不多了。”苏正合说。

为了把花儿传下去，苏正合的儿子苏永清和乡里各尽所能，苏永清为老人提供“后勤保障”，而杨河乡则派专人对花儿歌词进行整理，以便长期留存。苏永清说，老人一辈子就这么个乐子，如果我们现在不重视，有一天老人不在了好多东西就没了。

尽管唱了50多年的花儿，受自身文化水平限制和大环境影响，苏正合的花儿曲库20多年没有更新。通过这两年培训，苏正合逐渐接触到一些新的花儿歌曲，这不仅开阔了他的眼界，也让他对花儿的传承有了一些新的思考。

“花儿要想传下去，就得让年轻人爱听、爱唱，这就需要选出好苗子，把花儿改造得‘洋气’些，要不然唱花儿的只能越来越少。”苏正合说。（此稿为新华社对外通稿）

宁夏农民：葫芦上作画寄托美好生活期盼

新华社记者　何晨阳　杨稳玺

“去各地参展，参加灯会表演，从大年初二到正月十五，我的日程全排满了。”在宁夏回族自治区石嘴山市大武口区潮湖村的一间砖瓦房里，陶瑞珍一边小心翼翼地捏着电烙铁在葫芦上“精雕细琢”，一边谈着自己的春节计划。

“这门手艺是爷爷教的，我15岁时见他用香烫葫芦作画，觉得好玩就缠着要学。”陶瑞珍是石嘴山市非物质文化遗产——葫芦画的传承人，葫芦画这门技艺在她家族里已传承4代。

虽然名为画，但葫芦画的创作却远非画画一个步骤。陶瑞珍告诉记者，葫芦画创作首先要“刻”，即在葫芦还长在秧上有八成熟时进行刻画；烙，即在成熟的葫芦上进行烙画；画，即在画面上进行彩绘。

陶瑞珍下定决心将葫芦画创作当作职业是在2012年。在当时举办的一个国际博览会上，她带去的200多个葫芦画深受客商喜爱。

2012年末，陶瑞珍开始着手筹建葫芦画创作基地。如今，她将50余亩土地全部种上葫芦，她家的小院里也随处可见形态各异的葫芦。

通过不断钻研和大胆创新，她的葫芦画技术在宁夏及周边地区也小有名气，不仅潮湖村妇女、大武口区市民跟随她种葫芦、画葫芦发家致富，还有不少喜爱这门传统技艺的外地群众、学生利用节假日慕名而来。

“我作为家族葫芦画的第四代传人，有义务把这门技艺传承下去，让更多的人接触到这门中国传统文化技艺，也让有需要的人借此脱贫致富。”陶瑞珍告诉记者，她已先后到宁夏多地为千余名贫困群众现场讲授葫芦画技法。

八骏图、陶渊明采菊饮酒图、福禄寿图、十二生肖……走进陶瑞珍装修精致的葫芦画展馆，一个个色泽光艳、形态喜人的葫芦上，镌刻着各式各样中国传统文化里的美好事物。陶瑞珍说：“葫芦谐音‘福禄’，其形态、寓意代表了咱祖祖辈辈对美好生活的期盼。”

“我的葫芦画在东南沿海、港澳台很有市场，远销蒙古国、俄罗斯等地。别看葫芦小，可蕴藏着中华民族历史文化。”陶瑞珍说，未来，她将继续把葫芦画技艺传承下去。（此稿为新华社对外通稿）

写意宁夏：绿色生态绘就美丽画卷

新华社记者　卢鹰　唐亚蒙　朱静

［解说］三万年前，人类就开始在宁夏回族自治区繁衍生息。巍峨群山、奔流黄河以及广袤的荒漠造就了宁夏独特的地理风貌，也使得宁夏北部物产丰饶，而南部荒瘠，不适宜人类居住。西海固地区位于宁夏南部的六盘山脚下。1972年，联合国粮食开发署将这一带确定为世界上“不宜人类居住的地区”之一。

理论上，一平方公里的土地最多可以承载22人，而在过去的西海固，却要养活142人。人口、生态、经济三个系统之间形成了恶性循环。1982年起，宁夏启动中南部地区生态移民工程，100多万贫困群众搬出祖祖辈辈生活的大山，开始了新生活。移民搬出区的生态逐步恢复。今日的六盘山，郁郁葱葱，遍布森林和梯田。多年未出现的野生动物也渐渐重现。

［同期］宁夏固原市林业局造林科科长刘登甲：“我们主要实施了退耕还林还草、封山禁牧，以及国家和自治区的一系列的（生态工程），像三北防护林工程、400毫米降水线工程等一系列的生态工程。”

［解说］宁夏三面环沙，土地沙漠化过去一直是治理的难题。位于宁夏中卫市的沙坡头便得名于其境内高度达百米的流动沙丘。沙坡头地区一年超过300天都刮风沙，途经沙坡头的包兰铁路经常由于沙漠压埋铁路致火车中断。

为了抗击风沙，在科研工作者、当地居民以及林场工人共同努力下，“沙坡头草方格”沙障诞生了。这是一种最便捷、最环保、最经济的治沙方法。1977年，联合国荒漠化大会召开，“沙坡头草方格”获得国外专家一致认可。作为中国治沙经验的草方格开始造福世界。然而，沙漠化并不能一劳永逸地解决。

［同期］中卫市固沙林场副场长部永贵：“现在来讲，这个体系也不能说是一劳永逸了。治理沙漠要永远在路上，你不进则退。”

［解说］宁夏北部自古就被称为“塞上江南”。银川、吴忠、石嘴山、中卫等城市绿地丰富，并蕴藏着丰富的湿地资源。首府银川市近年来持续开展湿地保护与恢复，目前有湿地面积5.3万公顷，自然湖泊、沼泽湿地近200个。宁夏建立湿地类型自然保护区4处，建成国家级湿地公园14个、自治区级湿地公园10个。

这不仅改变了当地人的生活，同时也改善了野生动物的生存条件。候鸟也被吸引，在此繁衍生息。在过去的60年，宁夏人保护湿地、封山育林，抗击风沙。当地居民说，他们想让家乡成为一个更好、更绿的地方。

写意宁夏：红色佳酿展示西北情怀

新华社记者　卢鹰　唐亚蒙　朱静

［同期］高地葡萄酒庄总经理高源："我们特别以它为自豪。"

［同期］宁夏回族自治区葡萄产业发展局研究员赵世华："爆发式的发展。"

［同期］保乐力加（宁夏）葡萄酒酿造有限公司总经理华民："刮目相看。"

［同期］新西兰酿酒师："很好喝"

［解说］他们是谁？他们在说什么？答案就在后面。

［同期］新西兰酿酒师："这片地种的是赤霞珠。葡萄还没有完全成熟。还有很多粉色和青色的果实。赤霞珠成熟期较晚，在季末才能完全成熟。而宁夏气候的优点之一就是，赤霞珠会成熟，但是要到季末才熟，所以它的成熟期很长，很慢。这就形成了非常浓郁的果香。"

［解说］贺兰山位于中国宁夏回族自治区北部。与法国波尔多地区纬度相似。贺兰山东麓地区是优质酿酒葡萄的最佳产区。

［同期］保乐力加（宁夏）葡萄酒酿造有限公司总经理华民："我们这块儿的产区非常好，因为这里的风土，我们讲风土，其实就是他的日照，每年三千小时的这种日照，还有他的温差，包括它这里的水，它的水其实并不是很多，一年两百毫升降水量，这对葡萄来讲是一个非常好的环境，包括它的土壤。"

［解说］得天独厚的自然馈赠更加需要精心保护。

［同期］宁夏银色高地葡萄酒庄总经理高源："我们不用打药剂，因为这里是十二亿年山脉经过了四次海洋的沉浮，四次海洋的沉浮造就了世界上唯一这么一块宝地，我们特别以它为自豪，我们的家乡，希望能够保持它，永远都是绿色有机的，不要污染它。所以我们不用除草机，不用化学肥料，都是用手工来除草、拔草。"

［解说］宁夏葡萄酒产业正在迅速发展。

［同期］宁夏回族自治区葡萄产业发展局研究员赵世华："我们在近十年来在我们的荒地上推进了三十多万亩酿酒葡萄基地，使我们酿酒葡萄基地的面积达到五十七万亩，现在占中国酿酒葡萄基地的四分之一以上，所以呢也可以这样讲，宁夏产区是中国最大的酿酒葡萄生产基地。

比如说世界上最重要的葡萄酒企保乐力加、酩悦·轩尼诗，包括中国的中粮长城、张裕，这些知名的葡萄酒品牌都进入宁夏来建基地、建酒庄。他们用的是世界上最先进的设备，还有一些技术做我们中国最好的葡萄酒。

我觉得我们就是在人在培养（的方面），因为人很重要 。"

［同期］宁夏银色高地葡萄酒庄总经理高源："你嚼这个葡萄吃一下，你看，是个春天的水果的感觉，像樱桃啊、草莓啊、覆盆子啊，对哇？桑葚子这种春天吃的水果，新鲜的。你要等它熟过了以后你再吃，它就成了黑李子酱，果酱的味道。不好吃了就。所以咱们不需要做这样的红酒，咱们就要密切地关注，一天都不能多等，到收的时候，咵咵咵就要收。所以这三块美乐，它们的成熟度是不一样的，分别开来，不能同等对待。"

［同期］宁夏回族自治区葡萄产业发展局研究员

员赵世华："我们引进了23个国家，60名国际知名的酿酒师在宁夏60个酒庄工作。带动了我们新酒庄，新的没有经验的酿酒师。"

［同期］新西兰酿酒师："宁夏作为一个年轻的葡萄酒产区，其最大的优势之一就是我们可以进行各种尝试。我们还在继续学习这里的土壤、气候，以及葡萄的种植季节。"

［同期］新西兰酿酒师："我们可以尝试用不同品牌的橡木桶，使用不同工艺制造的橡木桶来酿酒。我们可以将这些当做是酿新酒所使用的不同的配料。第二年就可以知道是否奏效，得到一款完美的葡萄酒。"

［解说］截至目前，全区葡萄种植面积达到57万亩，建成酒庄86个。葡萄产业每年为生态移民提供了12万个就业岗位。美国《纽约时报》评选出2013年必去的46个最佳旅游地，宁夏入选理由是"在宁夏可以酿造出中国最好的葡萄酒"。

写意宁夏：多彩经济奏响奋进之歌

新华社记者　卢鹰　唐亚蒙　朱静

［解说］水洞沟古人类文化遗址、西夏陵……宁夏回族自治区拥有丰富的历史文化宝藏。

它曾是中国古代丝绸之路的重要一站。改革开放后，这片古老土地抓住机遇，焕发了新的生机和活力。

宁夏宁东能源化工基地在创新驱动战略下加速蜕变，一批"超级工程"拔地而起。国能神华宁煤集团400万吨煤制油项目是全球单套规模最大的煤制油项目，年转化煤炭2000多万吨。

［解说］中卫距国内诸多大城市均在2000公里以内，是光纤网络覆盖的最优路径选择点。发生7级以上地震概率极低；清洁能源，价格相对低廉的天然气价格，丰富的土地资源，适宜的气温，中卫成为新一代云计算产业集聚区。中国移动、奇虎360、阿里巴巴等一批知名云计算、大数据领军企业纷纷选择在此落地。

"云轨"无人驾驶系统在银川首次发布并通车运行。这是中国首个拥有完全自主知识产权的无人驾驶系统。

［解说］积极融入国家"一带一路"建设，新宁夏正走向世界。2010年以来，宁夏成功举办三届中阿经贸论坛和三届中阿博览会。围绕能源化工、装备制造、生物制药等领域签订651项合作协议。

［解说］2016年1月15日，宁夏开通首趟国际货运班列。银川河东国际机场打通空中丝绸之路。银川综合保税区，是宁夏对外开放的重要载体。

［解说］九宫格转场

旅游业也成为宁夏参与"一带一路"建设的重要方面。在1989年，宁夏接待游客总数仅为22万人次。2017年，宁夏共接待海内外游客3103万人次，旅游总收入278亿元，占地区生产总值超过8%。站在新的历史起点，宁夏不断快速发展进步，不断挖掘潜力，奏响奋进之歌。

外国友人眼中的宁夏之“变”

新华社记者　刘海　唐亚蒙　刘飞

［解说］地处西北内陆的宁夏近些年来抢抓对外开放机遇，积极融入国家“一带一路”建设，形成了对外开放的新格局。越来越多的外国友人选择来宁夏学习、工作、生活，在参与当地经济社会发展的同时，也见证着这里日新月异的变化。

［现场］李秋天表演非洲鼓。

［解说］正在演奏非洲鼓的小伙儿名叫李秋天，今年 26 岁。四年前的那个秋天，他从万里之外的家乡坦桑尼亚来到宁夏银川，成为宁夏医科大学 2014 级临床医学专业的一名留学生。

［同期］李秋天：“我在宁夏感觉宁夏的生活非常好。因为到这的时候，很多宁夏的人民都友好、热情、礼貌，很多时间他们帮我们，我们过来这儿的时候一点汉语都不会说，但是到这边很多老师还有学生们都帮我，我现在了解很多中国的文化。”

［解说］四年多的学习和生活，让李秋天深深爱上了中国、爱上了宁夏。他非常珍惜来中国求学的机会，闲暇时，他还会和朋友们到宁夏各地走走看看，感受这里的发展变化。

［同期］李秋天：“最近有一些朋友告诉我，2020 年可能有一条高铁从银川到西安，那个是我感觉宁夏发展进步很快。（以前）如果我想到宁夏来，我需要从迪拜到北京，北京到宁夏。但是最近，就可以从宁夏到迪拜，迪拜到我的国家。还有现在银川的交通都很方便了。”

［解说］李秋天的梦想是成为一名优秀的医生，他打算本科学业结束后，先回国工作两年，然后再回到宁夏攻读研究生，因为在他心中，这里是一个可以圆梦的地方。

［现场］莫北和家人一起唱儿歌。

［解说］来自巴基斯坦的莫北今年 32 岁，在宁夏生活已经是第 12 个年头。2007 年，他来到宁夏大学国际教育学院学习汉语。

［同期］莫北：“刚来的时候我也一个人，流眼泪、哭鼻子，后面我的朋友多啦，然后也找到了我的老婆，就觉得这个地方挺好的，天天开心。”

［解说］随后的 7 年时间里，莫北在宁夏大学相继完成了汉语专业本科和研究生阶段的学习，还在校园里收获了甜蜜的爱情——与英语专业的宁夏姑娘史小静相知相恋。2013 年，两人举行了盛大的婚礼，莫北成为宁夏女婿。

［同期］莫北：“现在觉得这边也挺好的，每次我回国的时候，那边待一两个月还想回宁夏，所以宁夏给我留下了深刻的印象。”

［解说］现在，定居宁夏的莫北和朋友们一起从事中巴文化发展工作。他说，“一带一路”倡议让巴基斯坦受益匪浅，他希望自己也能参与其中，为两国之间的友好往来尽一份力。

10 多年间，莫北在宁夏学习工作、结婚生子，在创业路上追逐心中的梦想。宁夏，已经成为他的第二故乡。

［同期］莫北：“我觉得现在银川对我们外国人来说是一个特别好的地方，可以说宁夏是我的第二个家。”

新媒体篇

XINMEITI PIAN

“洋记者”深入中国西北贫穷小村庄，发现了什么？

新华社记者　海伦·本特利

破晓时分，12岁的郭运运和弟弟妹妹已经起床，洗漱完毕，吃完早餐。他们要步行一个小时去上学。

他们就读的陈岔小学距宁夏回族自治区西吉县县城约40公里，是县里最偏远的小学。

这所小学位于震湖乡，没有校车，在校门口也看不到北京、上海等大城市早晚高峰接送孩子上学、放学的父母大军。和运运一样，所有孩子都必须自己走路上学、回家。

陈岔小学的学生在排队打饭　■ 新华社记者　王鹏／摄

陈岔小学只有3栋平房共48名学生，分散在5个年级和1个学前班里。校长张强的脸饱经风霜，粗糙得如同学校四周的山丘，手上布满劳作留下的伤痕，鞋子皱皱巴巴的。

“当老师真不容易，不光自己要有知识，还要能把学到的教给学生。”他说话时声音平和冷静，脸上泛起微笑。

张校长是陈岔小学任职时间最久的老师，但也不过才刚刚两年。在宁夏南部，不少农村小学师资不足，老师们要在县内不同小学间调动。

震湖乡因1920年海源大地震形成湖泊而得名

■ 新华社记者　王鹏／摄

陈岔村户籍住户有363户。实际上，如今村里只住了180余户，其他人要么已外出务工，要么已移民搬迁。留下来的人中，132户生活在中国国家贫困线以下。

郭运运一家2016年收入约1万元，是建档立卡贫困户。他妈妈非常要强，也为自己的孩子感到骄傲。她很少出门，每天忙着干农活和照顾孩子，就算出门也不怎么打扮。她从没想过自己和丈夫能

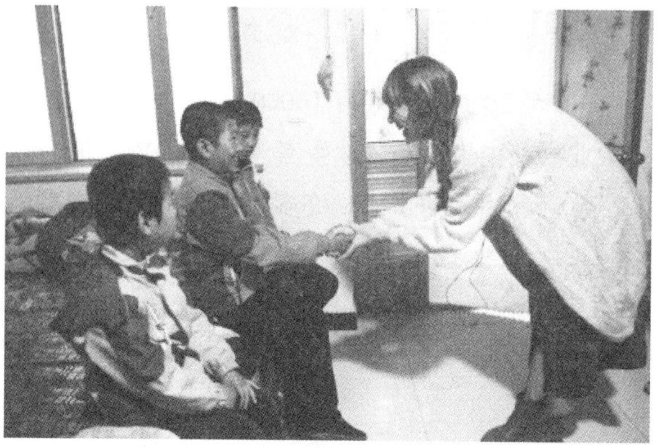

“洋记者”海伦·本特利与郭运运握手

■ 新华社记者　王鹏／摄

离开这个村子，但却期盼自己的孩子能走出山沟，去自治区首府银川上高中。

然而，实现这个梦想也意味着家人之间的短暂分离。

位于银川的六盘山高级中学是宁夏两所专门接收贫困地区学生的中学之一。几乎每一个在宁夏的贫困家庭都希望自己的孩子能通过入学考试，到这里免费读高中。

这所高中有3个年级约6000名学生。当地教育部门为每位学生提供津贴，资助他们的学习和生活花费。2016年，106名来自西吉县的学生从六盘山高级中学毕业并考上了大学，其中包括来自陈岔小学的孩子。

“我们是在银川专门设立的一所扶贫高中。”校长金存钰一边说，一边带我漫步在校史馆中。“我们有三大任务：提供高水平教育、让少数民族和贫困孩子有书读、完全免费。”

在六盘山中学，学生身上都有一股学习的热情。学校鼓励学生积极参与课堂活动、多提问题。这里的学生非常自信。

六盘山高中 ■ 新华社记者 王鹏/摄

“截至2016年，共有16000多名学生从我们学校毕业，其中15300名学生考入本科院校。他们改变了自己和家人的生活，许多人还在努力改变自己的家乡。”金校长说。

20年前，宁夏绝大多数人口居住在农村。到了2016年底，全自治区674.9万人口中，56.3%住进了城镇。

“洋记者”海伦·本特利与六盘山高中学生黄淑迪在一起 ■ 新华社记者 王鹏/摄

改革开放以来，中国已有超过7亿人脱贫，占同期全球减少贫困人口70%以上。截至2016年年底，中国仍有4300万贫困人口，绝大多数生活在农村及偏远地区。中国政府承诺，到2020年彻底消除贫困，全面建成小康社会。

六盘山中学的大部分学生也希望将来能够留在城里，但不是作为农民工。毫无疑问，中国下一波劳动力大军将具有更多技能，更重要的是，他们会有更多创意。

六盘山中学鼓励学生在假期返家时参加社会调查，调研自己家乡的问题，并根据自己在城市生活的经验和学到的知识提出解决方案。

他们尝过贫困的滋味，而他们学到的知识，可能正是中国未来能够终结贫困的秘诀之一。

他们，是宁夏甚至是中国的未来。（翻译：冯启迪、赵倩）

“洋记者”再访宁夏：“生命总能顽强地找到出路”

新华社记者　海伦·本特利

清炖羊肉，软烂脱骨；热腾腾的蔬菜，煎炒或浇着酱汁；松软的饼，夹着酸辣的腌菜；羊肉汤，汤汁清亮，飘着红色的枸杞和白萝卜片……到了晚餐时间，在我面前，一桌宁夏美味已经就绪。

世界上大概没有哪里能像中国让一顿饭如此充满象征意义和富有仪式感。在我看来，对中国人来说，在果腹之外，吃饭是忙碌之余的满足感，是一天辛劳、奔波和打拼之后对身心的慰藉。

黄河流经宁夏中卫市腾格里沙漠边缘　■ 新华社记者　王鹏 / 摄

2017 年，我第一次来宁夏，采访自治区南部西海固地区的孩子。我看到了大城市之外的中国乡村。西海固地区自然环境恶劣，曾被认为是最不适宜人类居住的地区之一。几百年来，那里的人们在太阳炙烤下劳作，生活艰难，土地贫瘠坚硬，但人们的脊梁更硬。对年轻一代来说，教育是他们改变生活的最好出路。

那次宁夏之行让我看到了中国发展的不平衡，也让我真切地意识到，在所有的中国特色中，或许最重要的特色就是：坚忍不拔、不屈不挠。

宁夏人口不到 700 万，在中国省区中算少的。它三面环沙，中南部是中国最干旱的地区之一。

哪怕环境再恶劣，生命在这里总能顽强地找到出路。

中国有句老话：“树挪死，人挪活。”从 2011 年到 2017 年，宁夏西海固地区 38.4 万人离开故土，搬迁到交通更便利、水资源更丰富的地方。

艰苦的环境里也蕴藏着机会。对一些宁夏人来说，机会是一种不起眼的红色浆果——枸杞。

中医将枸杞入药已有 2000 多年历史。近些年，枸杞进军西方市场，各类枸杞制成品出口到世界各地。某种程度上，这归功于宁夏数以万计的枸杞种植户、加工厂和经销商们。很多依靠枸杞产业生活的宁夏人是来自西海固地区的移民。

宁夏枸杞品质优良，得益于这里得天独厚的气候、地理环境及黄河水。九曲黄河，与沙漠相依，流经宁夏中北部，滋润了一片沃土。

几十年前，陆路交通不是很发达，羊皮筏子曾是宁夏人通行黄河的重要水运工具。如今，铁路已成为拉动发展的强力引擎。

红寺堡生态移民区移民在百瑞源枸杞种植基地排队将采摘的枸杞称重 ■ 新华社记者 王鹏／摄

我兴致勃勃地在一个特别陡的沙丘上爬了10分钟之后，不由得心生敬畏。连绵不绝的沙丘，有些高达100多米，沙丘还在不断移动。难以相信，在这里居然能铺设铁路？怎样挡住流沙？

我很快就找到了答案。烈日下，十几个人两两一组，一人弯着腰，手持铁锹，另一人在地上铺下一排干麦秆。先铺麦秆，再用铁锹把麦秆扎进沙子里，形成一个个麦草组成的方格。经年累月，人们在这片曾经寸草不生的沙漠扎下了一眼望不到边的麦草方格，成功地把流沙固定了下来。

治沙现场，万里无云。距沙丘不远处，有一大片“云”基地，一组组数据正在另一种“云”端传输。

生活在北京、上海或是深圳的民众的数据可能就是在这里处理的。亚马逊和中国本土企业奇虎360、美团等都把他们的部分服务器放在宁夏的数据中心里。

表面上看，像宁夏中卫市这种酷热、干旱的地方不太像是数据中心的所在地。但事实上，宁夏云基地的运营者们因地制宜，使用和传统的水冷机房不同的风冷，就是利用那些让沙丘流动的风来给设备降温。

宁夏中卫市沙坡头区黑林村村民林治福（右）和周红正在腾格里沙漠扎草方格 ■ 新华社记者 卢鹰／摄

我先后两次来宁夏，沙漠一样炙热。夜晚采访结束后，晚风把日落后的余热吹进空调房内，我坐在餐桌前，熟悉的面孔兴奋地与我分享着这里的变化，窗外喧闹依然。眼前这些温暖而乐观的宁夏朋友，让我感到踏实又舒服。此刻，是晚餐时间，一切都刚刚好。（翻译：郭沛然）

动漫新闻：数说宁夏

［实拍］（坐唱）

沙枣子花开香天下，塞上江南好宁夏。看今天，美如画。唱一唱，六十年，翻天覆地的大变化。

［场景一］

宁夏大庆主会场张灯结彩画面，灯箱显示“砥砺奋进六十载，塞上宁夏谱新篇”字样。

［转场］一本日历从2018年10月25日翻到1958年10月25日。

［场景二］

1958 年窑洞外景，墙上张贴“1958 年宁夏回族自治区成立”的海报。村中喇叭播放广播。

镜头推进窑洞，海报上照片变成电视机播放的纪录片画面。

［场景三］

宁夏地图按顺序展现银川（塞上湖城）、石嘴山（因煤而兴）、吴忠（黄金奶源）、固原（长征会师）、中卫（治沙奇迹）

［转场］

镜头穿进，分层动画（沙漠——带草方格的沙漠——长有植物的沙漠），火车蒸汽遮挡转场。

［场景四］

三张表现宁夏治理沙漠的成就的旧报纸：中科院第一个野外综合观察研究站——沙坡头沙漠研究试验站；全国第一个专业性治沙林场——中卫固沙林场；全国第一条沙漠铁路——包兰铁路。圈出 3 个“一”。

［转场］一张报纸飘过，上书“宁夏在全国率先实现荒漠化逆转”

一只手在沙漠中插上小树苗，沙漠慢慢变绿。背景虚化，出现生态建设成就数据变化。

［数据］60 年来沙漠化土地面积减少 789 万亩；森林面积增加 974 万亩。

［转场］一片树叶飘过遮挡转场，进入三西扶贫场景。

［场景五］

西海固农村旧景。拱门消失；枯树长出新叶；矮平房修葺一新，变成二层小楼；土路变马路；大山变河流。

背景虚化，出现扶贫工作成就数据。

［数据］

35 年来累计减贫 330 万人；

移民搬迁 130 多万人。

［转场］手抹掉旧场景，变成宁东能源化工基地。

［场景六］

镜头从横幅“社会主义是干出来的”拉出到中景，管道上写明“宁东能源化工基地”。镜头迅速拉到航拍远景。

［场景七］

航拍远景变成一本书中的插图，插图下方是一个图表，出现一只手绘出宁夏 60 年经济总量增长折线统计图走势。

图表旁边是滚动的经济发展成就数据。

［数据］60 年来地区生产总值从 3.28 亿元到 3453.93 亿元；

工业增加值从 0.44 亿元到 1960.3 亿元；

城镇居民人均可支配收入由 346 元增长到 29472 元；

农村居民人均可支配收入由 116 元增长到 10738 元。

［转场］册子翻页，到农业建设成就。

［场景八］

分别原画面中体现：

现在，硒砂瓜种植面积 90 多万亩；

现在，滩羊存栏量 310 万只；

现在，葡萄酒年产近 1.2 亿瓶；

现在，引黄灌溉面积 650 多万亩；

每幅画面中出现一只手，用便笺纸记录下这些数据。

［转场］党旗挥过，到黑板。

［场景九］

黑板上写着“党的十八大以来”

飞来四张便笺贴到黑板上。

教育精准扶贫投入 40 多亿元，资助学生 468 万人次；

文化产业增加值由 54.53 亿元增加到 74.36 亿元；

个人卫生支出占比下降到 29.03%，人均预期寿命提高 1.19 岁；

城镇新增就业 33 万人；

［转场］黑板上一张便笺抖动飞出画面转场。

［场景十］

桌面上一张白纸，周围摆满刚才记录的便余纸。上面冗余信息消失，留下有用的数字，飞到白纸上，汇聚成《宁夏川》的简谱。留声机飞出音符。

［成就实拍］

［城市］银川高楼大厦、车水马龙。

［生态］绿染西海固画面、六盘山梯田航拍、包兰铁路。

［农业］冷凉蔬菜种植、青铜峡稻田、葡萄、枸杞、葡萄酒酿造。

［工业］宁东能源化工基地。

［扶贫］闽宁镇航拍。

［字幕］砥砺奋进六十载　塞上宁夏谱新篇

沙画视频：确认过眼神　这是你未 get 到的宁夏

你以为宁夏，骑着骆驼上班。其实宁夏，村村通公路，县县通高速，每 3 人就有一辆汽车。

你以为宁夏，仅仅是“大漠孤烟直，长河落日圆”。其实宁夏是天蓝蓝，山青青，水绿绿，不是

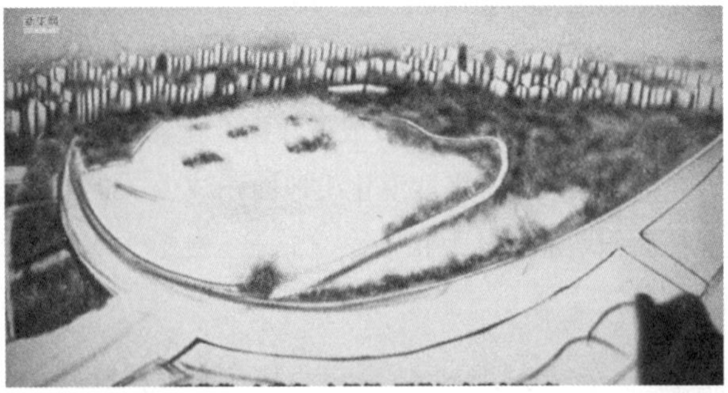

江南胜江南。

你以为宁夏，处处戈壁，人迹罕至。其实宁夏，看不尽的景，逛不完的街，一年 3000 多万人游宁夏，一个宁夏人年均要接待 5 名游客！

你以为宁夏，“苦瘠甲天下”不宜人居。其实

宁夏，层层新绿西海固，六盘山下听雨声；宁夏平原，人在城中，城在湖中，湖在景中，宛如在画中。

你以为宁夏，一天三顿啃土豆。其实宁夏，物华天宝，猴赛雷（好厉害）！红枸杞、手抓肉、葡萄美酒夜光杯、黄河鲤鱼珍珠米……

你以为宁夏，孩子都像《马燕日记》中，无学可上。其实这里人杰地灵，人人有学上，乡村最好的建筑是学校。

你以为宁夏，是张贤亮笔下《灵与肉》的荒凉，张艺谋《红高粱》镜头中的粗犷？其实宁夏是“中国景观微缩盆景”，全球46个必去的最佳旅游目的地之一。来宁夏，给心灵放个假，顺便去寻找你心中的盖世英雄吧！

你以为宁夏，名不见经传，NO！ 83年前，六盘山上高峰，红旗漫卷西风；2016年，习近平总书记参观将台堡三军会师纪念馆，发出“不忘初心，走好新的长征路”伟大号召。

AI 合成主播　全国人大代表马恒燕：让更多孩子共享优质教育资源

新华社记者　刘海　卢鹰

［解说］在2018年两会上，全国人大代表、宁夏银川市二十一小学校长马恒燕呼吁，希望国家能够加大对“互联网+教育”的支持力度，让大山里的孩子也能够实现自己的梦想。如何夯实“互联网+教育”基础，让更多孩子共享优质教育资源？履职一年间，马恒燕一直在探索和努力。

［现场］在线课堂

这是宁夏中宁县宽口井希望小学的一堂在线课程，屏幕彼端，是银川市二十一小的老师和同学。通过“互联网+教育”，相隔200多公里的两个班级实现了同时上课，山里娃和城里娃成为“同窗”。过去一年间，“在线课堂”和线下“结对帮扶”，让这所乡村学校悄然间发生着巨大变化。

［同期］全国人大代表、宁夏银川市二十一小学校长马恒燕：“通过这样的课堂教学，增强了孩子们的自信心，我觉得这一点是非常好的，而且这个学校也发生了很大的变化，因为有了‘互联网+教育’这样一个教学的手段，他们能看到更多其他学校优质的课堂教学和一些活动，所以这个学校也‘走出来’了。”

［解说］2018年7月，宁夏获批全国首家“互联网+教育”示范区。目前，宁夏已建成788间在线互动教室。作为“互联网+教育”试点学校，银川市二十一小学重点推进“名校网络课堂”，开展在线互动课95节，惠及学生近5000人。2019年1月，经教育部批准，宁夏成为首个试点人工智能助推教师队伍建设行动的省区。

［同期］全国人大代表、宁夏银川市二十一小学校长马恒燕：“我们还需要什么？需要的是一个情感的面对面交流，这样的话才能让我们的课堂生动起来。我就说我不能目中无人，我们一定要有‘物’，还要有‘人’。这是一种情感的交流，那么人们有

了情感的交流，才能够（实现）教学的灵动，所以我想这方面是我们接下来要再做一些这种交流和互动的。”

［解说］“互联网＋教育”还让发达地区的优质教育资源实现下沉。目前，银川市二十一小学与北京市中关村三小签订了合作协议。未来，北京优质教育资源将向宁夏山区延伸。

［同期］全国人大代表、宁夏银川市二十一小学校长马恒燕：“我们把中关村三小的一些管理理念，还有一个办学的经验移植，然后在我们学校去把它植入。那么我们学到的这些经验，还可以直接把它往下放，就是下放到我们的一些‘互联网＋教育’的点上面上去。有必要的时候我们就可以把这个点连起来，比如说哪边有专家讲座的时候，我们这几个点都可以开放，都可以共享。”

［解说］2019年两会召开在即，马恒燕正在对调研形成的若干个建议进行最后修改，就进一步加大对“互联网＋教育”支持力度、加大对山区教师培训等提出建议，让更多孩子能够享受到优质教育资源。

［同期］全国人大代表、宁夏银川市二十一小学校长马恒燕：“继续加大对‘互联网＋教育’的投入，让‘互联网＋教育’真正从虚走到实，实实在在，一步一个脚印地走下去。最主要的还要加大对山区教师的培训，让他们学会使用这些‘互联网＋教育’的一些资源，能用到更多的孩子身上，让孩子们能够真正地学到、用到。”

AI合成主播　走起！赴一场“候鸟驿站”里的春日约会

新华社记者　卢鹰　任玮　冯开华

［解说］春回大地，在有“塞上湖城”之称的宁夏银川市，远道而来的红嘴鸥又一次如约而至。红嘴鸥已经是银川市民的“老朋友”了。每年秋冬，它们从西伯利亚贝加尔湖等地飞往云南越冬，待来年开春再飞回遥远的北方。漫长的迁徙路上，红嘴鸥将拥有众多湖泊湿地的银川作为中转“驿站”，为后半段旅程补充能量。

在银川市“观鸟圣地”之一的燕鸽湖，市民们带着面包等食物来看望他们的“老朋友”。

［同期］银川市燕翔园社区居民李吉增：“（红嘴鸥）是从昆明远道而来的，经过长途跋涉，所以我们就很自觉地拿上面包去喂，我们居民也很爱护这个鸟类。开始就十几只，现在发展到上百只、上千只。”

［解说］近年来，银川市很多湖泊湿地都留下了红嘴鸥的身影，这与当地生态环境逐年向好密切相关。过去十年间，银川湖泊湿地面积不断扩大，水质明显改善，生物多样性丰富，为候鸟旅居提供了适宜条件。因此，来“候鸟驿站”的“回头客”越来越多。银川湿地现已成为我国西部以及东亚—澳大利亚鸟类重要的迁徙路线和栖息繁殖地。

［同期］银川市湿地管理办公室宣教科科长高鹏：“据我们调查，全市有湿地鸟类239种，其中也不乏一些国家一级保护鸟类，比如说黑鹳、白尾海雕，还有我们新发现的遗鸥，可以说银川湿地是鸟类的一个乐园。”

［解说］除了每年如约而至的“老朋友”红嘴鸥，初次到访宁夏的鸟类“新朋友”越来越多。人与鸟的和谐相处，也是人与自然和谐共生的一个缩影。

西海固青春接力20年
——支教宁夏西吉县的复旦学子群像扫描

新华社记者　温竞华　曹江涛

1999年至今，224名来自上海复旦大学的青年前赴后继，在宁夏西海固的干山枯岭中一扎就是20年。从最早一批70后，到如今几乎全部是95后，一年又一年，一批又一批，复旦大学研究生支教团的接力棒从未中断。支教学子在山沟与外界间架起桥梁，点亮山里娃的梦想。

为了一点改变

又是一场雪后，从宁夏西吉县县城向南望去，黑色的群山仿佛覆盖上一层白纱，凛然壮美。但对于在平峰中学支教的李倩雯来说，这意味着她未来几天要被困在山上了。

平峰中学海拔2000多米，人难下来，水也不容易上去。冬天拧开水龙头，经常流不出一滴水。从精致文弱的城市姑娘变成顶着油头出门挑水的乡村教师，是大山对李倩雯最直观的“改造”。

然而，这个上海姑娘却很快适应了这一转变。“来之前已经从前辈那里了解了这里的情况，来之后发现条件比预期好很多。”李倩雯没时间把心思放在生活琐事上，备课、教学、家访……她恨不得把每一分钟都用在学生身上。

20年来，复旦大学研究生支教团先后赴西吉县9所乡镇中学支教，他们领略大山的风土人情，投身山区的教育事业。不止一所中学的校长对记者说，支教老师在学生身上花的时间和精力比很多本校老师还要多。

支教团队长杨陈浩彤在王民中学担任初二政治老师。走进大山之前，他曾想象自己能轻易改变一个学生甚至一个家庭，但现实给了他一个“下马威”。

“怎么教他们还是不懂，不该错的地方一错再错！一开始我很生气，甚至质疑自己来这里的价值，但后来我发现这里的学生普遍基础薄弱，原来自己以为可以一笔带过的地方要细细地讲，还得向前辈取经如何更好地教学。”杨陈浩彤说。

每个支教队员都和杨陈浩彤一样，经历过现实与理想的南辕北辙。但那些站在走廊里背书的身影、请教问题时从门外探出的小脑袋，总能给予他们继续前进的力量，也时刻提醒着他们，虽然这里的孩子没有好的教育基础，但他们身上仍有希望。

“哪怕能让孩子们有一点点改变，都是值得的。”支教队员们说。

播下一颗种子

山里山外是截然不同的生存状态。支教队员张子瑜在王民中学教初三语文，有学生在作文里用成功人士举例，马云的头衔是“百万富翁”。

“在他们眼中没有比百万富翁更有钱的人了，他们无法想象更大的世界。”张子瑜说。

环境的闭塞限制着孩子们的见识，也难以孕育改变命运的念头，去银川打工是很多学生最大的愿望。多数学生父母的文化水平不高，同样不能为孩子指明出路。

认知上的鸿沟让这些城市青年意识到，比提高几分卷面成绩更有价值的，是为深山里的孩子们打开一扇向外看的窗，让他们见到更广阔的天地，催生走出大山的梦想。

在三合中学支教的王正娴联系自己复旦的同学摄制了介绍上海的视频，放给学生看。“我以为银川是最大的城市，有最美的建筑，看了这视频，原来山外有很多高大的建筑。我以后也要去上海。”七年级的王玉霞认真地写下了这段话。

打开窗，还要架起桥。2010 年，支教团把 12 名学生带到上海参观世博会，来自平峰中学的朱飞是其中之一。上海的繁荣发达深深震撼了这个山里娃，坚定了他“知识改变命运”的信念。转年中考，朱飞考取了固原市第一名，2014 年，他考进了清华大学。

也是从这一年开始，支教团开启了“西吉学子励志游学计划”，每年从 4 个支教学校中遴选优秀的学生，带他们到上海参观学习。5 年过去，已有约百名西吉学生被带出大山，见识繁华世界的精彩。

改变一个学生，更要给家长播下重视教育的种子。

15 年前，第 6 届支教队员高天来到三合中学。让这个城市独生女感到惊讶的是，班上一个女生上学的机会竟是和家里 5 个姐妹“竞争”来的：在父母眼里，学习好才能继续读书，否则上学就是浪费时间和金钱，不如早早出去挣钱或嫁人。

扭转落后的家庭教育观念，家访是不可或缺的一环。迎着晨光出发，披着星光归来，支教队员用脚步丈量着西海固大山的千沟万壑。他们深入每一个学生的家庭，普及知识和教育的意义。

“现在情况已经跟前辈给我们描述的大不一样了。”如今，杨陈浩彤再去家访，听到最多的话是“我们勒紧裤腰带也要供孩子读书”。

传承一种精神

支教团有一句口号：“用一年的时间，做一件终生难忘的事”。

王民中学的一间小屋里收藏着一张书桌，上面密密麻麻的字迹最早可以追溯到 1999 年——那是从第一届到 2017 年第十九届在王民中学支教过的队员签名，等到这一届队员离开前，他们也会在这一串名单后面签上自己的名字。

“虽然支教老师的面孔每年都不一样，但他们对西吉县教育事业的支持和热爱始终如一。”在王民中学校长王永明的心中，二十载光阴的坚守已经成为一种陪伴。在说到全校共有 22 名老师时，他很自然地把 2018 年 3 名支教队员算在了里面。

一年可能无法改变一个人，二十年却可以改变一个地方。一届届支教学子既是见证者，也是推动者。

20 年间，支教团在西吉县扎下了根，开出了花。支教队员一开口讲普通话，乡镇上的百姓就知道“这是复旦来支教的老师”；每到暑假，总有家长向学校打听：下学期支教老师还来吗？教哪个班？

20 年间，支教队员教过的万余名学生，有很多已在各自的岗位上发光发热。2008 年从将台中学毕业的王萍，如今从宁夏大学毕业，回到家乡西吉，成了王民中学的老师，和杨陈浩彤做起了同事。她至今还珍藏着当年临别时和支教老师互赠的照片。

20 年间，支教队员一批批告别，但一束束牵挂的目光却从未离开。第 18 届支教队员陈辉艳上学期又带着礼物回到将台中学看望她的学生；第 17 届支教队员黄温馨仍在联系资助人为学生寄去衣物和生活用品；第 8 届支教队员余佳奇十几年来一直资助学生……这些城市青年与大山的故事还在以更多的形式延续着。

潜移默化中，支教队员的一言一行、一举一动都影响着这片土地：山里娃的普通话越说越好，上学的女娃娃越来越多……这场青春接力的意义已经不仅在于帮助山区学生学习知识、提升应试能力，更在于改变他们的理念，推动这片土地走出落后与贫困。

“在这些孩子身上，我总能看到很多希望。这些孩子以后肯定会更重视教育，一代代越来越好。”杨陈浩彤说。（此稿被新华网、中国青年网等 36 家媒体采用）

宁夏隆德县农民讲习所的灯格外亮

新华社记者　许晋豫

4月以来，宁夏固原市隆德县张楼村有了新变化：晚上村委会的灯亮了，聚在这里的村民多了。

而这样的变化缘于村里新开办的农民讲习所。

作为宁夏首家挂牌成立的农民讲习所，张楼村围绕思想政治、民主法治、社会主义核心价值观、民族团结进步、社会主义先进文化“五项教育”，以及惠民政策、实用技能“两项培训”开办农民身边的讲习所。

“隆德县是贫困县，在全县开办讲习所是为了增强群众的内生动力，打通政策最后一公里，让老百姓树立脱贫攻坚信心，倡导乡风文明新风尚，推动移风易俗。”隆德县委常委、宣传部部长宋亚俊说。

确定了讲什么，紧接着便是谁来讲。张楼村的5名农民“讲师”作为脱贫典型，靠种养技术、勤劳的双手实现“逆袭”，成为村里的“红人”。

32岁的柳娜是将拱棚蔬菜引入张楼村的第一人，之前她家因人多地少、孩子生病致贫。2017年通过种辣椒、跑运输一家人脱了贫。柳娜说，当了讲习员后，不少村民过来咨询辣椒种植，邻里关系也亲密起来。

靠自己的双手脱贫是农民讲习员的共同心声。在张楼村，张富德曾因赌博断送了家里的好光景而成为“反面教员”。戒赌后，他通过养牛、打工脱了贫，还被选为讲习员。说到过去和现在，他在讲习中感叹，“浪子回头金不换”“政策只是扶一把，脱贫关键靠自己”。

农民讲习员用乡音土语讲述自己的脱贫故事，群众也更容易接受。自村里开办讲习所以来，村民杨喜霞几乎每周都来，她说：“讲习员讲的都是身边的真事，就像拉家常一样，大家都喜欢听。讲习所里还有编织培训，大家坐在一起切磋技术很热闹，如果织得好还能带来收入。”

据了解，隆德县目前构建起20支426人的“三级五类”讲习员队伍（县、乡、村三级，理论政策、法律法规、技术、文明及艺术讲习员），其中农民讲习员占比达到40%。全县开展各类讲习活动370多场次，直接受训干部群众1.6万多人。

“农民讲习员由身边人讲身边事，用身边事感动身边人，他们用群众的语言、群众的方式宣讲，老百姓更容易接受，也充分体现了农民在农民讲习所中的主体地位。”宋亚俊说。（参与采写：周年钧）（此稿被新华网、中国农业新闻网等14家媒体采用）

从无名小厂到业内龙头：一家西北企业的两次“绝地逢生”

新华社记者　许晋豫

从1959年创始之初的一家无名小厂，到如今国内控制阀行业的龙头企业。59年间，仅比宁夏回族自治区成立晚一年的吴忠仪表有限责任公司（简称吴忠仪表），靠着技术创新与大胆变革，两次在生死关头起死回生，脱胎换骨。

自成立以来，吴忠仪表始终十分重视技术创新。1962年，受大环境影响，很多企业关停并转，而生产水温表、地质罗盘仪等产品的吴忠仪表因“具有一定技术含量”被保留下来，通过生产自救艰难生存。

“企业没有了政府的订单，只能什么都干，当时还为甘肃张掖的军马场生产了不少马掌。”吴忠仪表董事长马玉山说。

随后开展的“三线”建设时期，在国家政策的支持下，吴忠仪表在全国崭露头角，完成了第一次“大逆转”。1965年，国家在仪表行业布局了7个点，吴忠仪表便是其中之一。1968年前后分配的100多名大学生更是成为企业技术创新的中坚力量。

“过去我国在控制阀领域一片空白，吴忠仪表在1980年和2002年从日本和德国引进了控制阀技术，”马玉山说，“吴忠仪表在引进技术再吸收方面做得非常扎实。2002年之后，我们生产的控制阀常规产品实现了与国际接轨。”

然而，吴忠仪表1998年上市后，却因盲目投资、偏离主业等原因，造成净利润骤降，开始了长达近10年的低潮期。

结合企业实际困境，2010年，吴忠仪表被中国自动化集团收购，重新回归主业，用时两三年，实现了国有到民营的转型，从工厂真正变成了现代企业。

理顺体制后，企业在技术创新、管理创新上齐头并进，再一次绝地逢生。

吴忠仪表深知“到了一定阶段，技术是买不来的”道理。近几年来，企业每年科技投入约8000万元，着力构建自己的人才队伍，并以国产化替代为目标，专攻传统石油化工、煤化工、长输管线及油气储运等5大领域。企业研发的60多项控制阀新产品中，有24项被评为国家级重点新产品，共取得300多项发明专利和实用新型专利。

神华宁煤集团煤制油项目总指挥蔡力宏说，煤制油项目对阀门需求量大、要求高，国外进口阀门价格高、使用寿命短、供货周期长，而吴忠仪表生产的阀门，价格仅为进口同类产品的一半，使用寿命却延长了五六倍，为项目节约了大量资金。

此外，阀门制造的订单式、单件小批量等特性使其管理难度较大，吴忠仪表借助全流程自动化成功解决了这一问题。公司员工成育德说：“每天上班点开显示屏，我就知道今天的工作量，只要按照流程操作，想出错都难。现在生产与质检合二为一，产品合不合格都是电脑说了算，大家的责任意识更强，废品率更低。”

通过管理创新，企业提升了质量、降低了成本，提高了效率，也获得了更好的效益。马玉山说：“管理创新使得企业全员劳动生产率明显提高，以前我们1400名员工每年只有1.5亿元的产值，2017年，800多名员工创造了近13亿元的产值。”

吴忠仪表也为吴忠市产业转型注入强大动力。据吴忠市工信局局长马玉祥介绍，近年来吴忠市狠抓产业结构调整，仅2016年至2017年就淘汰落后产能967万吨，形成健康食品、高端装备制造、纺织三大支柱产业。2017年，全市规模以上工业增加值达到205亿元，连续5年走在全区前列。

尽管已经成为国家振兴装备制造业的骨干企业和“国家智能制造试点示范企业”，吴忠仪表却一刻都不敢松懈。“我们的竞争对手在国外而非国内，创新永远在路上，一刻都不能停。”马玉山说。（参与采写：周年钧）（此稿被《劳动报》、新华社客户端等12家媒体采用）

稻田插秧、泥地摸鱼……一起去宁夏的田野撒欢

新华社记者　刘海　卢鹰

盛夏时节的田野，生机盎然。宁夏贺兰县常信乡四十里店村的“稻渔空间”生态休闲观光园里，游人在一幅美妙的田园生态画卷中流连忘返：看漂亮的稻田画，去田里插秧、摸鱼，体验古老的农耕文明，感受惬意的田园生活。

“稻渔空间”是一处依托农业原生态景观打造的田园综合体。为了丰富田园体验，现场专门预留了稻田和秧苗供游客实地感受种植过程。孩子们脱掉鞋子、挽起裤腿，在农民伯伯的指导下，认真学习插秧。

“学习插秧让我感受到了农民伯伯的辛苦，以后吃饭再也不会剩饭了，因为‘粒粒皆辛苦’。”吴泽宸小朋友说。

除了养鱼以外，稻田里还有螃蟹、泥鳅、田螺、麻鸭等与水稻共生，既给禾苗生长提供了肥料，也让游客多了游玩的项目。

“稻渔空间”的稻田北高南低逐块排开，灌溉水可以形成自然流动，最后汇聚到低处的荷花池内完成生物净化，再通过水泵扬到高处最终实现循环浇灌。

“这与‘浇一次水，排一次水’的传统灌溉方式相比，节水量超过了30%。”“稻渔空间”负责人赵建文说。

赵建文告诉记者，2017年，“稻渔空间”通过举办插秧节、丰收节、农耕文化节等活动，吸引了22万游客，一二三产融合使这里每亩收益突破1.2万元。

看到如今游人济济的场景，很难想象这里曾经是个“空心村”，多数村民进城买房，村里三分之二的房子被闲置。“稻渔空间”不仅给村里带来了人气，还产生了意想不到的外溢效应。

54岁的胡月琴是四十里店村村民，一直靠种田为生，遇上好年景，自家12亩田能有1万元左右收入，日子过得紧紧巴巴。土地流转后，每亩田不仅有800元流转费，还能多拿50元入股分红。

“没想到在家门口就能就业了。每天在地里打工还能多挣一份钱，喂喂鱼和鸭，一个月下来还有3000元钱，一年下来能挣2万多元。日子比以前富裕多了。”胡月琴喜上眉梢。

“稻渔空间”模式的创新也是贺兰县近年来三产融合试点工作的有益探索。通过开展试点工作，累计实现新增效益近2000万元，其中企业新增效益580万元，带动项目区农户新增收入1337万元，涉及农户1.6万人，人均增收834元。

近年来，宁夏休闲农业和乡村旅游业发展迅速，各类相关经营主体有近900家，让17万农民受益。（此稿被宁夏人民广播电台、银川人民广播电台等9家媒体采用）

枸杞熟了，村民笑了！

新华社记者　许晋豫

还未进入6月，在宁夏吴忠市红寺堡区占地3000亩的原生态枸杞种植基地，成熟的枸杞挂满枝头，红果绿叶很是可爱。100多名头戴红色、粉色等各色头巾的采摘工在种植基地往来穿梭，宁夏2018年头茬枸杞采摘拉开序幕。

枸杞采摘并没有想象中容易。除了头顶的烈日，枸杞株上的刺很容易把人划伤，且枸杞红果与青果交错生长，采摘工人不仅要手快更要手巧。

采摘现场，尽管有着12年的采摘经验，赵梅花的手上依旧有不少划痕。赵梅花是枸杞种植基地旁的移民村村民，除了家中的葡萄，每年1万多元的采摘费是其家庭收入的重要来源。她说，枸杞很娇贵，采摘的时候既不能用力过大，也不能伤到旁边的青果。她采摘一天枸杞可以挣200元，每年50多天的枸杞采摘期能有1万多元的收入。

枸杞产业是劳动密集型产业，赵梅花只是千百名枸杞采摘工中的一员。枸杞种植基地负责人郝万亮说，基地常年用工在200人左右，他们的年收入超过3万元，而采摘旺季基地每天所需的六七百名采摘工全部来自周边的移民村，每人每天的收入从150元到200元不等。

枸杞年年摘，2018年的特别之处在于，红寺堡区原生态枸杞种植基地的枸杞比往年早熟了20天左右。除了当地的气候因素，水肥一体化、修剪科学化、优良的品种选育也是重要原因。

“红寺堡区2018年4月份出现了持续高温天气，加上基地水肥一体化，整形修剪和病虫害绿色防控等内外因共同作用下，当地枸杞早熟了20多天。”国家枸杞工程技术研究中心主任曹有龙说，尽管种植基地是贫瘠的沙地，大量使用有机肥使得所产枸杞品质更有保障。

枸杞早熟也意味着基地效益有效提高，按照10天一茬来算，枸杞早熟20天就意味着枸杞至少能多采2茬，产量预计较2017年提高10%以上。

这3000亩枸杞只是红寺堡区枸杞产业的一部分。红寺堡区是全国最大的生态扶贫移民集中区。1999年移民开发前，当地是鲜有绿色的干沙滩，正是这块未曾开发的净土，让红寺堡区拥有发展有机枸杞种植得天独厚的优势。近20年来，红寺堡区的枸杞产业从零星种植到大面积铺开，尤其是2014年以来，当地政府重点引进百瑞源等企业及合作社推进规模化、标准化种植，枸杞种植面积达到5.6万亩，规模化种植占比达到50%。

红寺堡区林业局产业办主任李茂榕说：“除了纯净无污染的土壤，红寺堡区在后期管理上更加注重品牌及品质效应，依托富硒等优势全力打好有机牌。”

此外，红寺堡区的20多万居民来自山大沟深的宁夏南部7县（区），当地脱贫攻坚任务繁重。在当地政府推动下，原生态枸杞种植基地与包含红川村、新集村两个深度贫困村的马渠生态移民安置区合作。安置区2018年4月份种植枸杞4300多亩，基地负责技术、销售，移民安置区正在探索成立合作社进行监管。

“我们村2014年搬迁到这里，因高效节水灌溉农田不适合一家一户散种，土地一直闲置。现在枸杞栽下了，村民们都有了盼头，枸杞将来进入盛果期后，村民不仅有流转费，有务工机会，还能分红。”红川村村支书海成军说。

5.6万亩的枸杞也是5.6万亩的林地，不起眼的枸杞，不仅为当地脱贫攻坚增添动力，也发挥着重要的生态效益，染绿了干沙滩。近年来，红寺堡区生态环境明显改善，以前“沙拍脸”，现在“风吹不见沙”，并不高大的枸杞为当地的生态建设贡献了一份力量。

“进入盛果期后，枸杞种植年纯收入在每亩6000元左右，并可提供大量就业机会。一片枸杞也能洒下一片绿荫，为红寺堡区的生态建设贡献力量。”李茂榕说。（此稿被新华社客户端、宁夏人民广播电台等11家媒体采用）

脱贫攻坚，看西海固地区首个摘帽贫困县如何告别贫困

新华社记者　张亮　刘海　孙天朗

张亮：提起“西海固”，大家脑海里首先闪现出的词就是贫困。西海固地区位于宁夏南部，这里曾被晚清重臣左宗棠在奏折中形容为“苦瘠甲天下”，也曾在20世纪80年代被联合国粮食计划署认定为“不适宜人类居住地区”。2018年9月，盐池县宣布退出贫困县序列，成为西海固地区第一个脱贫摘帽的县区。这个毛乌素沙地边缘的革命老区是如何一步步一步步摆脱贫困的？请跟随我们的镜头一探究竟。

刘海：新华社记者曹江涛在盐池县王乐井乡牛记圈村采访报道。

孙天朗：盐池县王乐井乡牛记圈村村民官仁博夫妇在喂羊。

张亮：家中一直以滩羊为主要收入来源的村民官仁博因供养三个孩子上学，2014年被认定为建档立卡贫困户。建档后通过技术扶持、贴息贷款扶持等扶贫政策，官仁博养羊方式更加科学、规模不断扩大，一年靠滩羊可收入10万元左右，2016年成功脱贫。

刘海：依托滩羊养殖，官仁博一家不仅脱了

贫，还快步向小康生活迈进。2018年底，官仁博家庭收入超过10万元，其中八成以上来自滩羊养殖。

刘海：这是官仁博一家曾经居住的土坯房，早已废弃多年，不远处，他们的新居安全牢固、宽敞明亮。

孙天朗：官仁博夫妇在新旧房屋前留影对比。

孙天朗：位于盐池县牛记圈村附近的光伏发电站。

张亮：滩羊是盐池县的主导产业，也是闻名全国的名片。2016年杭州G20峰会、2017年厦门金砖国家峰会、2018年上海合作组织青岛峰会，盐池滩羊连续3次拿到国宴“入场券”。精准扶贫攻坚战打响以来，盐池县在滩羊质量上精耕细作，在品牌打造上步步为营，使得盐池县贫困户收入的百分之八十以上来自特色产业，而以滩羊为主导的特色产业对农民增收的贡献率超过80%。

刘海：每天，母羊和羊羔会在固定时间“会面”，为羊羔提供生长所需的营养。平日里，羊羔、生产母羊、育肥羊等被分圈饲养，确保科学化、标准化养殖。

张亮：从放养到圈养，从散养到规模化，从粗放养殖到精细化养殖，盐池县通过制定27项滩羊产业全产业链生产标准、建立质量追溯体系，确保滩羊品质纯正、质量安全。盐池还总结提炼了“盐池滩羊，难得一尝”的核心价值和品牌文化内涵，让盐池滩羊的附加值显著提升。

刘海：标准化滩羊养殖园区的建设实现了养殖方式从“放养”到“圈养”的转变，托起村民脱贫致富的希望。

孙天朗：盐池滩羊照片。

刘海：宁夏盐池滩羊产业发展集团有限公司副总经理吴晓强介绍，每一只品种纯正的盐池滩羊都必须要有耳标作为标识，羊的饲养和防疫等信息都将被如实记录，做到食品安全溯源，实现从田间道餐桌的全程食品安全可追溯。

张亮：农产品市场价格时有波动，盐池滩羊也会遭遇“羊贱伤农”的状况。为了帮助贫困户抵御市场风险，稳定养殖信心，盐池县探索“扶贫保”为农户织就一张“安全网”。贫困户可享受政府补贴的“羊肉价格保险”，当羊肉价格低于一定值时，保险公司负责为贫困户补齐差价。

刘海：盐池县高沙窝镇施记圈村村民李天亮向记者讲述他的脱贫故事。

张亮：盐池县位于毛乌素沙地边缘，得益于先天的光照条件和大量荒漠化土地，盐池县还大力发展光伏扶贫，向太阳要扶贫效益。

刘海：从村民手中流转的2000亩土地，变成一个巨型太阳能板“方阵”。

刘海：盐池县扶贫办副主任周桂琳介绍当地光伏扶贫的具体措施。

张亮：针对那些无劳动能力的贫困户，盐池县采取“光伏分红”的方式进行兜底，由光伏企业免费在兜底贫困户家房顶安装分布式光伏发电板，每年向贫困户返还一定数额发电收益。

刘海：69 岁的盐池县高沙窝镇施记圈村村民石岗介绍享受光伏扶贫补贴情况。

张亮：除了主打的滩羊产业外，盐池县还依托羊绒、小杂粮、炼化等资源禀赋建设扶贫车间，让贫困户在家门口当上产业工人。

刘海：在盐池县青山石膏工业园区，一个个建在家门口的“扶贫车间”让村民足不出村就可以实现就业，成为脱贫攻坚的重要力量。

张亮：截至 2017 年底，盐池县共脱贫贫困人口 10792 户 32078 人，贫困发生率从 2014 年的 23% 下降到 2017 年的不足 1%，农民人均可支配收入由 6975 元增加到 9548 元。

张亮：在成功脱贫摘帽的同时，盐池县“封山禁牧”等生态修复成果也在逐步显现。经过多年的修复与治理，全县 200 多万亩沙化土地得到有效治理，300 亩以上的明沙丘基本消除，林木覆盖度、植被覆盖率提高到了 31% 和 68%，实现了“人进沙退”的历史性转变。

刘海：生态治理后的盐池新貌。（此稿为新华社客户端“现场新闻”）

爱攀岩，不怕人！贺兰山上竟有这样一群“大胆”的羊！

新华社记者　赵倩　唐亚蒙　马丽娟　冯开华

在宁夏贺兰山国家级自然保护区，生活着 4 万多只岩羊，它们善于“飞檐走壁”，常与游人“不期而遇”。跟着新华社记者，与这些峭壁上的“精灵”来一次亲密接触吧！

赵倩：早晨 8 点左右，在宁夏贺兰山国家级自然保护区响水湖护林点，一群早到的“食客”已经在焦急地等待着早餐了。

冯开华：等待“早餐”的岩羊。

唐亚蒙：等待“早餐”的岩羊。

马丽娟：约一小时后，田玉春准时提上一桶玉米，走到山间的一段硬化路面上，扯开嗓门喊道：“哦嗨！下山吃粮嘞！”听到这一熟悉的呼唤，更多的岩羊迅速从四面赶来，等待“开饭”。不一会儿，田玉春周围就聚集了上百只岩羊。

冯开华：田玉春提着盛满玉米的铁桶准备喂食岩羊，远处陆续有岩羊从山上下来。

唐亚蒙：随着田玉春的一声吆喝“哦嘿下山吃粮了”岩羊陆续从四面八方走来。.

赵倩：田玉春用一只大铁碗舀起玉米粒，洒向地面，岩羊便围过来，低头津津有味地嚼了起来。田玉春说，喂久了，这些岩羊已经不怕他了，对待生人的警惕性也小了很多，有时摸上一下也不会逃跑。

唐亚蒙：岩羊正在吃“早餐”。

冯开华：田玉春在给岩羊撒玉米粒，喂食岩羊已成为他的日常习惯。

唐亚蒙：记者也体验了一把和岩羊“零距离”接触。

马丽娟：59 岁的田玉春是宁夏贺兰山国家级自然保护区响水湖护林点的一名护林员，因为这一站点是岩羊投食点，所以他每天除了巡山防火，还要给岩羊喂食。七年下来，老田和这些岩羊已经成为了“朋友”，羊群里多出一只羊羔，哪只“老顾客”今天没来，他甚至都了如指掌，有的岩羊吃完食还经常跟在他后面转悠，大家也因此亲切地把他称为“岩羊司令”。

唐亚蒙：田玉春讲述他和岩羊之间的感情。

冯开华：岩羊享用“早餐”。

唐亚蒙：贺兰山整体自然面貌。

赵倩：岩羊又名石羊、青羊，是国家二级重点保护野生动物，习惯栖息于高海拔的高原、高山裸岩和山谷间的草甸。1983 年宁夏贺兰山自然保护区刚成立时，贺兰山植被稀疏，加上家羊抢食、非法捕猎等原因，岩羊种群数量不足 1800 只，经过多年的生态修复和封山禁牧，如今贺兰山自然保护区的植被覆盖率已达 65% 以上，岩羊种群数量也以年均超过 10% 的速度增长。

冯开华：贺兰山国家级自然保护区是岩羊生活的家园。

马丽娟：据测算，宁夏贺兰山国家级自然保护区现有岩羊超过 4 万只，已成为世界岩羊分布密度最高的地区，其中密度最大的区域每平方公里岩羊超过 20 只。

唐亚蒙：吃饱后的岩羊缓慢地走向山里。

冯开华：岩羊是贺兰山岩壁上跳跃的“精灵”。

马丽娟：尽管植被较为丰富，但因为西北冬季漫长寒冷，春季草木生长也晚，因此保护区在贺兰山岩羊分布比较集中的区域设立了一些投食点，在冬春季节为岩羊提供一些食饲料补给，特别是帮助老弱病残羊群熬过食物短缺季节。目前，保护区内共设立了 26 个岩羊投食点，每年冬春投喂 10 吨左右的玉米饲料。

唐亚蒙：宁夏贺兰山国家级自然保护区管理局科研科科长王继飞向记者介绍岩羊投食点的情况。

马丽娟：投食也增进了岩羊与人之间的互动。如今，贺兰山许多投食点或景区给岩羊喂食的画面已经成为了一道新的风景线，有不少游客和摄影爱好者专门赶来，或与岩羊合影，或体验一把喂食，或近距离拍摄岩羊灵动的画面，形成一幅人与自然和谐共生的美好画面。

唐亚蒙：岩羊下山吸引很多摄影爱好者。

马丽娟：据保护区管理局工作人员介绍，宁夏在加大生态恢复的同时，也通过打击非法盗猎等措施，加强对岩羊种群的保护。尤其是近两年贺兰山关停整治了一批煤矿后，护林员在巡山中发现岩羊等野生动物的遇见率比以前高了。

唐亚蒙：王继飞向记者介绍贺兰山环境整治改善后扩大了岩羊的活动范围。

赵倩：为更好地观察和研究岩羊，近几年保护区还在野外架设了红外自拍相机，拍摄的照片中也是岩羊当了主角。从低谷到高山，到处都是岩羊的“倩影”。如今贺兰山已经成为岩羊生存的乐园，更多的人也能够近距离看到这些悬崖峭壁上的“精灵”。

唐亚蒙：红外相机拍摄岩羊活动画面。

赵倩：红外相机拍摄到的岩羊活动画面。（此稿为新华社客户端“现场新闻”）

23 万人的荒原求生，不是游戏是奇迹！

新华社记者　于瑶　刘海

宁夏红寺堡区曾经生态十分脆弱、荒漠化严重。作为全国最大的生态扶贫移民集中区，20 年来，荒芜变绿洲，移民也从“温饱”向“致富”转变，昔日废弃的军事靶场变成了 23 万移民的乐土。

于瑶：地处宁夏中部的红寺堡区曾经是生态十分脆弱、荒漠化严重的地带。作为全国最大的生态扶贫移民集中区，20 年来，这里经历了从一片荒芜到林网如织、风光旖旎的生态嬗变，通过发展高效节水经济，调整产业结构，红寺堡区逐步从“温饱型”向“致富型”转变，一个废弃的军事靶场变成了 23 万移民的乐土。

刘海：位于红寺堡城北的 10 万亩生态屏障，有效减弱了城区风力，筑起了一道抵御风沙的绿色“城墙”。

于瑶：在红寺堡城北，一道 10 万亩的生态屏障巍然挺立，顽强阻隔风沙侵蚀。站在绿树成荫的生态公园顶端，郁郁葱葱的林带向远方延伸，一株株云杉、国槐、新疆杨长势喜人，面积 400 多亩的紫光湖波光潋滟，不时传来喜鹊的叫声。

于瑶：红寺堡东、南、西边都有村庄，唯独北边是荒漠，城北防护林体系的建成，有效减弱了城区的风力。”红寺堡区林业局林综中心主任梁宝银给记者详细介绍生态防护林的构成，近处是生态林，远处是苗圃，更远处的是经果林……

刘海：红寺堡区林业局林业综合服务中心主任梁宝银向记者介绍生态防护林建设情况。

于瑶：这位从事生态建设近 20 年的林业人，见证了红寺堡“沙丘起高楼，荒漠变绿洲”翻天覆地的变化。“20 年前，这里是一片不毛之地，荒山裸露，连只麻雀都难找，每年沙尘暴达 20 多次，真的是‘一碗面里半碗沙’。”梁宝银回忆道。

刘海：面积 400 多亩的紫光湖成为人们茶余饭

后的好去处

于瑶：地处毛乌素沙地前缘的红寺堡，年降水量不足300毫米，蒸发量却超过2000毫米，2000多平方公里戈壁沙丘纵横，一度成为军事训练靶场。1998年，黄河水淌进这片沉睡的土地，生活在“苦甲天下”的宁夏南部山区23万各族群众迁移至此，形成了我国规模最大的生态扶贫移民开发区。

于瑶：没有哪个地方像红寺堡那样迫切，需要种出一片绿来。为了改变脆弱的生态环境，当地以“生态立区”为发展战略目标，按照“南保水土北治沙，扬黄灌区林网化”的思路，大力推进灌区绿化，加快生态林业建设和森林资源保护，构筑绿色屏障。

刘海：大面积种植的柠条，不怕沙埋、极耐干旱、耐瘠薄，为保持水土、防风固沙起到了积极作用。

于瑶：“其他地方是人造天养，红寺堡是人造人养，不少地方还要用水车灌水，每种活一棵树都不容易，生态建设成本高。”红寺堡区委书记丁建成说，“但我们一直坚持不懈，从2010年以来，年均投入过亿元林业建设资金，不断改变小环境。”

刘海：宁夏罗山国家级自然保护区是宁夏中部干旱带上的水源涵养中心。

于瑶：能灌水的地方，大力发展经济林带，不能灌水的地方，就大面积种植柠条等耐旱作物。20年来，红寺堡全方位推进综合治理，提高森林覆盖率近7个百分点，而每增长一个百分点，就增加成林面积4万亩。

刘海：宁夏罗山国家级自然保护区管理局副局长姬学龙介绍保护区变化。

于瑶：被红寺堡人亲切称为“母亲山”的罗山，是国家级自然保护区，通过休养生息，如今已有森林面积9.2万亩，野生动物种群增加，成为宁夏中部干旱带上的水源涵养中心。

刘海：红寺堡区昼夜温差大、日照时间长、降水量少、土壤透气性好、境内无污染源、常年无霾，是贺兰山东麓葡萄产业黄金区。目前，红寺堡区葡萄种植面积达到10.6万亩。

于瑶：走在罗山脚下，眼前平畴沃野，阡陌纵横的葡萄架令人心旷神怡。葡萄、枸杞、黄花菜等产业，是20年来红寺堡立足水资源短缺的实际而重点发展的。按照“生态建设产业化，产业发展生态化”思路，红寺堡首先强化高效节水意识，破解黄河水资源短缺对地区整体发展带来的束缚。

于瑶：如今葡萄、葡萄酒成为红寺堡的支柱扶贫产业，通过不断推进“全产业链”发展，目前已培育形成东方裕兴等40多个葡萄酒品牌，年生产葡萄酒900多万瓶，产值达4.5亿元。

刘海：甘肃商人刘全祖3年前“转战”红寺堡区投资葡萄酒产业，开办酒庄。2017年，酒庄生产的“戈蕊红”葡萄酒在布鲁塞尔国际葡萄酒大赛上获得大金奖。

于瑶：从最初单一种植玉米，到后来以酿酒葡萄、枸杞、牧草、黄花菜等为主体的特色优势农业产业；从单纯种植到种养殖、加工相结合；从高耗水、低产值到低耗水、高产值，新模式让移民收入从不足500元增至近8000元，脱贫富民有盼头。

刘海：村民在采摘枸杞。红枸杞如今已成为帮助当地村民脱贫致富的特色优势农业产业。

刘海：随着黄花产业的兴起，红寺堡区村民生活大为改观，小小的黄花把“干沙滩”变成了致富的“聚宝盆”，铺出一条特色产业脱贫之路。

于瑶：农忙时节，在大河乡香园村服务文化中心的图书电子阅览室里，仍有三五人围坐在长条桌旁翻书。“农闲时每天都来，舞台上总有戏不说，台下的大场地，够我们唱啊跳啊的。”村民杨福俊说，刚移来时心里乱糟糟，现在生活环境好了，收入也节节高，扭起秧歌更带劲。

刘海：设在香园村综合文化服务中心的图书阅览室能够满足村民不同的阅读需求。

刘海：香园村村主任郭锐也是村里一家文化大

院负责人，在他看来，文化能给老百姓带来精神食粮，更能凝聚人心。

于瑶：红寺堡23万移民来自11个县的145个乡镇的移民，包括回族、汉族、蒙古族等14个民族，文化背景不同、生活习俗不同，融合难度大。移民区不仅要物质脱贫，还要精神脱贫，振兴乡村文化，让黄土地里也能长出文化“庄稼”。

刘海：19岁的柳搬栋刚高中毕业，他的父母是第一批搬迁到红寺堡的移民，他在这里出生、长大，也见证着家乡的发展变化。

于瑶：如何树立移民区的文化自信，确实是一个棘手的问题。“我们把‘村’作为文化活动的主阵地，持续加大公共文化基础设施建设，64个行政村都建了1000平方米以上的文化服务中心。”红寺堡文化馆馆长马宏志说，“通过采取摸清底数、缺什么补什么和一村一策的措施，能够使村文化服务中心与周围民居很好地融为一体。”

刘海：红寺堡文化馆馆长马宏志向记者介绍开展文化活动的积极影响。

于瑶：乡村大舞台、文化活动室、图书阅览室以及成套的文化器材、体育健身设施已经成为红寺堡所有村的“标配”。红寺堡还搜罗当地有一定名气的文化人，根据他们各自的特点，建立以社火、剪纸、书法绘画等“户”一级的文化大院，开办的“泥土书香读书社”、农民阅读节等深受移民喜爱。

刘海：2018年4月，全国人大代表马慧娟在家乡创办“泥土书香读书社”，她希望村里有更多妇女能通过读书改变生活。

于瑶：“文化是最好的润滑剂，通过不断提升移民对红寺堡的认同感、归属感，不管来自哪个地方，现在都是红寺堡人，都是为了脱贫致富。”红寺堡区委书记丁建成说，要唱好“共产党好，黄河水甜”这一个主旋律，充分体现文化的传承性和包容性，使“感恩、包容、创新、奋进”的红寺堡精神不断深入人心。（此稿为新华社客户端“现场新闻”）

黄河水入荒原　新华社记者为你解码宁夏的“生命水脉”

新华社记者　邹欣媛　唐亚蒙

通过抬升数百米，奔腾的黄河水流进了宁夏中部旱田，20多年前，历经波折建成运行的扶贫扬黄工程，如今仍让人叹服。“靠天吃饭”的人们开始灌溉种田，干渴荒原披绿，不久前“生命水脉”提档升级，现代化节灌不再是稀罕物，脱贫致富就在眼前。

邹欣媛：黄河水通过管道和泵站抬升的壮观场景。

唐亚蒙：宁夏红寺堡扬水管理处办公室主任高佩天介绍红寺堡扬水工程首级泵站的重大意义和作用。

邹欣媛：红寺堡扬水工程是宁夏三大扶贫扬黄工程之一。天下黄河富宁夏，母亲河从中卫进入宁夏，流经397公里，滋润着干涸的土地，哺育着这里的人们。尤其是在蒸发量2000多毫米而降水量仅为一两百毫米的盐池县、红寺堡区、同心县等中部干旱地区，借助一级级泵站，黄河水被抬升数百米后流向荒原，从此旱地变水田，干滩变绿洲。

邹欣媛：扬黄工程的建成运行改变了宁夏中南部地区老百姓的贫困生活。由于干旱缺水，直到20世纪八九十年代，宁夏中南部地区仍然缺衣少食。相关统计数据显示，1995年底这一地区有人口234万人，约有132万人生活在温饱线以下。

邹欣媛：“没有黄河水，就没有红寺堡的今天。”红寺堡扬水管理处副处长道华说，1996年5月11日，宁夏扶贫扬黄灌溉工程奠基，随着1998年开工当年主线建成试水，原是荒漠半荒漠区、仅有6000

多人居住的红寺堡，水电路建设与移民搬迁同步进行。如今，这里灌溉面积发展到 76.35 万亩，人口增加到 29.8 万人。

唐亚蒙：红寺堡区红寺堡镇梨花村村民马学仁向记者讲述扬黄工程通水后给他带来的经济效益。

唐亚蒙：记者采访时，正赶上红寺堡扬水工程红三泵站现代化控制设备上马后第一次开闸放水。

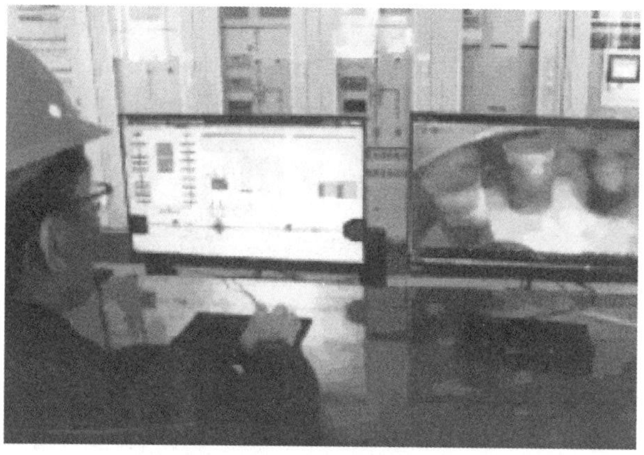

邹欣媛：2017 年冬季到 2018 年 4 月，运行近 20 年的红寺堡扬水工程实现“脱胎换骨”。全新的自动化控制设备取代了建设标准偏低、运行效益降低的老旧设备，工程改造后规划灌溉面积 101.4 万亩，首级泵站设计流量 28 立方米每秒。

邹欣媛：与红寺堡毗邻的革命老区盐池县，同样是扬黄工程的受益区。盐环定扬黄工程作为一项惠及陕、甘、宁三省区革命老区的民生工程，自 1987 年建设运行以来，成为了当地不可或缺的一条“生命水脉”。

邹欣媛：2018 年 4 月，盐池县经过 7 天梯次试水，黄河水举高一百多米，进入新建的 6 泵站 1 号机组。至此，国家投资 12.19 亿元的盐环定扬黄工程更新改造项目全线顺利通水，总受益人口 14.2 万人。

唐亚蒙：盐池县城西滩灌区二分支渠，正是有了它，才让这片土地变得生机盎然。

唐亚蒙：原盐池县扬黄灌区建设指挥部指挥单新强老人回忆说，扬黄灌区开发前是盐池最困难的时期。

唐亚蒙：盐池县水务局副局长黄明森说，扬黄灌区的开发使盐池县的粮食产量逐年提升。

唐亚蒙：盐池县城西滩灌区由原来的荒芜之地变成了现在的郁郁葱葱。

邹欣媛："黄河水甜"，但扬水不易，且水量有限。黄明森说："'脱胎换骨'的盐环定扬水工程在国家不增加宁夏总用水量的情况下，将大力发展高效节水灌溉面积40万亩。如今，高效节水灌溉设施在盐池县扬黄灌区不再是稀罕物。"

唐亚蒙：盐池县花马池镇盈德村村支书杨文志说起节水、管水头头是道。

邹欣媛：在一望无际的荒滩上，现在也有了调蓄周边用水、改善小气候的水库。

唐亚蒙：水库工程，它能够改善下游灌区干旱时作物播种、生长关键期的最基本用水，以及盐池县城镇的基本生态用水。

邹欣媛：石山子水库就像一块碧玉镶嵌在广袤的荒原上。

邹欣媛：黄河水入荒原，不仅让农户感受到引水灌溉的欣喜，还让"一年一场风，从春刮到冬"的家门口变得绿树成荫，甚至有了依水而建的景点。

唐亚蒙：盐池县冯记沟乡马儿庄村形成了独有的"小气候"。

邹欣媛：马儿庄村口绿树、水塘、农田、水鸟的画面让人感叹。

唐亚蒙：村民马忠讲述通水后生活上的变化。

邹欣媛：扬黄工程建成后，原来只负责向县城供水的盐池县城乡供水有限公司忙碌起来，供水管网的触角延伸覆盖至偏远农村、农户。

唐亚蒙：盐池县城乡供水有限公司经理吴占荣告诉记者，扬黄人饮工程解决了当地百姓吃水难的问题，供水公司则保障了饮水安全。

盐池县城乡供水总公司水质检测中心报告单

邹欣媛：通过对比，管网水与地下水在水质上有明显差别。

邹欣媛：记者在采访返回的路上发现，一处美景吸引了很多人驻足。

唐亚蒙：航拍镜头中的湖水位于盐池县城边，当地人称花马池湖，是借助扬黄工程修建的人工湖，湖水极大改善了生态，与远处的沙漠、绿洲交相呼应，形成一道独特的自然奇观。（此稿为新华社客户端“现场新闻”）

真的变美了！西海固如今竟成了“百花园”！

新华社记者　艾福梅　赵倩　卢鹰

曾经被称为“苦瘠甲天下”的宁夏西海固，山大沟深，满目焦黄，如今这里却是三季有花，四季有景。花，见证着西海固的生态恢复和产业转型，也寓意着人们的幸福生活。

艾福梅：“剁开一粒黄土，半粒在喊渴，半粒在喊饿。”诗人的笔墨写尽了宁夏西海固过往的悲苦。西海固位于宁夏中南部地区，曾被联合国粮食开发署确定为最不适宜人类生存的地区之一，也是贫困人口较为集中的区域。当地山大沟深，干旱少雨，一度水土流失严重，满目焦黄。经过几十年的生态恢复，不仅绿色浸染了这片黄土地，产业之“花”也正在绽放。初秋时节，宁夏固原市的3万多亩万寿菊正值收获季节，大片大片的橙黄色十分惹眼。

赵倩：村民在万寿菊收购点交花。

卢鹰：固原市盛开的万寿菊。

赵倩：原产墨西哥的万寿菊，是一种经济作物，其丰富的叶黄素在食品、医药等方面被广泛应用。祖祖辈辈种惯了玉米、土豆、小杂粮的西海固农民，一开始都不相信大山里能长出这么漂亮的花，更难接受把花当庄稼来种。但随着当地政府调整农业产业结构，对于种植万寿菊给予补贴，并保证收购价格，这一花卉作物在固原市开始被大面积推广。

艾福梅：固原市西吉县吉强镇乡镇干部正在指导村民种植、采摘万寿菊。

卢鹰：吉强镇副书记马雄介绍万寿菊种植情况。

卢鹰：吉强镇酸刺村村民讲述种植万寿菊的收益情况。

赵倩：种产业，也是种风景。如今，漫山遍野的万寿菊已经成为固原市乡村的一道风景线。

赵倩：盛开的万寿菊。

艾福梅：万寿菊、油用牡丹、油菜花、芍药等各色花卉作物正让西海固的产业更为多元、色彩更为丰富。固原市旅游发展委员会常务副主任王乔松说：“在黄土高原旱作农业区推广花卉类经济作物，兼具生态效益和经济效益。”

艾福梅：在固原市原州区河川乡，一家花卉企业开始尝试培育树形月季。

卢鹰：宁夏瑞丹苑油牡丹产业有限公司项目部负责人史乐介绍花给西海固带来的变化。

赵倩：这家企业正在打造油用牡丹基地。盛开的牡丹花不仅改造了黄山，修复了生态，成功吸引游客前来旅游，其高附加值更是带动贫困群众就业增收。

赵倩：固原市原州区油用牡丹生产基地航拍照片。（新华社记者王鹏摄）

卢鹰：七八月份，西海固的荞麦、马铃薯、油菜花等作物也进入花期，从高处望去，白色，粉色，黄色，连成一片，非常好看。

艾福梅：固原市西吉县盛开的荞麦花。

卢鹰：荞麦花盛开在西海固。

赵倩：固原市隆德县的油菜花海。（新华社记者王鹏摄）

艾福梅：翠绿的山岭、古朴的村落、清新的空气、错落的梯田，近几年，西海固地区的乡村旅游快速发展，其中，花成为必不可少的元素。固原市西吉县龙王坝村是宁夏有名的乡村旅游点，整个村庄也俨然一个“大花园”，菊花、百日草、葵花等各色花卉点缀着层层梯田，吸引大批游人前来休闲观赏。

赵倩：龙王坝各种盛开的花。

艾福梅：旅游扶贫的效应正在龙王坝村显现。民房变客房，村民变员工、老板，目前全村已有200多名村民吃上了旅游饭，其中有20多户搞起了民宿接待，户均年收入两万元左右。数据还显示，2017年，龙王坝村共接待游客13万人次，全村人均纯收入由2013年的2300元提高到9200元，村集体收入突破100万元。

赵倩：在龙王坝村，花与窑洞、民宿、梯田相得益彰。

卢鹰：从2017年开始，固原市启动了“一枝花”试验工程，其中主要目标就是重点选育适宜当地种植的景观花卉，着重解决城市绿化和美丽乡村建设色彩单一问题，打造更美丽的大地景观。

赵倩：在泾河源头的固原市泾源县，当地政府去年新修建了一条从县城至老龙潭景区的20公里旅游服务带，休闲步道两边种满了金鸡菊、萱草、鸢尾等特色花卉。

赵倩：鲜花装点了道路，吸引游人到此漫步或骑行。（新华社记者王鹏摄）

卢鹰：泾源县20公里旅游服务带。

赵倩：种花，不仅关乎生态、生产，也关乎老百姓的生活。如今，在西海固乡村，随意推开一家院门，都可能走进一座小花园。这些曾经为一顿饭、一口水奔劳的西海固人，开始用鲜花来装饰自己的生活。

艾福梅：固原市乡村的农家院落。

赵倩：泾源县大湾乡杨岭村村民马克俊在打理屋前的花卉。（新华社记者王鹏摄）

卢鹰：花体现着人们对美的向往。老百姓日子好过了，自然要追求更丰富的精神文化生活。数据显示，从2011年到2017年，西海固贫困核心区固原市的贫困发生率从百分之三十八下降到百分之八，贫困人口从50.1万下降到9.55万。（此稿为新华社客户端“现场新闻”）

葡萄变美酒的秘密，宁夏贺兰山来告诉你

新华社记者　靳赫　刘飞

金秋时节，酿酒葡萄进入成熟期，记者带你走进世界葡萄酒“明星产区”——宁夏贺兰山东麓，探寻葡萄变美酒的秘密。

靳赫：位于西北内陆的宁夏贺兰山东麓是世界葡萄酒产区中的“新星”，也是业界公认的最适合种植酿酒葡萄和生产高端葡萄酒的黄金地带之一，先后有40多家酒庄的500多款葡萄酒在国际大赛中获得奖项。金秋时节，酿酒葡萄进入收获期，记者带你走进宁夏贺兰山东麓，一探葡萄变美酒的秘密。

靳赫：宁夏贺兰山东麓酿酒葡萄种植基地（图片由宁夏葡萄产业发展局提供）。

靳赫：宁夏酿酒葡萄种植面积达57万亩，占全国酿酒葡萄总种植面积的1/4，是我国最大的酿酒葡萄集中连片产区，主栽的红葡萄品种有赤霞珠、蛇龙珠、美乐、品丽珠、黑比诺、西拉、马尔贝克、马瑟兰等，白葡萄品种有霞多丽、贵人香、雷司令、长相思、威代尔等，其中红色品种占九成以上。

刘飞：工人在宁夏东方裕兴酒庄种植基地里采摘葡萄。

靳赫：葡萄酒行业有一句俗语，好葡萄酒七分靠原料，三分靠工艺。宁夏贺兰山东麓产区依山傍水，日照充足，热量丰富，昼夜温差大，降水量少，砂石土壤透气性好且富含矿物质，这些独特的自然禀赋和特有的风土条件，使产区葡萄具有色素形成良好、糖酸度协调、病虫害少等特征，是酿造

葡萄酒的佳品。

靳赫：宁夏贺兰山东麓产区土壤结构剖面图。产区的砂石土壤十分适宜种植酿酒葡萄。

靳赫：葡萄园里，一串串小巧圆润的葡萄藏在叶子下，工人们将其小心地剪下装筐，送去酒庄酿酒。

靳赫：对于酿酒葡萄来说，产量并非越高越好。许多酒庄为了保证葡萄品质，会对葡萄亩产进行十分严格的限制，葡萄进入酒庄后，还要经过重重拣选，部分酒庄仅在串选阶段便会淘汰近三成葡萄，能被酿成美酒的葡萄，都是精品中的精品。

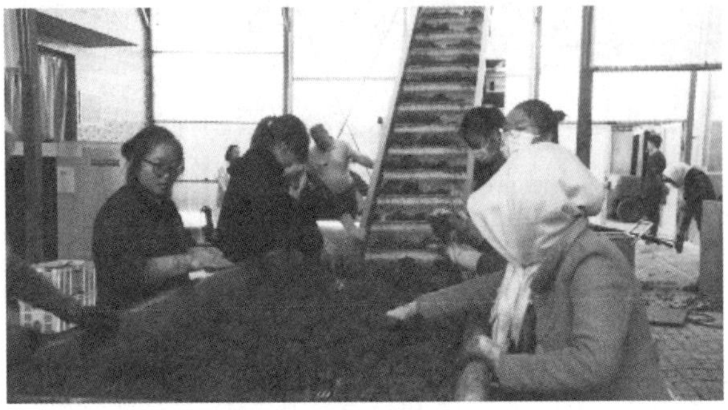

刘飞：工人们正在进行葡萄串选、除梗、粒选等工序。

刘飞：葡萄酒浸渍、发酵的场所。

靳赫：葡萄从摘下到酿成酒，要经过串选、除梗、破碎、浸渍、发酵、压榨等一系列严格的工序，在此过程中，酿酒师的技艺水平在相当程度上决定了葡萄酒的质量。宁夏贺兰山东麓产区的东方裕兴酒庄酿酒师吴秀勇连续两年捧回布鲁塞尔国际葡萄酒大赛大金奖，我们请她来介绍酿酒师如何酿出顶级美酒。

刘飞：酿酒师吴秀勇讲解，酿酒师如何酿出好葡萄酒。

靳赫：近些来，宁夏培养出一大批优秀的酿酒师，其中相当一部分是具有海外留学背景的青年酿酒师，同时，宁夏还先后引进23个国家近60名国际酿酒师前来服务，优秀的酿酒师队伍使葡萄酒品质得以保障。

靳赫：宁夏贺兰山东麓产区长城云漠、贺兰神、长和翡翠等酒庄酒窖。

靳赫：在不少人的印象中，有葡萄酒的地方往往就会有橡木桶，业界也有个比方，葡萄酒进橡木桶，就像女子进美容院。橡木桶桶壁透气，可以让少量空气渗透到桶中使葡萄酒适度氧化，让口感更为圆熟，同时，橡木桶中的香味也会融入酒中。然而，并不是所有葡萄酒都会进橡木桶。

刘飞：酿酒师吴秀勇讲解，什么样的葡萄酒才会进橡木桶。

靳赫：除了好葡萄和好酿酒师，宁夏贺兰山东麓产区的发展方向、政策导向、招商条件、管理措施等都是围绕国际化、高端化、品牌化，生产高品质的酒而设置的。这些因素综合，才造就了一批批高品质葡萄酒。

靳赫：酿制好的各种葡萄酒。

靳赫：目前，宁夏已建成酒庄 80 多个，年产葡萄酒近 10 万吨，年综合产值超过 200 亿元，葡萄酒已成为宁夏独具特色的“紫色名片”。2017 年，宁夏贺兰山东麓葡萄酒品牌价值达 271.44 亿元，位列中国地理标志产区品牌榜第 14 位。

靳赫：风格多样的葡萄酒庄也成为宁夏发展全域旅游不可或缺的元素，年接待游客 40 万人次以上，进酒庄品美酒、看美景在当地已成为一种时尚的休闲方式。

靳赫：宁夏贺兰山东麓产区酒庄各具特色。

靳赫：据宁夏葡萄酒产业发展局介绍，除了综合产值等直接经济效益，葡萄酒产业每年还为当地生态移民提供约 12 万个就业岗位，工资性收入近 9 亿元，占当地农民人均纯收入的近三成，成为生态移民脱贫攻坚的主导产业。

刘飞：好酒当前，不会品尝怎么行？宁夏专业品酒师黄芳芳讲解如何品鉴葡萄酒。（此稿为新华社客户端“现场新闻”）

谁执画笔涂山水？贫瘠大山换“美颜”

新华社记者　任玮　王鹏　唐亚蒙

任玮：说起梯田景观，很多人会想到哈尼梯田、龙脊梯田等。鲜有人知的是，位于黄土高原上的宁夏南部山区，曾经“山像和尚头，有沟无水流”的全国重点水土流失区，经过几十年“治山改水”，也打造出别有风味的旱地梯田美景。

王鹏：绿意盎然的宁夏固原市彭阳县梯田景观。

任玮：如果你在盛夏时节来到宁夏六盘山，不仅可以纳凉避暑，还有机会看到彭阳县数十万亩旱作梯田迎来云海日出的景观。

王鹏：宁夏固原市彭阳县金鸡坪梯田公园，层叠的梯田云雾缭绕，宛若仙境。

任玮：雨后初晴的六盘山，早起登顶就能看到朝雾弥漫，云海翻腾，梯田如多彩缎带从山脚盘绕而上，一层层、一圈圈，好似大地的“绿色指纹”。

唐亚蒙：从清晨第一缕阳光起，梯田就开始显露她的千姿百态。

唐亚蒙：壮美的梯田就像绿色“指纹”一样印刻在黄土高原上。

任玮：如此美景让人难以相信，这里曾经是全国重点水土流失区，农田“跑水、跑肥、跑土”，耕地肥力下降，土地贫瘠，百姓生活贫苦。

王鹏：曾经的黄土高原，已经变得满眼绿色。

任玮:“1983 年彭阳建县之初,全县 200 多万亩农田中,平整些的耕地不足 3 万亩。”彭阳县水土保持工作站站长张志政说,陡坡地难种,拉犁的牲口半天就被绳套磨破了腿;缺墒少肥,有时一亩地就产几十斤粮食,广种薄收。

任玮:为了生存、发展,过去几十年间,宁夏南部山区的隆德、彭阳等县因地制宜推进山水林田湖草、库井窖池坝系统治理,实施坡耕地梯田改造、淤地坝建设、封育造林等一系列“治山改水”工程。

王鹏:宁夏固原市隆德县开展小流域综合治理的资料照片。(隆德县林业局提供)

任玮:自治区水利厅副厅长李永春说,截至 2017 年底,宁夏累计治理水土流失面积 1.98 万平方公里,治理程度达到 50.64%,其中贫困地区治理水土流失面积占全区的 68%。水土流失得到控制,生态环境也发生巨大变化。

王鹏:隆德县小流域治理成果。

唐亚蒙:黄土高原不再是一片焦黄色,如今的宁夏南部山区已是漫山遍野的绿色。

任玮:梯田景观如今成为美丽乡村的一道靓丽风景线。2014 年,彭阳旱作梯田入选“中国美丽田园”。如今县内梯田面积达 70 多万亩,通过种植作物差异化、品种多样化、花期错位化、景观季节化,建设了“五彩景观梯田”,生态旅游逐步发展。

王鹏:山花烂漫的彭阳县梯田。(资料照片)

唐亚蒙:云雾围绕在山涧,让人难以相信这里是地处黄土高原的宁夏彭阳。

任玮:曾经同样水土流失严重,生态环境脆弱的隆德县，坚持小流域综合治理，坡改梯建设，有效解决了坡耕地水土流失问题，于 2005 年被授予“全国梯田建设模范县”称号。

王鹏：盛夏时节的隆德县油菜花田。

唐亚蒙：从高空望去，梯田里的油菜花层次分明，美不胜收。

任玮：如果错过了 3~ 月婺源油菜花的娇艳动人，那就趁盛夏七月到隆德避暑，欣赏六盘山油菜花海的旖旎风光吧。

王鹏：隆德县六盘山下的油菜花田。

任玮：宁夏南部山区旱地梯田如游龙走蛇、多彩缎带，从山脚盘绕而上，层层叠叠、高低错落，四时风光各不同，在改善生态环境和农事条件的同时，也让农民增收致富有了希望。真正实现绿了山、留住水、美了乡村富了乡亲。

唐亚蒙：汽车穿行在沿山公路中，道路两旁的油菜花漫山遍野，一望无垠。（此稿为新华社客户端“现场新闻”）

谨以此书献给中华人民共和国成立70周年

新华社记者看宁夏

张锦题

XINHUASHE JIZHE
KANNINGXIA

下卷

王磊 陈晓虎◎主编

黄河出版传媒集团
宁夏人民出版社

编委会

目录 下卷

CONTENTS

目录

01

综合篇

ZONGHE PIAN

记录宁夏大地发生的沧桑变迁，描绘塞上儿女乐享美好生活的动人场景，勾勒各族群众共建美丽新宁夏的美好心愿。

黄河流经宁夏中卫市腾格里沙漠边缘　　新华社记者　王鹏/摄（2018年6月26日发）

1958

宁夏回族自治区成立

宁夏回族自治区就要正式成立了，这是宁夏地区各族人民政治生活中的一件大喜事。

泾源县人民用野竹编制各种用具
新华社记者　买世杰 / 摄（1958 年 10 月 22 日发）

青铜峡水库工程正在积极施工
新华社记者　王新著　刘勋华 / 摄（1958 年 10 月 15 日发）

中卫县迎水桥炼铁厂建立的土高炉群　　新华社记者　朱康乐 / 摄（1958 年 10 月 15 日发）

宁夏农学院、宁夏师范学院、宁夏医学院成立　　新华社记者　王新著　刘勋华 / 摄（1958 年 10 月 15 日发）

银川市玉皇阁　　新华社记者　买世杰 / 摄（1958 年 10 月 22 日发）

宁夏回族自治区成立 30 周年

宁夏回族自治区首府银川市改造老城，并新建了面积 20 多平方公里的新市区，修建了铁路、公路立交桥和一批城市公共福利设施，城区面积比新中国成立时扩大 6 倍。

城市扩建　　新华社记者　陈思禹 / 摄（1988 年 9 月 13 日发）

改建整修的惠农渠龙门桥水闸　　新华社记者　陈思禹 / 摄（1988 年 9 月 13 日发）

宁夏回族自治区成立40周年

春秋40载，塞上越千年。宁夏回族自治区成立40年来，在国家的大力扶持和各族人民的团结奋斗下，经济、社会发生了根本性的变化。宁夏经济发展已进入历史上最快的时期，到处是欣欣向荣的景象。530万宁夏人民正以崭新的姿态迎接21世纪新的跨越。

银川市新貌　　新华社记者　陈思禹/摄（1998年10月20日发）

宁夏化工厂　　新华社记者　陈思禹/摄（1998年9月11日发）

2008

宁夏回族自治区成立 50 周年

宁夏回族自治区成立 50 周年纪念日即将到来，银川市主要广场、街道摆放各类花卉，令行人赏心悦目，街区亮化也为凤城夜晚增添缤纷色彩。

银川市盛装迎大庆　（上图）新华社记者　刘泉龙 / 摄（2008 年 9 月 14 日发）
（下图）新华社记者　王鹏 / 摄（2008 年 9 月 15 日发）

宁夏回族自治区成立 60 周年

2018

宁夏回族自治区成立 60 周年庆祝大会、大型成就展等活动陆续在银川举行。

大型成就展在银川国际会展中心开幕　新华社记者　沈伯韩 / 摄（2018 年 9 月 19 日发）

庆祝大会上的群众文艺表演　新华社记者　沈伯韩 / 摄（2018 年 9 月 20 日发）

高举习近平新时代中国特色社会主义思想伟大旗帜，不忘初心、牢记使命，振奋精神
建设美
1958

宁夏回族自治区成立 60 周年庆祝大会　　新华社记者　沈伯韩 / 摄（2018 年 9 月 20 日发）

天空之眼瞰宁夏

宁夏银川市阅海湾中央商务区　新华社记者　陈斌／摄（2018 年 9 月 16 日发）

宁夏石嘴山市平罗县沙湖景区　　新华社记者　陈斌 / 摄（2018 年 9 月 16 日发）

宁夏吴忠市黄河楼及周边　新华社记者　王鹏／摄（2018年9月16日发）

天空之眼瞰宁夏

宁夏固原市六盘山生态涵养区　　新华社记者　王鹏 / 摄（2018 年 8 月 5 日发）

包兰铁路在宁夏中卫市境内穿过　　新华社记者　王鹏/摄（2018年9月16日发）

天空之眼瞰宁夏

国能神华宁煤集团 400 万吨煤制油项目园区　　新华社记者　王鹏 / 摄（2018 年 8 月 3 日发）

宁夏银川市境内黄河岸边的稻田　新华社记者　王鹏／摄（2018 年 5 月 13 日发）

吴忠永昌社区：浓浓邻里情　共谱团结歌

永昌社区位于吴忠市利通区的城乡接合部，小区老旧、居住分散，3085户7710人居住在22个楼院里，其中回、满、土家等少数民族人口占社区总人口的57%。近年来，该社区通过开展形式多样、内容丰富的活动，努力构建相互嵌入式的社会结构和社区环境，促进各族群众在共居、共学、共事、共乐中交往交流交融。2017年底，永昌社区被评为“全国民族团结进步创建示范社区”。

永昌社区的老人在社区活动上表演节目
新华社记者　王鹏/摄
（2018年9月30日发）

“结亲互助”温暖宁夏银川共享社区

苏万成是银川市安泰苑物业服务有限公司总经理，他的公司负责西夏区文昌路街道共享社区的物业服务。何秀琴是共享社区的一位回族居民，家中有一个身有残疾的女儿需要照料。这样非亲非故的两个人，通过社区“结亲互助”平台相识，结下亲情。

“结亲互助”只是共享社区打造各民族“同心联盟”的一个缩影。近年来，社区党总支围绕实现同心同德、同心同乐、同心同助、同心同安、同心同富的目标，开展了系列民族团结促进工作。

1

2

3

1　宁夏银川市西夏区共享社区工作人员（左一）与宁夏银川市安泰苑物业服务有限公司总经理苏万成（右二）看望居民何秀琴（右一）

2　在宁夏银川市西夏区共享社区，辖区住户（右）在居民说事点与社区工作人员交流

3　在宁夏银川市西夏区共享社区，居民在电子阅览室上网

新华社记者　王鹏／摄（2010 年 10 月 1 日发）

宁夏引黄古灌溉区被列入世界灌溉工程遗产名录

记者从宁夏回族自治区水利厅和青铜峡市联合召开的新闻发布会上获悉，宁夏引黄古灌溉区正式被列入世界灌溉工程遗产名录，这是中国黄河流域主干道上产生的第一处世界灌溉工程遗产。

1	2

1、2　宁夏引黄古灌溉区被列入世界灌溉工程遗产名录
新华社记者　王鹏 / 摄（2017 年 10 月 11 日发）

宁夏引黄古灌溉区被列入世界灌溉工程遗产名录
新华社记者　王鹏／摄（2017 年 10 月 11 日发）

异乡童年

叮叮叮叮……清晨不到6点，一阵清脆的铃声从宁夏贺兰县常信乡桂南村供港蔬菜基地内传来，来自云南、贵州等地的采菜工们陆续起床，他们戴上草帽、头巾准备下田开始一天的采菜工作。在熙熙攘攘的务工人员中，还有一张张充满童稚的小脸，这些孩子跟随父母亲人离开家乡，来到西北塞上，在异乡度过自己的童年生活。

在永宁县同样也有不少这样的孩子。为解决相关问题，宁夏永宁县率先在多个供港蔬菜基地建立流动儿童服务之家，由村里统一照顾这些“小候鸟”。

1　在桂南村供港蔬菜基地，来自贵州的小涛在菜地里玩耍　新华社记者　李然 / 摄

2　王维漂背着八个月大的孩子在菜地里干活　新华社记者　王鹏 / 摄

3　在桂南村供港蔬菜基地内，一个采菜工的孩子在车里熟睡，他的父母在田里采菜　新华社记者　彭昭之 / 摄

4　在永宁县望洪镇供港蔬菜基地内，来自云南文山的小梅站在菜地里，她的母亲杨进林在她身后摘菜　新华社记者　李然 / 摄
（2016年5月31日发）

5　孩子们在永宁县李俊镇侯寨村流动儿童服务之家上课　新华社记者　彭昭之 / 摄
（2016年5月4日发）

富贵玛电动车

二百杭州老知青重返大西北

宁夏回族自治区永宁县迎来当年曾在这里插队的200名杭州老知青及其亲属。1965年、1966年、1968年，浙江杭州知识青年响应党的号召，分3批共1011人来到宁夏支援当地建设，其中有900余人在宁夏永宁县4个公社和1个县农场下乡插队。

1 杭州老知青向前来迎接他们的乡亲致意
2 杭州老知青（右）与当年一位好伙伴相逢
3 当年在同一个公社的“老社员”合影留念
4 杭州老知青与当年的邻居喜相逢
新华社记者　詹晓东 / 摄（2005 年 8 月 15 日发）

春运路上36公里的独自守候

包兰铁路宁夏青铜峡境内有一段穿越村庄的36公里线路，沿线地形复杂，人员聚居，是宁夏境内铁路重点防护路段。银川铁路公安处民警唐海峰坚守12年，日复一日守护着这条春运路上的36公里特殊路段。不论严寒酷暑，唐海峰在岗的每一天，都要沿着36公里铁路线进行全线巡查，多数复杂路段只能步行。每天巡查归来，20多公里的运动轨迹，让唐海峰手机里的运动步数总是在朋友圈里排名第一，朋友们打趣说他是运动达人，但是只有唐海峰自己知道巡线的艰辛、寂寞和责任。每当遇到违规横穿铁路村民的不理解，唐海峰总是微笑着去劝解。

1	2
3	4

1 唐海峰走访铁路沿线村民，了解情况
2 巡线归来，唐海峰在警务区填写当天的安全日志
3 唐海峰在查看线路设备
4 唐海峰在巡线中
新华社记者 王鹏/摄（2018年2月13日发）

“回家的路再难也要走”

——一位母亲的千里团圆路

2018 年 2 月 10 日，在银川的家里，杨莉一家三口在一起吃了一顿临别前的团圆饭。当杨莉带着大女儿汪诗绚历经 67 个小时，跨越 2300 多公里回到家中，看到一年多未见的小女儿汪思辰与婆婆站在老屋前等她时，奔波了 4 天 3 夜的她露出满脸的幸福与微笑。36 岁的杨莉是贵州省毕节市大方县八堡彝族苗族乡天宝村人，在外打拼近 10 年。如今，9 岁的大女儿汪诗绚跟随她和丈夫在宁夏银川生活，4 年多未曾回过贵州老家。3 岁半的小女儿汪思辰则在贵州老家由公婆照看。今年过年，丈夫因工作原因留在银川，杨莉带着大女儿踏上了返乡路。返乡的路途遥远曲折，从银川到贵州老家，杨莉和大女儿先后乘坐两趟火车、两趟大巴车、两趟出租车和一趟公交车，才最终到达天宝村，还要徒步 40 多分钟才能最终到家。“回家的路再难也要走，那是有父母在的家，我的小女儿也在家等我过年。”

1	2
3	4

1　在贵州省大方县八堡彝族苗族乡天宝村的家中，杨莉与两个女儿及公婆拍摄了一张全家福

2　杨莉一家人围坐在家中火炉旁烤火

3　在天宝村的家中，大女儿汪诗绚将在学校获得的奖状拿给爷爷奶奶看

4　回到家的杨莉看到小女儿汪思辰后高兴地将她抱起来

新华社记者　隋先凯 / 摄（2018 年 2 月 14 日发）

从“田间”飞向“蓝天”

——农民刘亦兵的飞行梦

46 岁的刘亦兵是银川市贺兰县一处飞行营地的动力悬挂滑翔飞行教练。17 岁初中毕业在家务农的刘亦兵偶然看到一本飞行杂志，萌发了自制飞机的念头。多年来，刘亦兵不断摸索飞机制造方法，自学相关航空知识，终于在 1996 年，第一次驾驶自制飞机飞上蓝天。

之后他考取了动力三角翼飞行执照，在亲友的帮助下购买了二手动力伞和动力三角翼，并进行了很多商业尝试。在航空运动方面，刘亦兵多次在飞行比赛中获奖，还被选为中国航空运动协会飞行队队员，考取了动力悬挂滑翔飞行教练执照。

2010 年，刘亦兵在宁夏贺兰县承租了一块土地，成立航空俱乐部，建造了停机库及跑道。刘亦兵说：“我从一个啥都不懂的农民，到自己制造和驾驶飞机，并成为一名飞行教练，过程非常艰难。我希望我的经历能激励航空爱好者和推动航空运动的发展，促进更多人了解航空知识。”

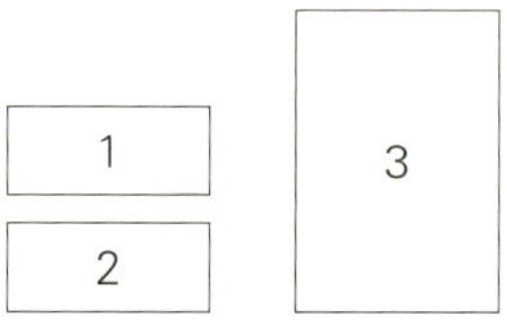

1　刘亦兵在维护动力三角翼飞机
新华社记者　林繁晶 / 摄

2　刘亦兵在飞行营地驾驶动力三角翼飞机
新华社记者　王鹏 / 摄

3　刘亦兵在日出时驾驶动力三角翼飞机执行航拍飞行任务（资料照片）

（本版照片 2018 年 6 月 22 日发）

02

新华社记者「看宁夏」

脱贫攻坚篇

TUOPIN GONGJIAN PIAN

多年来，坚持走“生态优先、绿色发展”之路，曾经“苦瘠甲天下”的西海固迈入人口、土地、环境、经济的良性循环。从苍凉走向美丽，从贫困走向富裕，一个降水量明显增加、“生态长城”日益稳固、贫困人口大幅减少、精神富足不甘落后的新西海固呼之欲出，即将交出一份中国“脱贫奇迹”的西海固答卷。

宁夏银川市永宁县闽宁镇原隆村　新华社记者　王鹏 / 摄（2018 年 8 月 18 日发）

中国扶贫的西海固答卷

从苍凉走向美丽，从贫困走向富裕，一个降水量明显增加、“生态长城”日益稳固、贫困人口大幅减少、精神富足不甘落后的新西海固呼之欲出。随着最后 19 万多贫困人口的脱贫，这里即将交出一份中国“脱贫奇迹”的西海固答卷。

3 4

1

2

5

1、2　宁夏银川市永宁县闽宁镇原隆村，图 1 为资料照片，图 2 为无人机拍摄

3　宁夏隆德人造花工艺有限公司工人制作人造花

4　在宁夏固原市泾源县大湾乡杨岭村，村民马克俊在老马茶馆展示茶艺

5　宁夏固原市隆德县观庄乡前庄村色素菊种植基地

新华社记者　王鹏 / 摄（2018 年 9 月 14 日发）

荒滩戈壁上构筑移民生态绿色新家园

1996 年，一纸《关于组织经济较发达地区与经济欠发达地区开展扶贫协作的报告》，将东部发达地区与西部 10 个省份紧紧联系在一起，从此开启了东西部扶贫协作的壮丽征程，也将宁夏与福建紧紧联系在一起。多年以来，受益于福建、宁夏多层次、多形式、宽领域、全方位的扶贫协作，闽宁镇这片曾经的戈壁荒滩，被建设成现代化的生态移民示范镇。6 万多名曾经生活在西海固贫困山区的农民陆续走出大山搬入闽宁镇，通过移民搬迁走上了脱贫致富之路。

1	2	3
	4	5
	6	

1　宁夏银川市永宁县闽宁镇原隆村村民刘小耐在光伏温棚内管理番茄苗　　新华社记者　刘军喜 / 摄

2　宁夏银川市永宁县闽宁镇建设初期简易的土坯房（资料照片）

3　宁夏银川市永宁县闽宁镇建设初期，农民用黄土垒成的羊圈（资料照片）

4　孩子们在闽宁镇原隆村一休闲广场上玩耍　　新华社记者　刘军喜 / 摄

5　无人机拍摄的宁夏银川市永宁县闽宁镇原隆村肉牛托管养殖基地　　新华社记者　王鹏 / 摄

6　俯瞰宁夏银川市永宁县闽宁镇原隆村的光伏大棚　　新华社记者　王鹏 / 摄

（本版照片 2018 年 8 月 18 日发）

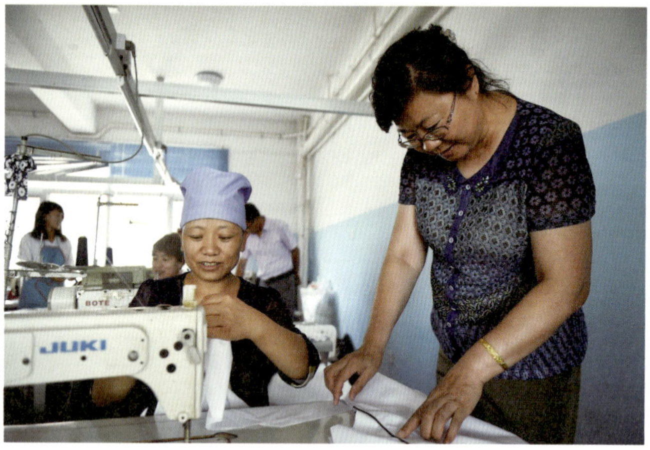

共产党员的扶贫足迹

宁夏石嘴山市平罗县陶乐镇庙庙湖村是在一片沙地上新建的生态移民村。2016 年，石嘴山市选派 5 名共产党员组成驻村工作队来到庙庙湖村，开展帮扶工作。他们走村入户、调查摸底，确定 485 户为建档立卡贫困户；协调项目、争取资金，带领村民完成 330 亩经果林苗木栽植，建成肉兔羊只养殖园区，还引进投资在移民村建设服装厂解决就业。

1	
2	
3	4

1 驻村工作队员杨涛在村民的大棚里查看西瓜长势
2 驻村工作队队长关华（右）在服装厂了解村民就业情况
3 驻村工作队在村民（左二）家中了解扶贫补助资金发放情况
4 驻村工作队副队长丁光山（左）向村民了解养殖情况
新华社记者　李然 / 摄（2017 年 6 月 24 日发）

1
2

1　在固原市原州区彭堡镇姚磨村，村民在蔬菜基地收获蔬菜
2　在固原市原州区彭堡镇姚磨村，村民在驾驶拖拉机耕地
新华社记者　王鹏 / 摄（2018 年 8 月 28 日发）

黄土高原：冷凉蔬菜“种”出脱贫路

近年来，地处宁夏回族自治区南部山区的固原市原州区彭堡镇姚磨村，通过“基地 + 合作社 + 农户”的模式大力发展冷凉蔬菜产业。目前，姚磨村已建成 3 个万亩冷凉蔬菜基地，同时带动 12 个村的 1300 多户农民共同发展冷凉蔬菜。2017 年，姚磨村人均年收入 1.35 万元，80% 以上的收入来自冷凉蔬菜产业。

宁夏固原：闽宁协作　科技富民

福建省农业科学院、宁夏农林科学院专家走进固原市企业山乡，开展特色农业产品综合利用关键技术对接及技术服务，助力固原林业、苗木、花卉、牧草等产业发展。

1

2

1　福建省农业科学院专家吴维坚（左）在固原市原州区河川乡对当地花卉企业工作人员进行技术指导

2　福建省农业科学院专家林戎斌（左一）在向固原市原州区河川乡康沟村村民海向梅传授蘑菇种植技术

新华社记者　王鹏 / 摄

（2018 年 8 月 29 日发）

宁夏红寺堡：扶贫安置区“织”出新生活

为让群众在家门口实现脱贫增收，宁夏吴忠市红寺堡区 2017 年引入德州恒丰集团建设吴忠兴民纺织科技扶贫产业园。目前，该项目一期已投产，带动了 200 余名当地群众就业。

1　在宁夏吴忠市红寺堡区德州恒丰集团吴忠兴民纺织科技扶贫产业园，工人在生产线上忙碌

新华社记者　郭绪雷 / 摄

2　在宁夏吴忠市红寺堡区德州恒丰集团吴忠兴民纺织科技扶贫产业园，工人在整理纺纱工具

新华社记者　王鹏 / 摄

3　在宁夏吴忠市红寺堡区德州恒丰集团吴忠兴民纺织科技扶贫产业园，工人在整理纱锭　新华社记者　王鹏 / 摄

（本版照片 2018 年 9 月 9 日发）

宁夏盐池：厚植产业根基　巧用金融工具

宁夏盐池县位于毛乌素沙地南缘，既是革命老区，又是国家级贫困县。改革开放以来，从吊庄移民、生态移民，到金融扶贫，盐池县走过了一条艰难的扶贫开发之路，尤其是党的十八大以来，盐池县紧抓政策机遇，厚植产业根基，巧用金融工具，走出了一条“产融保”相结合的金融扶贫新路，成为宁夏首个脱贫摘帽贫困县。

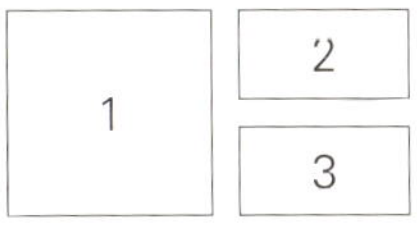

1　宁夏盐池县一家养殖企业员工在养殖大棚喂羊
2　宁夏盐池县一家羊肉深加工企业的工人在分割羊肉
3　宁夏盐池县一家羊肉深加工企业的工人在包装羊肉制品
新华社记者　王鹏/摄(本版照片2018年12月12日发)

旱天岭盼来脱贫“及时雨”

2013年以来，宁夏吴忠市同心县河西镇旱天岭村借助易地搬迁、集中安置、引来黄河水等“输血”措施，基本改变了世代困扰黄土旱塬百姓的住危窑、行路难、吃水难等状况。

近年来，通过发展种养殖业、设立“扶贫车间”等“造血”举措，旱天岭村正借助产业发展努力摘掉穷帽子。有了扶贫产业，搬出大山沟的旱天岭村民就有了稳得住、能致富的依靠。旱天岭终于盼来了脱贫增收的“及时雨”。

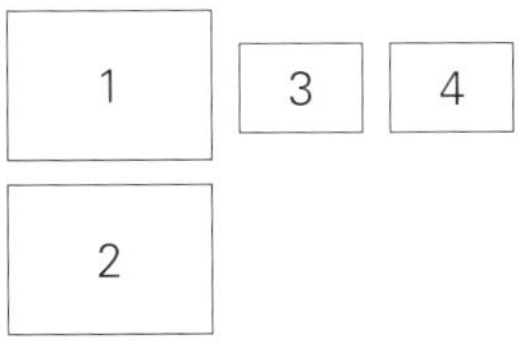

1、2　图1：旱天岭村旧址；图2：旱天岭村新貌　　新华社记者　李然/摄
3　旱天岭村村民马小兰在家中接自来水　　新华社记者　王鹏/摄
4　旱天岭村村民在村里的“扶贫车间”参加服装加工技能培训
新华社记者　王鹏/摄
（本版照片2017年12月22日发）

携手 22 年
闽江水心连六盘山

1996 年起，福建与宁夏建立对口扶贫协作关系，按照“宁夏所需，福建所能”的方针，多年以来，福建籍企业家深耕宁夏，播种希望。一个个闽宁特色农业产业基地建到了旱塬，一座座吸收农村富余劳动力的“扶贫车间”开到了村边，带动当地众多群众实现稳步就业，有力助推宁夏脱贫攻坚，促进闽宁双向互利共赢。

1	3	5
2	4	6

1　黄玉仁（左）在宁夏固原市隆德县宁夏黄土地农业食品有限公司与员工交流马铃薯粉丝制作技术　　新华社记者　郭绪雷 / 摄

2　林玉清（中）在宁夏固原市西吉县宁夏泽艾堂生物科技有限公司向工人讲解艾草包装注意事项　　新华社记者　王鹏 / 摄

3　潘文贤（前排中）在宁夏固原市隆德县隆德人造花工艺有限公司与企业员工合影　　新华社记者　王鹏 / 摄

4　林玉清（左一）在宁夏泽艾堂生物科技有限公司与员工交流艾草产品研发方向　　新华社记者　姜克红 / 摄

5　黄玉仁（右三）在宁夏黄土地农业食品有限公司与员工交流马铃薯产品包装注意事项　　新华社记者　姜克红 / 摄

6　来自福建长乐的林锦云（中）在宁夏固原市河川乡与福建对口支援农业专家（右）交流牡丹种植技术　　新华社记者　姜克红 / 摄

（本版照片 2018 年 9 月 5 日发）

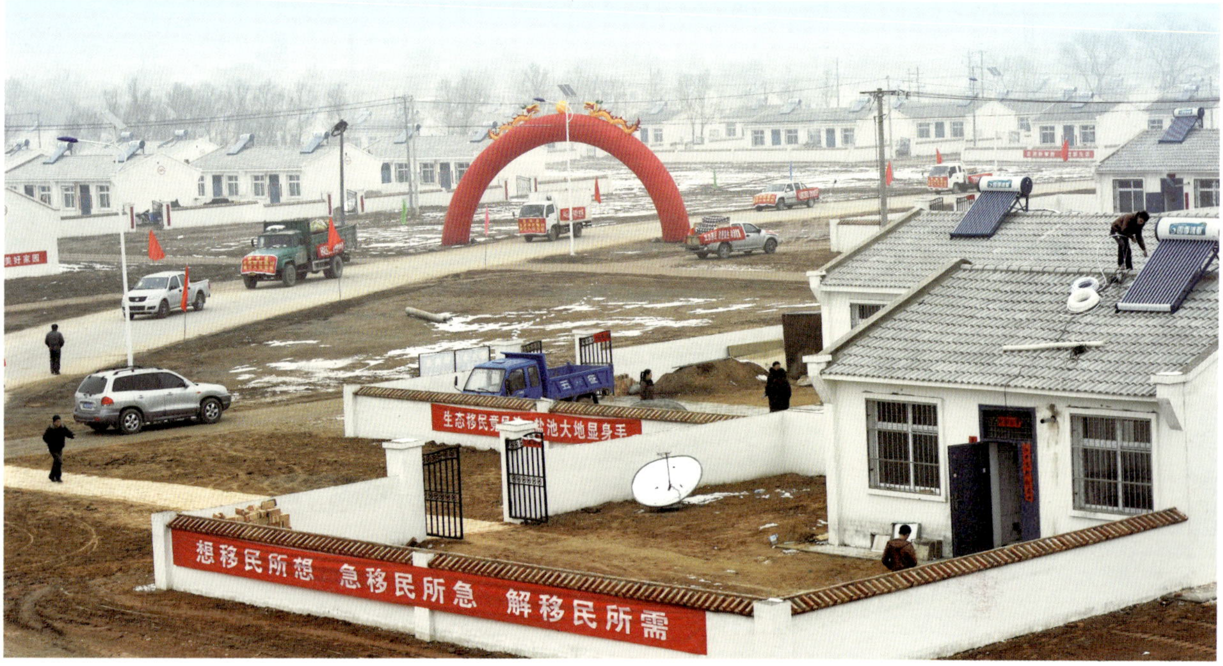

宁夏：生态移民迁新居

宁夏盐池县举行2011年生态移民搬迁入住仪式。来自麻黄山乡、青山乡、花马池镇北部沙区的854户2625人迁入花马池镇北塘、十六堡生态移民新村。

1

2

1、2　宁夏盐池县举行2011年生态移民搬迁入住仪式
新华社记者　刘泉龙/摄（2011年12月6日发）

宁夏同心：
扶贫产业园　产业助脱贫

近年来，宁夏吴忠市同心县通过扶贫产业园建设，促进中小企业孵化发展，吸纳当地贫困群众就近务工。同心县扶贫产业园建于2014年，采取“园区+企业+贫困户”的运行模式，目前已有28家企业投产，创造就业岗位1300多个，带动600多户家庭脱贫致富。

1
2

1　宁夏同心县扶贫产业园一家制衣企业的工人在制作成衣
2　同心县扶贫产业园一家羊绒加工企业的工人在加工羊绒产品
新华社记者　王鹏／摄（2018年6月25日发）

宁夏开展青年志愿者扶贫帮困活动

1994年5月3日，宁夏各界青年志愿者组织60多辆汽车将“扶贫帮困”物资送往西海固地区。

新华社记者　刘海峰/摄（1994年5月3日发）

青年志愿者扶贫支教西海固

2003年6月20日，上海复旦大学大学生青年志愿者汤恒晟（左一）、邢悦（右一）、许颖（右二）在他们支教的西海固西吉县三合中学图书室进行图书的分类整理。

大学生青年志愿者来到贫困的西海固扶贫支教
新华社记者　王广壮/摄（2003年6月22日发）

“穷沟沟”龙王坝的“山乡巨变”

1	
2	3

1、2　在宁夏固原市西吉县吉强镇龙王坝村，游客观看社火表演
新华社记者　郭绪雷　王鹏 / 摄
3　在龙王坝村，一名服务员在“窑洞宾馆”擦玻璃
新华社记者　王鹏 / 摄
（本版照片 2018 年 9 月 10 日发）

宁夏投入 17 亿元改善贫困地区办学条件

为改善南部山区各中小学校的办学条件，宁夏回族自治区先后投入 17 亿元实施“国家贫困地区义务教育工程”“中小学危房改造工程”“农村寄宿制学校建设工程”等教育重点工程，翻建、改建、新建校舍面积 242 万平方米，使农村中小学校舍砖瓦率达 95% 以上。同时，为贫困地区学校大量配置图书、仪器、教学设备等。

1
2

1　海原县第三小学学生在语音教室上英语课
2　海原县第三小学音乐班的学生在弹奏电子琴
新华社记者　刘泉龙 / 摄（2008 年 9 月 20 日发）

“母亲水窖”
——生命之源

自 2000 年由全国妇联、中国妇女发展基金会倡导捐助的“大地之爱·母亲水窖”项目工程实施以来，仅在西海固地区海原县的 30 个村庄就建起水窖 2400 多眼。“母亲水窖”不仅解决了部分群众的饮水困难，同时也促进了当地农村地膜种植和家庭养殖业的发展。

1	2
	3

1 宁夏西海固地区海原县郑旗乡小鸿沟村村民李金兰正从水窖提水
2 小鸿沟村村民罗玉梅正在照看刚出生的小羊羔
3 小鸿沟村村民用水窖里的水喂牲畜
新华社记者 王广壮 / 摄（2003 年 12 月 1 日发）

在同心县润德庄园枸杞基地，同德村村民将鲜枸杞装车准备运往加工车间
新华社记者　王鹏/摄（2018年6月23日发）

枸杞铺就致富路
“同心”“同德”奔小康

宁夏吴忠市同心县枸杞种植园迎来采摘季，这也正是当地村民的收获季。在同心县河西镇润德庄园枸杞基地，附近同德村的上千村民正忙着采摘枸杞。同德村是宁夏同心县“十二五”期间的移民村，搬迁安置同心县11个村贫困群众1379户6310人。为了帮助村民脱贫致富，当地政府大力推动有机枸杞种植和深加工产业，让移民群众“搬得出、稳得住、能致富”，实现家门口就业，部分村民的月均务工收入可达3000元以上。

03

新华社记者「看宁夏」

经济发展篇

JINGJI FAZHAN PIAN

从3.28亿元到3453.93亿元，宁夏经济总量60年间增长了1052倍，一个适应市场需要、富有特色、高质量的现代经济结构体系正在形成。近年来，随着发展观念不断爬坡过坎，宁夏新旧动能转换不断加速，积极探索“互联网+”、大数据、人工智能与实体经济的融合发展，高质量发展之路越走越宽。

宁夏青铜峡水利枢纽工程　　新华社记者　郭绪雷 / 摄（2018 年 9 月 6 日发）

传统产业“发新枝”　新兴产业“结硕果”

60年间，从3.28亿元到3453.93亿元，宁夏经济总量增长了1052倍，一个适应市场需要、富有特色、高质量的现代经济结构体系正在形成。尤其是近年来，宁夏新旧动能转换不断加速，推动经济高质量发展有了信心和底气。

1　神华宁煤集团 400 万吨 / 年煤炭间接液化示范项目
2　在位于石嘴山市的宁夏维尔铸造有限责任公司，工人正在加工铸件
3　吴忠仪表有限公司自动化产业园车间
4　吴忠仪表有限公司自动化产业园外景

新华社记者　王鹏 / 摄（2018 年 8 月 21 日发）

1　2
3

1　工作人员在监控生产数据
新华社记者　王鹏 / 摄（2018 年 9 月 19 日发）
2　国网宁夏电力公司对向华北供电的重要设备和线路巡视检查
新华社记者　隋先凯 / 摄（2017 年 10 月 17 日发）
3　国能神华宁煤集团 400 万吨煤制油项目
新华社记者　王鹏 / 摄（2018 年 9 月 19 日发）

宁夏宁东：“超级工程”开启创新“密码”

从挖煤到输电，从卖炭到卖油，从黑色煤炭到白色烯烃……因“煤”而兴的宁夏宁东能源化工基地在创新驱动战略下加速蝶变，一批“超级工程”拔地而起，进入快马加鞭高增长阶段。多年来，宁东基地投资4800多亿元，年产值突破千亿元，成为西部地区乃至全国煤炭清洁高效利用的“领跑者”。

宁夏—山东直流外送电量突破2000亿千瓦时

截至2017年12月18日，±660千伏宁东—山东直流输电工程外送电量累计突破2000亿千瓦时，实现产值超过500亿元，其中2017年外送电量达到300亿千瓦时。

国网宁夏电力有限公司银川东换流站外景

国网宁夏电力有限公司银川东换流站内景　　新华社记者　王鹏 / 摄（2017 年 12 月 18 日发）

银西高铁甘宁段建设稳步推进

位于宁夏和甘肃交界的银川至西安高速铁路甘宁段建设正稳步推进。据了解，银西高铁是国家高速铁路网的重要组成部分，线路全长约 617 公里，设计时速 250 公里，计划于 2020 年底建成通车。

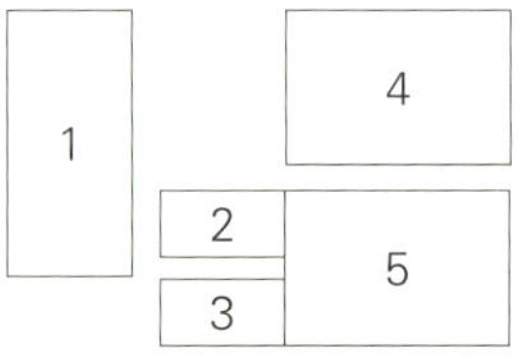

1　这是在银西高铁甘宁段制梁场拍摄的制作完成的大型预制梁　　新华社记者　王鹏 / 摄
2　中铁上海工程局工人在银西高铁甘宁段制梁场制作高铁预制梁　　新华社记者　王鹏 / 摄
3　中铁上海工程局工人在银西高铁甘宁段制梁场制作高铁预制梁　　新华社记者　林繁晶 / 摄
4　银西高铁甘宁段樊沟特大桥施工现场　　新华社记者　王益亮 / 摄
5　中铁上海工程局工人在银西高铁甘宁段制梁场制作高铁预制梁　　新华社记者　王鹏 / 摄
（本版照片 2018 年 6 月 24 日发）

青铜峡水利枢纽工程惠泽宁夏六十载

青铜峡水利枢纽工程于1958年8月动工兴建，是黄河梯级第一期开发的大型水利工程之一。这座以灌溉为主，兼有发电、防洪等综合效益的水利枢纽，结束了宁夏2000多年无坝引水的灌溉历史。60年来，宁夏引黄灌区面积由新中国成立前的100多万亩，逐步发展到现在的650多万亩。

1　2
3

1　在位于宁夏青铜峡市的青铜峡水利枢纽工程控制室，工作人员在值守　　新华社记者　王鹏 / 摄
2　青铜峡水利枢纽工程近景
新华社记者　王鹏 / 摄
3　青铜峡水利枢纽工程远景
新华社记者　郭绪雷 / 摄
（2018年9月6日发）

科技创新引领企业焕发新活力

近年来，在科技创新带动下，宁夏一批企业焕发新活力。吴忠仪表有限责任公司生产的超高温、超低温智能控制阀填补了中国自主生产的空白，同时进军海外市场；宁夏维尔铸造有限公司研发的高速动车组枕梁关键技术打破国外垄断……

1	2
3	4

1　在吴忠仪表有限责任公司自动化产业园自动化装配车间，智能机械臂在装配控制阀　　新华社记者　王鹏 / 摄（2018 年 5 月 19 日发）

2　吴忠仪表有限责任公司自动化产业园工作人员在装配控制阀　　新华社记者　王鹏 / 摄（2018 年 5 月 19 日发）

3　在吴忠仪表有限责任公司自动化产业园，工作人员在介绍大型智能控制阀　　新华社记者　王鹏 / 摄（2018 年 5 月 19 日发）

4　参观者在位于石嘴山市的宁夏维尔铸造有限公司观看高铁枕梁铸件　　新华社记者　王鹏 / 摄（2018 年 7 月 31 日发）

比亚迪、华为联合发布“云轨”无人驾驶系统

比亚迪和华为公司在宁夏银川市联合发布我国首个拥有完全自主知识产权的“云轨”无人驾驶系统，首条搭载这一系统的“云轨”线路也在银川通车运行。

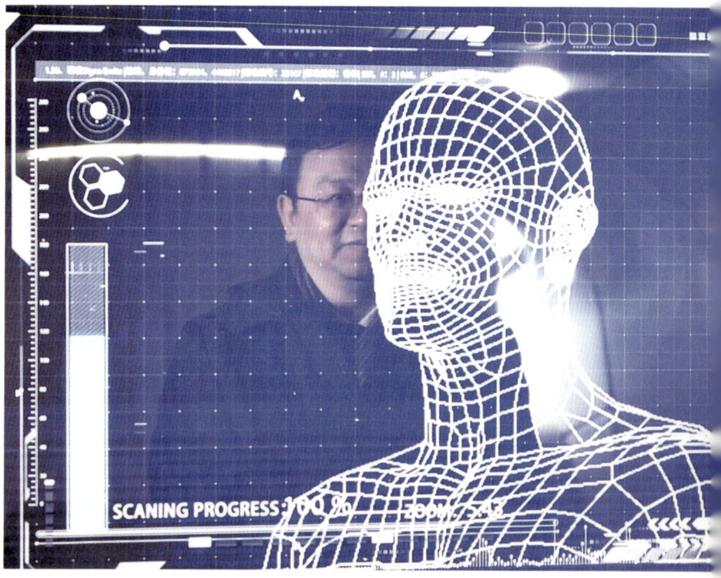

比亚迪公司负责人在全自动无人驾驶“云轨”列车发布现场体验人脸识别启动列车

新华社记者　王鹏 / 摄（2018 年 1 月 10 日发）

在银川市花博园，参加体验的记者在拍摄全自动无人驾驶“云轨”列车　新华社记者　王鹏 / 摄（2018 年 1 月 10 日发）

宁夏中卫市沙漠光伏产业园光伏电站　　新华社记者　王鹏／摄（2018 年 9 月 9 日发）

沙漠崛起太阳能“硅谷”

地处宁夏中卫市腾格里沙漠边缘的中卫市沙漠光伏产业园，依托沙漠日照充足、地域广阔的优势，引进太阳能光伏组件制造、设备生产、光伏电站等企业，形成了“硅料 + 硅片 + 光伏组件 + 光伏发电”的全产业链发展规模，打造沙漠里的太阳能“硅谷”。

戈壁滩上的“超级工程”让煤炭由“黑”变“白”

2003年开发建设之初，宁夏宁东能源化工基地就提出“高起点规划、高标准建设”，实施煤炭、电力、煤化工三大主导产业的“现代化”发展，实现煤化工产业由“黑”变“白”。煤化工产品由“粗”变“精”，从“挖煤”到“输电”，从“卖炭”到“卖油”，从“黑色煤炭”到“白色烯烃”，宁东基地蝶变速度越来越快，发展越来越趋于成熟。

国能神华宁煤集团400万吨煤制油项目深加工产品芳纶　　新华社记者　王鹏／摄（2018年9月19日发）

国能神华宁煤集团 400 万吨煤制油项目中控室　　新华社记者　王鹏 / 摄（2018 年 8 月 3 日发）

西气东输西三线中卫联络压气站正式投运

西气东输西三线中段中卫联络压气站正式投产，将有效提高区域互补及应急调峰能力，保障京津冀地区冬季供暖需求。

1	3
2	

1 工作人员在检查润滑油入口管线阀门
2 中卫联络压气站压缩机厂房
3 中卫联络压气站所在的中卫压气站西三线生产工艺区
新华社记者 冯开华 / 摄（2018 年 12 月 20 日发）

宁夏：装备“智造”夯实工业之基

装备制造业，既是大国重器的重要支撑，也是产业转型升级的重要保障。

宁夏面积虽小，装备制造业在全国工业版图上的占比也不大，但重科兴创的氛围，使不少掌握核心技术的单项冠军脱颖而出。如今，在新发展理念指引下，宁夏装备制造业呈现出群体跃进、变革创新、能量不断积蓄的可喜局面。

1 2 3 4

1　在位于石嘴山市的宁夏维尔铸造有限责任公司，负责人（左一）在向参观者介绍高铁枕梁

2　在位于宁夏吴忠市的吴忠仪表有限责任公司自动化产业园，工作人员在使用智能制造执行系统

3　吴忠仪表有限责任公司自动化产业园的智能制造设备

4　吴忠仪表有限责任公司自动化产业园自动化装配车间的智能化配餐设备为各装配车间配送控制阀配件

新华社记者　王鹏／摄（2018 年 9 月 4 日发）

T1-2-1

宁夏铸钢产品打开国际市场

宁夏投资5.7亿元建设的铸钢和精密加工项目取得显著经济效益。铸钢企业生产的大型机械类铸件、造船设备铸件等高质量、高技术含量的碳钢、合金钢铸件产品，销往国内外知名企业。

宁夏共享铸钢有限公司技术人员在车间检测产品质量　新华社记者　刘泉龙/摄（2009年7月8日发）

我国轻工业多快好省全面发展

宁夏回族自治区银川市长城橡胶厂党支部为了进一步提高产品质量，满足广大工农兵的需要，厂党支部成员（右一）深入商店，站柜台，直接听取群众对产品的意见和要求。

新华社记者　陈思禹 / 摄（1971 年 12 月 20 日发）

银川棉纺织厂的青年女工茁壮成长
新华社记者　王新著　陈思禹 / 摄（1972 年 10 月 7 日发）

银川新工业区巡礼

银川市，是一个具有 2000 多年历史的古城。解放后，特别是 1958 年成立宁夏回族自治区以来，这个城市发生了很大的变化。如今，在银川西郊一片昔日的荒沙滩上，经过银川人民多年来的艰苦奋斗，已建起了一个拥有机械、化工、化肥、炼铁、纺织等工矿企业的新兴工业区。

银川毛纺厂利用本地出产的滩羊毛生产各种提花毛毯
新华社记者　王新著　陈思禹 / 摄（1972 年 10 月 7 日发）

六盘山区公路展新图

宁夏回族自治区六盘山区的公路交通事业，近几年来有了迅速发展。现有公路线长度为解放前的6倍多，除山区各县通汽车外，95%的公社有了公路，以适应工农业生产的发展和交通运输的需要。

六盘山区公路网的建成，促进了山区经济的发展，为广大社员的生活提供了方便。

劈山填谷，加宽路面

新华社记者　陈思禹/摄（1973年11月6日发）

公路穿过六盘山区，路面现已全部拓宽，为社员的生活提供了方便　新华社记者　张志远/摄（1973年11月6日发）

支援农业 装备农业

宁夏回族自治区吴忠县坚持为农业服务的方向，从小到大发展地方工业，根据农业多方面的需要发展支农产品。这是车辆社为适应农业短途运输的需要，生产了大批手扶拖拉机的拖斗。

新华社记者 陈思禹 / 摄（1974 年 9 月 10 日发）

新华社记者　陈思禹 / 摄（1981 年 12 月 1 日发）

石嘴山市郊区社员购买手扶拖拉机近 400 台

宁夏石嘴山市郊区随着生产责任制的实行和生产的发展，广大社员对生产资料的需求迅速增长。仅 1981 年下半年，郊区 8 个公社就有近 400 个农户购买了手扶拖拉机。这是社员们正在石嘴山市农机公司购买手扶拖拉机。

宁夏建筑材料研究所石膏组的科研人员正在研究进一步提高石膏强度的问题　　新华社记者　陈思禹 / 摄（1977 年 11 月 24 日发）

宁夏建筑材料研究所研制成功高强度石膏

宁夏回族自治区建筑材料研究所研制成功高强度石膏，为我国加速发展框架轻板型新型建筑材料体系作出了新贡献。这种高强度石膏可制成石膏板、石膏龙骨、大理石花纹石膏面板、新型石膏黏结剂等。这些石膏建筑材料的优点是轻便、高强、抗震、隔热、隔音、不燃，生产工艺简单，成本低。采用这种材料，便于建筑施工实现预制化、装配化、机械化。

采用蒸压法脱水新工艺制取的高强度石膏，接近水泥的强度，为石膏制作建筑材料开辟了广阔的道路。

新华社记者　陈思禹 / 摄（1979 年 12 月 17 日发）

石嘴山矿务局提前完成开拓、掘进和原煤生产任务

石嘴山矿务局坚持科学管理，采掘并举、掘进先行，提前完成了开拓、掘进和原煤生产的全年生产计划，八项经济指标全面完成，其中煤质提高两级，坑木消耗居全国第三位。

葡萄酒产业富民增收

近年来，宁夏依托贺兰山东麓的天然地理优势，大力发展葡萄酒产业，带动农民增收致富。

1	2	3
4		5

1　在宁夏银川市西夏区志辉源石酒庄酿酒葡萄种植基地，工作人员在打理葡萄　新华社记者　陈斌 / 摄
2　在宁夏银川市西夏区宁夏贺兰神国际葡萄酒庄种植基地，农民在田间打理葡萄藤　新华社记者　王建华 / 摄
3　吴忠市红寺堡区东方裕兴酒庄的葡萄酒窖　新华社记者　刘军喜 / 摄
4　工人在宁夏永宁县宁夏贺兰神国际葡萄酒庄酒窖里检查葡萄酒的品质　新华社记者　郑卫 / 摄
5　在宁夏永宁县宁夏贺兰神国际葡萄酒庄酒窖里，来自法国的酿酒师瑞吉（左）查看葡萄酒的品质　新华社记者　郑卫 / 摄
（本版照片 2018 年 9 月 16 日发）

戈壁滩上建起生态循环养鸡场

地处宁夏青铜峡市邵岗镇甘城子村2000亩戈壁滩上的顺宝生态循环养鸡产业园通过十几年科技创新、产业链延伸发展，构建起一套完整的生态蛋鸡养殖循环产业链。

1 顺宝生态循环养鸡产业园
2 工作人员在顺宝生态循环养鸡产业园实验室对鲜蛋进行检测
3 顺宝生态循环养鸡产业园现代化的智能鸡舍
4 顺宝生态循环养鸡产业园工作人员在对饲料玉米进行抽样检测

新华社记者 王鹏 / 摄

行驶在沙漠铁路上的蒸汽机车

在包兰铁路宁夏回族自治区中卫至甘塘这条长 75 公里的沙漠铁路上，奔跑着近百辆蒸汽机车。该段铁路横穿腾格里沙漠南端。包兰铁路于 1958 年 8 月正式通车，是中国第一条沙漠铁路。这段铁路被当地人称为“魔鬼的城堡”。它坡度大、曲线多，两辆蒸汽机车牵引 50 节 2600 吨货物，时速只有 18 公里。随着包兰铁路复线的通车和电汽化铁路的铺轨，这些蒸汽机车将全部退役。

新华社记者　刘海峰 / 摄（1994 年 8 月 6 日发）

新华社记者　刘海峰 / 摄(1997 年 8 月 21 日发)

银川河东机场大型客机试航成功

1997 年 8 月 21 日，西北航空公司一架空客 A300 大型客机在银川河东机场试航成功。该机场总投资 5.3 亿元，建筑面积 1.4 万平方米，年吞吐量可达 60 万人次。此次试航结束了银川没有正规民航机场的历史。

矿工在井下 800 米处对巷道进行维修　　新华社记者　王鹏 / 摄（2018 年 2 月 19 日发）

地下 800 米的新春坚守

春节期间，宁夏灵武市神华宁煤集团一支由党员先锋队员等组成的突击队在清水营煤矿井下 800 米处进行维修作业，保障出煤进度，在岗位上度过节日。

建筑工人技能大比拼

宁夏第三届建筑工人技能大赛决赛在吴忠市举行。通过近半年的初赛、复赛比拼，最终有170名各工种参赛选手进入决赛环节，现场展开砌筑工、抹灰工、架子工、钢筋工和电工5个工种的冠军角逐。

架子工在比赛现场搭建脚手架　新华社记者　冯开华/摄（2018年10月12日发）

04

新华社记者「看宁夏」

民生改善篇

MINSHENG GAISHAN PIAN

收入显著提高、就业更加充分、脱贫攻坚成效显著、社会保障逐步健全、教育事业全面进步……宁夏民生福祉发生了历史性变化。在中央政策的支持下，自治区党委、政府持之以恒补齐民生短板，不断朝着提供更好教育、更稳定工作、更满意收入、更可靠社会保障、更高水平医疗卫生条件、更舒适居住条件、更优美环境的目标奋进。

宁夏西海固 7000多名失学儿童重返校园

宁夏西海固地区积极实施“希望工程”救助失学儿童。截至1994年4月已累计发放救助款400多万元，落实修建“希望小学”资金200万元，使该地区7400多名失学儿童得到救助，重返校园。

新华社记者 刘海峰/摄（1994年4月26日发）

西海固小学生的营养早餐

自2004年11月15日开始，为使孩子们能够健康成长，宁夏西海固地区泾源县大湾乡四沟小学在一国际慈善组织的援助下，实施营养早餐项目，在每周一、三、五为每一个学生补充一个熟鸡蛋，以提高这些生长在西海固大山深处孩子的营养水平。

新华社记者 王广壮/摄（2004年12月17日发）

移民村里的“智慧课堂”

宁夏中卫市中宁县宽口井中石油希望学校位于中宁县宽口井生态移民村。自2015年开始，该学校与银川市二十一小学结成帮扶对子，共同搭建了在线课堂。通过建立“智慧课堂”，让移民学生和教师可以随时观摩自治区多所重点中小学的课程。

移民村的孩子在中宁县宽口井中石油希望学校“智慧课堂”上课
新华社记者　王鹏/摄（2018年3月28日发）

NICU 里的“新生妈妈”

在宁夏银川市妇幼保健院新生儿重症监护室（NICU），49 名护士、25 名医生分为 5 组日夜守护着这里的新生儿。NICU 采取母婴隔离治疗，新生儿们只能由值班护士照顾，换尿布、喂奶、安抚……这群“新生妈妈”在监护室里扮演着母亲的角色。

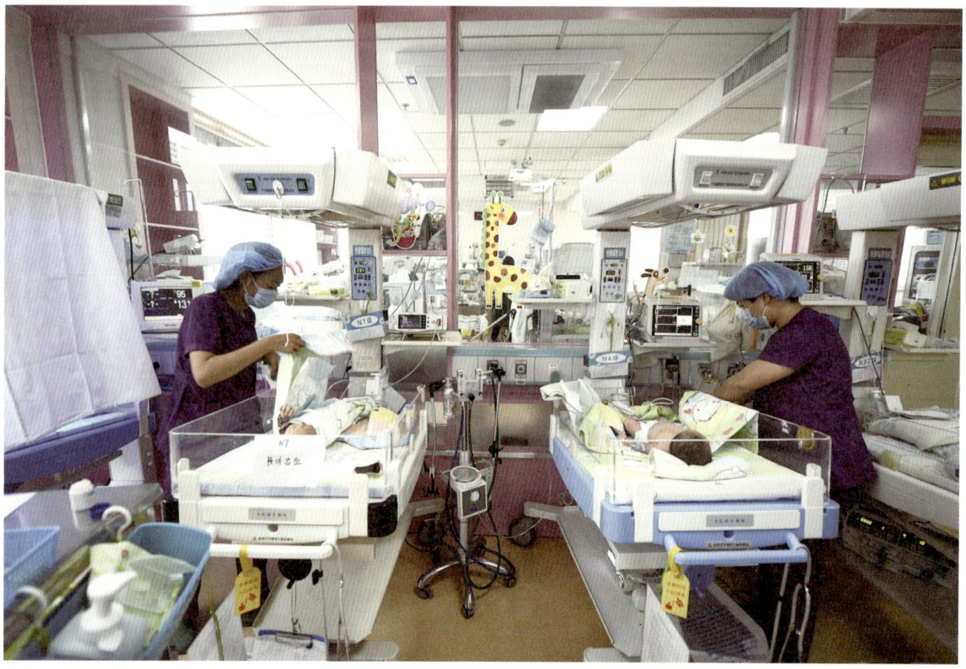

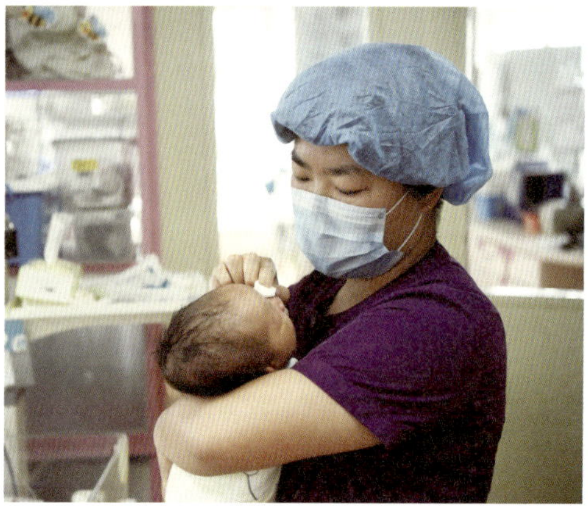

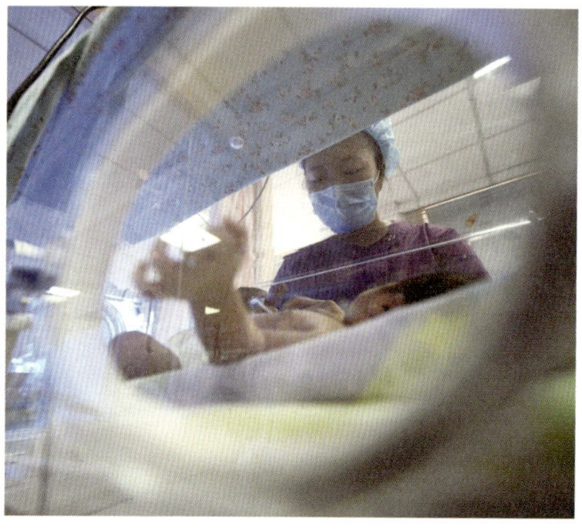

“新生妈妈”在护理新生儿　　新华社记者　王鹏 / 摄（2018 年 5 月 10 日发）

宁夏彭阳：闽宁协作
助力失能老人安享天年

固原市彭阳县综合福利服务中心医养结合护理区是闽宁对口扶贫协作项目之一，于2018年5月16日正式启用，该项目以“彭阳县政府购买服务＋福建援助资金”的形式，为特困失能、半失能老人提供食宿、医疗康复等养老服务，助力老人安享天年。

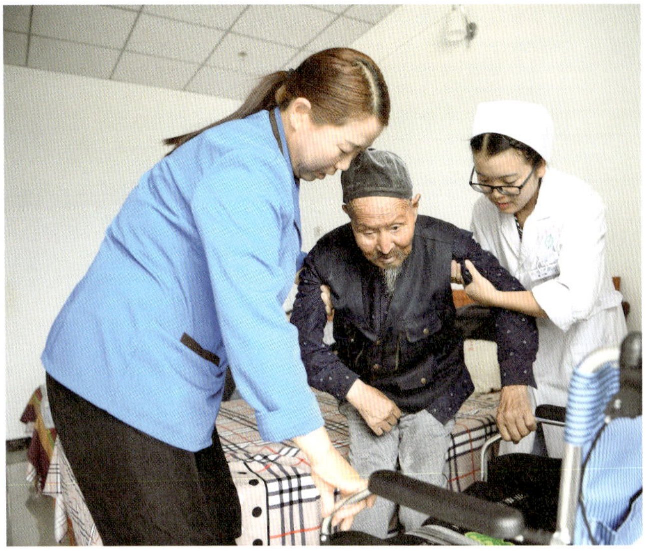

在彭阳县综合福利服务中心医养结合护理区，工作人员搀扶老人外出活动

新华社记者　姜克红／摄（2018年8月27日发）

无人机航拍的彭阳县综合福利服务中心　　新华社记者　王鹏／摄（2018年8月27日发）

宁夏固原
举行腊八节民俗活动

固原市隆德县举行腊八节民俗活动，千余名群众一起品尝腊八粥、看大戏，祈福纳祥。

1 宁夏固原市隆德县群众在熬制腊八粥
2 在宁夏固原市隆德县腊八节民俗活动上，当地群众在品尝腊八节美食——暖锅
新华社记者 王鹏 / 摄（2018 年 1 月 24 日发）

皮影艺人张进绪后继有人

皮影老艺人张进绪从小跟随爷爷和父亲学习祖传皮影戏，掌握了10多部皮影戏的表演及唱腔。张进绪表演用的200多件皮影道具都是爷爷和父亲用牛皮雕刻制作而成的。有一段时间，随着农村电影、电视的普及，张进绪老人表演皮影戏的次数不断减少。而随着皮影戏被列为国家首批非物质文化遗产，加上人们对古老民间艺术有了新的认识，目前，张进绪的皮影戏班子已发展到13人。

新华社记者　刘泉龙/摄（2010年2月24日发）

新华社记者　刘海峰/摄（1997 年 12 月 16 日发）

宁夏交通步入扶贫快车道

1997 年 12 月 16 日，宁夏东部扶贫干线公路最偏僻、最边远、施工难度最大的甘城至高台段竣工通车，使沿路 5 个乡镇结束了“土货不出，外货不入”的历史，有近 10 万群众受益。近些年，宁夏先后向贫困山区投入交通扶贫资金 3.28 亿元，新建、扩建公路 3400 多公里、桥梁 200 多座，有 80% 的行政村通了公路。

宁夏公路交通投资达181亿多元

宁夏紧紧抓住国家实施西部大开发的战略机遇，6年来公路交通总投资达181亿多元。目前，宁夏公路通车里程已达1万多公里，一个以银川为中心，横贯东西、纵连南北的“三纵六横”公路网络已初步形成。

1

2

1、2　宁夏古（窑子）王（圈梁）高速公路
新华社记者　刘泉龙 / 摄（2004年12月17日发）

送书下乡

宁夏回族自治区吴忠新华书店的工作人员，坚持面向基层，为广大工农兵服务的方针，经常把马克思、列宁和毛主席的著作、革命文艺书籍以及科技读物送到田边地头，供广大社员选购，得到群众好评。

新华社记者　陈思禹 / 摄（1973 年 11 月 15 日发）

宁夏话剧团农村演出队为贺兰县丰登乡农民演出话剧《这样的庄稼人》
新华社记者　陈思禹 / 摄（1987 年 4 月 6 日发）

贺兰山下“大篷车”宁夏话剧团坚持面向基层送戏上门

宁夏话剧团 1985 年以来为农村、厂矿、学校送戏 450 多场，观众达 30 万人次，既满足了广大群众的文化生活需求，又使演员的才能得到发挥和提高。

中国实施西部“特别找水计划”

对于生活在宁夏海原县曹洼乡柴门沟村的村民来说，1997 年的冬季永远难忘。宁夏水勘院 125 钻探队在村里 200 多米深的地层找到了合乎饮用标准的优质水源，全村 320 多户农民从此结束了祖祖辈辈喝咸水苦水的历史。地处毛乌素沙地和黄土高原区域的宁夏南部山区同心、固原、海原等 8 县实施“特别找水计划”两年来，已解决 25 万人的饮水问题，海原县曹洼乡柴门沟村便是其中之一。

宁夏山区大部分居民还在饮用苦水
新华社记者　刘海峰 / 摄（1998 年 4 月 2 日发）

久旱逢甘露的村民欣喜若狂　　新华社记者　刘海峰 / 摄（1998 年 4 月 2 日发）

宁夏固原市贯通的 4 号白家村隧洞内部

宁夏中南部城乡饮水安全水源工程取得重大进展

2012 年 10 月开始建设的宁夏中南部城乡饮水安全水源工程将六盘山东麓水量相对丰沛的泾河水输送到宁夏中南部缺水地区，解决干旱缺水的固原市原州区、彭阳县、西吉县和中卫市海原县，共计 44 个乡镇，约 110.8 万人的城乡饮水安全问题。水源工程由截引、输水和调蓄水库等工程组成，输水线路总长 74 公里，其中隧洞 12 座，总长 36.5 公里。

近日，全长 5221 米的 4 号白家村隧洞顺利贯通，标志着全长 36.5 公里的 12 座输水隧洞已全线贯通，为实现水源工程年内初步具备通水条件打下了坚实的基础。

在宁夏固原市，工人在 4 号白家村隧洞内施工　新华社记者　李然 / 摄（2015 年 5 月 19 日发）

宁夏固原：自来水入户改善山区农村人居环境

宁夏固原市原州区地处宁夏南部、六盘山东麓，属资源型缺水地区，人均水资源占有量仅为201立方米，且大多为苦咸水。近年来，固原市原州区水务局不断推进农村饮水安全工程建设，实施农村饮水解困一、二期项目，饮水安全项目，百村千户自来水入户改造项目。仅2015年前10个月就投资2880.2万元，建成包括5座蓄水池和308公里管道在内的各项供水设施，同时完成安装进户龙头及水表9443套，全部工程完成后，将有效解决40个行政村2.9万人的饮水安全问题，使农村人居环境得到改善。

宁夏固原市原州区头营镇胡大堡村村民赵月红在自家院里接水。胡大堡村2015年实现了自来水入户

胡大堡村村民赵月红（右一）给家中来客倒水
新华社记者　李然/摄（2015年11月5日发）

阿迪力高空走钢丝跨越黄河大峡谷

“高空王子”阿迪力携徒弟沙特尔及团队在宁夏青铜峡市黄河大峡谷表演“高空走索”。

1　阿迪力和徒弟沙特尔在钢丝上向观众挥手示意
2　阿迪力在钢丝上行走
3　阿迪力在钢丝上表演单腿独立
4　阿迪力在钢丝上蒙眼行走
5　阿迪力在钢丝上“越过”自己的徒弟沙特尔

新华社记者　冯开华 / 摄（2018 年 10 月 1 日发）

马拉松

——2018“丝绸之路”宁夏银川国际马拉松赛况

2018“丝绸之路”宁夏银川国际马拉松鸣枪开跑。

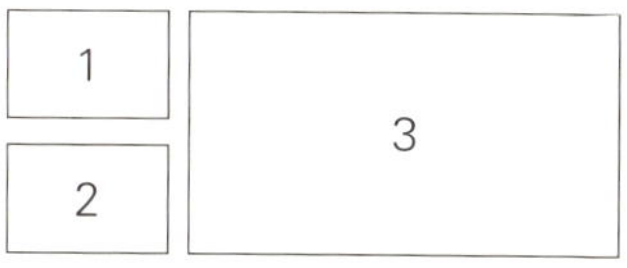

1、2、3　参赛选手在比赛中
新华社记者　王鹏 / 摄（2018 年 5 月 20 日发）

宏速
7
03
05

FUCHS

YAMAHA YAMAHA
103

摩托车

——中国（银川）越野摩托车邀请赛赛况

在宁夏银川进行的中国（银川）越野摩托车场地邀请赛继续进行，河南车手韩宝华获得进口摩托车组冠军。

1 2 3
4 5

1 来自银川的5号车手刘红录（右）在比赛中
2 车手们在越野比赛中
3 工作人员将一辆熄火的摩托车推出泥潭
4 河南车手韩宝华在比赛中
5 银川车手曹鹏（左一）在越野比赛中
新华社记者 李紫恒/摄（2005年8月21日发）

全民健身
——银川兴起冰上龙舟热

宁夏银川阅海湾冰上龙舟挑战赛在阅海湾中央商务区水上公园举行，此次比赛共有 25 支参赛队伍参加。冰上龙舟逐渐成为银川市民冬季健身的新方式。

新华社记者　王鹏 / 摄（2018 年 1 月 21 日发）

科技光影“管饱”眼福

春节期间，宁夏银川市永宁县新春花灯美食节推出 DT park 新媒体艺术展，通过将音乐、声音、影像、动画、灯光、装置等元素进行融合展示，为观众带来炫酷生动的科技视听盛宴。

游客在参观 DT park 新媒体艺术展上的“梦幻迷境”灯光秀　　新华社记者　隋先凯 / 摄（2018 年 2 月 27 日发）

手绘“树洞画”添彩公园

近日，宁夏银川市凤凰公园内的步行道两旁的树干上出现了一批惟妙惟肖的“树洞画”，画中既有青蛙、小熊、啄木鸟等栩栩如生的小动物，也有湖水夕阳、山林小溪等秀美风光，给来此游玩的市民增添了许多乐趣。

1　2　3　4

1、2、3、4　银川市凤凰公园内的“树洞画”
新华社记者　隋先凯/摄（2018年3月10日发）

多彩假期生活

孩子们在宁夏博物馆参观　　新华社记者　冯开华 / 摄（2018 年 10 月 3 日发）

家长陪着孩子在宁夏图书馆读书学习　　新华社记者　冯开华 / 摄（2018 年 10 月 3 日发）

专场招聘会为残疾人送岗位

由宁夏回族自治区残联与银川市残联主办的 2019 年宁夏（银川）残疾人就业援助专场招聘会在银川市湖滨体育馆举办，93 家用人单位为残疾人提供 700 余个就业岗位，吸引了众多求职者前来咨询应聘。

新华社记者　冯开华 / 摄（2019 年 3 月 22 日发）

新华社记者　王鹏 / 摄（2018 年 2 月 1 日发）

祝福温暖回家路

宁夏银川铁路公安处民警在银川火车站候车大厅开展“送春联、送平安”活动，邀请警营书法爱好者为春运旅客现场书写春联，并向旅客宣传旅途安全知识。

“百姓大舞台”欢乐迎新春

春节临近，宁夏中卫市常乐镇举办“百姓大舞台”迎新春活动，邀请有才艺的群众共同参与演出，让冬日里的乡村充满节日喜庆气氛。

演员在表演舞蹈《开门红》

演员在表演舞蹈《常乐镇的喜事多》
新华社记者　王鹏 / 摄（2018 年 2 月 7 日发）

宁夏红寺堡：文化兴村惠农家

近年来，宁夏吴忠市红寺堡区大河乡按照文化兴村的思路，积极进行农村文化建设，设立文化大院、图书室、书画室等，组建文艺小组定期表演，提升村民文化素养，助力乡村振兴。

1	2
3	4

1　吴忠市红寺堡区大河乡香园村村民在该村图书室看书
新华社记者　任鹏飞 / 摄

2　小朋友在吴忠市红寺堡区大河乡香园村图书室上网学习
新华社记者　任婧丹 / 摄

3　吴忠市红寺堡区大河乡香园村文艺小组成员在同伴帮助下穿戴戏服，准备表演秦腔
新华社记者　任婧丹 / 摄

4　吴忠市红寺堡区大河乡香园村村民李忠勤在该村书画室进行书法创作
新华社记者　任鹏飞 / 摄

（本版照片 2018 年 8 月 21 日发）

七个人的学校

9月1日，全国各地迎来秋季开学季。位于宁夏吴忠市红寺堡区太阳山镇的红沙窝小学里，一位老师和6名学生迎来了新学期。该校地处生态移民聚居地，学生来自周边的移民家庭。

1

2 3

1、2、3 新华社记者 彭昭之/摄（2016年9月1日发）

社火队员在表演舞狮　新华社记者　隋先凯 / 摄（2018 年 2 月 27 日发）

耍起社火迎元宵

元宵节临近，宁夏各地以花灯、舞狮、秧歌等各种形式迎元宵节。

社火队伍在街头表演扭秧歌　新华社记者　王鹏 / 摄（2018 年 2 月 10 日发）

狗年主题花灯　　新华社记者　王鹏／摄（2018 年 2 月 22 日发）

冬日“三下乡”惠民暖人心

2018年宁夏回族自治区文化、科技、卫生“三下乡”集中示范活动在吴忠市红寺堡区红寺堡镇体育广场举行，来自文化、科技、卫生等部门的工作人员和志愿服务人员现场为民众捐助物资、表演节目、健康义诊、科技展示、赠送春联等，将欢乐与温暖送到群众身边。

1

2

3

1　来自文化部门的工作人员在为群众写春联
2　社区居民在进行敲鼓表演
3　来自卫生计生部门的工作人员在为群众义诊
新华社记者　隋先凯/摄（2018年1月19日发）

1	2
3	4

1　社区居民在进行体质监测
2　社区居民在体验射箭项目
3　社区居民在进行体质监测
4　社区居民在体验保龄球项目
新华社记者　王鹏/摄(2018年4月14日发)

全民健身
——健康运动进社区

由宁夏银川市体育中心举办的“运动进社区，健康送市民”全民健身活动在银川市兴庆区阅海万家社区举行，工作人员为社区居民设置足球、保龄球、射箭等体育项目体验和指导区域，并开展免费体质监测，让健康运动理念走进家家户户。

平安校园行

第 23 个全国中小学生安全教育日当日，“做自己的首席安全官——平安校园行”宁夏分会场活动在银川市西夏区第八小学举行。小学生们现场表演安全儿歌、《我是风城小交警》手语操等节目，学习安全知识。

银川市西夏区第八小学学生在活动上学习交通安全知识

银川市西夏区第八小学学生在表演《我是凤城小交警》手语操

新华社记者　王鹏 / 摄（2018 年 3 月 26 日发）

外卖骑手在展示外卖文明骑手标牌和配送车上的号码识别牌　新华社记者　王鹏 / 摄（2018 年 5 月 30 日发）

规范外卖骑手管理保安全

宁夏银川市金凤区交警二大队联合外卖配送企业，邀请辖区外卖骑手走进交警队，开展以“亮身份、树标兵、保安全”为主题的交通安全宣传活动。活动通过交通安全知识培训、联合企业为外卖配送电动车安装一人一号的号码识别牌、发放外卖文明骑手标牌等措施，提升外卖骑手的安全意识。

05

新华社记者「看宁夏」

生态建设篇

SHENGTAI JIANSHE PIAN

“绿肥黄瘦”见证了宁夏生态环境的沧桑巨变。曾经风大沙多、饱尝生态恶化之苦的宁夏战黄沙、治水土，染绿荒山、扮靓城乡，一代接着一代干，绘就了一幅全新的生态画卷。如今的宁夏正以尊重自然、顺应自然、保护自然的绿色发展理念，向着“天更蓝、地更绿、水更美、空气更清新”的美好愿景阔步向前。

黄河流经宁夏吴忠市境内　　新华社记者　王鹏 / 摄（2018 年 9 月 16 日发）

“塞上湖城”波光滟

地处西北的宁夏银川市，经过近20年的“塞上湖城”恢复重塑，沿着生态立市、人水和谐之路护水、治水、用水，谱绘出一幅“城在湖中城愈美，湖在城中湖更秀”的塞上新景。

宁夏银川市阅海湖　　新华社记者　王鹏 / 摄（2018 年 7 月 29 日发）

“塞上湖城”波光滟

银川市海宝公园一景　新华社记者　王鹏 / 摄（2018 年 7 月 29 日发）

银川市宝湖公园一景　新华社记者　王鹏 / 摄

黄土高原上的壮美丹霞地貌

地处黄土高原的宁夏固原市西吉县火石寨国家地质（森林）公园，因其山体岩土为火红色而得名，以丹霞地貌著称。

火石寨国家地质（森林）公园内奇特的丹霞地貌　　新华社记者　王鹏/摄（2018 年 10 月 5 日发）

治沙“前线”建起沙漠公园

宁夏灵武白芨滩国家沙漠公园地处毛乌素沙地西南边缘白芨滩国家级自然保护区内，是宁夏引黄灌区与沙漠“抗争”的“前线”。该公园总面积6.6万亩，分为大泉、马鞍山、长流水、大海子景区。如今景区内绿树成荫、湖水清澈，已不是昔日漫漫黄沙的景象，展现着治沙人的艰苦创业成果，也让前来参观的游客们感受到绿水青山带来的“生态福利”。

游客在宁夏灵武白芨滩国家沙漠公园参观游览

宁夏灵武白芨滩国家沙漠公园
新华社记者　王鹏／摄（2018年5月26日发）

新华社记者　刘泉龙 / 摄（2009 年 6 月 10 日发）

宁夏：沙尘源筑起“草长城”

被腾格里沙漠、乌兰布和沙漠以及毛乌素沙地包围的宁夏回族自治区长年干旱少雨，是我国沙漠化最严重的地区之一。当地干部群众在与风沙较量中创造出了扎草方格治沙的成功经验。近年来，自治区大力推广这一治沙经验，不断加大治沙力度，在沙漠边缘大面积扎草方格固沙植树，在沙尘源筑起一道道“草长城”。

沙化草原变花园

近年来，地处毛乌素沙地边缘的宁夏盐池县通过禁牧封育、实施三北防护林建设、湿地保护恢复等工程，使昔日的沙化草原重现生机。尤其自 2006 年哈巴湖国家级自然保护区成立后，营造防护林 87 万多亩，治理沙化土地 25.5 万亩，使 11.25 万亩流动、半流动沙丘变为绿洲，450 万亩草原、24 万亩农田和 200 多公里公路不再受风沙侵害。

2002 年 4 月，宁夏盐池县马儿庄乡黎明村土地沙化一角

宁夏盐池县哈巴湖国家级自然保护区通过治理，草木丛生，鲜花奔放　　新华社记者　刘泉龙 / 摄（2015 年 9 月 20 日发）

沙湖湿地小雏鸟萌态万千

宁夏沙湖湿地茂密的芦苇丛成为鸟类良好的天然栖息地和繁衍地，每年都吸引数以百万计的中华秋沙鸭、苍鹭等鸟类在此栖息繁殖。目前，宁夏沙湖湿地水域面积45.5平方公里，栖息鸟类多达17目44科178种。

1 2

3

1　沙湖湿地小雏鸟
2　一只苍鹭从鸟巢飞起
3　在鸟巢旁“休闲”的鹭鸟
新华社记者　刘泉龙/摄（2013年5月4日发）

腾格里沙漠湿地鸟欢唱

腾格里湖位于宁夏中卫腾格里沙漠东南缘，形成水域面积1万多亩，共栖息着10多种、上万只鸟，芦苇、蓝天、碧波构成一幅优美的自然画卷。

鸟类在腾格里湖湿地飞翔　　新华社记者　刘泉龙 / 摄（2011年9月16日发）

春到塞上　候鸟翔集

随着天气回暖，“塞上湖城”宁夏银川市各湖泊湿地迎来大批红嘴鸥驻足，引来众多市民观赏。近年来，银川市大力推进“碧水蓝天、明媚银川”生态惠民工程建设，对银川市各湖泊湿地进行恢复、保护，环境大大改善，每年冬春季节都会吸引大批红嘴鸥驻足歇脚。

1	3
2	4

1 在宁夏银川市燕鸽湖，红嘴鸥从水面起飞
2 游人在观赏红嘴鸥
3 游人用自拍杆拍照留念
4 红嘴鸥在空中飞翔
新华社记者　李然 / 摄（2017 年 3 月 21 日发）

贺兰山里的夏日“精灵”

岩羊是国家二级保护动物、濒危野生物种，也是宁夏回族自治区贺兰山岩壁上跳跃的“精灵”。宁夏贺兰山国家级自然保护区是全球岩羊分布密度最大的地区之一，1983 年的调查数据显示，贺兰山的岩羊数量不足 1800 只。1988 年贺兰山被列为国家级自然保护区后，生态系统逐步恢复。目前，贺兰山岩羊分布达到每平方公里 14 ～ 17 只，总量增加到 2 万只以上。

1	2
	3

1　在宁夏贺兰山苏峪口，一群岩羊在觅食
2　一只岩羊在岩壁上跳跃奔走
3　一只岩羊从盘山公路上飞奔而过
新华社记者　彭昭之 / 摄（2016 年 7 月 14 日发）

投入植树造林活动

年逾花甲的北京林学院教授、三北防护林工程局顾问关君蔚指导宁夏西吉群众植树

西吉县防护林建设工程全面展开

西吉县防护林建设工程计划从 1982 年到 1986 年的五年间，在西吉绿化荒山和退耕还林还牧，造林、种草 132 万多亩，实行农、林、牧综合治理，使西吉县长期存在的水土严重流失的情况得到基本控制，生态平衡得到较好恢复，农林牧副渔业得到较大发展。

西吉县召开植树造林广播动员大会

新华社记者　吴文彪 / 摄（1982 年 4 月 17 日发）

秋染西海固

金秋时节，宁夏西海固地区层林尽染，秋景宜人。

六盘山国家森林公园秋色

无人机拍摄的六盘山国家森林公园秋色
新华社记者　王鹏 / 摄（2018 年 10 月 6 日发）

中宁县喊叫水乡满眼绿色的农田　新华社记者　郭绪雷 / 摄（2018 年 9 月 15 日发）

1	2

3	4	5

1　中卫市沙漠光伏产业园　新华社记者　肖潇 / 摄
2　游客在中卫市沙坡头旅游景区体验滑沙　新华社记者　伍婧丹 / 摄
3　游客在中卫市沙坡头旅游景区乘坐羊皮筏子游览　新华社记者　任鹏飞 / 摄
4　中卫市沙坡头区一家生态养殖基地的牛棚　新华社记者　任鹏飞 / 摄
5　游客在中卫市沙波头旅游景区体验滑沙　新华社记者　伍婧丹 / 摄
（本版照片 2018 年 8 月 22 日发）

宁夏中卫：科学治沙显成效

宁夏中卫市在生态治沙的基础上，积极“用沙”，通过在沙地上建设光伏电站，发展畜牧业、葡萄种植业，并建设沙坡头旅游景区等手段，充分改造、利用沙地，取得良好社会效益和经济效益。

王有德在毛乌素沙地边缘扎草方格　　新华社记者　王鹏 / 摄（2013 年 11 月 19 日发）

生命不息　治沙不止

刚从北京载誉归来，64 岁的王有德来不及休整，直奔他心念的马鞍山荒滩整治现场查看作业情况。

“获得这么高规格的荣誉，是对宁夏治沙事业的肯定。是荣誉，更是动力！”王有德说，“虽然已经退休了，我还要继续坚持防沙治沙，生命不息，治沙不止。”

王有德与沙漠的抗争早在 40 多年前就开始了。

在宁夏灵武市白芨滩国家级自然保护区，王有德在治沙一线扎草方格
新华社记者　王鹏 / 摄（2013 年 7 月 24 日发）

“垃圾银行”吸引游客为美丽风景“储值”

为了鼓励游客文明出游，2018 年 7 月 28 日，“系上蓝丝带”美丽公约环保志愿者活动在宁夏贺兰山国家森林公园拉开序幕，“垃圾银行”也正式“开业”。

这个“垃圾银行”设在景区内一处停车场的显眼位置，由四个大型垃圾箱组成。游客把垃圾投入箱内，便可换取枸杞、扇子、“非遗”手工制品等景区纪念品。

在宁夏贺兰山国家森林公园，游客将垃圾投入“垃圾银行”

新华社记者　冯开华 / 摄（2018 年 10 月 6 日发）

宁夏银川：夏日湿地荷飘香

夏日时节，宁夏银川市鸣翠湖国家湿地公园的荷花竞相开放，为湿地增添美丽景观。

鸣翠湖国家湿地公园的荷花　　新华社记者　王鹏 / 摄（2018 年 7 月 6 日发）

在宁夏彭阳县金鸡坪梯田公园，农民在杏花树林中除草

宁夏彭阳：春日山花烂漫时

宁夏固原市彭阳县境内的山间、梯田上，桃花、杏花渐次绽放，吸引众多游客前来观光。

宁夏彭阳县金鸡坪梯田公园盛开的桃花和杏花　　新华社记者　隋先凯/摄（2018年4月3日发）

宁夏彭阳：最美旱作梯田　云海宛如仙境

近日，宁夏固原市彭阳县数十万亩旱作梯田在曙光中迎来云海景观，层叠的梯田间云雾缭绕，宛如仙境。据了解，彭阳县自 1983 年建县以来，始终坚持生态立县的理念，积极推进植树造林事业，全县林木保存面积由 1983 年的 27 万亩，增长到目前的 203.87 万亩，森林覆盖率达到 27.5%。

云雾缭绕的宁夏彭阳县金鸡坪梯田公园　　新华社记者　王鹏 / 摄（2018 年 7 月 17 日发）

06

新华社记者「看宁夏」

乡村变迁篇

XIANGCUN BIANQIAN PIAN

从北到南，从平原到山区，塞上儿女用勤劳和智慧，“农”墨重彩绘山河，生态点染美乡村，文明乡风添新韵，进一步擦亮“塞上江南”名片。如今，随着国家乡村振兴的持续推进，乡村之美既有生态宜居“面子”，更有乡风文明“里子”，远山近树、长街小院、风土人情、邻里和睦等元素，正在构成宁夏乡村和谐兴旺的动态画卷。

宁夏西吉县龙王坝乡村科技馆
龙泉湾山
国家首批林下经济示范基地
林业部

宁夏固原市西吉县吉强镇龙王坝村全景　新华社记者　王鹏／摄（2018 年 8 月 30 日发）

喜看乡村新画卷

地处西北内陆的宁夏，既有高山大漠的雄浑，又有“塞上江南”的温婉，自然造化之美自古入诗入画。自治区成立后，尤其是党的十八大以来，这片热土上的人民用勤劳和智慧，发展特色农业、建设美丽乡村、树立文明乡风，绘就一幅全新、壮美的乡村振兴新画卷。

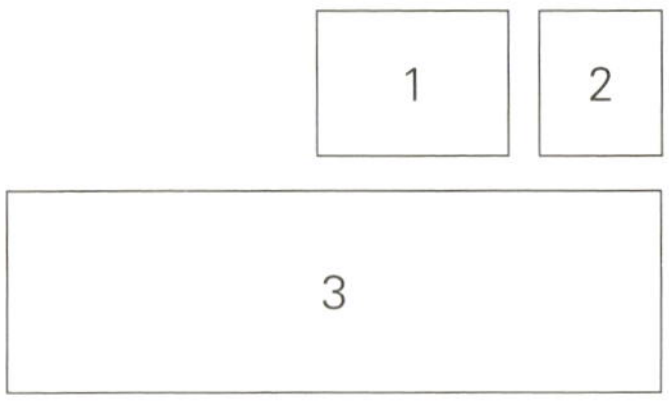

1　宁夏银川市永宁县闽宁镇原隆村红树莓基地
2　农民在宁夏吴忠市同心县润德庄园枸杞基地采摘枸杞
3　农民在宁夏固原市西吉县兴隆镇收割芹菜
新华社记者　王鹏／摄（2018 年 9 月 3 日发）

“塞上江南”美如画

素有“塞上江南”之美誉的宁夏平原大力发展节水灌溉农业，目前，灌区干支渠达3000多条，有排水沟40条，形成了比较完善的灌排系统，灌溉面积增至600多万亩。

宁夏平原一角　新华社记者　刘泉龙 / 摄（2010 年 6 月 14 日发）

红寺堡生态移民区的移民在百瑞源枸杞种植基地采摘头茬枸杞

宁夏：头茬枸杞采摘忙

在宁夏吴忠市红寺堡区百瑞源枸杞种植基地，头茬枸杞迎来采摘收获季。2018年头茬枸杞采摘期比往年提前20天左右。据了解，该基地地处红寺堡生态移民区，占地3000亩，采摘季节每天有数百名当地移民在田间采摘劳作。

移民在百瑞源枸杞种植基地排队称重采摘的枸杞
新华社记者　王鹏/摄（2018年5月30日发）

1

2

1　塔桥村村民正在蔬菜大棚内采摘第一茬冬季西红柿
2　塔桥村村民魏霞正在蔬菜大棚内搬运刚采摘的西红柿
新华社记者　李紫恒 / 摄（2007 年 12 月 2 日发）

塞上农民“冬收”忙

在银川市大新镇塔桥村设施蔬菜园区内，日光温棚内翠绿的芹菜、鲜红的西红柿与室外冬日里万木枯萎的景象形成了强烈反差，忙碌的“冬收”景象随处可见。2006 年以来，宁夏引黄灌区加大政策和资金扶持力度，积极帮助农民群众发展日光温棚为主的设施农业。

花农在银川市兴庆区大新镇新渠稍村花卉园区内采摘鲜花
新华社记者　王鹏／摄（2018 年 1 月 19 日发）

“美丽产业”迎来收获季

随着春节临近，宁夏银川市兴庆区大新镇花卉基地各类鲜花进入采摘销售高峰。据了解，近年来，兴庆区利用本地自然条件和区位优势，大力发展以花卉种植为主导的“美丽产业”。目前银川市兴庆区花卉种植面积达 7500 亩，产品销往北京、天津、河北、上海等地，花卉种植逐步成为当地农民的特色增收产业。

新华社记者　隋先凯／摄（2018 年 2 月 7 日发）

花儿飘香迎新春

在宁夏银川市兴庆区花卉生产基地的一座温室大棚内，花农在采摘百合花。春节临近，花卉市场迎来销售高峰。花农加紧培育花卉，适时采摘销售，供应春节市场。

整村发展设施农业
助力农民增收致富

隆冬时节，宁夏石嘴山市惠农区燕子墩乡简泉村的“简泉牌”反季节瓜菜陆续上市。简泉村充分利用本村自然资源优势，鼓励村民种植反季节甜瓜、草莓、西红柿等特色农产品，把整村发展设施农业作为帮助村民增收致富的稳定渠道。全村 209 户村民中有 180 户种植日光温室大棚，村民人均年收入近 2 万元。

简泉村村民在自家大棚内打理黄瓜
新华社记者　隋先凯 / 摄（2018 年 1 月 9 日发）

简泉村村民的种植大棚
新华社记者　隋先凯 / 摄（2018 年 1 月 9 日发）

青铜峡县掀起备耕热潮

宁夏青铜峡县配合春耕生产，举办全县“农民技术员学习班”，研究提高科学种田的措施。

在学习班上，农业技术推广站的技术人员向学员们介绍春小麦优良品种

春小麦地施肥

新华社记者　王新著／摄（1973 年 2 月 16 日发）

春来农事忙

在宁夏石嘴山市平罗县双赢蔬菜专业合作社的温室大棚内，农民在打理桃树。随着春天的到来，宁夏各地气温逐渐回升，当地农民抓住农时春耕春管，田间地头一派繁忙景象。

农民抓住农时春耕春管，田间地头一派繁忙景象
新华社记者　隋先凯 / 摄（2018 年 3 月 6 日发）

“塞上江南”大力推广机械插秧

被誉为“塞上江南”的宁夏银川平原黄河自流灌溉，阡陌纵横。近年来，当地政府大力推广工厂化育秧和机械化插秧，既省钱又省工，深受农民欢迎。2014 年宁夏水稻机械插秧面积达 50 万亩左右。

新华社记者　刘泉龙 / 摄（2014 年 5 月 29 日发）

宁夏吴忠市利通区金积镇塔湾村村民在田间利用北斗导航播种蔬菜　　新华社记者　王鹏 / 摄（2018 年 4 月 18 日发）

北斗导航助力科技春耕

吴忠市利通区金积镇塔湾村村民通过北斗导航信号基站定位，实现拖拉机自动驾驶播种、起垄、接行等精准化、智能化田间作业。北斗导航的农业机械应用在提升春耕、春播效率与质量的同时降低了成本，据测算每亩可节约农机成本 100 元。

新华社记者　陈思禹 / 摄（1990 年 4 月 4 日发）

银川上万人会战红花渠

从 1990 年 4 月 2 日起，银川区、市党政机关干部群众、武警战士和农民上万人，纷纷来到银川重点水利工程工地——红花渠，参加义务劳动，掀起春季农田水利建设高潮。

宁夏群众踊跃交售爱国粮

1991 年，宁夏夏粮连续第 4 年获得丰收。各族农民不顾高温酷暑，加紧收割、打碾，尽快交售公粮。

吴忠市农民在城关西库交售公粮　　新华社记者　陈思禹 / 摄（1991 年 7 月 22 日发）

新华社记者　刘海峰 / 摄（1997 年 9 月 12 日发）

宁夏大力发展节水农业

宁夏在效益引黄、扬黄两大灌区大力发展高效节水农业，取得明显的经济效益和社会效益。

方便农民的“贷款绿卡”

宁夏惠农县农村信用社为配合当地农村产业调整、增加农民收入的“富民工程”，率先在宁夏采取“五户联合担保”的贷款形式，加大对农民贷款的力度。有了这种贷款形式，农民可以随时凭手中的贷款证根据农时和项目需要贷到足额现金，保证了农业生产的及时进行。从年初至 4 月，惠农县用于农村产业调整和农民增收项目的贷款金额达 2835 万元。

宁夏惠农县尾闸乡尾闸村农民王尚志（右）不用出村子就拿到了“绿色信用贷款证”

新华社记者　刘海峰 / 摄（2000 年 5 月 18 日发）

宁夏在炮兵靶场上建起“扶贫移民村”

红寺堡距银川市160公里，曾是中国机械化部队最大的军事训练靶场。在过去只准军用车辆通行的道路上，载满新移民的汽车和拖拉机川流不息。据统计，搬迁来到红寺堡的移民已达到4万人。

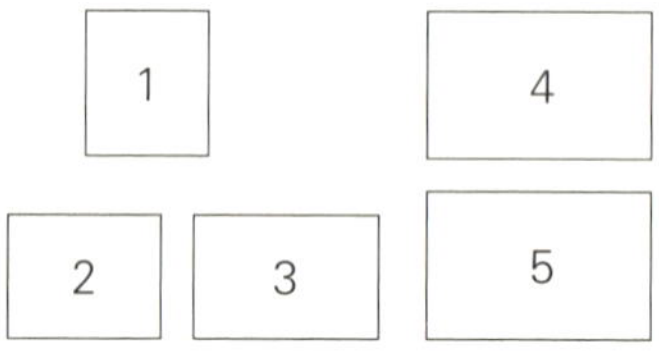

1　世居贫困山区的农民纷纷搬迁到红寺堡新灌区
2　粮食丰收
3　炮兵运输部队在红寺堡地区进行野外宿营训练的情景
4　三级扬水泵站的千米输水管道
5　昔日炮声隆隆的红寺堡大型军事靶场，已是房舍连片，阡陌纵横，一派田园风光

新华社记者　刘海峰/摄（1999年11月3日发）

盐碱地里“种”白对虾

宁夏大力推进低碳高效循环水养殖产业，在银川市贺兰县弃耕多年的盐碱化土地上养殖南美白对虾，通过淡化虾苗、温棚驯化等技术模拟出白对虾生长环境，构建起“以虾改碱”的生态循环养殖系统，实现了生态改善和经济效益的双赢。

1	2	3
4		

1　在宁夏贺兰县蓝湾生态园南美白对虾养殖基地，工作人员在育苗房作业　新华社记者　陈铎 / 摄
2　在蓝湾生态园南美白对虾养殖基地，工作人员在喂食对虾　新华社记者　王思维 / 摄
3　在蓝湾生态园南美白对虾养殖基地，工作人员在收获对虾　新华社记者　陈铎 / 摄
4　宁夏贺兰县蓝湾生态园南美白对虾养殖基地　新华社记者　王鹏 / 摄
（本版照片 2018 年 9 月 11 日发）

追逐春天的养蜂人

浙江衢州、永康等地是养蜂之乡。每年开春后，浙江养蜂人从江南通过中原再到北方，在迁徙中追逐大自然的春天。8 月中旬，养蜂人来到宁夏风和日丽、山花烂漫的海原县山区，支起帐篷，落脚于黄土高原的盘山公路旁，一排排蜂箱摆在了田间地头。

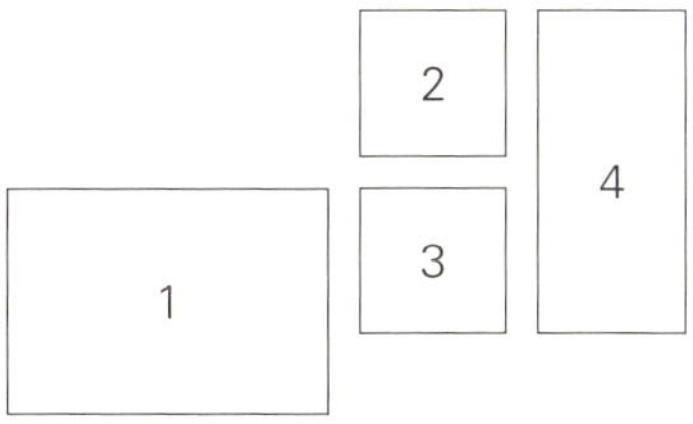

1　嗡嗡的蜜蜂、绿色的田野、勤劳的养蜂人，让人感觉到春天的气息

2　养蜂人在检查蜜蜂生活情况

3　养蜂人观察蜜蜂在巢内生长情况

4　路边的大片野荷招来蜜蜂，野荷花花蜜有很高的药用价值

新华社记者　詹晓东 / 摄(2005 年 8 月 18 日发)

“马铃薯之乡”迎来收获季

金秋十月，被誉为“马铃薯之乡”的宁夏固原市西吉县迎来收获季。2018 年西吉县马铃薯种植面积为 81 万亩，经过多年产业发展升级，已逐步形成马铃薯淀粉、粉条和休闲食品为主的产业体系。

在宁夏固原市西吉县火石寨乡一家农业合作社，农户将马铃薯卸下货车

新华社记者　王鹏 / 摄（2018 年 10 月 4 日发）

在宁夏固原市西吉县火石寨乡一家农业合作社，农户在摆放收获的马铃薯，准备进行集中运输

新华社记者　王鹏 / 摄（2018 年 10 月 4 日发）

吴忠市红寺堡区柳泉乡永新村村民在整理庭院　　新华社记者　刘军喜 / 摄

吴忠市红寺堡区柳泉乡永新村村民在清理房间　　新华社记者　肖潇 / 摄

乡村民宿助农增收

从 2017 年起，宁夏吴忠市红寺堡区柳泉乡永新村引导村民利用自家住房发展民宿旅游，目前已经有 20 余户村民建成特色民宿，接待来自城区和外地的游客体验农家风情。

新华社记者　陈思禹 / 摄（1972 年 11 月 22 日发）

丰收喜讯

宁夏灵武县崇兴公社韩渠大队今年大麻丰收。韩渠八队的社员正抓紧时间剥麻，准备交售给国家，支援社会主义建设。

水果丰收

宁夏灵武园艺试验场，连续几次战胜霜冻夺取了前所未有的水果丰收。灵武县利用本地丰富的果品原料，自力更生建起了灵武果品厂，现已能生产各种水果罐头、果酱、果酒数十种，以满足广大人民的需要。

新华社记者　陈思禹 / 摄（1972 年 11 月 23 日发）

宁夏伊兴绒业公司工人在对羊绒进行筛选加工　　新华社记者　王鹏 / 摄（2018 年 8 月 15 日发）

宁夏伊兴绒业公司工人在打包羊绒
新华社记者　王鹏 / 摄（2018 年 8 月 15 日发）

羊毛里的“淘金”致富路

“每群羊屁股后面，都跟着一个同心人。”这是宁夏回族自治区同心县羊绒商人的豪言壮语。20 世纪 70 年代末的改革开放春风，为这片旱塬吹开了淘金致富的“羊毛路”。40 年来，从跟在羊群后面收羊毛，到建成全国最大羊绒集散市场，同心县的羊绒产业成为当地脱贫致富的重要支柱。

碧水引上长城塬

被誉为“宁夏水利博物馆”的西海固地区彭阳县长城塬引水灌溉工程，是宁夏“九五”期间投资建设的重点工程。工程于 1998 年 11 月开工建设，2003 年 8 月全部建成，总投资 6680 万元，引水净扬程 219.7 米。该工程的建成解决了 4.16 万亩的农田灌溉，2.13 万人和近 3 万头（只）牲畜的饮水。

1 彭阳县长城塬供水修建的石头崾岘水库
2 引水灌溉工程排架式渡槽
3 引水灌溉工程节水装置
4 引水灌溉工程蓄水池
新华社记者 王广壮/摄（2004 年 7 月 13 日发）

宁夏农垦奶牛产业规模化发展

为规模化经营奶牛养殖业，宁夏农垦 2013 年投资 6.8 亿元进口奶牛 1.2 万头。截至 2014 年 3 月，宁夏农垦贺兰山奶业公司拥有 5 个奶牛养殖场，已基本实现奶牛机械化饲养，日产优质鲜奶 220 吨。

新华社记者　刘泉龙 / 摄（2014 年 3 月 13 日发）

黄土高原上的隆德梯田美如画

2005 年被水利部授予“全国梯田建设模范县”称号的宁夏隆德县，针对黄土高原沟壑区水土流失严重的问题，45 年来坚持不间断修梯田。截至 2009 年，全县梯田面积达 47 万多亩，人均 2.5 亩，梯田占全县耕地面积的 86%，梯田亩均粮食产量比坡耕地增加 50 ~ 100 公斤，每年为黄河拦截泥沙 113 万吨，水土流失得到有效控制。

新华社记者　刘泉龙 / 摄（2009 年 7 月 12 日发）

收割机在梯田里收割小麦　　新华社记者　刘泉龙 / 摄（2009 年 7 月 12 日发）

塞上丰收忙

宁夏回族自治区的农民趁着晴好天气，在田间地头收获玉米、水稻等农作物，田间地头一派忙碌的丰收景象。

1

2

1　收割机在宁夏银川市贺兰县常信乡收割水稻
2　来自云南的打工者在宁夏银川市贺兰县常信乡收割供港蔬菜
新华社记者　王鹏 / 摄（2015 年 10 月 15 日发）

银川市贺兰县习岗镇黎明村村民张秀芳在自家院落整理辣椒　　新华社记者　王鹏 / 摄（2015 年 10 月 15 日发）